# 敦煌民間文學

高國藩 著

# 曾序

三年前，王保珍教授交給我一大包文稿，說是他小學同窗高國藩先生的著作，希望我推薦出版，高先生現任南京大學中文系教授。我是個常忘了自己分量和能力勇於「義不容辭」的人，何況是王大姊囑咐的事，而高教授更是我景仰的敦煌學學者，我自然滿口答應。

我翻開了高教授這部數十萬言的著作《敦煌民間文學》，舉凡敦煌變文、講經文、故事賦、詞文、話本、曲子詞、小調、歌謠、諺語、傳說故事，無不在論述之列，而且深入暢達、創發良多，是一部很難得的專著。心想好著作就應當有好出版社，才能相得益彰。於是就鄭重推薦給聯經公司。

前年九月，我趁揚州學術會議之便，偕友人再度暢遊江南。在南京時，首次拜見高教授，在他導遊下，名勝古蹟和博物館看了許多。幾日的相處，使我覺得高先生是位樸質深厚而毅力十足的人，也因此使他能平安度過二十二年不堪回首的勞改歲月，而一旦他得能進入大學，重拾舊業，他就發揮了驚人的學術能力，由敦煌學而中國民俗學，所著迭獲大獎，自然蜚聲學界。高教授向我說，在那段漫長的「養豬時光」裡，什麼書也不能讀，什麼文章也不能寫，只好研究養豬，寫成養豬專論，如何使豬仔長得又肥又快。結果在他手下的豬成效最好，獲得上級賞識，廣為推行，使他成為養豬界的聞人。我聽了後，雖然感到心酸，但即此也可見高教授的研究精神。

自敦煌石室打開之後，敦煌學很快就成為國際漢學中的顯學。高教授這部書的出版，雖然因為出版大陸著作手續麻煩，聯經作業仔細嚴密，延遲時日，但終於要和世人見面了，我真為學術界和高教授同感高興。因為一本好書就是一個良師益友，一本書的出版就是一分心血綻開的花朵。而我也要重新好好讀這本書，我知道敦煌民間文學的寶藏，在高教授的妙筆下，會一一生動的展現出來。

**曾永義** 謹序

民國八十一年十一月十六日於台大長興街宿舍

# 王序

高國藩教授是我在重慶讀小學時的同班同學，自幼勤敏篤學，成績為全班之冠。離開重慶，抗戰勝利還都之後，我們又在南京不期而遇。雖然各人讀了不同的中學，卻時常有書信往還，他對中國文學的熱愛與理想也逐漸影響了我。

三十八年春，我隨母親來到台灣，他則自南京經廣州到了香港，三十九年夏他至汕頭探視母親，不久汕頭就淪陷了，然後整個大陸變色，淪陷的初期，他在香港的三姐還斷續傳來他的消息。得悉當我考進台大中文系的同時，他也考取了齊魯大學中文系。此後就不再有他的訊息。

人是四十餘年不相見了，音訊也中斷了將近四十年。誰知道，在兩岸可以相互通消息的今天，我們又聯絡上了，而且同在文學世界追尋。首先讓我驚喜的是他依然活著，再就是他熬過了二十二年勞改的苦難，最讓我驚喜的是他，自從考進南京大學任教，至今不滿十年的歲月，能夠有如此豐厚的學術研究成績。尤其是在有關敦煌學研究方面受到極高的評價。

原來在我考進台大中文研究所的同時，他也考進了北大文科研究所。在鄭振鐸等教授的指導下，對於敦煌學研究產生了濃厚的興趣，同時也奠定了較深的基礎。從青少年時期就極具理想抱負的他，一旦能夠重返學術崗位，立即展現了積極探究的興趣與魄力，寫成了一系列的有關敦煌學的著作。這部《敦煌民間文學》只是其中的一部而已。較本書稍前在大陸付印的尚有：

(一)《敦煌民俗學》（上海文藝出版社，一九八九）
(二)《敦煌古俗與民俗流變》（河海大學出版社，一九八九）
(三)《敦煌曲子詞欣賞》（南京大學出版社，一九八九）

其餘單篇的論文散見各種學術刊物。

再次互相通信之後，彼此交換著作，我們又重新拾起青少年時期談論學問的習慣與興趣。閒談中他提及書寫成了要在大陸出版不易。於是讓他先將書稿寄到香港，由我一個要來台灣考博士的學生順便帶了來。這是一部有關民俗學方面的著作．我就去託請系裡對民俗學有深厚研究的曾永義教授過目。曾永義、高國藩兩位教授對《白蛇傳》都有研究。大陸今夏《白蛇傳》研討會，高教授是籌劃人之一，也曾邀請曾教授前去開會。又因為高國藩教授是我的同學，曾永義教授是我的同事，就這樣結了善緣，曾永義教授樂於成人之美，將這部《敦煌民間文學》推薦給聯經出版公司。在此，我預祝這部巨著如期順利出版。並至誠地向曾永義教授道謝，感謝他為朋友為學術文化的熱忱，還要喜悅地向我的老同學高國藩教授致賀。從小我就欽慕他的踏實穩練，至今我仍以他的成就為榮。他曾相告：「書山有路勤為徑，學海無涯苦作舟。」本來就勤奮的他，經歷了二十二年勞改的艱辛，更磨礪了他不驕不躁的治學精神，我深深地知悉，以「苦舟」為書齋名的他，在無涯的學海中必將日益精進。

王保珍序於南港清客齋

一九八九年八月十日

# 自序

一九五六年秋天，我從山東大學中文系畢業，來到北京大學文學研究所（後改名為中國社會科學院文學研究所），進行民間文學的研究。在這裡會見了首任所長、中國俗文學研究大師鄭振鐸先生。鄭振鐸先生知道我研究民間文學的時候，十分懇切而熱忱地指示我從事古代民間文學，特別是敦煌民間文學的研究。從此他的話語，就銘記在我的心中。

一九七九年夏天，我終於考進了故鄉高等學府——南京大學中文系任教，開設「中國民間文學」的課程，才得以實現我一生的夢想，完成我寫作這部《敦煌民間文學》之夙願。但我認為，敦煌民間風俗宛如一條五彩繽紛的大河，而敦煌民間文學則有如分散於這條大河四周眾多的溪流，所以我認為敦煌民間文學是附著於敦煌民間風俗之母體而存在的，它與敦煌民間風俗組成為一個文化整體。因此，我從一九七九年開始，在研究《敦煌民俗學》的同時，也研究了《敦煌民間文學》，並把我的研究心得分別寫入這兩部專著中。《敦煌民間文學》

可以說是《敦煌民俗學》①的姊妹篇。

敦煌唐人的漢民族之文化傳統，是依靠其民俗活動而加以繼承與流變的，而敦煌民俗活動則常運用敦煌民間文學的各種形式，來為它表現與傳播，所以敦煌民俗與敦煌民間文學之間有著不可分割之關係。敦煌民間有運用變文、話本、民間故事賦來講說民間傳說的風俗習慣，所以才產生了敦煌民間四大傳說：孟姜女傳說、王昭君傳說（運用變文）、孔子與項託傳說（運用民間故事賦）、秋胡戲妻傳說（運用話本）。敦煌民間又有運用歌謠來增加其民俗活動之熱鬧氣氛；五月五日端午節，民俗活動有泛龍舟、鬥百草等項，敦煌曲子詞中便有《泛龍舟》（伯三二七一、斯六五三七），歌唱「泛龍舟，游江樂。」還有《鬥百草》，「喜去喜去覓草，鬥罷且歸家。」（伯三二七一）；七夕節，據晉周處《風土記》云：「其夜灑掃於庭，露施几筵，設酒脯時果，散香粉於河鼓織女，乞富、乞壽，天子乞子。」這種風俗敦煌民間也用民間小調來表現，「每年七月七，此時壽夫日。在處敷陳結交伴，獻供數千股。今晨連天暮，一心待織女。忽若今夜降凡間，乞取一教言。」（斯一四九七，《五更轉・曲子喜秋天》②）總之，在從事民俗活動時，歌謠成為不可缺少的表現手段和活動現場的興奮

①《敦煌民俗學》，上海文藝出版社，一九八九年十二月出版。
②引自饒宗頤《敦煌曲》。

劑，敦煌民間文學對於敦煌民俗活動的重要性於此可見。

但是，就文學研究而言，敦煌民間文學自有它獨立的品格，因此它又並非敦煌民間風俗單純的附屬物。敦煌民間文學各種文體均具有開創性（詳見〈導論〉），在中國文學的發展史上，曾經產生過廣泛深遠的影響，就民間文學來看，它最為重要，也最有資格進入中國文學史之巨流中，因而各家文學史之著作均有著錄，這就使我們不能不對它作專門的研究與探討。

我深知，要撰寫出這一部國內學者在當時尚未見有人寫出的專著，以我的才力來說，是很困難的，特別是像敦煌民間文學這樣一個長期被冷落了的文體群，將它的全貌展現出來，是更為艱難的。不過，決心已下，我只有邊學習，邊研究，盡力對敦煌民間文學各個領域，作了帶有全局性的探討，對文體的界說、內容的特徵、主題的思想、表現的藝術、交互的影響，各重要傳說的繼承與流變等，都提出了自己的看法。現在不揣冒昧，將這部拙著推出，敬請國內外學人撥冗賜教。

**高國藩**一九八八年十月十日

寫於南京大學寓所苦舟齋

# 目次

# 導論

在甘肅省的敦煌，有一座舉世聞名的莫高窟（也叫千佛洞），至今完好地保存有四百九十二個洞窟。這些洞窟裡有精美的壁畫和彩塑，是我國古代一座偉大的藝術寶庫。莫高窟，創建於公元四世紀的東晉時代，經過北魏、隋、唐、五代、宋、元各代，至十四世紀鑿成，其中壁畫四萬五千平方米，彩塑兩千四百多身，是在漫長的十個世紀裡民間無名藝術家傑出地創造。就在這著名的敦煌莫高窟裡，一九〇〇年有一個主持的道士，名叫王圓籙，因為他發善願要修理洞窟，在掃除壅塞在現在的第十七窟裡的流沙過程中，此窟甬道邊的一堵壁畫牆裂開了一道縫隙，沿著這道裂縫，他發現了一個用土坯封住的小門，他又打開小門，發現裡面還有一間複室，大約有三公尺見方，只能容納一人，是古時和尚坐禪的地方，這就是有名的「敦煌石室」。在這間石室裡，堆滿了唐五代人親手抄錄的敦煌寫本，經卷和文書，大約有四、五萬卷，還有許多織綉、繪畫和畫著佛像的絹幡、銅像等等。這些東西是極為珍貴的有關宗教、歷史、文學、藝術、民俗、人民社會生活各方面重要的文獻資料，這次的發現，被稱為是古中華民族文化史上和二十世紀人類文化史上一個重要的發現。這一發現震驚了全世界，引來了俄、英、法、日、美五國盜寶者，可惜當時的中國人民尚處於無權地位，由於滿清王朝的腐敗無能，敦煌石室的五萬卷寫本，有四萬卷流散到俄、英、法、日等國去了。關於流散的情況，請參閱拙文〈國外敦煌學研究概述〉（載於《中國史研究動態》，一九八六年第四期），此不贅述。

由於數萬卷敦煌寫本流布到亞歐各國，引起世界各國學者廣泛地注意，大家競相對它展開了研究，於是從二十世紀初起，便興起了一種專門研究敦煌的新學科，這就是「敦煌學」。敦煌學研究不僅在亞洲，就是在歐洲，也是盛行的一門學問。但是，無論起名還是研究，「敦煌學」都是從我國開始的。陳寅恪先生在《敦煌劫餘錄・序》中創立了「敦煌學」這一名詞，「敦煌學者，今日世界學術之新潮流也。」這一名詞為世界學術界所公認。

在中國敦煌學界，起初最熱門的話題，和稍後又為多數敦煌學者所研究者，莫如敦煌寫本中的文學類最為興盛。一九〇九年，王國維就對《太公家教》展開研究（見《觀堂集林》卷二一）。早期如羅振玉編的《鳴沙石室軼書》、《雪堂校刊群書敘錄》、《鳴沙石室古籍叢殘》、《敦煌零拾》等書中就記載了許多文學作品；朱孝臧把敦煌本《雲謠集雜曲子》載入《彊村叢書》。到了中期，對敦煌變文、敦煌曲子詞、王梵志五言白話詩的討論具有了國際性，各國的敦煌學者都競相來參加研究了，甚至可以這樣說，敦煌學的研究首先是從文學部分發凡的①。

敦煌寫本中的文學類，大多是前所未見的文學作品，它們是人民大眾所創造，是地地道道的民間文學，由於它們都出現於敦煌石室當中，所以我們又稱之為「敦煌民間文學」。敦煌民間文學是專門研究敦煌寫本中民間文學類的新學科。它完全依據敦煌寫本中的文學作品，通過仍然流傳在民間的口頭文學的聯繫與比較，又通過多角度、多層次的研究。剖析古敦煌民間文學中的類別、性質、特點，探索它的由來、表現形式、發展規律，和對後世民間文學與文人文學廣泛而深遠的影響。敦煌民間文學所研究的範圍，實際應包括散文、講唱、韻文、語言四種。

一、散文類。共有兩種：

㈠短篇民間傳說。在敦煌民間曾流傳過六朝時顏之推搜集整理的《冤魂志》故事，它們實際是一篇篇民間傳說，是一種散文軼事的短篇故事形式的作品。由於是一篇篇民間傳說而應當將它們分到散文類的民間文學作品中加以研究。

---

①關於敦煌文學研究發展的概況，請參閱拙文〈我國敦煌學和敦煌文學研究的發展概況〉（載於《文學研究動態》一九八三年第十一期）

㈡敦煌民間話本。這一文體的特徵也是通篇散文敘事，只說不唱，它是唐代民間短篇小說樣式的作品。「說話」是隋唐時代民間藝人講說故事的一種方式。「話本」顯然是「說話」的底本，而「說話」，就是《酉陽雜俎》裡提到的「市人小說」。「說話」又簡稱為「話」，這在《太平廣記》卷二四八引《啟顏錄》〈侯白〉條，和唐・元稹〈酬翰林白學士代書一百韻〉詩注裡都提到「話」。「話本」在唐代已相當成熟了，有諸多的名篇，如《秋胡》、《唐太宗入冥記》、《韓擒虎話本》、《葉淨能話》等。

二、講唱類。共有四種：

㈠敦煌民間變文。在唐代初期盛行著一種叫轉變的民間文藝體裁。這種轉變始終是具備著三種因素。一是「變相」（連環畫似的配合），二是「變文」中的說講，三是「變文」中的歌唱。轉變是唐代創新的一種民間的美術、文學、音樂三者結合的綜合性民間文藝體裁。在轉變這一種民間文藝體裁裡，孕育出來了敦煌民間變文。在文體上它是有說有唱、韻散結合的。這種文體是我國固有的韻散兩條文學河流匯集起來的結果。敦煌民間變文既是記錄轉變的通俗文學，它成了唐代民間創造出來的自我教育與自我娛樂的文藝形式，但後來被佛教寺院中的僧侶加以利用，進行佛教宣傳和佛教故事說唱。敦煌民間變文共包括三類。一為民間故事變文，如《舜子變》、《孟姜女變文》。二為歷史故事傳說，如《伍子胥變文》。三為佛教故事變文，如《目連變》、《八相變》。

㈡敦煌講經文。講經文是講唱佛經的變文，也是韻散結合的文體，但與佛教故事變文不同，其一，佛教故事變文原文末尾往往題有「變」字。講經文原文末尾無「變」字，而有佛教經文的名稱。其二，內容重點不同，佛教故事變文可以離開經文浪漫主義的講魔法故事，講經文以講佛教經文為主，可以插入少許我國民間故事，風俗和歌謠的講唱。其三，講經文源於釋家的「唱導」，在講經文以前，有一段都講擔任的唱經；佛教故事變文卻源於民間的「轉變」，不需唱經，只有「押座文」。在講經文中有《長興四年中興殿應聖節講經文》、《佛說阿彌陀經講經文》、《維摩詰經講經文》、《父母恩重經講經文》、《妙法蓮華經講經文》等諸名篇。講經文的音樂除佛曲外，主要採取我國民間音樂「鄭衛之音」。

㈢敦煌民間故事賦，包括敦煌俗賦。它是一種我國傳統的四六文的文體。最早，一九三五年容肇祖先生將它定名為「民間故事賦」，這個定名很準確，也很科學。從五十年代起，王慶菽、程毅中、周紹良諸先生均著文論述，增加了我們對這種獨立文體的認識。敦煌民間故事賦的產生，是經過先秦、兩漢、魏晉南北朝等幾個朝代民間的或文人的文藝家們共同探索的結果。班固《兩都賦序》中說：「賦者，古詩之流也。」說明賦原本是從民間古歌中演化出來的。屈原賦、宋玉《神女賦》、漢賦中的敘事、寫物、抒情三位一體，是敦煌民間故事賦這種講唱文體產生的最早的依據，此外它還與《漢書．藝文志》中專列的雜賦有血緣關係。敦煌民間故事賦中有三篇代表性的作品，它們是《韓朋賦》、《燕子賦》、《齖䶗書》。

㈣敦煌民間詞文。這一文體最明顯的特徵為：1.全篇都是由韻文構成，只唱不說。個別也有演唱前作簡略交代的，但仍是駢體韻文。2.敘說故事，一概以七言句式，個別夾雜三言、或五言句式。3.句末押韻有一韻到底和逢雙押韻兩種。4.韻用得寬而不嚴，押大致的韻。這種文體是從《孔雀東南飛》、《木蘭辭》等我國古代民間敘事詩的形式裡發展而來，是我國民間講唱文學在唐代創造性的發展。在內容上，多演唱民間傳說與民間故事，在語言上，則改文言文為白話文。敦煌民間詞文的名篇有《季布罵陣詞文》、《董永詞文》、《百鳥名》、《季布詩詠》等。由於敦煌民間詞文是演唱故事為特徵，是講唱文學之一體，故雖系韻文體，但卻不能簡單地歸於韻文類中。

三、韻文類。共有六種：

㈠敦煌曲子詞。在敦煌寫本中發現了敦煌民間詞（長短句）。重要的是使我們看見了它在民間的原名，叫《雲謠集雜曲子》。又看見了其他民間詞的原貌。這一發現，使我們第一次全面地知道了，原來在唐代民間，把我們稱之為詞的這一文體，叫作曲子，而且已是相當成熟的文體了。曲子是隋唐音樂的新形式，而詞則是伴隨著這一新形式產生的新文體。以往我們只是從五代的《花間集·敘》中知道，那時把文人詞叫做「詩客曲子詞」，宋代王灼的《碧雞漫志》也說：「蓋隋以來，今之所謂曲子者漸興。」王重民先生據敦煌雲謠集的原名，參照文人詞的原名，將所有敦煌民間詞定名為「敦煌曲子詞」，借以區分文人的「詩客曲子詞」，這一定名，已為國際敦煌學界所確認。敦煌曲子詞的發現說明詞的起源不是劉大杰、胡適、鄭振鐸諸先生論定的中唐，而應在初唐至盛唐開元十三年以前。敦煌曲子詞具有純正的思想性與精美的藝術性，其價值絕不遜於宋詞的名篇，值得大家欣賞。

㈡敦煌民間小調。我國民間的俚曲小調具有悠久的歷史，除了四句頭的山歌之外，還有許多長短不均的聯章小調，像十二月調、四季調、五更吟等。翻開宋·郭茂倩編的《樂府詩集》就可以發現，他搜集的陳·伏知道作的《從軍五更轉》，注云：「《五更轉》蓋陳以前曲也。」其餘還有《子夜四時歌》、《十二時》等等，便是現在這些小調的來源。再如《洛陽伽藍記》卷四裡提到的《十二辰歌》，《古今樂錄》中提到的《百年歌》等，也便是現在這些相應名的小調的來源。敦煌寫本中也有一批唐代民間的俚曲小調，它們是：《五更轉》、《十二時》、《百歲篇》、《十思德》、《十二月相思》等等約三百首，這些小調表現了我國民間文學中傳統的民歌藝術形式，是敦煌民間文學中珍貴的韻文作品。敦煌民間小調形式多樣，有五言、七言、三言與和聲等等，全面展示了我國古代民間小調的全貌。

㈢敦煌民間四言歌謠。敦煌在初唐時期，流傳著一種特殊的四言體的抒情歌謠、《沙州圖經》中保存了這種四字句《歌謠》的原貌。原文後附注云：「右唐載初元年四月，風俗使于百姓間採得前件歌謠，具狀上訖。」載初元年係公元六八九年，故知這是地道的初唐歌謠無疑。初唐有「風俗使」專門管理民俗之事，採集歌謠，了解民情。敦煌四言歌謠主要表現了敦煌百姓對我國唐初剛強機智的女皇帝武則天的歌頌，武則天在公元六五四年已經參預了朝政，到這些歌謠搜集上來的公元六八九年，已經三十五年。唐代繼貞觀之治的繁榮，已經證明了武則天的非凡才能和她對長期和平的貢獻，故百姓歌頌她：

神謀獨運，　譯文：獨立運籌神巧計謀，
天鑒孔明，　天意審察深遠明澈，
危邦載靜，　于是危邦轉為安靜，
亂俗還平。　紛亂世俗恢復和平。

以四言體歌謠歌頌我國女皇武則天的豐功偉績，在中國古代民間歌謠史上是獨樹一幟的。

㈣敦煌民間五言白話詩。敦煌寫本中有著名的五言白話詩的存在，王梵志的詩已成為一種專門的學問，引起國際敦煌學界討論的熱潮，張錫厚教授《王梵志詩校輯》一書出版後，更引發了王梵志研究熱，但其重點卻不在於俗文學的研究上，而在於字斟句酌、訓詁考證上。故如從窄義的敦煌民間文學研究而言，似應排除王梵志及其五言白話詩的研究，而應納入對著名詩人及其詩作的研究範疇。但王梵志及其詩作是一個較複雜的俗文學現象，此人生平莫衷一是，有說隋代，有說唐代大歷，又有說五代，詩作內容也異常不同，工農商學兵，畢其功於一役，一個人的一生，作出幾個人的事情來。在現有輯錄的王梵志詩中，有混入敦煌民間五言白話詩的現象，故應加以區分和剝離，並對這些真正的敦煌民間五言白話詩加以研究。

伯三二一一和伯三四一八共有九十八首民間五言白話詩，是敦煌勞動人民無名氏的民間文學作品。不應把它們記在王梵志的名下，而應納入敦煌民間文學的研究。事實上王梵志正是吸收了民間五言白話詩的藝術傳統，才取得了自己的成就。

㈤敦煌民間六言歌謠。在敦煌曾經流行過一種特殊的六言體的民間歌謠，實在是世所罕見。它的名稱為「兒郎偉」。我國自先秦以來就盛行一種在臘月驅儺的風俗，敦煌在唐代也盛行這種風俗，它與我國文化的發展有較密切的關係。它源遠流長，影響深廣，涉及到傀儡戲、師公戲、儺戲的起源，也涉及到假面舞的形成，又涉及到唐代敦煌民間歌謠《兒郎偉》的產生，而《兒郎偉》又影響到敦煌民間變文的形成和發展。全稱是《兒郎偉驅儺》，又名《兒郎衛》，或《驅儺文》，是在每年十二月民間驅儺時所唱。唱《兒郎偉》驅儺時，敦煌民間具體做法是：有的化裝成「熊羆爪硬」，有的化裝成「鋼頭銀額」，主角偉郎兒需要化裝成一個驅鬼的鍾馗，全身披著特製的豹皮，皮上用朱砂染赤，口中唱著「捉取江游浪鬼」的六言歌謠，聲勢浩大地進行驅鬼逐疫的風俗活動。《兒郎偉》具有進步的思想內容和獨特的六言體的藝術形式，在中國民間歌謠史上和中國文學發展史上，是絕無僅有的文學現象。

㈥敦煌唐人詩。北京文物編輯委員會編印出版的《文物資料叢刊》第一輯上，一九七七年十二月，發表了舒學先生根據王重民先生錄出的伯二五五五卷子，校對和整理出了《敦煌唐人詩集殘卷》，共收入五十九首佚名詩，後來又重刊於《中華文史論叢》一九八一年第四輯

《〈補全唐詩〉拾遺》卷二，根據民間文學無名性的特徵，敦煌唐人詩集殘卷基本上是民間文學性質的作品，理所當然應該屬於敦煌民間文學研究的範疇。另外，敦煌佚名氏的詩作遠不止五十九首，像《〈補全唐詩〉拾遺》中所錄伯二七四八〈王昭君怨諸同人連句〉、伯三四四五〈謁法門寺真身〉、斯五五五八〈無題〉、伯三九二九〈敦煌古蹟廿詠〉、伯五〇〇七〈敦煌〉三首，還有在原卷未錄出的佚名氏的詩，總數尚難以估定，都是研究敦煌民間文學中的七律、五律、七古、五古諸多形式珍貴的資料。敦煌唐人詩有的歌詠漢族人民中的下層知識分子尚未淪落或已經淪落到吐蕃奴隸主手中時的生活現實情況、有的歌詠古敦煌眾多的古蹟名勝；有的歌詠唐代大中二年（公元八四八）張義潮起義後的「歌謠再復歸唐國」之情景。總之，具有明顯的敦煌民間的地方特色。

四、語言類。共有兩種：

㈠敦煌民間諺語。敦煌本《太公家教》本為民間童蒙讀本，但它又是最完備的敦煌民間諺語集，它匯集了唐以前的民間諺語的精華。例如：「香餌之下，必有懸鈎之魚；重賞之下，必有勇夫之勁。」「一日為師，終身為父。」「慎是護身之符，謙是百行之本。」「呑鈎之魚，恨不忍飢。」……《太公家教》中多種多樣的諺語，都是唐代民間流行的有較高藝術質量的諺語，能給人們以美的薰陶，使人們易於接受，樂於口傳，便於記憶，它表現了唐代人民卓越的藝術語言創造的才能，發人深省，寓意深刻，它是祖國民間諺語之海中開放出來的一束獨特的花朵。今諺有許多條目的來源問題，便在《太公家教》中得到了確實的證據，它的發現是我國諺語研究的一大幸事。除此之外，輯錄與研究敦煌寫本中散見於其他文體中的民間諺語之任務，便擺在了敦煌民間文學治學者的面前了。

㈡敦煌民間謎語。任二北先生在《敦煌曲校錄》中指出某些敦煌曲子詞實際是謎語。在敦煌本《伍子胥變文》中，伍子胥出逃時與其妻用中醫草藥的名稱進行回答，是典型的古敦煌民間謎語之表現，其謎面與謎底，至今尚無人解破，其中奧妙，不得而知。敦煌民間謎語以藥名詞的形式反映出來時，字義曲折，寓意艱深，充分體現了《文心雕龍・諧隱》說的：「謎也者，迴互其辭，使昏迷也」的特點。香港饒宗頤先生對斯四五〇八寫本中一首敦煌民間藥名詞謎，作出精采的破譯，令人耳目一新。從敦煌變文中出現的伍子胥與其妻以藥名回答可見敦煌唐人用藥名作謎已成民間風習。研究敦煌民間謎語之精美內容，已成為敦煌民間文學研究中重要的內容之一，不可等閒視之②。

總之，敦煌民間文學實際研究的應是上述四大範圍共十三個種類，內容包羅萬象，很豐富。敦煌民間文學依據的是敦煌寫本，它們雖是特定的書面的東西，但是研究時應當把它們和

---

②關於敦煌民間藥名詞謎，斯四五〇八〈連理枝〉。請參見拙著《敦煌曲子詞欣賞》一書，頁七八—八四。南京大學出版社，一九八九年出版。

還活在我國人民口頭上的民間文學作品一起來考察，會更有意義。這樣就在敦煌民間文學所研究的時代上框定了範圍。由於敦煌寫本大多是唐五代人親手抄襲的寫本，因此敦煌民間文學大都是唐五代時的民間文學，但它不包括唐五代在敦煌寫本以外的一切民間文學，更不包括後世與敦煌寫本無直接關係的敦煌地區的民間文學。河西酒泉一帶至今仍在流傳的民間寶卷，它們隸屬於中國民間說唱文學研究之範圍，是中國民間文學另一重要有研究價值的內容，但特質的不同，使河西寶卷不能成為敦煌民間文學的組成部分，主要因其不是敦煌寫本。

敦煌民間文學只是研究人民大眾所作的東西。它們曾是口傳的民間文學作品，民間變文中的孟姜女、王昭君等民間故事，《太公家教》中的民間諺語，敦煌曲子詞中同一首民間詞而有多種字句上有出入的流傳本，都是民間文學口傳性的表現。敦煌民間文學隱匿了作者的姓名，它們從這個民間藝人之手傳到那一個民間藝人之手，有的改掉幾個字，有的增加了句子，有的又重新經過了改寫，這樣，敦煌民間文學作品就有了集體創作、修改的痕跡，無從知道它們第一個創作者的姓名。這樣就在敦煌民間文學所研究的作品中，基本排除了一切文人的有名氏的作品，它們縱然也寫得頗通俗，但也不是敦煌民間文學研究的範疇，例如，韋莊的〈秦婦吟〉，雖然寫得既通俗又生動，又是首見的最長的唐代敘事詩，但它也不屬於敦煌民間文學研究的作品，因為它出於個人之手。在堅持敦煌民間文學的無名性時，必須堅持不唯成分論的原則，絕不能規定非得是體力勞動者的作品，才能是民間的通俗的文學，它既應包括勞動人民的作品，也應包括非勞動人民的作品，和文人搜集整理的無名氏的作品。

敦煌民間文學是舉世罕見的珍寶，所有類別，均有其開創性的特徵。它表現了敦煌唐人高度的天才的藝術創造力。講唱類中的敦煌民間變文，是唐代民間「轉變」文體之首創，而敦煌民間的話本，則開闢了宋元民間話本的先河。韻文類中的敦煌曲子詞，則顯然是民間的歌謠而成為宋詞的前身，確鑿地說明了魯迅一個精闢的論斷，「歌、詩、詞、曲，我認為原是民間物，文人取為己有，越做越難懂」。敦煌民間歌謠中長短句，四、五、六、七言各體齊備，如此眾多的六言民謠，為民謠史之罕見。語言類中的《太公家教》之諺語，更是開創了後世諺語集之先聲，即以藥名詞而言，唐圭璋《全宋詞》據吳處厚《青箱雜記》收入宋代陳亞〈生查子〉四首藥名詞，故前人曾有藥名詞始於陳亞之議論，但斯四五〇八卷子中藥名詞之發現，則說明了藥名詞也是首創於敦煌的民間。凡此種種，均說明了敦煌民間文學各類作品之開創性的價值，實為中國民間文學作品精華之所在。

# 第一章　敦煌民間變文

## 第一節　談變文的定義和與其他文體的區別

在敦煌民間文學中最負盛名的是敦煌變文。但是對變文文體的認識，在中國敦煌學界是存在著分歧的。一九五七年，向達、周一良、啟功、王慶菽、曾毅公和王重民六位先生，把當時可能找到的一百八十七個敦煌寫本，編選了七十八種，匯校為《敦煌變文集》上下兩冊，共六十八萬三千字，由北京的人民文學出版社出版。在當時和三十多年後的現在來說，都是一個有利於研究的比較豐富的敦煌文學選集。關於《敦煌變文集》，王重民先生生前說：「這可以說是最後最大的一次整理。」（見〈敦煌變文研究〉，載《中華文史論叢》一九八一—

二），我認為並不能像王先生生前說的那樣是「最後最大」的一次整理。從研究角度看，它仍然是一個不完全的選本，仍然把一些重要的變文漏掉了，沒有完全編進去。例如，鄭振鐸先生藏的《身餧餓虎變文》就沒有收入，鄭振鐸先生曾在《中國俗文學史》上冊的第二二四頁裡簡單的介紹過，是釋迦本生故事之一，說釋迦在過去的一「生」裡，曾化為一個王子，有天他和好幾個兄弟進山，路上遇到一隻餓虎，病不能覓食，諸兄弟皆不顧而去，釋迦卻捨身走近虎身邊要牠吃自己，但這餓虎連開口力氣也沒有了，他便以竹籤自刺其身，將血滴入虎口，餓虎才漸漸有了生氣，把這捨身的聖人吃下去了。這個故事是佛本生經（Jataka）故事的一種。莫高窟二五四窟「摩訶薩河本生」的獨幅畫便繪的是這個故事的全部，十分珍貴。還有一些新發表的變文，也需加以補充，例如，一九六三年莫斯科出版的《亞洲民族研究所藏敦煌卷子漢文目錄》第一冊，和潘重規編的〈敦煌變文新編〉（載台北《幼獅》月刊第四十九卷第一期），書裡收有《佛說報恩經講經文》（蘇聯列寧格勒藏有的敦煌遺書，原名《雙恩記》，編號一四七〇）等等剛發表的故事，按體例也能收入，可以想見，在約一百九十個寫本中，絕不止現在集子中的七十八種，因此，《敦煌變文集》既不能算最大也不能算最後的一次整理，就研究角度而言，我們期待著《敦煌寫本全集》的出版，把所能找到的一百八十七個，或更多的寫本，全部校點、整理、編輯出版，對敦煌民間文學研究來說，我們需要寫本的全部資料。

最值得商榷的是《敦煌變文集》所持的變文分類法。它把敦煌民間文學中的下述五類統統納入敦煌變文的概念中去了。一、敦煌講經文，二、敦煌民間話本，三、敦煌民間詞文，四、敦煌民間故事賦，五、敦煌變文。其實，以上五類只有敦煌變文一類是名副其實的變文，其餘四類都不是真正的變文。

在這集子前編輯部寫的〈出版說明〉中有一句話，說「變文是用接近口語的文字寫成的，中間有說有唱。」這個變文的概念是正確的，但是，收入的作品中有許多並不是有說有唱的。例如，敦煌民間話本，像《秋胡》、《唐太宗入冥記》等等，是有說無唱的。再如，敦煌民間故事賦，像《茶酒論》、《晏子賦》是問答式。《燕子賦》、《齖䶗書》，是講述式，也是有說無唱的。三如，敦煌民間詞文，像《董永詞文》、《季布詩詠》等等，全都是由韻文寫的，是有唱無說。由此可見〈出版說明〉中定的變文「有說有唱」的概念名不副實，變文應當排除以上有說無唱，或有唱無說的三類，才能符合變文是有說有唱這個概念的。

但是，就敦煌講經文而言，它既可歸入變文類，也可以不歸入變文類。歸入變文類的原因是因為它有說有唱，韻散結合；不歸入變文類的原因是因為它畢竟與敦煌變文有區別。與佛教故事的變文相比較，講經文有幾個不同點。其一，佛教故事變文，在原文末尾往往題有「變」字。例如雲字二十四號紙背有「八相變」三字，伯二一八七末尾有「破魔變一卷」五字，斯五五一一末尾有「降魔變文一卷」六字；講經文卻不一樣，在原文末尾沒有「變」字，而是有佛教經文的名稱。例如，北京光字九四號末尾有「持世并第二卷」六字，伯二四一八末尾有「綉俗第六」四字，據此可見，佛教故事變文和講經文原本就不屬於同類。其二，內容重點不同。佛教故事變文以講佛教故事為主，可以浪漫主義的講魔法故事，講經文以逐段逐句講佛教經文為主，可以插入我國民間故事、民間風俗、民間歌謠到佛教經文中去講唱。其三，在講經文以前，有一段唱經，唱經由都講擔任，所謂「都講」，即指魏晉後和尚講佛經時總要一人唱經，一人解釋，那解釋的和尚就叫法師，唱經的和尚便叫都講。例如在《長興四年中興殿應聖節講經文》開頭唱過佛經以後法師便說：「適來都講所唱經題，云《仁王護國般若波羅蜜多經序品》第一者：仁者，五常之首……」然後便由法師來解釋，解釋後再由都講唱。從講經文看俗講，和魏晉以來講經是同樣的。再如，伯二九五五《佛說阿彌陀經講經文》開頭有一段：「都講闍梨道德高，音律清冷能宛轉，好韻宮商申雅調，高著聲音唱將來。」這是法師在通俗講解經文之前指示都講唱經，並奉承他幾句，使他樂於與法師配合。變文與講經文完全不同，一、有的變文內容與佛教毫無關係。如《王昭君變文》、《舜子至孝變文》，說唱者也至少能說與都講法師無關。二、講說佛教故事的變文也與講經文不同，前面不需唱經，只有「押座文」、「緣起」，來起鎮定的作用，在這裡也似乎沒有都講的經唸。根據以上三點原因我們可以說，講經文只是在說唱的形式上與變文一樣，但是無論從其內容看，還是從其說唱方法上看，都是不同的，所以應當把敦煌變文與敦煌講經文，分別列為兩個不同的類別。

在進行敦煌變文的分類以前，還需解決一個變文的定義問題，究竟什麼是變文？《敦煌變文集》前面人民文學出版社編輯部的〈出版說明〉，給變文下了這樣一個定義：「早在公元七世紀末期以前，我國寺院中盛行一種『俗講』。記錄這種俗講的文字，名叫『變文』。」這個定義是否準確，我想也可提出商榷。我認為，變文原是唐代民間盛行的一種叫「轉變」的民間文藝體裁的藍本，這種「轉變」的民間文藝體裁的特點是圖文並茂，翻開給觀眾看的圖畫叫「變相」，根據圖畫講唱的內容便叫「變文」。敦煌變文總共可以分為以下三類，第一類，民間故事變文，如《舜子至孝變文》、《孟姜女變文》等等。這類變文的特徵是流傳時間早，浪漫主義成分大，有的直接採取魔法故事結構。第二類，歷史傳說變文，如《伍子胥變文》、《張義潮變文》等等。這類變文的特徵是生活氣味濃郁，現實主義成分大，直接鋪敘歷史故事，產生時間比前類稍後。第三類，佛教故事變文，如《大目乾連冥間救母變文》（簡稱《目連變》），《降魔變文一卷》等等。這類變文的特徵是具有強烈的宗教氣味，直接講說佛教故事，產生時間較晚。（關於這三類變文詳情，下面還要作專門講述。）第一類與第二類變文顯然與佛教無關，因此敦煌變文並不能完全認為是記錄寺院中盛行的俗講的文學。從唐代吉師老的《看蜀女轉昭君變》一詩可見，講唱變文的人不是和尚，而是民間藝人；這種轉變演唱的地點，也不僅僅是在寺廟中，而是在寺院外，第一，有的在路邊講唱，如《太平廣記》卷二六九引《譚賓錄》云，唐玄宗時為了騙人民去瀘南當役夫，不惜「乃設詭計……于要路轉變，其眾中有單貧者，即縛之。」這是在要路邊講唱轉變的例子。第二，有的在宮廷講唱，如唐·郭湜《高力士外傳》云：「上元元年（七六〇）七月，太上皇移仗西內安置。……每日上皇與高公親看掃除庭院，芟薙草木。或講經、論議、轉變、說話，雖不近文律，終冀說聖情。」這是在宮廷裡講唱轉變的例子。第三，有的在專門的「變場中」進行講唱，如唐·段成式《酉陽雜俎》前集卷五〈怪術〉云：「望酒旗玩變場者，豈有佳者乎?」這是在酒店變場中講唱轉變的例子。總之，轉變最初流傳的範圍，並不在寺院中，而是在社會的上下層全都盛行，很像現在的評彈、相聲等說唱文學那樣，在社會各階層都很流行，這樣，轉變這種中國唐代人民創造的獨特的文藝形式，遂被唐代和尚們所利用，他們在把那些佛教故事進行「俗講」的過程中，將它納入民間的「轉變」這一體式中，於是便形成為佛教故事變文，《酉陽雜俎》續集卷五〈寺塔記〉上云：「平康坊菩薩寺食堂東壁上，吳道玄畫《智度論》色偈變，偈是吳自題，筆跡遒勁，如磔鬼神毛髮。」又云：「佛殿內槽東壁維摩變，舍利弗角而轉睞，元和末（八二〇），俗講僧文淑裝之，筆迹盡矣。」「偈」，即梵文中的"Gatha"，即佛經、講經文、佛教故事變文中的唱詞。俗講僧文淑把維摩變文的唱詞寫在佛殿內的牆壁上，說明文淑曾利用變文為「俗講」的形式之一，利用這種形式以後，佛教故事變文就比民間故事變文與歷史傳說變文有了兩點明顯的變化，正像伯三八四九號敦煌卷子紙背文字所示的那樣：「夫為俗講：先作梵了，次念菩薩兩聲，說押座了；素舊《溫室經》法師唱釋經題了，念佛一聲了，便說開經了。」這就是說：1.在講唱佛教故事變文以前，和講唱敦煌講經文同樣，先要有一種俗講的儀式，「先作梵了，次念菩薩兩聲」；2.在做過儀式以後，便要先唱「押座文」，或「緣起」，以便鎮定全場。這兩點清規戒律是第一、二類民間變文中絕對沒有的，也是絕對不需要的。由此看來，第一、二類變文同「俗講」沒有關係，第三類佛教故事變文只和「俗講」有間接關係，一般說來，變文只是「轉變」的底本，講經文才是「俗講」的底本，因此，記錄俗講的文字是講經文而不是變文，這就是我們根據事實得出的結論。敦煌變文首先是民間變文，應當定名為敦煌民間變文。

在對敦煌講經文與敦煌民間變文作了明確的區分，也與敦煌民間詞文、敦煌民間話本、敦煌民間故事賦劃清了文體的界限，並對敦煌民間變文的定義有了明確認識以後，才好對敦煌民間變文進行科學的分類。如前所述：敦煌民間變文應當分為三類，現在對每一種變文分析如下。

## 第二節　民間故事變文

變文最先在民間流傳的應算是民間故事變文。這一類變文以專門說唱我國傳統的民間神話傳說故事為主。唐代詩人吉師老的詩「看蜀女轉昭君變」說：「妖姬未著石榴裙，自道家連錦水濆。檀口解知千載事，清詞堪嘆九秋文。翠眉嚬處蜀邊月，畫卷開時塞外雲。說盡綺羅當自恨，昭君轉意向文君。」（韋縠《才調集》卷八）這首詩說的是唐代民間女藝人在農村講唱變文的情景。詩云：「清詞堪嘆九秋文」，又云「畫卷開時塞外雲」，前句說的是講唱者手持有變文，清詞即唱詞，蜀女唱的相當於四川「清音」這樣的韻文。後句說的是講唱變文時隨時展開圖畫，說唱民間故事的底本叫「變文」，展開的圖畫稱為「變相」。

吉師老說的「昭君變」文，在敦煌發現的伯二五五三《王昭君變文》當係它的底本。《王昭君變文》是民間故事變文中重要的篇章，本書將在第十八章當中做專門的探討和研究，此不贅述。在這裡只指出《王昭君變文》是變文類中早期產生的作品。《王昭君變文》內容特徵是具有愛國主義與民族團結的主題思想。我認為昭君變文出現這種愛國主義與民族團結的主題思想，是唐初國力薄弱的現實反映。唐高祖初期還不得不對東突厥稱臣，唐太宗曾有痛心的回顧。六二二年，頡利引騎兵數十萬分路入侵，一度曾破大震關，地點就在甘肅隴西縣，唐朝也不得不派人去與之求和，不得不委曲求全。這與漢初情況是同樣的。昭君出塞反映的是漢初和親政策，「漢初的和親政策，是在漢朝中央與匈奴地方的力量對比處於不平衡的狀態，漢朝不得不委曲求全，以期暫時避免匈奴奴隸主侵擾的情況下產生的。」① 從唐初突厥入侵隴西的歷史，說明了《王昭君變文》在唐初流行的時代背景，這篇變文中多次提出「突厥」（關於此點請詳見第十八章中「流傳的時代」）即為明證。此變文號召民族團結，它傾訴昭君「長辭赤縣，永別神州」痛苦的心情，正是隋末唐初敦煌一帶人民思想與心理的反映。

同樣，伯五〇三九《孟姜女變文》也是民間故事變文中重要的篇章，本書也將作詳細的探討與研究，參見第十五章，此亦不贅述。在這裡，也只指出一點：結合時代背景考察，此變文仍是初唐現實曲折的反映。唐初關隴地區不斷遭受外族的侵犯，修長城、婦女送寒衣哭倒長城的故事才會大量流行，此變文在初唐傳播才易於理解。其中唱詞：

隴上悲雲起，
曠野哭聲哀，
若道人無感，
長城何為頹？

實在是唐初遭受了戰亂過後的現實情景而借民間故事變文加以表現，所以，《孟姜女變文》仍然是第一批出現的民間變文。

從以上兩篇民間故事變文，可看出這類變文的一個共同點，就是它們所敘述的民間故事都

---

①林幹《匈奴史》頁五二，內蒙古人民出版社，一九七九年四月版。

有悠久的流變史，不論是《孟姜女變文》或是《王昭君變文》，它們的故事都在唐代以前幾個世紀就已廣泛流傳。它們當然最早成為唐代民間「轉變」這一文體表現的作品。這類變文還有更早出現的故事。

在民間故事變文中，還有一篇《舜子至孝變文》很為著名。現題名就是這篇變文的原題。舜的神話來源已久，可以說在原始社會末期已產生。但是《舜子至孝變文》中的故事情節和舜的神話有所不同，它帶有很大的民間傳說故事的特色，人情味十足，採用的是世俗故事和魔法故事的結構，因此它是民間傳說的歷史性、世俗故事的現實性和民間童話的幻想性三者結合的產物。它講述的是一個後母虐待丈夫前妻之子的故事，主要人物是瞽叟、後妻和舜，另外的人物，像娥皇和女英，幾乎未有公開活動，只是順筆一提。

故事梗概是這樣：舜之父瞽叟出門歸來，看見後妻臥床不起，問她什麼原因？她說她和舜到後園摘桃子，她爬上樹去摘，舜在樹下埋了惡刺，她從樹上下來，「刺我兩腳成瘡，疼痛直達心髓」，她認為原因是：「兒妾頭黑面白，異生豬狗之心」，反汙舜想同她私通。實際情況是舜上樹摘桃，她在樹下「拔取金釵手裡，刺破自家腳上」，叫舜下樹與她看刺，舜匆忙下樹看她腳刺，她便汙他違反了「男女授受不親」的封建倫理法規，汙他「異生豬狗之心」。瞽叟聽說舜埋惡刺害後母，便叫象弟取三條荊杖來對他毒打，後妻在一旁叫著：「男女罪過須打，更莫交分疏道理」，「把舜的頭髮，懸在中庭樹地，從項決到腳跟，鮮血遍流灑地」。

瞽叟正在毒打舜時，百鳥突然齊鳴，其中有隻「慈烏」也流起血來，這是由於舜是孝順之男，上天神仙化一老人到了人間，來保護舜，舜挨打，「猶如不打相似」，所以挨打後他便回到書房來照常讀《詩經》、《論語》等書。後娘見到舜「學得鬼禍術魅」恨得咬牙切齒，恐怕堯王懲罰，逼瞽叟快把「離書」（休書）交來，她要離開這家庭，瞽叟表白，只要有計除他，「無不聽從」。這是第一個故事。

後娘又生二計，她告訴瞽叟說，要舜子到後院去修理空倉，等他上倉後，三人放三把火把他燒死。舜就問後母要兩個笠子，後母心想「四十個笠子也須燒死」，便給他。上倉後，三把火燒得「紅炎連天，黑烟且不見天地」。但說來奇怪，舜手抓著兩個笠子，「騰空飛下倉舍」，這是由於有神仙用法術把他擁托下來，毫毛不損。舜又回到書房來照常讀《詩經》、《論語》等書。結尾寫「離書」情節與第一個故事相同，這是第二個故事。

後娘又生三計，她告訴瞽叟說，要舜子到廊前枯井裡去淘井，等他下井便「把取大石填壓死」。這時上天神仙又把銀錢五百文丟入井中，舜脫衣井邊，入井淘泥，把銀錢放在罐中，教後母挽出，數度已盡，便湧出了清水，這時他們便用大石把井填了，神仙又化一黃龍，引舜通穴，到東家的井中，恰值一個老媽媽取水，便把舜子從井下挽上來，告訴他不要回家，到親媽墳頭去。舜到了親媽墳頭，親媽現出真身，告訴他到歷山去耕田，「躬耕必富貴」。舜到歷山後親自種田，豬也來用嘴為他耕地，鳥也來銜籽為他播種，大災年，別人欠收，而他獲得了豐收，這是第三個故事。

由於瞽叟指使後妻害舜，作惡多端，最後雙眼瞎了；好吃懶做的後妻也日益窮困，不得不天天背柴到市上去賣，做苦工；象弟由於參加作壞事，最後變成癡癲，乞食街頭。有一天，舜子挑米上市賣，碰到了後母他們。「舜子拭其父淚，與舌舐之，兩目即明。」在舜救護下，「母亦聰明，弟復能言。」「堯帝聞之，妻以二女，大者娥皇，小者女英。堯遂卸位與舜帝。」整個故事便結束了。

通過《舜子至孝變文》我們清楚看見了古代舜的神話在唐代關隴地區民間演變成民間傳說故事的完整情節結構。體現了「善有善報、惡有惡報」和「化惡為善」民間故事傳統的主題思想。儘管這篇變文是五代天福十五年己酉（九四九）年搜集的，但是，結合敦煌的實際情況來考察，《舜子至孝變文》仍然是敦煌變文中第一批出現的作品。舜與敦煌地區有一種特殊密切的關係，這裡最初是苗黎生活的地區，史載由於他們在中原的部落戰爭中失敗以後，就被舜流放到這裡來了。《後漢書・西羌傳》云：「舜流四凶，徙之三危。」注：「今沙州敦煌縣。」就是一個突出的證據。古代三危敦煌高地，一向是神話傳說繁榮之地，《山海經・西山經》云：「三危之山，三青鳥居之。是山也，廣員百里。」郭璞注：「三青鳥主為西王母取食者，別自棲息於此山也。」由此可知敦煌還是西王母神話中三隻神鳥的居所。所以，舜與西王母等神話傳說自古以來便在這一帶傳播，如莫高窟二九五號隋窟中就有西王母像，這為《舜子至孝變文》唐初即在此地區流傳提供了佐證。

總之，民間故事變文是敦煌變文中最早出現的作品，它的故事多半從先秦兩漢就已在這一帶民間流傳，到了初唐，結合當時的情勢，產生了變文，理所當然。這一類變文無疑是變文中產生發展得最早的篇章，我們沒有必要一談變文便把它同佛教聯繫起來，民間故事變文的最大特徵，便是和宗教（特別是佛教）沒有明顯的關係，它紮根在我國民間文學深厚的藝術土壤中。

## 第三節　歷史傳說變文

與民間故事變文同時或稍後流傳的歷史傳說變文，也是敦煌變文中相當重要的一類。它們一般以敘述一個歷史人物為主，採取歷史上的趣聞逸事，又吸收民間傳說的虛構誇張，加以補充、發展、裁剪，成為適於說唱的故事。

最為著名的是《伍子胥變文》，這是從先秦以來一直在我國民間流傳的民間傳說，這篇變文是我國最早見到的伍子胥民間傳說的範本，分在民間故事變文裡未嘗不可，正如《王昭君變文》分在歷史傳說變文裡也可以一樣。但，由於《王昭君變文》虛構成分更大些，而《伍子胥變文》虛構成分較小些，因此才將它們嚴格分為兩類。

《伍子胥變文》的基本故事情節是說：楚國平王太子長大娶親，說定了娶秦穆公之女，但召募秦女進宮後，楚王見她美麗過人，便把東宮太子拋在一邊，強自把秦女作為自己的寵妃。伍子胥的父親叫伍奢，是一個耿直的忠臣，「聞之忿怒，不懼雷電之威，披髮直至殿前，觸聖情而直諫」，楚王不聽，便把伍奢殺死，遂後又殺了他的長子伍尚，還要殺他全家，伍奢的次子伍子胥逃了出來，在浣紗女和漁人的幫助支持下，都犧牲了自己的生命來替他隱瞞著，使他能逃過了朝廷的追捕，克服了重重困難，到了吳國，被拜為相國。五年後，他領兵打敗楚國，報仇雪恨。在吳越相戰之中，他因苦諫吳王不可偏聽宰嚭之言而惹怒了吳王夫差，被賜死，吳國遂為越國所滅。

《伍子胥變文》顯然不是宣揚個人復仇主義，伍子胥全部行動的意義並不是被個人的恩怨主宰著，正如故事中越國范蠡總結的：「屋無強梁，必當頹毀，墻無好土，不久即崩；國無忠臣，如何不壞？」故事自始至終總結了一條規律，歷史上任何一個朝代的覆滅，都在於最高統治者不能採納忠臣實事求是的忠言之緣故。楚王不能接受伍奢的真話，聽了魏陵的奉承話，結果被吳國所滅；同樣，吳王不能接受伍子胥的真話，聽了宰嚭的奉承話，結果被越王所殺。歷史上凡是不聽真話，專信並且專說假話、大話、空話的封建統治者，最終都沒有好下場。《伍子胥變文》的思想意義顯然在古代與現代都具有實際教育作用而影響深遠。

《伍子胥變文》中的故事，已經經過了唐代民間的流傳而在故事情節上有了發展，有下面三個情節是在古史中沒有的，一是伍子胥逃在半路遇到他的姊姊，故事寫胥姊以菜具作隱語，姐弟倆抱頭「哽咽聲嘶，不敢大哭」，揮淚相別，寫出了骨肉深情。二是伍子胥逃在半路，遇見他的兩個外甥來追，那二人抱著捉伍子胥領取「賞金千斤」的卑鄙目的，子胥作法自護，躲過了災難，魔法手法的運用，增加了感染力，寫出了六親不認的小人。三是伍子胥逃在半路遇見他的妻子，儘管兩人心裡有數，但各不相認，兩人各以藥名作隱語對答，用這種手法來烘托環境的險惡，氣氛的緊張，寫得十分藝術，顯然都是經過了民間說唱藝人口頭和書面的再創作。在《伍子胥變文》前只有《史記》對伍子胥有所記載，那是寫史實，而變文是民間傳說在古代的首見。到了元雜劇中有《伍員吹簫》，在明傳奇中有邱濬《舉鼎記》、梁辰魚《浣紗記》、京劇中《文昭關》，都是根據變文故事發展而來。

原題就是《漢八年楚滅漢興王陵變》，是敦煌變文中題與文都完整的作品。這篇故事見《漢書・張陳王周傳》卷四十：「王陵，沛人也。……陵乃以兵屬漢。項羽取陵母置軍中，陵使至，則東鄉坐陵母，欲以招陵。陵母既私送使者，泣曰：『願為老妾語陵，善事漢王。漢王長者，毋以老妾故持二，妾以死送使者。』遂伏劍而死。項王怒，烹陵母。」經過民間流傳的《王陵變》十分清楚的表現了人民對代表歷史落後、反動、暴惡勢力的項羽之譴責，對代表歷史進步勢力劉邦之支持，因此，在這篇變文中，重點表現了三點：

第一，歌頌漢將王陵、灌嬰勇敢機智的夜襲項羽楚軍的英雄事迹。第二，揭露項羽殘忍的把陵母捉來招降王陵，在手無寸鐵的老太婆面前，大耍英雄威風，以強弱尖銳對比，寫出項羽殘酷、毒辣和惡劣的給老太婆各種罪受，反而引起楚兵肝腸寸斷，不得人心。第三，塑造了一個大義凜然擁護歷史進步勢力陵母的形象，這個形象的正義性充分說明了勞動人民進步的歷史觀，「但願漢存朝帝闕，老身甘奉入黃泉」，為了歷史進步甘願犧牲自己生命，這說明當時劉邦得到人民的擁護。

從時代背景來考察，無論《伍子胥變文》還是《王陵變文》都是唐初現實曲折的反映。這兩篇變文所推崇的忠君思想，在唐初抵禦東突厥的侵犯中，都能起到鞏固大唐漢族進步政權的作用。伍子胥忠貞報君的形象，陵母甘奉生命於漢朝的形象，在初唐與異族入侵鬥爭中無異是一種旗幟，號召著團結，是當時人民精神力量和自信心的象徵，此二篇是民間變文早期產品。

《張義潮變文》也是一篇優秀的歷史傳說變文。唐朝在安史之亂以後，由於抽走了河西兵力，南北兩面的吐蕃與回鶻（XÜ，狐）乘機侵犯了全部河西地方，「頻來抄劫伊州，俘虜人物，侵奪畜牧，曾無暫安。」人民在落後的種族奴役下過著悲慘的生活，他們「將俘虜得的中國人民，老弱的全殺死，少壯的掠走強迫他們勞動或編入軍隊。」② 張義潮不愧為民族英

②見〈唐末沙州（敦煌）張義潮的起義〉，載《歷史教學》一九五四年二月號。

雄，他組織了人民起義武裝，進行了勝利的鬥爭，據《新唐書・吐蕃傳》（卷二一六下）載：「沙州首領張義潮奉瓜、沙、伊、肅、甘等十州地圖以獻。始義潮陰結豪英歸唐，一日，眾擐甲譟州門，漢人皆助之，虜守者驚走，遂攝州事，繕甲兵，耕且戰，悉復余州。」這是唐宣宗大中年間（公元八四九—八五九）的事情。孫楷弟先生在〈敦煌寫本張義潮變文跋〉中根據張義潮官銜有初加尚書，繼加僕射，後加太保的特徵，認為這變文稱僕射，正是義潮在大中十年（八五六）左近的加銜③，這就說明，這篇變文是唐朝當代民間文學新作品，唐朝人民在變文中盛讚了他對鞏固邊防、保國安民作出的傑出功勛，歌唱了他帶領義軍英勇殺敵的情景：「僕射即令整理隊伍，排比兵戈，展旗幟，動鳴鼉，縱八陣，騁英雄。兵分兩道，裹合四邊。人持百刃，突騎爭先。須臾陣合，昏霧漲天。漢軍勇猛而乘勢，拽戟衝山直進前。蕃戎膽怯奔南北，漢將雄豪百當千。」張義潮的愛國主義精神，代表了人民的願望，為了保衛國家，英勇善戰，足智多謀，精於攻守，使蕃醜喪膽。他的侄子張淮深為了紀念他的功勛，開鑿了莫高窟一五六窟，繪了《張義潮夫婦出行圖》，畫人物二五七人，駝馬成群，出色表現了這位英雄，還記載了大量唐代民俗資料，在甬道兩壁上還雕塑了他夫婦倆的等身大像，《張義潮變文》將和他的出行圖和塑像一樣永傳於世。

③孫文載《大公報・圖書副刊》一四五期（一九三六年八月二十七日）。

《張淮深變文》可以說是《張義潮變文》的姊妹篇。比上一篇變文產生時間略晚。張義潮與張淮深是叔侄倆，張義潮的哥哥張義潭之子就是張淮深。他們先後領導敦煌區域人民起義，驅逐了異族，收復了百年來河隴失地，對保境安民作出了貢獻。人民永遠紀念他們，在《唐書》上雖未給他們立傳，但莫高窟千佛洞中，在張淮深開的兩個窟中，有他倆的供養人像和壁畫。張淮深變文中也充滿了愛國主義思想感情，當他「作鎮龍沙，威臨戎狄，橫戈大漠，彌掃匈奴」受到玄宗嘉獎時，他「捧讀詔書，東望帝鄉，不覺流涕」，用詩一樣的語言，來表達他為國盡忠的意志：「微臣幸遇陶唐化，得復燕山獻御容，報國願清戎落靜，烟消萬里更崇庸。今生豈料親臨問，特降天宮出九重，錫賚縑緗難捧授，百生銘骨誓輸忠！」變文用這樣的詩句來表現他誓死報國盡忠的決心，直到「清戎落靜，烟消萬里」邊防安定之時。變文中也描寫了他為了國家的安定而英勇殺敵的情景：「尚書乃處分諸將，盡令臥鼓倒戈，人馬銜枚。東風猎（猎），微動塵埃；六龍才過，誓不空迴。先鋒遠探，後騎相催，鐵（軍）千隊，戰馬雲飛。分兵十道，齊突穹廬。鞞鼓大振，白刃交麾，匈奴喪膽，麞竄周諸。頭隨劍落，滿路僵尸，回鶻大敗。」真實的再現了張淮深當年保衛邊疆的生活畫面，反映了當時真實的民族矛盾鬥爭。不幸，在大順元年（八九〇），張義潮女婿、瓜州刺史索勛其人，為了篡奪他的節度使的高位，在二月廿二日，突然襲擊，殺死了張淮深一家八口，張景球撰〈歸義軍節度使檢校司徒南陽張府君墓志銘〉云，與他同時被殺的有夫人穎川郡陳氏和六子延暉、延禮、延壽、延鍔、延信、延武。李明振撰〈再修功德記〉云：「兄亡弟喪，社稷傾淪」，淮深的弟弟與淮深同時被殺。直到四年後，張義潮第十四個女兒，涼州司馬李明振妻，才「出定其難，率將士誅勛。請於朝，以義潮孫嗣為平度使」（〈再修功德記〉），淮深之冤才得到昭雪！

總之，歷史傳說變文，都是現實主義成份很濃的民間文學作品，就其內容看，這些故事多半流傳在唐初到唐代中葉這一段時間，與民間故事變文同時或略為遲些。這些變文也和佛教毫無關係，看不出來它們和廟堂文學有些什麼聯繫，它們的根源也是深植於我國本土的現實生活裡，可見，從敦煌千佛洞中出來的變文不一定和佛教有關，千佛洞中能有韋莊的長詩〈秦婦吟〉的發現，正如這首長詩和佛教毫無關係一樣。印證吉師老的詩，這兩類變文，是首先流傳在民間的作品。

## 第四節　佛教故事變文　押座文與緣起

就現有資料看，佛教故事變文是在最後產生的，最明顯不過的例證，就是莫高窟所有的唐窟中，都沒有敦煌遺書中大量佛教故事變文的踪影。例如，不管是《目連變文》、《地獄變文》、《降魔變文》、《八相變》、《破魔變文》等等，都看不到與之相映證的敦煌壁畫，相反，敦煌講經文卻明顯的看到了與之相映證的敦煌壁畫，這是什麼原因呢？這原因是這些佛教故事變文都產生在晚唐，那時唐朝正加劇了封建割據，民族鬥爭也激烈。敦煌地區在大中二年（八四八）張義潮領導沙州人民起義，打倒了吐蕃奴隸主，接著又收復了瓜州與河西，最後將河西十一州圖盡歸於唐朝，但安定未久，當義潮在咸通十三年去世（八七二），政局又不穩，張氏家族封建割據、統治階層內部傾軋日益嚴重，回鶻、吐蕃等族便再度威脅了河西的安全，這時在莫高窟，我們從建窟於文德二年（八八九）十二窟繪有報恩經變相可見，它強調了一種家族的血緣關係，也強調了民族意識，用來加強團結和抵抗外族的入侵，《目連緣起》實際上便是披著佛教外衣的中國孝子傳，例如，正唱目連皈依佛教，但筆鋒一轉，「且如董永賣身，還殯葬其父母，感得織女為妻，郭巨為母生埋子，天賜黃金五百斤。孟宗泣竹，冬日笋生。王祥臥冰，塞溪魚躍。」這樣的句子，顯然早已離開了佛教而實際上宣傳著中國傳統的民族心理與民族意識，對外族入侵便是一種抵御的精神力量，不管是《目連變文》，還是《大目乾連冥間救母變文》，它所宣傳的孝道，都是針對晚唐的民族入侵而發，強調漢祖唐宗民族意識的一種表現。像《維摩詰經講經文》，在初唐貞觀十六年（六四二）「維摩詰」變相便已繪到第二二〇窟的岩石畫上了，那是因為「維摩詰」是嚴格遵循佛經經文的，但由於佛教故事變文在一定程度上離開了經文強調或聯繫了實際的民族鬥爭。儘管它是或明或暗的，都是不能夠繪入佛窟的。這說明，佛教故事變文在當時不一定為正宗的佛教首領和忠實信徒所熱愛，但反過來又說明它得到了廣大敦煌人民的喜愛而能流傳於後世。

因唐代佛教盛行，寺院特別多，香火又盛，而婦女們到這裡來也不受限制，寺廟裡成了人民自由來燒香集會的好場所，當時寺廟裡設有樂招會，帶有遊藝場的性質，這就為佛教變文的產生發展提供了舞台。佛教故事變文主要是講述釋迦牟尼和他的弟子精心修道，斷絕塵念，追求佛教的最佳理想的涅槃境的故事，還有佛道戰勝邪惡的故事。「宗教世界只是現實世界的反射」④，當晚唐敦煌人民又陷入吐蕃、回鶻入侵的動亂戰爭的年代，階級與民族壓迫又加深之際，想往最佳理想的涅槃境和在幻想中戰勝邪惡，便使人們心中得到最大的安慰和麻醉，人們也用它來作為自己精神上的寄託，這就是佛教故事變文產生與發展的土壤和條件。

佛教變文中最有名的是斯二六一四《大目乾連冥間救母變文》（原題），是敘述佛教弟子目連曲盡孝道，救母出地獄的故事，是和尚們根據《佛說盂蘭盆經》（西晉月氏三藏竺法護譯）演繹而成的，即後世京劇《寶蓮燈》最初藍本，演的是劈山救母的故事，此故事後世曾衍生成無數的戲曲與圖畫文藝作品，《目連變》的唐畫便有許多幅，明傳奇有鄭之珍《目連救母行孝戲文》三卷。清朝又有人將它改名為《勸善金科》十本戲，《綴白裘》中《孽海記》寫的也是這個故事，酒泉還流傳有《目連救母寶卷》。

---

④《馬克思恩格斯論宗教》頁一一七，人民出版社，一九五四年版。

變文中目連救母故事十分曲折多變，寫得栩栩如生，具有藝術魅力。它敘寫佛教弟子目連出家為僧。以善果得證明羅漢果，藉了佛力到了天堂，見到了父親，但當他尋母時，才知道母親還在地獄中受苦。於是他便下地獄去尋找他的母親（青提夫人），但遍歷地獄都說未見，後來守道羅剎告訴他青提夫人在阿鼻地獄中，那是個極可怕的地方，「灌鐵為城銅為壁，葉風雷振一時吹」，一到那裡人便化成灰塵，像目連這樣的和尚，是絕然走不進去的。目連只好踏雲朵回到了婆羅林，繞佛三匝，向如來訴苦。如來佛念他誠心，說：「火急將吾錫仗與，能除八難及三災，但知勤念吾名字，地獄應當為汝開」，就能進地獄了。以後，變文以說書人口吻，形象敘述道：「須臾之間，即至阿鼻地獄。空中見五十個牛頭馬腦，羅剎夜叉，牙如劍樹，口似血盆，聲如雷鳴，眼如掣電，向天曹當直。逢著目連搖報官：和尚莫來！此間不是好道，此是地獄之路。西邊黑烟之中，總是獄中毒氣著，和尚化為灰塵處。」在幻想上具有奇特、誇張、形象等藝術特點。寫阿鼻地獄的慘狀和恐怖，能與但丁《神曲》地獄比美，想像力的豐富與怪異令人叫絕：「鐵蛇吐火，四面張鱗，銅狗吸烟，三邊振吠，蒺藜空中亂下，穿其男子之胸；雖鑽天上旁飛，剜刺女人之背。鐵杷踔眼，赤血西流；銅叉剉腰，百膏東引，於是刀山入爐炭，骷髏碎，骨肉爛，筋皮折，肝膽斷。碎肉迸濺於四門之外，凝血滂沛於獄墻之畔。聲號叫天，岌岌汗汗。……箭毛鬼嘍嘍竄竄，銅嘴鳥咤咤叫叫喚。獄卒數萬餘人，總是牛頭馬面。饒君鐵石為心，急得亡魂膽戰處。」就其思想性而言，仍然是現實生活的曲折反映，寫出了在吐蕃回鶻殘暴的奴隸主統治下沙州人民深重的災難，不過是借佛教外衣為遮護而已，但也需批判地看待這個問題，宗教畢竟是人民的鴉片，它還貫穿著迷信。目連在阿鼻地獄尋到他的母親青提夫人，她全身上下釘了四十九道長釘，正釘在鐵床上面受刑，她不是普羅米修斯式舍生取義的英雄，而是一個家中富有，不信佛，不肯給佛教設齋布施，因而被佛教定為慳貪的罪過深重的女人，因而她需要這樣受罪。變文在寫惡鬼獄士放下青提夫人與兒子相見時「七孔之中流血汁，猛火從娘口中出」，拖著「蒺䔧（鐵鐐）步步從空入，猶如五百乘破車聲」，「目連抱母號咷泣」，但終因青提夫人罪根深結，只能變成畜牲——狗，最後由於目連引母親青堤七天七夜誦大乘經，懺悔念戒，才脫了狗皮，變作人身。這個變文，主要是宣揚孝道和信佛，在異族入侵時，號召一種絕對忠實於自己的親骨肉之情和在宗教的虛幻中解脫自己的痛苦以生存下去，無疑有值得肯定的一面，但它另一個主要目的是對那些不信佛教而又不給佛門布施的人以恐嚇、報復式的教訓，捉弄那些受苦受難而又愚昧無知的婦女，為了不下地獄便對佛教加以布施。儘管變文中的地獄酷刑，獄卒的冷酷無情，如來的佛法無邊，都是封建社會和異族壓迫的反射，但它並不是對現實真正的否定，只用一種不正確的辦法來反對，恰相反，它是以佛教作為外衣，實際對人民宣揚新的奴役與壓迫，並給人民灌輸迷信——精神的鴉片，宣揚的目連式的孝道也是虛偽的，一當孝道與信佛矛盾，便也沒有了孝道，而只有罰道了，青堤夫人仍會被釘在四十九根長釘上。

《降魔變文一卷》（原題）也是佛教故事變文中著名的一篇，出自《賢愚經》卷第十〈須達起精舍品第四十一〉，講的是須達修建伽藍寺的故事。講以前南天竺國舍衛城中有一個須達，他感知佛的威力，敬仰如來佛，他要在舍衛城中修建一座伽藍寺。有一天他和一個和尚舍利弗看中了一座花園，這座花園是東宮太子所有，須達便去求太子把花園賣給他，他先是謊稱這園裡有妖邪，太子便出榜賣園，但後來見買園的就是須達，便譴責須達騙他，後來首陀天王化成一老人來說情，太子又知道他是為了信佛才買園，於是便答應把園賣給他建寺。正當須達和太子由園歸來，路遇六師外道，出言誹謗佛教。國王便把須達和太子都找去決定六師和舍利弗兩方鬥法，如果六師得勝，便殺掉須達，家產充公。《降魔變文》寫得最精彩的是佛教弟子舍利弗和六師鬥法的場面。第一回合是寶山與金剛之爭：「六師聞語，忽然化出寶山，高數由旬，欽岑碧玉，崔嵬白銀，頂侵天漢，叢竹芳薪。東西日月，南北參辰。亦有松樹參天，藤羅萬段。頂上隱士安居，更有諸仙游觀，駕鶴乘龍，仙歌撩亂。四眾誰不驚嗟，見者咸皆稱嘆。」這時，舍利弗也變化出一尊金剛，形狀極為奇特：「其金剛乃頭圓像天，天圓衹堪為蓋；足方萬里，大地才足為鑽。眉鬱翠如青山之兩崇，口㗇㗇猶江海之廣闊，手執寶杵，杵上火焰沖天。一擬邪山，登時粉碎。山花萎悴飄零，竹木莫知所在。」金剛的寶杖把寶山敲得粉碎。第二回合是水牛與獅子之爭：「勞度差忽於眾裡，化出一頭水牛。其牛乃瑩角驚天，四蹄似龍泉之劍；垂斛曳地，雙眸猶日月之明。喊吼一聲，雷驚電吼。四眾嗟嘆，咸言外道得強。」這時，舍利弗又化成一頭獅子，「其獅子乃口如谿豁，身類雪山，眼似流星，牙如霜劍，奮迅哮吼，直入場中。水牛見之，亡魂跪地。」結果，獅子吃了水牛。第三回合是水池與白象王之對。六師化為水池，「四岸七寶莊嚴，內有金沙布地。浮萍菱草，遍綠水而競生」，舍利弗便化為白象之王，「身軀廣闊，眼如日月，口有六牙，每牙吐七枝蓮花……以鼻吸水，水便乾枯。岸倒塵飛，變成旱地。」白象王把水池摧毀了。第四回合是毒龍與金翅鳥王之比。六師化為毒龍，「口吐煙雲，昏天翳日，揚眉眴目，震地雷鳴，閃電乍暗乍明，祥雲或舒或捲。」舍利弗便化為金翅鳥王，「掩蔽日月之明，抓距纖長，不異豐城之劍。從空直下，若天上之流星，遙見毒龍，數迴博接。雖然不飽我一頓，且得噎飢。」金翅鳥王只兩次動嘴，便把毒龍吃得「兼骨不殘」，六師又失敗了。第五回合是黃頭鬼與比沙天王鬥，第六回合是大樹與風神鬥，六師全都失敗，最後力盡勢窮，只有對佛教依從折伏。從上述故事情節裡可見，《降魔變文》主要思想焦點似在體現釋道之爭，佛教徒宣揚所謂「佛法無邊」，但主要成就卻在藝術上，它的藝術構思的奇特、藝術想像力的多彩、魔法手法的絢麗，文字又寫得形象生動，情節又編排得千變萬化，可以想見，在唐代人民勞動之餘，聽到這些神魔故事，真像現在的人在讀《封神榜》和《西遊記》，可以像恩格斯說的「使他忘卻自己的勞累」，所以佛教故事變文也有它一定的意義和作用。

自然，佛教故事變文的思想性是不能與前兩類變文相比的，可以想見，它在廟會上出現時，不一定立刻在場上便為漢族勞動人民所願意聽，因此，為了要使所有進場來的聽者與觀眾都能逐漸聚精會神的聽佛教故事變文，它就需要在變文前加上一段引子，彷佛在現在的戲曲開場前，先演上一段相應主題的折子戲用來先演，起一種鎮靜的作用，這樣，佛教故事變文便派生出以下兩種小文體。這就是：1.押座文，例如，〈八相押座文〉、〈三身押座文〉、〈維摩經押座文〉等等。這些押座文以七字句韵文的詞文體為主，多半只有幾十句，形成一個小段落，當作變文的引子。2.緣起，例如，〈醜女緣起〉、〈目連緣起〉、〈歡喜王國緣起〉等等。這些緣起是韵文與散文相結合，表面上與變文一樣，但是它的作用實際上起著「入話」之類的意思。押座文與緣起突出的特點是它必須與我國民族心理同化，首先推崇我國獨立的民族思想，它才能把人民吸引住，這樣，中原文化便形成押座文與緣起的骨骼。例如，〈故園鑒大師二十四孝押座文〉，熱烈讚頌中國文化：「萬代史書歌舜王，千年人口……王祥。郭巨願埋親子息，老萊歡著彩衣裳。」又如〈目連緣起〉也熱烈讚頌中國民間傳說，「且如董永賣身，遷殯葬其父母，感得織女為妻。」這就說明，佛教徒在以押座文與緣起引起中國人民來聽佛教故事變文時，首先便受人民的愛國心和民族尊嚴的制約，「萬代史書歌舜王」，實際是歌唱唐代不可侵犯的統一的旗幟。

押座文與緣起是佛教故事變文獨特的派生物，沒有聽說過民間故事變文與歷史傳說變文還需要什麼「押座」、「緣起」的，顯而易見，這主要是由於這兩類變文內容一向為我國人民喜聞樂見，百聽不厭，便不需要「押座文」和「緣起」來鎮靜了。

## 第五節　談變文的文體

從敦煌變文的分析可知，在我國唐朝初期，西南部和西北部城市和農村裡盛行一種轉變，這種轉變有突出的藝術特徵，它始終具備著三種因素，一是「變相」（連環畫的配合），二是「變文」中的說講，三是「變文」中的歌唱，這三部分說明轉變是唐代創新的一種民間的美術、文學、音樂三者結合的綜合性的民間文藝體裁。在轉變這一種民間文藝體裁裡，孕育出來了敦煌民間變文，它是記錄這種轉變的通俗的文字。轉變這種唐代民間創造出來的自我教育與自我娛樂的文藝形式，後來被佛教寺院中的僧侶所利用，運用轉變這種講唱形式來通俗的宣講佛教，說唱佛教故事。

周紹良先生認為「變文之起源，蓋由於釋家唱導之說」（見《敦煌變文匯錄・敘》），這是過去普遍的看法，值得商榷。所謂「唱導」，係佛教演繹說法的制度，是寺院中僧侶宣傳佛教的通俗講演，梁・慧皎《高僧傳》說：「唱導者，蓋以宣唱法理，開導眾心也。皆佛法初傳，於時齋集，止宣唱佛名，依文教禮，至中宵疲極，事資起悟，乃別請宿德升座說法，或雜序因緣，或傍引譬喻。」「談無常則令心神戰慄，語地獄則怖淚交零，徵昔因則如見往業，覈當果則已示來報，談怡樂則情抱暢悅，敘哀戚則灑淚含酸。於是闔眾傾心，舉堂惻愴，五體輸席，碎首陳哀，各各彈指，人人唱佛。」這完全是一種純粹而又純粹的宗教宣傳活動，正如基督徒個個到教堂裡去聽聖經和唱讚美詩一樣，講唱到悲痛時也是「灑淚含酸」，高興時也是「情抱暢悅」，教徒們也是個個「五體輸席」，人人高唱耶穌，但是它並不是民間文藝的藝術形式，和「唱導」一樣只是一種純粹的宗教活動現象，看不出它和吉師老〈看蜀女轉昭君變〉這種民間文藝現象有什麼因果聯繫。

把佛教的唱導混同了文學的變文之結果，便給變文來自印度說尋找了「理論根據」，近來有些同志在談我國小說起源時就說「轉變是從印度傳來的」，其理由便是「轉變源出六朝時佛家的唱導」⑤，這實是由「變文起源於唱導」引起的誤解。但「變文來自印度」說，大凡都是一種推測性的未有確證的文字，管見以為，我們尋求變文的來源時，還是應當從我國文學發展本身去找出它的發生發展脈絡來，而不應當一味從外國文化裡去假設我國文學的來源。我國是一個有悠久歷史和古老文化的國度，並不像美國那樣只有幾百年的歷史，因此毫無必要非要從外國去找尋我國文化來源不可，我們應當立足於我國固有古老的民族文化的根本去進行探討。誠然，佛教是遠在東漢明帝永平十年（六七）傳入我國的，它對我國文學、哲學、

⑤見程千帆、吳新雷〈關於宋代的話本小說〉，載《社會科學戰線》八一·三。

藝術、民俗，包括民間文學都有某些影響，但是我國文化壯大的主體本身卻是中國人自己獨創的，這是任何外國來的文化所不能左右和篡奪的。在文學上，各個朝代都有各個朝代的創新，歷來有漢賦、唐詩、宋詞、元曲之說，為什麼不能承認敦煌變文的創新；我們應當承認這種創新。

敦煌民間變文的文體是有說有唱、韻散結合的，這種文體是我國韻散兩條文學河流匯集起來的結果，它的內容則是紮根在我國深厚的民間文學土壤上。這種文體，講的部分用散文，唱的部分用韻文，在一篇敦煌變文裡，散文與韻文同時在篇中出現形成為它的特殊式樣。

關於敦煌民間變文的散文部分，有兩種情況。1.大部分使用著不太高明的白話文，白話文和淺顯古文相雜在內。例如，《漢將王陵變文》，其中有一段講述劉邦和張良對話的情節，是這麼寫的：「漢高皇帝大殿而坐，招其張良附近殿前。張良蒙詔，趨至殿前，漢王曰：『前月二十五日夜，王陵領騎將灌嬰，斫破項羽營亂，並無消息。擬差一人入楚，送其戰書，甚人堪往送書？』張良奏曰：『盧綰堪往送書！』」這一段便是使用著半文半白的語言，通俗易懂，易於接受。2.也有一部分使用著駢體文。例如，《伍子胥變文》中有一段描寫浣紗女看見伍子胥的情景：「女子拍紗於水，舉頭忽見一人，行步獐狂，精神恍惚，面帶飢色，腰劍而行，知是子胥，乃懷悲曰：『兒聞桑間一食，買輙為之扶輪；黃雀得藥封瘡，銜白環而相報。我雖貞潔，質素無虧，今於水上泊紗，有幸得逢君子，雖即家中不被，何惜此之一餐。』

緩步岸上而行，乃喚：『游人且住！』」這就是變文中使用的四六駢體文，講究對仗工整，具有鏗鏘的音樂性，寫得也很通俗易懂。敦煌民間變文中的散文部分大致便是這樣。

關於敦煌民間變文的韻文部分，有以下幾種情況，1.以七言唱詞作為它的主要句式。例如《張義潮變文》全篇都是七字句的韻文唱詞夾雜著白話文的散文講說，這篇七字句韻文唱詞運用著白話詩般的口語，如有一段寫當時的情景，「三光昨來轉精耀，六郡盡道似堯時，田地今年別滋潤，家園菓樹似胭脂」，藝術描繪了唐代和平的歲月。2.有時也在基本的七言唱詞當中夾雜著一定的五言句式的韻文唱詞，如《王昭君變文》中，它的韻文就是以七言句式為主，但在王昭君生病和單于問答時，卻插入了五言句式的韻文。如昭君說：「妾嫁來沙漠，經冬向晚時……今果連其病，容華漸漸衰……此間無本草，何處覓良師？」這表現了韻文句式轉換的靈活。3.有時也在七言句式中加入許多六言句式的韻文唱詞，如《八相變》中，在七言句式中便夾有許多六言句式：「當日金國天子，潛身來下人間。今朝菩薩降生，福報合生何處。遍看十六大國，從頭皆道不堪。唯有迦毗羅城，天子聞名第一。」韵文句式的轉換，使得變文中的韻文，更緊密地向現實生活或實踐運用跨出一大步，而且它用韻也自由得多，一段唱詞，有些一韻到底，有些不斷換韻，有些又不講平上去入，而押大致的韻，靈活多變。

敦煌民間變文的文體，它的散文與韻文的結合，也是有一定規律的，不是雜亂無章的湊合。結構方式一般有三種，第一種結構是銜接式：散文部分講故事作引出原因的敘述，而用韻文部分敘述故事情節的發展，這樣，散文部分敘述故事情節時，顯然帶有一定的調節感情和休息換氣的作用。例如，《孟姜女變文》雖然是殘篇，但完全能看出它是以韻文唱詞敘述故事為主，而以四六駢體文作為引發唱故事的說白，《漢將王陵變文》中也是這樣的情況，規律同樣，用散文敘述來作為引發唱故事的說白，然後再用韻文強調唱出某個情節。下面以王陵母親一節故事為例：

鍾離末曰：「老母如何對臣前頭罵詈楚王！」頂上盤枷，枷驅上馬，不經旬日，便到楚國。游奕走報：「鍾離末王陵母到來！」何用諮陳，三十武士，各執刀棒，驅逐陵母。霸王親問，身穿金鉀，揭去頭牟，搭箭彎弓，臂上懸劍，驅逐陵母，直至帳前。嚇脅陵母言云：「肯修書詔兒已不？」其母遂為陳說。

陵母天生有大賢，聞喚王陵意慘然，
須是女兒懷智節，高聲便答霸王言：
「自從楚漢爭天下，萬姓惶惶總不安。
斫營比是王陵過，無辜老母有何愆？」
更欲從頭知有道，仰面唯稱告上天：
「但願漢存朝帝闕，老身甘奉入黃泉！」

前段散文講故事銜接，後段仍用韻文講故事來渲染。第一種結構的特點，便是散文的情節與韻文的情節是互相聯結著而不可分割，融為一個藝術整體。散文敘述有引發銜接作用，而韻文演唱則有渲染加強作用。

第二種結構是重複式。散文講述故事情節，而韻文則再唱一篇講述的情節。這是因為變文是演唱的作品，光說不唱，不獨失去了藝術魅力，不能引人入勝，而且光唱不一定能使人馬上聽懂，先說一遍便加強加深了聽眾的印象。例如《李陵變文》中有這樣一段：

其時李陵忽遇北風大吼，吹草南倒。單于道：「漢賊不打自死。」左右聞言：「大王，漢賊不打如何自死？」單于著人從後放火，其烟蓬愫，熾炎蒸天。「大將軍後底火來，如何免死？」李陵問：「火去此間近遠？」左右報言：「火去此間一里。」「軍中有火石否？」急手出火，燒卻前頭草，後底火來，他自定。前頭火著，後底火滅。看李陵共單于火中戰處：

陵軍延延向前催，虜騎紛紛逐後來，
陣雲海內初交合，朔氣燕南望不開。
此時糧盡兵初餓，早已戰他人力破，
遂被單于放火燒，欲走知從若邊過？
川中定是羽狼毛，風裡吹來夜以毛，
紅焰炎炎傳烈盛，一迴吹起一迴高。

白雪紛紛平紫塞，黑烟隊隊人愁寞，

前頭草盡不相連，後底火來他自定。

後面的韵文唱的實際是前面散文的延續與擴大，自然，變文中多數是第一種結構，第二種重複式結構較少見，有時穿插在銜接式結構中出現。

第三種結構是強調式。散文部分像講故事，一樣敘述著情節的發展，韵文部分既不是像第一類那樣，用韵文中的情節來銜接散文中的情節，或相反，也不是像第二類那樣，韵文重複散文的情節。強調式的結構是故事情節專門由散文來敘述，到了主人公講話時或吟唱時，為了強調的寫出主人公的心理活動，便用韵文演唱。《伍子胥變文》的韵散結構便是強調式，例如：

子胥被婦認識，更亦不言。丈夫未達於前，遂被婦人相識，豈緣小事，敗我大義。烈士抱石而行，遂即打其齒落。晝即看日，夜乃觀星，奔走不停，遂至吳江北岸。慮恐有人相掩，潛身伏在蘆中，按劍悲歌而嘆曰：

江水淼漫波濤舉，連天沸或淺或深，

飛沙蓬勃遮雲漠，清風激浪喻摧林。

白草遍野覆平原，綠柳分行垂兩岸，

烏鵲拾食遍交橫，魚龍踴躍而撩亂。

伍子胥在江邊按劍悲歌，實際是在加深他的思想活動的描寫。《伍子胥變文》十三節韵文有十二節是用主人公說的話來敘發和加深他心理活動的吟唱的，強調式的韵散結構很明顯。敦煌民間變文中韵散結合，主要是採取以上三種結構形式。

## 第六節　對變文文體來源的探討

從上面對變文文體的散文部分、韵文部分和韵散結構的方式所作的分析探討裡，可以得出這樣一個結論，敦煌民間變文的文體並不是外來形式，而是自古以來就有的說唱形式，和我國固有的散文與韵文民族形式的邏輯發展，在唐代民間的再創新、再發展。

首先應當強調指出，敦煌民間變文這種韵散結合、說說唱唱的文體，在我國古已有之。例如，從四川成都天回鎮漢墓中出土的「擊鼓俑」（參見〈成都天回山厓墓清理紀〉，劉志遠著，載《考古學報》一九五八：一），可以說明民間說唱藝人在我國兩千年前便已存在，他們就是一邊擊鼓一邊說說唱唱，不言而喻，他們的底本便是類似變文這種韵散合一的文體。四川郫縣東漢磚室墓中出土的「立式陶說書俑」（參見《藝苑掇英》頁四五，一九八〇：九圖版），同樣記載了民間說唱藝人的存在，說明韵散結合一文體的產生，以上兩個例證都可以和劉向《烈女傳》中說的「古者婦人妊子……，夜則令瞽誦詩，道正事」互相參照來看，所謂「誦詩道事」便是韵散合一文體的表現。這種韵散合一文體的產生決不是偶然的，我們可以從以下四方面找出它土生土長的深刻的根源。

1.從散文來看，我國從春秋戰國時代便已經十分發達，《四書》長久以來均是當時古人學習的典範，《老子》、《莊子》、《墨子》、《韓非子》、《荀子》、《呂氏春秋》、《淮南子》、《列子》等書，都是古人十分熟悉的優秀的散文。正是在這種深厚的散文藝術的基礎上，產生了先秦兩漢的說書民間文學活動，《墨子・耕柱》即說：「能談辯者談辯，能說書者說書」，可見我國人民在公元前便有了用散文來說書談民間故事的風氣。《韓非子・說林》實際就是戰國時游說的民間故事的結集。到了漢代，說書講唱的風氣更盛，還專門設立「稗官」來搜集整理民間故事，《漢書・藝文志》如淳注云：「主者欲知里巷風俗，故立稗官使稱說之。」小說家也出現了，「小說家者流，蓋出於稗官，街談巷語，道聽塗說之所造也」（《漢書・藝文志》），這裡的「小說家」與現在的作家有所區別，實際上多半指的是說書的民間藝人。這樣，它便構成了敦煌民間變文中散文部分的深厚基礎。再說變文中駢體文，也不是無源之水，無椽之木，駢體文又簡稱駢文，起源於漢魏的賦，形成於南北朝時期，像上面《伍子胥變文》中的句子，基本上是以四字六字定句，是駢文中的一體。柳宗元在〈乞巧文〉中說的「駢四驪六，錦心繡口」，就是指這種四字六字的句子，但是，在文人賦中使用四、六言的句式時，都是嚴格講究對仗、排比、聲律，而傳到唐代民間的變文裡，卻揚棄了這種呆板的教條，用之於口頭實講的文學中，四字六字句式要求去除那種清規戒律，更適合於應用講唱，使駢體文與現實生活中說唱文學發生了緊密的聯繫，駢文便從文人的駢麗賦中分離出來，具有了頑強的生命力。

2.從韵文來看，中國是世界上著名的「詩歌之國」，從《詩經》的四言詩開始，經過屈原的騷體，漢代的樂府民歌，到魏晉南北朝的五言詩，從陶淵明、三曹的短詩一直到民間長篇敘事詩〈孔雀東南飛〉和〈木蘭辭〉，可以見到我國詩歌一直是受著民間文學中的歌謠培育而在發展著，我國人民可以說已經非常熟悉用優美的熾熱的韵文來表達自己的思想感情，因而也完全可以說敦煌民間變文中的韵文也是有其深厚的我國傳統詩歌的基礎的。

3.從變相上看。敦煌民間變文這種圖文並茂的形式乃是直接繼承了我國秦漢以來出現的民間神話著作《山海經》的圖、注、讚的傳說，是它明顯的發展運用，它表現了我國民間文學固有的形式。這種圖文並茂的民間形式乃直接影響到變相的產生，也影響到敦煌壁畫的產生，也促使了俗講僧在講唱講經文時，或佛教故事變文時，也鋪掛起畫卷，採用我國民間文藝中這一種圖文並茂的形式，以招徠觀眾，於是乎才有趙璘在《因話錄》中說的「不逞之徒，轉相鼓扇扶樹，愚夫冶婦，樂聞其說，聽者塡咽寺舍」的情況產生。

4.從韵文與散文兩者結合方面看，我國人民也並不是從未有過而感到陌生。早在戰國時代就有荀子的〈賦篇〉，發展到漢魏六朝的賦體，可以說大都是韵文與散文相結合的文體。東漢趙曄《吳越春秋》在歷史史實裡摻雜了大量民間傳說，在書中許多部分將韵文與散文結合起來運用，也是敦煌民間變文的文體來源很好的說明。漢魏六朝的文人們，曾經競相以寫散文的「序」加上韵文的詞，來寫賦、頌、贊、銘、誄等等類別的文章。先是賈誼的〈弔屈原賦〉、司馬相如的〈長門賦〉、蔡邕的〈述行賦〉、禰衡的〈鸚鵡賦〉、曹植的〈洛神賦〉、陸機的〈文賦〉、孫綽的〈游天台山賦〉、陶潛的〈閑情賦〉、庾信的〈哀江南賦〉等等，都是押韵的駢文而前面帶散文序的；後來，在四六駢體文的賦裡，乾脆也加入韵文的詩歌，於是，韵文與散文完全結合在一起了，例如，謝莊的〈月賦〉，就是運用曹植與王粲月夜吟游的傳說故事寫成的故事賦，最後插入了民歌似的韵文，最後一首是：「月既沒兮露欲晞，歲方晏兮無與歸，佳期可以還，微霜霑人衣。」這是諷勸那些虛度光陰的人要及時努力的歌謠。以上種種韵散結合，說說唱唱的形式，顯然是開了敦煌民間變文的先河。

綜上所說，敦煌民間變文在唐代的出現，絕不會使我們感到突然，無論從民間文學來考察，還是從文人文學來考察，還是從出土文物來考察，它是我國古老的文化發展的必然結果，從漢代民間說唱藝人的典型形象——俑，參證大量的民間或文人文學資料，雄辯的說明在先秦兩漢，就已經孕育了唐代敦煌民間變文文體的胞胎，敦煌民間變文的起源具有極其深厚的中國文學基礎，淵遠流長，在我國幾千年悠久的文化傳統的薰陶下，在繁榮的散文與韵文，以及散文與韵文合一，以及圖文並茂的文體強大文學洪流中，傳到唐代民間，水到渠成，再創造出這種嶄新的民間說唱文學的文體。

最後，光有以上這一切文化的悠久傳統還不足以說明問題，還要有重要的經濟條件，這就正如馬克思恩格斯說的：「人們為了能夠創造歷史，必須能夠生活，但是為了生活，首先就需要衣、食、住以及其他東西。」（見馬克思恩格斯〈德意志意識形態〉〔一八四五—一八四六〕，《馬克思恩格斯全集》第三卷，頁三一—三二）唐代的經濟繁榮，人民得到了衣食溫飽，接著而來的便是對文化生活就有了強烈的要求，唐代民間說唱文學（包括敦煌民間變文）便應運而生，所以，唐代經濟基礎的發展導致了民間變文的產生與發展，總之，經濟和文化的各種條件配合使敦煌民間變文出現在中國人民的生活中。

## 第七節　變文深遠的影響

在敦煌民間文學中，最重要的要算這一類變文的發現。如果我們在敦煌寫本中，僅發現韋莊的〈秦婦吟〉、王梵志的五言白話詩，那還只是提供了新的文學史上的作品，《雲謠集雜曲子》的發現，不過解決了一種詞的起源問題，敦煌變文的發現卻不同，它解決了中國文學史懸而未決的許多大問題，在敦煌變文發現前，中國文學史家簡直不知道宋代以後的寶卷、平話、諸宮調、鼓詞、子弟書等，到底從何而來？敦煌變文發現以後知道了；我國古代民間講唱文學，宋元明清各種各樣講唱文學的產生和發展都與它有關，這就是敦煌藏書發現這八十年來，我國古代文學研究者如此重視敦煌變文的原因。

在敦煌變文中，最主要的是第一類和第二類的變文，儘管這兩類變文中的故事，早在唐代以前就在我國民間流傳，或早見於史籍和雜記的記載，但是，它們是簡略的，或者只是梗概，到了敦煌變文中卻不同了，它經過了唐代眾多無名的天才的民間藝人加工和改編，思想性和藝術性大為提高，內容豐富飽滿，形象多姿多態，主題深化了，也具有了人民進步的思想感情，對於後世的小說、戲劇、詩歌和民間文學的發展，產生了廣泛而深刻的影響。宋代以後，關於王昭君、伍子胥、西施、孟姜女、董永等類型的話本、雜劇、傳奇等，都與敦煌變文有關，特別是韵散結合的敦煌變文文體，與宋代以後的技藝演唱，都有血緣關係。唱與畫相結合的這種演出方式，也是影響深遠，我國北方民間的唱皮影、我國南方民間的唱西洋景，都是緣敦煌變相與變文而來，藏族民間曲藝《拉麻瑪尼》，也是在市場與廟旁，將畫軸掛在樹上或牆上，一邊用棍子指點畫面，一邊演唱，大有〈觀蜀女轉昭君變〉的味道⑥。

⑥士登、廖東凡〈我們所知道的西藏民間曲藝〉，載《曲藝》一九八〇：二。

敦煌變文，從唐代到宋代，雖然只流行了大約四百年，但是它像一顆光芒四射的大星，永遠閃耀在祖國燦爛的民間文學星空。

# 第二章　敦煌講經文

講經文是敦煌民間文學中眾多體裁的一種，顧名思義，講經文就是講唱佛經的變文。與佛教故事的變文相比較，佛教故事變文和講經文原來就不屬於同類。

講經文的內容是比較複雜的，不能籠統地簡單地認為它是著重在逐段、逐句、甚至逐字通俗講解佛經經文，是和尚根據大乘經編寫的，便認為它沒有什麼生動的故事情節，一點可取之處也沒有，把它完全排除在「文學」之外，我認為對講經文評價必須做具體的分析研究。

## 第一節　講經文與「唱導」、「轉讀」的區別

首先，應了解一下講經文和六朝以來通俗宣講佛經的「唱導」、「轉讀」之間的關係問題。

它與「唱導」那種純粹是僧侶、教徒編寫的通俗講解佛家大乘經的文字不完全相同。唐代盛行佛教，因為自從佛教從東漢初傳入我國後，經過了魏晉南北朝，寺廟已大為增加，到了唐代更是極盛。正像韓愈在〈諫佛骨表〉裡所說：「天子大聖，猶一心敬信；百姓何人，豈合更惜生命，焚頂燒指，百十為群；解衣散錢，自朝至暮，轉相仿效，惟恐後時；老少奔波，棄其業次。」上行下效，信佛成了熱潮。宣傳佛教，在南北朝時便興起用「唱導」或「轉讀」來宣講佛經，那種宣講時的熱烈場面，在梁代慧皎的《高僧傳》中有著繪影繪聲的描寫：「廬山慧遠，道業真華，風才秀發。每至齋集，輒自升高座，躬為道首，廣明三世因果，卻辯一齋大意，後代傳受，遂成永則。」可見到了南北朝，宮廷和民間都盛行「唱導」。唱導時具體的情況是：「五體輪席，碎首陳哀，各各彈指，人人唱佛。」唱導自然是一種純粹的宗教宣傳，它不是文學創作，更不是民間文學活動。《高僧傳・唱導專論》云：「唱導者，蓋以宣唱法理，開導眾心也。」它所以要「維序因緣，旁引譬喻」，是為了招來聽眾，爭取民人的篤信，「旁引」也是在有限的範圍之內，不會超過佛教的範圍，因此它在傳播的「轉讀」之間，也就是單純的誦讀佛經而已，《高僧傳・經師傳論》云：「咏經則稱為轉讀，歌贊則稱為梵唄。」並且：「轉讀之為懿，貴在聲文兩得，若惟聲而不文，則道心無以得生；若惟文而不聲，則俗情無以得入」，在聲與文兩方面下功夫的結果，使「聽者可以娛耳，聆語可以開襟」，更好的宣傳了佛經。

講經文卻與「唱導」、「轉讀」不大同，它不完全是乾巴巴的宗教說教。它大部分內容是不可取的，逐段逐句逐字講解佛經經文，迷信味道很濃，但是，它中間有一部分卻插入了我國現實生活中的內容，把中國民間的風俗、著名的神話傳說、民間故事等帶入了講經文，使它的內容具有了民間文學的因素在內，這就使我們不能一概否定它，它還是有值得肯定的方面的。

## 第二節　講經文思想內容的積極成分

從它的思想內容來說，有以下四點值得我們注意：

第一，在講經文裡明顯地受到了我國神話、傳說、故事的影響。例如在眾多篇目的敦煌講經文裡，都提到堯舜禹的神話。在《長興四年中興殿應聖節講經文》裡，更為奇妙的是把佛教建立在堯舜神話時代的背景上，說什麼：「一聲絲竹，迎堯舜君暫出深宮，數隊幡花，引僧道眾高升寶殿。」這就顯然把我國神話中的堯與舜兩個神擺在了佛教乃至釋迦牟尼之前來講講經文，這種中西神合璧的講經文，與其說它是佛教化，不如說它是中國化為妥當。此段講經文中提到堯舜的地方，除以上提到的一處以外，還有：

1.禹湯道德應難比，堯舜仁慈稍可攀。
2.舜殿徘徊千乘主，堯天麻蔭萬重親。
3.堯風扇而金慈芬芳，舜雨滋而玉潢澄湛。
4.上應將相王侯，下至士農工賈，皆瞻舜日，盡祝堯天。
5.願見黃河百度清，今朝舜日近舜云。
6.宋王忠孝奉堯天，算得焚香托聖賢。
7.風慢香烟滿殿飛，人人盡有祝堯詞。
8.聖主淨心瞻月面，凡人洗眼見堯眉。

在《佛說阿彌陀經講經文》裡（殘卷），也有歌唱堯舜的語句「四海八方長奉國，六條寶階堯風扇，舜日光輝照帝城。」這些例子都可以說明講經文裡，有明顯的受到我國古代神話影響的地方。另外，也有受到我國傳說故事影響的地方，例如，關於西施民間傳說故事，《無常經講經文》裡便兩次提到：「說西施，妲己貌，在日紅顏夸窈窕。」「戀西施，慕月面，多傾美容生敬善。」《佛說觀彌勒菩薩上生兜率天經講經文》也唱道：「誰家麗質好姿容，南國西施貌不及。」這樣的講經文，民間文學的因素更多一些。眾所周知，和尚是不能娶妻的，既然如此，他們在寺廟裡說唱佛經時大談特談西施和姑娘如何如何美貌，不顯得有些滑稽嗎？因此，講經文不一定是僧侶講，也有些是信佛的民間藝人講。還有，這些例子還說明講經文雖然在部分內容上承受了佛教的衣鉢，但是，民間藝人由於有愛國心，或佛教徒由於懾於中國人民強烈而濃厚的民族尊嚴，不得不把佛教內容來與中國民族文化同化。同時，把我國古代的堯、舜放到了整個佛教之上來講經。請注意，講經文中唱的是「堯天庥蔭萬重親」，並不是「佛教庥蔭萬重新」，唱的是「舜日光輝照帝城」，並不是「佛教光輝照帝城」，這就是說，中華民族的獨立的傳統思想始終制約著外來文化，決定著人民對它是取還是捨。

第二，講經文裡採用了唐代的民歌。它對於勞動人民的歌唱，也具有民間文學進步性的特徵。例如，《長興四年中興殿應聖節講經文》中，下述兩首歌唱蠶農和田農的詩歌，應當把它們看作是唐代的民歌：

1.蠶家辛苦歌（擬題）

蠶家辛苦尚難裁，終日何曾近鏡台；
葉似蠅頭未得大，蠶如蟻腳養將來。
半羅蠒（同「⿱糸虫」字）就新蟬叫，一絡絲成舊債催。
所以聖人誡宮女，莫將羅綺掃塵埃。

2.田家四季忙

每念田家田季忙，支持圖得滿倉箱；
發於鬢上剛然白，麥向田中方肯黃。

晚日照身歸遠舍，曉鶯啼樹去開荒。

農人辛苦官家見，輸納交伊自手量。

這是兩首古代白話民歌，其主要方面顯然不存在佛教影響的問題，只是在「農人辛苦官家見」一句裡有美化封建統治者的痕迹，這是經過了民間藝人或和尚為了阿諛封建皇帝而作的篡改，「官家」恐係上面一首「聖人」的改定。在民間，「聖人」指的是女媧、伏羲、堯、舜、禹等神話中的神。這兩首民歌的思想是健康的，它傾訴了蠶農「一絡絲成舊債催」的悲慘命運，它又歌唱了田農「曉鶯啼樹去開荒」的艱苦勞動，它們是唐代民間歌謠中難得的珍品。

第三，講經文裡對封建統治階級有一種反抗的精神，儘管這種反抗的精神被包裹在佛教迷信的外殼裡，但對於中國封建統治階級，卻在一定程度上是不利的。例如，在《妙法蓮花經講經文》裡，便有一種渺視封建皇帝的傾向，它所講述的故事具有較為濃厚的民間童話性質，在這篇講經文裡，人間至高無上的皇帝，要給獅子獸王、仙人當奴僕，並且聽從他們的使喚。故事說，有一個皇帝出家當了和尚，做了仙人的佣工，「奉事仙人，心不莽鹵，終日辛勤，千秋已度。汲水下萬丈洪崖，採果上千峰綠樹。」在給仙人做事時，路上遇見獸王，獸王便把皇帝叫到它面前，帶有說笑意味的揶揄了他一頓。獸王說：「大王自己是萬乘之尊，七寶隨身，千官隨從，行時音樂，坐乃簫韶，如此富貴多般，早是累生修種，何得於此終日驅驅，求甚事意？」皇帝聽後只能唯唯諾諾，低首卑應，一掃天子不可一世的威風。不僅如此，皇帝由於被獸王纏住，給仙人做事遲到了，便立即被仙人找去訓話，仙人說：「大王！大王！近日多不精勤，汲水即一日不來，採果乃午時方到，若是生心退屈，故請便卻歸回，王免每日驅馳，交我終朝發業。要去任王歸國去，下官決定不相留。」在這裡，什麼皇權的威力，帝王的尊嚴，都被拋到九霄雲外去了，皇帝的命運反過來要受「下官」、「獸王」的驅使；在這裡，下官和獸王做了實際上的皇帝，而皇帝當了實際上的小太監。從藝術性來說，這篇講經文也寫得較生動，例如，寫到皇帝怕下地獄的恐懼心理，色彩斑斕。「未容旬日歡娛，已道某人身死……或鐵烏啄髓，或銅蛇噉肉……飢吞鐵丸，渴飲銅汁，劍樹利兮森森，刀山聳兮岌岌」，採用了我國傳統的駢體文形式敘述出來，較為形象。像具有這樣思想性與藝術性的講經文，顯然從思想與藝術兩方面都具有一定的民間文學價值，不能說它是乾巴巴的說教。

第四，從講經文裡可以看出，我國西部新疆、敦煌一帶的民間風俗習慣語言等，都和我國中原、江南、北部的民俗聯結成一個不可分割的文化整體。據向達先生的考定，斯六五五一這篇《阿彌陀經》是于闐國的僧人寫的（《敦煌變文集》頁四七七）。顯然這篇講經文是從于闐（新疆）傳入敦煌的，從中可見當時新疆和尚是用「唐言」來講解梵文典籍的，而且這個僧人還用中國話給梵文作了逐字逐句的通俗翻譯，例如：「梵言阿彌陀，言無量壽。且知應言阿波羅米多，阿之字，唐言是無。波羅二字，唐言是量。米多二字，唐言是壽。梵云素怛羅，唐言是經，或言是緣。」又如：「梵語母那，唐言名㦖，㦖者覺也。」這個和尚用漢語向新疆人民敘述講經文，而且稱它為「唐言」，這本身便說明唐時候漢語在新疆流行很普遍，以致和尚講經也向聽眾講漢語，說明中原文化與新疆關係的密切，自古而然。《佛說觀彌勒菩薩上生兜率天經講經文》所反映的民俗情況，與中國內地的風俗人情一模一樣，例如，形容女子的理想是：「綠窗弦上撥伊州，紅錦筵中歌越調。」「越調」是指河南與湖北一帶流行的戲曲，說明越調在當時敦煌的盛行。再如，形容男子的理想是「詩賦卻嫌劉禹錫，令章爭笑李稍云」，說明唐代著名詩人的作品同樣在敦煌流行。上述例證表明，新疆、敦煌文化與中國文化融合為一個整體，相互間的聯結十分緊密，用伯二九三一《佛說阿彌陀經講經文》裡的話說，就是：「不論崔盧柳鄭，莫說姓薛姓裴，僧家和合為門，到處悉皆一種。」這就是說新疆、敦煌人民自古以來便是炎黃子孫，是偉大的中華民族引以自豪的組成部分，這是我們從講經文裡得到的啟示。

現在，再讓我們從講經文所運用的音樂來看，它仍然是採用著中國民間的音樂，我們沒有理由一定要去相信講經文採取了什麼純粹從印度傳來的「佛曲」，當時的記載不是這麼說的，如唐代道宣《續高僧傳》中就說：「爰始經師為德，本實以聲揉文，將使聽者神開，因聲以從回向。傾世皆捐其旨，鄭衛珍流；以哀婉為入神，用騰擲為清舉。致使謠音婉變，嬌弄頗繁，世重同迷，尠宗為得。」不僅唐代人這麼說，就是宋代人論說唐代貞元（七八五—八〇四）時代的和尚少康時，也是這麼說的：「康所述偈贊，皆附會鄭衛之聲，變體而作。非哀非樂，不怨不怒，得處中曲韻。譬犹善醫，以餳蜜遞口之藥，誘嬰兒入口耳。」（宋・贊寧《宋高僧傳》）證據確實，佛教傳入我國後，首先在音樂上便被中國民間音樂藝術同化了，可以這樣說，講經文也是採取了我國民間的「鄭衛之音」的。所謂「鄭衛之音」，是指春秋戰國時鄭衛兩國的民間音樂。《禮記・樂記》云：「魏文侯問于子夏曰：『吾端冕而聽古樂，則唯恐臥；聽鄭衛之音，則不知倦。敢問古樂之如彼，何也？新樂之如此，何也？』」又說：「鄭衛之音，亂世之音也。」為什麼把鄭衛之音說成「亂世之音」呢？因為它是民間歌謠的曲子，封建統治者把民歌的曲子看成淫靡之樂，由於它和孔夫子提倡的雅樂完全對著幹，背道而馳，因而這種下里巴人的曲子被儒家加以排斥，崇「雅」黜「俗」，可是人民自古愛這種民間喜愛的鄭衛之音，它是民間不朽的樂曲，正是這種不朽的民間樂曲代替了佛曲，成為講經文的曲子。贊寧說這顯得「非哀非樂，不怨不怒」，依我看，還有不卑不亢，中國古代人民不屑顧及全盤佛化的奴性，表現在講經文裡便是用民間鄭衛之音代替了原有的佛曲，這使人民「哀婉為入神」，「致使謠音婉孌……世重同迷」，與其說佛教產生了影響，不如說民間被鄭衛之音所重迷！

綜上所說，講經文不論從它的內容上看，還是從它的音樂上看，都不能對它作絕對肯定或絕對否定的簡單結論。有些同志是對講經文採取完全否定說法的（見《飛天》一九八一年第二期，張鴻勛，〈瑰麗新穎，多彩多姿——敦煌民間文學漫談〉），這樣做未必妥當，我們應當細緻探討它的思想內容、藝術表現及音樂曲調上的民族化的成份，以求得對敦煌民間文學中的講經文能有一個中肯的評價，使它能在我國民間文學園地裡也有一席之地。

# 第三章 敦煌民間故事賦

## 第一節 文體的由來、藝術結構

我國敦煌學界在五十年代，對於敦煌民間文學中的賦類，曾經作為一種別具一格的文體來討論。王慶菽先生將《晏子賦》等說成是「故事的賦體」①；馮宇先生對《韓朋賦》等，也認為是「賦體形式」②；程毅中先生將《燕子賦》與曹植〈鷂雀賦〉作了對比研究後，認為「敦煌寫本中除了變文之外，還有一部分是敘事體的俗賦」③；周紹良先生在以上探索的基礎上，論定「賦在唐代民間文學中是獨立的一種體裁」，並將變文中的各種文體作了明確的區分④。這一切有益的探討，都增加了我們對這種獨立文體的認識。容肇祖先生曾經在一九

①②③④俱見《敦煌變文論文錄》（上冊），上海古籍出版社，一九八二年版。

三五年《中國文學史大綱》一書中將它定名為「民間故事賦」，這個定名很準確，也很科學！他認為：

漢代無名文人所作的故事賦，如說宋玉故事的〈高唐〉、〈神女〉、〈登徒子好色〉等賦，影響後來的文人，如曹植的一輩子。大約在漢代民間已有一些白話的故事賦，為通行的唱書，如王褒的〈僮約〉，白話而有韻，便是依民間故事賦的體裁而作的。漢代民間故事賦，現在當然是找不到的，幸而敦煌石室裡保存著六朝間的民間故事賦——《韓朋賦》。我曾作了〈韓朋賦考〉一篇，從古音裡考定這賦為晉至蕭梁間的作品。(頁二四三)⑤

這個見解是頗有見地的。

敦煌民間故事賦文體的產生，自然是經過先秦、兩漢、魏晉南北朝等幾個朝代民間的或文人的文學藝術家們共同探索的結果。班固〈兩都賦序〉中說：「賦者，古詩之流也。」說明賦原本是從民間古歌中演化出來的散韻結合之作品。《文心雕龍．詮賦篇》則說：「賦者，鋪也，鋪采摛文，體物寫志也。」更說明賦是鋪陳敷說事實經過的，戰國《荀子賦》的〈成相篇〉，便是當時講唱曲藝的形式。屈原賦或宋玉〈神女賦〉和漢賦中都是散文與韻文夾雜

---

⑤見該書三十三章〈唐及五代的民間文學〉，北平璞社出版，景山書社發行，一九三五年九月。

著來敘事、寫物、抒情，有的還帶故事性，都可作為敦煌民間故事賦這種講唱文體產生的最早的依據。自然，敦煌民間故事的產生因素是複雜的，它還與《漢書・藝文志》中專列的雜賦一類有密切的血緣的關係，例如，東漢辭賦家趙壹，他那篇著名的〈刺世疾邪賦〉，代表了當時「單門」、「寒族」的要求，對「勢族」豪強政權的專橫暴戾表示了反抗；這與敦煌《燕子賦》、寫燕雀爭巢、鳳凰判案故事，用來影射當時的官僚豪強，也對他們的專橫暴戾表示了反抗，在思想性上便有其一致性；特別是在體裁上，兩者的一脈相傳更為明確，〈刺世疾邪賦〉末尾附了兩首五言詩，而《燕子賦》則附了一首七言詩和一首五言詩，這種特點在六朝雜賦中更突出了，庾信〈春賦〉頭尾均有七言詩，並且全文以四六文鋪陳，其體裁簡直就與敦煌民間故事賦維妙維肖了。在題材上，雜賦與敦煌民間故事賦也很相似，如敦煌《燕子賦》、《茶酒論》等這類動植物題材，在文人雜賦中常見，例如，曹植那僅存殘篇的〈鷂雀賦〉，潘岳咏草木的〈秋菊賦〉、〈石榴賦〉、〈蓮花賦〉；到唐代這種賦也很流行，《北夢瑣言》說：「皮日休曾謁歸融尚書，不見，因撰〈夾蛇龜賦〉，譏其不出頭也。而歸氏子亦撰〈皮靸鞋賦〉，遞相誚謗。」（卷七）這種〈夾蛇龜賦〉、〈皮靸鞋賦〉等雜賦，與敦煌民間故事賦在題材上有一致性。另外，從敦煌民間故事賦的藝術結構來看，它採取了兩種類型。一是問答型，像《晏子賦》、《茶酒論》、《孔子項託相問書》、《下女夫詞》等，這一類型的特徵是中間主客問答構成賦的主體，開頭說明故事的來源，結尾加些議論和諷諭。這種問答體的出現，和先秦荀卿的賦和枚乘《七發》等漢賦中的問答形式，也有著密切的關係。二是講述型，像《韓朋賦》、《燕子賦》、《齖䶗書》等等，這一類型的特徵是常以賦來給文章命名，如伯二六五三尾題為「燕子賦一卷」，伯二九二二尾題為「韓朋賦一卷」等，而全篇則是有頭有尾的講說精彩的民間故事，這是敦煌民間故事賦中很重要的部分。這種講述體的出現，很顯然，漢魏六朝時出現的民間長篇敘事詩，〈孔雀東南飛〉、〈木蘭辭〉等，也可以說為它的產生提供了條件。因為人們既已習慣用長篇韻文來表現情節曲折的完整的故事，來塑造個性鮮明的人物的形象，這就給敦煌民間故事賦中以韻散結合的體式來敘述長篇故事和刻劃人物形象提供了範本。回顧了敦煌民間故事賦產生的由來就可以發現，這一類特殊形式的散韻結合的民間故事賦，是我國民間地地道道的土特產。賦最初雖然是從民間古歌中演化出來，但它已成為文人運用的形式，敦煌民間故事賦則是漢魏六朝文人賦的繼承和發展，說明文人文學反過來又給民間文學文體的發展以積極的影響。

## 第二節 《韓朋賦》

《韓朋賦》是一個孟姜女類型的故事賦，寫出了對於荒淫暴君憤怒的譴責。它敘述了這樣一個故事，韓朋母子一道生活，朋娶貞夫為妻，不久，韓朋離家出仕宋國，六年未歸，貞夫給他去信，信中充滿夫妻深情，宋王拾到了信，圖謀不軌，在奸臣梁伯謀劃之下，出八輪大車，謊稱「朋有私書，來寄新婦」，把貞夫騙進京城，「即拜貞夫為皇后」，遭到貞夫強烈反對；宋王露出殘忍本相，「打韓朋雙板齒落，著故破之衣裳，使築青陵之台」，韓朋最終不堪迫害自殺，貞夫也在祭墓時投身墓壙，隨夫而亡，夫妻倆化為連理樹，「枝枝相當，葉葉相籠，根下相連」，宋王遣人誅伐之，「變成雙鴛鴦，舉翅高飛，還我本鄉」，寓意忠誠的愛情戰勝了殘暴和死亡。宋王的不義，先秦典籍即多有記述，《戰國策》云：宋王「剖傴之背，鍥朝涉之脛，而國人大駭。齊聞而伐之」（卷卅二）；《墨子・所染篇》把宋王列為「舉天下之貪暴苛擾者」的六君之一；《呂氏春秋》的〈淫辭〉、〈過理〉、〈壅塞〉諸篇，都描寫他是一個喜諛惡賢、任意殺人的暴君，可見韓朋民間傳說的產生，顯然有其歷史的依據，但在先秦，韓朋民間傳說還未有產生。西漢的司馬遷在《史記》中的記載，已與韓朋民間傳說接近起來，第一，《史記》四十六卷〈田敬仲完世家〉提到了韓馮⑥和張儀是同時代

⑥韓朋、韓馮、韓憑實為一人。《史記》作韓馮，《搜神記》作韓憑，唐劉恂《嶺表錄異》作韓朋，與《韓朋賦》同。憑、馮古同字，馮、朋古音同。

的游說之士，與《韓朋賦》上說的「韓朋出游」仕於某個國家之說相似。第二，《史記》卅八卷〈宋微子世家〉說宋王「淫於酒、婦人，群者諫者輒射之。於是諸侯皆曰『桀宋』。『宋其復為紂所為，不可不誅！』告齊伐宋。」這與《韓朋賦》上說的宋王為了得到貞夫而害死韓朋，其「淫於酒、婦人」的本質一致。司馬遷據齊東野人之語寫成《史記》，上述是民間說法，可見韓朋民間傳說在漢代即孕育了胞胎。韓朋民間傳說最早完整的記載於晉代干寶的《搜神記》卷十一裡；後來唐代劉恂（Xún，旬）《嶺表錄異》（見《太平廣記》卷四六三引文），唐代釋道世《法苑珠林》等書都記載了這一傳說故事，但與《韓朋賦》作綜合研究後可以發現，一、伯二六五三將《燕子賦》與《韓朋賦一首》抄寫在同一卷內，此卷內「臣」寫為「𢘑」，為武則天造的字，故《韓朋賦》至少是在初唐抄寫的。故事與《搜神記》之記載同樣，而情節更豐富，顯然在《嶺表錄異》、《法苑珠林》之記載前已產生。容肇祖先生從古音變遷論證《韓朋賦》「可定為初唐以前，或為晉至蕭梁間的作品」⑦，此說頗有見地也很重要，證以「𢘑」字，敦煌寫本《韓朋賦》，是晉至六朝時的作品當無問題，這無異便說明了敦煌民間故事賦這種韵散結合的文體，是敦煌民間變文的文體產生之依據。故深入研究《韓朋賦》，對認識變文的來源至關緊要。二、《搜神記》提到「今睢（Suī，雖）陽有韓

⑦見《慶祝蔡元培先生六十五歲論文集》，一九三五年版。

憑城」。按睢陽是古縣名，秦置，即今之河南商丘縣。《韓朋賦》中有「宋王遂取其言，即打韓朋雙板齒落，……使築青陵之台……貞夫諮宋王：既築青陵台訖，乞願暫往觀看。」此段兩次提到「青陵台」，考青陵台，《大明一統志》、《封丘縣志》、《河南通志》、《開封府志》等地方志都說它在河南封丘縣。韓憑古籍的存在說明了河南省是韓朋民間傳說的發源地，它提供給我們民間文學工作者在河南省民間搜集有關韓朋民間傳說之依據。例如在近幾年搜集工作中，便聽到「相思樹和鴛鴦鳥」的民間傳說⑧，這個故事和韓朋故事十分相似，是古傳說的反映，證明韓朋故事至今仍然活在勞動人民口頭上。請看下述情節：

1.崔昊（hao，號）與尤娥是夫妻，宋王偃欲得尤娥，把崔昊變成奴隸。

2.清涼台原名清陵台，宋王罰崔昊在這裡起土造山，並把南邊的清涼河引到這裡，讓水繞清涼台流過，宋王偃讓尤娥與崔昊在河邊會面。

3.夫妻雙雙投河自殺，在投河處長起兩棵相思樹，枝枝相連、葉葉相對。王令砍倒燒掉。

4.相思樹被燒，清涼台邊騰起大火，從火中飛出一對鴛鴦鳥，永不分離。

以上崔昊與尤娥的故事，顯然脫胎於古代韓朋與貞夫的故事，此傳說代代相傳的傳承性頗為明確，此外，《郡國誌》（見《太平御覽》卷一七八引）、《太平寰宇記》又說「青陵台」

---

⑧見《河南民間文學》（第五輯），中國民研會河南分會，一九八二年版，頁一九三－一九五。

在山東東平縣和鄆城縣。總之，深入研究《韓朋賦》，將有助於我們發掘活在人民口頭上的有關材料，具有實踐意義。三、《搜神記》裡有一段話：「今睢陽有韓憑城。其歌謠至今猶存。」但究竟是什麼「歌謠」至今猶存呢？清沈德潛《古詩源》卷一選到兩首歌謠，一為〈烏鵲歌〉，一為〈答夫歌〉，他將二歌謠編入「古逸」類。他在〈序〉中說：「予之成是編也，於古逸存其概，於漢京得其詳，於魏晉獵其華，而亦不廢夫宋齊後之作者。」⑨這樣說來，他把以上兩首歌謠，視為韓憑傳說言之戰國時代的逸詩，他在二歌謠下出注說明，〈烏鵲歌〉注云：「《彤管集》，韓憑為宋康王舍人，妻何氏美，王欲之，捕舍人，築青陵之台，何氏作〈烏鵲歌〉以見志，遂自縊。」〈答夫歌〉注云：「王得詩，以問蘇賀，賀曰：雨淫淫，愁且思也；河水深，不得往來也；日當心，死志也。」《彤管集》書已佚，何人所編不得而知。《四庫全書總目》卷一九二有明代張之象編《彤管新編八卷》提要，云「是編以世所傳《彤管集》篇佚未備，更為輯補」等語，故《彤管集》決非明代編定的書，而至少是唐宋時即已有之了。《古詩源》編定于康熙己亥（一七一九），比《四庫全書總目》早半個多世紀，沈德潛能讀到的書，《總目》作者們未必能讀到，所以《總目》未收入《彤管集》。但以上二首歌謠究竟出於何時？從杜文瀾《古謠諺》注解，至多能知道在宋元時已見于文獻，

⑨見《古詩源・序》頁二，中華書局版，一九八〇。

敦煌《韓朋賦》的發現，十分明確的解決了它的來源問題，試將《韓朋賦》之歌謠與之對比：

**韓朋賦**

南山有鳥，
北山張羅；
鳥自高飛，
羅當奈何！
燕雀高飛，
不樂鳳凰；
妾是庶人之妻，
不樂宋王之婦。

**烏鵲歌**

南山有鳥，
北山張羅；
鳥自高飛，
羅當奈何。
烏鵲雙飛，
不樂鳳凰；
妾是庶人，
不樂宋王。

**韓朋賦**

天雨霖霖，
魚游池中，
大鼓無聲，

**答夫歌**

其雨淫淫，
河大水深，
日出當心。

小鼓無音。

〈烏鵲歌〉與《韓朋賦》幾乎完全一樣。〈答夫歌〉第一句還保留其沿襲性的特徵，但沈德潛引的注語，卻顯然脫胚於《韓朋賦》，如「王曰：誰能辨之？梁白對曰：臣能辨之，天雨霖霖是其淚……。」與《韓朋賦》結構有相同處。應當說《韓朋賦》保留了這兩隻歌謠的原始形態。《韓朋賦》既然是「晉至蕭梁間的作品」，干寶是晉時人，他說的「歌謠」，似就是《韓朋賦》中的〈烏鵲歌〉與〈答夫歌〉，亦反證《韓朋賦》產生於晉。

另外，《韓朋賦》故事形成也受到漢末民間長篇敘事詩〈孔雀東南飛〉明顯的影響。如韓朋與貞夫化為連理樹和鴛鴦鳥的藝術構思，就是來自〈孔雀東南飛〉。總之，作為民間文學之《韓朋賦》，它的形成並不是單純的，它與漢魏民歌關係密切，受到過民間歌謠的哺乳。由於韓朋的民間傳說很感人，對後世有深遠的影響。許多詩人寫詩讚頌，李白寫道：「覆水再收豈滿懷，棄妾已去難重回。古來得意不相負，只今唯見青陵台。」（〈白頭吟〉）李商隱也寫道：「青陵台畔日光斜，萬古貞魂倚暮霞。莫訝韓凭為蛺蝶（jiá，夾），等閒飛上別枝花。」（〈青陵台〉）歌詠堅貞愛情的可貴。對後世戲劇也有深遠影響，如元代庾天錫就寫有《青陵台》的雜劇（見元鍾嗣成《錄鬼簿》卷上），越劇有《相思樹》，川劇有《青陵台》。

## 第三節 《燕子賦》

《燕子賦》是一個動物寓言型的故事賦，它旨在揭露唐代的貪官劣紳以強凌弱、橫行霸道普遍存在的社會現象。它敘述了這樣一個故事，忠厚老實的燕子夫婦辛勤造好了自己的窠巢，當外出覓食時，黃雀霸占了他們的巢舍，燕子向他討還，他不僅不還，還把雙燕打傷了。雙燕告到鳳凰處，鴝鷯奉鳳凰之命去抓黃雀來對質，黃雀的官司打敗了，被判打五百板屁股，枷鎖禁身，關進監獄。但由於幕後有「上柱國勳」幫忙，黃雀竟然得到釋放。最後寫燕子不得不與黃雀和解。這篇賦的主題思想很明確，時代背景交代得也很明確。伯二四九一《燕子賦》，寫有「但雀兒去貞觀十九年，大將軍征討遼東，雀兒投募充傔，當時配入先鋒」等句，貞觀是唐太宗年號，時為公元六四五年。伯二六五三《燕子賦》前有「雀兒和燕子，合作開元歌」等句，開元是唐玄宗年號，時在公元七一四年至七四一年之間。可見《燕子賦》是初唐至盛唐的寫本，反映的是初唐至盛唐的現實情況。為了突出現實性與戰鬥性，《燕子賦》不僅把賦中所有鳥類都加以擬人化，而且把細節描寫都加以寓意化，如用「頭腦峻削，倚衙傍巷，為強凌弱」，來寓意生活中那些削尖腦袋鑽營拍馬、仗勢欺人的貪官汙吏和土豪劣紳。又如用雀子說的「雲野鵲是我表丈人，鵓鳩是我家伯，州縣長官，瓜蘿親戚。是你下牒言我，恐你到頭無益。」來寓意生活中官官相護，倚勢恐嚇……等等，這是《燕子賦》思想內容的一個特點。很明顯，這是勞動人民對當時的封建統治者和壓迫者的殘酷剝削和欺凌不敢公開指責，只有通過這種寓意法來隱隱詛咒和尖銳諷刺。

《燕子賦》用鳥類爭巢型的故事，並不是唐代民間故事賦家的首創，而是古代民間文學的傳承。鳥類爭巢型的民間故事，在我國古歌謠中就已有所反映。如《詩經・召南・鵲巢》即以鳥類爭巢型故事作為比興。像「維鵲有巢，維鳩居之。」（喜鵲築好巢，班鳩飛來住。）「維鵲有巢，維鳩方之。」（喜鵲築好巢，班鳩占有了。）「維鵲有巢，維鳩盈之。」（喜鵲築好巢，班鳩住滿了。）有些還不止是用比興，而是用惡鳥兇殘的形象來寓意對反動統治者的抗議，這就與《燕子賦》完全一樣了。如《詩經・豳風・鴟鴞》：

鴟鴞鴟鴞，　　可惡鴟鴞呵可惡鴟鴞，
既取我子，　　你已經奪去我的孩子，
無毀我室。　　不要再來毀壞我的巢，
恩斯勤斯，　　我恩愛又勤力扶養他，
鬻子之閔斯。　養這孩子也是很可憐。
……　　　　　……
予羽譙譙，　　我翅膀的羽毛紛紛落，
予尾修修，　　我的尾巴毛也漸漸脫，
予室翹翹，　　我的窠巢還是很危險，
風雨所飄搖，　在風雨中飄搖不安全，

予維音曉曉。

我哭著我號著聲聲慘。

這首詩寓意著深意，很顯然把奴隸主比作凶惡的鴟鴞，占別人窠巢，食他人子女，從而反映出古代奴隸們的痛苦生活和對奴隸主強烈的抗議。《燕子賦》也正是這樣寓意主題思想的，雀與這詩中的鴟鴞，其本質的特徵一致，兩者間有傳承性。這種傳承性在《燕子賦》產生後仍在唐代文學中有所反映，例如，中唐詩人白居易〈秦吉了〉樂府詩，也採用的是鳥類爭巢型的題材，似能認為他是緣《燕子賦》的題材而發，如詩中唱道：「秦吉了，出南中，彩毛青黑花頸紅。耳聰心惠舌端巧，鳥語人言無不通。昨日長爪鳶，今朝大嘴烏，鳶捎乳燕一窠覆，烏啄母雞雙眼枯。雞號墮地燕驚去，然後拾卵攫其雛。豈無鵰與鶚？嗉中肉飽不肯搏。亦有鸞鶴群，閒立颺高如不聞。秦吉了，人云爾是能言鳥，豈不見雞燕之冤苦？吾聞凰鳳百鳥主，爾竟不為鳳凰之前致一言，安用噪噪閒言語？」這首詩與《燕子賦》基本相似，秦吉了和賦中黃雀一樣，以強凌弱、橫行霸道，雞燕深受其害；那些鸞鶴群正像賦中的鵰鶚，「閒立颺高如不聞」，助紂為虐；詩中鳳凰百鳥主也和賦中鳳凰一樣，高高在上，根本不管雞燕之冤苦。〈秦吉了〉的存在，說明鳥類爭巢型的故事在唐代曾經廣泛流傳。今天仍活在人民口頭上的鳥類爭巢型的故事，更應當引起我們的注意。五十年代後我們曾搜集到一些「占窩」故事，一個鳥搭了個窩，另一鳥要求讓他搬進來住，後來終於占了整個窩，趕走了原來的主人。（參見《民間文學》一九六四年六月號，頁七一—七二）有的故事也有把鳥爭巢改為獸爭窩的。總之與《燕子賦》結構相同。最值得重視的是在西藏發現了一個藏族「麻雀為什麼不會走路」的故事（見上海文藝出版社一九七八年版《中國動物故事集》頁一二六——一三〇）與《燕子賦》很相似。梗概為：

1.大鴿子孵出三隻小鴿子，出外去尋食。
2.老麻雀鑽進鴿子窩吃了小鴿子，並把窩踩爛。
3.大鴿子便飛到鳥王杜鵑那裡告狀。
4.鳥王派烏鴉去捉麻雀。麻雀賄賂了烏鴉，被放走。
5.鳥王又派喜鵲去捉，麻雀又賄賂了喜鵲，又被放走。
6.鳥王又派鷂鷹去抓，麻雀躲在破牛角裡，逃走。
7.最後鷹終於捉到麻雀，給它帶上腳鐐，從此只會跳。

除了5.6.兩個細節，故事與《燕子賦》基本相同。藏族祖先即唐代曾占領敦煌的吐蕃族，鳥類爭巢型故事在今天藏族中發現，說明漢藏民間文學交流淵遠流長，也說明《燕子賦》的影響頗為深遠。

## 第四節　《齖魺書》

《齖䶩書》是一個巧媳婦型的故事賦。它歌頌了一個心直口快、爽朗潑辣、不服「閨訓」、反對禮教、敢鬥敢鬧的齖䶩新婦，從其反映的精神本質來說，它是一篇反抗封建倫理道德、反抗封建禮教的檄文，顯然是和《女兒經》對立的挑戰書。它敘述了這樣一個故事：齖䶩新婦與公婆和丈夫的關係很不好，經常吵鬧打罵，新婦便提出離婚，公婆很高興，便答應她的要求，新婦便回了娘家，但是，她的丈夫卻不同意和她離婚，並且接受她對他提出的意見，最後把她又接回家中，故事以喜劇結束。

齖䶩新婦的形象是正面的巧女的形象，為唐代人民所肯定，一個「新」字標誌了傾向性。她的思想行為有哪些應當肯定的呢？1.說她「嗔似水牛料斗，笑似轆轤作聲」，性格有男子的豪放爽朗性，這不能成為公婆否定她的理由。2.公婆辱罵媳婦，虐待她，她表示抗議，理由合情合理，如她說：「翁婆罵我，作奴作婢之相……當初緣甚不嫌，便即下財下禮，色我將來，道我是底。未許之時，求神拜鬼，及至入來，說我如此。」婚前，公婆為了得到她作媳婦，又求又拜，可謂好話說盡，婚後又挑剔辱罵，實在不應該。3.原卷中「阿家詩曰」，是代表公婆發言的，其詩曰：「齖䶩新婦甚典硯，直得親情不許見，千約萬來不取語，惱得老人腸肚爛。」這首詩道出了公婆否定她的主要理由，只是要求新婦百依百順，「千約萬來」俱取語，才不會「惱得老人腸肚爛」，但是這對於不服封建閨範的新婦來說，自然是不能接受的。這一點具有反封建禮教的性質，思想上也具有進步性。4.齖䶩新婦向丈夫提的意見，義正辭嚴，提的要求，正當合理，具有強烈的愛國主義思想：「自從塞北起烟塵，禮樂詩書總不存，不見父兮子不子，不見君兮臣不臣。暮聞戰鼓雷天動，曉看帶甲似魚鱗，只是偷生時暫過，誰知久後不成身。」這就是說，敦煌當時正在受到異族奴隸主的侵犯，燃起了戰火，大家都在戴盔披甲為保衛大唐疆域而戰鬥，但是她的丈夫卻游手好閒，苟且偷生，受到新婦的譴責，理所當然。總之，齖齁新婦是一個既有愛國思想又具有反封建禮教精神的巧女，她與公婆和丈夫的矛盾，正義是在她這一面的，唐代婦女的地位，比宋元和以後要高，尤其在民間，婦女與男子平起平坐，很少受到封建閨訓的約束，在敦煌地區，又始終受到異族奴隸主入侵的限制，婦女受到特殊優越的對待，因此，歌頌齖齁新婦並不奇怪。

《齖齁書》中插入一首敦煌民間小調，應引起研究者的注意：

**發憤十二時**⑩

平旦寅，少年勤學莫辭貧。君不見朱買未得貴，由自行歌自負薪。日出卯，人生在世須臾老。男兒不學讀詩書，恰似園中肥地草。食時辰，偷光鑿壁事殷勤。丈夫學問隨身寶，白玉黃金未是珍。隅中巳，專心發憤學詩書。每憶賢人羊角哀，求學山中併糧死。日南

⑩本題據歌前「發憤長歌十二時」句擬補。

午，讀書不得辭辛苦。如今聖主召賢才，去耳中華長用武，日映未，暫時貧賤何羞恥。昔日相如未遇時，悽惶賣卜于纏市。哺時申，懸頭刺股士蘇秦。貧病即令妻嫂行，衣錦還鄉爭拜秦。日入酉，金罇多瀉蒲桃酒。喚君莫棄失途人，結交承己須朋友。黃昏戌，琴書獨坐茅庵室。天子不將印信迎，誓隱山林終不出。人定亥，君子雖貧禮常在。松柏縱然經歲寒，一片貞心常不改。夜半子，莫言屈滯長如此。鴻鳥只思羽翼齊，點翅飛騰千萬里。雞鳴丑，莫惜黃金結朋友。蓬蒿豈得久榮華，飄颻萬里隨風走。

此敦煌民間小調同見於伯二五六四、伯二六三三原卷，1.與伯三一一三〈法體十二時〉，和伯二七三四〈太子十二時〉以及《敦煌零拾》中的〈天下傳孝十二時〉，同為「三七七七」句法，可見它是敦煌民間十二時小調固定的一體。它顯然是配上曲調的唱詞，它的發現很重要。以往有一種說法：「變文則例不引經，只以說解與歌贊結合而成，故其文有白、有吟、而無唱。其歌贊句，或五言、或七言、或三言兩句後繼以七言三句，三言兩句後繼以七言七句。」（孫楷第《詞語考》）這裡總結了變文中插入的五言、七言，或「三三七七七」句，或「三三七七七七七七」句等式，唯獨未總結到此篇「三七七七」句法的〈發憤十二時〉，而此篇的發現，改變了「其文有白、有吟，而無唱」的結論。從廣義變文而言，其文是有白、有吟也有唱的。2.這首歌詞最主要之特徵，是其內容與寫新婦齖䶦有密切的關係，齖䶦新婦唱這首歌是用來鼓勵她的丈夫上進的。「新婦詩曰」後面的詩是她吟給婆婆與丈夫聽的，「本性齖齖處處知，阿婆何用事悲悲，若覓下官行婦禮，更須換卻百重皮」，這是她回娘家前留下的第一段話，自稱「下官」，表示自己的尊貴，若要去尋找她，需要對她禮拜，敦煌民間嫁娶唐時盛行男拜女不拜的風俗，如敦煌榆林窟中的《嫁娶圖》（彌勒變部分）就是這樣，這是唐代婦女地位高的象徵，因此新婦要求她男人見她時先行禮拜是合理的。「更須換卻百重皮」，即要他痛改前非，換卻自己舊有面目，方能見到她。第二段話便是以上引到的齖齖新婦對她丈夫提的意見，責備他成天苟且偷生。第三段話便是她對丈夫提出的規勸：「願得再逢堯舜日，勝朝晏武卻修文，勤學不辭貧與賤，發憤長歌十二時」。勸他在貧賤中發憤讀書修文，爭取自己的前程，最後唱出這首〈發憤十二時〉來，故此民間小調與《齖齖書》內容緊密相關，並未游離於情節之外。任二北先生認為「此詩與曲之內容一致，但與變文寫新婦齖齖毫無關涉。」⑪實可商榷。

綜上所說，敦煌民間故事賦具有進步的思想，體現了人民的願望，反映了魯迅說的民間文學內容的「剛健清新」。

## 第五節　敦煌民間故事賦的特點

⑪見《敦煌曲校錄》，頁一三二，上海文藝聯合出版社，一九五五年版。

從總的方面來看，敦煌民間故事賦的特點有：

第一，對大唐盛世的謳歌讚頌。它在內容中貫穿了對大唐王朝的歌頌，充分表現大唐的風尚。在《下女夫詞》中，敦煌女兒一心崇拜的是「長安君子，赤縣人家」，傾慕的是唐朝「三史明閑、九經為業」的高度文明，她們婚姻理想最重視的是民族標準，「人須知宗，水須知源」，一心眷戀的是大唐中華的男兒，「只要綾羅千萬足，不要胡觴數百盃」，「胡」字在這裡泛指異族，當時敦煌四周的異族還在奴隸制落後階段，大唐進步的作用，使它成為人民心中美的象徵。《齖𪘨書》中齖𪘨新婦對她丈夫恨鐵不成鋼，她對大唐盛世無限崇敬，一心要丈夫「如今聖主召賢才，去耳中華長用武」；她要求「君子雖貧禮常在」，這「禮」是對中華古國不滅的忠貞；她用優美的韵語發出這種誓言：「松柏縱然經歲寒，一片貞心常不改」，體現著民族的氣節，反映了民間的情操美。民間故事賦中歌頌的堯舜時代實際反射的是大唐盛世，「堯時九年災跡，只緣我在其中，感得天下欽奉，萬姓依從。」（《茶酒論》）這同唐太宗的推崇堯舜是一脈相傳的，他對群臣說過：「我只喜愛堯、舜、周、孔的道理，有了它，好比鳥有翼，魚有水，失去就要死，不可暫時失。」⑫所以歌頌堯舜實際是歌頌大唐的

---

⑫見范文瀾《中國通史》（三），頁一二四，人民出版社，一九七九年版。

象徵。而另一方面，《下女夫詞》、《齖䶗書》中推崇了一種男女平等的思想，《晏子賦》中則推崇了一種君臣平等的思想，都體現了大唐開明的風尚。特別是《晏子賦》，塑造了一個阿凡提式的機智人物——晏子的形象，他的對立面是梁國的梁王，但是民間藝人們描寫他與梁王平起平坐，當面和梁王頂嘴，對梁王進行冷嘲熱諷，出梁王的醜，具有鮮明的進步性，通篇採用問答式的藝術結構，例如：

梁王問曰：「卿是何人，從吾狗門而入？」晏子對王曰：「王若置造人家之門，即從人門而入；君是狗家，即從狗門而入，有何恥乎？」

梁王曰：「不道卿無智，何以短小？」晏子對王曰：「梧桐樹雖大裡空虛，井水雖深裡無魚；五尺大蛇怯蜘蛛，三寸車轄制車輪。得長何益？得短何嫌？」

梁王想嘲弄生得矮小醜陋的晏子，並進而汙辱他的國家——齊國，遭到晏子機智的對答，語義鋒利如劍，梁王被駁得體無完膚，晏子也捍衛了他的國家的尊嚴。像這樣小人物戰勝大人物的情況，是敦煌民間故事賦中貫穿的一條紅線。在《孔子項託相問書》中，七歲項託機智地問倒了大名鼎鼎的孔子；《韓朋賦》中，韓朋與貞夫即使死去也化為鳥，它們的羽毛又化為刀，割了宋王的頭；《燕子賦》中，小燕子戰勝了大黃雀；《齖䶗書》中，新婦義正詞嚴地壓倒了她的公婆和不上進的丈夫；《蘇武李陵執別詞》中，蘇武終於戰勝了刁難他的單于，回到闊別十九年的祖國等等。這種人的尊嚴得到維護的精神，實在是唐代貞觀之治以來開明風尚的體現。唐太宗就說過：「舟所以比人君，水所以比黎庶，水能載舟，亦能覆舟。」⑬這樣的名言，影響深遠。他廣開言路，採納忠言，他知道「此木雖曲，得繩則正。為人君，雖無道，採諫則聖」⑭的法則，所以敦煌民間故事賦中小人物剝開大人物的畫皮，絕不是偶然的現象，是唐代開明的時代精神的表現，而且，賦中揭露的醜惡現象又都是具有社會生活代表性的，這種現象足有條件成為藝術創造的內容，所有現實中的醜在敦煌民間故事賦中集中的被否定，從而極為明顯的表現了大唐時代的精神，這也是敦煌人民對大唐盛世表現的一種崇敬的感情形式。

第二，對民間風俗的突出強調。在敦煌民間故事賦裡，揉合了諸多民間風俗。如果說，刻畫各種各樣形象是體現了敦煌民間故事賦反映客觀生命的深度；那麼，它揭示唐代整個時代的社會盛況，以及它對民間風格的突出強調，便是擴大了它反映客觀生活的廣度，這些都是具有美學的意義和價值的。

伯二七一八的《茶酒論》，明顯的反映了唐代喝茶飲酒的民間風俗之盛。此卷之後雖有宋代開寶三年（九七〇）知術院弟子閻海真抄寫字樣，但內容有明顯唐代盛況的記載。例如，「茶為酒曰：阿你不聞道，浮梁歙州，萬國來求，蜀川流頂，其山驀嶺，舒城太湖，買婢買

⑬⑭見《貞觀政要》卷四，〈教戒太子諸王〉之十一。

奴，越郡餘杭，金帛為囊。素紫天子，人間亦少；客商來求，舡東塞紹。據此縱由，阿誰合少？」上面引文中的地名，很明顯都是唐代的，江西省浮梁縣在天寶六年（七四二）已改稱新昌縣，地點在景德鎮北，因溪水時常氾濫，居民伐木為梁得名，浮梁盛產茶葉，白居易〈琵琶行〉中有：「商人重利輕別離，前月浮梁買茶去。」可見它反映的是唐代情況。歙（Yi，系）州，今屬安徽，也盛產茶葉，唐轄境在今安徽新安江流域、祁門及江西婺源等地。宋宣和三年（一一二一）已改稱徽州，因此，「徽茶」之說當起於宋，唐代還叫歙州茶。引文中提到的蜀川、太湖、餘杭等地萬國客商來求茶葉，莫不反映的是唐代飲茶盛況。據唐代封演的《封氏聞見記》云：「茶早採者為茶，晚採者為茗。《本草》云：『止渴，令人不眠。』南人好飲之，北人初不多飲，開元中（七二七），泰山靈岩寺有降魔大師大興禪教，學禪務於不寐，又不夕食，皆許其飲茶。人自懷挾，到處煮飲。從此轉相仿效，遂成風俗。自鄒、齊、滄、棣、漸至京邑，城市多開店鋪煎茶賣之，不問道俗，投錢取飲。其茶自江、淮而來，舟車相繼，所在山積，色額甚多。」（卷六，〈飲茶〉）可見飲茶是從江南傳至江北，南方傳到北方，在唐代已形成了盛大的民間飲茶風俗，而且與佛教有關，故《茶酒論》上說的，茶葉「名僧大德，幽隱禪林，飲之語話，能去昏沉。供養彌勒，奉獻觀音，千劫萬劫，諸佛相欽。」與封氏說法相合。《茶酒論》雖然提為「王敷撰」，但他是「鄉貢」，是從鄉下來的，是在民間風俗故事基礎上寫成的。例如其內容是把茶與酒分別作為兩個人，用問答方式，互相爭功，認為唯有自己對人們作用大，以幽默輕鬆的筆調，穿插民間趣話，最後由水來做裁判，認為如果無水，茶酒都沒有，要求它們「從今以後，切須和同。酒店發富，茶坊不窮。長為兄弟，須得始終。」這顯然是唐代民間故事，在現代民間，搜集到四篇「茶葉與酒的爭論」類型的故事，其內容也是茶與酒誰都聲稱自己最好，水說沒有它根本談不上茶葉和酒，與《茶酒論》有傳承性⑮。美國丁乃通教授在《中國民間故事類型索引》⑯中，以芬蘭學派阿爾奈AT分類法作依據，對我國民間故事作了分類，是將茶葉與酒的爭論類型故事，一共四例分在二九三B類中，而一號至二九九號為動物故事類，因為此故事採取擬人化手法。毫無問題《茶酒論》說的民間故事，應當被認為是此類故事中最古老者。《茶酒論》反映了唐代茶坊、酒店的盛行，也反映了唐代民間的風俗習慣。這篇賦文當係茶坊酒店裡的說唱材料，茶餘酒後博人一笑，活躍生活。

《下女夫詞》，以問答體形式系統反映了敦煌在唐代的民間婚姻風俗，由於它是以四、六言為主的句式，故列入賦類，實際上它是我國古代唯一最全的民間婚姻儀式歌，它具有濃厚的鄉土氣息，表現了獨特的民俗傳統。如撒帳詩：「一雙青白鴿，遶帳三五匝，為言相郎道：

---

⑮見《民間文學》，一九六〇：五。

⑯孟慧英、董小萍、李揚譯，春風文藝出版社，一九八三瀋陽版，頁二一七。

遶帳三巡看。」這是新婚之夜舉行撒帳儀式時唱的。關於撒帳儀式，《東京夢華錄》說：「男倒行出，面皆相向，至家廟前參拜華，女復倒行扶入房講拜，男女各爭先後，對拜畢就床，女向左坐，男向右坐，婦女以金錢彩菓散擲，謂之撒帳。」撒帳詩就是在講拜時唱出，是古代民間婚俗特殊的反映。再如詠同牢盤詩也是如此，「同牢」是新婚夫婦同食一牲，同飲交杯酒，這種婚俗先秦已產生，《禮記・昏義》即有「共牢而食，合巹而酳」的記載。總之，《下女夫詞》中每首婚姻儀式歌，都緊扣住民間風俗。

第三，對民間語言的鋪展運用。敦煌民間故事賦具有明顯的通俗性，語言美形成它另一特點。如斯三八三五《百鳥名》，題名下有「君臣儀式」四字，是敦煌民間「二月清明日，城隍出城，至歷壇演戲」⑰風俗的反映，此賦便是百姓扮演君臣儀仗時誦的民間賦詞。唱百鳥名既增加了人們鳥的知識，又圖吉慶，而且賦文很優美，像「是時二月向盡，才始三春。百鳥林中而弄翼，魚玩水而躍鱗，花照灼色輝鮮，樹初發而笑日，葉含笑而起津。山有大蟲為長，鳥有鳳凰為尊，是時諸鳥即至，雨集雲奔，排備儀仗，一放人君。」字字通俗，句句如曲，也有音樂性，讀來頗覺悅耳。敦煌民間故事賦中又有許多民間諺語，更增加了它的語言通俗性。與敦煌曲子詞、敦煌民間五言白話詩、敦煌唐人詩、敦煌民間變文、敦煌民間話本、

---

⑰道光《敦煌縣志》。

敦煌民間詞文等其他敦煌民間文學文體相比，它吸收的諺語比例最大，其特點是：篇篇有民間諺語。現每賦選摘幾條如下，以見其全面的情況。

《韓朋賦》

1.成人者少，破人者多。（今諺有「成人者少，敗人者多」）

2.南山有鳥，北山張羅。（今諺有「有鳥將來，張羅待之」）

《燕子賦》

1.耕田人打兔，蹠履人喫臛。（《景德傳燈錄》十三「赤腳人趁兔，著靴人吃肉」）

2.官不容針，私可容車。（《景德傳燈錄》十七「官不容針，私通車馬」）

3.一虎雖然猛，不如眾狗強。（今諺有：「一虎勢單，鳥多遮日」）

4.錢財如糞土，仁義重於山。（今諺有：「錢財如糞土，仁義值千金」）

《茶酒論》

1.渴來一盞，能生養命。

2.酒是消愁藥。

3.男兒十四五，莫與酒家親。

《下女夫詞》

1.賊來須打，客來須看。（與《景德傳燈錄》十三諺同）

2.門門相對，戶戶相當。（今諺有「門當戶對」）

《百鳥名》

1.鴛鴦作伴，對對雙飛。

2.野鵲人家最有靈，好事於先來送喜。

《齖䶗書》。

1.丈夫學問隨身寶。

2.松柏縱然經歲寒，一片貞心常不改。

《晏子賦》

1.健兒論功，佇兒說苦。

2.富貴是君子，貧者是小人。

《孔子項託相問書》

1.犬吠其主，為傍有客。

2.人之有母，如樹有根。（今諺有「兒要母，樹要根」）⑱

《蘇武李陵執別詞》

---

⑱以上對照之今諺，均見《中國諺語資料》，上海文藝出版社，一九六二年版。

1.春草不榮，夏仍降雪。

2.猿啼似哭，鶴叫如歌。

最明顯的是，敦煌民間故事賦中，通常將民間諺語集中使用以增加語言的美感。如《燕子賦》黃雀被判刑，鴿子來悲述：「家兄觸忤明公，下走實增厚愧，叨聞狐死兔悲，物傷其類；四海盡為兄弟，何況更同臭味，今日自能論競，任他官府處理。死雀就上更彈，何須逐后罵詈。」⑲五句話中有三句民間諺語。黃雀判刑後也一連說了三句諺語表示不滿：「男兒丈夫，事有錯誤，脊被揎破，更何怕懼。生不一迴，死不兩度。俗語云：寧值十狼九虎，莫逢癡兒一怒。……寧死不辱。」這樣集中運用諺語，既刻畫了形象，也提高了語言藝術素質。總之，賦中語言的通俗性、音樂性、藝術性緊密相連，所以這些賦能得到唐代人民的喜愛而在民間流傳。

## 結　語

⑲此為唐代民間諺語，意為：雀已死在地上，就地彈之，是無意義之事。比喻雀兒已被杖責，燕子還跟在後面罵就毫無意義了。

敦煌民間故事賦是唐代民間文學中的一朵香花，它在敦煌民間文學中是一個值得重視的特殊的文體。

# 第四章　敦煌民間詞文

## 第一節　文體的特徵及派生的「押座文」

敦煌民間文學中有一個特殊的類別，即敦煌民間詞文。敦煌民間詞文最明顯的特徵是在它的藝術形式上。第一，全篇都是由韻文構成，只唱不說。個別也有演唱前作簡略交代的，但不是講故事，或仍是駢體韻文。第二，它敘說故事時，一概都是以七字句作為它們的基本句式，個別夾雜著三三的句式和五言的句式。第三，在句末押韻裡，分為兩種，一種是一韻押到底，逢雙押韻，如伯三六九七《季布罵陣詞文》，通篇用「人臣」韻。斯二二〇四《董永詞文》通篇用「江陽」韻。另一種是在一篇句子中轉用各種韻，如伯三六四五《季布詩詠》

就轉了若干韻。第四，韻用得寬而不嚴，可以說押大致的韻，而且不論平上去音，可以混用，重用韻也可以。

很顯然，敦煌民間詞文是從〈孔雀東南飛〉、〈木蘭辭〉等我國古代民間敘事詩裡產生發展而來。到了唐代以後正式發展成為七字為主的體式，這自然是唐代民間創新的純粹韻文敘事詩型的演唱作品，這是我國民間演唱文學在唐代創造性的發展。

從古代民間敘事詩到敦煌民間詞文創造性的發展，其主要的標誌是它的通俗化。在內容上，多採用民間傳說，如《季布罵陣詞文》；或民間故事，如《董永詞文》。在形式上，採取七言演唱，直接與群眾見面。在語言上，則從文言文轉為白話文。這樣便對後世曲藝的產生有深遠的影響。這一敦煌民間文學中新的類別，已表現得是相當成熟的形態，可見它在唐代民間已相當普遍而受歡迎，以致才能在演出過程中，磨練出眾多成熟的作品。正由於它為民間喜聞樂見，佛教的僧侶和信徒，才利用了七言韻文的詞文體的這種形式，派生出一種「押座文」體，例如，斯二四四〇《八相押座文》；斯二四四〇《三身押座文》；伯三二一〇《維摩經押座文》，伯三二一〇《溫室經講唱押座文》；伯三三六一《故圓鑒大師二十四孝押座文》；斯三七二八《左街僧錄大師壓座文》。敦煌民間詞文終必開了七字韻文體的先河，是唐代最長的敘事詩——韋莊的〈秦婦吟〉和白居易〈長恨歌〉的前奏，更是後來民間講唱文學的先聲，像宋代的涯詞、陶真，元代的詞話（如《水滸傳詞話》），明代的彈詞、鼓詞、道情、子弟書，以及現代民間說唱文學某些類別，都是敦煌民間詞文這種傳統形式的繼承和發展。

## 第二節　著名的敦煌民間詞文：《季布罵陣詞文》、《董永詞文》、《百鳥名》、《季布詩詠》

敦煌民間詞文以其題材的新穎、內容的別致、形式的活潑而獲得人們喜愛。以下先列舉四篇。

敦煌民間詞文中著名的是《季布罵陣詞文》，全文六百四十多句，四千四百多字，正如吾師馮沅君教授在〈《季布罵陣詞文》補校〉一文中說的：「如果用書來比喻，這將不是幀小幅，而是塊大氣磅礴的壁畫；同時，在結構與人物等方面，作者也都表現出他不是沒有藝術修養的。」（見馮沅君《古典文學論文集》頁三一一，山東人民出版社，一九八〇年版。）因此，我們有理由說，《季布罵陣詞文》是敦煌民間文學中的瑰寶，季布罵陣故事是根據《漢書．季布傳》發展來的，故事情節曲折而有趣。它是說在項羽與劉邦楚漢相爭時，一次作戰，項羽手下大將季布，在陣前大罵劉邦，直呼他為「劉兒」，嘲笑他出身卑賤，「母解績麻居村墅，父能牧放住鄉村」，在封建剝削者看來，父母在鄉村做農民自然是丟人的事情，還罵劉邦不過是一個經常挨餓的小亭長，「公曾泗水為亭長，久于閭閻受飢貧」，這些話在我們現在看來，不獨不是罵話，反而倒說出了劉邦出身貧賤的優點，因而他當皇帝後能體恤人民。但是，在漢王劉邦看來自然是揭露了他的醜事，所以聽後憤怒的說要殺季布。在當時楚漢相爭時，由於項羽為人殘忍，殺人如麻，代表的是領主的殘餘勢力，「要把社會倒退到秦以前的舊時代去，阻撓歷史前進的趨勢，他只能成為一蹶不振的可憐蟲。」（范文瀾《中國通史》第二冊，頁三五）相反，劉邦出身農民，「公是徐州豐縣人」，懂得農民階級疾苦，做過亭長，懂得地主階級的統治方法，又機智多謀，又善於用人，這樣他必然的取得了勝利。季布罵他「百戰百輸天不佑，士卒三分折二分，何不草繩而自縛，歸降我王乞寬恩」，確實的，楚漢大戰七十次，小戰四十次，劉邦敗了，身受重傷十二次，但是由於廣大農民擁護劉邦，一小撮野心勃勃的領主殘餘分子擁護項羽，劉邦改為鬥智，項羽力爭鬥力，一次劉邦在陣前大罵項羽，被項羽射中胸部，他馬上彎下身去摸腳，說：「惡奴射傷吾足」，士兵不知他受重傷，沒有敗陣，反倒打了勝仗，這樣過人的機智，匹夫之勇的項羽，根本不是他的對手。而季布罵陣，也不過是幫助逆歷史潮流而動的反動派的跳樑小丑罷了！劉邦不獨沒被他罵倒，反倒奪得了江山，於是劉邦懸重賞搜捉季布，嚇得他「擎狂莫不喪神魂」，整天像喪家犬惶惶然不可終日，「似鳥在羅憂翅羽，如魚向鼎惜岐鱗」，一副膽小如鼠的模樣，有次他躲在周氏家的覆壁內，一聽說外面在抄牆，「歸到壁前看季布，面如土色結眉頻，良久沉吟無別語，唯言禍難在逡巡。」刻畫了季布貪生怕死的嘴臉。這篇詞文寫得藝術之處，在於危急形勢迅速變化，季布正要被捉，又出現「山窮水盡疑無路，柳暗花明又一村」的奇景，使季布躲過了層層危難。前面已說過，劉邦善於用人，善於採納忠言，特點是轉變飛快，如有次韓信來求他封假齊王，他先大罵道：「我被項羽圍住，指望你來援救，你卻想自立為王」，正說到此，謀士張良、陳平知道這時正用韓信，不該此時得罪他，便用腳暗中踢劉邦的腳，聰明的劉邦馬上改口道：「大丈夫立功何必做假王，做真王就是了。」由此可見，劉邦是一個相當能容忍部下缺點和錯誤的人，也善於及時採納正確的意見，因而他具有非凡的政治才能，在這篇詞文中，加深了劉邦具有非凡才能的典型性。一當季布最後向他投降時，他便不計個人恩怨，而從安定統一的大局出發，堅決執行不殺降將的策略。因為季布向劉邦投降時說：「乞臣殘命歸農業，生死榮華九族忻」，在當時恢復農業，休養生息，是劉邦的國策，這便交代了劉邦不殺季布的背景。最後季布感激劉邦五體投地，又謝又拜，「季布得官而謝勑，拜舞天堦喜氣新。」這篇詞文，結構奇巧，情節變幻，一峰高過一峰，可以說是敦煌民間文學的代表之作，對季布和劉邦的形象都刻畫得栩栩如生，十分生動。這篇詞文的故事，在元代的講史話本《全相續前漢書平話》裡也有簡單的講述，這說明它曾在宋元瓦子（遊樂場的通稱）中流傳。明代的《劍嘯閣批評西漢演義傳》卷七，也描述「布藏于咸陽周長家」，與《季布罵陣詞文》也有關繫。

敦煌民間詞文中第二個名篇是斯二二〇四《董永詞文》，（原卷無題，《敦煌變文集》擬題為《董永變文》，誤，全篇七言韻文，非韻散結合，伯三六九七原題為「詞文」，指七言體，故從此，擬題為《董永詞文》。）這是我國很著名的民間故事。它確實就是一首七言敘事詩，內容也頗完整，在不太長的篇幅裡，用韻文寫出了一個民間童話，一韻到底，語言樸素，風格清新，和漢樂府民歌同樣。故事是說，古時有一個窮人，名叫董永，無兄弟姐妹，父母子三人相依為命生活，不幸，父母同時去世，由於「家裡貧窮無錢物」，只有「所賣當身殯耶孃」，用賣身來的八十貫錢，埋葬了父母親便辭別了東鄰西舍，到主人家去作工抵債。當他走在路上時，遇見了一個仙女，仙女因感念到董永的心好，便「不棄人微同千載，便與相逐事阿郎」，一定要嫁給他為妻，董永只得答應，於是董永和仙女一同到主人處。仙女告訴董永和他的主人，她織得一手好錦緞，果然，白天給她經絲，她一夜便織好了，而且「日日都來總不織，夜夜調機告吉祥」，這使董永明白他的妻子不是凡間女子，「女人不見凡間有，生長多應住天堂」，由於她織得又快又好，使董永很快還了債，主人也就很快地便「卻放二人歸本鄉」，這時他們已有一個小孩子了。他們二人走到來時相逢處，仙女便辭別了董永返回天堂了，只見她駕著雲朵飛去，「但言『好看小孩子』，董永相別淚千行」，這小孩叫董仲，七年後，小孩長大了，有天在道邊遊戲，別的小孩罵董仲是個沒有媽媽的孩子，董仲便回來問父親，父親便把以往的事情都告訴他，董仲思念母親而痛哭，董永便放他去找母親。

董仲找到算命先生孫臏，他能知天上事，孫臏便指點他到了阿𣽂池邊隱藏好，見到三個仙女從天上飛下來，脫去天衣到池中洗澡，他去搶下了中間那件紫衣裳，便是董仲母親的衣裳。於是母子倆見了一面，仙女對兒子董仲說，她將從天上丟一個金瓶下界，丟在孫臏身旁，她便下來見兒子。以後，「天火忽然前頭現」，大約是燒得孫臏睜不開眼，沒有取到這個金瓶，從此，孫臏再也不知道天上事了，他就這樣一直地為董仲尋找著他的母親，永遠永遠。從上面對這個故事情節的簡單敘述裡，可見《董永詞文》是一篇多麼優美的民間童話敘事詩，在這篇詞文裡，創造了一個勤勞美麗的也是理想化了的勞動婦女的形象，這位仙女便是安徽黃梅戲《天仙配》下凡的第七仙女的原形。

董永故事大略在漢代已出現了。武梁祠畫像中已見，《武梁碑》立於元嘉元年（一五一），故可斷為一世紀產生。曹植（一九二—二三二）〈靈芝篇〉云「董永遭家貧，父老財無遺，舉假以供養，傭作致甘肥。責家填門至，不知用何歸；天靈感至德，神女為秉機。」他是漢末人，這時董永故事已成型，這是最早的記載。其次才是晉干寶《搜神記》記載：「漢董永（請注意這個『漢』字），千乘人，少偏孤，與父居。肆力田畝，鹿車載自隨。父亡，無以葬，乃自賣為奴，以供喪事。主人知其賢，與錢一萬，遣之。永行三年喪畢，欲還主人，供其奴職。道逢一婦人曰：『願為子妻。』遂與之俱。主人謂永曰：『以錢與君矣。』永曰：『蒙君之惠，父喪收藏。永雖小人，必欲服勤致力，以報厚德。』主曰：『婦人何能？』永曰：『能織。』主曰：『必爾者，但令君婦為我織縑百足。』於是永妻為主人家織，十日而畢。女出門，謂永曰：『我，天之織女也。緣君至孝，天帝令我助君償債耳。』語畢，凌空而去，不知所在。」（卷一）干寶的記載有地域性，「千乘人」，是在山東。托名劉向《孝子傳》也有此故事，但內中有「前漢董永」句露了馬腳，前漢人劉向，絕不會說「前漢」，故係抄自干寶記載。

「天鵝女郎」型的民間童話故事在歐洲各國甚為流行，在我國晉代也已流行，干寶《搜神記》上便記載了毛衣女故事：「豫章新喻縣男子，見田中有六七女，皆衣毛衣。不知是鳥。匍匐往，得其一女所解毛衣，取藏之。即往就諸鳥。諸鳥各飛去，一鳥獨不得去，男子取以為婦，生三女。其母後使女問父，知衣在積稻下，得之，衣而飛去。後復以迎三女，女亦得飛去。」（卷十四）斯五二五、斯六〇二二、伯二六五六句道與《搜神記》裡載的田崑崙與白鶴姑娘故事，顯然是這篇故事的發展。

可以說，敦煌寫本中的《董永詞文》故事情節，是漢代董永故事和晉代毛衣女故事兩者的合璧，完成這兩個故事的合璧時間，自然是在唐代。即使是在經濟和政治發展的昌盛時期，唐代的封建統治者也在大量兼併土地，使許多農民破產。《通典》卷二〈食貨典田制〉（下）云：「開元之季，天寶以來，法令弛壞，兼并之弊，有逾于漢成哀之間。」同時，敦煌寫本中大量賣地契、賣兒契、賣牛契、典身契等等民間契約的存在，說明押衙和牙人從中剝削的嚴重性，就是在《董永詞文》中，對在農民賣身中從中漁利的牙人，也是取否定態度的，如說：「家裡貧窮無錢物，所賣當身殯耶孃。便有牙人來勾引，所發善願便商量。」貶意的敘述牙人「勾引」人上鈎，從中剝削。這樣的雙層剝削便加速了敦煌地區農民破產，正好像董永一樣淪為負債累累的無地雇農，在那十分繁重的勞動重壓下，每一個雇農，是多麼希望在他們生活中出現一個有神奇勞動能力的妻子，借以來作為自己得力的助手，從而將自己解救出困難的境地。在這種情況下，董永遇見仙女，以及仙女化為白鶴下界，給一男子娶以為妻，這兩種故事在敦煌地區的合璧與流行，便是理所當然的了。

請看，敦煌寫本中的《董永詞文》，它主要就是在塑造這位神奇仙女的形象，她是個「明機妙解織文章」勞動能手，「從前且織一束錦，梭齊動地樂花香……錦上金儀對對有，兩兩鴛鴦對鳳凰。」這便意味著，她的勞動是為了搭救在苦難中的農民——董永，為了使他得到幸福和愛情，在她的幫助下得以贖身。所以這是勞動人民心聲的流露。在關於仙女為什麼要返回天上，詞文中寫得很含蓄，但從「臨別吩咐小兒郎」，「董永相別淚千行」來看，彷佛有一種強力將他們分開，這也是當時土地兼併嚴酷現實之反映，表現了封建勢力對農民家庭生活和夫妻互敬互愛風俗的破壞。最後仙女之子董仲尋母，實際正說明了人民對勞動好又心地善良仙女的渴求和懷念，人民多麼希望董永的妻子——精明的仙女能永留人間，這才真正符合人民心願。

《董永詞文》對後世有廣泛而深遠的影響，《清平山堂話本》便載有〈董永遇仙傳〉，明傳奇裡便有心一子的《遇仙記》（見《曲品》卷下），顧覺宇的《織錦記》（又名《天仙記》。見《曲海總目提要》卷二十五）；五十年代後，黃梅戲和電影《天仙配》，更是保留劇目，經常放演，真是家喻戶曉，都來自《董永詞文》的胚模。

敦煌民間詞文中的《百鳥名》，也是一篇有特色的作品。第一，它不僅介紹了百鳥的名稱，也點明了各鳥的特徵。如：「山鵲嘴紅得人愛」，「寒號鳥，夜夜號」，「赤雞赤，身上毛衣有五色」……等等。幾個字便點明它們的特點。第二，它的白話文十分通俗，具有兒歌的特徵。例如：「巧女子，㤑怜喜，樹梢頭，養男女，銜茅花，拾柳絮，窠裡金針誰解取？」三字句一直是我國兒歌句式特點，像上述詞文，簡直就是一首鳥兒銜草作巢的形象的兒歌，能夠引起兒童喜愛而背誦，三字句便易記，而且寫得很藝術，把作巢的㤑怜鳥形容成「巧女子」，使人感到親切。第三，它也具有諷刺封建統治者的藝術特點。例如，它把封建官吏們都比喻成鳥禽之類。「白鶴身為宰相，山䳄鶘直諫忠臣，翠碧鳥為執壇侍御，鴿子為游奕將軍，蒼鷹作六軍神策，孔雀王專知禁門」等等，把王、宰相、臣子、侍御、將軍等人，一一戲弄一番，喜笑中有諷刺，比喻中含深意，頗為含蓄，令人覺得新鮮。總之，《百鳥名》也是一篇不可多得的敦煌民間詞文，思想性與藝術性都結合得十分巧妙。它對後世也有深遠影響。衍化為百鳥朝鳳，成化本《全相鶯歌孝義傳》便是它的發展。

《季布詩詠》也是敦煌民間詞文中的名篇。

伯三六四五、斯一一五六寫卷，原題《季布詩詠》，全篇均為韻文，以七字句為主，雜以五字句，篇幅很短小，是一篇純韻文的詞文。它是民間藝人在說唱史傳變文之前，為了先使聽眾安靜下來而彈唱的一個精彩的片段。

斯一一五六寫卷還有尾題「季布一卷」，據前後題可知，它的內容是以寫季布為其核心的；斯一一五六寫卷的尾題還有「天福四年四日記」的字樣，可見這一寫本抄於公元九三九年，是為五代時的抄本無疑。

這一篇《季布詩詠》民間詞文，它也具有高度的思想意義和卓越的藝術性。這篇詞文前面有一段引子，云：「漢高皇帝詔得韓信於彭城，垓下作一陣，楚滅漢興。張良見韓信煞（殺）人較多。張良奏曰：『臣且唱楚歌，散卻楚軍』。」這個引子準確點明了詞文的主題思想。西漢之初，經過年年戰亂，人民很苦，急需休養生息和恢復生產力，更需要內部的安定和統一，劉邦先封了許多功臣為異姓王，除了長沙王吳芮、閩越王無諸，南粵王趙佗三個異姓王在國內起著保境安民的作用，其餘異姓王都是統一安定的障礙。特別是楚王韓信等人這樣的大野心家，自以為有功於漢朝，便可以割地稱王，另立山頭當土皇帝，不接受劉邦統一的指令。劉邦採用了各種各樣的辦法，在短短的幾年之間，把這些割地稱王的野心家一個一個消滅了，這乃是西漢之初政治上重大的勝利，這是民心之所向，這也是人民意志的要求，因為人民要求統一和安定，不消滅掉這些割據者，遍地戰亂是決不可能停下來的（參見拙作〈〈大風歌〉的歷史唯物主義觀點及其主題思想的探討〉，載《文學評論》一九八一：四），《季布詩詠》便是描寫劉邦怎樣機智的消滅楚王韓信這個大野心家的一個場面。劉邦把韓信及其兵馬詔到彭城來，謀士張良敏銳的覺察了這一切，他也感到楚王韓信暴戾無道，殺人太多，他擁護劉邦誅殺野心家韓信的決策，於是奏請劉邦同意，採用「四面楚歌」，用消滅楚霸王項羽相同的辦法來瓦解楚王韓信的軍隊。敦煌民間詞文家們用卓越的藝術手法，選取了一個以楚歌瓦解楚軍的場面，寫得很精彩而引人入勝。前面很精煉，只用八句，「張良奉命入中宮，處分兒郎速暫聽，今夜揀人三五百，解踏楚歌總須呈。張良說計甚希有，其夜圍得楚家營，恰至三更調練熟，四畔齊唱楚歌聲。」從定計到實行全說了。然後用對比手法來描寫韓信的失敗：

楚卒聞言雙淚垂，器械槍旗總拋卻，
三三五五總波逃，各自思歸營幕內。
恰至三更半，　　楚王然始覺，
攢星拔劍出營來，早見五星競交錯，
切藉精神大丈夫，奈何今日天邊輸。

楚卒的逃，楚王的悲，兩相對照，鮮明表現了瓦解的趨勢不可逆轉，寫作技巧十分高妙。總之，《季布詩詠》表現了敦煌百姓擁護歷史進步潮流的正確的思想，也表現了無名民間文學家高超的文學天才。

# 第五章　敦煌民間話本

在敦煌民間文學中，有一類散文敘事的短篇小說式樣的作品，特點是有說無唱，它們出自敦煌千佛洞，我們稱它為敦煌民間話本。在敦煌民間文學中，民間話本尤為各國學者注目，例如《唐太宗入冥記》，自從在一九五七年出版的《敦煌變文集》中刊印後，英國人魏禮譯成英文，載於《敦煌歌謠與俗講》；法國人M．蘇遠鳴在《中國肖像學筆記，地藏及其弟子》中譯成法文，並寫出有關論述（見一九六七年《亞洲藝術》十六卷）；日本人川口久雄從比較文學角度寫出〈敦煌的變文資料和日本文學——《唐太宗入冥記》和《北野天神緣起》〉，（載於《佛教文學研究》一九六七年第五卷）。外國學者對其他敦煌民間話本的研究，也不乏佳作。

# 第一節　敦煌民間話本的興盛

敦煌民間話本是一束花兒，它根植於隋唐現實生活肥沃的土壤中，發芽開花結果。它的產生並不是偶然的，它是隋唐社會經濟繁榮的表現，當時由於商業手工業的發展，城市人口的劇增，長安、洛陽、廣州、揚州等等大中城市的迅速繁榮，市民階層也迅速的突起，伴隨著市民隊伍的擴大，民間說書活動也就應運而生。唐代段成式《酉陽雜俎》上記載了這種情況：「予太和末，因弟生日觀雜戲。有市人小說呼扁鵲作褊鵲，字上聲，予令座客任道昇字正之。市人言：『二十年前嘗於上都齋會設此，有一秀才甚賞某呼扁字與褊同聲，云世人皆誤。』予意非飾非，大笑之。」（續集卷之四，中華版，頁二四〇）他所指太和末是公元八三五年，「二十年前」，即八一五年，那時的「市人小說」家們是在：第一，演雜戲時夾帶著說講市人小說。第二，特別是在每逢齋會時，便大講特講這種市人小說，九世紀初已相當盛行。

市人小說的活動便是「說話」。「說話」是隋唐時代民間藝人講說故事的一種方式，和現在的說書、評話差不多。「話本」顯然就是民間藝人講「說話」的底本，簡稱「話」，它是在隋代已開始，《太平廣記》卷二四八侯白條引《啟顏錄》云：「隋侯白，州舉秀才，至京，機辯捷，時莫之比。……，白在散官，隸屬楊素，愛其能劇談，每上番日，即令談戲弄，或從旦至晚，始得歸，才出省門，即逢素子玄感，乃云：『侯秀才，可以玄感說一個好話。』白被留連，不獲已，乃云：『有一大蟲，欲向野中覓肉，見一刺蝟仰臥，謂是肉臠，欲銜之，忽被蝟卷著鼻，驚走，不知休息，直至山中，困乏，不覺昏睡，刺蝟乃放鼻而去。大蟲忽起歡喜，走至橡樹下，低頭見橡斗，乃側身語云：旦來遭見賢尊，願郎君且避道。』」①所謂侯白「說一個好話」，這個「話」，顯然就是他說的老虎（大蟲）與刺蝟的故事。所以稱為「談戲弄」，即這種「說話」，有表演戲劇的成份。侯白是隋初秀才，《隋書・陸爽傳》卷五十八裡有傳，是六世紀中後期的人物，故「說話」在六世紀中已開始風行一時了。《高力士外傳》有「上皇在南內，力士轉變、說話，冀悅聖情。」說話在盛唐時已從民間傳入了宮廷。唐・元稹〈酬翰林白學士代書一百韵〉詩：「翰墨題名盡，光陰聽話移」自注云：「又嘗於新昌宅（聽）說『一枝花』話，自寅至巳，猶未畢詞。」（《元氏長慶集》卷十）「白學士」指白居易，元稹說他在元和五年（八一〇）在白居易的長安新昌巷住宅裡聽了「一枝花」話，從《醉翁談錄》癸集卷一和明・梅鼎祚《青泥蓮花記・李娃傳》注「娃舊名一枝花」可見，「一枝花」話即《李娃傳》。元稹聽過以後還寫過一首《李娃行》（見《許彥周詩話》、《後山詩注》卷二）。與白居易同時的劉禹錫也聽過「說話」，《太平廣記》卷二五一

①見《太平廣記》（五），頁一九二〇，中華書局排印本。

引《嘉話錄》云：「唐劉禹錫牧連州，替高寓。寓後入羽林將軍，自京附書曰：『以承眷，輒舉目代矣。』」劉答書云：「昔有一話：曾有老嫗山行，見大蟲羸然跬步而不進，若傷其足，嫗目之，而虎遂自舉足以示嫗，乃有芒刺在掌，因為拔之，俄奮迅闞吼而愧其恩。自後擲麋鹿、狐兔於庭，日無闕焉。嫗登垣視之，乃前傷虎也，因為親族具言其事，而心異之。一旦，忽擲一死人，血肉狼藉，嫗乃被村胥訶捕，嫗具說其由，始得釋縛。嫗乃登垣，飼其虎至而語曰：『感矣，叩頭大王，已後更莫抛死人來也。』」劉禹錫聽過「老虎與嫗」的「說話」。由此可見，到九世紀初，說話藝人已經串街走巷，甚至於到白居易的家裡來說「一枝花」話了。而且「自寅至巳，猶未畢詞」，講了四個小時以上猶未講完，可見民間話本之長，藝術之精，使人聽而不厭。

自然，要追溯起敦煌民間話本的起源，它來自古代神話傳說。古代神話傳說全憑口傳、記憶保存，具有民間話本的性質，不妨說是一種萌芽狀態的「說話」。《漢書・藝文志》如淳注：「主者欲知里巷風俗，故立稗官使稱說之。」稗官即稱為「小說家」，他採集民間里巷風俗來說故事，當時有「小說十五家，千三百八十篇」。魏晉南北朝時期的志怪小說，民間話本性質格外增強，這與當時說話的發展是分不開的。如《三國志》卷上十一〈王粲傳〉裴松之注引《魏略》說曹植見到邯鄲淳很高興，安排「胡舞五椎鍛、跳丸、擊劍、誦俳優小說數千言」給邯鄲淳欣賞，可見當時講小說已和跳丸、擊劍等等技藝等量齊觀。這樣看來，民間話本在隋唐的風行是水到渠成了。

「話本」在唐代已相當成熟了，它已職業化、技藝化。敦煌民間話本，第一次向我們展示了話本在民間的原形。它們最顯著特徵，便是全都是散文敘述，通過它們我們了解到，像宋代《清平山堂話本》這種單純散文敘述形式，原來在唐代已成形，它說明短篇小說，最初仍然是在民間文學中出現的。它直接標名為「話」，如斯二〇七三《廬山遠公話》，又如斯二一四四《韓擒虎話本》尾題為「畫本既終，並無抄略」，顯係「話本既終」之誤寫。可見「話本」原名在民間首先出現，並不是宋代文人後加的。

## 第二節　敦煌民間話本的名篇：《唐太宗入冥記》、《韓擒虎話本》、《葉淨能話》

敦煌民間話本中的名篇頗多，以下簡略介紹幾篇。

斯二六三〇《唐太宗入冥記》是敦煌民間話本中的名篇之一。由於殘缺，現名是依據王國維、魯迅擬的題目。它講的是唐太宗在謀殺了他的兩個哥哥，於公元六二六年奪嫡登上皇位以後的傳說故事。陰間判官崔子玉控告唐太宗殺死他的兩個哥哥，把他弄進地獄，要他答應為地獄升級始放回陽。此傳說在唐代初期武后時人張鷟的《朝野僉載》卷六之中已有記載，《太平廣記》卷一四六「授判冥人官」也引述：「太宗極康豫，太史令李淳風見上，流淚無言。上問之，對曰：『陛下夕當晏駕。』太宗曰：『人生有命，亦何憂也』。留淳風宿。太宗至夜半，奄然入定。見一人云：『陛下暫合來，還即去也。』帝問：『君是何人？』對曰：『臣是生人判冥事。』太宗入見，判官問六月四日事，即令還。向見者又迎送引導出。淳風即觀玄象，不許哭泣，須臾乃寤。至曙，求昨所見者，令所司與一官，遂注蜀道一丞。上怪問之，選司奏，奉進止與此官，上亦不記，旁人悉聞，方知官皆由天也。」②唐初記載的故事還很簡略，並無太顯著的思想特點，僅是皇帝一般還陽故事。但是，此故事經過在民間流傳過程，已有極大變化。由於這篇殘缺脫字較多，很難讀，但可以推知其意思，在它完整時必是一篇出色的反封建皇帝的傑作。這篇主要著重寫陰間判官崔子玉賄賂唐太宗，得到高官厚祿，並大發橫財的故事。由於殘缺，我們只能從唐太宗死後到了冥界陰間讀起，當時太宗自己也感到他罪惡深重，因為「殺人數廣，昔日享福，今受罪猶自未了」，所以他感到自己再也沒有「生路」，「憂心若醉」。但是，他遇到了鬼判官崔子玉，此人在陽世任輔陽縣尉，當家有五百口人，躍馬肉食，全是皇帝所賜，當閻王叫他推勘太宗壽命長短時，他想這

② 《朝野僉載》，卷六，頁一四八—一四九，中華版。

是一件「禍事」，「若勘皇帝命絕，即萬事絕言。若或有壽，回到長安，五百餘口，則須變為魚肉。」所以「此時崔子玉憂惶不已」，但太宗心裡也懷著鬼胎，「應莫被使者於崔判官說朕惡事」。他殺害二兄，深怕判官揭他老底，不讓他從陰間還陽世，但是，殊不知這個判官是個見錢眼開和官迷心竅的鬼判，於是雙方都假公濟私，進行了在封建官場司空見慣的賄賂的骯髒勾當。判官先給他加五年壽，太宗就答應了，「朕若到長安城，天上應有進貢物，悉賜與卿」。但判官還不滿足，又給他加五年壽，太宗又答應「有進貢錢物，悉數賜卿」，判官想：「如不恫嚇，然可覓得官職？」於是便揭露太宗傷天害理，「殺兄弟於前殿，囚慈父於後宮」，太宗才封崔子玉「蒲州刺史，兼河北二十四州採訪使，官至御史大夫，賜紫金魚袋，仍賜蒲陽縣庫錢二萬貫」，崔判官這才給唐太宗加了陽壽，放他「歸還生路」了。

皇帝與判官的勾結，正好曲折反映了唐代官吏的貪贓枉法和營私舞弊的現實情況。對於鬼判官崔子玉的所作所為的揭露，正是批判了唐代封建士大夫階層追名求利、不擇手段追求作官的糜爛思想。對於把唐太宗安排下地獄，則是反映了人民懲辦封建頭子的願望。這一切都說明了這個話本具有一定的現實意義。唐太宗游冥界故事在古代也有廣泛影響，吳承恩收入《西遊記》十一回〈游地府太宗還魂〉裡，成為唐僧去西方取經的起因，組成了一個更完整的故事，清代褚人獲亦將其採入《隋唐演義》六十八回。

敦煌民間話本中還有一篇編號為斯二一四四《韓擒虎話本》，講隋朝少年將軍韓擒虎為隋文帝滅陳和征服大夏單于，它表揚了歷史上安邦定國的英雄人物，唐代李延壽《北史》卷六十八《韓雄傳》附子擒虎傳的事蹟與之有類似處，但話本顯然採自當時民間傳說故事演化而成。韓擒虎是一個世所罕見的十三歲的將軍，為中華統一作出了不朽的功勳。故事從法華和尚用八大海龍王送來的龍膏，為隨州衙門裡的楊堅（使君），治好了腦疼，用龍仙膏換了一副腦蓋骨寫起。繼寫封建統治者內訌，楊妃如何毒死前皇帝而和百官推舉楊堅上台當隋文帝，接著寫「金陵陳王，知道楊堅為君，心生不服」，著手下兩員大將領兵四十萬來討伐。然後才導入少年將軍韓擒虎請戰，隋文帝楊堅雄才大略，善於用人，決定啟用這位少年勇將。話本一開始便用烘雲托月之法，不平凡的出場突出了不平凡的人物。同時，話本又從智鬥與勇鬥這兩方面來刻劃韓擒虎的形象，寫出他既有趙子龍的勇敢，又有諸葛亮的智謀，先著手下人改裝百姓進城探察；再寫收換旗號，引大軍過江；三寫猛破陳將任蠻奴的「左掩右夷陣」；四寫韓擒虎以「五虎擬山陣」，破除任蠻奴的「引龍出水陣」；五寫活捉陳王的大勝利；六寫陳王殘軍周羅侯二十萬軍隊的投降，十三歲的將軍幹出了驚天動地的事業，為中華統一作出了巨大貢獻。當他得勝回朝，被拜為開國公，接後又寫了韓擒虎戰勝異族奴隸主對國家的侵犯，使國家和百姓得以安定的故事。特點是，從刻畫他個人超凡的武藝著手，不寫兩軍對壘，而寫與單于比箭以定雙方的輸贏，安排了兩個精彩畫面來體現他的英勇形象。第一次，描寫與單于使者的比武，只見韓擒虎：「遂臂上捻弓，腰間取箭搭括當弦，當時便射。箭既離弦，勢同雷吼，不東不西，去蕃人箭闊便中，從榦至鏃，突然便過，去射垛十步有餘，入土三尺，蕃人亦見，驚怕非常，連忙前來，側身便拜。擒虎亦見，責而言曰：『叵耐小獸，便意生心，擾亂中原，如今殿前，有何理說。』蕃將聞語，驚怕非常，當時便辭，登途進發。」韓擒虎終於使氣勢洶洶前來挑戰的單于使者畏懼而退兵。第二次，描寫少年將軍韓擒虎受隋文帝委托，作為國家特使去和蕃，當著蕃王面，描射天上飛的兩隻鵰，一箭射去，「前鵰咽喉中箭，突然而過，況後鵰劈心便著，雙鵰齊落馬前。」鎮懾了在座的蕃王，蕃王便向著中原的方向，「遙望南朝拜舞，時呼萬歲。」十三歲將軍，為國家的安定，邊防的鞏固，作出了重大貢獻。最後一段是寫少年英雄之死，頗有象徵意味，由於他立有戰功，民間認為他是不朽的，於是將他真實的死因隱去，而描述他到陰間去作了「陰間之主」，天曹地府兩個使者來迎接他，他來到隋文帝殿前，還對皇上表示：「臣啟陛下，若有大難，但知啟告，微臣必領陰軍相助。」聯繫上文可見，他所說的「大難」，主要指異族奴隸主對中華的侵犯，表達意願後，他才「摸馬舉鞍，便昇雲霧」而去。這個話本的主題思想顯然是表揚打退異族奴隸主的侵犯，保衛中華的獨立與統一，它集中塑造了一個世上罕見的少年將軍，題材新穎，形象特殊，是敦煌民間文學中的佳品。

在敦煌民間話本中有一篇著名的道家話本，那便是斯六八三六《葉淨能話》③。這是一篇

③原題《葉淨能詩》，但通篇均是散文敘述，「詩」是「話」之誤，今改。

有獨特藝術構思的話本。情節頗為離奇曲折，故事是講一個很有神通的道教徒——葉淨能。此人「上應天門，下通地理，天下鬼神，盡被淨能招將，神祇無有不伏驅使……要呼便呼，須使便使」，接著便寫了他一系列神奇古怪的傳說故事，一講他去會稽山上學道，二講他從華岳神那裡搭救了張令的妻子生還，三講他在長安斬殺了狐狸精，救下了康太清十六、七歲的女兒，四講他在長安施法，被唐明皇召進宮中大顯神通：1.斬「惡蜃」過江採藥，2.化大蛇試出妖鼓，3.把酒甕變為飲酒道士，4.召神獻龍肉，5.為百姓求雨，6.為皇后求子。本篇以奇妙的浪漫主義藝術力而著稱，一個高潮接一個高潮，魔法手法波浪起伏，引人入勝。

其中特別膾炙人口而影響深遠的情節是「唐明皇遊月宮」的傳說故事。它保留了這篇唐代著名民間傳說故事的原始形態。這篇話本其所以重要原因也便在這裡。故事說，八月十五日夜，唐明皇與葉淨能及隨駕侍從，於高處賞月，皇帝謂淨能曰：「月中之事，其可測焉？」淨能奏曰：「臣說亦恐無益，臣願將陛下往至月宮遊看可否？」皇帝曰：「何以得往？」淨能奏曰：「陛下自行不得，與臣同往，其何難哉？」皇帝大悅龍顏。皇帝曰：「可將侍從同行？」淨能奏曰：「劍南看燈，凡人之處，月宮上界，不同人間。緣陛下有仙分，其可暫往。」皇帝又問曰：「著何色衣服？」淨能奏曰：「可著白錦綿衣。」皇帝曰：「因何著白錦綿衣？」淨能奏曰：「緣彼是水晶樓殿，寒氣凌人。」皇帝裝束便行。淨能作法，須臾便到月宮內。觀看樓殿台閣，與世人不同，門窗戶牖，全殊異世。皇帝心看樓殿，及入重門，又見樓處宮閣，直到大殿，皆用水晶琉璃瑪瑙，莫測涯際。以水晶為窗牖，以水晶為樓台，又見數個美人，身著三殊之衣，手中皆擎水晶之盤，盤中有器，盡是水晶七寶合成。皇帝見皆存禮度。其葉淨能引皇帝直至婆羅樹邊看樹，皇帝見其樹，高下莫測其涯，枝條直赴三千大千世界。其葉顏色，不異白銀，花如同銀色。

可以將它看作是我國早期的征服月球的科學幻想小說。浪漫主義藝術手法，把天上奇幻仙境描寫得活神活現，表現了唐代人民征服月球，並使當時代表中華的領導人——唐明皇能遊歷月球的理想和願望，自然，時至二十世紀，世界上還無哪國領導人像唐明皇那樣到月球去遊玩過，因而這個情節仍具有它的理想的指導意義，這篇話本最後抨擊了唐代宮廷生活的險惡，記述了高力士圖謀陷害，唐明皇對葉淨能產生了懷疑，不能恰當處理他的缺點和錯誤，並準備殺掉他，淨能失望飛歸大羅天去了，皇帝最終雖「滿目流淚而大哭」，但是能使他騰雲駕霧的術士離他遠去，使他永遠也上不了月宮了。話本最後提出了一個十分有價值的問題：國家領導人一當懷疑或要殺掉有特技的人，他便失去了實現自己諸如征服月球之類理想的可能性。這一問題直至現在仍有團結知識分子的問題可以印證，而有它積極的意義，並令人深思，告誡後世領導人不可重蹈唐明皇的錯誤。

很明顯的一點是，《葉淨能話》是唐代道教民間故事的集合物，它中間重要的情節，均是一個個小型的道教魔法故事。現在我們試將《葉淨能話》中情節與有關資料加以對比，即可明白其來歷了。

1.把少女斬為兩段而復活的情節：

《葉淨能話》：「淨能見女子，便知是野狐之病。淨能劣時，左手持劍，右手捏女子，斬為三段，血流遍地，一院之人，無不驚愕。康太清夫婦號天叫地，高聲唱：走投縣門，告玄都觀道士，把劍殺人！……捕賊官遂處分所由，褐氈驗之，曰：康太清女子為野狐病，（與野狐）並臥，女子宛然無損，野狐斬為三段。」

對照：

《朝野僉載》：「唐陵空觀葉道士，咒刀，盡力斬病人肚，橫桃柳於腹上，桃柳斷而肉不傷。後持雙刀斫一女子，應手兩斷，血流遍地，眾人大哭，道士取續之，噴水而咒。須臾，平復如故。」（《太平廣記》卷二八五〈葉道士〉條引）

2.把酒甕變作道士再復原為酒甕的情節：

《葉淨能話》：「前後三日，皇帝詔淨能於大內飲宴，作樂動簫韶。……於是淨能懷中取筆，便於甕子上畫一道士，把酒盞飲，帖在甕子上，其甕子便變作一個道士。身長三尺，還著樗冠黃帔，立於殿西角頭……酒便賜尊師，其道士苦苦推辭，奏曰：『臣恐失朝儀而虧禮度。』淨能曰：『知上人是大戶，何用推辭？』道士奏曰：『其酒已劣，實飲不得！』淨能見苦推辭，對皇帝前乃作色怒：『思此道士，終須議斬首！』……皇帝依奏，令高力士取劍斬道士，頭隨劍落，拋在一邊；頭原是酒甕子蓋，身畫甕子身，向上畫一個道士，帖符一道。」

對照：

《河東記》：「唐汝陽王好飲，終日不亂，客有至者，莫不留連旦夕。時術士葉靜能常過焉，王強之酒，不可，曰：某有一生徒，酒量可為王飲客矣。然雖侏儒，亦有過人者。明日使謁王，王試與之言也。明旦，有投刺曰：道士常持蒲，王引入，長二尺……王即令左右行酒，已數巡，……良久，忽謂王曰：某止此一杯，醉矣，王曰：觀師量殊未可足，請更進之，持蒲曰：王不知度量有限乎，何必見強，乃復盡一杯，忽倒，視之則一大酒榼，受五斗焉。」（《太平廣記》卷七十二〈葉靜能〉條引）

3.宮中美女被道士作法取出送回的情節：

《葉淨能話》：「後經數日，淨能見大內一宮人，美貌殊絕，每見帝寵。淨能遂歸觀內，書一道符，變作一神。神人每至三更，取內人來於觀內寢，恰至天明，卻送歸宮。日來月往，已經半年，美人昏似醉，都不覺知。忽奏皇帝曰：『今有孕，惟候其產難，不敢不奏。』皇帝聞奏，當知即是淨能作法，令人取之。……高力士便造五百人，一時上殿，擬斬淨能。……（淨能）昇空而去。」

對照：

《開天傳信記》：「唐開元中。宮禁有美人。忽被夢被人邀去，縱酒密會，極歡而歸，歸輒流汗倦怠，後因從容奏於帝，帝曰：此必術士所為也，汝若復往，但隨宜以物識之。其又熟寐，飄然又往，美人半醉，見石硯在前，乃密印手文於曲房屏風之上。寤而啟具，帝乃潛以物色，令於諸宮觀中求之，果於東明觀得其屏風，手文尚在，所居道士已遁矣。」（《太平廣記》卷二八五〈東明觀道士〉條引）

4.唐明皇遊月宮的情節：

《葉淨能話》：「八月十五日夜，皇帝與淨能及隨駕侍從，於高處賞月，皇帝謂淨能曰：『月中之事，其可測焉？』淨能奏曰：『臣說亦恐無益，臣願將陛下往月宮游看可否？』……淨能作法，須臾便到月宮內。觀看樓殿台閣，與世人不同。」

對照：

《集異記》及《仙傳拾遺》：「八月望夜，師與玄宗遊月宮，聆月中天樂，問其曲名，曰：紫雲曲。玄宗素曉音律，默記其聲，歸傳其音，名之曰霓裳羽衣。」（《太平廣記》卷二十六〈葉法善〉條引）

《廣德神異錄》：「法善又嘗引上遊於月宮，因聆其天樂，上自曉音律，默記其曲，而歸傳之。遂為霓裳羽衣曲。」（《太平廣記》卷七十七〈葉法善〉條引）

從以上四組對照可見，《葉淨能話》中的民間傳說故事都是有來歷的，是當時民間傳說的綜合和發展。特別是這篇話本中唐明皇遊月宮的故事，影響深遠，在《龍城泉》、《異聞記

》、《唐逸史》、《明皇雜錄》等書中都有著錄，元代王伯成的《天寶遺事諸宮調》，白仁甫的雜劇《唐明皇遊月宮》，無名氏明傳奇《龍鳳錢》，凌濛初《拍案驚奇》卷七「唐明皇好道集奇人」，清代褚人獲《隋唐演義》第八十四、八十五回，都有這個故事的情節。

此外，斯二〇七三《廬山遠公話》是一個佛教話本，就思想內容來說無復可取，但它提供給我們研究話本歷史的真實資料。它保留的是原卷的標題，可見，這是唐代民間話本的真面目。它敘述的是雁門惠遠和尚到江西廬山去念佛，山神感於他的誠心為他造寺，「廬山千尺潭龍，來聽遠公說法」，後來他被一個叫白莊的盜賊俘虜去，當奴作僕，他又賣身償還了白莊的宿債，經過種種曲折，又回到廬山修行。這篇話本充滿了佛教迷信思想。但是，這話本中的敘述口氣、講話，都是一種說書人的口吻，完全是宋代那種流行話本常用的語言，例如，寫他上山修道的一段：「遠公迤邐而行，將一部《涅盤》之經，來往廬山修道。是時也，春光揚艷，薰色芳菲，綠柳隨風而尾婀娜，望雲山而迢遞，覩寒雁之歸忙。自為學道心堅，意願早達真理。遠公行經數日，便至江州。」完全是像宋代話本中規範的白話文，宋話本來自敦煌民間話本的痕迹看得很清楚。元代優曇《廬山蓮宗寶鑑》卷四對其事迹有談論，可見在民間有一定影響。

## 第三節　敦煌民間話本的藝術特點

敦煌民間話本不僅在思想內容上是可取的，在藝術性上，也有其突出的特點。

第一，運用通俗易懂的口語。敦煌民間話本和魏晉南北朝志怪小說顯著的不同點，即在於語言上，它採用了文言文與白話文兼用，並且以白話文為主的語言，讀者稍具識學能力就能讀懂。這是它所以能在唐代人民中流傳的重要原因。它中間也採用了相當多的民間諺語。例如，《廬山遠公話》中有：「捨邪歸正，永斷疑蹤」，「人發善願，天必從之；人發惡願，天必除之」，「白髮無緣再黑」，「人命剎那，看看過世」等。《秋胡話本》中有「學如牛毛，成如麟角」，「好即共有，惡即自知」，「女生外向，千里隨夫」，「慈烏有反哺之報恩，羊羔有跪母之酬謝」等，民間諺語的運用也加強了它通俗的成份。同時，它語言中的口語詞極多，與今日口語不相上下，使老嫗都能懂得，這使敦煌民間話本的散文敘述頗為生動活潑。

第二，集中塑造一、兩個典型。敦煌民間話本中每篇裡的人物都並不多，總是抓住重點的關鍵性的人物，刻畫一至兩個典型形象，這樣便突出了中心人物，使人不易忘記，刻劃的人物栩栩如生。例如，秋胡的卑鄙無恥，韓擒虎的機智勇敢，崔子玉判官的貪得無厭，葉淨能的超群特技等，性格化和典型性都較強烈，具有藝術魅力。特別是它塑造典型時，運用串連法和綜合法。例如，在寫葉淨能時，把許多不同故事（如修道、救張令妻、驅狐、地道、龍肉、求雨、求子、遊月，奪美、遁逃）串連在一起，但並不給人以堆砌造作之感，突出了葉淨能的形象，而且塑造人物的藝術手法是各篇有別的。例如，秋胡話本採取的是現實主義創作的藝術手法，而葉淨能則採取的是浪漫主義創作的藝術手法，從各方面來加強典型形象的塑造，因此它塑造典型形象是成功的。

第三，具有戲劇性與故事性。敦煌民間話本有強烈的戲劇性，每篇裡都有鮮明的戲劇矛盾，這樣更構成它的情節起伏，一浪高過一浪，扣人心弦。伯三六四五《前漢劉家太子話》王莽簒位捕捉劉家太子，矛盾衝突十分尖銳，情節波折婉轉，緊張驚險。《秋胡》戲劇矛盾也很突出，長期分離，面容改變，以至夫妻相見不相識，彼此各拿對方作為陌生人，從而為兩方各自展示自己真實的靈魂創造了戲劇條件。它的戲劇性與故事性又是緊密連繫在一起的。通常是：總有幾個故事貫穿在全篇戲劇衝突中，無論是《韓擒虎話本》《葉淨能話》《廬山遠公話》等，都是故事一個接一個，引人入勝。這樣，它便對後世戲劇與曲藝有深遠影響，紛紛採用敦煌民間話本的故事情節、矛盾衝突改編為戲曲腳本，長年上演不衰，直至現在全國各地方劇種仍在演出《秋胡戲妻》《唐明皇遊月宮》《唐太宗遊地府》等戲，這同它具有戲劇性與故事性是有十分密切關係的。

總之，敦煌民間話本不論思想內容與藝術性，都是卓越的，民間話本構成了中國小說史上燦爛的篇章，它直接影響了宋元話本、明清章回小說、元明戲劇曲藝的發展。對其中民族風格和通俗語言的形成，具有重大意義和作用。

# 第六章　敦煌短篇民間傳說——《冤魂志》

在敦煌民間文學中，有一類筆記小說式的作品，它們實際是古代知識分子搜集整理的民間傳說故事集，通篇的散文敘事，間或也夾雜一些「詩曰」，例如，顏之推的《冤魂志》，句道興的《搜神記一卷》、無名氏的《孝子傳》等。

雖然它們都是文言的「筆記體」，但是它們顯而易見的都是民間文學作品，原因是內容所敘述的故事，都是古代口頭流傳的作品，有些一直到現在還在人民口頭流傳，因此我們沒有理由將它們排除在敦煌民間文學之外來研究。

這一類作品著名的，就是《冤魂志》這一組敦煌短篇民間傳說，本章就對它們加以大概的研究。

伯三一二六卷末寫有《冥報記》三字，在這一寫本中收有十五個故事。《冥報記》據《新唐書・藝文志》載是唐臨撰，撰者未著明年代，凡二卷，宋代以後原書已失，王重民先生根據《冥報記》清末輯本，對敦煌寫本中十五個故事作了詳細考據，得出下列結論說：

「清末楊守敬訪書東國，得古抄本三卷；又從《法苑珠林》、《太平廣記》所引，輯其佚文，厘為十卷（冥報記），以符籐原佐世《見在書目》所載原帙之舊，具詳《日本訪書志》中。後孫毓修就日本古寫本三卷，印入《涵芬樓祕笈》第八集。……考此姚萇等十五事者，不但不見於日本古鈔本，且不見於楊氏所為輯目。……更考之《太平廣記》，及檢王謨輯刻《漢魏叢書》本顏之推《還冤記》，此十五事者，又並在其中，於是始斷知此殘卷為顏之推《還冤記》，非《冥報記》也。」① 王重民先生第一人研究此卷，恢復了十五個故事以顏之推《還冤記》原名，為後來的研究者匡定了入門的範圍，功不可沒也。

## 第一節 第一類民間傳說故事：苻永固、李期、鄧琬、蕭嶷、元徽

敦煌本《冤魂志》一共有十五個故事，可以分為兩類。這兩類故事都具有民間文學因素，具備民間傳說特點，先來談第一類故事。

---

①見《敦煌古籍敘錄》，頁二三七，中華書局，一九七九年版。

第一類，大都見於正史，並且與正史的神怪說法明顯有所一致。〈苻永固〉基本上是《晉書》與《魏書．姚萇傳》的縮寫，在其迷信的神怪部分加以全文徵引。如伯三一二六《冤魂志．苻永固》：

> 永固子睿討慕容泓，為泓所敗，睿獨死之，萇遣史詣永固謝罪，永固怒既甚，即戮其使。萇益恐懼，遂奔西州，邀聚士卒，而自樹置。永固頻為慕容仲所敗，仲轉侵逼，永固又見妖怪屢起，遂走五將山。萇即遣驍將軍吳中圍永固，〔中執永固〕以送萇，即日囚之，以求傳國璽，及令禪讓。永固不從，數以叛逆之罪，萇遂煞之，而自稱帝。後掘永固屍，鞭撻無數，倮剝衣裳，薦之以棘，掘坎埋之。及萇遇疾，即夢永固將天官使者及鬼兵數百，突入營中。萇甚悚愕，走入后帳，宮人逆來刺鬼，誤中萇陰，鬼即相謂曰：正著死處。拔去矛刃，出血石餘，忽然驚寤，即患陰腫，令醫刺之，流血如夢，又狂言曰：煞陛下者，臣兄襄耳，非臣萇罪，願不賜枉。夢後二日，萇死。

試對比《魏書》卷九十五〈姚萇傳〉：

> 萇病，夢苻堅將天官使者、鬼兵數百，突入營中，萇懼走後宮，宮人迎萇刺鬼，誤中萇陰。鬼相謂曰：正中死處。拔矛出血石餘。寤而驚悸，遂患陰腫，醫刺之，出血如夢。萇乃狂言，或稱「臣」，或稱「萇」，「殺陛下者兄襄，非臣之罪，願不枉臣」，萇死。

對比可見，《魏書》這一段幾乎與敦煌本《冤魂志》的文字完全一樣。正如《魏書．目錄敘》

所說：對於《魏書》，「眾口沸騰，號為穢史。」因為「群臣競攻其失」，「其文不直，其事不核……雜以冗委瑣曲之事。」造成這種情況的原因，是史家把「其事不核」的民間傳說，鬼神等等採入史書，所記姚萇事，即是這種無法核對事實的傳說之言，便具有民間文學的因素。

要問《魏書》之〈姚萇傳〉參考了哪種民間傳說呢？大抵採擷於南齊祖沖之的《述異記》。魯迅輯之《述異記》轉引自《太平御覽》四百卷載稱：

姚萇既殺苻堅，與苻登相拒於隴東。萇夜夢堅將天帝使者勒兵馳入萇營。以矛刺萇，正中其陰，萇驚覺，陰腫痛，明日遂死。（見一九四八年版《魯迅全集》第八卷，頁二八六）

可見這個故事原來是甘肅東部民間傳說，被祖沖之搜集整理進了《述異記》。祖沖之經宋齊兩代（四二九—五〇〇），《魏書》作者魏收（五〇五—五七二）是北齊著名文人，遂把祖沖之整理的姚萇傳說中的「其事不核」之言，寫進史書，再後的顏之推（五三一—約五九〇以後）又第三次整理進《冤魂志》。

〈李期〉也基本如此，是《晉書》與《魏書》李雄傳和李壽傳的縮寫。如《魏書》卷九十六云：

壽自涪城襲克成都，廢期為邛都公，期自殺。……既廢期自立，改年為漢興……其尚書左僕射蔡興直言切諫，壽以為謗訕，誅之。……及壽疾病，見李期、蔡興為祟，遂死。

試對比伯三一二六《冤魂志・李期》：

李雄既王於蜀，其弟四子，期從叔壽襲位，期被廢為邛都公，尋而煞之，而壽自立。壽性素凶狠猜忌，僕射蔡射等以正直忤旨，遂誅之，無幾，〔壽病，恆見李期、蔡射為祟，嘔血而死〕。

「無幾」後脫落處，據漢魏叢書本補入。漢魏叢書本在首句「李雄」之前，還有一「秦」字，當係「成」之誤。敦煌本的李期故事顯然已經過民間口耳相傳之修改，表現為：一、民間俗字加入文中。如「凶佷」：「佷」，《龍龕手鏡》卷一「人」部云：「佷，胡墾反，戾難迴也。」二、姓名之變異。兩次出現「蔡射」，《魏書》中作「蔡興」。作為民間傳說允許有所不同，故不必恢復為「蔡興」，均具有民間文學因素。

〈鄧琬〉故事則是《宋書・鄧琬傳》的縮寫。《宋書》卷八十四〈鄧琬傳〉云：

張悅始發兄子浩喪，乃稱疾，呼琬計事，令左右伏甲帳后，戒之：「若聞索酒，便出。」琬即至，悅曰：「卿首唱此謀，今事已急，計將安出？」琬曰：「正當斬晉安王，封府庫，以謝罪耳。」悅曰：「今日寧可賣殿下求活邪。」……即斬琬。……取琬兒並殺之。悅因單舸齎琬首……降。

試對比伯三一二六《冤魂志・鄧琬》：

宋泰始元年，江州長史鄧琬，立刺史晉安王子勛為帝，以作亂。初，南郡太守張悅得罪，

> 被鎭揚都，及湓口，琬赦之，以為冠軍將軍，與共經紀軍事。琬前軍袁顗既敗，張悅懼誅，乃偽稱暴疾，伏甲而召鄧琬，即至謂之曰：「卿首唱此謀，今事急矣，計將安出？」琬曰：「斬晉安王以待王師，或以得免。」悅怒曰：「卿始可禍，可欲賣罪少帝乎？」命斬于床前，並煞其子，以琬頭降。五年，悅寢疾，見琬為厲，遂死。

兩者對比亦相合。關於張悅死期，敦煌本作五年，《宋書》本傳卻作六年，敦煌本之五年，與《南史》本傳相合，而《南史》則是滲入傳說之史書，時間要求未十分精確。另宋泰始元年為公元四六五年，為南朝宋明帝劉彧年號，但是斯五九一五卻為「泰初」，似為「泰」與「太」之音同字誤，而太初元年則為公元四五三年，是南朝宋劉劭的年號，看來敦煌民間也將《冤魂志》作為民間傳說，故時間要求也並不十分精確，不同說法也是民間文學因素的反映。

再就〈蕭嶷〉故事看，蕭嶷為南朝齊高帝第二子，封豫章王，《南齊書》卷二十二、《南史》卷四十二均有傳。但敦煌本蕭嶷故事，卻不見于梁・蕭子顯的《南齊書》，而見于唐・李延壽的《南史》卷四十二：

> 嶷薨后，忽見形于沈文季曰：「我未應便死，皇太子加膏中十一種藥，使我癱不差，湯中復加藥一種，使利不斷。吾已訴先帝，先帝許還東邸，當判此事。」因胸中出青紙文書示文季曰：「與卿少舊，因卿呈上。」俄失所在。文季祕而不傳，甚懼此事，少時太子薨。

試對比伯三一二六《冤魂志・蕭嶷》：

齊豫章王蕭嶷亡後，忽見形于沈文季曰：「我病未應死，皇太子加膏中十一種藥，我遂不差，湯中復加藥一種，使我利不斷。吾已訴天帝，帝許還東郊，當判此事。」更懷中出青紙文書示文季云：「與卿少舊，為呈主上也。」俄而失所，文季懼不敢傳，少時，文惠太子卒薨。

兩者所述亦相合。這是由於唐・李延壽採用了諸如《冤魂志》如此眾多民間傳說野史小說入正史的緣故，情形與蕭嶷同樣。《南史》與《北史》本是刪節八書而成，這八書是《宋書》、《南齊書》、《梁書》、《陳書》、《魏書》、《北齊書》、《周書》、《隋書》。它的撰述原則雖是「若父之所安，則因而不改」，但是，李延壽在自序中說，他補充了許多當時的「雜史」、「小說短書」等史料，這些小說雜史實際都是一些夾雜神鬼的民間傳說，包括《冤魂志》這類書，所以南北史中便滲入了大量民間傳說神鬼故事。故而書中也出現了蕭嶷這樣的民間傳說神鬼故事。

就〈元徽〉故事看，情形亦相似於姚萇與李期，在《魏書》卷十九（下）有傳：「及爾朱兆之入，禁衛奔散，莊帝步出雲龍門。徽乘馬奔度，帝頻呼之，徽不顧而去。遂走山南，至故吏寇彌宅。彌外雖容納，內不自安，乃怖徽云，官捕將至，令其避他所。使人於路邀害，送尸於爾朱兆。」試對比伯三一二六《冤魂志・元徽》：

魏城陽王元徽，初為孝莊帝計畫煞爾朱榮，後爾朱兆入洛，害孝莊，而徽懼，走投洛陽令寇祖宗。祖仁父叔兄弟三人為刺史，皆徽之力也。既而，爾朱兆購徽萬戶侯，祖仁遂斬徽送之，並匿其金百斤，馬五十匹。及兆得徽首，亦不賞侯。兆乃夢徽曰：我金二百斤，馬百匹，在祖仁家，卿可取也。兆覺曰：城陽家本巨富，昨令收捕，豈無金銀，此夢或實。至曉，即令收祖仁，祖仁又見徽曰：足得相報矣。祖仁欵得金百斤、馬五十匹，兆不信之，祖仁私斂戚屬，得金三十斤、馬數匹數兆，猶不充數，兆乃發怒，懸頭大樹，以石硾其足，鞭箠煞之。

兩者對比，《冤魂志》所述情節愈曲折而完整，是在流傳中的變化與發展。如前所述，《魏書》中滲有「不核事實」的民間傳說，但《魏書》的〈元徽〉之記載卻無傳說痕迹，倒是《冤魂志》中加入了惡報之情節，具有民間傳說性。

總觀第一類故事，大都是具有流傳性的民間傳說，是民間文學中散文類的敘事作品明矣。這類故事，就其思想意義而言，〈苻永固〉寫的是後秦姚萇逼前秦主苻永固（苻堅）讓位，遭拒絕，殺苻自立，並鞭屍無數。〈李期〉寫的是東晉時漢李壽篡奪了蜀王位，殺成李期又殺忠臣蔡興之事。〈鄧琬〉寫的是南朝宋江州長史鄧琬作亂，手下的冠軍將軍張悅殺之，獻鄧頭投降。〈蕭嶷〉寫的是南朝齊文惠太子下藥毒死豫章王蕭嶷之事。〈元徽〉寫的是北魏王元徽被洛陽令寇祖仁，出賣給他的仇敵爾朱兆遭殺害，寇祖仁貪汙了他的黃金百斤，馬五十四，後亦被兆殺掉。這些故事暴露了封建統治階級內部的互相傾軋，陰謀鬥爭，殺害忠良，反映了魏晉南北朝時代黑暗的現實，表現了民間文學思想內容剛健清新的特色，論定為民間傳說殆無問題。

## 第二節　第二類民間傳說故事：劉毅、孔基、曇摩讖、支法存、張超、張稗、呂慶祖、諸葛元崇、徐鐵臼、太樂伎

第二類，包括有〈劉毅〉、〈孔基〉、〈曇摩讖〉、〈支法存〉、〈張超〉、〈張稗〉、〈呂慶祖〉、〈諸葛元崇〉、〈徐鐵臼〉、〈太樂伎〉等十篇。這一類故事，大都不見於正史，更有不同的異文；個別見於正史者，也與敦煌本《冤魂志》的情節不同。有明顯的流傳性，斷定它們為民間傳說神鬼故事，也是無問題的。

〈曇摩讖〉的故事是佛教傳說的衍化。伯三一二六《冤魂志》全文較短：

沮渠蒙遜時，有沙門曇讖者，博達多識，為遜之所信重。魏帝遣李愼拜遜為涼王，仍求曇摩讖，蒙遜恡而不與。曇摩讖意欲入魏，屢從蒙遜請行，蒙遜怒殺之。既而左右，常白日見曇摩讖以劍擊蒙遜，因以疾而死。

曇摩讖即曇無讖（三八五—四三三），北涼著名僧人，翻譯過《涅槃經》、《菩薩戒本》、《方等大雲經》、《悲華經》、《方等大雲經》、《金光明經》、《優婆塞戒經》、《佛本行經》、《菩薩地持經》等，對大乘佛教在中國的傳播有深遠的影響，他傳播涅槃學說在中國佛學上也曾發生過重大作用。這位著名人物在當時的敦煌以至河西人人皆知，有民間傳說也不足為奇。連歷史書記載他的事也未必可靠，如《魏書》卷九十九〈沮渠蒙遜傳〉中記載的曇無讖：

始罽賓沙門曰曇無讖，東入鄯善，自云「能使鬼治病，令婦人多子」，與鄯善王妹曼頭陀林私通。發覺，亡奔涼州。蒙遜寵之，號曰聖人。曇無讖以男女交接之術教授婦人，蒙遜諸女，子婦皆往受法。世祖聞諸行人，言曇無讖之術，乃召曇無讖。豪遜不遣，遂發露其事，拷訊殺之。至此，帝知之，於是賜昭儀沮渠氏死，誅其宗族，唯萬年及祖以前先降得免。

說他與曼頭陀林私通並擅長於男女交接之術，實為口頭傳聞的故事之談。可見不實傳聞竟寫入了「穢史」《魏書》。其實敦煌本《冤魂志》，應為梁．慧皎《高僧傳》卷二「曇無讖」的縮寫。《冤魂志》曇摩讖僅百餘字，其神怪處在於他死後「常白日見曇摩讖以劍擊蒙遜，因以疾而死。」這是慧皎採集的佛教徒的傳說寫進《高僧傳》，故云：

河西王沮渠蒙遜僭據涼土，自稱為王，聞讖名呼與相見，接待甚厚。……時魏虜托跋燾聞讖有道術，遣使迎請，……遜既恪讖不遣，又迫魏之強。至遜義和三年三月，讖固請西行更尋涅槃後分。遜忿其欲去，乃密圖害識。偽以資糧發遣，厚贈寶貨。……比發遜果遣刺客，於路害之。春秋四十九。是歲宋元嘉十年也。黑白遠近咸共惜焉。既而遜左右常白日見鬼神以劍擊遜。至四月遜寢疾而亡。

對比可見，前者是後者的改作，是佛教傳說的衍化殆無問題。

在第二類故事中，表現的民間文學流傳過程中的變異性是頗為明顯的。如〈諸葛元崇〉：

琅耶諸葛覆，宋永嘉年為九真太守，家累悉在揚都，唯將長子元崇述職。覆於郡病亡，元崇年始十九，送喪欲還，覆門生何法曾貪其資貨，與伴共推元崇墮水而死，因分其財。其夜，元崇母陳氏夢見元崇還家，具敘父亡及身被殺委曲。屍骸流漂，怨酷無何，奉違累載，一旦長辭，銜悲如恨，如何可說，歔欷不能自勝。又云：行速疲極，因臥窗下床上，以頭枕窗。旦視兒眠處，占濕如人形，於是舉家號泣，便始發問。於是徐森之始除交州，徐道立為長史，道立，陳氏從姑兒也，具疏所夢，託二徐檢之，二徐道遇諸葛喪船，驗其父子亡日，悉如鬼話，乃收何法曾并伴二人，即欵服，依法煞之，更差人送喪，歸達揚都。

敦煌本中有「沾濕如人形」句，在法苑珠林本、漢魏叢書本、太平廣記本中都有異文，俱作「足知非虛矣，陳氏悲怛驚起，把火照兒眠處，沾濕猶如人形。」敦煌本略，其他各本詳，這就是民間傳說在流傳中產生的變異性特點。

有的變異性則表現在整個故事的詳略產生了變化。先是較簡單，以後遂越傳越複雜化。〈太樂伎〉的傳說便是越傳越複雜的，這個故事最初見於祖沖之的《述異記》：

陶繼之，元嘉末為秣陵令。嘗枉殺樂伎，夜夢伎來云：「昔枉見殺，訴天得理，今故取君。」遂跳入陶口，仍落腹中，須臾復出。乃相謂曰：「今直取陶秣陵，亦無所用，更議上丹陽耳。」言訖並沒，陶未幾而卒，王丹陽果亡。

魯迅《古小說鈎沉》據《太平廣記》卷三百二十三，《白孔六帖》卷二十三，《太平御覽》卷四百輯入《述異記》，還是較簡單的。到了敦煌本《冤魂志》中故事情節便大為複雜化了，試對比伯三一二六《冤魂志・太樂伎》，云：

宋元嘉中，李龍等夜行劫掠，於是丹陽陶繼之為稜陵縣令，微密尋捕，遂擒龍等。龍所引一人是太樂伎，充其姓名。劫發之夜，此伎攜伴往就人宿，共奏音聲。陶令不詳審，為作疑引，隨例申上。及所宿主人士貴賓客並相明證，陶令知其枉濫，但以文書以(已)行，不欲為通塞，遂迸(并)劫賊才人，於郡門斬之。此伎善聲藝能，又殊辨惠，將死之日，親鄰知識看者甚眾。伎曰：我雖賤隸，少懷慕喜，未曾為非，實不作劫。陶令已當具知，枉見殺害，若死無鬼則已，有鬼必自陳述。因彈琵琶，歌曲而就死。眾知其枉，莫不殞泣。死經自余，陶令夜夢伎來至案前云：我昔被枉見煞，實所不分，上訴天帝得理，今故取君。便跳入陶令口內，仍落腹中，陶令驚寤，俄而倒地悶絕，狀若瘋癲，良久方醒，有時而發，發輒卒死，矯頭反著背，四日而亡。亡後家便貧悴，二兒早死，餘有一孫，窮寒路次，乞食而已。

兩相對比，敦煌本《冤魂志》之情節更趨完整而繁雜。這是在民間流傳的過程中，整個故事都發生變異的傳承現象。《白孔六帖》卷二十三還有一新的簡練情節：「陶繼之元嘉末為秣陵令，殺劫，其中一人，是太樂伎，不為劫而陶逼殺之。將死曰：『我實不作劫，遂見枉殺，若見鬼，必自訴理。』」這些變異都是口耳相傳或口書相傳造成。

這類故事就其思想內容而言，也是可取的。十篇故事表現了十種不同人物悲慘的遭遇。除前面已引述的三種：1.和尚。〈曇摩讖〉寫的是北魏太武帝托跋燾邀曇去魏，曇欲去，北涼沮渠蒙遜殺害了他。2.太守之子。〈諸葛元崇〉寫的是南朝宋某太守病故，其門生（役使）何法曾謀財害命，推太守之子元崇入水淹死。3.藝人。〈太樂伎〉寫的是藝人太樂伎，被誣為盜賊，含冤而死。還有以下七種人物不同的遭遇。

4.教師。〈孔基〉寫的是會稽鄉村教師孔基，教族人孔敞二子讀書，二子不聽教誨，唆使人暗殺了他。伯三一二六《冤魂志・孔基》原文：

會稽孔基勤學有志操，馮結族人孔敞，敞使其二子以基為師。而敞子並凶猥，趣尚不同，基屢言之於敞，此兒常有忿恚。敞尋喪亡，服制既除，基以宿舊，乃賷羊酒往看二子，二子猶懷宿怨，潛遣奴於路側煞基。奴還未至，仍見基來，張目攘袂，厲聲言曰：奸丑小豎，人面獸心，吾蒙昔教戢平生，有何怨惡，候道見害，慢天忘父，神不容，要當斷汝家種。從此之後，數數見形孔氏，無幾，大兒而廁，忽便絕倒，（駱）驛往看，已斃於地，次者尋復病殂，兄弟無後，遂至滅絕。

5.醫生。〈支法存〉寫的是廣州刺史王談貪圖胡人醫生支法存的寶物，殺之而侵吞其財產。伯三一二六《冤魂志．支法存》原文：

支法存者，本自胡人，生長廣州，妙善醫術，遂成巨富。有八尺氍毹作百種形像，光彩曜日，又有沈香八尺板床，居常芬馥。王談為廣州刺史，大兒劭之屢求二物，法存不與。王劭因法存豪富，謀煞而籍沒家財。死後見形，於府內，輒打衙鼓，似若稱冤。如此經月，王談尋已得病，恆見法存守之，少時遂亡，劭之至揚都又死。

6.農民。〈張超〉寫的是南朝宋時翟願忽被人所殺，其兒子懷疑是高平郡金鄉縣農民張超所為，也未作周密調查，就在張超入山伐木之際，把他冤殺了。伯三一二六《冤魂志．張超》原文：

高平郡金鄉縣張超，先與同縣翟願以宋元嘉中為方與令，忽被人所煞，咸疑是超。超後除金鄉縣，解職還家，入山伐材，翟願兄子銅烏執弓持矢，并賫酒禮，就山貺之。斟酌已畢，銅烏曰：明府昔害我叔，無容同載天日。引弓射之即死。銅烏其夜見超云：我不煞汝叔，橫見殘害，今已上訴天帝，故來相報。引刀刺之，吐血而死。

7.破落鄉紳。〈張稗〉寫的是破落鄉紳張稗的鄰人，求婚不成，縱火燒死了張稗。伯三一二六《冤魂志・張稗》原文：

下邳張稗者，家世冠族，末葉衰微。有孫女殊好色狼（貌），鄰人求聘為妾，稗以舊門以後，恥而不許。鄰人忿之，乃焚其屋，稗遂燒死。其息（媳）不在，後還，尋亦知情，而畏鄰人之勢，又貪其財，匿而不言，嫁女與之。後經一年，男邦夢見稗曰：汝為兒子，逆天不孝，棄親就怨，潛同凶黨。便捉邦頭，以手中桃棒刺之，邦因病兩日，歐（嘔）血而死。邦死日，鄰人又見稗排門而入，張目攘抉曰：君恃縱惡，酷暴之甚，枉見煞害，我已訴天帝，事獲中雪，卻後數日，令君知之。鄰人得病，尋亦殞歿。

8.富翁。〈呂慶祖〉寫的是南朝宋時有個富翁叫呂慶祖，家中使用了一個奴婢，此人不勤耕種，將帽子強塞主人口，用斧頭砍死了主人。伯三一二六《冤魂志・呂慶祖》原文：

宋時永康人呂慶祖，家甚溫富。使一奴名教子，守視田野，其奴不勤耕作，慶祖自往案行，忽為奴所煞。族弟無期莫知其賊，便賫酒脯至兄柩所。咒曰：君荼酷如此，儻有神魂使知其主。既還，至三更，見慶祖來云：近履行田，見教子畦疇不理，許當痛治，奴遂以斧斫我背，將帽塞口，因得齧奴三指，悉皆破碎，便取刀刺我頸，曳著後門，初見煞時，諸從行人亦在。其奴既叛我，已釘我頭著壁。言畢而滅。弟無期拂旦以告其父母，潛視奴所住壁，果有一把髮，以竹釘之；又看奴手指，並見破傷。錄奴結驗，臣服煞人。

又問奴：汝既反逆，何以不逃？奴云：頭如被繫，欲逃不得。諸同見者事事相符，即生焚教子，並其二息。

9.繼子。〈鐵臼〉寫的是徐某之後妻陳氏虐待前妻之子鐵臼致死。伯三一二六《冤魂志・鐵臼》原文：

東海徐某甲前妻許氏，坐一男名鐵臼，而許氏云亡。某甲改娶陳氏，陳氏凶虐，志滅前妻之子。陳氏後產一男，生而咒之曰：汝若不除鐵臼，非吾子也。因名之為鐵杵，欲擅擣鐵臼也。於是捶打鐵臼，備諸苦毒，飢不給食，寒不加絮。某甲性本闇弱，又多不在，後妻姿（恣）意暴酷，鐵臼竟以凍餓病杖而死，時年六歲。亡後經旬餘，鬼忽還家，登陳氏床曰：我，鐵臼也，實無片罪，橫見殘害，我母訴怨天帝，今得天曹符，來取鐵杵，並及汝身，當令鐵杵疾病，與我遭苦時同，將去自有期日，我今停此待之。聲如生時，家人賓客不見其形，皆聞其語，於是恆在屋樑上住。陳氏跪謝罪，兼為設祭致奠。鬼云：不須如此，餓我令死，豈是一夕所能酬。陳氏夜竊語道之，鬼厲聲曰：何敢道我？今當斷汝屋棟。便聞鋸聲，屑落拉然有響，如棟實崩，舉家走出，炳燭照之，如故無異。鬼又罵陳氏曰：汝既煞我，安坐宅上，以為快耶？當燒汝屋，即見火燃，烟燗火猛，內外狼狽，俄而自滅，茅茨儼然，不見虧損。日日罵詈，時復歌謠。歌云：桃李花，嚴霜落，奈何桃李子，嚴霜早落之。其聲甚傷，悽切自悼，不得成長也。於時鐵杵六歲，鬼經便病，體瘦腹大，上氣妨食，鬼屢打之，處處青黬，月餘，並母而死，便即寂然。

10.道人。寫的是南朝宋時刺史劉毅，枉殺四道人。伯三一二六《冤魂志·劉毅》原文極為殘破，不可讀，所缺之文只有用《太平廣記》一二六卷〈劉毅〉參校補足，以（）為所加文字。

（宋高祖平桓去後，以劉毅為撫軍荊州刺史，到州，便收牧牛寺主，云藏桓家兒度為沙彌，並殺四道人。後夢見此僧來云：君何以枉殺貧道？貧道已白於天帝，恐君亦不得久。因遂得疾不食，日彌羸瘦。當毅發揚都時，多有爭競，侵凌宰輔。宋高祖因遣人征之，毅敗後，夜單騎突投牧牛寺僧，僧曰）：撫軍昔枉煞我師，（我道人，自無報仇之理，然何宜來此。亡師屢有靈（驗，云天帝當收撫軍），於寺殺之，毅便叱咤出寺，後崗上大樹，自縊而死。

總之，第二類故事以多種不同人物的遭遇為核心，多角度多側面的體現內容：表達人民對冤案的不滿和反抗（如〈張超〉、〈劉毅〉）；暴露封建政治和法制的黑暗（如〈曇摩讖〉、〈支法存〉）；抨擊官吏的殘暴和罪行（如〈諸葛元崇〉、〈太樂伎〉）；揭發社會上的壞人和壞事（如〈鐵臼〉、〈張稗〉、〈孔基〉）；反映當時深刻的階級矛盾（如〈呂慶祖〉）。

綜上所述，敦煌本《冤魂志》故事，在表現真實社會生活的基礎上，結合托夢或托鬼的魔法藝術手法，生動地表達了民間懲惡揚善的意志，以及進步的倫理觀、道德觀、政治觀，也表現了民間文學思想內容剛健清新的特色。

## 第三節　敦煌本《冤魂志》諸問題

一為定名。顏之推這一本冤鬼故事集的名稱多種多樣，依據古代文獻，可分為以下三個階段：

1. 稱為《冤魂志》，見於以下諸書：

《隋書・經籍志》（唐・魏徵等撰）

《法苑珠林》（唐・道世撰）

《贈秘書少監國子祭酒太子少保顏君廟碑》（唐・顏真卿撰）

《舊唐書・經籍志》（後晉・劉昫監修）

《新唐書・藝文志》（宋・歐陽修等撰）

《通志》（南宋・鄭樵）

2. 稱為《還冤志》，見於以下諸書：

《崇文總目》（宋・王堯臣等編輯）

《直齋書錄解題》（南宋・陳振孫撰）

《文獻通考》（南宋・馬端臨撰）

綜上所述，《冤魂志》是唐代說法，顏真卿是顏之推的後裔，魏徵又是初唐人，說法都較可靠，故《冤魂志》可能是最初的起名。《還冤志》、《還冤記》都是宋代以後的說法，「志」與「記」只有一字之差，宋人稱《還冤志》，「志」、「記」不分。由此可見，伯三一二六應當定名為《冤魂志》方合真名。

二為標題問題。《冤魂志》主要是敘述冤鬼索報的故事，每一個故事（除第3條〈劉毅〉例外）都是以冤鬼的姓名而不是以殺害者的姓名為標題的，這十四個冤鬼的姓名（即標題）為：

1.苻永固　2.李　期　4.孔　基　5.曇摩讖
6.支法存　7.張　超　8.張　稗　9.呂慶祖
10.諸葛元崇　11.徐鐵臼　12.太樂伎　13.鄧　琬
14.蕭　嶷　15.元　徽

由於王重民先生不了解以冤鬼的姓名為標題這個規律，而以這十五個故事中第一句話首見的姓名為標題，因而將下列幾個故事的標題定得有錯：

1.姚萇——應為〈苻永固〉。
10.諸葛覆——應為〈諸葛元崇〉，見《廣記》卷一二七。
11.徐某甲——應為〈徐鐵臼〉，見《廣記》卷一二〇。
12.李龍——應為〈太樂伎〉，見《廣記》卷一一九。

13.魏城陽，王元徽——應為〈元徽〉。

了解這個規律有必要，唯有這樣才能與《太平廣記》、《法苑珠林》等收錄《冤魂志》書中的標題一致起來。

敦煌本《冤魂志》似曾收入第十六個故事。應為〈張祚〉。在伯三一二六卷末，尚留下七個字的殘文，即：「張瓘浚（後）遇張祚來」，最後一個「來」字只印出半邊。漢魏叢書本《冤魂志》記載有完整的〈張祚〉故事：

晉安定張祚，以永和中作涼州刺史，因自立為涼王。河州刺史張瓘，士眾強盛，祚猜忌之，密遣兵進圖瓘，瓘率眾拒祚，祚遂為瓘所殺。瓘后數見祚來部，從鎧甲，舉手指瓘云：底奴要當截汝頭。瓘入姑臧立張元嘗，與元靜同車出城，西門橋樑牢壯而忽摧折。刺史舊事，正旦放鳥，瓘所放出手輒死。有鸛來巢廣夏門，彈逐不去，自往看之，死。敦煌宋混遣弟澄，即於巢所害瓘，瓘臨命語澄曰：汝荷婚姻而為反，皇天后土必當照之，我自可死，當令汝劇我矣。混自為尚書令，輔政有疾，盡日見瓘從屋而下，奄入柱火燒，握土則無所見，混因病死。澄又燃燈，油變為血，廄中馬一夕無尾，二歲小兒作老公聲呼曰：宋混澄，砍汝頭。又城東水中出火，後三年澄為張邕所殺。

這是一對連環的張祚與張瓘變鬼索報的故事，表現的是封建統治階級內部的矛盾和鬥爭，爭權奪利，互相殘殺，陰謀陷害，通過它可以認識統治階級的本質；伯三一二六的七個字殆即「璀后數見祚來」無疑，由於寫者從中間抄寫起來，發現有誤，故而作廢。

伯三一二六卷子寫於什麼時候？又是怎麼寫出來的呢？在寫卷上端有小字十九行，云：「中和二年四月八日，下手鐫碑，五月十一日畢手。索中丞以下三女夫，作設於西牙，碑畢之會，尚書其日大悅，兼賞設僧，口已下四人，皆沾鞍馬縑緗，故記於紙。」「中和」為唐僖宗李儇年號，二年即公元八八二年，為抄寫年代。可見寫卷為晚唐手抄本。書法工整秀麗，可以看得出是出自正式寫書的高手，卷子上下，事先都畫好直線，留有相同和整齊的空格，抄好後又詳細的加以刪改和增補，其抄寫的態度是相當的慎重和嚴肅，經過精心的抄寫，也經過逐字的精校，而《冤魂志》，既非佛經，也非道經，更非儒家的重要典籍，《新唐書・藝文志》是將顏之推這本書放在「小說家類」中的，為什麼寫卷書法、字句點校得這麼精細呢？原因在於抄寫此卷與當時敦煌最高統治者有關。公元八八二年正當張淮深在敦煌當權之時，「尚書其日大悅，兼賞設僧」，這位獎賞和尚的「尚書」，便是指張淮深，伯二九一三張景球撰〈張淮深墓志銘〉謂張淮深死於昭宗大順元年（八九〇），故公元八八二年正是淮深當政十分活躍之時，而注中云「索中丞」，蓋即指張義潮的女婿索勛其人，據乾寧元年（八九四）〈唐宗子隴西李氏再修功德記〉云：「淮深卒，弟淮三嗣，淮三卒，托孤於議潮婿瓜州刺史索勛，勛乃自為節度」，索勛是繼張淮深篡奪權位之人，而在公元八八二年時，他的勢力已強盛，故能在八年後的大順元年殺淮深全家以奪權，中和二年注語中將他提出可以說帶有必然性。既然是敦煌當地最高統治者指令民間書法家為他們寫的，索勛請的人必然是當地書法高手，而這些書法家自然也受寵若驚，精心書寫了，故而先畫線格，後作點校，成為書法佳作。

從「下手鐫碑」、「作設於西牙」、「碑畢之會」諸句看來，這篇《冤魂志》可能是索勛請人刻於石碑上的底稿。碑「作」成之後，「設於西牙」，即設置在衙（牙）門的西側，還特別舉行了一次「碑畢之會」，一方面是慶賀立碑成功，另方面請和尚來念佛經，所以要「兼賞設僧」。要問為什麼石碑設置在衙門西側而不是東側？也就是為了使刻碑者死後入西方極樂世界，而免於墮入地獄，斯〇七七八《王梵志詩》云：「智者入西方，愚人墮地獄。」又云：「福至生西方，各難知厭足。」故舉行「碑畢之會」和尚念經，正是免災步入西方福地之意。這也就揭示了寫這《冤魂志》之文，刻此《冤魂志》之碑，目的性很明顯，在於捐功德，超度自己諸如像《冤魂志》中製造的類似的冤孽，表達自己對佛的忠誠，和永遠從善之心。

這自然不僅是《冤魂志》寫本帶有這種目的性，敦煌石室出來的所有寫本均帶有這種目的性。人們帶著各種各樣目的來求菩薩，便捐錢請能書寫者寫出各種各樣文書帶來捐獻給寺廟，求菩薩幫助他們達到各種目的。1.求病癒。如斯五十三號《藥師瑠璃光如來本願功德經》卷後便有「壽妻，為身染患，敬寫此經」等語，寫經求佛解除病痛。2.求智慧。如斯七〇四四《金剛般若波羅蜜經》云：「若有善男子、善女子，能於此經受持讀誦，則如來以佛智慧悉知，是人悉見，是人皆得成就無量無邊功德。」3.求報父母恩。如斯七二〇三《佛說父母恩重經》云：「若復有人書寫此經流布世人，受持讀誦，當知此人報父母恩。」4.求生子或生女。如斯七二二五《妙法蓮華經卷第七》云：「若有女人，設欲求男，禮拜供養觀世音菩薩，便生福德智慧之男，設欲求女，便生端正有相之女，宿殖德本，眾人愛敬。」由此可見，各種文書抄寫得多了，便在莫高窟中保存下來了，而且這種手抄文書是不准隨便糟蹋的，如敦煌話本《廬山遠公話》中，就譴責用字紙作手紙擦糞便的行為，這樣許多寫本才得以完整保留下來傳給後世，《冤魂志》抄本也就這樣保留下來了。

## 第四節　關於《冤魂志》是否佛化的問題

應當如何來認識《冤魂志》的佛化問題呢？《四庫全書總目》曾經提出一個帶有總結性的論點，云：

自梁武以後，佛教彌昌，士大夫率皈禮能仁，盛談因果，之推家訓有〈歸心篇〉，於罪福尤為篤信，故此書所述，皆釋家報應之說。

大凡《冤魂志》的研究者，對《冤魂志》之認識，都未能超出《四庫全書總目》所概括的這個思想範疇，但管見以為《四庫全書總目》這個結論是有問題的，是可以提出商榷的。

第一，從撰述者的生平思想來看。《冤魂志》的編撰者顏之推（五三一—約五九〇以後），北齊文學家，字介，琅玡臨沂（山東）人。父親顏協有才學，深研道教，著有《晉仙傳》，故之推出身於書香門第，自幼受道家思想薰陶。初仕梁元帝為散騎侍郎，後來又至北齊為平原太守，齊亡而入周為御史上士，周亡而入隋，開皇中太子召為學士。由於他經歷梁、齊、周、隋等四個朝代，有豐富的生活閱歷，《北齊書・顏之推傳》載稱：「之推聰穎機悟，博識有才辯。」又云：「世善周官、左氏，之推早傳家業。年十二，值繹自講莊、老，便預門徒。虛談非其所好，還習禮、傳，博覽群書、無不該洽，詞情典麗，甚為西府所稱。」由此可見，少年就能講莊老，傳儒術，受有頗深的儒家與道家影響，既習禮傳，又講莊老，故他的《顏氏家訓》宣揚以儒家傳統思想為立身治家之道，另外，受有道家影響也顯而易見。由於他博學多才，也知曉佛家的因果報應之說，在《顏氏家訓・歸心篇》中便多有佛家報應之說的記載。故他的思想實以儒家思想為主，而雜揉道、佛思想為輔，《冤魂志》便是這種多元思想的反映。例如，敦煌本《冤魂志》中〈劉毅〉，即為被殺的四道人鳴冤，貫穿了對道士的同情。漢魏叢書本《冤魂志》中的〈彭生〉，又是維護夫婦關係的純潔，歷來為儒家所倡導。餘如敦煌本《冤魂志》中的〈曇摩讖〉又貫注了對佛家的虔誠，故《冤魂志》是多元思想的集合體，並不是「皆釋家報應之說」。

第二，從敦煌本《冤魂志》數度提到天帝來看：

1.〈劉毅〉：「貧道已白於天帝。」

2.〈張超〉：「今已上訴天帝。」

3.〈張稗〉：「我已上訴天帝。」

4.〈太樂伎〉：「上訴天帝得理。」

5.〈蕭嶷〉：「吾已訴天帝。」

此天帝無異與釋迦牟尼無什麼關係，因為天帝的觀念是遠古以來我國民間就有的神話觀。《詩・鄘風・君子偕老》云：「胡然而天也，胡然而帝也。」《毛傳》曰：「尊之如天，審諦如帝。」箋云：「帝，五帝也。」《正義》曰：「天帝名雖別而一體也……五帝謂五精之帝也。」②遠古時代民間的天帝觀，是一個天神集體權力的聚合觀念，到了後來，時代與部落的變遷，便逐步的合五精為一體，變為一個天帝了。《戰國策・楚策一》云：「虎求百獸而食之，得狐。狐曰：『子無敢食我也。天帝使我長百獸，今子食我，是逆天帝命也。』」《戰國策・楚策三》亦云：「謁者難得見如鬼，王難得見如天帝。」《荀子・正論》曰：「居如大神，動如天帝。」這裡便指的是具有至高無上權力的上帝了。這是由於在原始共產社會

---

②見《十三經注疏・毛詩正義》（上冊），頁三一四，中華書局，一九七九年影印本。

時，各部落的權力還是從集體中產生，而集體領導管理著人民的生產與生活，故而天帝也是「五精」集體的聚合體，但是，隨著人群的遷移與集居，形成部落，便有各部落的天帝了，如《山海經・西次三經》云：「昆侖之丘，是實惟帝之下都。」《淮南子・墬形訓》云：「昆侖之丘，或上倍之，是謂涼風之山，登之而不死；或上倍之，是謂懸圃，登之乃靈，能使風雨；或上倍之，乃維上天，登之乃神，是謂太帝之居。」高誘注曰：「太帝，天帝。」以上「帝」與「太帝」，均指黃帝，因為黃帝在神話中為中央天帝。又如《山海經・中次七經》說的：「姑瑤之山，帝女死焉。」化為精衛，此處稱帝者，又是指炎帝。隨著時代的變換，各個時代又有各個時代的天帝，如《山海經・十次十一經》云：「洞庭之山，……帝之二女居之。」郭璞注云：「天帝之二女而處江為神也。」這裡天帝指的是堯。又如《山海經・海外東經》：「帝命豎亥步。」這是指堯之後的禹。這時，部落權力掌握在酋長手中，反映到神話的意識形態上便成為至高無上的天帝觀，而當我國從奴隸社會過渡到封建社會，國家與民族的權力早已掌握在皇帝手中，這時的所謂「天帝」，實際是至高無上皇帝的象徵，因此，這時的「天帝」也能裁判民間的冤屈和恩怨。綜上所說，《冤魂志》中的天帝觀，是我國遠古傳統天帝觀的繼承，是中國古老文化觀的反映，故不能認為它是佛祖釋迦牟尼的化身，《冤魂志》也絕非只是「佛化」。

第三，從敦煌本《冤魂志》數度托夢的情節來看。有七個故事是托夢的，先列表如下：

| 號 | 被殺者 | 殺人者 | 夢兆 | 結果 |
| --- | --- | --- | --- | --- |
| 1. | 苻永固 | 姚萇 | 夢永固、天官、鬼兵殺來 | 萇死 |
| 2. | 僧人 | 劉毅 | 夢見僧人來報仇 | 自縊 |
| 3. | 張超 | 銅烏 | 其夜夢超引刀刺之 | 吐血死 |
| 4. | 張稗 | 鄰人 | 夢見稗以桃棒刺之 | 得病沒 |
| 5. | 諸葛元崇 | 何法僧 | 夢見元崇還家 | 依法煞之 |
| 6. | 太樂伎 | 陶令 | 夢伎來至案前伸冤 | 瘋癲而亡 |
| 7. | 元徽 | 寇祖仁 | 爾朱兆夢見元徽講話 | 兆殺祖仁 |

除以上七個故事是採取托夢的方式解決矛盾以外，另外八個故事是變鬼或幻化解決矛盾，實際上與托夢的方式在本質上是一致的。先退一步來說，顏之推寫這本《冤魂志》，其所以用托夢、托鬼的方式來索報，其目的確是為了要說明因果報應的道理。但《四庫全書總目》說其「因果」皆「釋家報應之說」，只說對了一面，原因在於報應之說不止釋家有，道家原來就有，如《老子》第七十三章云：「天網恢恢，疏而不失。」《太上感應篇》亦云：「禍福無門，惟人自召。」《易經．文言》云：「積善之家，必有餘慶。積不善之家，必有餘殃。」如前所說，顏之推的思想中，有佛家思想，也有道家思想，而以儒家思想為主，所以《冤魂志》中的托夢索報也決非佛家思想之反映。

更值得討論的是，即以敦煌本十五個托夢托鬼故事而言，根本不能說明佛家唯心主義的因果報應的道理，相反，只能唯物主義的說明，所謂的托夢索報，只不過是故事中所表露的心理病態的一種反映。因為夢不是一種軀體的現象，乃是一種心理的現象。〔奧〕弗洛伊德在他著名的《精神分析引論》第二編〈夢〉中說過：「夢的研究不但是研究神經病的最好的預備，而且夢的本身也就是一種神經病的症候。」③據此可見，存在決定意識，《冤魂志》中的一個個殺人者，由於殺了人而精神恍惚、或精神錯亂，因而才在夜裡做起惡夢，或夢見鬼來索報，所以這些故事並沒有傾向於佛教神秘主義的嫌疑，並非「皆釋家報應之說」；從神經病理學和精神病學的角度來看，不獨不能說明什麼佛家因果報應的道理，相反只能說明殺人導致了故事中的罪犯精神分裂症的產生，而做夢就成了這種神經病症候的主要特徵。《冤魂志》中的夢正是我們開啟《冤魂志》所有冤鬼索報案件的一把鑰匙。

總之，《冤魂志》並非全盤佛化，並非「皆釋家報應之說」，而是儒佛道多元思想的集合體，托夢托鬼索報只是描述神經病的需要，非佛化需要。

---

③見《精神分析引論》，頁五七，高覺敷譯，商務印書館，一九八四年十一月版。

# 第七章　敦煌曲子詞

## 第一節　敦煌曲子詞是不是民間歌謠？

敦煌曲子詞是敦煌民間文學中重要的組成部分，自從敦煌石窟的寶藏被發現以後，它便引起國內外學者極大的興趣。從二十年代開始，羅振玉、劉半農、鄭振鐸、周泳先、唐圭璋、王重民、胡適等對它展開了研究與輯錄。一九五〇年王重民先生《敦煌曲子詞》首先問世，共收一百六十餘首①，一九五五年，任二北先生據羅振玉《敦煌零拾》、朱祖謀《彊村遺書

①此書一九四〇年編成，曾經胡適校閱，事隔八年後方出版。

》、冒廣生《新斠(jiào叫)云謠集雜曲子》、劉半農《敦煌掇瑣》、許國霖《敦煌雜錄》、北京圖書館敦煌卷子、鄭振鐸《世界文庫》、盧前《敦煌文鈔》等書,輯錄出版了《敦煌曲校錄》,共收五百四十五首②。

敦煌曲子詞分類應當從王重民《敦煌曲子詞集》,和任二北《敦煌曲校錄》談起。王、任二先生對敦煌曲子詞範圍持廣狹兩種不同的分類法。任先生認為敦煌曲子詞應當稱為「敦煌歌辭」,內容包括四個部分,一是「普通雜曲」、二是「定格聯章」、三是「大曲」、四是變文中摘錄的詩歌「插曲」③。王先生則認為敦煌曲子只是「敦煌曲子詞」,內容範圍只包括任氏的「普通雜曲」和「大曲」,但排除任氏所謂的「定格聯章」和變文中的詩歌。顯然,任氏採取廣義的敦煌曲子詞概念,在王氏的基礎上,擴大了敦煌曲子詞的收錄範圍。王氏的準則是寧缺勿濫,任氏的準則是寧濫勿缺。就研究而言,任氏的《敦煌曲校錄》運用價值較大,但校注方面的問題不少。

王、任兩先生儘管對敦煌曲子詞在分類的廣狹上有別,但是他們有一個共同點,就是都不承認敦煌曲子詞是敦煌民間歌謠。王先生認為:「曲子既成為文士摛藻之一體,久而久之,

②據張錫厚《敦煌文學》一書稱,任二北先生近期編成《敦煌歌辭集》,收一千二百多首。
③見《敦煌曲初探》,頁三〇〇,一九五五年版。

遂稱自己所造作為詞，目俗制為曲子，於是詞高而曲子卑矣。」④這就是說，只承認詞為「文士」所作，不承認詞是民間歌謠，因此在編輯敦煌曲子詞時，把〈五更轉〉、〈百歲篇〉、〈十二月調〉等民間小調排除在外，只收入所謂「文士」作的曲子詞。張錫厚同志則透徹地發揮了任二北的觀點，說：「敦煌歌辭還有〈五更轉〉、〈十二時〉、〈百歲篇〉、〈十恩德〉等辭作，因為絕大部分是宣傳佛教思想的，有人斥之為佛曲，一概否定；有人輕視這部分歌辭，稱之為俚曲小調，屬民間歌謠範圍，都是片面的看法。一般來說民間歌謠音樂性薄弱，無曲調名，不入燕樂，沒有舞蹈形象，而〈五更轉〉、〈十二時〉等有調名，有定格，屬隋唐燕樂範圍，並可以在歌場道場演出，不能視為民間歌謠，而是歌辭內容的一種定格聯章體。」⑤大約「民間歌謠」並不是一個高尚的名詞，連〈五更調〉、〈十二時〉、〈百歲篇〉等都不能為民間歌謠，那些曲子當然更不能視為民間歌謠了。因而命名為「敦煌歌辭」，勾銷「民間」兩個字。〈五更調〉、〈十二時〉、〈百歲篇〉等也不稱「民間小調」，而叫做「定格聯章」。我們再直接看看任先生自己的見解：「樂工、伶人、歌妓，多為官私『賤民』所充。在當時社會，均寄生於宮廷貴族、及大官之閥閫中，（唐例三品以上，得設女樂

④《敦煌曲子詞集・敘錄》。
⑤見《敦煌文學》，頁二一五。

五人，五品以上三人，可見一斑。）各有其所屬之主人在。其身分每為犯官、或一般罪人之眷屬，被強迫供役，並非自由職業者。……其在民間文藝方面所起之作用，當然有，但未必能及一班平民文人，或潦倒文人；於量、於質，皆可信其如此。彼等一生歌唱、彈奏、舞蹈、表演者，皆所以完成統治者壓迫者之奢侈享樂而已。若民間里巷之歌謠囀弄，其腳本即在眾人口邊，或用抒憂苦，或借適性情，其音樂生活至為簡單，實無家家戶戶，皆借重樂工歌伎，當前演奏之經濟能力。從知樂工歌伎與豪門貴族之關係較多，與平民之關係則較少也。」⑥因為樂工、伶人、歌伎等「賤民」，他們在「民間文藝方面所起之作用」沒有文人大，而老百姓又沒有錢（經濟能力）請他們唱，所以敦煌曲子「歌辭」主要是文人作，不是民間歌謠。任先生不同意敦煌曲子詞是民間文學作品，都認為敦煌曲子詞是文人文學作品，這樣便涉及關於敦煌曲子詞的一個根本性問題。魯迅說：「歌、詩、詞、曲，我認為原是民間物，文人取為己有，越做越難懂，弄得變成僵石，他們就又去取一樣，又來慢慢的絞死它。譬如《楚辭》罷，〈離騷〉雖有方言，倒不難懂，到了揚雄，就特地『古奧』，令人莫名其妙，這就離斷氣不遠矣。詞、曲之始，也都文從字順，並不艱難，到後來，可就實在難讀了。」⑦這

⑥見任二北《敦煌曲初探・雜考與臆說》，頁二九四，一九五五年版。重點為原有。

⑦〈致姚克的信〉，《魯迅書信集》上卷，頁四九二。

些話可以說是闡明了民間文學是中國文學的土壤這一普遍規律，敦煌曲子詞也不例外，原先大家都認為它是唐宋詞的來源，現在既然不承認它是民間歌謠，那已經解決的唐宋詞來源問題，實際又復墜入過去的五里霧中。

## 第二節　敦煌曲子詞是民間歌謠的理由

敦煌曲子詞來自民間歌謠，我的理由如下：

第一，說敦煌曲子詞是「文士摛藻之一體」，或者說「賤民」在敦煌民間曲子詞當中起的作用沒有文人大，這兩種看法本質上是一致的，都與實際情況不符。敦煌曲子詞中有大量的老百姓的作品，它們都具有匿名性的特徵，大多數反映的是被剝削被壓迫者的思想感情。判斷敦煌曲子詞的民間歌謠性質不應當唯成份論，決不能規定非得是體力勞動者的作品才能是民間文學，它既應包括勞動人民作品也應包括非勞動人民作品，這才是判別敦煌曲子詞作者成份的合適的標準。就這個標準來看敦煌曲子詞的作者，可以說是概括了唐代人民中廣泛的階層。1.描寫農民的「哀客在江西，寂寞自家知。塵土滿面上，終日被人欺。朝朝立在市門西，風吹淚點雙垂。遙望家鄉腸斷，此是貧不歸。」「作客在江西，得病臥毫厘。還往觀消息，看看似別離。村人曳在道傍西，耶娘父母不知，身上綴牌書字，此是死不歸。」（〈長相思〉）描繪了破產的農民流浪他方，貧病交加，生動的敘述了破產農民在死亡線上的悲慘情景。這詞裡的「村人」顯然寫的是農民們，又是農民寫的詞。2.描寫船工的：「五里灘頭風欲平，張帆舉棹覺船行。柔櫓不施停卻棹，是船行。滿眼風波多閃爍，看山恰似走來迎。仔細看山山不動，是船行。」（〈浣溪沙〉）這是一幅極好的描寫船夫水上作業的敦煌曲子詞。唐代寫船上生活的詩可謂不少，李白的〈早發白帝城〉，杜甫的〈旅夜書懷〉這些好詩都是寫詩人乘船的感受，唯獨這首敦煌民間詞寫的是船工自己在狂風過後駕船的感受。顯然這首詞是船工所寫。3.描寫士兵的：「十四十五上戰場，手執長槍。低頭落淚悔吃糧，步步近刀槍。昨夜馬驚轡斷，惆悵無人遮爛。」（〈失調名〉）表現了十四、五歲便參軍戍邊的士兵，長期流落邊疆，既痛苦又悔恨的感情。不是下層士兵寫不出這麼深切的詞來。4.描寫樂工的。如：「青絲弦，徽白玉，宮商角徵羽，五音足。何時得對聖明主，一弦彈卻天下曲。」（〈鄭朗子〉）描寫樂工用絲弦彈奏出「宮商角徵羽」五聲，向往彈出天下所有美妙樂曲的心情，也可看出是樂工所作。5.描寫建築工匠的。如，「常慚血願居臣下，明君巡幸恩霑洒。差匠見修宮，謁誠無有終。奉國何曾睡，葺治無人醉。尅日卻回歸，願天涯總西。」（〈菩薩蠻〉）這首詞寫出了皇宮中建築工匠兢兢業業勞動的情景，「奉國何曾睡，葺治無人醉」，在修葺宮殿時誰也不敢貪睡和飲酒，顯然出自勞動者之手。6.描寫小知識分子的。如，「雲水客，書卷十年功績。聚盡螢光鑿盡壁，不逢青眼識。終日塵驅役飲食，淚珠常滴。欲上龍門希借力，莫教重點額。」（〈謁金門〉）這出自一個讀了十年書，沒有當成官，反而「終日塵驅役飲食」，整日給人家燒飯弄菜的小知識分子之手，這種人也是被剝削被壓迫者。7.描寫妓女的。如，「莫攀我，攀我太心偏。我是曲江臨池柳，者人折了那人攀，恩愛一時間。」（〈憶江南〉）這是出自妓女之手，寫出了她們受人踐踏蹂躪的悲慘命運，字字血淚。8.描寫牧民的。如，「本是番家帳，年年在草頭。夏日披毡帳，冬天挂皮裘。語即令人難會，朝朝牧馬在荒丘。」（〈贊普子〉）體現出勤勞慓悍牧民的質樸，勤勞的性格；也顯然出自一個牧馬人之手。9.描寫醫治病人的。如，「風濕傷寒脉緊沈，遍身虛汗似湯淋。此是三傷誰識別，情怯，有風有氣有食結。時當五六日，言語惺惺精神出。勾當如同強健日，名醫識，喘粗如睡遭沈溺。」（〈定風波〉）從詞中所使用的醫學術語來看，這首詞顯然出自一個民間醫生之手。

總之，敦煌曲子詞反映了各階層人民的現實生活和他們的命運，是花間詞人那種軟綿綿的愛情詞所不能比擬的。由於人民都是「自寫自」，有深切的體會，因此敦煌曲子詞描寫人物時都有一種專業性的特徵，栩栩如生，絕無公式化與一般化的毛病，具有強烈的藝術魅力。我認為，敦煌曲子詞是地地道道的民間歌謠，它們出自無名人民之手，就匿名性看，也具有民間文學顯著特徵。

第二，判斷一個民間文學作品，首先要看這件作品的思想內容反映了什麼樣的思想感情，如果反映的確是人民的思想感情，結合無名性和長期流傳性的特徵，就能判斷它是民間文學作品。那麼，敦煌曲子詞的思想內容究竟怎樣呢？敦煌曲子詞真實地反映了唐代人民的生活及思想感情，思想性與藝術性結合得很好，內容充實，形象、感情豐富飽滿，形式生動活潑，我覺得它的思想內容裡具有我國古代民間文學中鮮明地進步性特徵，這可以從以下幾點看出來。

1.在它的內容中，體現著明顯愛國主義精神，它們熱情贊頌了當時保衛邊疆、保衛祖國的英雄人物。例如，〈何滿子〉唱道：「當夜秋風凜凜高，長城俠客逞雄豪。手執鋼刀利如雪，腰間恆垂可吹毛。」⑧幾句話便把一個手執鋼刀守衛長城的「俠客」形象刻畫出來。再如，〈望遠行〉：「年少將軍佐聖朝，為國掃蕩狂妖。彎弓如月射雙雕，馬蹄到處盡雲霄。」⑨幾句話便寫出了一個馳馬射箭、保衛祖國的勇士。三如，〈劍器詞〉：「丈夫氣力全，一個

⑧斯六五三七，「凜」原卷為「檁」、「俠」原卷為「協」、「腰」原卷為「要」，均從王校。「如」字原卷空缺，據唐代民間習慣用法增補，如《雲謠集·拜新月》：「堪恨情如水」；《雲瑤集·魚歌子》：「心哽噎，淚如雨」。伯三二五一〈菩薩蠻〉：「輕盈士女腰如束」；伯三八二一〈浣溪沙〉：「夜至碧溪垂釣處，月如霜」

⑨伯四六九二，「狂」原卷為「匡」，從王校。

擬當千。猛氣沖心出，視死亦如眠。率率不離手，恆日在陣前。譬如鶻打雁，左右悉皆穿。」[10]也是幾句話便寫出了一個視死如歸的有大丈夫氣概的衛國勇士。這一類型的敦煌曲子詞充滿感人的愛國精神。

2.在它的內容中，為實現祖國各民族的團結統一而謳歌。它把繁榮昌盛的唐王朝作為一面旗幟，號召著統一與安定，這種思想主旨在歷史上無疑是具有進步性的。例如，〈獻忠心〉：「臣遠涉山水，來慕當今。到丹闕，御龍樓，棄氈帳，與弓劍，不歸邊地。學唐化，禮儀同，沐恩深。見中華好，與舜日同欽；垂衣理，菊花濃，臣遐方無珍寶，願公千秋住，感皇澤，垂珠淚，獻忠心。」[11]這首詞極可能是「貞觀之治」時的敦煌曲子詞，反映了邊疆各民族對大唐盛世的贊頌；偉大的唐朝代表著歷史的進步面，「學唐化」，為它「獻忠心」便是體現了人民的意志。所以它又讚頌著民族的團結與統一，〈獻忠心〉還唱道：「生死大唐好，喜難任，齊拍手，奏香音。各將向本國裡，呈歌舞。願皇壽，千萬歲，獻忠心。」[12]詞中說明祖國的統一是人民最大的「香音」。〈感皇恩〉詞也表現了這種「四海天下」、「願歸投」

---

⑩斯六五三七，「一」字原卷空缺，從任校。
⑪伯二五〇六。
⑫伯二五〇六。

的大唐盛世邊地各族人民的思想。中唐以後，由於王朝內外矛盾重重，國力日弱，這時邊疆少數民族中的奴隸主，便發動戰爭內侵，使邊疆的和平與安定遭到破壞，所以在〈菩薩蠻〉裡便表現了人民譴責戰亂、渴望統一的心情，例如，〈菩薩蠻〉：「敦煌古往出神將，感得諸蕃遙欽仰。效節望龍庭，麟台早有名。只恨隔蕃部，情懇難申吐。早晚滅狼蕃，一齊拜聖顏。」⑬人民希望早晚消滅掉發動戰亂的吐蕃奴隸主，得到統一與安定。

3.在它的內容中，也突出地關注婦女們的命運，她們堅貞的愛情，她們孤獨的悲痛，她們善良的心靈，細緻全面剖析了婦女們在唐代安寧與動亂中的思想感情，同時也深刻地反映了唐代的真實社會生活。敦煌曲子詞寫婦女對愛情的忠誠，語言樸素，想像奇妙，「枕初發盡千般願，要休且待青山爛。水面上秤錘浮，直待黃河徹底枯。白日參辰現，北斗迴南面。休即未能休，且待三更見月頭。」(〈菩薩蠻〉)⑭請看，這種比喻多麼新鮮、奇異，表現了古代婦女對待愛情的高尚情操，任何時候讀，都能給人良好的感情熏陶。唐代頻繁的藩鎮之亂和異族入侵，造成參軍上前線去邊疆的人很多，這牽動了千家萬戶婦女的命運，往往都像〈鳳歸雲徧〉詞說的「征夫數載，萍寄他邦，去便無消息」⑭，婦女們只有孤獨的等待。

---

⑬伯三一二八。

⑭見《雲謠集雜曲子》，伯二八三八，斯一四四一。

在我國古代人民深重的苦難中，特別表現出古代婦女那種世上罕見的善良優美品德，她們為征夫禱告，「帘前跪拜：『人長命，月長在』」（〈失調名〉）⑮。不僅如此，她們還「萬家砧搗衣聲」，像孟姜女那樣，跋山涉水，萬里送寒衣。〈搗練子〉⑯、〈鵲踏枝〉⑰幾首詞唱的便是孟姜女的故事，它是唐代婦女苦難的證見。

總之，從上述三方面來看，敦煌曲子詞的思想內容進步性是占主導地位的。與五代花間派詞人盡描寫「綺筵公子，綉幌佳人」⑱迥然有別。敦煌曲子詞反映的是人民的生活的思想感情，可以斷定，它們出自無名的下層人民之手，它們是唐代特殊類型的民間歌謠，不應當將它們劃入文人文學的範疇，必須與當時的「詩客曲子詞」相區分。

第三，判斷一件民間文學作品，除了斷明它的匿名性、作品的思想內容以外，還要看它是否真正在民間流傳。真正在民間流傳的歌謠，才能算民間歌謠。敦煌曲子詞的流傳性是顯然

---

⑮斯二六〇七。

⑯見伯三九一一，伯三三一九，伯二八〇九諸卷。

⑰見《敦煌拾零》及伯四〇一七有詞〈鵲踏枝〉（獨坐更深），任二北先生認為：「蓋此曲可能為〈孟姜女〉劇曲，『自嘆』之上或原有說白，另表情節耳。」（《敦煌曲校錄》頁七六）從任說。

⑱見歐陽炯《花間集敘》。

的。首先，敦煌寫本中的曲子詞，有很多有兩個寫本，甚至四個寫本。一首詞有兩個甚至更多的手抄本，顯然是當時流傳性的表現，這些手抄本是當時不同的採集本，它們或者在人們口頭上，或者在當時的曲子詞集裡被轉錄過來，所以才會形成諸多寫本。例如，以下三組分別為二、三、四寫本。

A組：〈菩薩蠻〉「千年鳳闕爭雄棄」，見伯三一二八，斯二六〇七。

〈浪濤沙〉「五里竿頭」，見伯三一二八，斯二六〇七。

〈浣溪沙〉「喜睹華筵」，見伯三一二八，伯四六九二。

〈臨江山〉「岸闊臨江」，見伯二五〇六，斯二六〇七。

〈酒泉子〉「三尺青蛇」，見伯二八〇九，〈敦煌詞掇〉。

〈望江南〉「曹公德」，見伯三一二八，斯五五五六。

B組：〈望江南〉「燉煌郡」，見伯三一二八，伯三九一一，伯二八〇九。

〈搗練子〉「孟姜女」，見伯三九一一，伯三三一九，伯二八〇九。

C組：〈望江南〉「龍沙塞路」見伯三一二八，伯三九一一，伯二八〇九，伯五五五六。

〈蘇幕遮〉（五台山曲子六首）見伯三三六〇，斯二九八五，斯二〇八〇，斯四六七。

由於同一首詞有不同的流傳本，各本的詞句便有差異，有的多了這句，有的少了那句，這顯然是經過人民在口頭上和書面上作了修改和加工，既表現了敦煌曲子詞的流傳性，也表現了它的集體性。

其次，敦煌曲子詞在音樂方面，我們也不能否定它民間流傳性的特徵。張錫厚同志說的：「一般來說，民間歌謠音樂性薄弱，無曲調名，不入燕樂」⑲，實際情況並不是這樣。敦煌曲子詞是在唐代民間形成的一種新興的以音樂為主體的民間歌謠。宋．沈括《夢溪筆談》卷五云：「唐天寶十三載（七五四），以先王之樂為雅樂，前世新聲為清樂，合胡部者為宴樂（燕樂）。」很顯然，不管雅樂、清樂、燕樂，都是來自民間。它所說的雅樂，指的是先秦以前的古樂，雅樂的歌詞便是民間歌謠之祖——《詩經》；它所說的清樂，指的是漢魏六朝的樂府，清樂的歌詞便是民間歌謠——漢魏樂府；它所說的燕樂，指的也是民間歌謠，《宋史．樂志》云：「民間作新聲者甚眾。」而且強調燕樂來自民間，如政和間樂府奏言：「燕樂之諸宮調多不正，皆里俗所傳。」所以，古代人的說法，和張錫厚同志作出的「民間歌謠……不入燕樂」結論完全相反，民間歌謠不僅入了燕樂，而且它還是燕樂，而且它還是燕樂的老祖宗；沈括說的「合胡部者為燕樂」，這個「合」字，說明在燕樂裡也加有胡樂的成分，但燕樂的主體，還是《宋史．樂志》說的我國廣大地區「里俗所傳」。所謂「胡樂」，主要是我國古代北方和西方各少數民族傳來的音樂，因此配敦煌曲子詞或者說配燕樂的曲子，除了

⑲見《敦煌文學》，頁二一五。

我國本土里俗新聲，還加入了我國北部和西部少數民族優美的民間音樂，它們傳入內地，融合於燕樂之中，它的歌詞完全具有我國民族文化獨特的風格。所以說，敦煌曲子詞的音樂，或者說是燕樂的音樂，並不是從外國傳來的，它是地地道道的我國民間新聲，理所當然地應該劃入民間歌謠之內。

再次，敦煌曲子詞與民間百姓的關係是密切的，這一點似也不能完全否定。任先生認為唐代人民「實無家家戶戶，皆借重樂工歌伎，當前演奏之經濟能力」⑳。這個說法也可以商榷。我們知道，敦煌曲子詞所以能在民間廣泛流傳，是與敦煌民間變文在民間廣泛流傳分不開的，任先生將敦煌變文裡大量歌謠採入所編的《敦煌歌辭集》，便是明證。在《敦煌曲校錄》「定格聯章」類裡收入了〈齖𣩀新婦變文〉（伯二五六四，伯二六三三）插入內容中的民間歌謠〈十二時發憤〉：「平旦寅，少年勤學莫辭貧，君不見朱朱得貴，猶自行歌背負薪。日出卯，人生在世須死老，男兒不學讀詩書，卻似圓中肥地草。」在敦煌講經文裡也有插入民間歌謠的情況存在，例如〈長興四年中興殿應聖節講經文〉（伯三八〇八）裡就插入〈翼家辛苦歌〉與〈田家四季忙〉歌謠㉑。可見變文與歌謠一起傳播。關於敦煌民間變文在民間流傳，我

---

⑳見《敦煌曲初探》，頁二九四。

㉑見拙作〈談敦煌講經文〉，載《南京大學學報》一九八二年第二期。

在〈論敦煌民間變文〉一文中已論述過㉒。從唐代的吉師老〈看蜀女轉昭君變〉一詩中，可見講唱變文的人不是和尚而是在民間的賣唱女、講唱民間變文的民間藝人，實際也就是歌唱敦煌曲子詞的民間藝人。民間變文和敦煌曲子詞的演唱，事實上並不像任先生所說的「家家戶戶」沒有請「樂工歌伎」「演奏之經濟能力」，貞觀之治以後的唐代人民取得了衣食溫飽，在安居樂業的基礎上，民間遊樂場發展起來了，當時民間變文和曲子詞並不完全是像現代民間文學那樣，將賣唱者叫到家裡來唱，由叫唱者個人出錢，而是有專門的游樂場所，唐．段成式《酉陽雜俎》前集卷五，便有「望酒旗玩變場者，豈有全者乎？」這「變場」便是講唱民間變文，也是演唱曲子詞的民間游樂場，由於是眾人出錢，花的錢少，實際上家家戶戶都有聽敦煌曲子詞和觀變文「演奏之經濟能力」。有的講唱民間變文和敦煌曲子詞者，甚至不在游樂場，在路邊人多處就唱起來了，例如，《太平廣記》卷二六九〈宋昱韋儇〉條記載：楊國忠騙人到劍南去，人民不去，他就在「要路轉變」（在要路口找來藝人唱變文），凡是在觀眾中有孤單的貧苦人，就被他捉去劍南服役，這件事說明，盛唐時期在路邊唱民間變文和敦煌曲子詞情況的普遍性。由此可見，民間變文和敦煌曲子詞一樣與唐代平民的關係是密切的，正由於這樣，變文才被和尚們所利用，而敦煌曲子詞才傳入唐代教坊和豪門貴族之中

㉒載《敦煌學研究論文集》。

去。傳入教坊後富人們才能邀請歌伎去家裡唱民間曲子詞，有一類歌伎也不是官家強迫的，唐·崔令欽《教坊記》有這樣的記載：「蘇五奴妻張四娘善歌舞，有邀迓者，五奴輒隨之前。人欲得其速醉，多勸酒。五奴曰：『但多與我錢，吃䭔子亦醉，不煩酒也。』今呼鬻妻者為『五奴』，自蘇始。」這裡記載的張四娘，便是唐代特殊形式的歌女，她並不屬於教坊，而是來自貧苦人中間，和她丈夫蘇五奴生活在人民中間，她丈夫只要錢，出賣他的妻子，並未變成「官奴」，也不一定如任先生說的「各有其所屬之主人在」，或「強迫供奴」。總之，敦煌曲子詞最初與敦煌民間變文一道產生於唐代民間，也流傳於唐代民間，後來才被教坊所吸收，敦煌曲子詞被教坊利用去為宮廷和貴族服務後，民間自由的歌伎依然存在，她們並不是寄生宮廷貴族及大官僚之閥閾中。

總之，敦煌曲子詞是民間歌謠，是一種有曲牌的特殊形式的民間韵文作品。它大量在唐代民間流傳，有著廣泛的群眾基礎，無論從它的內容還是形式，都具備著民間的特色，是地道的民間土產品，然後才傳入教坊的。所以它的產生並不是偶然的，第一，唐代民間俗樂的發展，必然導致傳入教坊為宮廷所利用。關於這一點，唐·段安節的《樂府雜錄·別樂別五音輪二十八調圖》有著明確的記載。例一，「樂具庫在望仙門內之東壁。俗樂，古都屬樂園新院，院在太常寺內之西北也，開元中始別署左右教坊，上都在延政里，東都在明義里，以內官掌之。」例二，「古樂工都計五千餘人，內一千五百人俗樂，係梨園新院於此，旋抽入教坊。計司每月請料，於樂寺給散。」說得十分明確，先有俗樂在民間盛傳，最後才在「開元中始別署左右教坊」，或「旋抽入教坊」。可見那種敦煌曲出自教坊，源於宮廷的說法是站不住腳的㉓。段安節還認為：「爰自國朝初修郊禮，刑定樂懸，約三代之歌鍾，均九威之律度，莫不韶音盡美，雅奏克諧，上可以籲天降神，下可以移風變俗也。以至桑間舊樂，濮上新聲，金絲慎選於精能，本領皆傳於故老。重翻曲調，全祛淫綺之音；復採優伶，尤盡滑稽之妙。」㉔我們知道，教坊是在唐初設置的，唐高祖置內教坊於禁中，其官隸屬太常，武則天時改稱「雲韶府」，因此，與教坊有關的敦煌曲子詞在唐初流行毫不足奇。教坊「重翻曲調」是採自「傳於故老」的民間歌謠——即「桑間舊樂，濮上新聲」，這是民間俗樂傳入教坊明確的記載。第二，敦煌曲子詞的產生源於唐代的現實生活，並非「寄生於宮廷貴族、及大官之閥閱中」，它建立在符合歷史發展規律的純正與進步的生活土壤中，而並非建立在皇帝的享樂腐化的基礎上。這從它曲牌的來歷上可看見這一點，例一，「黃驄疊」（急曲子）的來歷：「太宗初定中原時所策黃驄馬，後因征遼，此馬忽斃，上嘆息久之，因命樂工製此

㉓夏承燾先生曾說：「民間哀怨敦煌曲，一脈真傳出教坊。」（見《瞿髯論詞絕句》）

㉔《樂府雜錄・原序》。

曲。」[25]民間所以傳誦之，是因為唐太宗統一中國的行動符合於歷史進步和人民意志。例二，〈離別難〉的來歷：「天后朝，有士人陷冤獄，籍沒家族。其妻配入掖庭，本初善吹觱篥，乃撰此曲以寄哀情。始名〈大郎神〉，蓋取良人行第也。既畏人知，遂三易其名，亦名〈悲切子〉，終號〈怨回鶻〉。」（《樂府雜錄》）民間所以傳誦它，是因此曲控訴了封建統治者的不仁。敦煌曲子源於生活的例子很多，如〈搗練子〉、〈送征衣〉均導源於人民的戍邊勞役，平民的妻子送寒衣，故而形成了悲痛的歌聲。敦煌曲子詞之所以充滿了積極的思想內容，而封建糟粕占極少成份，便與它來自符合歷史發展的生活現實之原因。第三，敦煌曲子詞還導源於唐代民間流行的佛經俗講。例如，〈文敘子〉的來歷便是這樣：「長慶中（八二二），俗講僧文敘善吟經，其聲宛暢，感動里人，樂工黃米飯依其念四聲『觀世音菩薩』，乃撰此曲。」（《樂府雜錄》）這一記載使我們了解了敦煌曲子詞中諸多佛教內容的來歷，從長慶中的記載看來，佛教俗講利用敦煌民間文學（包括敦煌民間變文中的佛教故事變文，敦煌民間歌謠中的敦煌曲子詞和敦煌民間小調），是在唐代的後期，它依然是在民間產生的，因為佛教在唐代民間是十分流行的。從以上三方面看來，敦煌曲子詞在唐代產生具有多種不同的因素，教坊只是敦煌詞的「流」，而不是「源」，它真正的源是根於民間的俗樂和產生

---

[25]《太平御覽》卷五六八。

俗樂的現實生活（包括宗教的非宗教的，而以非宗教的為主），因而我們可以做出結論，敦煌曲子詞是唐代特殊形式的民間歌謠。它是唐代廣闊社會生活的典型反映。

# 第八章　敦煌民間小調

## 第一節　民謠的特徵及其他

敦煌民間小調是敦煌民間文學中具有特殊民族形式的一類文體，它是敦煌民間歌謠中獨立於敦煌民間曲子詞之外的另一類歌謠作品，敦煌寫本中的〈五更轉〉、〈百歲篇〉、〈十二月相思〉等，即任二北先生歸納的「定格聯章」類。

敦煌民間文學的研究日益前進，敦煌民間歌謠的分類就必然會越來越精確和細致，它還向我們提出一些問題，即敦煌民間小調中的〈五更調〉、〈十二時〉、〈百歲篇〉等究竟是不是民間歌謠？它究竟有沒有一些可取的思想內容？首先，應當確定它是敦煌的民間小調。這一類〈五更轉〉、〈十二時〉、〈百歲篇〉、〈十恩德〉等，在《教坊記》開列的曲名目中不見它們的名稱，這些不能說是曲牌，事實上只能是敦煌民間小調的調名。

我國民間的俚曲小調具有悠久的歷史。像〈十二月調〉、〈百歲篇〉、〈五更吟〉等，從宋郭茂倩編的《樂府詩集》就可以發現，他搜集的民間歌謠〈子夜四時歌〉、〈五更轉〉等等，便是現在這些小調的來源。《洛陽伽藍記》卷四提到的〈十二辰歌〉，陳・釋智匠《古今樂錄》中提到的〈百年歌〉等，也是現在這些相應各小調的來源。敦煌寫本中這些相應名小調，很明顯不能同敦煌曲子詞同類，它們是敦煌民間小調，也是敦煌民間文學中珍貴的文獻。

敦煌寫本中的民間小調有〈五更轉〉、〈十二時〉、〈百歲篇〉、〈十恩德〉、〈十二月相思〉等約三百首，這些敦煌民間小調運用了我國民間文學中傳統的民歌藝術形式。《樂府詩集》卷三十三的相和歌辭平調曲內，便收錄了陳・伏知道作的〈從軍五更轉〉，共有五言四句詩五首。郭茂倩加了一條注語，云：「《樂苑》曰，五更轉，商調曲，按伏知道已有從軍辭，則五更轉蓋陳以前曲也。」可見〈五更轉〉是陳以前我國固有的民歌形式。其餘像〈十二時〉、〈百歲篇〉、〈十二月相思〉等民間小調，自不必說，仍是我國民間傳統的民歌形式。敦煌民間小調最顯著一個特點，就是它從六朝時候的五言，突變到了七言，現代民間小調也是七言，它們明顯的來自敦煌民間小調的胚模。一九八二年十一月我帶領一批大學生到江蘇省句容縣茅山地區採風，這裡由於地方邊遠，交通不便，人民口頭上保留著許多古老的民間小調，我驚喜的發現一首〈百歲篇〉，形式竟和敦煌民間小調中的〈百歲篇〉差不多，現在特地對比如下：

**丈夫百歲篇**

（斯二九四七，斯五五四九）

一十香風綻藕花，
弟兄如玉父娘誇，
平明趁伴爭毬子，
直到黃昏不憶家。

二十容顏似玉珪，
出門騎馬亂東西，
終日不解憂衣食，
錦帛看如腳下泥。

三十堂堂六藝全，

**茅山百歲篇**

（記錄稿）

一歲兩歲吃娘奶，
三歲四歲離娘身，
五歲六歲貪玩耍，
七歲八歲讀書人。

人到二十成了人，
莫把香烟看得真，
吃會了香烟家世苦，
當上二流子不忍心。

人到三十半老人，

縱非親友亦相憐，
紫藤花下傾杯處，
醉引笙歌美少年。

四十看看欲下坡，
近來朋友半消磨，
無人解到思量處，
只道時光沒有多。

五十強謀幾事成，
一身何足料前程，
紅顏已向愁中改，
白發那堪鏡裡生。

六十驅驅未肯休，
幾時應得暫優游，

為人處事要當心，
失了銀錢不要緊，
失了光陰不能行。

人到四十有點呆，
手拿鏡子照起來，
人人說我沒得四十歲，
少年英雄不回來。

人到五十胡子長，
掉了門牙癟了腮，
心中想說千句話，
百樣事情都丟開。

人到六十六十整，
坐到堂前懶動身，

兒孫稍似堪吩咐，
不用閑憂且自愁。

七十三更眼不交，
只憂閑事未能拋，
無端老去令人笑，
衰病相牽似拔茅。

八十誰能料此身，
忘前失後少精神，
門前借問非時鬼，
夢裡相逢是故人。

九十殘年實可悲，
欲將言語淚先垂，
三魂六魄今何在，

一天生活做到晚，
累得腰酸背也疼。

人到七十胡子長，
愛壞人家小兒郎，
人家兒郎買田地，
我家兒郎敗家當。

人到八十壽又高，
好比當朝月亮好，
月亮好就把你官來做，
子子孫孫穿龍袍。

人到九十胡子稀，
好比當朝郭子儀，
郭子儀給你官來做，

霹靂頭邊囗不知。子子孫孫穿龍衣。
百歲歸原起不來，人到百歲老壽星，
暮風掃雪石松哀，好比瓦崗寨程咬金，
人生不作非虛計，壽星就把高官做，
萬古空留一土堆。兒子孫子保龍庭。
（茅山李大友、黃增義、彭尚友口述）

經過兩例的對比可見，它們的結構模式，十歲一個單元（四句）基本一致；七言句式也是一樣的，〈茅山百歲篇〉與〈敦煌百歲篇〉雖然相距一千多年，但仍可看出，它們是從同一種百歲民間小調形式中演變而來。

正如我國敦煌民間變文被佛教和尚篡奪去變成專門唱述佛經一樣，我國這些民間小調，也被唐代佛教的和尚們利用去專門唱述和宣傳佛經，編成了許多敦煌寫本中〈五更轉〉、〈十二時〉等等，因而有些敦煌民間小調中已並非真正的唐代老百姓的民間文學作品，內容中談不上進步性可言，大都是勸人歸順佛法，宣傳逆來順受，或「聚土如山總是空」，充滿人生無常等等糟粕，這是首先要肯定的。

敦煌本的五更轉小調有以下十二類。1.〈嘆五更〉（見《敦煌零拾》）。2.〈閨思〉（伯二六四七，見《敦煌掇瑣》）。3.〈五更轉〉（曲子喜秋天）（五首）（斯一四九七，見《敦煌曲》）。4.《五更轉》（假托禪師各轉）（十首）（斯五九九六、斯三〇一七、伯三四〇九，見《敦煌曲》）。5.〈五更轉〉（頓見境）（五首）（斯六一〇三、斯二六七九，見《敦煌曲》神會五更轉）。6.〈五更轉〉（無相）（五首）（斯六〇七七，見《敦煌曲》）。7.〈五更轉兼十二時〉（維摩託疾）（二十八首）（斯六六三一、斯二四五四、伯三一四一，見《敦煌曲》、《敦煌歌辭總編》）。8.〈五更轉〉（警世）（二首）（伯二九七六，見《敦煌曲》）。9.〈太子五更轉〉（伯二四八三，伯三〇八三，見《敦煌掇瑣》）。10.〈五更轉〉（南宗定邪正）（五首）（鹹十八、露六、斯二六七九、斯四六三四、斯六〇八三㈠、斯六〇八三㈡、斯六九二三㈠、斯六九二三㈢、伯二〇四五、伯二二七〇、斯四六五四，見《敦煌雜錄》）。11.〈太子入山修道贊〉（伯三〇六一、伯三〇六五、伯三八一七、斯六五三七，見《敦煌掇瑣》）。12.〈南宗贊〉（伯二九六三、周七十，見《敦煌掇瑣》。）以上十二類，前面三類屬非佛教小調，尚有積極意義可言，後九類為佛教小調，全係糟粕之作。

為了說明宣傳佛教的敦煌民間小調主要是糟粕，不妨全引出一篇短小的小調原文，使人來看看它的真面目。例如：

南宗定邪正五更轉

一更初，妄想真如不異居，迷則真如是妄想，悟則妄想是真如。念不起，更無余，見本性，等空虛。有作有求非解脫，無作無求是空虛。
二更催，大圓寶鏡鎮安台，眾生不要攀緣境，由斯障蔽心不開。本自淨；沒塵埃，無染著，絕輪迴。諸行無常是生滅，但觀實相見如來。
三更深，如來智慧本由心，唯佛與佛乃能見，聲問緣覺不知音。住山窟，坐禪林，入空定，便凝心。一坐還同八萬劫，只為體痲不重金。
四更闌，法身體性不勞看，看則住心便作意，作意還同妄想摶。妄想摶，莫攢玩，忍本性，自觀看。善惡無思亦無念，無思無念是涅槃。
五更分，菩提無住復無根，過去捨身求不得，五師普遂不妄恩。施法藥，大張門，去障蔽，豁浮雲。能與眾生開佛眼，皆令見性免沉淪。

（見許國霖《敦煌雜錄》）

它鼓吹人生不要對社會有所作為，「無作無求是空虛」。佛教認為眾生各依所作善惡業因，一直在「六道」中生死相續，升沉不定，好像車輪一樣旋轉不停，所以叫「輪回」，而「六道」便是「天、人、阿修羅、地獄、餓鬼、畜生」。（阿修羅，梵文為**Asura**，意譯為「不端正」，容貌醜陋。）因此要求「本自淨，沒塵埃，無染著，絕輪回」，要求「善惡無思亦無念」，達到「涅槃」的境界。所謂「涅槃」，即佛經說的，信奉佛教的人，經過長期「修道」，即能熄滅一切煩惱和具備一切「清淨功德」。很明顯，這篇內容主要是進行佛教的唯心主義宣傳，對於人民是有害無益的。

不僅是佛教的五更轉小調，就是佛教的十二時辰小調也是如此。十二時辰小調是以我國古老的十二地支記時法來分時辰歌唱的一種形式，開頭總有：夜半子、雞鳴丑、平旦寅、日出卯、食時辰、隅中巳、正南午、日昃未、晡時申、月入酉、黃昏戌、人定亥的十二句三言套句。敦煌本的十二時小調有以下十三類：1.〈發憤長歌十二時辰〉（伯二五六四、伯二六三三、伯三八二一、斯四一二九，為敦煌民間故事賦《齖䶗書》插曲，見《敦煌變文集》）。2.〈天下傳孝十二時〉（十二首）（見《敦煌零拾》）。3.〈白侍郎作十二時行孝文〉（十二首）（伯三八二一）。4.〈十二時行孝文一本〉（詠史十二首）（伯三八二一）。5.〈勸學十二時〉（存八首）（伯二九五二）。6.〈求官十二時〉（存四首）（伯二九五二）。7.〈禪門十二時曲〉（斯〇四二七、鳥一〇）。8.〈十二時〉（佛性成就）（斯二六七九）。9.〈禪門十二時〉（伯三六〇四、伯三一一六、伯三八二一、斯五五六七，《敦煌零拾》）。10.〈法體十二時〉（伯三一一三、斯五五六七、伯四〇二八、伯二八一三。見《敦煌曲》）。11.〈學道十二時〉（伯二九四三）。12.〈太子十二時〉（伯二七三四、伯二九一八、斯五五六七，見《敦煌掇瑣》）。13.〈十二時普勸四眾依教修行〉（一百三十四首）（伯二〇五四、伯二七一四、伯三〇八七、伯三二八六）。

從以上十三類看來，情況與五更轉小調有相似性，前六類非佛教小調思想性上因具備社會性而較有積極意義，其餘七類佛教小調則不是糟粕也是思想性極差的小調。也不妨舉出一首十二時佛教小調看看它說些什麼。

學道十二時（伯二九四三）

夜半子，蔭中真如止，碩心超有無，寂然俱空理。雞鳴丑，實相離空有，但作不住觀，薰成無量壽。平旦寅，學道事須貧，了無卓錐地，會合涅槃因。日出卯，佛性除煩惱，正念知色空，可得菩提道。食時辰，勤息除我人，善了平等性，當證法王身。隅中巳，伏折內魔使，外境自然除，圓成調御士。正南午，身中有淨土，澄心離斷常，佛性自然覩。日昳未，識性如鼎沸，定慧圓三空，當成四無畏。晡時申，法性契於塵，善作無住相，生滅體為真。日入酉，色心應非久，內外若不安，覺道中為首。黃昏戌，須詮能所律，與般若相應，湛然離入出。人定亥，蘊中真如在，但悟八識源，自成七覺海。

本小調之主旨為「正念知色空，可得菩提道」。一切強調空，故以「空」做為人生與處世之核心，故而：「寂然俱空理」、「實相離空有」、「定慧圓三空」。佛教講的「色空」，也就是「色即是空」的省略語，佛教把世間一切有形的萬物都認作「色」，而世上的萬物都認為是由於因緣而生，本來就不是實有的物體，所以謂之「色即是空」。這樣就鼓吹人應該了卻一切人間的歡樂與煩惱，進入佛門了卻一切。

總之，事實說明，民間小調一當被佛教所利用，拿來宣傳教義，具思想內容便削減了，或談不上積極性可言了。

〈百歲篇〉也分明不是起於六朝僧侶唱導之用。梁代慧皎高僧傳十五「唱導」門記的宋·釋道照對宋武帝闡發的「百年迅速，必由因果」一句，可以說與〈百年歌〉沒有關係。因為慧皎並未直接標出這就是〈百年歌〉的起源，因此我們不能臆斷〈百歲篇〉便起源於六朝僧侶的唱導。相傳〈百歲篇〉起源於我國晉代文人陸機的〈百年歌〉，它與佛教，起初也是毫無關係的。例一，《古今樂錄》云：「百年歌，晉王道沖、陸機並作」。例二，《樂府古歌要解》云：「百年詩，超總角，至百年，歷述其幼小、丁壯、耆耄之狀，十歲為一首，陸機詩至百二十時也。」例三，唐·王獻《炙轂子雜錄》云：「百年歌，每十歲為一首，陸士衡至百二十時也。」以上三本古籍均認為是陸機作，這是確鑿的。它的體例是「十歲為一首」，與民間流傳的〈百歲歌〉小調的體式一致。陸機（二六一—三〇三）是太康時期著名作家，他作的〈長歌行〉「寸陰無停晷，尺波豈徒旋？年往迅勁矢，時來亮急弦……容華夙夜零，體澤坐自捐」，這首詩的精神，和〈百歲篇〉的精神是完全一致的，都是悲歡人生易逝，容華難久之意，是士大夫精神空虛的一點流露。他的〈百年歌〉在六朝以後有廣泛影響，特別是在唐朝五代。唐·蘇鶚《杜陽雜編》云：「咸通中（八六一—八七四），同昌公主死，上晨夕注心掛意，李可及進〈主百年曲〉，聲辭哀怨，聽之莫不淚下，更教數十人，作嘆百年隊，每一舞，而珠翠滿地。」《五代史·唐莊宗本紀》云：「克用破孟方立於邢州，還軍上黨，置酒三垂岡。伶人奏〈百年歌〉，至于衰老之際，聲辭甚悲，座上皆悽愴。」上述兩條材料說明，一、陸機的〈百年歌〉，到唐代演變為一種喪歌。宮廷喪葬習俗正是民間喪葬習俗之反映，它和民間一種喪葬儀式風俗相結合，殯葬時演奏〈百年曲〉，還有數十人跳百年舞之類。二、文人的百年詩到五代時已變成詞曲合一的〈百年歌〉。三、流傳到民間，因而有敦煌的〈丈夫百歲篇〉〈女人百歲篇〉的出現，它們是顯然的民間喪歌，是結合喪葬儀式哭考妣宗親的歌詞，是敦煌民間喪俗的一種反映。四、最後，才被佛教僧侶所利用，而有伯四五二五等〈緇門百歲篇〉出現，完全是宗教的唯心說教，毫無意義。〈百歲篇〉墜落到宗教的地獄裡，便標誌了它的衰亡和泯滅，而不再被後世的人們所重視了。

## 第二節　思想內容的進步性

在敦煌民間小調裡，有良莠滲雜，好壞同篇的情況存在，它們中間也有一些可取的內容，健康的思想夾雜在其間，具有一定的進步性，而使我們不能對它們一概加以否定。這是指它的思想內容中有現實主義成份，在客觀上能夠使我們看見那個時代的生活面貌。

第一，它寫出了唐代勞動人民不幸的窮苦命運，反映出那個時代黑暗和不合理的社會面貌。例如，在伯二〇五四〈十二時〉卷子裡有：「雞鳴丑，曙色才能分戶牖，富者高眠醉夢中，貧人已向塵埃走。或城隍、或村藪、矻矻（ku，哭）波波各營構，下床開眼是欺謾，舉意用心皆過咎。或刀尺，或秤斗，增減那容誇眼手，只知勞役有為身，不曾戒約無厭口。」寫出了下層人民終日奔波營構，受盡剝削與欺凌，一天到晚只知勞役，以及動輒得咎的痛苦情況。又如，同上卷有：「中和年，閏三月，飢餓人民遞相殺；或是父子相窺圖，到此恩親皆斷絕。飢火侵，難制遏，道俗僧尼無揀別；若非尖刀陌心穿，即是長抱胸上剟（duo，多）。」這是中和元年至五年（八八一—八八五）敦煌民間苦難飢餓歲月的寫照，是當時飢民暴動的一個側面。三如，同上卷有「罷治生，體運構，凡是工人悉停手；隨時飢跧略了頭，曉鼓纔明又依舊。使府君，食香糗，須念樵農住山藪；捍勞忍苦自耕耘，美飯不曾沾一口。休單寒，面塵垢，火焙煙熏形黑瘦；你輩城隍聚落居，人問苦事須知有。」寫出了工人和農民的受剝削生活，還刻畫了他們的衣著面容，栩栩如生。四如，卷內還有一首悲囚徒的詞句：「悲囚徒，牢獄裡，夜靜領來力拷捶；杖鞭繩縛苦難仕，皮肉瘦疼連骨髓。」反映唐代審犯人，仍使用「力拷捶」的肉刑等等，像這些好句子，既是認識歷史的真實資料，又是優秀的敦煌民間小調。

第二，它反映了唐代敦煌人民人心思定的強烈願望。這種強烈願望在〈女人百歲篇〉中和前面已引證到的〈丈夫百歲篇〉中反映得特別明顯。如伯三一六八〈女人百歲篇〉唱道：

一十花枝兩斯兼，優柔婀娜復厭厭，父娘憐似瑤台月，尋常不許出朱簾。

二十笄年花蕊春，父娘娉許事功勳，番東暮逐隨夫婿，如同簫史曉從云。

三十朱顏美少年，紗窗攬鏡整花鈿，牡丹時節邀歌伴，撥棹乘船採碧蓮。
四十當家主計深，三男五女惱人心，秦箏不理貪機織，只恐陽烏昏復沉。
五十連夫怕被嫌，強相迎接事髮纖，尋思二八多輕薄，不愁姑嫂阿家嚴。
六十面皺髮如絲，行步龍鍾少語詞，愁兒未得婚新婦，憂女隨夫別異居。
七十衰羸爭奈何，縱饒聞法豈能多，明晨若有微風至，筋骨相爭似打羅。
八十眼暗耳偏聾，出門喚北卻呼樂，夢中長見親情鬼，勸妾歸來逐逝風。
九十餘光似電流，人間萬事一時休，寂然臥枕高床上，殘葉凋零待暮秋。
百歲山崖風似頹，如今身化作塵埃，四時祭拜兒孫在，明月長年照土堆。

上引的兩篇中的男人與女人一生的寫照，歌頌的是繁榮的唐代富人們的無憂無慮的和平幸福生活，男子在小時候是「平明趁伴爭毬子，直到黃昏不到家」，長大了，「出門騎馬亂東西，終日不解憂衣食」；女子未嫁前是「尋常不許出朱簾」，出嫁後「牡丹時節邀歌伴，撥棹乘船採碧蓮」，「四十當家主計謀」。到了老年，男的是「兒孫稍似堪吩咐」，女的是「三男五女」，兒孫滿堂。這種美好的生活史，反映了敦煌人民幼有所長，老有所終，一生過安寧和平歲月的心願。這兩篇民間小調，從民俗學眼光來看，它是當時一般喪歌的民歌形式，它對男人和女人的一生，從生到死做了全面的鉤勒，把敦煌生活中經常出現的戰爭與叛亂等致人死命的強大影響力完全排除在作品之外，按照當時人的理想，來盡情抒發人的美好的一生，這種理想化的人生，必然賦予正在異族奴隸主蹂躪中的敦煌人民以濃烈的生的誘惑力，並促使人為了實現這種嚮往而去奮鬥與抗爭，無異為深陷於異族戰亂中的敦煌勞動人民描摹了可以盼望的光明歲月，唱死人正是為了活著的人，寄托自己生的期待。雖然它的結論仍然是王梵志式的「城外土饅頭，一人吃一個」式的消極人生哲學，但是它不無意義的反映了封建社會人們共同嚮往的命運和共同的生活模式，和平過一生並且善終，子孫滿堂，世世代代永遠繁衍。這在當時來說，是具有極大現實意義的。這就是這些民間小調得到人們喜愛而流傳下來的原因。

當然，百歲篇中男人與女人一生的寫照，對現在的人們來說，自然不足以效法。他們都是碌碌而無為，只能起著生兒育女的作用，而對於富家女來說，還多一層，作為丈夫的附屬品，「香車暮逐隨夫婿」，然後作一個日夜操勞的母親，他們生活著，無所事事的吃喝玩樂，然後死去，過著毫無意義的生活，但是，百歲篇在客觀上也能給我們揭示沒有將自己的生命和整個時代、祖國、人民的利益結合起來，這樣的一生是多麼的可悲，這樣的作品給當今的青年讀一讀，讓他思考：「為什麼活著？」我想也還是有價值的。

第三，它也從婦女思念出征的丈夫的角度，反映了人民在戰亂中的負擔與苦難。例如：伯二六四七〈五更調〉唱出「忽憶狂夫鎮沙漠，遣妾煩怨雙淚盈。」斯六二〇八的〈十二月相思〉它從「正月孟春春猶寒」，一直唱到「十二月冬冬極寒」。春天就悲歌「無端嫁得長征婿，教妾尋常獨自眠」、「貞君一去已三秋，黃鳥窗邊啼新月」；夏天還在「妾今猶在舊日境」、「忽憶征人愁更切」；秋天也在「寒雁南飛數幾行，賊妾思君腸欲斷」；冬天更在「今尚紛紛雪滿山」，「晝夜愁君臥不安」，體觀出人民痛恨戰亂與分離的思想情緒，這在當時來說也是有現實意義的。必須注意到，唐代敦煌婦女對出征的丈夫極為尊敬，〈五更調〉稱「賢夫」，如「痛恨賢夫在漁陽」，〈十二月相思〉則稱丈夫為「貞君」，如「忽憶貞君無時節」，這反映出敦煌婦女有一種牢固的觀念，這就是擁護親人去討伐異族奴隸主的侵犯，詞中指的「長征」，便是征討異族奴隸主掀起的戰亂，可見民間婦女間的精神狀態中，是有正義性貫穿其間的。因而這也反映了婦女對出征男子普遍的同情心，認為他們出征是有意義的，他們是貞節的人、賢德的夫君，甚至有「妾願秋胡速相見」之語，把秋胡比喻為自己的丈夫，對他們不忠於妻子的不好行為都在民族大義的情況下能給以原諒，更表現出對丈夫忠貞戀情的可貴。

第四，它歌頌的不忘父母，報父母恩，從本質上來說，是不忘漢祖唐宋思想的流露，這在當時也是極有現實意義的事情。我們應當以這樣的觀點來看待許國霖《敦煌雜錄》中收集的敦煌寫本〈十恩德〉這樣的作品。它歌唱母親生兒的痛楚，「苦哉母腸似刀分」，「如刀割，血成盆，性命只恐難存」；它歌唱父母餵養兒女的艱辛，「可憐父母自家飢，貧餧一孤兒，為男女」；它歌唱母親的乳汁是珍貴的鮮血轉化，「抬舉近三年，血成白乳與兒餐，猶恐怕飢寒，聞啼哭，坐不安」，也寫出了母親育兒的不易；它歌唱了無私的母愛，「乾處與兒眠，不嫌汙穢與腥羶，慈母臥濕氈」；更寫到了母親忍痛放兒去為了和平安寧而出征，「放兒去，任征邊，阿娘魂魄于先，兒身未出到門前，母意過山關」，「流淚數千行，愛別離告斷心腸」。〈十恩德〉重點歌頌了母愛，喚起了人們的孝心，不忘自己的親娘與故土，這是一篇很有特色的敦煌民間小調，很能喚起人們善良的人道主義的感情，使人體會到母愛的偉大。〈十恩德〉的消極面，便是它被佛教所利用，而去宣揚敬佛，「勸君問取釋迦尊，慈母報無門」，本來在人間對慈母是報有門的，現在佛教硬要說成「報無門」，去問釋迦，但在〈十恩德〉中卻無從解答。除此之外，羅振玉《敦煌零拾》中的〈報天下傳孝十二時〉，也歌唱孝敬父母，「尊重耶娘生爾身，未曾孝養歸泉路，來報生中不可論」；歌唱「董永賣身葬父母，天下流傳孝順名，感得織女來相助」，與〈十恩德〉起著相同的教育作用，但是，它仍然是被佛教利用了。伯二七一三〈好住娘〉也是為佛教利用，利用母愛來宣揚他們的教義：「好住娘，娘娘努力守空房，好住娘。兒欲入山修道去，好住娘；兄弟努力好看娘，好住娘。兒欲入山坐禪去，好住娘；迴頭頂禮五台山，好住娘。」很明顯的說明，敦煌民間小調一當為佛教掌握，便失去或減低了它的現實意義，用所謂「誓願成佛報娘恩」，這是一種典型的空虛的對母親自身毫無價值的行為，說明了佛教言孝的虛偽性，用一切皆空來代替中國傳統的實際孝敬父母的優良行為，佛教的所謂「孝」對人的生活毫無價值。

# 結語

敦煌民間小調盡管有些篇章被佛教所利用，包裹著唯心與迷信的外衣，但是，從上述四點進步內容可見，它終於並未泯滅了我國民族優美的道德傳統，和敦煌民間文學的戰鬥傳統，而給當時的人們以良好品德的教育和高尚情操的熏陶，因而我們可以理解，它終必被人民作為心靈的珍品保存而永遠留傳於後世。

# 第九章　敦煌民間四言歌謠

## 第一節　對四言歌謠的評價

《沙州志殘卷》保存了一些真實的唐時敦煌民間四言歌謠，標名為〈歌謠〉。歌謠之後，附有「右唐載初元年（六八九）四月，風俗使于百姓間采得前件歌謠，具狀上訖。」這說明了這些歌謠是地地道道的唐代初期的民間歌謠，是公元六八九年風俗使在百姓中採風所獲。在唐代，風俗使專門管理民俗之事，採集歌謠，了解民情。這種官相當於漢代的「稗官」。「王者欲知閭巷風俗，故立稗官，使稱說之。」（《漢書・藝文志》顏師古注）

敦煌歌謠主要表現了敦煌百姓對我國唐初剛強機智的女皇帝武則天的歌頌。據史載，武則天實際在公元六五四年已經參預了朝政，到這些歌謠搜集上來的公元六八九年，已經三十五年。唐代的繼貞觀之治的繁榮，已經證明了武則天的非凡才能和她對長期和平的貢獻。民間歌頌武則天是可想而知的。這歌謠中唱的「聖母神皇」、「神皇聖母」、「聖母」、「神皇」等等，都歌頌的武則天。據《舊唐書》載，垂拱二年（六八八）五月武則天加尊號為「聖母神皇」。武則天為什麼會加尊號為「聖母神皇」的，史書上有這麼一段記載：

武承嗣使鑿白石為文曰：「聖母臨人，永昌帝業。」末紫石雜藥物填之。庚午，使雍州人唐同泰奉表獻之，稱獲之于洛水。太后喜，命其石曰「寶圖」。擢同泰為游擊將軍。五月，戊辰，詔當親拜洛，受「寶圖」；有事南郊，告謝昊天；禮畢，御明堂，朝群臣。命諸州都督、刺史及宗室、外戚以拜洛前十日集神都。乙亥，太后加尊號為聖母神皇。（《資治通鑑》卷二百四〈唐紀二十〉，中華書局版，頁六四四八）

武承嗣是武則天的侄兒，當時的春官尚書。武則天光宅元年（六八四），以禮部為春官，以刑部為秋官。文化方面的事務，包括對風俗史的管理，自然是歸春官尚書的。因此他指使石匠鑿白石為文「聖母臨人，永昌帝業」。這兩句我疑是從民間歌謠中摘錄的。似是民間先有稱武則天為聖母的說法，很合武承嗣討好武則天之意，於是鑿石為文。以時間上來看，武則天加尊號是六八八年五月，而敦煌歌謠搜集期是六八九年四月。古代在那蠻荒沙漠中的敦煌人民，似沒有這麼快就知道。再以敦煌歌謠的內容來看，它概括的是武則天參預朝政三十多年對鞏固和平的貢獻和敦煌民間的歌頌。因此我認為是先有這些沙州民間歌謠的流傳而後被武承嗣採用，並且也採用歌謠中「河圖洛書，龜背龍脇」的說法，給武則天的加尊添上一層神異的色彩。這也是古代帝王登基慣用的方式。再以地域上來看，為什麼偏偏唐同泰奉表獻之？主要因為他是雍州人。雍州為古九州之一。《書・禹貢》云：「黑水西河惟雍州。」《爾雅・釋地》云：「河西曰雍州。」河西地區與敦煌地區緊挨著，黑水正是這一帶著名的河，因此唐同泰參與搜集上報這些民間歌謠是有可能的，即使他沒有參與搜集，但由於生活在雍州這一帶，知曉這些歌謠。

敦煌歌謠產生於異族奴隸主頻繁侵擾地帶，它之歌頌武則天，並不是單純頌揚她的登基，而是有敦煌人民特殊的目的。歌謠序將聖母的祖先特地強調指出：「神皇聖氏，生于文王之祖，生于后稷，故詩人所謂生人尊祖也。」這一段主要是排斥異族奴隸主成為正統的可能性，只承認聖母才是漢族嫡系的正宗。漢族古代神話中赫赫有名的大神——后稷他是誰呢？「后稷是播百穀，稷之孫曰叔均，是始作牛耕。」（《山海經・海內經》）他是人類播百穀作牛耕的榜樣。《史記・周本紀》裡還有一段更神奇的記述：

周后稷，名棄。其母有邰氏女，曰姜原，姜原為帝嚳元妃。姜原出野，見巨人迹，心忻然說，欲踐之，踐之而身動，如孕者。居期而生子，以為不祥，棄之隘巷，馬牛過者，皆避不踐。徙置之林中，適會山林多人。遷之，而棄渠中冰上，飛鳥以其翼覆荐之，姜原以為神，遂收養長之。初欲棄之，因名曰棄。棄為兒時，仡如巨人之志。其游戲，好種樹麻菽，麻菽美。乃為成人，遂好耕農。相地之宜，宜穀者稼穡焉。民皆法則之。帝堯聞之舉棄為農師，天下得其利，有功。帝舜曰：「棄，黎民始飢，爾后稷播時百穀。」封棄於邰，號曰后稷，別姓姬氏。

以上是《詩經．生民》的翻版，說明后稷是進步的周民族偉大的農業始祖神，是我國遠古勞動人民勤勞智慧的象徵，即可明白〈歌謠〉並不是單純歌頌武則天個人，而是拿她作為著名農業神后稷的代表來歌頌的。可見敦煌漢族民族性的強烈。后稷死後埋葬的地方，也是和敦煌有著千絲萬縷的聯繫的。《山海經．海內經》云：「西南黑水之間，有都廣之野，后稷葬焉，其城方三百里，蓋天地之中，素女所出也。爰有膏菽、膏稻、膏黍、膏稷，百穀自生。冬夏播琴。鸞鳥自歌，鳳鳥自舞，靈壽實華，草木所聚。爰有百獸，相群爰處。此草也，冬夏不死。」特別指出，后稷葬在「西南黑水」之間。乾隆、道光年間的《敦煌縣志》均提到敦煌有一條黑水，「〈禹貢〉導黑水至於三危，入於南海。《括地誌》：黑水出伊吾縣北百二十里，東南絕三危山二千餘里至鄯州，又東南四百餘里至河州入黃河。」黑水既然在敦煌地區，不言而喻，敦煌在先秦時候便是中國古代后稷神話流傳的範圍，在先秦便是中原文化及其意識形態所制約的地域。再者，《山海經．海內經》說后稷的葬處，是「靈壽實華，草木所聚」，「此草也，冬夏不死」，這不就是敦煌這一塊「靈壽實華，草木所聚」的綠洲嗎？這裡著名的月牙泉邊，就有這種「冬夏不死」的長生草，叫「七星草」。據說吃了它可以長生不老。「月牙泉，《通志》云：在縣南十里，其水澄澈，環以流沙，雖遇烈風而泉不為沙掩，蓋名迹也。舊傳水產鐵背魚、七星草，服之可長生，但不時見。」（乾隆年間《敦煌縣志》抄本）敦煌在先秦的資料是極其缺乏的，但通過敦煌流行后稷神話的研究，我們可以得出下述結論：1.敦煌人民自古便是我國周民族的子孫；2.敦煌人民自古便是這一地區先進農業生產的代表者；3.敦煌自古便是在周民族文化光輝照耀之下，而和中原地區結合為一個整體。因此，敦煌歌謠實際是通過歌頌武則天來表達敦煌人民熱愛本民族的強烈感情和要發展農業生產的夙願。

風俗使採得的這些歌謠，似不能認為是當時沙洲刺史李無虧為了阿諛武則天的浮誇。在其主要方面，我們都能在歷史文獻中找到它們的根據。其一，在用武力安定敦煌地區安寧方面，武則天是作出貢獻的。百姓有外逃之事，並不能歸咎於武則天，而是異族奴隸主入侵之故。當時民族矛盾雖一度尖銳，但都被武則天解決了。《沙洲文錄》收入的〈右軍衛十將使孔公浮圖功德銘並序〉文，經蔣斧的考定，確認它是垂拱三年（六八七）的作品，文中歷述孔君戰績，「胡馬因風，敢掠陽關之草，王師電舉，分邀磧外之踪，逐北出其前鋒，振旅推其後殿。」描寫了他們平定奴隸主叛亂的戰功，終於使敦煌百姓「專心產業，務本農桑」，「財豐數篋，廩積百鍾」。這些事實都印證了歌謠中唱的：「禿發狂簪，侵我西土，皇赫斯怒，爰整其旅。荒徼之外，各安其所。」銘文中所記，都能在《舊唐書・黑齒常之傳》中找到史實依據。其二，武則天在安定敦煌地區的人民生活方面，其成就似也不能一筆抹殺的。大谷文書二八三五號〈長安二年（七〇二）三月為括甘涼瓜肅所居停沙洲逃戶牒〉所記：「又今年戶，所有田業，官貸種子，付戶助營，逃人若歸，苗稼見在，課役俱免，復得田苗。」安定了百姓生活，施行了仁政。大谷文書二八三六號〈長安三年（七〇三）董文徹牒〉中安排人民從事生產：「其桑麻累年勸種，百姓並足自供。」這些雖是武后末年記載，但可見一斑。武則天能在其末年派御史來專門處理沙洲逃戶，安定生產，在其末年就定能順應民心，關心生產，如《沙州志殘卷》中就記載了敦煌人民修過大量的水渠，不然她的統治不能長久。王國維考定的武后載初元年（六八九）所作《大雲經疏》裡，還記載了一個敦煌武井的傳說，云：「并州太皇陵側，舊有一井，俗稱武井，先來有水，後遂於枯，隨（隋）末以來，微似有水，自國家之後，水便滿井至於今，其水大流闊數丈，流入汾水，故隨（隋）童謠云：𤅢水竭，武井溢，此中當有聖人出，即明水流之。」（《敦煌文錄》）這個唐初的民間傳說是成於武則天時代，以象徵性手法表現武則天一當政，即解決了敦煌百姓最關切的問題——水。水是生命之源泉，將武后與多水聯繫在一起，便體現了一種民間心理狀態，即對武后時代發展生產的歌頌。這些事實，都印證了歌謠中唱的：「聖母營之，惟彼河水」，「聖母生之，浩浩海瀆」；也印證了歌謠中唱的：「既撫既育，或引或將。昔靡單袴，今日重裳。春蘭秋菊，無絕斯芳。」這方面的史實，我們都能在上元元年（六七四）武則天建議高宗施行的十二事中找到它們的根據。十二事中頭一條就是「勸農桑，薄賦徭」。當然，武后是為了籠絡人心，培植自己勢力，但客觀上對百姓有利。其三，武則天維持了唐代的統一和繁榮，是和她廣開仕途，選拔人才的政治措施分不開的。她以寬取士，垂拱元年（六六五）她「制內外九品以上及百姓，咸令自舉」（《資治通鑑》卷二〇三）；天授元年（六九〇）「太后策貢士於洛城殿，貢士殿試自此始。」（《資治通鑑》卷二〇四），還用各種路徑廣開仕途。《資治通鑑》評論武則天用人時說：「太后雖濫以祿位收天下人心，然不稱職者，尋亦黜之，或加刑誅。挾刑賞之柄以駕御天下，政由己出，明察善斷，故當時英賢亦競為用之。」（卷二〇五）這樣，她選拔人才，與貞觀時期一樣，極大地鞏固了唐代的封建專制統治。因此歌謠中頌揚她：第一，「載興文教」（文化教育發達興旺）；第二，「多士濟濟」（多學才士濟濟一堂）；第三，「庶人子來」（平民百姓時時來到）。這些歌頌之詞是有一定事實根據的。自然，歌謠中歌頌她這三方面是同「築明堂」一道唱的，這顯然又有歷史局限。《資治通鑑》說「明堂布政之所，非宗廟也」。武則天為了造明堂，像秦始皇修阿房宮那樣，「日役萬人，採木江嶺，數年之間，所費以萬億計，府藏為之耗竭。懷義用財如糞土，太后一聽之，無所問。」（卷二〇五）築明堂，「用財如糞土」，但她不管，執意要造，加重了人民負擔，備受歷史的譴責。但是，從總的方面來看，這些歌頌武則天的歌謠，其內容的主要方面是應該肯定的，它不是偽作。民間輿論是統治者不能完全控制的，它體現了當時敦煌百姓的意志。當時武則天政權是代表著歷史進步方向的，她並沒有葬送貞觀之治的巨大成就，而是發展了它的統一和強盛的局勢，人口幾乎增加了一倍，以貞觀末永徽初的三百八十萬戶，增加到六百五十萬戶。從武則天時代開始，唐代進入鼎盛時期，長時期地安寧和平。這不能不歸結於武則天的貢獻，如〈歌謠〉中所唱的：「神皇平之，福兮佑兮，聖母生兮，盛兮昌兮。」

再以《沙州志殘卷》所載「二十祥瑞」來看，除了歌頌武則天，還歌頌了後涼王呂光、西涼王李暠、唐高祖李淵、唐高宗李治。這四位對敦煌產生極大影響的帝王，與武則天一起平分秋色。武則天的六個祥瑞中，思想意義包括三個方面。第一，象徵武則天當朝，農業興旺。「右按垂拱四年（六八八）董行靖園內，甘露降於樹上，垂流於地，晝夜不絕。」「右唐聖神皇帝垂拱四年（六八八）野谷生於武興川，其苗蔾高二尺以上，四散似蓬，其子如葵，子色黃赤似葵子，肥而有脂，炒之作麨，甘而不熱，收得數百石，以充軍糧。」這些表達了人民渴望農業發展的心理和意志。第二，象徵武則天當朝，威鎮異族，保佑安寧。「右大周天受二年（六九一）得百姓陰守忠狀，稱白狼頻到守忠莊邊，見小兒及畜生不傷，其色如雪者，刺史李無虧表奏謹檢《瑞應圖》云：王者仁智，明哲即至，動准法度則見。」又云：「周宣王時白狼見犬戎服者，天顯陛下，仁智明哲，動准法度，四夷賓服之徵也。又見於陰守忠之莊邊者，陰者臣道，天告臣子，並守忠偕也。」這些都表達了人民渴望唐朝強大，制服異族奴隸主的侵擾，獲得幸福安寧的生活。第三，象徵武則天當朝時的大唐統一繁榮，於是自然界出現了祥瑞。「右大周天授二年一月，百姓陰嗣鑒於平康鄉武孝通園內，見五色鳥，頭上有冠，翅尾五色，丹嘴赤足，合州官人百姓並往看，見群鳥隨之，青黃赤白黑，五色具備，頭上有冠，性甚善。刺史李無虧表奏稱：謹檢《瑞應圖》曰，代樂鳥者，天下有則見之。止於武孝通園內，又陰嗣鑒得之，臣以為陰者，母道鑒者，明也天顯。」又，「右大周天授二年冬至日，得支慶、崔撝等狀稱：今日冬至卯時，有五色雲扶日，闊一丈以上，其時大明，大授一倍以上，此至辰時，復有五色雲在日四邊，抱日光彩甚鮮見，在官人百姓等同見，咸以為聖神皇帝陛下受命之符。」又「右大周天授二年臘月得石城鎮將康拂耽延弟地舍撥狀，稱其蒲昌海水舊來濁黑混雜，自從八月以來，水清明澈底，其水五色，得老人及天竺婆羅門云：中國有聖天子，海水即清無波，奴身等歡樂，望請奏聖人知者。」以上三例表達了敦煌百姓擁戴武則天當朝，以維護唐代的統一繁榮。所有這些「祥瑞」固然都是一些封建迷信的無稽之談，並且為刺史李無虧所利用，以維持唐王朝在敦煌的統治。佛教在敦煌的盛行，更助長了百姓間唯心主義迷信觀念和活動的氾濫，這些不像是李無虧的杜撰。再說，這二十祥瑞的時間，是以後涼的四世紀末到武則天的七世紀末，整整三百年，並非為武則天單獨樹碑立傳。這說明《沙州志》作者並非特地歌頌武則天而假造這些「祥瑞」，而是對迷信傳說的記載。「祥瑞」所頌揚武則天的三個方面，無不在〈歌謠〉中有所反映。在農業方面，歌頌了武則天時代的「三農五穀，萬庾千箱」；在征服異族奴隸主侵擾方面，歌頌了武則天時代的「皇赫斯怒，爰整其旅，荒徼之外，各安其所」；在維護國家統一和平方面，歌頌了武則天時代的「危邦載靜，亂俗還平」。很顯然，「祥瑞」的思想本質與〈歌謠〉一致，它們是敦煌人民擁戴大唐王朝的心理與意志的反映。這並不是敦煌封建統治者所能偽造的。《沙州志》寫定的時間是刺史李無虧死去以後的若干朝代之後。羅振玉認為：「此書之作，殆在開天間，雖卷中多頌揚武后語，及遇大周處多挑行空格而無偽周之新字，且有開元之紀年，又避唐諱，如虎作武，隆作降，基作其，四民稱四人之類，均為作於唐而非周之確證。記事至開元而止，而不及天寶以後，又為非作於肅代以後之明證也。」（《沙州志殘卷．後記》）這就說明，此書修定於唐玄宗時代，八世紀上半葉。武則天時代早已過去了，不可能是李無虧的偽造「歌謠」。

總之，應當肯定《沙州志》中敦煌〈歌謠〉來自民間的真實性和它的價值。歌頌我國女皇武則天豐功偉績在中國古代民間歌謠中是別具一格的，值得在中國民間歌謠史上和敦煌民俗學的篇章中署上一筆。

## 第二節 《沙州志》中的四言〈歌謠〉淺釋

## 序

神皇聖氏①，生於文王之祖②，生於后稷③，故詩人所謂生人尊祖也④。（聖母神皇，周文王為其誕生的始祖，后稷又為周的先祖，正是詩人所說的生民尊崇的祖先啊。）

### 一

於昭武王，光明呵周代的武王，
承天剪商⑤，稟承天意消滅商湯。
誰其下武⑥？誰依次序維持武周？

①「神皇」指武則天。《資治通鑑》卷二百四云：「乙亥（即垂拱四年（六八八）），太后加尊號為聖母神皇。」

②「文王之祖」，「之祖」二字中疑脫一「始」字。《資治通鑑》卷二百四云：「（天授元年）追尊周文王曰始祖文皇帝。」

③后稷，周的先祖，名棄，見《詩·大雅·生民》。

④「生人尊祖」，「生人」，即生民，唐人避太宗諱、避「民」字，故將「民」字改為「人」。「尊祖」，尊崇祖先，《詩·大雅·生民》序云：「生民，尊祖也。」

⑤剪，同「翦」，消滅，《詩·魯頌·閟宮》：「實始翦商。」

⑥下武，《詩·大雅·下武》：「下武維周」。時間次序。

聖母神皇。　　聖母呵神明的女皇。
穆斯九族⑦，　　你和睦了我們家族，
綏彼四方⑧。　　安撫了四面和八方。
遵以禮儀，　　遵循你的禮節儀規，
調以陰陽。　　你調正月亮和太陽。

二

三農五穀⑨，　　平原山澤五穀生長，
萬庾千箱⑩，　　糧食裝滿千箱萬倉。
載興文教⑪，　　文化教育發達興旺，

---

⑦穆——和睦。九族——以自己為本位，直系上至四世高祖，下至四世玄孫。
⑧綏—安撫。
⑨三農——《周禮・天官・大宰》云：「一日三農，生九穀。」注：「鄭司農（眾）曰：三農，平地山澤也。」
⑩庾——露天穀倉。
⑪載——同於句首，無義。

載構明堂⑫，　建築宣明政教廳堂，
八窗四闥⑬，　八窗四門多麼寬敞，
上圓下方，　屋頂圓圓四牆方方，
多士濟濟⑭，　多才學士濟濟一堂，
流水洋洋⑮。　河水奔流波濤揚揚，

## 三

明堂之興　明堂興盛無比壯觀，
百工時揆⑯，　四季百官時時管理，

---

⑫構——建造。明堂——《新唐書》本紀第四〈則天皇后〉云：「（垂拱）四年（六八八）正月……庚午，毀乾元殿，作明堂。」「十二月，辛亥，改明堂為萬象神宮。」

⑬闥——宮中小門，門屏。

⑭多士濟濟——指武則天策貢士，《資治通鑑》卷二百四云：「（天授元年）二月辛酉，太后策貢士於洛陽殿。貢士殿自此始。」

⑮洋洋——同「湯湯」。

⑯百工——古代官的總稱，即百官。時——四時，四季。揆——管理、籌度。

庶人子來⑰，
鼛鼓不勝⑱，
肅肅在上⑲，
無幽不察，
無遠不相，
千齡所鍾，
萬國攸向⑳。

平民百姓常常來到。
天下祝捷鼓聲不斷，
你威嚴坐在高堂上，
沒有幽密不能覺察，
無論多遠都能相看。
千年古國人人鍾愛，
萬國像流水般湧來。

四

俗被仁禮，
家懷孝讓，

民間風俗仁慈禮貌，
家家懷抱孝悌謙讓，

⑰子——泛指人。
⑱勝——盡。
⑲肅肅——嚴正貌。
⑳攸——水流貌。

帝德廣運，　唐皇仁德廣傳運轉，
聖壽遐延，　聖母高壽久遠延長，
明明在下，　光明燦爛普照下方，
於昭於天㉑，　光明呵穿透了高空，
本枝百代㉒，　子孫百代繁榮昌盛，

---

㉑於——贊美聲。

㉒本枝百代——本枝為樹木的根幹枝葉，本枝百代引申為武姓氏族綿延久遠、子孫旁枝繁衍。據《新唐書》本紀第四〈則天皇后〉云：「（天授元年）壬午，改國號周。大赦，改元，賜酺七日。乙酉，加尊號曰聖神皇帝，降皇帝為皇嗣，賜姓武氏，皇太子為皇孫。丙戌，立武氏七廟於神都。追尊周文王曰始祖文皇帝，妣姒氏曰文定皇后，四十代祖平王少子武曰睿祖康皇帝，妣姜氏曰康惠皇后；太原靖王曰嚴祖成皇帝，妣曰成莊皇后；趙肅恭王曰肅祖章敬皇帝，妣曰章敬皇后；魏義康王曰烈祖昭安皇帝，妣曰昭安皇后；周安成王曰顯祖文穆皇帝，妣曰文穆皇后；忠孝太皇曰太祖孝明高皇帝，妣曰孝明高皇后。追封伯父及兄弟之子為王，堂兄為郡王，諸姑姊為長公主，堂姊妹為郡主。司賓卿史務滋守納言，鳳閣侍郎宗秦客檢校內史，給事中傅游藝為鸞台侍郎，同鳳閣鸞台平章事。」立武氏七廟，和追封伯父及兄弟之子為王等事，均是「本枝百代」典型表現。

福作萬年㉓。

福德遠及萬年之後。

五

惟彼洛邑㉔，
聖母營之，
惟彼河水，
神皇清之，
穆穆帝子㉕，
聖母生之，

那古老的都邑洛陽，
是聖母經營的地方；
那河水永恆地流淌，
是神皇使河水清澈；
太子生來舉止端莊，
是聖母生育的恩典；

㉓作——及，遠及。

㉔惟——用於句首，語助詞。洛邑——雒邑，古都邑名。周公在洛陽建立古都邑；武則天於公元六八四年，改東都洛陽為神都，故尊周公為武姓之始祖，追尊周文王為始祖文皇帝。《新唐書》卷四載「光寶元年改東都為神都。」

㉕穆穆——代表美好、端莊。

浩浩海瀆㉖，　　恩情猶如浩浩海疆，
神皇平之。　　神聖皇上平定天下。

## 六

福兮佑兮，　　萬福呵乎佑了眾生，
在聖母兮，　　全在聖母培育恩典，
盛兮昌兮，　　大唐舉國繁榮昌盛，
在聖皇兮，　　全在神皇賜福萬邦，
聖母皇皇㉗，　　聖母皇德廣博浩大，
撫臨四方，　　撫育降臨安康四方，
東西南北，　　東西南北每個地方，
無思不服。　　無不誠服偉大女皇。

---

㉖海瀆——漫長寬闊的海域。
㉗皇皇——大貌。

七

禿髮狂瞽㉘，　禿髮狂徒瞎了眼睛，
侵我西土，　竟敢侵犯我唐西疆，
皇赫斯怒㉙，　女皇知後勃然震怒，
爰整其旅，　於是整頓軍旅討伐，

㉘禿髮狂瞽——鮮卑語稱鮮卑族拓跋部為「禿髮」，這裡是借指突厥及吐蕃奴隸主之叛亂。《新唐書》卷四〈則天皇后〉云：垂拱元年（六八五）……「癸未，淳于處平及突厥戰於忻州，敗績。」「十一月癸卯，韋待價為燕然道行軍大總管，以擊突厥。」三年（六八七）「二月，突厥寇昌平，黑齒常之擊之。」、「八月，是月突厥寇朔州，燕然道行軍大總管黑齒常之敗之。」、「十二月，韋待價為安息道行軍大總管，安西大都護閻溫古副之，以擊吐蕃。」永昌元年（六八九），「五月丙辰，韋待價及吐蕃戰於寅識迦河，敗績。己巳，白馬寺僧薛懷義為新平道行軍大總管，以擊吐蕃。」「流韋待價於綉州」。「八月癸未，薛懷義為新平道中軍大總管，以擊吐蕃。」載初元年以前均有打敗吐蕃與突厥之歷史。

㉙皇赫斯怒——《詩・大雅・皇矣》：「王赫斯怒。」勃然震怒。

荒徼之外[30]，　在那荒漠邊界之外，
各安其所，　才各自安定了居所，
穆穆聖君，　莊嚴舉止聖德之君，
受天之祐。　備受上蒼福德保祐。

八

聖皇為誰，　神聖的皇帝是哪個？
神皇聖母，　聖母呵英明的女皇，
於萬斯年，　洪福及於萬年之後，
受天之祐。　我們恩受天子保祐。
永淳之季，　在那不幸永淳之季，
皇升玉京[31]，　高皇駕崩仙游天闕，

---

[30] 徼——邊界。

[31]「永淳之季，皇升玉京。」指唐高宗李治逝世之事。據《新唐書》卷三〈高宗本紀〉載：「弘道元年（即永淳二年）十二月丁巳，改元，大赦。是夕，皇帝崩於貞觀殿，年五十六。謚曰天皇大帝。」

如喪其考，　敦煌萬民如喪父親，
人不聊生。　民不聊生百姓哀痛。

九

裴徐作衅，　裴徐賊子謀反挑衅，
淮海驚波㉜，　淮海千里驚波驟起，
皇皇聖母，　恩典浩大的聖母呵，
定從服橫，　定要馴從降服橫暴，
綏以大德，　撫育以大唐的偉德，
威以往兵，　趨往以神威之雄兵，

㉜裴徐作衅，淮海驚波——指裴炎、徐敬業二人同反之事，《新唐書・裴炎傳》云：「豫王雖為帝，未嘗省天下事。炎謀乘太后出游龍門，以兵執之，還政天子。會久雨，太后不出而止。徐敬業兵興，后議討之，炎曰：『天子年長矣，不豫政，故豎子有辭。今若復子明辟，賊不討而解。』御史崔詧曰：炎受顧託，身總大權，聞亂不討，乃請太后歸政，此必有異圖。后乃捕炎送詔獄。」

神謀獨運，　　獨立運籌神巧計謀，
天鑑孔明，　　天意審察深遠明澈，
危邦載靜，　　於是危邦轉為安靜，
亂俗還平。　　紛亂世俗恢復和平。

十

河圖洛書，　　像洛水神獻出河圖，
龜背龍脇，　　似龜龍獸背出石碑，
聖母臨人，　　白玉石上刻上大字，
永昌帝業㉝，　　「聖母臨人永昌帝業」，
既營大室，　　既營造了五級天堂，

---

㉝聖母臨人，永昌帝業——指武承嗣鑿石為文事，《資治通鑑》卷二百四云：「武承嗣使鑿白石為文曰『聖母臨人，永昌帝業。』末紫石雜藥物填之。庚午，使雍州人唐同泰奉表獻之，稱獲於洛水。太后喜，命其石曰『寶圖』，擢同泰為游擊將軍。」《新唐書・武則天本紀》云：「垂拱四年（六八八）五月庚申，得『寶圖』於洛水。乙亥，加尊號為聖母神皇。」

爰構明堂㉞，　更建築了宏偉明堂，
如天之堰，　如高天寬廣的壙堰，
如地之方㉟，　似大地豐博的鄉土，
包含五色，　包含了五色的彩豔，
吐納三光，　吞吐日月星的光輝，
傍洞八牖，　洞門房通八面明窗，
中製九房，　中間製造九間住房。

## 十一

百神荐趾，　百神雙足走遍這裡，

---

㉞既營大室，爰構明堂——建天堂（大室）明堂事，與鑿石為文事，同屬垂拱四年之事，故與「聖母臨人」句為同段。《資治通鑑》卷二百四垂拱四年云：「又於明堂北起天堂五級，以貯大像。至三級，則俯視明堂矣。」《新唐書・武則天本紀》云：「垂拱四年……庚午，毀乾元殿，作明堂。」「十二月，己酉，拜洛受圖。辛亥，改明堂為萬象神宮，大赦。」

㉟方——鄉土、方土，如《書・旅獒》云：「畢獻方物」。

膺乾之統，
得坤之經，
子來工作，
不日而成，
不得有得，
如天之壽，
于萬斯齡，
黃山海水，
蒲海沙場。

受到天的統籌全局，
得到地的常道規範，
人們來到這裡工作，
不要幾日就能成功，
不能得的也能得到，
您有如天樣的大壽，
您在中華統載萬年，
猶如黃山海水永在，
又似大漠化作蒲海。

十二

地鄰蕃服㊱，
家接渾鄉㊲，

敦煌地鄰吐蕃服管，
家連著吐谷渾故鄉，

㊱蕃——吐蕃。
㊲渾——吐谷渾。

昔年寇盜，從前寇盜出沒無常，
禾麥調傷，米麥搶走田地毀傷，
四人擾擾㊳，四方人民紛亂擾攘，
百姓遑遑，男女百姓恐懼不安，
聖人哀念，聖人在上哀念下方，
賜以惟良㊴，賜給萬民善良官吏，
既撫既育，既撫愛又培育我們，
或引或將，或引導或督促我們，
昔靡單褲，從前身上單衣薄衫，
今日重裳，今日重裘穿在身上。
春蘭秋菊，生活好像春蘭秋菊，
無絕斯芳。充滿了永遠的芳香。

㊳人——避唐諱「民」。擾擾——紛亂貌。

㊴良——指善良官吏。按「賜以惟良」句，這種言詞顯然不是表明作此詞即地方長官，也不能認為它是在阿諛之後，自己也在吹噓表彰自己，因為此段詞是以蕃渾兩族奴隸主曾統治敦煌為前提，表示民眾對漢族官吏統治由衷的擁戴，故不存在吹噓自己之問題。

# 第十章　敦煌民間五言白話詩

## 第一節　敦煌五言白話詩是不是民間歌謠？

在敦煌民間文學裡，五言白話詩十分引人注目。近來的研究者，把敦煌出土的所有五言白話詩，都說成是初唐白話詩人王梵志作的，從而人為地拔高了王梵志在詩壇上的地位，摘去了敦煌民間文學中的一朵鮮花。因此，本章特提出商榷。

一九二五年，劉半農從巴黎國家圖書館把伯希和盜去的敦煌寫本中許多雜文抄寫匯集成冊，編成《敦煌掇瑣》共一〇四件。正如蔡元培序中說：「求實際上研究的材料可以說是應有盡有，與原本相去無幾，我們對於劉先生選擇排列與記錄的勤勞，感謝不盡。」（《敦煌掇瑣．

序》）在這些講究實際的材料中，劉半農「略照性質分類，關於民間文學的歸入上集」（見劉氏一九二五年六月二十九日寫於法國馬賽的序目），明指五言白話詩是民間文學。五言白話詩目次分為三類：一類，「瑣三〇（伯三四一八），五言白話詩・擬・卷殘，抄出者共五十二首」；二類，「瑣三一（伯三二一一），五言白話詩・擬・卷缺首，抄出者共四十六首」；三類，「瑣三二（伯二七一八），王梵志詩・原・全，共卅八首」。「五言白話詩」題名是劉半農擬的；由於卷首殘缺，前兩類詩不知是誰所作；實際上瑣三〇、三一這九十八首是勞動人民無名氏的民間文學作品。現在有些研究者，硬把這九十八首優秀民間文學作品，說成是王梵志所寫，這是很難使人同意的。

我們知道，民間文學有一個口傳性的特點。它從這一個人的口中傳到那一個人的口中，不斷地被修改補充，又不斷地被加工添新。這樣就造成了民間文學作品中一個獨有的現象，即同一母題而有各種不同的異文。也就是民間文學的變異現象。詩句重複出現的情況，這一首民歌和另一首民歌的詩句彼此雷同的情況，互相交遞出現，互相滲透和夾雜的情況，是大量經常出現的現象。我們打開任何一個古代著名詩人的作品，上至屈原、三曹、陶淵明，下至李白、杜甫、白居易、蘇東坡，在文人的作品中，並沒有發現過在不同的詩中出現過彼此相同的詩句；古代詩人，哪怕是最蹩腳的詩人，也不會把章句雷同的詩作，換些題目，一起編進自己的詩集，留給後人去讀的。現在，趙和平、鄧文寬兩同志在〈敦煌寫本王梵志詩校注

〉（載《北京大學學報》哲學社會科學版一九八〇年五—六期，以下簡稱趙文），論證伯三四一八、伯三二一一這九十八首民歌是王梵志作，用伯三四一八、伯三二一一中互相完全相同、大致相同、語句結構相同的三種情況二十五例，來證明它們是「同為一人所作，亦即為王梵志所著」。但是，這是不能說明問題的。相反，這三種情況的二十五例彼此相同之處，正充分地說明了唐代民間文學中五言白話詩的變異性，這是此兩件五言白話詩作為民間創作所獨有的現象。又，劉銘恕先生在《斯坦因劫經錄》中說：「《敦煌掇瑣》所抄伯希和三二一一號之無名長詩卷，證以此卷（即斯五四四一(2)號文書王梵志詩集卷中），知亦為梵志詩卷中。」① 此例仍不足為證。伯三二一一前十四首詩，內容與斯五四四一(2)完全重複。所以如此，有這樣三個原因：㈠王梵志在當時是不甚著名的詩人，他與民間白話五言詩人的詩作，形式（都是五言）、語言（都是白話）相同。抄寫者水平低（這從抄本中大量錯別字可見），以至將別的無名氏的某些五言白話詩錯抄在他的名下了。㈡王梵志是一個消極頹廢的文人。這從他的「土饅頭」詩裡可知。他的頹廢詩作與伯三二一一和伯三四一八共九十八首五言詩的現實主義悲慘意境形成了鮮明的對比。玩世不恭以及帶有強烈巫師色彩的王梵志，也極有可能在他的「土饅頭」前，將民間的無名氏詩抄入自己的集子冒充自己的作品。㈢斯五四四四

---

①見《敦煌遺書總目索引》。

一(2)的搜集整理者隨意將兩件不同的詩，作了部分的拼湊，弄得面目全非。總之，以上兩件十四首詩相同，不僅不能判明這十四首詩是王梵志所作，更不能判明伯三二一一其他詩也是他所作。如果要是「王梵志詩集卷中」，為什麼不是全部詩都相同，而獨有這十四首相同呢？所以，伯三二一一並不是斯五四四一(2)的銜接物。另外，斯五六四一中有二十三首詩也與伯三二一一完全重複，更能說明斯五六四一中注入了民間五言白話詩的內容。注入的原因是複雜的，多方面的，除了以上三點原因，還有別的原因，如搬運過程中的錯節亂雜。從上述五四四一(2)，斯五六四一與伯三二一一部分重複的詩句可見，在現有整理出的《王梵志詩集》中，一定攙雜了大量民間五言白話詩。這樣一個「大」詩人，足未出國門一步，手未觸寫本半篇，自然就能拼湊起來，那是比較容易的事。但是，要知道敦煌寫本經過了一場浩劫，情況決非如此簡單。不然早被國外拼湊起來了，何至於等到現在？不跨出國門萬里，手不觸寫本萬篇，不經過劉半農那樣從第一首資料詳細考察研究，是解決不了問題的；而且，要知道這九十八首民間詩，多數是民間無名氏的詩人在艱難的境界中創作出來的作品，一個人不可能有那樣截然不同的經歷。至於趙文指出的其他古代文獻資料中，那些標明為王梵志所作的詩裡，其中也有一些句子大部或完全與伯三四一八相同，也同樣不能說明伯三四一八是王梵志作。如唐皎然《詩式》卷二「駭俗」條下「王梵志道情詩」一目最後有一句「還我未生時」，與伯三四一八寄語「冥洛道，還我未生時」的末句相同。再如，唐范攄《雲谿友議》卷五「梵志詩條」下引梵志詩「世無百年人，擬作千年調」兩句，與伯三四一八「未有千年身，徒作千年事」兩句相似；還有《雲谿友議》上的「打鐵作門關，鬼見拍手笑」，與伯三四一八「年老造新舍，鬼來拍手笑」相似。三如，斯七七八號文書《王梵志詩集》卷上並序中「死得四片板」與伯三四一八中「只用四片板」相似。四如，斯七七八號文書「奴事新郎君，婢逐後娘子」兩句，與伯三四一八「奴富欺郎君，婢有淩（凌）娘子」兩句相似。這些例子只能說明王梵志吸取了民間五言白話詩的語言與詞句，學習了民間五言白話詩的風格。這在唐代詩人與民間文學或其他作家關係中，並不是獨一無二的現象。例如，杜甫的某些詩句與古詩十九首中某些詩句相同或相似，李白的某些詩句與謝朓的某些詩句相似。但我們並不能據此就認為古詩十九首是杜甫作的，或謝朓的詩是李白作的，而是只能認為李杜是受了他人影響。現在前面所說的王梵志的詩中某些句子與民間五言白話詩相同，也只能這樣認為，而不可能得出趙文那樣的結論。自然，還有一些敦煌五言白話詩與伯三四一八相同處，例如，伯三七二四與伯三四一八某些句子相同；又如，斯六〇三二也與伯三四一八某些句子相同，都是民間文學變異性或文人向民間文學學習的結果。掃清了上面這些疑點以後，我們就會清楚了解到，現在有些敦煌學的研究者把伯三二一一、伯三四一八說成是王梵志的作品，實在是一場莫大的誤會。實際上，這九十八首詩是當年劉半農在國外據第一手資料確定的，乃是唐代民間文學的明珠！

必須說明，一九二八年六月出版的胡適《白話文學史》（上卷，見二三〇頁）所斷定的巴黎圖書館裡有關王梵志詩四殘卷的敦煌寫本，並不包括劉半農抄的瑣三〇、三一這兩件五言白話詩。胡適所判定的王梵志詩的四個殘卷是：1.後漢乾祐二年己酉（九四九）樊文升寫本（原目為伯四〇九四），即羽田亨影本，末二行云王梵志詩集一卷。2.己酉年（大概也是乾祐己酉），高文□寫本（原目伯為二八四二），也是第一卷裡的詩。3.宋開寶三年壬申（按開寶五年為壬申，九七二），閻海真寫本（原目為伯二七一八，即瑣三二）。4.後漢天福三年庚戌（漢天福只有一年，庚戌為乾祐二年，九五〇），金光明寺僧寫本（原目為伯二九一四），此本題為王梵志詩卷第三（見《白話文學史》，一九二八年十二月，新月書店二版）。《敦煌掇瑣》是一九二五年出版的，《白話文學史》是一九二八年出版的。胡適不可能沒有看到劉半農的這本書。看來，胡適也沒有敢臆斷瑣三〇、瑣三一是王梵志的作品。鄭振鐸先生在《王梵志詩一卷》（見鄭振鐸主編《世界文庫》五，一九三五年上海生活書店版）裡，除採用瑣三一，還附錄了胡適發現的伯二四一九，但也未斷言瑣三〇、瑣三一就是王梵志作品。還有日本學者入矢義高，對敦煌五言白話詩素有研究，曾寫有〈論王梵志〉，載《中國文學報》三—四期（一九五五—一九五六），他也不敢斷言這兩件是王梵志所作。

## 第二節　敦煌五言白話詩是民間歌謠的理由

這九十八首五言白話詩具有深厚的思想內容。它們在廣闊的生活背景上，反映了當時社會的面貌。因而也決不可能出自一個人之手。

第一，它們刻畫了多種多樣受苦人的形象。雖然這些不同類型的人，共同的地方是被剝削、被壓迫，是受苦受難的勞動人民，但不管是從其所敘述的內容來說，還是以其語言風格來說，彼此間都有很大不同，不可能出自某一個人之手。因為任何一個人不可能在一生中從事那樣多的職業，經歷那樣長的時間。1.描出工匠的悲慘遭遇。如伯三二一一云：「工匠莫學巧，巧即他人使。身是自來奴，妻亦官人婢。夫婿暫時無，曳將仍被恥。未作道與錢，『作了擘眼你』！」這是工匠生活真實的寫照。唐代商業高度發展，手工業十分繁榮。但它有個特點便是掌握在封建官府和貴族官僚手中。唐朝中央政府裡有好幾個機構掌管手工業和工匠，其中當然有嚴重壓迫和剝削的情況。在長工工匠、輪番工匠和雇工工匠這三種工匠中，以長工為大部分，後兩者往往被束縛在官府中補為政府正式工匠。雇工工匠身份雖較自由，但生活無保障。尤其是長工工匠，「其官奴婢，長役無番也」（《唐六典》卷六〈尚書刑部〉）。按照《唐六典》卷七〈尚書工部〉所說：「工匠作業之子弟，一入工匠後，不得別入諸色。其和頤鑄匠有名解鑄者，則補正工。」這就是說，凡是短工的以後一律要補為正工，工匠是世襲化的，工匠子弟一有匠籍就不能轉入他色和隨便改業。因此工匠終生依附性很強，正像這首詩說的「身是自來奴，妻亦官奴婢」，不僅自己是「奴」，連妻子也是「奴」，終生依附官家，有時連講好的工錢也得不到。一當天災人禍，欠了官府閣王債，就拿妻兒抵債。所謂「妻亦官奴婢」，便是這麼來的。所以，這詩絕不可能是王梵志自傳詩，他不可能終生作工匠以妻為奴。2.描寫窮苦漢流浪生活。伯三二一一：「近逢窮業至，緣身一物無。披繩兼帶索，行時須杖扶。四海交遊絕，眷屬永還疏。東西無濟着，到處即安居。」這顯然是安史之亂前大批農民破產流亡的真實寫照，決不是王梵志一個人貧困生活的描述。詩中未註明流浪漢的身份是農民、工匠或士兵，實際上是他們生活的典型概括。《唐會要》有「逃戶」專節；敦煌戶籍殘卷中也有記述丁口合戶逃亡的情景；瑣三〇、瑣三一也有逃戶之詩：「身役不肯料，逃走皆家裡」（伯三四一八），「何為抛宅走，良由不得已」（伯三二一一），所揭示的逃亡原因是多種多樣的。所以它的內容不是寫一個人的，也不只是反映初唐，而是反映了從初唐到安史之亂前唐代下層社會的面貌。王梵志不可能活那麼久，更不可能被困於工匠中又去到處流浪。3.描寫役工農民的慘死。伯三二一一：「貧窮實可憐，飢寒肚露地。戶役一概差，不辨棒下死。」反抗徭役，不知多少人被打死！活活打死人的悲劇，便是隱藏在唐代繁榮背後的現象。「戶役一概差」，就是說唐代貧苦農民都要「一概」服官府徭役。徭役是古代國家強迫平民（主要是農民）從事的無償勞役，唐代一般叫「色役」。唐代一般官吏使用的僕役，都是由官府檢派人戶當任，分別撥給官吏使用。種類各種各樣，有防閣（看守偏門的人）、庶僕、親事、帳內、執衣、仗身、白直、士力、門夫等。在唐初這些差役全由應役戶輪流應役，如果不去應役，就會像詩上說的「不辨（辦）棒下死」，這就是貧苦應役戶在「飢寒肚露地」景況下遭到的悲慘結局。王梵志既不可能做工匠，也不可能是應役戶。

第二，它們尖銳地揭露了當時貧富懸殊的社會現實和租庸調制的剝削本質。這和「城外土饅頭，一人吃一個」這樣的頹廢感情根本是南轅北轍，與王梵志其他詩的情調完全不同。伯三四一八有：「富饒田舍兒，論情實好事。廣種如屯田，宅舍青烟起。槽人飼肥馬，仍更賣奴婢。牛羊共成群，滿圈養屯②子。窖內多埋穀，尋常願米貴。里政追役來，坐着南廳裡。廣設好飲食，多酒勸遣醉。追車即與車，追馬即與馬。須錢便與錢，和市亦不避。索麵驢駝送，續後更有雉。官人應須物，當家皆具備。縣官與恩澤，曹司一家事。縱有重差科，有錢不怕你。」這是揭露一個大地主家的黑幕，這個大地主買賣奴婢進行罪惡活動；他們囤積米穀，抬高米價；他們更與官府勾結，要車有車，要馬有馬，要錢給錢，要大米白麵，前面用驢子送，後面再加上奉送的野雞野味。這樣，縱然有重勞役，也輪不到地主。「有錢不怕你」就道出了「有錢能使鬼推磨」的真實。再看看窮人的情況又是如何呢？「貧窮田舍漢，菴子③極孤淒。兩窮前生種，今世作夫妻。婦即客舂擣，夫即客扶犁。黃昏到家裡，無米復無柴。

②屯，即肫、豚；屯子即仔豬。

③菴子，即茅草房。

男女空餓肚，狀似一食齋。里政追庸調，村頭共相摧。幞頭巾子露，啾唧搦頭發。里政被腳蹴，村頭被拳搓。……門前見債主，入戶見貧妻。舍漏兒啼哭，重重逢苦災。」這是對貧富懸殊的封建社會的控訴。詩中男女夫妻都是地主的雇工，女的為地主舂米，男的為地主扶犁，一天累到晚，回到家無米又無柴，只好餓肚子。過著這種痛苦生活，債主還上門逼債，地主醜婆娘還來惡罵，不是揪頭髮，就是用腳踢，或者村頭揮拳頭。請看，敦煌民間五言白話詩是多麼真實地再現了唐代農民痛苦的生活。我們以詩中「里政追庸調，村頭共相催」，可見它產生於初唐。唐高祖李淵稱帝第二年（六一九），唐朝制定了「租庸調」的剝削制度，租指田稅，每丁每年交租二石；調指絹稅，每丁每年調絹二丈，或布二丈五尺；庸是指以絹或布代替力役，每丁每年服徭役二十天，如不服役，可用交納絹三尺或布三尺七寸五分代替徭役。顯而易見，租庸調制是明明白白套在農民身上沈重的鎖鏈；因地主和官僚多明文規定享受免稅特權，他們占有土地並不交租稅，而把「庸」與「調」轉嫁到農民頭上，租庸調制雙重剝削的嚴重性於此可見。這就是詩中揭露的唐代剝削制度的本質，與王梵志「土饅頭」詩的情調完全不同。

第三，它們也揭露了唐代府兵制的弊病，以及唐初為了抵御北方外族的入侵而進行的防御性戰爭帶給農民的災難。「府兵本是寓兵于農的一種兵制。平時，府兵大部分從事農耕，小部分按番到京師宿衛或戍邊。」（范文瀾《中國通史》第三冊，一四八頁）府兵制建立了唐代強大的帝國軍隊，使唐前期遼闊的邊疆和漫長的邊防線得到鞏固，獲得了一百多年相對穩定的和平統一局面。但府兵制弊病也很顯然。一是府兵增加了農民負擔。士兵多以農民中征點，正像唐代白居易說的「戶有三丁點一丁」；而征點的士兵必須自備一部分武器、糧餉、裝備，大多數貧農家裡難以負擔。二是府兵全靠農民充當。因為地主富人子弟受不了兵役這份罪，就找替身，雇窮苦農民代服兵役，當兵的還是貧苦農民。這就造成大批農民家破人亡。詩中對此作了真實揭露。農民認為最壞的職務是當兵戍邊；「天下惡官職，不過是府兵」（伯三二一一）。因為農民去當兵，帶來一系列問題。首先是士兵生活：「十六作夫役，二十充府兵。磧里向西走，衣甲困須擎。白日趁食地，每夜悉知更。鐵鉢淹乾飯，同伙共紛諍。長頭饑欲死，肚似破窮坑。」（伯三四一八）整天吃不飽，衣甲又破爛，整得他們無法活下去。其二是，兵士被徵調服役時，本人雖然免租調，但「其家不免征徭」（《唐會要》卷七二〈府兵〉），更增加了農民家庭的負擔。造成了下述兩種情況：一是「兒行母也征」（伯三二一一），兒子走了，老母親為他服徭役；二是「婦人應重役，男子從征行」（伯三四一八），丈夫走了，妻子為他服着役。這樣便造成貧苦農民戶戶怕生兒，怕當兵戍邊，「男女有亦好，無時亦最精。兒在愁他役，又恐點著征。一則無租調，二則絕兵名。閉戶無呼喚，耳裡桎星星」（伯三四一八）。這是服兵役農民的父母發出的悲痛呼聲，沈重的差役和兵役帶給農民家庭的災難不難想見，可以說是從秦始皇時民謠「生男慎勿舉，生女哺用脯，不見長城下，屍骸相支柱」的續篇。其三是，戍邊大量死的是農民，造成農民家破人亡。伯三四一八中，有的以受害的老大爺口吻悲痛控訴：「兒大作兵伕，西征吐蕃賊。行後渾家死，回來覓不得。兒身面向南，死者頭向北。父子相分擘，不及原不識。」詩中充滿骨肉深情。有的對將士為國戰死的慘狀，也作了真實的描繪：「將軍馬上死，兵滅地居營，血流遍荒野，白骨在邊庭。去馬遊殘迹，空留紙上名。關山千萬里，影絕故鄉城。」總之，府兵制將災難集中在農民身上。可以看出，上述詩篇顯然出自多人之手，一個人不可能有那麼豐富的經歷，詩的情調也與王梵志相異。

第四，它們帶有尖銳批判性的特徵。在批判反動官吏、道佛迷信、懶漢惰婦、不孝子弟時，善於抓住典型特徵，寫出自己的個性，十分生動。這也顯然排除出於王梵志一人之手的可能性。1.反道教傾向。如伯三二一一：「道人頭兀雷，例頭肥特肚。本是俗家人，出身勝地主。飲食哺盂中，衣裳槸上出。每日趁齋家，即禮七拜佛。」「道士頭側方，渾身總著黃。無心禮拜佛，恆貴天尊堂。」揭露了道士不勞而獲的本質。2.反佛教傾向。日本學者入矢義高認為「伯三四一八中佛教說理較多」（〈論王梵志〉），但也具有一些反佛教成分。如「得病不須卜，實莫浪求神」，叫人在生病時不要浪費時間和金錢亂求神拜佛，這顯然是反對佛教和迷信的經驗之談。又如「滿街肥統統，恰似鱉無腳」，似在批判和尚的寄生性和剝削者生活方式。3.批判官吏的貪贓枉法。如伯三四一八：「當官自慵懶，不勤判文案。尋常打酒醉，每日出逐伴。……更兼愛取錢，差科放卻半。枉棒百姓死，慌忙怕走散。賦役既不均，曹司即撩亂。」民間無名詩人通過各種活動來描寫一個活生生的貪官，具有細膩的藝術性，以判文案、打酒醉，派差科、騙百姓，勾勒了這個貪官罪惡活動的各個方面。4.批判子女不供養老人。如伯三二一一：「只見母憐兒，不見兒憐母。長大娶得妻，卻嫌父母醜。耶娘不采括，專心聽婦語。生時不供養，死後祭泥土。」批判了那些不奉養父母的忘恩負義之人，嘲諷了那些在生前不奉養、到死後才裝模作樣去祭祀的不肖子弟的虛偽性。5.批判懶漢的生活態度。如伯三二一一，一方面是批判懶漢：「世間慵懶人，可分向有二。例著一草衫，兩膊成山字。出語嘴頭高，詐作達官子。」另方面批判懶婦：「家中漸漸貧，良田慵懶婦。長頭愛床坐，飽喫沒娑肚。頻年勤生兒，不肯收家具。飲酒五夫敵，不解縫衫袴。……東家能揑舌，西家好合鬥。兩家既不和，角眼相蛆蛄。」這些民間無名詩人的作品，充滿了勞動人民健康生活觀點，批判了封建剝削者的生活方式和處世態度，直接表現了勞動人民對懶漢二流子的厭惡與憎恨。6.批判剝削者的骯髒靈魂。如伯三四一八「五體一身內，蛆蟲塞破袋。中間八萬戶，常無啾唧聲。膿流遍身繞，六賊腹中停。兩兩相啖食，強弱自相征。」用形象藝術手法，為我們概括了那些地主惡霸、貪官汙吏的典型形象，無情鞭笞了剝削者的腐臭靈魂。詩中嚴厲譴責他們五臟六腑是一肚子蛆蟲，揭露他們爾虞我詐、明爭暗鬥、兩兩相啖、弱肉強食，幹盡了壞事；指出在他們的壓榨下，勞動人民過著痛苦歲月，「中間八萬戶，常無啾唧聲」，便是形象反映。7.批判鬼蜮的黑暗社會。如伯三二一一：「地下須夫急，逢頭取次捉。一家抽一個，勘數中未足。科出排門夫，不許私遮卻。合去取正身，名字付司錄。棒驅火急走，向前任縛束。」這裡寫的是地獄，但它實際上表現的是人間。現實便是這種鬼蜮社會。民間無名詩人把它按照地獄情況寫，正是現實生活巧妙的藝術反映。

綜上所述，五言白話詩是敦煌民間文學中重要組成部分。無論就其思想內容來看，還是就其通俗語言和藝術形式來看，它都是窮苦的無名的勞動人民的作品。正是這些優秀的民間五言白話詩，孕育了王梵志的文人的五言白話詩的形成。瑣三〇、瑣三一，從它的思想內容來看，決不可能是王梵志的所謂「自傳詩」；從它所反映的深廣的生活內容，和漫長的歷史背景看，是出自從唐初到安史之亂前的很長的時期中各種勞動人民之手，不應當刪割這些敦煌民間文學中精華內容。排除王梵志創作伯三二一一、伯三四一八的可能性，這便是我們的結論。

# 第十一章　敦煌唐人詩

一九七七年十二月，文物編輯委員會編的《文物資料叢刊》第一輯上，發表了舒學先生根據王重民先生錄出的伯二五五五卷子，校對和整理出了《敦煌唐人詩集殘卷》，這一殘卷的發表，有利於我們對它展開研究與探討，是一件大好事。《敦煌唐人詩集殘卷》共收入七十二首詩，其中無名氏作品有五十九首，有名氏（馬雲奇詩）作品只有十三首，只占全部作品的四分之一，根據民間文學無名性的特徵，敦煌唐人詩集殘卷基本上是民間文學性質的作品，理所當然應該屬於敦煌民間文學的範疇之內。再對照殘卷原照片來看，原卷沒有刻意修改的痕迹，看不出這些詩便是詩人的手稿，而是由第三者搜集整理抄寫出來的，而且均用的是工筆小楷字，單就這一點來看，它所表露的民間文學流傳性的特徵頗為明顯。

關於這個殘卷的時代背景，舒學先生有下面這樣一個結論，他說：「這兩個殘詩集的作者：一個（姓名不可考）是唐德宗建中二年（七八一）吐蕃攻占敦煌後，在此年初秋被押解離開敦煌，經過一年零一、二個月的時間，由墨離海、青海、赤嶺、白水，到達臨蕃；另一個是馬雲奇，大概是公元七八七年吐蕃攻占安西後，由敦煌出發，經過淡水，被押到安西。他們的這些詩，按時間先後編排，記錄了作者沿途的見聞和感慨。他們所經歷的時間，正是吐蕃的極盛時代。」

對於這個結論，我感到需要商榷。舒學先生寫得過於具體化，例如說是唐德宗建中二年（七八一）被押解離開等等，實際上原稿裡又沒有建中二年的記載，這便成了這個結論的漏洞，我認為根據殘卷的實際，對它的時代背景只能作一個大致的推斷。

公元八世紀中期以後，大唐王朝的內部矛盾引爆了「安史之亂」，河隴、安西、北庭的重兵一時內調，這時吐蕃奴隸主們便鑽了空子，乘機奪取了河湟隴右地區，到了唐代宗李豫當朝時期，還攻入過長安，後來被郭子儀擊退。這時吐蕃的首領墀松德贊平定了他們內部貴族的叛亂，氣焰正盛，也頻頻地對大唐王朝發動戰爭，吞食大唐的領土，在八世紀六十年代，在北部，甘、涼、肅、瓜、沙諸州和北庭、安西地區（自然包括無名氏詩中提到的白水、臨蕃等地），均陷於吐蕃奴隸主之手，在東邊占了劍南西川，東南打到南詔，南面擴充到天竺，西面接壤了大食，很顯然，吐蕃發展到了它的極盛時代，此時，吐蕃奴隸主不僅扣禁大唐的一切使者和官員，還把大批漢族人民掠奪到吐蕃淪為奴隸。《敦煌唐人詩集殘卷》便反映的是這一時代在漢族人民中的下層知識分子尚未淪落或已經淪落到吐蕃奴隸主手中時的生活現實情況。

## 第一節　思念家鄉的哀歌

這五十九首佚名氏詩，不可能出自一個人之手，至少可看出它是出自兩個不同經歷的下層知識分子之手，而且第一個人的情況，也並不是像舒學先生說的，「是唐德宗建中二年（七八一）吐蕃攻占敦煌後，在此年初秋被押解離開敦煌」。第一個作者寫了第一首到第七首詩，並沒有吐蕃攻占敦煌後的痕迹，這七首詩壓根兒沒有「被押解離開敦煌」的氣氛。例如，〈登山奉懷知己〉這首詩說：「閑步陟高崗，相思淚數行。陣雲橫北塞，煞氣暝南荒。極目愁無限，椎心恨未遑。黯然鄉國處，空見路茫茫。」如果作者是被吐蕃押解走的，他又怎麼可能那麼自由自在的「閑步陟高崗」，而且還去「極目」遠望呢？再如〈夏日途中即事〉這首詩說：「何事鎮䮚䮚？馳驂傍海隅。溪邊論宿處，澗下指飡廚。萬里山河異，千般物色殊。愁來竟不語，馬上但長吁。」這首詩已經表明了作者僅是一個貴人侍從的身份，所謂「驂」乃是古代一車駕著三匹馬，《詩經・小雅・采菽》云：「載驂載駟」，便是這個意思。但是，作者又說他「馬上但長吁」。這就說明他並不是坐在三匹馬拉著的車子上，而是騎在另一馬上，充當乘車貴人的侍從，「馳驂傍海隅」，一直陪伴著「馳驂」到「海隅」（青海之邊）。當天進入夜晚時，貴人自然睡在車上，而他在夏夜只有在「溪邊論宿處，澗下指湌廚」，風餐露宿，心境自然不會好，只有「愁來竟不語，馬上但長吁」了。這首詩也沒有被俘被押解著行走的表現，不可能是唐德宗建中二年（七八一）吐蕃攻占敦煌後之作品。三如〈冬日野望〉這首詩：「出戶過河梁，登高試望鄉。雲隨愁處斷，川逐思彌長，晚吹低藂草。遙山落夕陽。徘徊噎不語，空使淚沾裳」。他還能有人身自由地去「登高試望鄉」，而且還有空閑時間去望天空的雲，「雲隨愁處斷」，去望河川，「川逐思彌長」，去感受晚風的吹拂，「晚吹低藂草」，在遙望天邊的落日，「遙山落夕陽」，他還有什麼可能是吐蕃鐵蹄下的一個奴隸俘虜呢？這些實例完全否定了第一首詩到第七首詩的作者是吐蕃押解的俘虜的可能性，必完全否定了這組詩是「吐蕃攻占敦煌」之後所作，情況正好相反，這組詩是這個作者在吐蕃攻占敦煌之前寫成。這組詩在內容上有以下兩個特點。

第一，描寫了在吐蕃攻占敦煌之前和平旅行的動態。例如，〈冬出敦煌郡入退渾國朝發馬圈之作〉云：「西行過馬圈，北望近陽關。回首見城郭，黯然林樹間。野烟暝村墅，初日慘寒山。步步緘愁色，迢迢惟夢還。」他是在和平的歲月裡「西行過馬圈」的，據《沙州志》云：「又東北流八十里，百姓造大堰，號為馬圈口，其堰南北一百五十步，闊二十步，高二丈，總開五門，分水以灌田園，荷鍤成雲，決渠降雨，其腴如泛，其濁如河，加以節氣少雨，山谷多雪，立夏之後，山暖雪消，雪水入河，朝減夕漲，其水又東北流四十里至沙州」①。可見馬圈就是這個馬圈口。《沙州志》在「馬圈口堰」條目下還說：「右在州西南二十五里，漢元鼎六年（前一一一）造，依馬圈山造，因山名焉。其山周回五十步，自西涼已後，甘水湍激，無復此山。」②這一公元前造的古老的馬圈口堰，自然更增加了他懷念古國家鄉之情，詩中描寫了他看見的和平景象，「野烟暝村墅」，而且標題所示「入退渾國朝發馬圈之作」，這個「退渾國」，顯而易見是指吐谷渾，例如，《舊唐書》卷一百九十八吐谷渾傳說：「及吐蕃陷我安樂州，其部眾又東徙，散在朔方、河東之境。今俗多謂之退渾，蓋語急而然。」（點為引者加）而且是稱退渾國，不是「退渾」，這說明這首詩是寫在吐蕃陷安樂州之前，吐谷渾如果已經被吐蕃滅掉，便不會再稱為「退渾國」而稱「退渾」了。因此這首詩也必然是在吐蕃攻占敦煌之前寫成，描寫了一副和平旅行的畫面，而且是在友好的「為客終朝長下泣」（〈登山奉懷知己〉）狀態下。

第二，描寫了詩人思念家鄉的真情實感。例如：「黯然鄉國處，空見路茫茫」（〈登山奉懷知己〉）；「唯余鄉國意，朝夕思難裁」（〈夏中忽見飛雪之作〉）；「出戶過河梁，登高試望鄉」（〈冬日野望〉）等等，但是它的特點是，並未涉及作者對吐蕃奴隸主的痛恨，

①②見羅振玉編《敦煌石室遺書》，宣統己酉（一九〇九）刊本。

並未對吐蕃奴隸主提出譴責，而僅僅是抒發思念家鄉故土的真情。

由於以上兩個特點，故可以說，第一個作者寫的第一首到第七首詩，是在和平歲月中離開家鄉——敦煌，而到「異域流連不暇歸」（〈冬日書情〉），以至對家鄉對敦煌這塊大唐繁榮的國土「朝夕思難裁」，唱出了思念家鄉的哀歌。

## 第二節　內心反抗的吼聲

以第八首到第五十九首，一共五十一首詩，內容是比較複雜的，它又出自另外一個作者之手。從〈久憾縲紲之作〉中，可以確定他的身份，他說：「一從命駕赴戎鄉，幾度鹓先亘法梁。吐納共欽江海注，縱橫竟揖慧風飈。」這是說，他是「從命駕赴戎鄉」的；自然從的是大唐王朝之命，而且已經不是一次了，「幾度」積極的響應，「鹓先」去「亘」，即不斷地去做了唐朝與吐蕃制定法則的橋樑（所謂「法梁」），並且一直是非常順利，到了「吐納共欽江海注，縱橫竟揖慧風飈」的程度，可見，他是一個唐朝經常出使吐蕃的使臣。在這首詩中他說，這一次卻不順利了，因為「黠虜莫能分玉石，終朝誰念淚沾裳。」他還說：「戎庭事事皆違意，虜口朝朝計苦辛。」（〈非所寄王都護姨夫〉）這就是說，他這次並未達到出使的目的，吐蕃好壞不分，善惡不辨，「事事皆違意」，句句都帶著貶意。

他在敘述自己身份，出使目的的情況下，進一步描述了他是如何被拘禁在吐蕃的，我們在詩中反復看見他強調「邂逅」這兩個字，這是什麼原因呢？例如：

1.「邂逅遇迍蒙，人情詎見通？昔時曾虎步，即日似禽籠。」（〈青海臥疾之作〉）

2.「邂逅流移千里外，誰念恓惶一片心。」（〈晚秋至臨蕃被禁之作〉）

3.「自憐飄泊者，邂逅閈荒城。欲識肝腸斷，更深聽叫聲。」（〈得信酬回〉）

4.「差池為失衡陽伴，邂逅飄零虜塞傍。」（〈感興臨蕃馴雁〉）

偶然相遇謂之「邂逅」。他是「邂逅遇迍蒙」的，「迍蒙」、「迍否」均為「迍邅」，即處境困難之意，正如他在〈夏日非所書情〉一詩中說，「為家已遭迍否事，不知何計得還家。」這說明他不是在敦煌被吐蕃強占的情況下，而是在半路上遇到吐蕃奴隸主，而被抓到臨蕃這地點被拘禁了起來，所以他說是「邂逅」，邂逅使他入了「禽籠」，邂逅使他「流移千里外」，邂逅使他流落「荒城」，邂逅使他「飄零虜塞傍」。所有實例都說明他是由於偶然機遇而身陷囹圄的。他在〈久憾縲紲之作〉中還為他自己的無罪而辯駁。「今時有恨同蘭芝，即日無辜比冶長。」意思是說，今日有恨是同劉蘭芝一樣，因為焦仲卿做了小官而不得不離別他的妻子，與他離別自己的妻子的情形相似。為什麼「無辜比冶長」？公冶長是孔子學生，公冶氏，名長，字子長，魯國人，一說齊國人，孔子的女婿，傳說他懂得鳥語。《論語，公冶長第五》云：「子謂公冶長，可妻也，雖在縲絏之中，非其罪也，以其子妻之。」這一段話是孔子贊揚公冶長的品行好的，作者正是用公冶長來比自己，表明自己現時被拘禁在臨蕃，也像公冶長被關在監牢裡一樣無辜，說明他是被抓去的，而不是投降的，出使吐蕃的使臣是要經歷莫大的風險的，伯二六四一有一首敦煌去吐蕃的使臣的詞上說：「事從星車入塞，沖沙磧，冒風寒，度千山，三載方達王命，歲辭辛苦艱。為希我皇綸綍，定西蕃。」辛苦還不算，正如詩上說的，「黠虜莫能分玉石」，動不動便會「況復猜嫌被網羅」（〈秋夜〉），被吐蕃奴隸主拘留而不放回唐朝。這種扣留使臣的作法。史書上常有記載，例如，《舊唐書》卷一百九十六上〈吐蕃〉節云：「寶應二年（七六三）三月，遣左散騎常侍兼御史大夫李之芳、左庶子兼御史中丞崔倫使於吐蕃，至其境而留之。」所以作者作為使臣而被扣留在臨蕃，並不是孤立偶然的事件。這組詩在內容上也有一些特點：

第一，詩中內含著對吐蕃奴隸主統治者的痛恨之情，非常明顯，他反覆用「豺狼」這樣的字眼來刻畫吐蕃奴隸主的本性，以此呼出了他內心反抗的吼聲。

1.「回首望知己，思君心郁陶。不聞龍虎嘯，但見豺狼號。」（〈夜度赤嶺諸知己〉）

2.「獨坐春宵月見高，月下思君心郁陶。躊躇不覺三更盡，空見豺狼數遍號。」（〈春宵有懷〉）

3.「流星數道赤，月出半山明。不聞村犬吠，空聽虎狼聲。」（〈冬夜非所〉）

4.「春來漸覺沒心情，愁聞豺狼夜叫聲。」(〈晚秋〉)

5.「夜聞羌笛吹，愁雜豺狼號。涕淚落如雨，肝腸痛似刀。」(〈非所夜聞笛〉)

作者身被扣留，不可能明白的敘述他對吐蕃統治者的憤恨，只能使用比喻的手法來表達心中的反抗思想，而且這種比喻在唐朝是有一致性的，唐朝的官吏們一貫地把吐蕃稱為豺狼。例如，據《通鑑紀事本末》云：「德宗建中元年，吐蕃始聞韋倫歸其俘……贊普即發使隨倫入貢，且致賻贈。(夏四月)癸卯，至京師，上禮接之。既而蜀將上言：『吐蕃豺狼，所獲俘不可歸』③。又如，「是日，上視朝，謂諸相曰：『今日和戎息兵，社稷之福。』馬燧曰：『然』。柳渾曰：「戎狄，豺狼也，非盟誓可結。今日之事，臣竊憂之。』李晟曰：『誠如渾言。』」④可見，唐朝的官吏都把吐蕃統治者說成豺狼，這是對吐蕃奴隸主的極端的蔑視，因此作者用「豺狼」比喻吐蕃絕不是偶然的。同樣是對他們極端蔑視的表現，自然也是對吐蕃奴隸主趨提出的譴責。單就這一點而言，與第一個作者那種只抒發思念家鄉之情，又抒發對吐蕃奴隸主痛恨之情是不相同的，後者詩中的思想內容，是比前者的詩之思想內容更為深廣的。也比馬雲奇那十三首詩的思想內容更為深廣。

---

③見《通鑑紀事本末．吐蕃叛盟》，頁三〇〇〇，中華書局版。

④見《通鑑紀事本末》，頁三〇〇七。

第二，詩中表現了作者被拘禁以後遭到了繩索綑縛的奴隸般的待遇，這樣，他便發出了痛楚的悲歌，反抗的吼聲，有太多的詩牽涉到這一個問題：

1.「羈紲只今腸自斷，更聞哀雁吐嗈嗈。」（〈臨水聞雁〉）
2.「常時游涉事文華，今日羈紲困戎敵。」（〈晚秋羈情〉）
3.「羈紲時深情憤怒，漂泊鄉遙心感激。」（〈晚秋羈情〉）
4.「縲紲倘逢恩降日，宿心言豁在他辰。」（〈非所寄王都護姨夫〉）
5.「縲紲時深腸自斷，更聞凶變淚沾裳。」（〈哭押牙四寂〉）
6.「親改睽攜長已矣，幽縲寂寞鎮愁煎。」（〈除夜〉）
7.「縲紲今將久，歸期恨路賒。時時眠夢裡，往往見還家。」（〈□□〉）
8.「縲紲淹歲年，歸期唯夢想。」（〈感蘩草初生〉）
9.「戎庭縲紲向窮秋，寒暑更遷歲欲周。」（〈晚秋〉）
10.「每恨淪流經數載，更嗟縲紲泣千行。」（〈晚秋〉）
11.「縲紲戎庭恨有餘，不知君意復何如？」（〈晚秋〉）
12.「更遭縲紲事，因此改客儀。」（〈晚秋〉）
13.「君但遠聽腸應斷，況仆羈縲在此城。」（〈晚秋〉）

從以上眾多的「縲紲」詩句中，充分說明了他曾經長期被綑縛，或戴著手銬腳鐐，所以他說

「縲紲淹歲年」，「戎庭縲紲向窮秋，寒暑更遷歲欲周。」更說「每恨淪流經數載，更嗟縲紲泣千行。」縲紲，這自然是吐蕃貴族對於奴隸的待遇，並沒有將他作為唐朝的使臣對待。他對於縲紲自然是滿腔憤怒，所以他直說：「羈紲時深情憤怒」，「憤心㒞縱橫，愁深百計生。」（〈囗囗〉）表明了他的反抗和不屈服的思想，這種反抗思想是被層層悲傷、淒慘的感情包裹著，而形成了他的詩外柔內剛的特質。這種外柔內剛的反抗思想特質，和他詛咒吐蕃貴族是豺狼一樣，貫穿在他的全部詩作之中。

第三，詩中揭露了吐蕃奴隸主給邊塞人民生活帶來的嚴重破壞，這種對邊塞現實淪落在吐蕃人之手的真實寫照，未嘗不是表現了他的反抗思想的另一種形式。他對臨蕃的今昔作了對比，「一到荒城恨轉深，數朝長嘆意難任。昔日三軍雄鎮地，今時百草遍城陰。隤墉窮巷無人迹，獨樹孤墳有鳥吟。」（〈晚秋至臨蕃被禁之作〉）昔日的繁榮，今日的荒城，他一見到吐蕃對生活的破壞，便促使了他對吐蕃的「恨轉深」，於是便寫出詩來揭露。他形象地描繪了吐蕃人統治下的世界悲慘的情景，「深山古戍寂無人，崩壁荒丘接鬼鄰……漢家封壘徒千所，失守時更歷幾春」（〈晚次白水古戍見枯骨之作〉）他見到「惟餘白骨變灰塵」的慘狀，便「此曰羈愁腸自斷」，這種愁悲和憤恨，決不僅僅是個人哀怨的流露，也包含著對於人民苦難真實的同情和由此產生的義憤。他的恨，正是恨吐蕃給邊塞城鎮帶來的荒涼，和給邊塞生產力帶來的嚴重破壞，「近來殊俗盈衢路，尚見蒿菜遍街陌，屋宇摧殘無個存，憂是唐家舊踪迹。城邊谷口色蒼茫，木落霜飛風析瀝。」（〈晚秋羈情〉）這種唐家安寧的生活被摧殘了的現實，使他的恨多麼的深，他以形象的筆觸，展開了唐代詩人無法接觸到的這種歷史的畫卷，這也體現了他的詩中那種外柔內剛的特質，傳來了他內心反抗的正義吼聲。

詩言志。他在邊塞廣闊的生活背景下，吐露了他對吐蕃異族反動統治的詛咒和憤怒。上述內容上的三個特點，鮮明地表現了他對大唐王朝不變的忠貞，對故國不變的眷戀，對親人不變的懷念！從他的詩中透露出，他寫過假的投降表，例如他說：「一介恥于蘇子節，數回羞寄李陵書。」很可以理解，在當時他不寫假降書，便不能生存下去，並且最終便不能回到大唐，他被逼著不得不採取這種現實的態度，以期保留生命繼續奮鬥，這是時代造成的悲劇，這種情況不僅具有藝術的典型性，也具有思想上的代表性，是對這類忠實的唐人形象本質的概括。他的詩寫出了他複雜的心理活動，細膩的剖析了他的思想狀態，儘管他「邂逅」遭遇到不幸是蘇武式的，而不是李陵式的，但是最終他又不得不採取李陵式的寄書，而放棄蘇武式的高節，於是他在更高的精神狀態下悲愁，以致「髮為多愁白」，儘管他是俗話說的：「人在矮檐下，不得不低頭」，俗話又說：「留得青山在，不怕沒柴燒」，但是他心中純潔的正義感，總使他感到他負疚於故國的父老鄉親。

從全部的詩作中，看不出他曾取得信任而屈節在吐蕃任職，並沒有描述他在吐蕃任職的具體活動。以上述三個內容上的特點所體現的反抗性，雖然他「數回羞寄李陵書」，但是吐蕃奴隸主豺狼般的敏感，看出他是貌合神離，「身在曹營心在漢」，以致根本對他不信任，並且時時猜疑他的行動，於是便造成了這樣的情況，友人來訪他也不敢相見，寫出了這樣一首詩：「忽聞數子訪羈人，問著感言是德鄰。與君咫尺不相見，空知日夕淚沾巾。自閉荒城恨有餘，未知君意復何如？非論阻礙難相見，亦恐猜嫌不寄書。」這就是說，他「與君咫尺不相見」，並不是他自認為做了李陵而羞於見人，實際的原因還是在於吐蕃仍然對他猜疑，並未恢復他的自由，由於吐蕃的「阻礙」使他們難以相見，也由於吐蕃的「猜嫌」使他「不寄書」，因此他寫出了這種心地坦白的詩篇。

總之，我認為敦煌唐人詩的主要價值是在於第二個作者的五十一首詩中，他寫出了一種典型環境中的典型感情，這種感情的真實性自不待言，而他的典型性卻概括了古今「身在曹營心在漢」一類人的思想，外柔內剛是貫穿在他全部詩作中的主要特點。

# 第十二章　敦煌民間六言民謡——〈兒郎偉〉

〈兒郎偉〉是在臘月驅儺風俗中產生。我在《敦煌民俗學》一書中已有詳述，茲不贅述。本章僅就其文學的藝術形式及其對其他文體之影響加以闡述。

## 第一節　〈兒郎偉〉的藝術形式

敦煌民謠〈兒郎偉〉，以其新穎的六言體形式和具有一定的進步性，進入我國豐富的民間文學寶藏中。《詩經》是四言，樂府民歌多為五言，唐詩則多七言，宋詞則是長短句，而敦煌民謠〈兒郎偉〉則是六言。因此，不論在中國民間歌謠史上，和中國文學史上，這種六字句的文學體式，都是絕無僅有的。

〈兒郎偉〉是江陽韻。

舊年初送玄律，迎取新節青陽。
北六寒光罷末，東風吹散冰光。
萬戀隨於古歲，來朝便降千祥。
鷹是浮游浪鬼，付與鍾馗大郎。
從茲分付已訖，更莫惱害川鄉。
謹請上方八部，護衛龍沙四方。
伏承大王重福，河西道泰時康。
萬戶歌謠滿路，千門穀麥盈倉。
因茲狼烟殄滅，管內休罷刀槍。
三邊披肝盡髓，爭弛來獻敦煌。
每歲善心不絕，結壇唱佛八方。

〈兒郎偉〉的六字句藝術形式有下列幾個特點：

第一，押韻的自由化，有些逢雙押韻，而且往往是一韻到底，這是一般情況。伯四九七六也有間或不押韻，或不是一韻到底的，這較為少見，可見〈兒郎偉〉押韻較為靈活，有些〈兒郎偉〉作者由於文學水平的限制，生拼硬湊六字句的情形也有存在，也就不講究用韻了。

第二，每行用字也有自由化之傾向，分別在六言句式中插入三言、四言、五言、七言句，這也是一般情況。

1.四言與六言相結合：如伯三八五六〈兒郎偉〉：

天生萬物，歸受新春。

巨雪初消，就令霜寒。

卷盡彤雲，□□□□。

盲芽普天歸發，瑞色遍繞西秦。

不到江南塞北，恩波總極人門。

是我令公豐熟，六蕃獻貢追陳。

降者安存放命，逆者寸斬亡魂。

斯六二〇七、伯三七〇二、伯四〇一一等卷〈兒郎偉〉，都是四言與六言相結合。

2.插入五言段落。伯三五五二〈兒郎偉〉是個特殊的卷子，插入有五言段落，「聖人福祿重」整段都是五言。「咒願太夫人」，也是整段基本是五言的。像〈咒願太夫人〉段：

敕封李郎君，舊殃即除蕩。

萬慶盡迎新，握帳純金作。

牙床盡是珍，綉褥鴛鴦被。

羅衣籠上薰，左右侍玉女。
袍袴從成群，魚膏炳龍燭。
魍魎敢隨人，中夢並自宅。

這些五言段落，也是通俗易懂的五言民謠。

3.插入三、四、五言段落。也是在伯三五五二〈兒郎偉〉中，意有兩段是三、四、七言段，如：

適以遠來至官門，正見鬼子一群群。
就中有個黑論敦，條身直上舌頭存。
䠶氣感戴火盆眼，黑赤著非褌青雲。
烈碧溫存中庭佛，陋陋院裡亂紛紛。
喚中夢蘭著門棄，頂上放氣，
薰懾肋析，抽卻筋，
拔卻舌，割卻唇，
正南直須千里外，正北遠去亦須論。

這是三四七言雜合段。又一段則是七言與三言相結合，如：

適從遠來至官宅，正見鬼子笑嚇嚇。

偎墻下，傍籬柵。
頭用僧，眼隔⿰米弱。
騎野狐，繞項脈。
捉卻他項底塞卻，囗面上摑磨裡磨。

4.四、五、六言相結合。如斯六二〇七〈兒郎偉〉：

若所須匹帛，庫藏皆有青黃。
公但領物數放，所有何方。

由上四點可見，六言民謠〈兒郎偉〉中間或有三、四、五、七言句，充分證明它的句式自由自在，這可能是隨演唱情況而定，所以字句有所增減。

第三，結尾要求合唱。幾乎每一首〈兒郎偉〉之後，都要書以「音聲」二字。這是一種群眾性的合唱和呼吼的符號，以壯驅鬼的聲勢。如伯三八五六的結尾為：

是我令公豐熟，六蕃獻貢追陳。
降者安存放命，逆者寸斬亡魂。音聲！

這是對異族奴隸主的一種警告，投降者可以把他們平安放回，膽敢違抗者就把他們撕成碎片。以群眾的高呼「音聲」造成聲勢，必然會使他們膽戰心驚，達到驅逐異族奴隸主這些「鬼」的目的。

再如伯四九七六結尾為：

大將傾心向國，親以竭力尋常。

今夜驅儺之後，直得千祥萬祥。音聲！

伯三二七〇結尾為：

急總榮農作著，莫忘各蒔闌珊。

但願尚書萬歲，共賊世代天緣。音聲！

這是集體表示爭取勝利的決心，驅鬼完畢以後，群眾呼吼，大壯聲勢，達到鎮嚇「鬼」的目的。由此可見「音聲」二字與內容密不可分。

第四，開頭格式固定。〈兒郎偉〉開頭要點「駈儺」（即「驅儺」）之題，使它與其他種類民歌相區別。

伯四〇一一開頭為：「驅儺之法，送故迎新。」

伯三二七〇開頭為：「驅儺歲暮，送故迎新。」

伯三五五二開頭為：「除夜驅儺之法，出自軒轅，直為辟除潯沴，且要百姓宜田。」

這開頭幾句有重要作用，表示是在驅儺這一特定時間演唱的。

第五，段落間也有固定格式。一段完了再接下段之前，也要插入固定的唱詞。如伯三二七〇，第二段開始：

齊聲，兒郎偉！

今夜舊歲未盡，明朝便是新年。

第三段開始：

齊聲，兒郎偉！

驅儺之法，天下共傳。

「齊聲，兒郎偉！」也是呼應前段句末「音聲」二字的，也是群眾性的合唱和呼吼，插入中間來唱，以壯聲勢，以破敵膽。為了加強這種氣勢，段落中間往往要打破六字句的規格，用短促的四字句，抒發濃烈的感情，如伯三五五二，段落中間插入四言句：

驅儺之法，自古有之。

今夜掃除，蕩盡不吉，萬慶新年。

長使千秋一歲，百姓猛富足錢。……

這裡中間插入五個四字句，〈兒郎偉〉六字句並非絕對劃一，根據演唱需要，或者內容需要，字句的多少是有調整的。

總之，以上五個特殊點，是互相結合在一起的。〈兒郎偉〉可以說是一種成熟的六言歌謠體，這個體式總的原則是內容決定其形式，也就是說，它絕不為了堅持其六言的體式而削減其內容決定的字數，如伯三五五二中「夫人郎君壽萬歲，郎君爵祿增勛。」它本可為了湊六言句變為「郎君福壽萬歲」，可是未如此寫，因為內容還需加「夫人」就毅然放棄了六言而改為七言「夫人郎君壽萬歲」。可以說，六言體的文學體式，敦煌的民間文藝家曾經做過可貴的藝術探索，這是十分罕見的文學現象。

## 第二節 〈兒郎偉〉的影響

〈兒郎偉〉對於敦煌民間文學中其他文體具有廣泛的影響，這可以從以下四個方面看出來。

對變文的影響。〈兒郎偉〉的驅鬼逐疫性，體現正它的六字句的句式中，變文中的六言體，有些也打上了這種驅鬼逐疫性的性質。如伯五〇三九〈孟姜女變文〉，最後孟姜女文祭採用了賦體，以六言為主：

預若紅花飄落，長無睹萼之暉。
延白雪以祠天，豈有還雲之路。
嗚呼，賤妾謹饌單杯，竦蘭尊於玉席，增韻饗以金杯。

這是孟姜女找出夫骨以後，用六言賦體為丈夫和一切死難者驅邪之詞，與〈兒郎偉〉採用口語雖不同，但驅邪性和採取六言句式則與〈兒郎偉〉同。變文中多數六言詩雖無驅邪性，但顯然採取〈兒郎偉〉六言句式，如伯三四九六〈太子成道變文〉：

悉達又聞王語，不肯留身暫住。
我觀宮內歌歡，日夜由如受若。
須抛濁世修行，雪嶺今宵定去。
無心久戀皇宮，有願須求出路。

在六言句式中，採用三音頓和一、三、五句不押韻與〈兒郎偉〉同樣。總之，驅儺風俗導致了唐代敦煌民間歌謠〈兒郎偉〉的產生，而〈兒郎偉〉的六言句式又與敦煌民間變文的形成和發展互有交流與影響。

對上梁文的影響。〈兒郎偉〉不僅與變文有關，互相促進、發展，也融合進其他文體中。由於六字句式為民間喜愛，所以在敦煌民間建築風俗中，建造房屋唸〈上梁文〉，便採用了〈兒郎偉〉的六言體式。如斯三九〇五〈唐天德元年□歲□月十八日金光明寺造窟上梁文〉，實際上便是一首典型的〈兒郎偉〉：

宕谷先賢石跡，辞何五記同椽。
目玆萬聖出現，千佛各坐金蓮。
石澗長流聖水，花林寶鳥鶯喧。
聖迹早晚說盡，紙墨不可能言。

獫狁狼心犯塞，焚燒香閣摧殘。
合寺同心再造，來生共結良緣。
樑棟秀仙吐風，盤龍乍去驚天。
便是一上近制，直下屈取魯班。
馬都料了其分，繩墨不迫師難。

以上六言體與〈兒郎偉〉完全一樣，如不標名為〈上梁文〉，很難分辨。它也具備驅鬼性，如指責異族奴隸主的「犯塞」和「焚燒香閣」。六言體的〈上梁文〉有明顯派生於〈兒郎偉〉的痕跡。因為上梁文在南北朝產生時根本不是六言體，而是四言體的，南宋·王應麟《困學紀聞》卷二十「雜識」云：「後魏溫子昇〈閶闔門上梁文〉云：『惟王建國，配彼太微。大君有命，高門啟扉。良辰是簡，枚卜無違。雕梁乃架，綺翼斯飛。八龍杳杳，九重巍巍。居辰納祜，就日垂衣。一人有慶，四海爰歸。』此上梁文之始也。」敦煌民間〈上梁文〉正是由於受到〈兒郎偉〉的影響，才從南北朝時四言體的〈上梁文〉中脫穎出來，轉變為六言體〈上梁文〉的。而且敦煌另一類夾雜四六言駢文體式的〈上梁文〉，如伯三三〇二〈維大唐長興元年（九三〇）癸巳歲二月廿四日河西都僧統和尚，依宕泉靈迹之地建龕一所上梁文〉，在它的內容中，逕直在全文右上角第一行，寫上「弟子△△上　兒郎偉」字樣，說明敦煌民間已認為〈兒郎偉〉是上梁文之一部分了。而且也在內容中直接唱到兒郎偉，如「兒郎偉，和尚眾人之杰多不與時間，忽然設其大惠，委令齒窟興功。」南北朝時上梁文不帶兒郎偉，是在五代時期之敦煌民間加上去的，均說明〈兒郎偉〉對上梁文之影響。

對障車文的影響。敦煌民間迎接新娘，通常是用車子，這一點我在《敦煌民俗學》一書〈婚俗概況〉一章，已有詳述。故有「障車」之婚俗，障車時要念〈障車文〉，敦煌民間文學中的〈障車文〉便是帶兒郎偉的。斯六二〇七〈兒郎偉〉實際便是障車文，這是一個殘卷，全文云：

荊軻滿更徒勞障（下缺）

若所須酒，任府追取杜康（下缺）

若所須餅，追取趙者，待公（下缺）

若所須匹帛，庫藏皆有青黃。公旦領物數放，所有何方。□等今來障車，自依古人法式。君既羊酒並無，何要苦坐呰則。問東必定答西，至南定知說北。由自不別時宜，不要數多腰勒。無怠無荒，賜（四）夷來王。是何徒眾，夜入村坊？雞飛鳥宿，風塵荒荒。君是何人，輒事夜行？君且停住，吾欲論平。我是大唐儒事，極好芬芳，明閑經史，出口成章。未審使君，有何祗當？兒郎偉，無篇（偏）無當（黨），王道蕩蕩，春符分明，憑何報障？兒郎偉，我是諸州小子，寄旅他鄉。形容窈窕，武媚諸郎。含朱吐玉，束帶矜庄。故來障車，須得牛羊。（長興三年〔932〕壬辰歲三月二十六日畫寶員記）

所謂「障車文」，在唐代封演《封氏聞見記》卷五，以及《事文類聚》、《翰墨全書》卷乙之五裡記述云：唐人婚嫁，俟新婦至，眾人擁門塞巷，至車不得行，此俗稱為「障車」，因而有「障車文」，多為祝頌之詞。司空圖《司空表聖文集》卷十載有〈障車文〉，可與以上敦煌的障車文作對比研究。全文云：

自古事冠人倫，世綿風紀，庭列鼎鐘，家傳踐履，江左雄張，山東闊視。王則七世侍中，楊則四人太尉。雖榮開國承家，未若因官命氏。　兒郎偉。　我使主炳靈標彥，應瑞生賢，虹騰照廡，鵬運摩天。雕彩泫甘，綴齒牙而含咀；顛龍倒鳳，縈肺腑而盤旋。千般事豈勞借筋，萬里程可在著鞭。不學伊呂望竿頭釣他將相，不弄作李膺船子詐道神仙。夫人琁躔濬發，金縷延長，令儀淑德，玉秀蘭芳。軒冕則不饒沂水，官婚則別是晉陽。兩家好合，千載輝光。　兒郎偉。　且仔細商量，內外端相，事事相稱，頭頭相當。某甲郎不誇才韻，小娘子何暇調妝。也甚福德，也甚康強。二女則牙牙學語，五男則雁雁成行。自然綉畫，總解文章。權手子已為卿相，敲門來盡是丞郎。榮達九族，祿載千箱。見卻你兒女婚嫁，特地顯慶高堂。　兒郎偉。　重重祝願，一一誇張。且看拋賞，必不尋常。簾下度開綉幞，階前勇上牙床。珍纖煥爛，龍麝馨香。金銀器撒來雨點，錢絹堆高並坊墻。音樂嘈贊，燈燭瑩煌。滿盤羅榼，大餡酒漿。　兒郎偉。　總擔將歸去，教你喜氣揚揚。更叩頭：神佛擁護，門戶吉昌。最要夫人娘子賢和，會事安存，取個國家，可畏忠良。

兩相對比可見，原來文人所作的〈障車文〉基本是個雜言體，四、五、六、七言俱備，而〈障車文〉傳到了敦煌民間，在五代時期由於受到敦煌六言體民謠〈兒郎偉〉之影響，故轉變為四六文，而似乎以六言為主了。明顯可看出障車文受有兒郎偉之影響。

對敦煌曲子詞的影響。〈兒郎偉〉也影響到某些敦煌曲子詞。如現藏蘇聯列寧格勒，編號為L．一四六五的〈曲子還京洛〉，詞有三首：

知道終驅猛勇，
世間專能翻海。
解余（移）山，
捉鬼不曾閑。
見我手中寶劍，
刃新磨斫妖魔。
去邪魔，
見鬼了血泍波。
這鬼意如何？

怎敢接來過?
小鬼資言大歌,
審須聽,□□□□。①

敦煌曲子詞〈還京洛〉,即唐代崔令欽《教坊記》中寫明的〈還京樂〉。上引三闋可以認為是變態的〈兒郎偉〉。也是用來驅鬼的,所以有「捉鬼不曾閑」的話,故驅鬼性與〈兒郎偉〉一致。由於敦煌〈還京樂〉是從〈兒郎偉〉轉化而來,故而還保留有多數六字句的特徵。第二闋表現得較為典型,敦煌民間〈還京樂〉句式較自由,但每闋都有六字句。種種情形表明,均為從〈兒郎偉〉衍變來的痕迹。

綜上所述,〈兒郎偉〉對變文、上梁文、障車文、敦煌曲子詞均有影響,變成一種曲調,六字句是主要標誌。

①見饒宗頤《敦煌曲》一書所附原件照片抄錄。

# 第十三章　敦煌民間詩詞的格律

欲了解敦煌民間詩詞的格律，應當先來了解它的音樂本質。強盛的唐代，在樂舞藝術上名馳中外，唐代音樂分為雅樂和俗樂兩大類，敦煌民間歌謠當然是屬於俗樂類的。俗樂又稱燕樂，唐太宗統一高昌（即今新疆吐魯番），在隋代九部樂的基礎上擴大為十部樂，這就是《燕樂》（狹義的燕樂）、《清樂》、《西涼樂》、《天竺樂》、《高麗樂》、《龜茲樂》、《安國樂》、《疏勒樂》、《康國樂》、《高昌樂》，在這十部樂中，燕樂是唐代發展起來的，清樂則是漢魏以來的傳統樂曲，其餘八部都是西域民間樂曲，又稱為胡樂。其實這些胡樂都是已經與中原樂融和過了的，而它們主要的便是西涼樂與龜茲樂，其他則不如它們普遍。唐代俗樂統稱燕樂，是十部樂的總名，以區別於傳統的雅樂。唐時俗樂三大部分為：1.清樂。來自六朝的清商樂，以吳歌和西曲歌為主，多為小令和短歌的形式，起初流傳於我國長江流域，這是我國傳統的本地民歌。2.西涼樂。它是最早被中原音樂融和過的胡樂，來源於甘肅敦煌、河西走廊、新疆一帶的民歌。自苻氏、呂光、沮渠蒙遜等據涼州以後，吸引了龜茲樂，稱為「秦漢伎」，後來魏太武平定河西，改稱「西涼樂」，北魏時至北周，均被尊為「國伎」。3.龜茲樂。即今新疆拜城一帶的古樂。來自呂光滅龜茲國，獲其樂，經北魏而至隋，更分為西國龜茲、齊朝龜茲、土龜茲三種。唐太宗統一中國後，愛好音樂，以後武則天、李隆基也酷好之，遂使唐樂融和了南方的清樂，河西的西涼樂與中亞的龜茲樂，組成俗樂的大系統。它們所反映的民間歌謠的藝術形式是：清樂大多為小曲、雜曲的形態，而西涼樂與龜茲樂則大多表現為大曲、法曲的形態。敦煌民間詩詞，包括從敦煌石窟所出的敦煌曲子詞、敦煌民間小調（它們是配有俗樂的歌詞）；四、五、六、七言的民歌（它們是不配俗樂的徒歌）。可以說，這六類是唐代民間詩詞的一個縮影，概括了唐代民間詩詞的全貌。

總括起來說，敦煌民間詩詞的格律，可以分為押韻、平仄、對仗及章法結構等方面，現在就分為下面各節加以論述。

## 第一節　押韻

敦煌民間詩詞是重視押韻的，押平聲韻，或押仄聲韻都是有講究的，而不是隨隨便便的。

特別是敦煌曲子詞的押韻，比詩體的押韻活動餘地大，不同詞牌有不同押韻情況，押什麼韻和如何押韻，都已經形成規律，表明它已經在民間文藝家口頭或書面的磨練中成為一種新型的已是成熟的文體。

敦煌曲子詞的押韻，有密有稀，密的有一句一押韻的。例如，伯三二五一〈菩薩蠻〉：

清明節近千山綠，輕盈士女腰如束。九陌正花芳，少年騎馬郎。羅衫香袖薄，伴醉拋鞭落。何用更回頭，漫添春夜愁。

這首詞每句句尾都是韻腳，是一句一押韻的。但是又每兩句從仄聲韻轉到平聲韻，成為一首多韻詞。《敦煌雜錄》校錄之〈悉曇頌〉第五首押韻又不相同：

何邏鑊，何邏鑊，第五俗流廣貪託。不知眾生三界惡，男女妻子交頭樂。積寶陵天不肯博，魯流盧樓何邏鑊。　春秋冬夏管農作，鋤田斸地努筋膊。遍體血汗交頭莫，一朝命斷深埋卻。閻老前頭任裁度，無善因緣可推托。受罪只須從頭作，緣牽不用諸繩索。藥略鑊鑠，此真言不錯。

這首詞十七句，韻腳全押《廣韻》入聲卷五（藥第十八、鐸第十九、藥鐸同用）之韻，一句一押韻，但是又全都是仄聲韻的韻腳，一韻到底，不像以上〈菩薩蠻〉那樣兩句一換韻。這說明敦煌曲子詞有的可換韻，有的又嚴格按照格律用本韻。這樣，與唐代的近體詩相比較，有下述三點不同之處：

第一，不像近體詩那樣只能兩句一押韻。

第二，不像近體詩那樣只能用本韻。敦煌曲子詞一韻到底用本韻者，較少見，多半是通韻，分平仄而平仄中不分韻部。

第三，不像近體詩那樣不容許出現重複的韻腳字，〈悉曇頌〉便出現重複的韻腳字。

由以上三點可見敦煌曲子詞押韻比近體詩自由得多。但是，敦煌民間的四言歌謠、五言白話詩、六言〈兒郎偉〉、七言唐人詩，有些仍然保留著近體詩那種兩句一押韻，以及一韻到底押的是平聲韻的特徵。四言歌謠如：

地鄰蕃服，承接澤鄉，昔年寇盜，禾麥調傷，四人擾擾，百姓遑遑，聖人哀念，賜以惟良。

（見《敦煌石室遺書．沙州志殘卷》）

這首敦煌四言歌謠便是兩句一押韻，都押的是下平聲韻。五言白話詩如伯三二一一寫卷云：

近蓬窮業至，緣身一物無。披繩兼帶索，行時須杖扶。四海交游絕，眷屬永遠疏。東西無濟着，到處即安居。

這首敦煌五言民謠也是兩句一押韻，都押的是上平聲韻。六言民謠〈兒郎偉〉也是兩句一押韻，如伯四九七六〈兒郎偉〉云：

舊年初送玄律，迎取新節青陽。

北六塞充罷末，東風吹散冰光。

萬惡隨於古歲，來朝便降千祥。
鷹是浮游浪鬼，付與鍾馗大郎。
從茲吩咐已訖，更莫災寒川鄉。
謹請上方八部，護衛龍沙邊方。
伏承大五重福，河西道泰時康。
萬戶歌謠滿路，千門谷麥盈倉。
因茲狼烟殄滅，管內休罷刀槍。
三邊披肝盡髓，爭馳來獻敦熛。
每歲善心不絕，結壇唱佛八方。

以上這首敦煌六言民謠押的韻，均屬《廣韻》下平聲第二（陽第十，唐第十一，陽唐同用）。七言詩歌也有一韻到底的，如伯五〇〇七〈敦煌〉詩云：

萬頃平田四畔沙，漢朝城壘屬蕃家。歌謠再復歸唐國，道舞春風楊柳花。仕女尚梳天寶髻，水流依舊種桑麻。雄軍往往施鼙鼓，斗將徒勞獵獫夸。

這首七言詩歌的韻腳同屬《廣韻》下平聲卷第二（麻第九，獨用）韻，要求十分嚴格。由上可見，敦煌的民間詩詞中的詩體押韻基本沿襲近體詩，而敦煌曲子詞則已突破了近體詩押韻的限制，平仄兼備，而且不斷開拓著押韻範圍和方式。

敦煌曲子詞的押韻是各種各樣的。有兩句一押韻的。例如：伯三八二一〈生查子〉：

三尺龍泉劍，匣裡無人見。一張落雁弓，百隻金花箭。　為國竭忠貞，苦處曾征戰。先望立功勳，後見君王面。

這首詞上下八句，每兩句一押韻，仄聲韻腳字是在偶句句尾。這種兩句一押韻的比較常見。例如，伯二七二一〈皇帝感〉（《新集孝經》十八章），每首四句，逢二、四押韻。再如，伯三二七一，斯六五三七〈水調詞〉，每首四句，逢二、四押韻，三如，斯二六〇七〈贊普子〉，上下八句，押韻同〈生查子〉。可見每兩句一押韻為常見。另外，還有每兩句押韻，並有在首句起韻的情況，如《雲謠集》的〈拋毬樂〉，這首詞首句起韻「羅」，基本上是兩句一押韻，「多」、「他」、「心」均屬下平聲韻。《雲謠集》的〈浣溪沙〉亦如此，如首句起韻「妝」，偶句押韻分別為芳、觴、梁、狂。此外還可舉出下列諸首：

1. 斯五五四〇〈山花子〉：1、2、4、6、8。
2. 斯六五三七〈樂世詞〉：1、2、4。
3. 斯二九四七，斯五五四九〈緇門百歲篇〉：1、2、4。
4. 斯六五三七〈何滿子〉：1、2、4。
5. 《敦煌零拾》校錄的〈天下傳孝十二時〉：1、2、4。
6. 伯三一二八〈浣溪沙〉：1、2、4、6、8。

以上諸詞均為首句起韻，兩句一押韻。敦煌曲子詞中多數情況是兩句押韻間雜著一句一押韻，或三、四句一押韻，五、六句一押韻，形成紛繁多彩的音韻美。

1.兩句連押韻轉三句連押韻，如《雲謠集》的〈竹枝子〉：

高捲珠簾垂玉戶，公子王孫女。顏容二八小娘，滿頭珠翠影爭光，百步惟聞蘭麝香。口含紅豆相思語，幾度遙相許。修書傳與蕭娘，倘若有意嫁潘郎，休遣潘郎爭斷腸。

這首詞開頭兩句押仄聲韻，轉為三句押平聲韻，上下片皆然。這是一種情況。

2.首句起韻間雜兩、三句一押韻。如伯三八二八〈定風波〉：

攻書學劍能幾何，爭如沙塞騁僂儸。手執綠沉槍似鐵，明月，龍泉三尺斬新磨。堪羨昔時軍伍，漫誇儒士德能多。四塞忽聞狼煙起，問儒士，誰人敢去定風波。

這首詞開始是一句一押韻，轉為三句、兩句，再三句一押韻，一律下平聲韻；中間第三、四句和第八、九句，也連押仄聲韻，形成韻中套韻。

3.首句起韻間雜一、二句一押韻。如《敦煌零拾》收錄的〈長相思〉：

作客在江西，富貴世間稀。終日紅樓上，頻頻愛著棋。頻頻滿酙醉如泥，輕輕更換金卮。盡日貪歡逐樂，此是富不歸。

這首詞開始即一句一押韻，然後轉為兩句一押韻，或一句一押韻。

4.兩句一押韻間雜一、二、三、五句一押韻。如斯二六〇七〈恭怨春〉：

柳條垂處處，喜鵲語零零，焚香稽首告君情。慕得蕭郎好武，累歲長征。向沙場裡，輪寶劍，定欃槍。擊時花欲謝，幾度葉黃青，相思夜夜到邊庭。願天下銷戈鑄戟，舜日清平，待成功日，麟閣上，畫圖形。

這首詞頭兩句是一押韻，第三句是一句一押韻，四、五句是兩句一押韻。六、七、八是三句一押韻，最後是五句二押韻。

另外，敦煌曲子詞的押韻，可以在詞中出現重複的韻腳字。前面例舉的〈悉曇頌〉有五次重複的字，都在韻腳上。前引的〈竹枝子〉也有一個重複的字在韻腳上。〈鵲踏枝〉也有兩個字重複出現，如：

叵耐靈鵲多瞞語，送喜何曾有憑據。幾度飛來活捉取，鎖上金籠休共語。　比擬好心來送喜，誰知鎖我在金籠裡。願他征夫早歸來，騰身卻放我向青雲裡。

語和裡兩個字重複都在韻腳上，近可舉出許多例證：

1.伯四六九二〈望遠行〉中「朝」字重複出現。

2.斯二六〇七、伯三一二八〈浣溪沙〉（五里灘頭）中「行」字重複出現。

3.伯三一二八、伯四六九二〈浣溪沙〉（喜靚華筵）中「年」字重複出現。

4.伯三一二八〈浣溪沙〉（好是身霑聖主恩）中「君」字重複出現。

5.伯二五〇六〈獻忠心〉（驀卻多少雲水）中「里」字重複出現。

6.斯二六〇七〈獻忠心〉（時清海晏）中「河」字重複出現。

7.伯三一三七〈臨江仙〉（小年少輩）中「多」、「磨」兩字重複出現。

敦煌曲子詞的押韻，有的是可以出現重複的韻腳字的，這是詞本身的藝術結構之要求。如《敦煌零拾》本的〈長相思〉，重複了三次「作客在江西……此是富（貧、死）不歸。」但是，在大多數情況下，都是民間詞人隨手所用的自由化的韻腳，後世《詞譜》也不可能作出明確規定來。當然，這在唐代近體詩中是不能允許的，敦煌民間詞人敢於突破詩的格律的束縛而這樣用了。

敦煌曲子詞的押韻，除了整首詞完全用本韻的以外，用通韻的情況十分普遍。不同部的韻可以通用，如前面例舉的〈恭怨春〉，這首詞「零」、「情」、「征」、「槍」、「青」、「庭」、「形」相押，都是平聲韻，但是它們不屬於一個韻部。「槍」屬《廣韻》下平聲十部陽韻；「零」、「庭」「形」、「青」屬《廣韻》下平聲十五部青韻（獨用）；「情」、「征」則屬《廣韻》下平聲十四部清韻，這是一種情況。另外，不同聲的韻也可以通用。但是以上聲與去聲通押較為常見。如前面例舉的〈鵲踏枝〉，這首詞中「語」、「據」、「取」、「喜」、「里」相押，其中「語」、「喜」、「里」、「取」屬上平聲韻，而「據」則屬去聲韻。這是另一種情況。

## 第二節　平仄

敦煌曲子詞由於是配合民間俗曲演唱的，它的詞句都有節奏感和有旋律的特徵，抑揚頓挫，協調有序，有較強的音樂美，可使人陶醉。這除了由於它講究押韻以外，還特別強調平上去入四聲的搭配，高低長短語音的組合。調配平仄，是敦煌民間詩詞格律的一個重要內容，其表現，尤以敦煌曲子詞為最突出。

敦煌曲子詞的平仄格式是很多的，我們可以這樣認為，有多少詞牌，也就會有多少格式，不同的詞體，句數和字數又有差別，有的用平韻，有的又用仄韻，這就使敦煌曲子詞的格式千差萬別，變化多端。例如下面這首小令，伯二八〇九與伯三九一一的〈望江南〉，它的平仄格式是被這樣規定的：

莫攀我，　仄平仄
攀我太心偏，　平仄仄平平
我是曲江臨池柳，　仄仄仄平平平仄
者人折了那人攀。　仄平仄仄仄平平

恩愛一時間，　　平仄仄平平

這首詞，小令，本名〈謝秋娘〉。唐教坊曲名，後用作詞牌，又名〈憶江南〉、〈望江南〉、〈江南好〉、〈春去也〉、〈歸塞北〉。單調五句，二十七字，二、四、五押平聲韵。與白居易〈憶江南〉的平仄格式相比較：

江南好，　　平平仄
風景舊曾諳。　　仄仄仄平平
日出江花紅勝火，　　仄仄平平平仄仄
春來江水綠如藍。　　平平仄仄仄平平
能不憶江南？　　仄仄仄平平

平仄均為平仄通用，相比之下，只有第一句第一字平聲用了仄聲，第三句第六字仄聲用了平聲，餘皆完全一樣。關於〈望江南〉若干詞之時代，任二北《敦煌曲初探》第五章中有詳考，但對此詞之時代則無考。此詞內容詠妓女之苦惱，似為盛唐經濟繁榮時之寫照，故此詞恐出現於白居易〈憶江南〉之先，出現一兩個拗字，乃是此詞初創時期格律尚未十分嚴謹之反映，但此詞已是成熟期之平仄格式則是毫無疑問的。

再如，下面這首詞，斯一四四一與伯二八三八《雲謠集雜曲子》的〈天仙子〉，它的平仄格式又是被這樣規定的：

燕語啼時三月半，　仄仄平平平仄仄
烟蘸柳條金線亂。　平仄仄平平仄仄
五陵原上有仙娥，　仄平平仄仄平平
攜歌扇，香爛漫，　平平仄，平仄仄
留住九華雲一片。　平仄仄平平仄仄

犀玉滿頭花滿面，　平仄仄平平仄仄
負妾一雙偷淚眼。　仄仄仄平平仄仄
淚珠若得似真珠，　仄平仄仄仄平平
拈不散，知何限，　平仄仄，平平仄
串向紅線應百萬。　仄仄平平平仄仄

這首詞，即《樂府雜錄》說的出自龜茲的〈萬斯年〉，雙調，上下片各六句，六十八字，逢一、二、四、五、六押仄聲韻，與張先〈天仙子〉的平仄格式相比較：

水調數聲持酒聽，　仄仄仄平平仄仄
午醉醒來愁未醒。　仄仄仄平平仄仄
送春春去幾時回？　仄平平仄仄平平

臨晚鏡，傷流景，　平仄仄，平平仄
往事後期空紀省。　仄仄仄平平仄仄
沙上並禽池上瞑，　平仄仄平平仄仄
雲破月來花弄影。　平仄仄平平仄仄
重重簾幕密遮燈，　平平平仄仄平平
風不定，人初靜，　平仄仄，平平仄
明日落紅應滿徑。　平仄仄平平仄仄

（錄自《張子野詞》）

這首詞內可平可仄之字均據《詞譜》卷二所標正式之平仄格式。與張先詞，或與趙令畤詞、《翰墨全書》詞中之〈天仙子〉相比較，可以說幾乎完全一樣，而敦煌之〈天仙子〉遠較其他詞出現早，其平仄格式顯然係其他各〈天仙子〉之範本，表明此詞平仄格式之成熟是在唐代，《詞譜》卷二云：「〈天仙子〉單調始於唐人，雙調始於宋人。」此論據敦煌雙調〈天仙子〉看來，實大謬矣！因《詞譜》撰人並未得見敦煌珍品，只見皇甫松、和凝、韋莊諸人之單調〈天仙子〉而已。

僅就以上的舉單調與雙調兩首詞看來，敦煌曲子詞的平仄，比近體詩之律詩較為複雜，但每種格式倒比律詩平仄較為固定，即使敦煌唐人，也決非任意自由的調換平仄，如以上兩首〈天仙子〉比較，敦煌〈天仙子〉與張詞只有上片第一句之「啼」（平聲）當「仄」，第四句「歌」（平聲）當「仄」，第五句之「爛」（仄聲）當平，下片第三句「若」（仄聲）當「平」，第六句「紅」（平聲）當「仄」，但是此五字格式規定全在可平可仄之間，故不能算拗，這表示敦煌曲子詞調換平仄實非自由化。

敦煌曲子詞的平仄格式，從詞句來進行分析，也是有諸多特點的，從二字句到七字句的平仄類型。可見，詞中用詞並不是無足輕重的或隨意寫成的。

二字句。敦煌曲子詞二字句的格式是平仄式。即凡是在詞中使用二字句，均一個字為平，另一個字為仄。例如，伯三八二一〈定風波〉：

征戰僂儸未足多，儒士僂儸轉更加。三策張良非惡弱，謀略，漢興楚滅本由他。 項羽翹據無路，酒後難消一曲歌。霸王虞姬皆自刎，當本，便知儒士定風波。

這首詞上下兩片詞中出現的兩字句，均為一平一仄，先平後仄。「謀」屬《廣韻》下平聲卷第二尤韻、「略」屬《廣韻》入聲韻第五藥韻；「當」屬《廣韻》下平聲卷第二唐韻、「本」屬《廣韻》上聲卷第三混韻。敦煌曲子詞中的〈定風波〉與後世的〈定風波〉對比，還有一特徵，即它的二字句可以對三字句，如伯三〇九三〈定風波〉：

陰毒傷寒脈已微。四肢厥冷懨難醫。更遇盲醫與宣瀉，休也，頭面大汗永分離。 時當五六日，頭如針刺汗微微。吐逆黏滑脈沈細，全冒憒，斯須兒女獨孤棲。「休也」二字句的平仄可以對「全冒憒」三字句的平仄仄；敦煌〈定風波〉還有一體是三字句對三字句的，代替了二字句對二字句，與《詞譜》卷十四所載歐陽炯、孫光憲、蔡伸、李泳、曹冠、蘇軾、京鏜、陳允平等八體〈定風波〉相比，只有二字句與二字句相對，和二字句換成四字句與四字句相對，而絕無二字句與三字句相對，更沒有二字句換成三字句和三字句相對者。由此可見。敦煌曲子詞中的〈定風波〉，實則又標誌了〈定風波〉的兩種新體，此開創新的平仄格式之功不可沒也。

三字句。一般說來，均運用近體詩七律或五律的三字尾。如，平平仄，像斯二六〇七〈失調名〉「良人去」。又如，仄平平，像斯二六〇七〈失調名〉：「氣填胸」。再如，平平仄，像《敦煌零拾》本之〈魚歌子〉：「香風少」。

四字句。一般說來，均運用近體詩七律句子的前四字之平仄類型，如，仄仄平平，像《雲謠集雜曲子》中的〈鳳歸雲〉：「卦卦皆虛」。又如，平平仄仄，像〈鳳歸雲〉：「征夫數載」。除七律句前四字平仄類型外，還見有仄平平仄，如〈鳳歸雲〉：「一爐香盡」；還有平仄平仄，如伯二五〇六〈獻忠心〉：「朝聖明主」；這些平仄類型也常見。

五字句。敦煌曲子詞的五字句，也多相似於近體詩五律的句子。例如，平平仄仄平，斯二六〇七〈菩薩蠻〉：「玄宮照綠池。」《雲謠集》之〈喜秋天〉：「芳林玉露摧」，「潘郎妄語多」。再如，仄仄仄平平，〈喜秋天〉：「夜夜道來過」。《敦煌零拾》本之〈望江南〉：「一片玉無瑕」。伯三一二八〈望江南〉：「路遠隔煙波」。再如，仄仄平平仄，伯三八三六〈南歌子〉：「夜夜長相憶」。

六字句。一般說來，有下列幾種平仄類型，一為仄仄仄仄平平，如《雲謠集》之〈傾杯樂〉：「擬貌舞鳳飛鸞」。這是四字句延伸的一種類型，即在仄起的四字句前面加仄仄。此類型常見，如斯四三三二〈菩薩蠻〉：「水面上秤錘浮」。二為仄仄平平仄仄，如《雲謠集》之〈魚歌子〉：「恐犯千金買笑」。這是四字句延伸的另一種類型，即在平起的四字句前面加仄仄。此類型亦常見，如斯二六〇七〈獻忠心〉：「自從黃巢作亂」。

七字句。敦煌曲子詞的七字句有些採用七言律句。有下述平仄類型。其一，平平仄仄仄平平，例如，斯五六四三〈送征衣〉：「夢魂往往到君邊」。伯三八三六〈南歌子〉：「分明面上指痕新」。其二，仄仄平平平仄仄，例如，伯二八〇九〈楊柳枝〉：「只見庭前千歲月」。其三，平平仄仄平平仄，例如，伯三二七一斯六五三七〈泛龍舟〉：「春風細雨霑衣濕」。其四，仄仄平平仄仄平，如，伯三二七一、斯六五三七〈水調詞〉：「不及南山獻壽時」。

綜上所述，敦煌曲子詞的詞句平仄格式，除二字句外，三字句、四字句、五字句、六字句、七字句諸句的平仄格式均與律詩相似，還保留著從律詩發展來的明顯的痕迹。敦煌民間詩詞中其他類別，如民間小調，四、五、六、七言詩歌也是如此的。茲例舉如下：

1.四言歌謠。經常使用「平平仄仄」或「仄仄平平」，這種七言律句之前四字的詞句格式，如「皇皇聖母」或「聖母臨人」等等。

2.五言白話詩。五字句也使用五言律句。如王梵志五言白話詩：「我有一方便」，這是五律的「仄仄仄平平」的句式。又如「平生不喫著」，這又是五律的「平平平仄仄」的句式。敦煌民間無名的詩人們，還運用純粹的五律來寫詩體歌謠，如伯二五五五卷之〈夏日途中即事〉寫道：

| | |
|---|---|
| 何事鎮駈駈？ | 仄仄仄平平 |
| 馳驂傍海隅。 | 平平仄仄平 |
| 溪邊淪宿處， | 平平平仄仄 |
| 澗下指飡廚。 | 仄仄仄平平 |
| 萬里山河異， | 仄仄平平仄 |
| 千般物色殊。 | 平平仄仄平 |
| 愁來竟不語， | 平平平仄仄 |
| 馬工但長吁。 | 仄仄仄平平 |

這是仄起首句起韻的典型五言律詩。平聲押韻頗規則。

3.六言民謠。也經常使用七言律句前四字平仄類型的延伸形式。例如，伯三三〇二〈上梁文〉六言民謠就是這樣的，像其中「自後先賢碩德」句，就是仄仄平平仄仄，即平起的四字句前面加仄仄，又像其中「流名萬代之期」句，就是平平仄仄平平，正相反，即仄起的四字句前面加平平。

4.七言唐人詩。受七律影響更為明顯，伯二五五五卷中民間無名詩人寫的七律，和以上舉出的五律一樣，都是嚴謹的格律詩。七言民間小調有些也講究平仄。如斯六二〇八〈十二月相思〉小調（殘卷），就可見到不同類型的七言律句：1.仄仄平平平仄仄。如，「忽憶征人愁更切」。2.平平仄仄仄平平。如，「貞君一去已三秋」。3.仄仄平平仄仄平。如，「晝夜愁君臥不安」。

以上平仄分析證明，敦煌民間詩詞的各個類別都受到近體詩中律詩之影響。我國漢族民間詩歌中，平仄格式帶有民族性的特殊之音韻美，也是深奧的藝術性的一種標誌。自然，運用律句的平仄格式，只是一部分詞句，有許多詞句也已突破了它的限制，展開其自然的詠嘆，但即使是長短句的敦煌曲子詞也決非自由化的詩歌，它們全都受到我國光輝燦爛唐詩古典格律的約束，而體現著唐人智慧的結晶。

## 第三節　對仗

敦煌民間詩詞也是講究對仗的。細緻研討發現還是以敦煌曲子詞為多變，故仍以它為分析重點，並兼及分析除它以外的各類詩歌的對仗。

敦煌曲子詞的對仗，不僅是修辭上的需要，也是格律上的要求。敦煌曲子詞詞句的對仗，並不限於五字句和七字句，而是從三字句到七字句，只要是上下兩句字數相同的，都可以使用對仗。

三字句對仗。有屬於一般常規的仄腳句在前，平腳句在後的情況，例如，斯二六〇七〈失調名〉：「向深閨遠聞雁悲鳴，遙望行人，三春月影照階庭。簾前跪拜，人長命，月長生。」這是規整的平仄合律的三字對仗句。也有屬於非常規的平腳句在前，仄腳句在後的情況，如伯二〇五四〈普勸四眾，依教修行〉：「喫腥羶，飲醲酒」。也有前後均為仄腳句的，如上卷有「或刀尺，或秤斗」。

四字句對仗，四字句對仗有不同情況，有的是詞義能夠對仗而句腳平仄也能對仗的，例如，《雲謠集》的〈鳳歸雲〉：「眉如初月，目引橫波」。月為仄聲，波為平聲。《雲謠集》的〈內家嬌〉：「眼如刀割、口似朱丹」。割為仄聲，丹為平聲。有的是詞義能夠對仗而句腳卻不能對仗的。如〈內家嬌〉：「善別宮商，能調絲竹」。商竹均為仄聲，節拍所在的字平仄不是對立的，不過上下句的詞性是能相對的。

五字句對仗。敦煌曲子詞中五字句對仗一般相當於五言律詩中的兩聯句子。例如，伯三一三七〈南歌子〉（獎美人）：

翠柳眉間綠，　仄仄平平仄
桃花臉上紅。　平平仄仄平

這不僅在詞義上對仗，在韻律上也是律詩中的聯句。但是，一般還是取寬對為主，這又有兩方面的強調，一強調詞義對仗，不論節拍所在的字是否前仄後平。如：斯六五三七〈斗百草〉「有情離合花，無風獨搖草」。詞義花草相對，而韻腳卻前平後仄。伯三八二一〈生查子〉：「一張落雁弓，百支金花箭。」詞義弓箭相對，而韻腳仍是前平後仄。由上例可見，敦煌曲子詞五字句在對仗的同時只強調大致的平仄相對，但力戒在對仗時不講韻腳的平仄，從〈贊普子〉、〈恭怨春〉、〈南歌子〉、〈劍器詞〉等詞中五字對仗句的韻腳分析可見，上下句無「平平」「仄仄」這種變格韻腳重複出現的情況，五字句對仗中兩聯句的押韻大都是平仄相對（正對）或仄平相對（反對），不能不對。二強調詞義對仗的同時，只強調基本是五言律句，允許有個別拗字。如：

1.斯二六〇七〈贊普子〉：

夏日披氈帳　仄仄平平仄
冬天挂皮裘　平平仄平平

2.斯二六〇七〈恭怨春〉：

柳條垂處處　　仄平平仄仄
喜鵲語零零　　仄仄仄平平

3.伯三八三六〈南歌子〉：

白日長相思，　　仄仄平平仄
夜頭各自眠。　　仄平仄仄平

以上三例全都是五言律句，第一例有一拗字「皮」。第二例有一拗字「柳」，第三句有一拗字「夜」，故均有拗音。

七字句對仗。情形與五字句對仗相似，對仗句相當於七言律詩中的兩聯句子，例如斯五五五五、伯三一二八〈望江南〉：「靖難論兵扶社稷，恆將籌略定妖氛。」不僅詞義對仗，平仄也如七律句相對；仄仄平平平仄仄，平平仄仄仄平平。出句仄腳，對句平腳。在一般情況下，也仍然允許有個別拗字：

1.伯三八二一〈浣溪沙〉：

坐聽猿啼吟舊賦，　　仄平平平平仄仄
行看燕語念新詩。　　平平仄仄仄平平

2.斯一四四一〈拋毬樂〉：

蛾眉不掃天生綠，　　平平仄仄平平仄

蓮臉能勻似早霞。　平仄平平仄仄平

以上二例全是七言律句聯句，分別有聽、蓮二字拗音。前係工對，後係寬對。

以上是敦煌曲子詞的對仗。至於敦煌民間詩歌中其他類別，也依然有對仗的要求。四言歌謠的對仗。一般雖只強調四言，而不強調對仗。但仍有運用對仗的情況。例如：

1.如天之堰，如地之方。包含五色，吐納三光。

詞義對仗，句腳也平仄相對，而且不避重字。

2.既撫既育，或引或將。昔靡單袴，今日重裳。

也是詞義對仗，句腳也平仄相對。四言歌謠的對仗句總是夾雜在詞義不對仗的四言中，但是平仄都對仗。例如：

地鄰蕃服，家接渾鄉；昔年寇盜，禾麥調傷。

前兩句不僅詞義對仗，句腳平仄也相對，後兩句調義並不對仗，句腳都平仄相對。這說明敦煌四言歌謠，由於採取的是古體詩式，故即使用了對仗，也很自由，不僅位置不定，句數也不限；而且即使對仗也可以不工對。

五言白話詩的對仗。由於敦煌五言詩歌包括若干不同類別，故對仗情況也有所不同。一般來說，伯三二一一與伯三四一八為民間五言白話詩，採取的是近似古體詩的對仗。如伯三四一八：「身是自來奴，妻亦官人婢」。平仄為「平仄仄平平，仄仄平平仄」，句腳雖出句平腳，對句仄腳，第二句是五律句，第一句非五律句，只是詞義對仗，但位置並不固定，任何句子均可對仗。伯三二一一亦如此：「飲食哺盂中，衣裳架上去」。在〈道人頭兀雷〉這首五言白話詩裡，只有這兩句對仗，而且並不工對，「哺盂中」與「架上去」並不相對，只是意思相對，這正表現了古體五言詩對仗影響的特色。另外伯三二一一與伯三四一八卷中的五言白話詩，受近體詩五律影響也顯而易見，如上面舉出的「妻亦官人婢」的平仄便是五律句，而「飲食哺盂中，衣裳架上去」對仗句的平仄為：「仄仄仄平平，平平仄仄仄」，也是五律句，只不過位置顛倒。王梵志白話詩的對仗與這兩卷同類。伯二五五五卷敦煌無名氏詩則是典型的近體詩的五律對仗，就從以上所舉〈夏日途中即事〉中的對仗句就可看出，用的是五律平仄。

六言民謠的對仗。從總體來看，敦煌六言民謠中的對仗，不是像近體詩那種結構上的要求，而純粹是修辭上的需要，因而詩中出現時並不遵循格律，位置不固定。但也有特點可尋：

1.隔句對。如伯四九七六〈兒郎偉〉：「夫人心行平等，壽同劫石延長；副使司空忠孝，執筆七步成章。」一、三句相對。

2.四句連對。如伯四九七六〈兒郎偉〉：「六蕃聞名撼顫，八蠻畏若秋霜。大將傾心向國，親從竭力尋常」。一二句相對，接著又三四句相對。

3.四言六言連對。如伯三二七〇〈兒郎偉〉：「兄恭弟順，姑㛐相愛相憐。男敬女重，世代父子因緣。」隔句對，四言對四言，六言對六言。

從以上三個對仗特點，可知六言民謠也講究對仗，多半結合著近體詩押平聲韻的要求，韻腳仄出平對，這樣就形成了六言民謠的對仗是古體詩型，而押韻與平仄卻是近體詩型的特色。

七言唐人詩的對仗。敦煌七言詩歌分為兩種類型，一種是七古型，一種是七律型，均為民間無名詩人所作而遺落在敦煌石室中的。七古型如伯三六〇八〈寒食篇〉，是一首歌唱民間寒食節風俗的七言詩歌，對仗顯然像古體詩，不受格律限制，只是內容需要。其中的對仗如：

1.來疑神女從雲下，　平平平仄平平仄
去似恆娥到月邊。　仄仄平平仄仄平
2.池中弄水白鷴飛，　平平仄仄仄平平
樹下拋毬彩鸎去。　仄仄平平仄平仄
3.毬落畫樓攀樓取，　平仄仄平平平仄
枝搖香徑踏花迴。　平平平平仄平仄

由於無名詩人〈寒食篇〉採用古體詩之對仗，所以是很自由的，不僅位置不定和句數不限，對仗中的平仄也可以採用七律句或不採用七律句，如一、二例均採用七律句（兼有一、二個拗音），三例不採用七律句；對仗中的押韻，既可仄出平對，平出仄對，也可仄與仄對。總之，自由化是敦煌七言詩歌七古型的特徵。

七律型的詩歌則不同。伯二五五五卷無名氏之敦煌唐人詩之七律，乃是嚴格按照近體詩格律來進行對仗的。請讀以下諸作：

1.〈晚秋至臨番被禁之作〉：

一到荒城恨轉深，數朝長嘆竟難任。
昔日三軍雄鎮地，今時百草遍城陰。
隤墉窮巷無人迹，獨樹孤墳有鳥吟。
邂逅流移千里外，誰念恓惶一片心。

2.〈冬日書情〉：

殊鄉寂寞使人悲，異域留連不暇歸。
萬里山河非舊國，一川戎俗是新知。
寒天落景光陰促，雪海穹廬物色稀。
為客終朝長下位。誰憐曉夕老容儀？

頷聯與頸聯的對仗，正是近律詩之七律對仗主要的特點。句子不僅工對，也合乎平仄格式，更無重字。

民間小調的對仗。敦煌民間小調的對仗位置也並不固定，有的採用對仗，有的也不採用，採用也多少不定。斯二九四七、斯五五四九之〈丈夫百歲篇〉中有對仗：

1. 紅顏已向愁中改，白髮那堪鏡裡生。
2. 門前借問非時鬼，夢裡相逢是故人。

《敦煌掇瑣》中收錄的伯三一六八〈女人百歲篇〉中也有對仗，如：

愁兒未得婚新婦，憂女隨夫別異居。

百歲篇這類民間小調，以十歲為一段，一段四句，故它採取的是近體詩中絕句的對仗，所以它的對仗比律詩來得自由，或用或不用，位置也不固定，但必須合平仄格式，如全採用平聲韻，韻腳出句仄，對句平，在一首中不重字。拿十二時小調來和百歲篇相比，如伯二〇五四〈十二時〉（普勸四眾，依教修行），這首民間小調長達一百三十四段，五百三十六句，也是每四句一段，但採用的是古體詩中詩句的對仗，情形和〈百歲篇〉相反。如：

1. 萬戶千門悉喧喧，九陌六街人浩浩。
2. 貪饕之意若豺狼，毒惡之心似羅刹。
3. 夜夜長燃照佛燈，朝朝勤換淹花水。
4. 三皇五帝總成空，四皓七賢皆作土。

十二時小調雖然對仗和百歲篇一樣位置不固定，或用或不用，但從其押仄聲韻看來，它採用的是古體詩對仗，與律詩中的絕句對仗不同。

總之，敦煌民間詩詞的對仗也是千變萬化的，以敦煌曲子詞中的對仗最為複雜多變。至於四言歌謠、五言白話詩。六言〈兒郎偉〉、七言唐人詩和敦煌民間小調，它們的對仗有的採用古體詩，有的則採用近體詩，應當根據具體情況，作出具體符合實際的剖析。

## 第四節　結構

敦煌民間詩詞的格律，從其章法結構來看，也是異常的豐富多采、燦爛絢麗，使人驚嘆。章法結構的格律有四，一為多體，一為和聲，一為問答，一為節令。現分述如下：

章法結構的多體化，在我國古代各個朝代是僅見的。雖然唐朝繼承的是六朝舊曲，以六朝舊曲，以六朝清樂為主，大凡以五、七言四句詩為主，但是，敦煌唐人卻依據生活，與之所至，或只寫不唱，或只唱不寫，或假絲竹，或抱琵琶，或吹羌笛，使詩詞的體式空前的複雜化。計有以下各體：

1.三言為主的兒歌。如斯三八三五〈百鳥名一卷〉：

巧女子，忻憐喜，
樹梢頭，養男女，
銜茅花，拾柳絮，

窠裡金針誰解取？

2. 四言為主的「驅儺」風俗歌謠：如伯三四六八〈驅儺二首〉：

萬乘之國，城池廓落。
人物差殊，鬼神雜錯。
或良或賤，或美或惡。
舉止不同，形容紛泊。
醋大之鬼，汪汪博博。
貧兒之鬼，噱噱削削。
田舍之鬼，邈邈逴逴。
市郭之鬼，矐矐灼灼。

3. 五言的婚俗歌。如伯三三五〇〈下女夫詞〉。合發詩：

本是楚王宮，今夜得相逢，頭上盤龍髻，面上貼花紅。

又如繫指頭詩：

繫本從心繫，心真繫亦真。巧將心上繫，付以繫心人。

4. 六言的〈兒郎偉〉。伯三二七〇〈兒郎偉〉：

若說舊年災難，直遞走出川原。

總綠尚書信敬，九處結會金壇，
與鎮舊歲惡鬼，諸天降下王前。
龍沙神鄉福地，千年乃降奇賢。

5.七言的歌謠。如伯三二七一、斯六五三七〈樂世詞〉：

菊黃蘆白雁南飛，羌笛胡琴淚濕衣。
見君長別秋江水，一去東流何日歸。

6.單片的長短句。如伯二八〇九〈望江南〉：

莫攀我，攀我太心偏。我是曲江臨池柳，者人折了那人攀，恩愛一時間。

7.雙片的長短句。如斯二六〇七〈浣溪沙〉：

浪打輕船雨打篷，遙看篷下有漁翁。蓑笠不收船不繫，任西東。　即問漁翁何所有？
一壺清酒一竿風。山月與鷗長作伴，五湖中。

8.定格聯章。如《敦煌零拾》中的〈嘆五更〉：

一更初，自恨長養枉生軀，耶娘小來不教授，如今爭識文與書。
二更深，孝經一卷不曾尋，之乎者也都不識，如今嗟嘆始悲吟。
三更半，到處被他筆頭算，縱然身達得官職，公事文書爭處斷。
四更長，晝夜常如面向墻，男兒到此屈折地，悔不孝經讀一行。

五更曉，作人已來都未了，東西南北被驅使，恰如盲人不見道。

9.大曲。如斯六五三七〈劍器詞〉：

第一

皇帝持刀強，一一上秦王。聞賊勇勇勇，擬欲向前湯。心手三五個，萬人誰敢當。從家緣業重，終日事三郎。

第二

丈夫氣力全，一個擬當千。猛氣沖心出，視死亦如眠。率率不離手，恆日在陣前。譬如鶻打雁，左右悉皆穿。

第三

排備白旗舞，先自有由來。合如花焰秀，散若電光開。喊聲天地裂，騰踏山岳摧。劍器呈多少，渾脫向前來。

總之，敦煌民間歌謠的章法結構是多體化的，以上九類是其體式的全貌。就其與音樂的關係來說，有徒歌，如四言歌頌武則天的〈歌謠〉，五言白話詩，七言五言的敦煌唐人詩等，都屬於無樂器伴奏下的朗誦或吟咏。敦煌曲子詞和敦煌民間小調，則是配有樂曲的歌辭。

敦煌民間詩詞的格律中，運用和聲的現象是十分突出的。宋代沈括《夢溪筆談》五「樂律」一云：「詩之外，又有和聲，則所謂曲也。古樂府皆有聲有詞，連屬書之，如曰賀賀賀，何何何之類，皆和聲也。今管弦之中纏聲，亦其遺法也。唐人乃以詞填入曲中，不復用和聲。」沈括只把虛詞「賀賀賀」、「何何何」之類看和聲，而把填入曲中的和聲詞而不認為它們是和聲，從而認為唐人不僅復用了和聲，而且大用特用，尤以敦煌民間小調中為多見。

1.斯一四九七〈樂入山贊〉：

欲去不去戀生間，樂入山。
無明闇障苦相纏，樂入山。
自恨前生不修福，樂入山。
今生果報來能圓，樂入山。
願諸善父相接引，樂入山。
來生得免苦汎輪，樂入山。
若得名山（修行）去，樂入山。
誓願晝夜不安眠，樂入山。
五陰身中有六賊，樂入山。
誓願除蕩不留殘，樂入山。
誓願專心不能脫，樂入山。
誓願隨佛達無邊，樂入山。

誓願三心出三界，樂入山。

誓願成佛不歸還，樂入山。

此首「樂入山」三字雖填入曲中，但它起著和聲的作用，所謂「一人唱，眾人和」，此詞正是和尚在出家許願時，由一人唱七言歌詞，每唱一句，眾人皆和以「樂入山」之合唱。以下諸首同：

2.《敦煌雜錄》中引錄的〈散花樂〉（周字九十）：

啟首歸依三學滿，散花樂。天人大聖十方尊，滿道場。
帝釋四王捧馬足，散花樂。夜半逾城出宮城，滿道場。
苦行六年成正覺，散花樂。鹿苑初度五歸尊，滿道場。
弘誓慈悲度一切，散花樂。三乘說教濟群生，滿道場。
大眾持花來供養，散花樂。一時稽首散虛空，滿道場。

此詞之：「散花樂」、「滿道場」皆和聲。

3.伯二〇六六〈出家樂贊〉：

歸去來，寶門開，正見彌陀昇寶座，菩薩散花稱善哉，稱善哉。
寶林看，百花香，水鳥樹林念五會，哀婉慈聲贊法王，贊法王。
共命鳥，對鴛鴦，鸚鵡頻伽說妙法，恆嘆眾生住苦方，住苦方。

昔者雪山求半偈，散花樂。不顧軀命捨全身，滿道場。
巡歷百姓求善友，散花樂。敲骨出髓不生嗔，滿道場。
歸去來，離娑婆，常在如來聽妙法，指授西方是釋迦，是釋迦。……

此詞詞尾重疊末三字為和聲！

4.伯二七一三、斯一九，《敦煌雜錄》引錄的〈辭娘贊說言〉（乃字七十四）：

好住娘，娘娘努力守空房，好住娘。
幾欲入山修道去，好住娘。兄弟努力好看娘，好住娘。
幾欲入山坐禪去，好住娘。迴頭頂禮五台山，好住娘。……

此詞宋用了大量「好住娘」三字為和聲。

由以上四例可知，敦煌民間小調中使用和聲是其格律現象的反映。其他的民謠，如六言民謠〈兒郎偉〉，雖不曾把和聲詳細記下，但是卻作了記號。如：

1.伯四九七六〈兒郎偉〉的詞尾為：

今夜驅儺之后，直得千祥萬祥。音聲！

2.伯三二七〇〈兒郎偉〉的詞尾為：

但願尚書萬歲，共賊世代無緣。音聲！

3.伯四〇五五〈兒郎衛〉的詞尾為：

從茲學童咒願，社稷劼石同階。音聲！

4.伯三八五六〈兒郎偉〉的詞尾為：

降者安存放命，逆者寸斬亡魂。音聲！

〈兒郎偉〉民謠末尾之「音聲」二字，就是格律化的和聲之反映，表示每詞唱完後，都必須頌以某種音聲的虛詞，如宋代沈括說的賀賀賀、何何何之類。由此可見，敦煌唐人民謠中，在實詞與虛詞上，均有和聲，沈括由於未見石室遺書，遂作了錯誤之判斷。

敦煌民間詩詞中的和聲格律給我們提供了唐詩和聲的原始形態。唐代詩歌中的和聲，在文人仿制的詩中很少見到，只有〈竹枝〉以和聲著名。

如唐．皇甫松〈竹枝〉：

芙蓉並蒂　竹枝　一心連　女兒，花侵隔子　竹枝　眼應穿　女兒。

山頭桃花　竹枝　谷底杏　女兒，兩花窈窕　竹枝　遙相映　女兒。

以上詞中的「竹枝」「女兒」便是和聲。〈竹枝〉原出巴渝民歌，至今四川仍流行竹枝詞。故可知和聲為唐代民歌所習見，敦煌小調中之和聲，必為民歌中之和聲無疑。六朝時期的〈楊柳枝〉和〈丁督護〉中之和聲，則說明民歌中運用和聲由來已久，但都為文人仿制，不如敦煌小調中表現的和聲，這樣富於民間氣息。

敦煌民間詩詞的格律中，運用盤歌問答的形式，也是很明顯的。在戀歌和婚禮歌中都有表現。

1.在戀歌中表現的盤歌形式有，伯三八三六〈南歌子〉：

斜影朱簾立，情事共誰親？分明面上指痕新，羅帶同心誰綰？甚人踏綴裙？蟬鬢因何亂？金釵為甚分？紅泣垂淚憶何君？分明殿前實說，莫沉吟！

自從君去後，無心戀別人。夢中面上指痕新，羅帶同心自綰，被猻兒踏綴裙。蟬鬢朱簾亂，金釵舊股分。紅泣垂淚哭郎君。信是南山松柏，無心戀別人。①

這首詞運用的某男盤問某女的形式，便是問答體的民間盤歌之形式。

2.在婚禮歌中表現的盤歌形式有，伯三三五〇，斯三八七七〈下女夫詞〉：

女答：本是何方君子，何處英才？精神磊朗，因何到來？

兒答：本是長安君子，進士出身。選得刺史，故至高門。

女答：既是高門君子，貴勝英流，不審來意，有何所求？

兒答：聞君高語，故來相投。窈窕淑女，君子好求。

這是古敦煌民間舉行婚禮時，在樂曲伴奏下，男女雙方對答的詞句，採用的也是盤歌形式。

敦煌民間詩詞中的盤歌，也是表現的是唐代民歌中盤歌的原始形態，在唐代民歌中為首見。在石室遺書之前，只見有崔顥〈長干行〉中仿制的對唱，如：

①參見拙文〈敦煌曲子詞欣賞〉一稿中對〈南歌子〉進行的剖析。載於《名作欣賞》一九八六年第一期。

女：君家何處住？妾住在橫塘；停船暫借問，或恐是同鄉。

男：家臨九江水，來去九江側；同是長干人，生小不相識。

這只是唐代文人仿制的盤歌，不像敦煌盤歌直接來自民間。這種盤歌，原本就出自民間的，最早在魏晉南北朝的吳歌西曲中已見到，如下列〈歡聞舞歌〉中即有：

男：金瓦九重牆，玉壁珊瑚柱；中夜來相尋，喚歡聞不顧。

女：歡來不徐徐，陽窗都銳戶；耶婆尚未眠，肝心如推櫓。

直至現在，在蘇州的吳歌中，還保留著這種盤歌情歌的形式。

敦煌民間詩詞中還有一種格律化的固定形式，即節令歲時歌，方式是多種多樣的。十二月歌中就有兩種類型。

1.七言四句型的十二月小調。如伯三八一二〈十二月相思〉：

正月孟春春漸暄，一別狂夫□□，□□□□□□□，遣妾尋常獨自眠。

二月仲春春盛暄，深閨獨坐綠窗前，□□□□□□賴，教兒夫婿遠征邊。

三月季春春報暄，花開處處競爭鮮，花□□□□□咲，賤妾看花雙淚還。

四月孟夏夏初熱，為憶狂夫難可徹，□□□□□秦箏，更取瑤琴對明月。

五月仲夏夏盛熱，狂夫悶時節庭□，□□□□□□□，忽見雞啼聲哽咽。

六月季夏夏共同，妾心相與對秋風，□□□□□□改，教兒顦顇只緣重。

七月孟秋秋漸涼，教兒獨寢守空房，君在尋常嫌夜短，君無惟覺夜更長。
八月仲秋秋已涼，寒雁南飛數萬行，賤妾猶存思君意，君何無辜不還鄉。
九月季秋秋欲末，狂夫一去獨難活，願營方便覓歸囗，使妾愁心蹔時豁。
十月孟冬冬漸寒，為君擣練不辭難，莫怪囊衣不貼領，想君肥瘦恐嫌寬。
十一月仲冬冬雪寒，戎衣造得數段段，見今專訪巡邊使，寄向君著邊復看。
十二月季冬冬已極，寒衣欲送愁情遇，莫怪裁縫針腳粗，為憶淚多竟無力。

這首十二月小調據原卷微縮膠卷錄出，比任二北《敦煌曲校錄》中收錄的斯六二〇八〈十二月相思〉較為完整，七至十二月基本完整無缺。

2.六言八句型的十二月小調。如一九六九年出土的吐魯番出土文書〈十二月三台詞〉：

正月年首初春，萬戶改故迎新。
李玄附靈求學，樹下乃逢子珍。
項託七歲知事，甘羅十二相秦。
若無良妻解夢，馮唐寧得忠臣。

這首十二月小調正月段，錄自《考古》一九七二年一期並據郭沫若〈卜天壽《論語》抄本後的詩詞雜錄〉與尤晦〈卜天壽《論語》抄本後的詩詞雜錄研究和校釋〉（《考古》一九七二：三）兩文校注。由於二月有殘文：「二月遙望梅林，青條吐葉……」故知為唐代的十二月民間小調的又一體。以上二首民間小調均為唐代民歌中僅見的，十分珍貴。除十二月小調以外，還有十二時小調，見於《敦煌零拾》中的〈天下傳孝十二時〉，〈禪門十二時〉，《敦煌掇瑣》中的〈十二時發憤〉、〈太子十二時〉，還有五更調，見於《敦煌掇瑣》中之〈閨思〉、〈太子五更轉〉、〈太子入山修道贊〉等等，都屬於這類節令歲時歌，形式帶有明顯格律性。

總之，章法結構上的四種格律，是互相交織在一起而非孤立存在的，如節令歲時歌便有二體，是多體與節令格律的結合；問答歌中又分屬與曲子詞（長短句）與四言婚歌，則又是問答與多體格律的結合。

## 結語

敦煌民間詩詞的格律問題，充分說明了它在藝術性上取得了光輝的成就，唐詩固然萬世留芳，正是敦煌民間詩詞作了它繁盛的奠基石。另外，敦煌民間詩詞不僅發揚光大了古體詩與近體詩的格律之優良傳統，而且繼往開來，它所確立的格律模式，至今在民間歌謠中仍有影響，新疆民歌中的和聲，河西民歌中的十二月調，都還能找到敦煌民間詩詞影響的痕迹。

# 第十四章　敦煌諺語集——《太公家教》

## 第一節　寫本概況

羅振玉在宣統己酉年（一九〇九）公布了他收藏到的敦煌寫本《太公家教》（見《鳴沙石室佚書影印本》第四冊），王國維在影印本的〈後跋〉中斷定：「蓋同出敦煌千佛洞，為斯坦因、伯希和二氏所遺；又石室遺書未歸京師圖書館時，流出人間者也。」羅振玉、王國維二先生在識別和保存珍貴敦煌寫本《太公家教》上有著不可磨滅的文化功績。

現在，由於斯坦因、伯希和劫去的敦煌寫本已經公布，英法兩國的敦煌寫本《太公家教》已經集齊，儘管目前尚不知蘇聯的那部分敦煌寫本中有無《太公家教》，我想，即使有也決不會很多了，目前，已有足夠的條件對它展開研究了。

我除了研讀了羅振玉藏本《太公家教》（簡稱「羅本」），又研讀了斯坦因和伯希和劫去的全部《太公家教》，這些寫本的概況是這樣：

斯坦因劫本——

1. 斯四七九，無頭有尾，但只有半截，有尾題。
2. 斯一一六三，無頭有尾，有尾題。卷面清楚。
3. 斯一二九一，無頭無尾，卷面模糊。
4. 斯一四〇一，完全殘破，不堪一讀。
5. 斯三八三五，無頭有尾，卷面模糊，有尾題。
6. 斯四九二〇，無頭有尾，卷面模糊。
7. 斯五六五五，無頭無尾，卷面清楚。
8. 斯五七二九，完全殘破，只有七行。
9. 斯五七七三，無頭無尾，卷面模糊。
10. 斯六一七三，無頭無尾，卷面模糊。
11. 斯六一八三，無頭無尾，卷面清楚。
12. 斯六二四三，無頭無尾，截斷，不堪一談。

伯希和劫本——

1.伯二五五三，無頭無尾，只有六整行。

2.伯二五六四，有頭有尾，少許殘缺，卷面清楚。

3.伯二七三八，無頭無尾，卷子殘破，但句子較多。

4.伯二七七四，無頭無尾，卷面清楚。

5.伯二六〇〇，題為《武王家教》一卷，但卷尾題作《太公家教》一卷，內設為武王與太公問書。無《太公家教》原文，只有尾跋四句。「余之志也，五帝為宗」，「食不重味，衣不絲麻」。

6.伯二八二五，無頭有尾，卷面清楚，有尾題。

7.伯二九三七，無頭無尾，卷面殘破，有尾題。

8.伯二九八一，無頭無尾，卷面清楚，字迹端正，句子多。

9.伯三〇六九，無頭無尾，卷面清楚，字迹較好。

10.伯三一〇四，無頭無尾，卷面清楚。

11.伯三二四八，無頭無尾，卷面極為模糊不清。

12.伯三四三〇，無頭無尾，卷面大部分汙黑，部分清楚。

13.伯三五六九，無頭有尾，卷面暗黑，辨認困難，卷末有題。

14.伯三五九九，有頭無尾，邊角較殘，卷末有題。
15.伯三六二三，無頭有尾題缺跋，卷端殘破，卷面暗黑。
16.伯三七六四，前有題《太公家教一卷》，但前六行殘缺。有尾題及跋，並接《武王家教》，基本全本。
17.伯三七九七，無頭有尾，句子少，卷面清楚，有尾題。
18.伯三八九四，無頭無尾，卷面殘缺。
19.伯四〇八五，無頭無尾，卷面暗黑，辨認困難。
20.伯四五八八，無頭有尾，無跋，卷面清楚。有尾題。
21.伯四八八〇，有頭無尾，只有開頭九行，完全殘缺。
22.伯四七二四，並作《太公家教》，《敦煌遺書總目索引》誤斷。
23.伯四九九五，無頭無尾，卷面較模糊。

羅本、斯本、伯本和乃字二十號本（見許國霖《敦煌石室寫經題記與敦煌雜錄》），《太公家教》一共有三十六種敦煌寫本，其中以羅本最為完備，故我以羅本為依據，參校另外三十五個寫本來進行整理和研究，寫本情況雖很複雜，但我逐字逐句的校錄出一個全本。《太公家教》自宋代以來都未見流傳，在敦煌寫本中為首見。直至今日才算恢復了它的原貌。

《太公家教》一共分為三個部分。第一部分是序文，自「余乃生逢亂代」開始（不包括相似或相近的異文），至「仁道立焉」，一共三十一句，一百三十九字。序文中介紹作者輯《太公家教》諺語的經過，和時代背景。第二部分是《太公家教》諺語的正文，自「得人一牛，還人一馬」開始，至「孝是百行之本，故云其大者乎」為止，一共兩百八十九條民間諺語，兩千五百零六字。這些民間諺語都是中古時期流傳在敦煌和我國各地的，具有豐富的風俗內容、高度的思想意義。

由於《太公家教》的發現，現今許多《諺語詞典》上諺語來源要推溯到《太公家教》。在我國諺語研究上《太公家教》具有顯然的價值。第三部分是跋文，自「余之志也」開始，至「意欲教於童兒」為止，一共十四句，六十七字。跋文概括了作者對《太公家教》寄予的厚望。

這三十六個敦煌寫本《太公家教》大致都在九世紀中期至末期抄錄，有些寫本的後面，記有明確的抄寫年代，茲引述如下：

1.斯〇四七九，卷尾題「太公家教一卷乾符六年正月二十八，學士呂昌三讀誦記」字樣，「乾符」為唐僖宗李儇年號，六年為公元八七九年。

2.斯一一六三，尾題記：「庚戌年十二月十七日永寧寺學士郎如順進自手書記」，按「學士」、「學士郎」多見於敦煌的晚唐抄本，故「庚戌」不可能是五代後漢乾祐三年（九五〇），似應是大順元年（八九〇）的抄本。

3.斯三八三五，太公家教一卷後，還接寫了千字文、百鳥名、尾記「庚寅年十二月一日犁索自手書記」字樣，按此卷筆迹與伯二八二五相同，似出於一人之手，與伯二八二五年代大致一樣，故庚寅年應為咸通十一年（八七〇）。

4.伯二八二五，尾題「大中四年庚午正月十五日學生宋文顯讀，安文德寫」，公元八五〇年抄本。

5.伯二九三七，尾題「維大唐中和肆年（八八四）二月二十日，沙州燉煌郡學士郎兼充行軍除解囗太學博士宋英達」。

6.伯三五六九，卷尾題「景福二年二月十二日蓮台寺學士索威建記」，景福二年為八九三年。「景福」為唐昭宗李曄年號。

7.伯三七六四，卷末題有「天復九年己巳歲，十一月八日學士郎張藝平時寫記之。」按「天復」為唐昭宗李曄年號，雖僅四年，但前蜀王建保留此年號到天復七年，敦煌去蜀未遠，受其影響，與長安關山遠隔，不知江山換代，天復九年已是後梁太祖朱晃的開平三年（九〇九）。

8.伯三七九七，卷末題有「太宗開寶九年」。按開寶九年為公元九七六年。

9.伯四五八八，卷末題有「壬申年十月十四日學士郎盈信記業文」字樣，如前所說，「學士郎」為晚唐抄本多見，此時干支「壬申」最早為大中六年（八五二），當即此年。

九卷抄本有七卷為晚唐抄本，抄于大中四年至景福二年之間，時間相當接近。說明晚唐時《太公家教》在敦煌廣泛流傳，由於是俗諺村語，為文人鄙夷，故無刻本流傳。

## 第二節　《太公家教》的產生

單純把《太公家教》看成是一個古代童蒙讀本是片面的，它中間搜集了幾乎全部可以算作是民間諺語的句子，它們警冊概括，象徵雙關，通俗易懂，整齊工整，朗朗上口，易記易背，不僅是兒童愛讀它，普通老百姓也愛讀它，應當把《太公家教》中的諺語看作是百姓自己心聲的流露，實際上它們全是老百姓自己的語言。

這篇文獻之所以珍貴，也正是因為它是唐代以前中國民間諺語的集匯，而且都是民間諺語中的精華，它不見於唐代史志的記載，也不在宋人的書目中著錄。最早只是在唐代散文家和哲學家李翱（七七二—八四一）的〈答朱載言書〉中提到它：「義不深不至於理，言不信不在於教，勸而詞句怪麗者有之矣，楊雄〈美新〉，王褒〈僮約〉是也；其理往往有是者，而詞章不能工者有之矣，劉氏人物表，王氏中說，俗傳《太公家教》是也。」（見光緒元年刊本《李文公集》卷六）李翱是中唐時期的學者，他的家鄉在甘肅秦安東，去敦煌未遠，《太公家教》最終在甘肅敦煌發現，說明這本民間諺語集曾在唐代中葉的甘肅民間流行，所以說它是「俗傳」，這樣才被甘肅人李翱讀到並著錄於書中。但是，這本民間諺語集由於匯合了民間下里巴人的語言，粗俗易懂，便一向為封建文人們所看不起，例如，胡仔《漁隱叢話》十五引嚴有翼《藝苑雌黃》說：「杜荀鶴《唐風集》中詩極低下，如『要知前路事，不及在家時，不覺裡衣成大漢，初看騎馬作兒童』，前輩方之《太公家教》」，否定杜荀鶴詩中粗俗語言，連同也否定了《太公家教》，認為它的語言「低下」，說正是《唐風集》之源。再如宋·王明清《玉照新志》卷三直截了當說「世傳《太公家教》其書極淺陋鄙俚」，它既如此「淺陋鄙俚」，對於封建貴族文人來說，自然是不屑一顧，因此《太公家教》不僅是國史的藝文志裡不著錄它，就是和家藏書也不著錄它。

王國維先生在影印本後跋中認為：「陶九成《輟耕錄》二十五所載金人院本名目，亦有《太公家教》，蓋衍此書為之，則此書至宋元間尚存。」但此說有疑點，不太可信。《叢書集成》（初編本）中陶宗儀的《輟耕錄》二十五卷裡，並不是《太公家教》，而是《大公家教》，「太」與「大」乃有一字之差，而且只是這麼一個題目，沒有只字敘述它的內容，因此，很難斷定前者和後者是一回事，也許兩個名字三字之同，只是偶然巧合，《大公家教》不一定就是衍《太公家教》而為之。陶宗儀在〈院本名目〉條內解釋了院本的戲劇結構，他說：「唐有傳奇，宋有戲曲、唱諢、詞說，金有院本、雜劇、諸公調。院本、雜劇，始釐而二之，院本則五人，一曰副淨，一曰副末，一曰引戲，一曰末泥，一曰孤裝。」在現有敦煌寫本《太公家教》裡，只是父親教育幼子的口氣，似不可能演出五個人來。這樣看來，王國維據此認為《太公家教》在「宋元間尚存」的說法，是很有疑問的，實際上很難說它已從宋代傳下來了。

王重民先生則認為：「錢大昕《元史藝文志》根據《文淵閣書目》著錄了女直字《大公書》，就是高麗的《太公尚書》，就是《太公家教》。」此說也是有疑問的。錢大昕《元史藝文志補》四卷，也只是著錄了「女直字《大公書》」這麼一個題目，也沒有只字敘述它的內容，因此也很難斷定這個「大公」便是《太公家教》中的「太公」。王重民先生推斷法和王國維先生對《輟耕錄》中《大公家教》的推斷法一樣，古來不一定就把「太公」稱為「大公」，例如古來一貫將「大公」理解為大公無私的帝堯之意。例如，漢．劉向《說苑．至公》云：「古有行大公者，帝堯是也。……得舜而傳之，不私於子孫也。」因此錢大昕著錄的「女直字《大公書》」，也許就是帝堯大公無私事迹的女直文譯本，並不是《太公家教》。

王重民先生還認為：「我在伯希和所劫的古寫本書中，看到一卷原本《六韜》。是漢代到唐代相傳的原本，所載都是太公對文王和武王所說的種種嘉言懿行。因此，漢唐時代的人，就拿來用為進德之書。《太公家教》就是本着這個意思，從《六韜》裡取出一些最有進德之助的嘉言，來用作童蒙讀本的。可是《太公家教》，是專取的太公對文王說的話；他對武王說的話，別纂成一部《武王家教》，在敦煌石室內也發現了幾本。宋元豐中（一〇七八——一〇八五）刪去《六韜》裡面的嘉言懿行，專剩下一些言『兵』的話，所以王國維沒有想到《太公家教》是會出於《六韜》的。」（見《敦煌古籍敘錄》）我認為，王重民先生這個說法也是可以提出商榷的。我研讀了伯三四五四《太公六韜殘卷》，這個寫本基本上能說是一個全本，只有前面缺了幾句話，它共分為二十個段落，一、舉賢，二、利人，三、庭舍，四、禮義，五、大夫，六、動應，七、守國，八、守土，九、六守，十、事君，十一、用人，十二、主用，十三、大禮，十四、啟明，十五、遠視，十六、明傳，十七、大誅，十八、假權，十九、美女破國，二十、距諫。一至十九段，是文王與太公問答，二十段，是武王與太公問答。《六韜》一書「原是我國先秦的一部兵書」，據說是公元前周代的姜太公（呂望）所著，原有六卷為文韜、武韜、龍韜、虎韜、豹韜、犬韜。但是《太公六韜》究竟是不是古本《六韜》或是只是其中「文韜」部分，還有問題，不過有一點倒是可以肯定的，就是《太公家教》並沒有「從《六韜》裡取出一些最有進德之助的嘉言，來用作童蒙讀本的」，我將《太公家教》與《太公六韜殘卷》二十個段落，逐段逐句作了比較，沒有發現一句話從《六韜》裡取出者，因此排除了王重民先生《太公家教》裡的嘉言「取」自《六韜》的說法。自然《太公六韜》裡確是有許多具有哲理性的警句，例如，「啟明」段中有：1.目貴其明，耳貴其聽，心貴其知。2.以天下目視者，無不見也；以天下耳聽者，無不聞也；以天下智慮者，無不知也。「假權」段中有：1.好變古者，云而常危。2.久懸重位者危。3.好以新為敵者危。這些佳句的文學結構和《太公家教》中某些句子的文字結構有些類似，例如，目貴其明，耳貴其聽，結構像：欲求其長，先取其短，都是「其……其」句型；又如，久懸重位者危，結構像：

近淫者色，都是「……者……」句型，但是它們是古人常用的句型，在任何一本古書中都有可能找到，而《太公六韜》中的句子和《太公家教》中的句子意思簡直就是南轅北轍，完全是兩碼事，後者根本不可能，也沒有語句可證明它是「取」自前者的、正確的答案只能是《太公家教》主要取自唐代的民間諺語，像「得人一牛，還人一馬」，「一日為師，終身為父」，「一行有失，百行俱傾」，「凡人不可貌相，海水不可斗量」，「積財千萬，不如明解一經；良田千頃，不如薄藝隨軀。」，「香餌之下，必有懸魚；重賞之下，必有勇夫」……等等，乃是民間諺語無疑，而且整個《太公家教》乃是唐代以前古代諺語（熟語）的大匯集。我還認為要理解它是究竟怎樣產生的，還非得從細緻剖析《太公家教》諺語集的序文才能得到應有的認識，我認為從它序言裡大致可以斷定它的作者，並略可知些此篇寫成的概況。序言中說：「余乃生逢亂代，長值危時，望鄉失土，波迸流離。只欲隱山居住，不能忍凍受飢；只欲楊（「揚」字之誤）後，復無晏嬰之機。才輕德薄，不堪人師，徒消人食，浪費人衣。隨緣信業，且逐時之隨。輒以討其墳典，簡擇詩書，依經傍史，約禮時宜，為書一卷，助幼童兒，用傳於後，幸願思之。則經論上下易辯，剮（『剛』之誤寫）柔則詩（疑是『待』字），分流儒雅，禮樂興行，信義成著，仁道立焉。」

從這段序言中，我們至少明白了一點，寫《太公家教》的人，是一位唐代民間飽經滄桑的老人。宋·王明清《玉照新志》卷三的說法，有一定道理，他認為：「世傳《太公家教》，其書極淺陋鄙俚。然見之唐《李習之文集》，至以《文中子》為一律，觀其中猶引周漢以來事，當是有唐村落間老校書為之。太公者猶曾高祖之類，非謂賓之師臣明矣。」王明清將《太公家教》寫成的年代定在唐代，並認為它是「村落間老校書為之」，是有道理的。《太公家教》在敦煌石室的寫本中被發現，確鑿的說明了它確是在唐代產生的。但王明清的說法還不夠具體和確切，它究竟是在初唐還是中唐？依我看來，它的產生年代是在安史之亂以後。例一，李習之是中唐時代的人，他生於安史之亂以後。例二，序言中明白寫著作者經過了戰亂之苦，如說「長值危時，望鄉失主，波迸流離，只欲隱山居住，不能忍凍受飢」，是一幅流離顛沛、離鄉背井、在外受苦的畫面。這顯然是以安史之亂作為背景的。王明清說《太公家教》是「村落間老校書為之」，也不確切，古代一般稱校勘書籍為校書，西漢蘭台和東漢東觀是藏書室，是我國最早的圖書館，朝廷置學士來典校藏書，始有校書郎，三國魏始置官，叫祕書校書郎，唐置八人，具體管校讎典籍之事，在唐代村落間不可能有校書郎之類的官，從序言中看，寫《太公家教》的是村落間的小知識分子，曾經做過村學中的私塾先生，如說「才輕德薄，不堪人師，徒消人食，浪費人衣」，古代的「人師」就是私塾先生，為人師表，《荀子・儒效》說「人師」為：「四海之內若一家，通達之屬莫不從服，夫是之謂人師。」人師是依靠學生供給衣食之用的，作者既然是「才輕德薄，不堪人師」，自然是受之有愧，所以才會感到「徒消人食，浪費人衣」。序言中還透露，他在不做「人師」以後，便「隨緣信業，且逐時之」了，古代最初把使者稱為信，通書都叫人傳遞，如《史記・韓世家》有「發信臣」的說法，《三國志・魏武帝紀》建安十六年有「（馬）趙等屯渭南，遣信求割河以西請和。」以後便逐漸以寄書為信，稱作書信。送書信者，一貫是「信吏」之事，司馬相如〈喻巴蜀檄〉就說：「故遣信使，曉喻百姓以發卒之事。」（見《史記》一一七〈司馬相如傳〉）杜甫〈送王十五判官〉詩云：「黔陽信使應稀少，莫怪頻頻勸酒杯。」這時便設立了驛站（即郵站），在沿途廣設「郵亭」，給送書信的人過夜，《漢書・黃霸傳》云：「使郵亭、鄉官皆畜雞豚。」于謙《曉行》詩云：「風透重裘寒不耐，郵亭駐節候天明。」送書信的人多起來，便有了《太公家教》序言中所說的「信業」，即專門以寫書信為職業的人，可以想見，《太公家教》的作者，由於年老體弱，不能再作「人師」，在「忍凍受飢」，「生逢亂代」的情況下，只好「隨緣信業，且逐時之」，即隨時隨地以寫書信為業，混碗飯吃，暫且追逐時日苦度光陰了，序言中表現的作者身份已是昭然若揭了。但作者是一個不甘墮落的老人，他還要把他的知識和才能留給後世，於是他便在序言中闡明了他是如何來寫《太公家教》的，他說：「討其墳典，簡擇詩書，依經傍史，約禮時宜，為書一卷，助幼童兒，用傳於後，幸願思之。」所謂「討其墳典，簡擇詩書，依經傍史」，就是指《太公家教》中的話有些是有經與書的依據的，從《百行章》中相似之處可見，其成書相似於《百行章》，試對比：

**百行章**　　　　**太公家教**

1.財能害己，
何假苦哉。
酒能敗身，
不勞多飲。
色能盡命，
特須割之。
2.但以清清之水，
塵土濁之；
濟濟之人，
愚朋所誤。
3.日月雖明，
覆盆難照。

1.財能害己，
必須遠之。
酒能敗身，
必須戒之。
色能致亂，
必須棄之。
2.清清之水，
為土所傷；
濟濟之人，
為酒所殃。
3.鷹鷂雖迅，
不能快於風雨。
日月雖明，
不照覆盆之下。……

《百行章》為初唐杜正倫編撰。斯一九二〇《百行章一卷並序》云：「臣察三墳廓遠，誰曉其源？五典幽深，何能覽悉？」故他編撰《百行章》與《太公家教》的「討其墳典，簡擇詩書，依經傍史」的方法是相同的，有書面之依據，但是，「序」中說，他又是「廢寢休餐，故錄要真之言」，他所記錄的要真之言中，就未必全是書面的，也有口頭的，這樣凡符合儒家教導的俗諺，就改寫進了《百行章》。《太公家教》作者由於是「隱山居住」，接近下層民眾，書中收錄的俗諺就比《百行章》中為多，偶爾便收錄到與《百行章》相似之「要真之言」了。故以上第一例，語言就比《百行章》通俗；第二例，語言就比《百行章》整齊；第三例，語言就比《百行章》充實，表明它不是承襲《百行章》，而是民間歷代口頭與書面磨練出的優美俗諺之總括，故能比文人改定的《百行章》中的俗諺，略高一籌。

總起來看，就是說，他將唐代或唐以前有關教育孩子如何立人立身之諺，從各種典籍中「簡擇」下來，又從生活中採集了合乎「時宜」之諺，編成《太公家教》，拿來「助幼童兒，用傳於後」，幸願孩子們讀了它而三思之。

很顯然，所謂《太公家教》，便是一位德高望重的長者（太公），對後代留下的訓誡，所以說它是「家教」，是由於這些諺語，是家家不可缺少的教育名言。

「太公」，未必就是確指「曾高祖」，也未必便是王國維說的：「卷中有云：『太公未遇，釣魚水（水上奪渭字）；相如未達，賣卜於市。□天居山，魯連海水，孔鳴盤桓，候時而起，』書中所使古人事止此，或後人因是取『太公』二字冠其書」（見《觀堂集林》卷二十一，頁三），王說過於偶然了。這個太公便是那個年老多病的流離顛沛窮困生活中的農村私塾先生，這在序言中已經充分說明了。這主要是因為王國維只看見這一個寫本，將一些字揣摩錯了，如「水上奪渭字」，實際上那是個「于」字，不是渭字。又如「口天居山」，實際是「巢父居山」。三如，「孔鳴」，實際是三國時的諸葛亮（孔明），「鳴」應為明。由於只讀了一個寫本，便有這麼多誤會，因而他作出的結論便必然有偏頗了。

## 第三節　流傳變化簡析

拿《太公家教》中的諺語來與後代的有關諺語作比較研究，我們可以發現，許多諺語已經發生了有趣的變化，表現了民間文學語言突出的變動性特徵。大致有下列幾種情況：

第一，諺語的精煉化。首先在字數上逐步的減少，經過古人在口頭上不斷的千錘百鍊，用最少的字數，體現了實際意義，突出了思想內容。如「凡人不可貌相，海水不可斗量」諺語，在元代無名氏雜劇《小尉遲》裡，還是全文採用的：「古語有云：凡人不可貌相，海水不可斗量。休輕覷了也。」（第二折）但經過元明兩代口頭流傳以後，到了明代吳承恩的《西遊記》第六十二回裡便是：「『人不可貌相，海水不可斗量。』若愛豐姿者，如何提得妖賊也？」已經簡化了一個「凡」字了。到了清代李漁的傳奇《奈何天》第二十五齣裡，又變為：「咳！

人不可以貌相。那樣一個蠢人，竟做出這等一件奇事。」刪去了第二句「海水不可斗量」，更加一針見血的表明了意思。再如，《太公家教》裡有這樣一條諺語：「香餌之下，必有懸鈎之魚；重賞之下，必有勇夫之勁。」這條諺語原本是十言二句式，既對稱又優美，音韻悅耳，但經過宋、元、明口頭流傳以後，再寫進書裡，就變成，元代王實甫《西廂記》云：「重賞之下，必有勇夫；賞罰若明，有計必成。」（第二本第一折）；明代無名氏小說《英烈傳》云：「重賞之下，必有勇夫。臣舉二人，可以退敵，不知殿下用否？」（第五十三回），第一句完全刪去，第二句又省了兩字，顯得更為精煉。到了郭沫若的《鄭成功》第九章裡又變為：「重賞之下無懦夫。只要你給他隆重的賞格，我看他會去冒險。」經過精煉化以後，從十言二句式變為四言二句式或七言一句式。內容精煉了，形式縮小了，意思突出了，它所留下的子體，和母體中的部分字句完全相同，這是精煉化傾向明顯的特徵。

第二，諺語用字的變換。即整個諺語句式結構不變，但某些用字已根據唐代民間用語的習慣而有了變動。例如，「鶴鳴九皋」條，源出《詩經・小雅・鶴鳴篇》：「鶴鳴于九皋，聲聞于野。」到了晉・潘岳〈為賈謐作贈陸機〉詩為：「鶴鳴九皋，猶載厥聲。況乃海隅，播名上京。」到了敦煌寫本《太公家教》變為：「鶴鳴九皋，聲聞于天」，這是此條諺語成熟的形態，具備了諺語的整齊性和通俗化。在〈小雅・鶴鳴篇〉中多一「于」字，而潘岳詩中「猶載厥聲」，意思已不同，這是由於文人的改寫，唯有在《太公家教》中才定型。再如，「三人同行，必有我師」條，語出《論語．述而》：「子曰：『三人行，必有我師焉。擇其善者而從之，其不善者而改之。』」唐．韓愈《師說》云：「孔子曰：『三人行，則必有我師。』是故弟子不必不如師，師不必賢于弟子。聞道有先後，術業有專攻，如是而已。」《太公家教》中變為「三人同行，必有我師」，便也具備了諺語的整齊性和通俗化，為此諺在唐代敦煌民間成熟的形態。前代的諺語經過敦煌民間口頭的磨練和陶冶，使諺語更加典型和成熟，更具有唐化的時代特徵。

第三，意思相同，但完全改變了諺語的形式和說法。這是指《太公家教》中的諺語與我國後代乃至現代諺語具有一種相互傳承的關係。例如，《太公家教》中「將軍之門，必出勇夫」條，後代「將門出虎子」的諺語，顯然來自這一條四言二句諺。再如，《太公家教》中「一日為師，終日為父」條。後代在演變，元．關漢卿《玉鏡台》第二折為：「小姐拜哥哥，一日為師，終身為父。」明．吳承恩《西遊記》第八十一回為：「『一日為師，終身為父。』我等與你做徒弟，就是兒子一般。」到清．曹雪芹《紅樓夢》第五十八回，說法完全改變了，成為：「那婆子便說：『一日叫娘，終身是母。』他排擅我，我就打得！」後者的「一日叫娘，終身是母」顯然是從前者轉化而來。上兩例的變化就是從形式到說法的轉化，而意思都未變化。這種變化情況一直到現代諺語也仍然在繼續著，例如，《太公家教》中的「一行有失，百行俱傾」條，發展到現代民間諺語轉化為毛澤東《中國革命戰爭的戰略問題》：「說

『一著不愼，滿盤皆輸』，乃是說的帶全局性的，即對全局有決定意義的一著，而不是那種帶局部性的即對全局無決定意義的一著。下棋如此，戰爭也是如此。」後者說法雖完全不同，但仍可很容易便看出它們之間的轉化關係。

總之，流傳變化的特點便包括諺語的精煉化、用字的變換，以及完全改變形式和說法這三個方面。可見敦煌《太公家教》中的諺語曾對我國諺語產生過積極的影響。

## 第四節 《太公家教》諺語的特點

諺語由於產生和流傳的時代不同，以及地區不同，必然要形成若干特點。研究諺語，甚至輯錄諺語都應當對它有所區分，這樣才能使人了解不同時代、不同地區諺語獨特的個性和價值。《太公家教》中的諺語，也有它的特點，而且這種特點還是十分鮮明的。有下列幾點：

第一，簡短諺語的伸發性。就是說，本來是一條簡短的諺語，在《太公家教》裡，竟然在相同的結構和相似的表達方式上，伸發出多條精彩的諺語來。例如，「近朱者赤，近墨者黑」條，語出晉・傅玄《傅鶉觚集・太子少傅箴（zhēn，珍）》：「故近朱者赤，近墨者黑；聲和則響清，形正則影直。」這條簡短的諺語不獨在《太公家教》中也出現了，而且還伸發出來同語言結構同表達方式的其他幾條諺語。例如：

1.近佞者諂，近偷者賊。2.近愚者癡，近聖者明。3.近賢者德，近淫者色。4.近鮑者臭，近蘭者香。5.近愚者闇，近智者良。

這種「近——，近——」式詞組，早已是定型化了的。這種伸發性表明了此類諺語有固定的構造。伸發性自然是理所當然的，因為它出自唐代人民群眾的口頭創作，在口耳相傳中，人民群眾發揮了他們天才創造的才能；不同的語言藝術家在不同的場合裡，依據固定的諺語構造，靈活的創造出不同的諺語來。

第二，形象諺語的排比性。眾多形象而優美的排比諺語，是《太公家教》中的敦煌諺語突出的特點，形式是多種多樣的。

⑴四言兩句排比諺語：如，病則無法，醉則無憂。又如，貧不可欺，富不可恃。⑵六言兩句排比諺語，如，勤是無價之寶，學是明月神珠。又如，慎是護身之符，謙是百行之本。⑶八言兩句排比諺語。如，明君不愛邪佞之臣，慈父不愛無力之子。⑷十言兩句排比諺語。如；積財千萬，不如明解一經；良田千頃，不如薄藝隨軀。又如，香餌之下，必有懸鈎之魚；重賞之下，必有勇夫之勁。⑸四句式排比諺語。如，小兒學者如日出之光，長而學者如日中之光，老而學者如日暮之光，老而不學實實如夜。⑹八句式排比諺語。如，在分類中未曾引到的兩組排比諺語。

第一組：

鷹鷂雖迅，不能快於風雨，
日月雖明，不照覆盆之下，
唐虞雖聖，不能化其明主，
微子雖賢，不能諫其時君，
比干雖惠，不能自免其身，
蛟龍雖聖，不煞岸上之人，
刀劍雖利，不殺清潔之士，
羅網雖細，不執無事之人。

第二組：

高山之樹，苦於風雨，
路邊之樹，苦於刀斧，
當道作舍，苦於客侶，
不慎之家，苦於官府，
牛羊不圈，苦於狼虎，
禾黍不收，苦於雀鼠，

屋漏不覆，苦於梁柱，
兵將不慎，敗於軍旅。

從上例可見，四條以上的排比諺語，可以拿它作為「格言詩」加以看待。因為它們在語言構造和表達方式上是有共同之處的。這種格言詩型的諺語，是《太公家教》中的諺語別具一格的特點。在我國任何朝代的民間諺語中都是很少見到的，唯獨它在《太公家教》中大量存在。儘管每一條排比的諺語都給人以新鮮感，結構頗為完整，形象也頗為鮮明，但它們不夠凝練，給人以蒼鷹剛剛出殼的感覺，即是說，這些諺語各種變體似剛剛在唐代產生並流傳，它們即將在漫長的歷史長河中去經受嚴峻的考驗，由歷代人民對它們決定是取還是捨，果然，有些諺語如今已被採集到，如「重賞之下，必有勇夫」，更精練，刪去原有「之勁」二字，人們已忘記了它的早期形態前面還有精彩的一句：「香餌之下，必有懸鈎之魚」。這就說明，經過口頭流傳，這些諺語更加精煉，更加具有一針見血的概括性了。

第三，生活素材的一致性。我們將其他敦煌寫本中的諺語來與《太公家教》中的諺語作比較研究，就會發現它們在擷取生活素材來作成諺語方面具有一致性。這是一個頗為有趣的問題。

在敦煌寫本中關於孝敬父母的諺語比較多，《太公家教》裡也不例外。試讀以下諺語，即可分解。

《敦煌變文集》有關孝的諺語：

1.養子備老，積行擬衰。（〈伍子胥變文〉，頁一八）。

2.慈烏有返哺之報恩，羊羔有跪母（之）酬謝。（〈秋胡變文〉，頁一五六）

3.牛懷舐犢之情，母子寧不眷戀？（〈秋胡變文〉，頁一五六）

4.結親本擬防非禍，養子承望奉甘脺（脆）。（〈李陵變文〉，頁九四）。

5.積穀防飢，養子備老。（〈父母恩重經講經文〉，頁六七四，伯二四一八）

6.慈烏返哺之報。（同上篇，頁六九三）

7.人家積穀本防飢，養子還徒（圖）被（備）老時。（〈父母恩重經講經文〉，頁六九六，北京河字十二號）

8.家依長子，國仗忠臣。（〈降魔變文〉，頁三七〇）

《太公家教》有關孝的諺語：

1.事君盡忠，事父盡孝。

2.善能行孝，勿貪惡事；莫作詐巧，直實在心。

3.孝心事父，晨省暮看（爰）。

4.父母有疾，甘羹不餐。

5.其父出行，子須從後。

6.子從外來，先須省堂。

7.孝子不隱情於父；忠臣不隱情於君。
8.立方行道，始於事親。
9.孝無終始，不離其方。
10.孝是百行之本。

從上例可見，敦煌其他寫本與《太公家教》一樣，同有許多行孝的諺語，這種生活素材一致性的特點是頗明顯的。對父母行孝、對皇帝盡忠，這兩組諺語都是並提的。不僅儒家學說如此推崇，佛家也利用這種說法來爭取人們對它的篤信，封建王朝自然也加以讚許，因為這對他們鞏固自己的統治有利。然而，對於敦煌人民來說，強調對父母敬孝，還有它特殊的含義，這就是維護他們本民族——漢族的血緣關係，以抵禦四周異族野蠻奴隸制的同化，因此人們也樂於將行孝與盡忠報國並提，以不忘唐宗漢祖，傾慕於中華古國高度發展的封建制度，肯定和擁戴它在當時的進步性。其目的是想獲得生活的安定和生產經濟的發展，因此，行孝的諺語最終不能不歸結到它的經濟原因，同時，這些行孝諺語之所以能夠一直流傳於千古，最終也不能不歸結到它的經濟原因。所以這種一致性表明了敦煌諺語的共同性。行孝的主題，不僅在變文中大量存在，在敦煌曲子詞、石窟壁畫中也同樣存在。

第四，表現手法的多樣性。這也是《太公家教》中諺語的特點。它包含在各個方面：

1.對比。它的公式是「××不如××」，如：

(1)千人排門，不如一人把關。（千人排門與一人把關對比）

(2)積財千萬，不如明解一經。（積財千萬與明解一經對比）

(3)良田千頃，不如薄藝隨軀。（良田千頃與薄藝隨軀對比）

這種表現手法的特點是，用對比法，將前一事物否定，把後一事物肯定。

2.對稱。它的公式是「××是（或為）××」，成雙的提出問題。如：

(1)勤是無價之寶，學是明月神珠。（勤與學相對稱）

(2)慎是護身之符，謙是百行之本。（慎與謙相對稱）

這種表現手法的特點是，通過雙肯定來突出兩種同等事物的正確評價。

3.矛盾。將兩種對立事物，結合成一句諺語，構成了矛盾衝突。如：

(1)柔必勝剛。　　柔與剛相矛盾。

(2)齒堅即折。　　堅與折相矛盾。

(3)人無遠慮，必有近憂。　　遠慮與近憂相矛盾。

這種表現手法的特點，是將矛盾雙方聯成為一個整體思想，構成警世的諺語。

4.比喻。用通俗易懂的形象比喻，來說明一個發人深省的道理。如：

(1)勤耕之人必豐穀食。　　比喻勤奮的益處。

(2)吞鉤之魚恨不忍飢。　　比喻不忍耐之害。

(3)刀劍雖利，不能染清潔之士。 比喻領導者必須廉正。

這種表現手法通過各種各樣不同的具體形象，從各種不同的角度，來表現生活中許多道理，豐富人們對生活真理的認識。

5.興托。這類諺語是二句式排比句，前面一句比喻，後面一句點明意義，和盤托出。如：

(1)鳳凰愛其羽毛，
賢士惜其言語。

(2)邪徑壞於良田，
讒言敗於善人。

(3)女無明鏡，不知面上之精美；
人無良友，不知行為之得失。

這種表現手法特點是，前一句完全是詩意的比喻，後一句興托句才點明主題：給人以充分的美感和深刻的印象，並給人以良好思想的啟迪。使人們樂於口傳，便於記憶。

《太公家教》中的諺語表現，唐代人民卓越的藝術語言創造的才能。

《太公家教》中的諺語表現手法的多樣性，說明它所選輯的唐代諺語有較高的藝術質量，能給人們以美的熏陶，使人們易於接受。

總之，《太公家教》中的諺語，具有簡短諺語的伸發性、形象諺語的排比性、生活素材的一致性，和表現手法的多樣性種種特點。它是祖國民間諺語之海中開放出來的一束獨特的花朵。

正如王國維先生在影印本後跋中所說：「今觀其書，多作四學韻語，語多鄙俗，且失倫次，與上諸書所言，一一符合。且今日俗諺，猶多見其中，設非見唐人寫本，必疑為後世假託矣。」情況正是這樣，假如它不是出於敦煌石室，必將懷疑它是後世偽作，但如今都確鑿說明它是唐代寫本，今諺許多條目的來源問題，便在《太公家教》中得到了確實的證據，是我國諺語研究的一大喜事。

## 第五節　敦煌本《太公家教》校錄

### 序　言

余乃生逢亂代，長值危時，忘鄉失土，波迸流移①。只欲隱山學道②，不能忍凍受飢；只欲揚名於後世，復無晏纓之機。才輕德薄，不堪人師；徒消人食，浪費人衣；隨緣信

①羅本的「原卷」，「原卷」流移為「流離」，據伯三五九九「流移」改之。

②原卷為「隱山居住」，據伯三五九九「隱山學道」改之。

業，且逐時之宜③，輒以討其④墳典，簡擇詩書，依經傍史，約禮時宜，為書一卷，助幼童兒，留傳萬代⑤，幸願思之，則經論曲直，書論上下，易辨剛柔，風流儒雅，禮樂興行，信義成著，禮上往來，尊卑高下⑥，仁道立焉。

## 正文

一、得人一牛，還人一馬。

二、往而不來，非成禮也；
來而不往，亦非禮也。

〔校注〕此八字據斯五七二九補入。

三、知恩報恩，風流儒雅。

四、有恩不報，豈成人也。

五、事君盡忠，事父盡孝。

---

③原卷為「且逐時之」，據伯三五九九，三七六四等卷「且逐時之宜」改之。

④原卷「討其」，伯三五九九為「討論」。

⑤原卷為「留傳於後」，據伯三五九九「留傳萬代」改之。

⑥「禮」以下八字，據伯二五六四補入。

六、禮聞來學，不聞往教。
七、舍父事師，敬問於父。
八、慎其言語，整其容貌。
〔校注〕「慎其言語」，斯五七二九為「先慎口言」。
九、善能行孝，勿貪惡事。
〔校注〕原卷為「善能行孝，物貪惡事」，「物」當係「勿」之形、音相近之誤。斯五七二九為「善事須貪，惡事莫樂」。
一〇、莫作詐巧，直實在心。
〔校注〕伯三五九九為「直實在心，勿行欺巧」。
一一、勿生欺誑。
〔校注〕原卷「勿」為「物」，形、音相近之誤。
一二、孝心事父，晨省暮參。
〔校注〕原卷「參」為「𥫗」，據斯一二九一改前四字為「孝子事親」，伯三七六四為「孝子事父，晨省暮飡」，「飡」與「餐」同。
一三、知飢知渴，知暖知寒。
一四、憂時共戚，樂時同歡。

〔校注〕伯二七三八為「樂則同歡」。

一五、父母有疾，甘羹不飡。

一六、食無求，無求飽；

一七、居無求，安聞樂。

〔校注〕按《論語・學而》有「食無求飽，居無求安」之語，但《太公家教》乃民間俗文學，不必與之強同而臆改為《論語》之語，敦煌民間已將之化為民間諺語，三言四句，故以尊重原著為上。伯三五九九取「食無求飽，居無求安」之句。

一八、求樂聞、喜不看。

〔校注〕原卷「看」為「署」。伯三七六四為「聞樂不樂，聞戲不看。」

一九、不修身體，不整衣冠。

〔校注〕伯四〇八五為「不補身體，不整衣著」。

二〇、父母疾愈，整亦不難。

〔校注〕原卷為「得至疾瘉，止亦不難」，據斯一二九一校改。「瘉」為「癒」（簡化字為「愈」之俗寫），「止」為「正」之形誤，「正」又為「整」之音誤。

二一、弟子事師，敬同於父。

二二、習其道也，學其言語。

〔校注〕斯一二九一、伯二九三七為「習其道術。」

二三、有疑則問，有教則受。

二四、鳳凰愛其羽毛，賢士惜其言語。

〔校注〕據斯一二九一、伯三七六四補入。

二五、黃金白銀，乍可相與。

二六、好言善述，莫湯（漫）出口。

〔校注〕原卷為：「好言善述，囗濆出口。」斯六一八三為「好言善述，莫滿出口。」伯四〇八五為「不滿出口。」

二七、臣子無境外之交，弟子有束脩之好。

〔校注〕原卷「脩」為「羞」。斯六一八三「臣子」為「忠臣」。

二八、一日為師，終身為父。

〔校注〕伯三五九九為「終日為父」。

二九、一日為君，終身為主。

〔校注〕伯三五九九為「終日為主」。

三〇、教子之法，常令自慎，勿得隨宜。

〔校注〕「勿得隨宜」據斯六一八三補入。

三一、言不可失，行不可虧。
三二、他離莫越，他事莫知。
三三、他戶莫窺，他嫌莫道。
〔校注〕此八字據伯二五六四補入。
三四、他貧莫譏，他病莫欺。
〔校注〕斯三八三五為「他貧莫笑」。
三五、他財莫取，他色莫侵。
〔校注〕伯二九三七為「他色莫思」。
三六、他彊莫觸，他弱莫欺。
三七、他弓莫挽，他馬莫騎。
三八、弓折馬死，賞他無疑。
〔校注〕原卷「賞」為「常」，據伯二五六四改。
三九、財能害己，必須畏之。
〔校注〕斯三八三五「畏」為「遠」，伯二七三八亦為「畏」。
四〇、酒能敗身，必須戒之。
四一、色能置害，必須遠之。

〔校注〕斯三八三五「置害」為「致亂」，「遠」為「棄」。伯二七三八亦為「置害」。

四二、忿能積惡，必須忍之。

四三、心能造惡，必須戒之。

〔校注〕伯三六二三「造」為「生」。伯四〇八五「戒」為「裁」。

四四、口能招禍，必須慎之。

四五、見人善事，必須贊之。

四六、見人惡事，必須掩之。

四七、鄰有災難，必須救之。

四八、見人鬥打，必須諫之。

四九、意欲去處，必須審之。

五〇、見人不是，必須語之。

〔校注〕原卷「語」為「教」，據斯三八三五、伯二五六四「必須語之」改。

五一、不如己者，必須教之。

〔校注〕此條據伯三七六四補入。

五二、好言善述，必須學之。

〔校注〕此條據伯二五六四補入。另斯一二九一前四字為「見人善術」。

五三、非是時流，必須避之。
五四、惡人欲染，必須避之。
〔校注〕此條據伯三六二三補入。
五五、羅網之鳥，悔不高飛。
五六、吞鉤之魚，恨不忍飢。
五七、人生誤計，恨不三思。
五八、禍將及己，恨不忍之。
五九、其父出行，子須從後。
〔校注〕伯三五九九「須」為「則」。
六〇、路逢尊者，齊腳斂手。
六一、尊人之前，不得唾地。
〔校注〕斯三八三五「人」為「者」。
六二、尊人賜酒，必須拜受。
〔校注〕伯三七六四「必」為「即」。
六三、尊者賜肉，骨不與狗。
六四、尊者賜果，懷核在手。

六五、若也棄之，為禮大醜。

〔校注〕伯三五九九前又有「勿得棄之」。

六六、對客之前，不得唾涕。

六七、對食之前，不得漱口。

〔校注〕此條據伯二六二三、伯三八三五補入，原卷「不得唾涕」後只有「亦不漱口」四字。語見於《禮記》為「尊客之前不叱狗，讓食不唾。」但此兩條已與之不同而變為民諺。

六八、憶而莫忘，終身無咎。

〔校注〕伯二六二三前四字為「憶而慎之」。

六九、立身之本，義讓為先。

七〇、賤莫與交，貴莫與親。

七一、他奴莫與語，他婢莫與言。

〔校注〕原卷前句為「他奴莫語」，據伯二九三七「他奴莫與語」改之。

七二、高敗之家，慎莫為婚。

〔校注〕伯三五九九為「商販之家」，曰「高敗」，未必係抄者致誤，兩者均通。伯二七三八「為」為「與」。伯二九三七後四字為「莫與為婚」。

七三、生分之家，莫與為婚。

〔校注〕此條據伯四〇八五補入。

七四、市道接利，莫與為鄰。

七五、敬上愛下，泛愛尊賢。

七六、孤兒寡婦，特可矜憐。

七七、乃可無官，不得失婚。

七八、身須擇行，口須擇言。

七九、惡人同會，禍必及身。

八〇、養兒之法，莫聽誑言。

八一、育女之法，莫聽離母。

〔校注〕原卷「莫」為「不」，伯二九三七後四字為「莫聽樂酒」。

八二、男年長大，莫聽好酒。

八三、女年長大，莫聽遊走。

八四、丈夫好酒，宣拳捋肘。

〔校注〕伯三七六四「好」為「飲」。

八五、行不擇地，言不擇口。

八六、觸犯尊賢，鬥亂朋友。

〔校注〕原卷「賢」為「卑」，據伯三八九四「卑」為「賢」改。

八七、女人遊走，逞其姿首。

八八、男女雜合，風聲大醜。

〔校注〕伯三八九四「大」為「可」。

八九、慚恥尊親，損辱門戶。

〔校注〕伯二七三八亦為「慚恥尊親」，但伯二五六四為「汙染宗親」，亦通。

九〇、婦人送客，不出閨庭。

九一、口出言語，下氣低聲。

〔校注〕伯三七六四「口出」為「所有」，亦通。

九二、出行逐伴，隱影藏形。

九三、門前有客，莫出齋廳。

九四、一行有失，百行俱傾。

九五、能依此理，無事不精。

〔校注〕原卷「依」為「于」，據伯三五九九校改。

九六、新婦事君，敬同其父。

〔校注〕原卷「君」為「父」，據伯三五九九、伯三七六四校改；伯三七六四為「新婦事君，同於事父。」

九七、音聲莫聽，形影不睹。

九八、夫之父兄，不得對語。

〔校注〕原卷「父」為「婦」，據斯三八三五校改。

九九、孝養翁婆，敬事夫主。

〔校注〕原卷「婆」為「家」，據伯三二四八校改，另，伯二五六四「養」為「順」。

一〇〇、泛愛尊賢，教示男女。

一〇一、行則緩步，言必小語。

〔校注〕伯三八九四「則」為「必」，伯三五九九「小」為「細」，亦通。

一〇二、勤事女功，莫學歌舞。

一〇三、小為人子，長為人父。

〔校注〕原卷「小為人子」後無「長為人父」，此四字，據伯二七三八補入。

一〇四、少作人妻，長為人母。

〔校注〕原卷只有後四字，前四字據伯二五六四補入，伯二九八一作「小作人妻」亦通。

一〇五、出則斂容，動則庠序。

一〇六、敬慎口言，終身無苦。

〔校注〕斯三八三五前四字為「行而慎之」，亦通。
一〇七、希見今時，貧家養女。（「希」一作「常」）
一〇八、不解麻布，不閒針縷。
一〇九、貪食不作，好喜遊走。
〔校注〕伯二九八一前四字為「貪食畏作」，亦通。
一一〇、女年長大，聘為人婦。
〔校注〕伯二九八一作「母年長大，為人作婦。」
一一一、不敬君家，不畏夫主。
〔校注〕伯二五六四「君」為「翁」。
一一二、大人使命，說辛道苦。
一一三、夫罵一言，反應十句。
一一四、損辱兄弟，連累父母。
一一五、本不是人，狀同豬狗。
一一六、含血損人，先惡其口。
〔校注〕伯三七六四「惡」為「汙」，亦通。
一一七、夫人不言，言必有中。

〔校注〕此條據伯二九三七補入。

一一八、十言九中，不語者勝。

〔校注〕伯三二〇四、伯二五六四「中」均為「眾」。伯二九三七前四字為「十言九重」，伯三九四四前四字又為「十語九中」。

一一九、小為人子，長為人父。

一二〇、居必擇鄰，慕近良友。

一二一、側立廳堂，侍待賓客。

〔校注〕原卷「侍」作「⿰氵多」，形音致誤。「侈」誤為「⿰氵多」，先形誤，又將「侍」誤為「侈」。伯二五六四後四字又為「俟侍官侶」，亦通。

一二二、侶無親疏，來者當受。

一二三、合食與食，合酒與酒。

一二四、關門不看，還同豬狗。

〔校注〕伯四九九五「還同」為「不如」，亦通。

一二五、拔貧作富，事須方寸。

一二六、款客不貧，古今實語。

一二七、握髮吐餐，先有嘗處。

一二八、關門不看，不如狗鼠。
一二九、高山之樹，苦於風雨。
一三〇、路邊之樹，苦於刀斧。
〔校注〕伯三四三〇「邊」為「旁」。
一三一、當道作舍，苦於客侶。
一三二、不慎之家，苦於官府。
一三三、牛羊不圈，苦於狼虎。
一三四、禾熟不收，苦於雀鼠。
一三五、屋漏不覆，苦於欅柱。
〔校注〕伯三五九九「苦於」為「壞其」。
一三六、兵將不慎，敗於軍旅。
一三七、人生不學，費其言語。
一三八、近朱者赤，近墨者黑。
一三九、蓬生痲中，不扶自直。
一四〇、白玉投屋，不汙其色。
〔校注〕據斯三八三五補入。

一四一、近佞者諂，近偷者賊。
一四二、近癡者愚，近聖者明。
〔校注〕伯三五九九前四字為「近愚者癡」。
一四三、近賢者德，近淫者色。
一四四、貧人多力。
一四五、貧人由懶，富人勤力。
〔校注〕據伯二五六四補入。伯三四三〇為「貧人多懶，富人多力」。
一四六、勤耕之人，必豐穀食。
一四七、勤學之人，必居官職。
一四八、良田不耕，損人功力。
一四九、養子不教，損人衣食。
一五〇、與人共食，慎莫先嘗。
一五一、與人同飲，莫先起觴。
〔校注〕伯三四三〇「起」為「執」。
一五二、行不當路，坐不當輦。
〔校注〕伯二九三七後四字為「坐不背堂」。

一五三、路逢尊者，側立其旁。

〔校注〕伯二九三七後四字為「側立道旁」。

一五四、有問善對，必須審詳。

〔校注〕斯三八三五前四字為「有語即對」。

一五五、子從外來，先須省堂。

〔校注〕伯三七六四「省」為「就」。

一五六、未見尊者，莫入私房。

一五七、若得飲食，慎莫先嘗。

〔校注〕伯二九八一「慎莫」為「未可」。

一五八、饗其祖宗，始到耶孃。

一五九、次霑兄弟，後及兒郎。

一六〇、食必先讓，㔁必先當。

〔校注〕伯二九八一為「食必須讓，㔁必自當。」

一六一、知過必改，得能莫忘。

〔校注〕伯三七六四「得」為「德」。

一六二、與人相識，先整容儀。

一六三、稱名道字，然後相知。

〔校注〕伯二九八一「字」為「姓」，亦通。

一六四、陪年已長，則父事之。

一六五、十年已上，則兄事之。

一六六、五年已外，則肩隨之。

一六七、群居五人，長者必跪。

〔校注〕據伯二九八一補入。

一六八、三人同行，必有我師焉。

一六九、擇其善者而從之，其不善者而蓋之。

〔校注〕伯二五六四、伯三五九九「蓋」為「改」，亦通。

一七〇、滯不擇職，貧不擇妻。

一七一、飢不擇食，寒不擇衣。

一七二、小人為財相煞，君子以德相知。

一七三、欲求其矩，先取其短。

〔校注〕伯三五九九為「欲求其短，先取其長」。

一七四、欲求其圓，先取其方。

一七五、欲求其強，先取其弱。
一七六、欲求其剛，先取其柔。
一七七、欲防外敵，先須自防。
〔校注〕伯二九八一「自」為「內」，亦通。
一七八、欲量他人，先須自量。
〔校注〕據伯二五六四補入。
一七九、欲揚人惡，便是自揚。
〔校注〕斯一一六三「自揚」為「自傷」。
一八〇、傷人之語，還是自傷。
一八一、凡人不可貌相，海水不可斗量。
一八二、茅茨之家，必出公主。
〔校注〕斯一一六三後四字為「或出國王」，亦通。
一八三、蒿艾之下，必有蘭芳。
〔校注〕斯一一六三後四字為「或出蘭香」，亦通。
一八四、助祭得食，助鬥得傷。
一八五、人慈者壽，凶暴者亡。

〔校注〕伯二九八一前四字為「仁者得福」，亦通。伯二五六四「人」為「仁」。

一八六、清清之水，為土所傷。

一八七、濟濟之人，為酒所殃。

〔校注〕此條據伯二五六四補入。

一八八、聞人善事，乍可稱揚。

〔校注〕伯四九九五「乍」為「必」。

一八九、知人有過，密掩深藏。

一九〇、是故罔談彼短，靡持己長。

〔校注〕原卷「短」為「矩」，現據伯二八二五校改。

一九一、鷹鷂雖迅，不能快於風雨。

一九二、日月雖明，不照覆盆之下。

一九三、唐虞雖聖，不能化其明主。

〔校注〕伯二五六四「化其明主」四字為「諫其闇君」。

一九四、微子雖賢，不能諫其暗君。

一九五、比干雖惠，不能自免其身。

一九六、蛟龍雖蠻，不煞岸上之人。

一九七、刀劍雖利，不殺清潔之士。
〔校注〕斯一一六三後六字為「不斬無罪之人」，亦通。
一九八、羅網雖細，不執無事之人。
一九九、飛災橫禍，不入慎家之門。
二〇〇、人無遠慮，必有近憂。
二〇一、邪徑壞於良田，讒言敗於善人。
〔校注〕斯一一六三「壞」為「敗」，亦通。
二〇二、君子以寬洪為大，海水以博納為深。
〔校注〕伯二五六四等卷「寬洪」為「含弘」，亦通。
二〇三、寬則得眾，敏則有功。
二〇四、以法治人，人即得安。
二〇五、國信讒言，必煞忠臣。
二〇六、治家信讒，家必敗亡。
二〇七、兄弟信讒，分別異居。
〔校注〕伯三七六四「即」為「則」。
二〇八、夫婦信讒，男女生分。

二〇九、朋友信讒，必致死怨。
二一〇、天雨五穀，荊棘蒙恩。
二一一、抱薪救火，火必成災。
〔校注〕原卷「抱」為「枹」，誤，現據伯二九八一校改。
二一二、揚湯至沸，不如去薪。
〔校注〕斯一一六三「去」為「棄」。
二一三、千人排門、不如一人把關。
二一四、一人守隘，萬人莫當。
二一五、貪心害己，利口傷人
二一六、苽田不整履，李下不整冠。
〔校注〕斯三八三五「李」為「梨」。
二一七、聖君雖渴，不飲道泉之水。
〔校注〕斯四九二〇「聖君」為「堯舜」。伯三七六四「道泉」為「盜泉」，「盜泉」古地名。
二一八、暴風疾雨，不入寡婦之門。
二一九、孝子不隱情於父，忠臣不隱情於君。
〔校注〕伯三四三〇「情」為「辭」。

二二〇、法不加於君子，禮不下於小人。
〔校注〕斯三八三五「法不加於君子」為「法不嫁於君子」。
二二一、君濁則用武，君清則用文。
〔校注〕伯三六二三卷兩「君」通為「軍」。
二二二、多言不益其體，百伎不妨其身。
二二三、明君不愛邪佞之臣，慈父不愛不孝之子。
〔校注〕原卷「不孝」為「無力」，據斯一一六三校改。
二二四、道之以德，齊之以禮。
二二五、小人負重不擇地而息，君子困窮不擇官而事。
二二六、屈厄之人，不羞執鞭之事；
飢寒在身，不羞乞食之恥。
二二七、貧不可欺，富不可恃。
二二八、陰陽相催，終而復始。
二二九、太公未遇，釣魚於水。
〔校注〕「於」，原卷無，據斯一一六三補入。
二三〇、相如未達，賣卜於市。

〔校注〕斯三八二五「卜」為「藥」。

二三一、巢父居山，魯連海水。

〔校注〕巢父，原卷無，據斯四九二〇補入。

二三二、孔明盤桓，候時而起。

〔校注〕原卷「明」為「鳴」，據斯三八三五，斯四九二〇等卷校正。

二三三、鶴鳴九皐，聲聞於天。

〔校注〕斯三八三五「聞」為「徹」。

二三四、竃里燃火，燒氣成雲。

〔校注〕伯二七七四後四字為「烟氣成雲」。

二三五、兩底燃火，火必成烟。

〔校注〕前四字據伯三八九四補入，後四字據斯三八三五補入。

二三六、家中有惡，人必知之。

〔校注〕伯三七九七「之」為「聞」。

二三七、身有德行，人必稱傳。

二三八、惡不可作，善不可冠。

〔校注〕此條據斯三八三五補入。伯二七七四後四字為「善必可親」。

二三九、人能弘道，非道弘人。

〔校注〕此條據伯二五六四、伯二七七四補入。

二四〇、孟母三移，為子擇鄰。

〔校注〕伯二七七四「移」為「思」。

二四一、不患人之不知己，只患己之不知人。

〔校注〕伯二九八一「只患」為「但患」。

二四二、欲立身，先立人；己欲達，先達人。

〔校注〕斯一一六三為：

欲立其身，先立於人。

己欲求達，先達於人。

二四三、立身行道，始於事親。

二四四、孝無終始，不離其身。

二四五、修身慎行，恐辱先人。

〔校注〕原卷「恐」為「㤟」，據伯四五八八校正。語出《孝經》。

二四六、己所不欲，勿施於人。

二四七、近鮑者臭，近蘭者香。

〔校注〕斯一一六三「臭」為「醜」。

二四八、近愚者闇，近智者良。

二四九、近賢者德。

〔校注〕據二五六四補入

二五〇、明珠不營，焉發其光。

二五一、人生不學，言不成章。

〔校注〕伯二七七四後四字為「語不成章」。

二五二、小兒學者，如日出之光，

長而學者，如日中之光，

老而學者，如日暮之光，

老而不學，實實如夜。

〔校注〕伯四五八八「實實如夜」為「冥冥如夜行」，亦通，語出《說苑》。

二五三、柔必勝剛，茗必勝須。

〔校注〕斯一一六三後四字為「弱必勝強」。

二五四、齒堅即折，舌柔則長。

〔校注〕伯三〇六九前四字為「齒堅則折」。原卷「舌」為「茗」，據斯三八三五改。語出

《說苑》。

二五五、凶必横死，欺敵者亡。

〔校注〕此條據伯二五六四補入。斯三八三五為「凶必暴死，欺敵必亡」，亦通。

二五六、女慕貞潔，男效才良。

二五七、行善獲福，行惡得殃。

二五八、行來不遠，所見不長。

〔校注〕伯二九八一「來」為「履」，亦通。

二五九、學問不廣，智慧不長。

二六〇、欲知其君，視其所使。

二六一、欲知其父，先視其子。

二六二、欲作其木，視其文理。

〔校注〕伯四五八八為「先觀其子」。

二六三、欲知其人，先知奴婢。

〔校注〕伯四五八八「作」為「知」，亦通。

〔校注〕伯三七六四「先知」為「視其」，亦通。

二六四、君子困窮，小人窮斯濫矣。

〔校注〕伯三七六四後六字為「不擇官而士」。

二六五、病則無樂，醉則無憂。

〔校注〕伯四五八八「樂」為「法」。

二六六、飲人誑藥，不得責人無理。

〔校注〕伯二八二五「誑藥」為「強樂」；另原卷「無」」為「之」，據伯卷校改。

二六七、聖人避其酒客，君子恕其酒仕。

〔校注〕伯二八二五「酒」為「醉」。

二六八、智者不見人之過，小人好見人之事。

〔校注〕伯二七七四「智者」為「君子」。原卷無後七字，據斯三八三五補入。另伯二五五六四後七字為「愚夫好見人之恥」，伯二八二五「恥」為「過」。

二六九、女無明鏡，不知面上之精美；

人無良友，不知行為之得失。

〔校注〕伯三七九七「得」為「虧」。

二七〇、愚夫之子，多患小人。

二七一、將軍之門，必出勇夫。

〔校注〕伯二五六四前四字為「兵將之家」，亦出「為」「有」，亦通。

二七二、博學之家，必有君子。

〔校注〕伯三五六九「博學」為「學問」。

二七三、人相知於道術，魚相望於江湖。

〔校注〕原卷為「是以人相知相道行，魚□望於江湖」。據伯卷「人相知於道術」參校。

二七四、結交為友，須擇良賢。

〔校注〕原卷前有「是以」二字，亦通。

二七五、寄死托孤，意重則密，情薄則疏。

〔校注〕「情薄則疏」據斯三八三五補入。

二七六、榮則同榮，辱則同辱。

二七七、榮則共樂，辱則共憂。

〔校注〕此條據伯三五六九補入。

二七八、難則相救，危則相扶。

二七九、勤是無價之寶，學是明月神珠。

〔校注〕伯二九八一為：「勤是無價之寶，忍是護身之符。」伯三五六九為：「勤是龍宮海藏，學是明月神珠。」伯四五八八「勤」為「作」。

二八〇、積財千萬，不如明解一經，

良田千頃，不如薄藝隨軀。

〔校注〕伯二九八一為「良田百頃」，「軀」為「身」。

二八一、慎是護身之符，謙是百行之本。

二八二、香餌之下，必有懸鈎之魚。

重賞之下，必有勇夫之勁。

〔校注〕伯三七九七為「香餌之下，必有懸魚；重賞之下，必有勇夫。」

二八三、功者可償，過者可誅。

二八四、有功者賞，有過者誅。

〔校注〕此條據伯三五六九補入。

二八五、慈父不愛無力之子，只愛有力之奴。

〔校注〕伯三五六九為「不念無功之子」，故「力」校為「功」亦通。

二八六、養男不教，為人養奴。

〔校注〕伯三七六四後四字為「不如養奴」。

二八七、養女不教，不如養狗。

〔校注〕伯四九二〇「狗」為「豬」。

二八八、癡人思婦，賢女敬夫。

〔校注〕伯四九二〇「思」為「畏」。

二八九、孝是百行之本，故云其大者乎。

## 跋

余之志也，五帝為宗，四海為宅，五常為家，不思恩寵，不慕榮華，食不重味，衣不經麻，唯貪此書一卷，不用黃金千車，集之數韻，未辨疵瑕，本不呈於君子，意欲教於童兒用了也。

〔校注〕跋文為原卷所無，現據斯五六五五、伯二八二五、斯三八三五、斯五六五五諸卷補入。

一九八二年九月二日校畢於南京大學圖書館

一九八四年八月再校於敦煌文物研究所

# 第十五章　論敦煌孟姜女傳說

## 第一節　緒論

孟姜女故事是我國四大民間傳說之一，源遠流長，世所著稱。敦煌本《孟姜女變文》則表現了此故事創造性發展的階段，在孟姜女故事長期演變中標誌著新的歷史進程。鑒於它的重要價值，本章即以《孟姜女變文》為軸心，剖析此故事的流佈，並揭示它多方面的開創性。

自一九二四年十一月顧頡剛先生發凡，寫出了現代孟姜女故事研究的第一篇論文以來（該論文名為〈孟姜女故事的轉變〉，刊載於北京大學《歌謠周刊》），又積四年的辛勞，於一九二八年止，陸續出版了三冊《孟姜女故事研究集》，這一部研究集一九八四年上海古籍出版社，又出版了增訂本，總結了顧頡剛先生的研究成果。如果從一九二四年算起，已經過去了六十年；一九六一年蘇聯出版了鮑·李福親的專著《萬里長城的傳說與中國民間文學的體裁問題》；一九七三年日本橫濱市立大學出版了波多野太郎的專書《滿漢合壁子弟書尋夫曲校證》，該書長達一〇三四頁。其餘，日本、蘇聯、法國、捷克、德國、我國等國學者，都先後發表了大量的有關孟姜女故事的論文，可以說孟姜女故事的研究具有了國際性。孟姜女故事在中國民間文學的民間傳說系統中具有了重要的研究價值。這一巨大的著名的中國民間傳說故事系統，中外的學者對它傾注了如此熾烈的研究熱情，寫出了如此眾多的具有特色的專著和論文，其結果也推動了和繁榮了我國民間文學研究事業，這乃是一件值得慶賀的大事。但是，總觀六十多年研究的過程，敦煌本《孟姜女變文》的價值，尚未提到足夠的高度予以認識，它的多方面的開創性尚未引起足夠的重視，中國學術界理應承擔起此項揭示工作，將孟姜女研究引向縱深。

孟姜女故事在我國是家喻戶曉的，孟姜女的典型形象，幾千年來都一直活在中國人民的心中，人們在城鄉各地建孟姜女廟來祭祀她，人們在故事、小調、傳奇、雜劇、寶卷、鼓詞中演唱她。馬克思曾在〈摩爾根《古代社會》一書摘要〉（一八八一年五月—一八八二年二月）著作裡指出：「古代的歌謠是他們（日耳曼人）唯一的歷史傳說和編年史。」① 孟姜女故事

①見《馬克思恩格斯論文學藝術》，頁一五三，人民文學出版社，一九八二年版。

也類似，它也像一部編年史那樣，在漫長歷史歲月裡，反映了人民苦難的生活。它所以永遠流傳，經久不衰，是因為它有著純正、進步的思想內容。它集中表現了封建社會中勞動人民的民主思想和抗議封建統治者加諸的苦役和壓榨，堅決揭露了封建暴政，熱情歌頌了孟姜女賢慧、忠貞、助人、敬老、愛勞動的品德。它既表現了封建社會中勞動人民和封建統治者根本的階級矛盾，也塑造了一個具有民主性又敢於對抗封建壓迫者的典型形象，孟姜女成了千百年來中國婦女心中一個理想化的人物。

孟姜女故事的發展走過了曲折的道路，了解敦煌文獻價值還得從頭說起，不得不來先回顧它的起源。

## 第二節　孟姜女名稱的由來

孟姜女名稱的產生標誌著這一大民間傳說的萌芽，它是古代民間歌謠孕育出的一朵花。正像牛郎織女的名稱首見於《詩經》一樣，「孟姜」之名也首見於《詩經》。《詩經》這部民歌實際產生的時代，大約距今三千年之前了，它是奴隸制時代的樂歌，產生於西周初至春秋中期，它中間收集的是公元前十一世紀至公元前六世紀之間的三百零五篇作品。「孟姜」的名稱首見於《詩經》的〈鄘風・桑中〉和〈鄭風・有女同車〉。

關於「孟姜」名稱，歷來根據毛傳（《毛詩故訓傳》）的說法。毛傳是否西漢初毛亨所作（三國吳・陸璣《毛詩草木鳥獸蟲魚疏》的說法），或是魯人大毛公所作（東漢・鄭玄《詩譜》的說法），尚未定論，即使毛亨與大毛公為同一人，也是後代人注古代人的作品。毛傳對《詩經》〈桑中〉和〈有女同車〉的基本觀點即不承認它們是民歌。《詩・鄭風・有女同車》：「彼美孟姜」，毛傳曰：「孟姜，齊之長女。」陳奐傳疏則說：「孟姜，世族之妻。」總之在毛傳派看來：㈠「孟姜」，「孟」指排行中老大，「姜」才是她的姓，齊為大國，所以「孟姜」是稱齊國君長女。㈡孟姜不僅是齊君長女，還是貴族婦女的通稱。這樣《詩經》兩詩便是周代貴族歌頌貴族女子之歌，完全否認它們是勞動人民的民歌。這是毛傳解釋孟姜的要害問題。顧頡剛先生研究孟姜女故事時，迴避了姓與氏這兩個既有聯繫又有區別的概念，依據姚際恆《詩經通論》卷五說法，云：「依他（姚際恆）的解釋，當時齊國的貴族中，必有一個名叫『孟姜』的女子，生得十分美麗，可以說是盡人皆知，名震全國。因為她美麗的名望太大了，私名就慢慢變而為通名，凡是美女即逕稱她為『孟姜』，不必再加形容，已經說明得很清楚了。正如『西施』本是一個私名，但因為她的美麗，足以做一切美女的代號，這二字就變成美女的通名。」（〈孟姜女名稱的來源〉）顧氏實際否定了「孟」為排行居長的舊概念，創新的提出「孟姜」是民間美女的「通名」，顯然比毛傳進了一步，但他又承認「孟姜」是貴族，從而為他說「孟姜」與《左傳》中杞梁妻一脈相傳尋找根據。

其實班固《白虎通・姓名》云春秋時子女中居長者稱孟，也稱伯。並非否定周代時就無孟姓。《通鑒・外紀》云：「姓者統其祖考之所自出，氏者別其子孫之所自分。」雖寫明姓氏之區別，但並無排除姓是個別人「私名」之可能性，故不能絕對化的承認姓只是整個氏族與部落的稱號而不是個別人之稱號。春秋以前古人姓氏與名字雖比今人複雜一些，戰國至漢代才逐漸與現在趨於一致，但民間個別人「私名」的通姓都是一致的。它沿民間風習而流傳，可以超脫貴族宗法氏族規則之影響。周代平民百姓沒有姓氏，「孟姜」作為平民女子，簡單地認為她姓孟名姜，也不能認為就是誤會，根本不能用貴族宗法姓氏觀去衡量她。春秋前不僅在百姓中有「孟」姓，貴族中也有「孟」姓，據《通志》卷二八〈氏族〉載稱：春秋魯桓公子慶父之後稱「孟孫氏」，衛公孟縶之後，也稱孟氏；孟軻就是春秋魯公族孟氏之後。毛傳其所以不承認「孟姜」是姓孟名姜，是為了要將民女孟姜改變為貴族夫人，他們認為勞動人民根本創作不出來《詩經》中優美的歌謠，剝削階級才是崇高文化的創造者。我們應當看到毛傳作者在注解《詩經》時竭力維護剝削階級利益和否定勞動人民智慧的一面；認識〈桑中〉、〈有女同車〉是優美民歌，並確立孟姜女是勞動人民首先在民歌中創造的美女形象。

〈鄘風・桑中〉唱道：

爰采唐矣？　　　哪裡採菟絲啊？
沫之鄉矣。　　　沫邑的鄉間啊。

云誰之思，
美孟姜矣。
期我乎桑中，
要我乎上宮，
送我乎淇之上矣。

爰採麥矣？
沬之北矣。
云誰之思？
美孟弋矣。
期我乎桑中，
要我乎上宮，
送我乎淇之上矣。

爰採葑矣？
沬之東矣。
云誰之思？

心中思念著誰？
美麗的孟姜啊。
等我在桑林中，
約我相見在上宮，
又送我到淇水之上。

哪裡去割麥啊？
沬邑的北面啊。
心中思念著誰？
美麗的孟弋啊。
等我在桑林中，
約我相思在上宮，
又送我到淇水之上。

哪裡採蔓青啊？
沬邑的東面啊。
心中思念著誰？

美孟庸矣。　　美麗的孟庸啊。
期我乎桑中，　　等我在桑林中，
要我乎上宮，　　約我相見在上宮，
送我乎淇之上矣。　　又送我到淇水之上。

這首古代民間情歌，十分樸素自然。從採集草藥菟絲子，和割麥的勞動中，又從相見在桑樹林中這兩方面看來，歌唱的美女顯然是勞動人民的姑娘或平民百姓之女子，而並不是貴族少女。「孟」對平民女子而言，可作為姓，而不是世族子女中最大者之稱呼。孟姜孟弋②孟庸是三個平民的姑娘，同姓，同樣年輕美麗，分別和三個少男相戀，於是譜為情歌演唱。

他們相約見於「桑中」之地，這裡從遠古時起便是情人著名的幽會之處。古來「桑」地便是與女人生殖交織一起的，《呂氏春秋・古樂》云：「帝顓頊生自若水，實處空桑。」《呂氏春秋，本味》亦云：「伊尹生空桑。」《史記・孔子世家》正義引《括地志》云：「女陵山在曲阜縣南二十八里，征在生孔子空桑之地，今名空竇，在魯南山之空竇中。」可見「空桑」之處是生孩子的地方。無獨有偶，遠古時「台桑」之地，正是大禹與涂山姑娘做愛的場所，《楚辭・天問》云：「禹之力獻功，降省下土方，焉得彼涂山女，而通之於台桑？」王

---

②Yi，衣。

逸注云：「言禹治水，道娶涂山氏之女，而通夫婦之道於台桑之地。」大禹與涂山約會於台桑來「通夫婦之道」；戰國時，桑林之地便成了青年男女相樂之處，《墨子・明鬼》云：「燕之有祖澤，當齊之社稷，宋之桑林，楚之雲夢也。此男女之所樂而觀也。」總之可推測，「桑中」自遠古起便是一個男女試婚幽會之地，是古老民間風俗之反映殆無疑問。

還有從〈桑中〉一詩中，不僅能了解到孟姜女在產生階段是美麗而又愛勞動的，同時在愛情上還是溫柔多情和主動的，所謂「期」、「要」，便是主動約意中人到幽靜的桑林中去相見，最後還將意中人送到淇水邊分別，則真是癡情少女了。這是一首村野農夫口傳之情歌，它說明孟姜女最初是作為一個美麗、多情、勞動好的美女形象，而留在上古人民心中的。

〈鄭風・有女同車〉更是這樣：

有女同車，　姑娘和我同一部車兒，
顏如舜華。　臉兒像木槿花朵一樣。
將翱將翔，　我們將像飛鳥雙雙翱翔，
佩玉瓊琚，　只聽見佩玉瓊琚在響，

正由於「孟姜」女在周代民歌中，就像西施一樣，是作為古代美女出現的，以致她的名字，盛行於全商周之社會。在各種銅器上，也都標上了「孟姜」的美名。例如，「孟姜尊簋」（叔多父簋），「孟姜膳簋」（齊侯簋），簋（guǐ鬼），是商周時期的民間食器，有青銅的或陶製的，居然用孟姜美女來命名，也許當時已有「食、色，性也」之風俗觀。「孟姜盥盤」（齊侯盤）、「孟姜盥盂」（齊侯盂），商周時代的人，洗手之時，用匜（yi夷）提水澆洗，而用「盥盤」或者「盥盂」承水，把這種盤、盂也命名為孟姜，也有性之含義。「孟姜膳鼎」（齊侯鼎），鼎是商周時期的炊具，也用孟姜來命名。「孟姜賸簠」（陳侯簠），賸（ying，映），古代指隨嫁為賸，《儀禮・士昏禮》云：「賸御餕」，鄭玄注：「古者嫁女必侄娣從，謂之賸。」簠（fǔ府），西周晚期出現的青銅食器，用以盛稻、粱黍、稷等，「賸簠」似是陪嫁的青銅食器，也以孟姜命名。「孟姜尊彝」（季咏父簠），「彝」（yi夷）古代青銅器中的酒器，《爾雅・釋器》郭璞注云：「皆盛酒尊，彝其總名。」「尊彝」為酒器中禮器的通稱，也以孟姜命名。「孟姜豆」（郵比父豆），「豆」為商周時盛行的陶質食器，狀如高足盤，稱陶豆。「豆」也是量器，《左傳・昭公三年》云：「齊舊四量：豆、區、釜、鍾。四升為豆，各自其四，以登於釜，釜十則鍾。」這種食器或量器也以孟姜命名。此外，「洹子孟姜」（齊侯壺），這是把盛水的壺命名為孟姜的。「孟姜秦嬴」（遲簠），這也是把食器簠命名為孟姜的，「王婦㠱其孟姜」（王婦匜），這也是把倒水的匜，命名為孟姜的，等等，所有例子都說明，商周銅器中廣泛存在著以器皿命名為孟姜的現象。很顯然，這些銅器上的「孟姜」，不能理解作是當時婦女們都用「孟姜」為名的，而是體現了「孟姜」傳說中這一美麗的形象已作為一種美人典型存在於當時社會上和民間風俗中，以任何器具都可拿它來命名。

反映了民間對「孟姜」的崇拜，正像崇拜西施一樣，說明孟姜女、西施都有一股強烈的民間習慣作為它的後盾，並且影響到民風，與民間飲食風俗產生了緊密的聯繫，她成了風俗中一種高雅的象徵，是對美女的性崇拜的衍化形態。

## 第三節　杞梁故事的由來

孟姜女美麗的形象在三千餘年前的《詩經》中產生以後，又經過了大約五百年，即兩千五百年前，《左傳》魯襄公二十三年（前五四九）又出現了一個原來和孟姜美女不相干的故事，這就是杞梁的故事。它是一個齊侯出兵攻打莒國的故事。說齊侯從晉國回來，不進入國都，就去襲擊莒國，攻打且于的城門，大腿受傷而退走。第二天，打算再戰，約定他的軍隊在壽舒地點集中。他手下的將軍杞梁（殖）、華還用戰車裝載甲士夜裡進入且于的狹路中間，露宿在莒國郊外。第二天，先和莒子在蒲侯氏地點遭遇。莒子贈給他們以重禮，讓他們不要戰死，說：「請和你們結盟。」華還回答說：「貪得財寶丟掉了命令，這也是君王討厭的事，昨天晚上接受了命令，今天太陽還沒有到正中就丟掉了，還配用什麼來事奉君王？」於是雙方開戰。莒子親自擊鼓，追擊齊軍，殺死了杞梁。齊國不得不接受莒國提出的講和。

齊侯回國，在郊外遇到杞梁的妻子，派人向她弔唁。她辭謝說：「杞梁有罪，豈敢勞動國君派人弔唁？如果能夠免罪，還有先人的破屋子在那裡，下妾不能接受在郊外的弔唁。」後來還是齊侯親自到她家裡去弔唁。

以上便是《左傳》記載的杞梁故事的詳細情節。可以得出結論說，這是一個封建士大夫的故事。杞梁故事的主題顯然有兩個，一是宣揚絕對忠於國君，不能因財物而捨棄聖旨。二是宣揚嚴守封建禮法，杞梁妻因而糾正了齊侯郊弔的錯誤作法。從思想性看顯然是封建糟粕。儘管《左傳》紀錄的杞梁故事本沒有什麼積極的思想意義，但是杞梁故事在春秋產生後在上層社會卻有著廣泛的影響，不斷的起著變化，自然是情節不斷豐富著。戰國、兩漢、魏晉南北朝都如此。

1.戰國時的思想家孟子（約前三七二—前二八九）提到了杞梁故事中的杞梁妻。說淳于髡講的：「昔者王豹處于淇，而河西善謳；緜駒處于高唐，而齊右善歌；華周、杞梁之妻，善哭其夫，而變國俗。」意思是說：從前衛國人王豹住在淇水地方，因他會唱短聲的歌，就使得淇河西的人都會唱短聲的歌；齊人緜駒住在高唐地方，因他會唱那長聲的歌，就使得齊國右境的人都會唱長聲的歌；齊臣華周和杞梁這兩人的妻子，善於哭她們已死的丈夫，就改變了全國的風俗，人人都善于唱「哭調」。《韓詩外傳》卷六也有這類說法。此種傳說已和民間樂歌——哭調有所聯繫了，我們因而知道杞梁妻因善於哭泣而聞名於世。

2.稍後，西漢人戴聖，採自先秦舊籍編定的儒家經典《禮記》，在其〈檀弓篇〉裡，補充了一個細節，說杞梁死後，他的棺材從莒國運回，杞梁妻「迎其柩於路而哭之哀」，這恐係哭調的來歷。

3.再後，西漢的劉向（約前七七—約前六）引當時的「齊東野人之語」在《列女傳》中敘述；杞梁故事的更為完整的細節：

莊公襲莒，殖戰而死。莊公歸，遇其妻，使使者弔之於路。杞梁妻曰：「令殖有罪，君何辱命焉；若令殖免於罪，則賤妾有先人之弊廬在，下妾不得與郊弔。」於是莊公乃還車詣其室，成禮，然後去。

杞梁之妻無子，內外皆無五屬之親。既無所歸，乃枕其夫之尸於城下而哭之。內誠感人，道路過者莫不為之揮涕。十日而城為之崩。既葬，曰：「吾何歸矣！夫婦人必有所倚者也，父在則倚父，夫在則倚夫，子在則倚子。今吾上則無父，中則無夫，下則無子，內無所依以見吾誠，外無所倚以立吾節，吾豈能更二哉！亦死而已」，遂赴淄水而死。君子謂杞梁之妻貞而知禮，詩云：「我心傷悲，聊與子同歸，」此之謂也③。

上引的第二節，是杞梁故事新的情節。杞梁妻的全部思想意義，是在於表揚她是一位嚴守

---

③引自《古列女傳》，清・嘉慶丙辰（一七九六）年仁和顧氏小讀書堆刊本。

封建禮法的烈婦，因而作為封建社會中統治階級向人民推荐的榜樣。俗話說：「好臣不侍二主，好妻不嫁二夫」，「三從四德」，「嫁雞隨雞，嫁狗隨狗」，所以杞梁妻「豈能更二」，最後只能投水自盡，以體現她尊崇封建禮法之誠。當然，劉向其人是一位皇族，他是漢高祖的弟弟楚元王劉交的四世孫，他寫《列女傳》之目的是為了鞏固封建地主階級的統治，那些烈女（包括杞梁妻）的推出，是為這一總目的服務的，形象點說，便是封建統治階級向廣大勞動婦女銷售的精神枷鎖，或曰精神鴉片，是為了他們培養恭順的奴僕的。劉向《列女傳》裡把杞梁妻的思想性表現得比《左傳》中更為明確，同時還補充了兩個重要的情節，1.哭倒城牆，2.投水自盡。這兩個情節都為以後孟姜女故事所吸收。

4.東漢時的蔡邕（一三三—一九二）寫過一本解釋「琴曲」標題的著作④叫《琴操》，補充了一個杞梁妻投水自盡前的情節，曰：「芑梁妻嘆者⑤齊邑芑梁殖之妻所作也。莊公襲莒，殖戰而死，妻嘆曰：「上則無父，中則無夫，下則無子，外無所依，內無所倚，將何以立。吾節豈能更二哉，亦死而已矣」。於是乃援琴而鼓之曰：樂莫樂兮新相知，悲莫悲兮生別離。

---

④《琴曲》裡有〈杞梁妻嘆〉。

⑤《文選．古詩十九首》注引芑作杞，芑、杞同。

哀感皇天，城為之墜。曲終，遂自投淄水而死。」（引自清嘉慶十年（一八〇五）馬瑞辰序、孫星衍校《琴操校本》，平津館刊本）這一「死前鼓琴」的細節，看來在漢代十分有影響，這是和杞梁妻會唱哭調有密切關係的，〈古詩十九首〉的〈西北有高樓〉一詩中，也提到：「上有弦歌聲，音響一何悲！誰能為此曲，無乃杞梁妻。」意思是說，這樣悲哀的樂調，除非像杞梁妻那樣的人是唱不出來的，這裡提的杞梁妻的音樂，是琴弦與歌聲結合。

5.魏晉南北朝時期，杞梁故事基本上也未有變樣，不是崩城說，便是類似的崩山說，曹子建在〈黃初六年令〉、〈精微篇〉（鞞舞歌）、〈求通親親表〉中數次提到的杞梁故事都是類似的模子，如〈求通親親表〉中便是：「崩城隕霜，臣初信之，以臣心況，徒虛語耳。」

晉代崔豹在《古今注》中敘述的杞梁故事是：「〈杞梁妻〉，杞植妻妹明月之所作也。杞植戰死，妻嘆曰：上則無父，中則無夫，下則無子，生人之苦至矣。乃抗聲長哭，杞都城感之而頹，遂投水而死。其妹悲其姊之貞操，乃為作歌，名為〈杞梁妻〉焉。梁，植字也。」又多出一個杞植妻妹，其他都一樣。

綜上所說，從先秦到魏晉南北朝這一很長的歷史階段流傳的杞梁故事，雖然在封建社會上層人士中有廣泛影響，但是它的思想性沒有可取之處，這種錯誤的思想內容並沒有被下層勞動人民所接受。最明顯不過的例子，是在這時期的民間故事書裡，也就是所謂的「志怪小說」中，像張華的《博物志》、任昉的《述異記》、干寶的《搜神記》……等等，沒有杞梁故事相應的創造性的記載，不然下層勞動者早把它像韓憑夫婦的悲劇那樣加以神話或仙話了。這一點引人深思。這說明古代人民是有鑑別力的，古代民間文學的創造者們是並不會按照統治階級的意志來辦事的，杞梁故事的思想內容唯有經過勞動人民在內容核心上加以本質改造，根本轉變其思想傾向，使它變成一個完全兩樣的對人民有利的故事，才能夠得到廣大勞動人民的熱愛。對杞梁故事的本質改造，根本轉變，集中地表現在敦煌石室藏書的有關孟姜女資料中，資料表明，正是唐代人民摒棄了杞梁故事的內容，只利用了它的崩城和自盡兩個情節，在《詩經》原有的美人孟姜女形象基礎上，創造出來了一個嶄新的與杞梁故事思想內容根本對立的孟姜女故事；杞梁故事經過了一番「脫胎換骨」式的巨大變化，變成了另外一個根本不同內容的孟姜女故事以後，舊有的杞梁故事與孟姜女故事並頭流傳，但它仍然只限於在文人的作品中間，流傳的範圍也極為狹小，根本不能與孟姜女故事流入民間文學的大海相比。

## 第四節　流傳的時代與區域的探索

孟姜女故事究竟起源與流傳在什麼時代、什麼區域？也是值得探討的一個問題。總的看來，闡明這個問題也與《孟姜女變文》和敦煌本孟姜女詞有關。可以將孟姜女故事的起源與流傳分為三個階段，一為起源階段，二為形成階段，三為大發展階段。現在將各階段分別敘述於後。

第一階段，起源階段。從〈桑中〉和〈有女同車〉詩可知，孟姜女故事可以說是同《詩經》一起產生的。〈鄘風．桑中〉的「鄘」字，是古國名，周武王滅掉商後，使其弟蔡叔就住在鄘地，原址是在今天的河南新鄉西北部一帶。〈鄭風．有女同車〉的「鄭」，正是周宣王的弟弟鄭桓公，於公元前八〇六年分封的地方，原址是今天的陝西省華縣東面。孟姜女故事起初只是傳說她是美女，產生於河南與陝西這兩個鄰近的省分。十六世紀時，民間已盛傳孟姜女是陝西同官人。明萬曆二十二年（一五九四）張棟〈貞女祠記〉即云：「貞女孟姜，姓許氏，陝西同官人，夫久赴秦人長城之役，姜制衣覓送。」故產生於陝西，四百年前即有此說。十八世紀仍有此說，乾隆二十一年（一七五六）修的《臨榆縣志》云：「世傳許姓，居長，故稱孟姜，陝西同官人，其夫為范郎。」

第二階段，形成於隋末初唐。《琱玉集》引《同賢記》上轉述了杞良妻故事與孟姜女故事，這段文字一向被認作為孟姜女故事趨於完整形態的記錄。在隋末初唐形成並不突然，這是由量變發展到質變的過程。原文如下：

杞良，周時齊人也。莊公襲莒，杞良戰死，其妻收良屍歸。莊公於路弔之，良妻對曰：「若良有罪而死，妻子俱被捨，設如其無罪，自有廬室，如何在道而受弔乎？」遂不受弔。莊公愧之而退。出《春秋》。

一云：杞良，秦始皇時北築長城，避苦逃走，因入孟超後園樹上。超女仲姿浴於池中，仰見杞良而喚之。問曰：「君是何人？因何在此？」對曰：「吾姓杞名良，是燕人也。但以從役而築長城，不堪辛苦，遂逃於此。」仲姿曰：「請為君妻。」良曰：「娘子生於長者，處在深宮，容貌豔麗，焉為役人之匹。」仲姿曰：「女人之體不得再見丈夫，君勿辭也。」遂以狀陳父，而父許之。夫婦禮畢，良往作所。主典怒其逃走，乃打煞之，並築城內。超不知死，遣僕欲往代之，聞良已死，並築城中。仲姿既知，悲哽而往，向城號哭，其城當面一時崩倒，死人白骨交橫，莫知孰是。仲姿乃刺指血以滴白骨，云：「若是杞良骨者，血可流入。」即瀝血。果至良骸，血徑流入。使（便的誤字）將歸葬之也。出《同賢記》，二說不同，不知孰是。

以上全文引自清・黎庶昌輯《古逸叢書》，清光緒十年（一八八四）甲申遵義黎氏刊於日本東京使署（共四十九冊），並參照民國辛酉年（一九二一）有蘇州書局重修印本（共四十二冊），封面全名是《影舊鈔卷子本琱玉集》，並有「《古逸叢書》之十六」字樣。民國本《古逸叢書》是吳縣曹允源重新刊印本，他有一篇《重修古逸叢書敘》，其中說：「遵義黎蒓齋先生，光緒初（一八七五）奉使日本，治事之暇，蒐訪古書，所得各本，世多未見，遂次第刊行，經始於壬午（一八八二），告成於甲申（一八八四），凡二十六種都二百卷，以中多古本逸編，命曰《古逸叢書》。」可見《古逸叢書》在十九世紀末葉才從日本運回國內刻成。輯錄者黎庶昌在光緒十年寫了序及敘目，對《琱玉集》作了概述：

> 影舊鈔卷子本琱玉集二卷。
>
> 《通志・藝文略》作二十卷，入類書；日本見在書目作十五卷，入雜傳；此僅存兩卷，其體例每類以二字各篇，先撮所引人物為耦語、冠首，再列故事書名於後。略似小傳，實小說家言。書法頗勁，疑遣唐學生之所為，末題用紙若干張，天平十九年歲在丁亥，玄宗天寶六載某月，可考見唐時卷子本，舊式，惟偽字頗多，是必傳鈔之誤，原纂不如是也。

黎庶昌認為《琱玉集》是「小說家言」，他在《天台山記》敘目中也強調「其書與《琱玉集》皆小說家言，以唐人著述，日少仿。」用現在的話來說，《琱玉集》上的故事實在是出自唐代民間小說家之口。

《琱玉集》書後收日本森立之〈經籍訪古志〉對日本流傳的此書還有一個交代：

> 《琱玉集》零本二卷（舊鈔卷子本，尾張真福寺藏）。原十五卷，見存十二、十四兩卷。每卷首題《琱玉集》卷第幾，次行列書篇目，界長七寸一分，幅六分弱。十四卷末記云：用紙一十六張，天平十九年，歲在丁亥三月寫。文字遒勁，似唐初人筆蹟，真罕見之寶笈也。但此書未詳撰人名氏，其目僅見《見在書目》及《通志・藝文略》知其佚已久。所引各書，如蔡琰別傳、語林、史記晉鈔、王智深宋書、帝王世紀，近多不傳，亦得藉此以存其梗概。按天平十九年丁亥，唐玄宗之天寶六載也。

天寶六年，是公元七四七年，時屆中唐，那麼《琱玉集》肯定是在初唐抄了那時就已流傳的《同賢記》的，森氏目測得出的「似唐初人筆蹟」結論，是令人信服的。而《琱玉集》與《同賢記》都未詳撰人名氏，可見它是民間口傳文學的整理本。由此我們可以得出結論，《同賢記》上記述的孟姜女故事，是隋末唐初民間文學的反映。

這裡還有一個重要的例證，那便是羅振玉影印的《文選集注》殘卷，是從流落到日本去的唐寫本影印，這批唐寫本似是敦煌寫本，書中有初唐的李善注，和中唐的呂延濟、劉良、張銑、呂問、李周翰等五臣注，在曹植的〈求通親親表〉注中有一段新奇的文字，可惜的是殘缺的地方多，這段注語是：

李善曰：《列女傳》曰：齊□□□者，杞梁殖之妻也，齊慶公□□戰死，杞梁之妻與子內外皆無依之親，既無所歸，乃就其夫之屍於城下而失（哭）之，內誠動人，道路過者莫不為之揮涕，十日而城為之崩……列女□□□□□□未嫁，居近長城。杞□□□□□□□避役，此孟姿後園，池□樹木□藏，姿在下遊戲，於水中見人影，反□見之。乃曰：「請為夫妻！」梁曰：「見死役為卒，避役於此，不敢望貴人相采也。」姿曰：「婦人不再見，今君見妾□□□□□更嫁乎？」遂與之交。□□□□□□饋食。後聞其死，遂將□□收其骸骨。至城下問屍首，乃見城人之築在城中，遂向所築之城哭，城遂為之崩。城中骨亂，不可識之，乃淚點之，變成血。（見《文選集注》影印本）

此注語出自初唐。與《琱玉集》說明，新的孟姜女故事形成。此注語：第一，既說了杞梁故事，又說了孟姿（孟姜女）哭長城故事。兩個故事同時並舉。第二，「見城人之築在城中」的說法，明顯與《孟姜女變文》中「當作之官相苦剋，命盡便被築城中」的說法吻合，證實是築城貪官打雜了范杞梁，也和《琱玉集》引《同賢記》上說的「主典怒其逃走，乃打煞之」說法相一致。第三，從「居近長城」來判斷這個孟姿，孟姜女原像〈鄭風・有女同車〉所述那樣，是導源於古代陝西，再加上十六世紀張棟〈貞女祠記〉也說她是陝西人，這裡「居近長城」，當是指秦一方面的長城，「居近長城」是孟姜女故事起源於陝西一帶的明證。

總之，從《琱玉集》引《同賢記》，和唐寫本《文選・求通親親表》注的資料充分說明新故事的形成，它們既引了《列女傳》上的杞梁故事，又引了隋末唐初的孟姜女故事，以往孟姜女故事研究者們，為了說明杞梁故事在唐代又融合成一個孟姜女故事，而單引後面一個故事，實在是片面的，現在史料說明，在唐代孟姜女故事產生後，與杞梁故事並行流傳，並不是杞梁故事在唐初化作了孟姜女故事，因此不能認為杞梁故事是孟姜女故事的前一階段。連初唐的《琱玉集》都認為一個杞梁崩城，一個孟姜女嫁夫，是「二說不同」，現在我們便沒有理由硬來說這兩個故事是同一故事的前後期，並且，我們通過對唐代以後流傳的杞梁故事的分析，發現了一種有趣的現象，即孟姜女哭長城故事在唐代形成以後，杞梁故事又反過來受孟姜女哭長城故事的影響而發展。例如，五代唐馬縞《中華古今注》上寫的杞梁故事便是這樣：「〈杞梁妻歌〉，杞植妻妹朝月之所作也。杞植戰死，妻曰：上無考中無夫下無子，人之苦至矣，乃抗聲長哭，長城感之頹，遂投水而死，其妹悲姊子賢貞操，乃為作歌，名曰〈杞梁妻賢〉。杞梁，植字也。」（見漢魏叢書本）杞梁妻揮涕原來是「城為之崩」，現在變為「長哭」以後「長城感之頹」了，這是反過來受了孟姜女哭長城的影響而形成的新的杞梁故事。

第三階段，大發展階段，向各地流布。敦煌本孟姜女詞與《孟姜女變文》的發現，說明孟姜女故事最早由河南陝西一帶通過河西走廊，流傳入敦煌。「一去煙山更不歸」，這充分說明它流傳的區域。這煙山，是指「燕支山」，又名「胭脂山」，又叫「焉支山」，中古音的煙、燕、胭、焉都是同韻，在《廣韻》中俱屬於下平聲先仙部⑥，故煙山實指燕支山（焉支山），它在甘肅省永昌縣西，山丹縣南，綿延於祁連山和龍首山間，山丹河（黑河支流）與石羊河在這裡流過，形成分水嶺，因而這裡水草豐美，適宜放牧，自古來，便是異族奴隸主經常爭奪和侵犯之地。因而甘肅境內的萬里長城也建得特別早，我國這座偉大的萬里長城，正是從甘肅省臨洮（今甘肅岷縣）開始，因此唐代孟姜女故事最早流傳到甘肅，可說是有根有據的，它是新的孟姜女故事之源。歷來孟姜女詞的注家，都將燕支山，誤注成河北省的燕

⑥見《宋本廣韻》下平聲卷第二，中國書店版。

山，因而把詞中明明白白的「煙」字，硬改成「燕」，成為「一去燕山更不歸」了，這就把胭脂山誤解成燕山了，河北的燕山，山脈由潮白河河谷直到山海關，而在秦皇島山海關區域還有一座中國僅存的孟姜女廟，這就將新的孟姜女故事之源附會到河北省。但是，光緒四年（一八七八）修的《臨榆縣志》卷二十四續編補遺中引到南宋時民族英雄文天祥遊孟姜女祠時寫過的一首楹聯：

秦皇安在哉萬里長城築怨

姜女未亡也千秋片石銘貞

又據民國十七年（一九二八）修的《臨榆縣志》載：「貞女祠，在東關外十三里望夫石之巔，祀孟姜女。此祠創始於宋以前。」按「此祠創始於宋以前」這句話，乾隆鍾和梅修的《臨榆縣志》和光緒趙允栝修的《臨榆縣志》都未說過，而是民國《臨榆縣志》的修撰者程敏侯的說法。不過，據文天祥對聯，這是南宋的遺迹，是宋代孟姜女故事之反映，較唐代甘肅孟姜女詞晚出，故只能認為，新的孟姜女故事在唐代的甘肅形成後，其次是向東流傳到河北的山海關。無論如何山東省不是孟姜女故事之源。河北省有大量孟姜女故事的遺迹。1.姜女墳。乾隆間修的《臨榆縣志》便說：「姜女墳在城東南入海里許。其上有姜女祠，又有石出海上，其形尚塚，人以為姜女墳。」光緒間的《臨榆縣志》說：「姜女墳距城東南二十里有石浮水面，人以為姜女墳。」2.望夫石。乾隆《臨榆縣志》說：「望夫石距城東八里，在海岸，近姜女墳。」望夫石與搗衣和送寒衣有關，據明．張時顯〈重修孟姜貞女祠記〉說：「（山海）關之東行八里有望夫石，石之巔為貞女祠。」是「土之人遴高阜祀之，因名曰望夫石。」乾隆《臨榆縣志》則說：「土人於高阜石上祠之，名曰望夫石，石上有亂杵蹤。」所謂「亂杵蹤」，即孟姜女在此搗練製寒衣之所。3.望夫山。明．張棟〈貞女祠記〉便說：「山海關外八里堡東南有望夫山。」這些遺迹都為明、清時的建設，時間較晚。

綜上所述，孟姜女故事雖說起源甚早，在周代始終是一個美女與愛情的故事，但是，由於隋末唐初民族鬥爭的激化，時勢觸發了一個新型的孟姜女故事的形成，形成的區域是在我國西北部，最早流行於敦煌西域一帶。宋代以後才陸續傳入了河北省和其他地區。

## 第五節　敦煌孟姜女詞與送寒衣故事的由來

敦煌寫本孟姜女詞中有六首〈搗練子〉。在論述之前，先依據原卷微縮膠卷校錄全文，然後再展開討論。六首詞全文如下：

1.孟姜女，杞梁妻，一去煙山更不歸。造得寒衣無人送，不免自家送征衣。

2.長城路，實難行，乳酪山下雪紛紛。喫酒只為隔飯病，願身強健早還歸。

3.堂前立，拜辭娘，不覺眼中淚千行。勸你耶娘少悵望，為喫他官家重衣糧。

4.辭父娘，入妻房，莫將生分向耶娘。君去前程但努力，不敢放慢向公婆。

5.孟姜女，齊杞梁，生生搊腦小秦王。秦王喊俺三邊滯，千鄉萬里築長城。

6.長城下，哭聲哀，感俺長城一墮摧。里半髑髏千萬個，十方收骨不空回。

以上六首詞，前四首根據伯三九一一、伯二八〇九、伯三三一九校錄，後兩首根據伯三七一八校錄。這六段敦煌曲子詞，是地地道道地民間歌謠，實際組成了一首短篇民間敘事時，以精煉的筆法，選擇了幾個場面，將唐代敦煌民間的孟姜女故事情節大略勾勒了出來，已經與《左傳》杞梁故事完全不同了。

杞梁二字伯三九一一、伯二八〇九均作犯梁。此「犯」字極重要，「犯」諧音「范」；又是雙關，意為犯人范喜良，故杞梁也可校為犯梁。

按情節論，這六首詞表現了一個新型的孟姜女故事，從與父母、妻子敘別，寫到去修長城，痛恨秦王的殘暴、送寒衣、收屍。三、四節在前，「堂前立」一首，主要是描述杞梁去造長城前拜別爹娘的場面，全詞表現了被迫遠去的悲傷氣氛；所謂「為喫他官家重衣糧」，即俗話說的：「端官家碗，服官家管。」杞梁不得不去造長城。

「辭父娘了」一首，主要是承「堂前立」的情節而來，上片兩句敘述杞梁拜別完父母，又進妻子的房間與妻子孟姜女告別；下片是描寫孟姜女安慰丈夫的話，前句囑咐他好好於爭取回來之意，所以說「君去前程但努力」，後句叫他放心，孟姜女自會照顧好公婆，所以對他說自己「不敢放慢向公婆」。由此可見，敦煌唐人新形態的孟姜女故事與杞梁故事中杞梁妻「上則無父」完全不同，孟姜女婆家是公公婆婆都有的。

「孟姜女」一首，又是承「辭父娘了」而來，說明杞梁去而不歸，孟姜女搗練織布做寒衣，送到工地去，所以說「不免自家送征衣」。這首的情節很重要，它表明了這個新形態的孟姜女故事第一個要點是「送寒衣」，這樣便與杞梁故事中杞梁妻弔喪情節根本不同了，突出了她對丈夫的體貼和賢慧。而「孟姜女」三字，這是在整個傳說中首次出現，主要是緣《詩經》裡〈桑中〉、〈有女同車〉兩詩塑造的美女孟姜形象而來，是古民間傳說的傳承，人們還沒有忘記這一個西施式的孟姜姑娘，現在便又加進新的內容，將她的形象塑造得更完美，送征衣又突出了她吃苦耐勞的品德。

「長城路」一首，又是承前一首「孟姜女」詞的，點明她送征衣的去處是長城邊，又點明她去的時間是在大雪紛紛的冬天，「喫酒」句則點明她還給丈夫帶著酒，準備給他喝，一心想叫丈夫「願身強健早還歸」。這首詞表明此故事新形態第二個要點是造長城，這緊連著倒長城情節。

第五首「孟姜女」詞，又是承接「長城路」一首詞的。表明此故事新形態第三個要點是反秦王，這個情節在造長城以後出現，說明造長城情節必然要連繫著反秦王這個重大的主題思想。「生生搊腦小秦王」作何解？「搊腦」者，如伯二〇五四〈十二時普勸四眾依教修行〉中說「恨不剜挑人腦髓」意，係指說杞梁將秦王恨到「剜挑人腦髓」的地步。「小秦王」，以一「小」字表示對秦王的蔑視。此詞表明由於秦王喊杞梁滯留在三邊，「千鄉萬里築長城」，拆散他們的幸福生活故而孟姜女和杞梁「生生」（即方言諧音為「深深」）痛恨「小」秦王。

接著，「長城下」詞，承接前首對秦王的反抗之情，故而有哭倒長城之舉，長城為何會倒？只因長城下埋葬了千萬人民的屍骨，「里半髑髏千萬個，十方收骨不空回」，多麼悲痛的吼聲！人民死了這樣多，秦朝不亡，誓無天理，故而長城肯定要「一墮摧」！與前造長城情節呼應。

統觀〈搗練子〉，三個要點：送寒衣、造長城、反秦王是孟姜女故事主題思想的三大支柱。有以下兩點值得我們注意：

第一，「杞梁妻」，只是採取了杞梁故事中的稱呼，完全變動了內容，而「杞梁妻」已是孟姜女明確的概念，已不是《左傳》中杞梁妻的概念了。「孟姜女」首次出現，不只是創立了一個稱呼，而是標誌著有完全新的內容之孟姜女故事產生和形成，如上所說，「孟姜女」之名詞，則直接脫胎於《詩經》中的〈桑中〉和〈有女同車〉中那優美的勤勞的孟姜姑娘之形象，而決不會是脫胎於《左傳》杞梁故事中那冷靜而嚴守封建禮法的杞梁妻的形象。孟姜女直接來源於《詩經》「美孟姜」（即「美女孟姜」），「孟姜女」名詞的出現，是這優美的形象起了決定性的作用。《左傳》杞梁故事對於孟姜女故事的形成作用，可以說是很小很小。孟姜女故事中主題思想之三大支柱，是唐代勞動人民卓越的創造。

第二，關於〈搗練子〉詞牌的來歷和產生的時間，由於敦煌寫本中這六首孟姜女詞的發現，使我們有了新的認識。任二北先生曾說：「〈望遠行〉、〈搗練子〉二調，向只有五代人作，而〈搗練子〉因調名未見崔記，更疑為五代人之創調。自敦煌曲發現後，乃知其均不盡然，有為唐調之可能，修正過去誤解不少。」⑦此說甚是，通過對這六首孟姜女詞的研究，我們有進一步了解〈搗練子〉詞調的來由。一名〈搗練子令〉，舊有認為是因五代時南唐馮延巳詞起結有「深院靜」及「數聲和月到簾櫳」句，又叫「深院月」。（見《詞譜》一）。這種看法只能說明〈搗練子〉詞在唐代民間創制後對五代文人的影響，還不能說明它的起源。我們知道，「練」在古代是把絲麻或布帛煮得柔軟潔白，叫「練」，《周禮・天官・染人》云：「凡染，春暴練。」鄭玄注說：「暴練，練其素而暴之。」絲麻或布帛經過「練」便成了潔白的熟絹，簡稱練。〈搗練子〉便是與咏唱搗練而獲，很顯然，這出自唐代勞動人民的歌，因此〈搗練子〉又名〈杵聲齊〉，是應和著搗練的勞動和杵聲，而齊聲歌唱的詞。單調二十七字，都是平聲，這就便於通俗的歌唱，曲詞並不那麼複雜。〈杵聲齊〉（〈搗練子〉）為什麼那麼流行？以至於到達了足以創制一個詞牌的地步？這同唐代的戍邊和勞役具有密切的

⑦見《敦煌曲初探》，頁一一二，上海文藝聯合出版社，一九五五。

關係，再說修長城，在毫無機械的情況下，只靠人工，需要人民付出無止境的血和汗，而且，勞役時間必定是漫長的，婦女給丈夫或兒子送寒衣便成為普遍現象，不言而喻，做寒衣先必搗衣，搗衣則必須拿杵來搗，所以〈搗練子〉實際是「搗衣曲」，杜甫就有「寧辭搗衣聲，一寄塞垣深」的詩句，說明當時勞動人民搗衣的普遍性，而它是唱孟姜女的這就和孟姜女送寒衣故事在唐代的形成是有密切關係的，〈搗練子〉正由於是唱孟姜女送寒衣而出了名才流傳於後世的，也就是說〈搗練子〉最初的含意，是孟姜女為范喜良搗練製寒衣時唱的歌，〈搗練子〉正是由於唱孟姜女送寒衣故事的形成而得名的，這可以說是〈搗練子〉詞牌的來歷，也可以說是敦煌石室卷子裡的孟姜女詞來自於唐代初期至中期階段，而不可能出自五代。顧頡剛先生認為敦煌孟姜女詞「一般地說，這是唐、五代時代的作品，但是，也很有宋代初年的可能。例如法國巴黎圖書館《敦煌書目》第二六四七號〈記曹延祿事〉，就是太平興國九年所寫，那時距離宋朝開國已經二十五年了。」（顧頡剛、姜又安〈孟姜女名稱的來源〉，載《民間文學》一九六三：三）此說推斷得太晚了，可以商榷。伯二六四七〈記曹延祿事〉寫本雖記於宋初，但這不足以證明孟姜女詞來自宋初，敦煌寫本有許多來自唐代，甚至有些還來自隋唐以前的南北朝呢！例如伯四五〇六的《金光明經》，跋文中就指出了這個寫本的時間為北魏獻文帝拓跋弘皇興五年（四七一），根據顧頡剛先生邏輯推斷，孟姜女詞產生的下限既然在宋初，那麼伯四五〇六北魏寫本的存在，無疑說明孟姜女詞也很有產生於北魏的可能了，北魏是它產生的上限了。然而，任二北先生的分析和我在上面的論述，已經排除了〈擣練子〉孟姜女詞產生於五代的可能性，產生於宋初那是更為不可能了。到了宋代，孟姜女傳說更多的是被封建統治階級所利用，作為統治階級標榜的三從四德的賢慧的典範，敦煌寫本中也有反映，如蔣斧輯的《沙州文錄・曹夫人讚》中便云：「（曹夫人）三從實備，能遵姜女之賢，四德皆通，豈亞秋胡之婦。」宋代，由於宋明理學的衍進，婦女的地位比起唐代來已經下降，再像〈孟女姜詞〉那樣來描繪婦女送寒衣的苦難，那樣尊敬女子已不可能了。

綜上所說，通過以上兩點內容可見，敦煌本六首孟姜女詞——〈擣練子〉，是孟姜女故事開創性的重要資料，是很有研究價值的。全詞風格樸素清新，語言通俗自然，構思新穎生動，思想純正健康，全係民間文學的格調。

六首敦煌孟姜女詞表現的孟姜女故事，如上所說，其主題思想有三大支柱：送寒衣、造長城、反秦王，而其核心問題是送寒衣，這就排除了「杞梁故事是孕育孟姜女故事」的母胎這一我國民間文學界眾所周知的結論。也是我們從珍貴敦煌本孟姜女詞中得到的新認識。

為什麼說送寒衣是孟姜女故事形成時的核心內容呢？因為孟姜女送寒衣的重要情節在唐代的產生並不是偶然的，它是生活與藝術的規律必然發展的結果，也是民間心理習慣之反映。

1.從歷史現實來看，孟姜女送寒衣的新形態要點，深刻地反映了唐代前期到中期的社會矛盾，反映了唐代人民在繁重的勞役壓迫下反抗的心聲。「貞觀之治」雖有利於當時中國的繁榮，但是更應看到李世民後期驕矜、奢侈的事實，戰事多，人民也「疲於傜役」，為了逃避征役，有的人民自己砍斷自己的手腳，稱為「福手」、「福腳」，臣子告訴太宗，他卻說：「百姓無事則驕逸，勞役則易使」（《貞觀政要》卷一〇），太宗後期成了一個昏君。玄宗時期依然故我，所謂「籍外剩田，色役偽濫」（《舊唐書・食貨志》卷四八），戰事特別多，抽大量農民去當兵，漫長邊防線，在高宗時便已進行頻繁的戰爭了，府兵制名雖為地主農民一般對待，實則「身應役使，有類僮僕」（《舊唐書・職官志》卷四二），地主子弟自然不恥於為之，便花銀子雇人代番，逃避簡點，還是轉嫁苦難給農民以致使無數農民久征而不還，結果是：「（開元）八年（七二〇），天下戶口逃亡，色役偽濫，朝廷深以為患。」（《通典》卷七，〈食貨〉七，「歷代盛衰戶口」）所以，孟姜女送寒衣的歷史背景，不一定拘泥於造長城這樣一點，唐代的各種傜役之重，是它產生的主要依據，不能說長城主要是在秦朝造的，唐代便不能產生造長城或給造長城的人送寒衣的故事。正由於人民傜役重，長年累月不能回家，才有大量地婦女「送征衣」的事情發生，嚴峻的現實必然的要反映到唐代文學作品裡乃至敦煌民間文學中，在這樣的情形下，孟姜女送寒衣故事便必然的形成了。

2.從唐代文學作品和民間故事，敦煌民間詩詞中，我們可以看見大量送征衣題材的文學作品，這些送征衣作品的大量存在，表明了唐代文人和勞動人民的作品，曾是孕育孟姜女送寒衣故事的肥沃土壤。

敦煌民間詞中有大量「砧杵縫征衣」型的曲子存在。例如：

a 征夫數載。萍寄他邦，去便無消息。累換星霜。月下愁聽砧杵起。塞雁南行。孤眠鸞帳裡。枉勞魂夢。夜夜飛颺。（〈鳳歸雲．閨怨〉）

b 綠窗獨坐。修得君書。征衣裁縫了。遠寄邊隅。想你為君貪苦戰。不憚崎嶇。終朝沙磧裡。只憑三尺。勇戰奸愚。（〈鳳歸雲．閨怨〉）

c 悲雁隨陽。解引秋光。寒蛩響夜夜堪傷。淚珠串滴。旋流秋上。無計恨征人。爭問金風飄蕩。搗衣嘹亮。（〈洞仙歌〉）

d 芳林玉露摧。花蕊金風觸。永夜嚴霜萬草衰。搗練千聲促。（〈喜秋天〉）

e 遠客思歸砧杵夜。庭前□葉墮銀篠。蟋蟀夜鳴階砌下。恨長宵。（〈浣溪沙〉，伯三八二一）

f 良人去住邊庭。三載長征。萬家砧杵搗衣聲。坐寒更。（斯二六〇七）

正是這些民間送征衣詞的大量存在，促成了孟姜女送寒衣故事和詞曲的產生和形成。

同時，唐代民間故事中，也有這類製征衣型的故事存在，也時時在促成孟姜女送寒衣故事的形成和流傳。例如《太平廣記》卷二百七十四〈開元製衣女〉云：「開元中，頒邊軍纊衣，製於宮中，有兵士於短袍中得詩曰：『沙場征戍客，寒苦若為眠。戰袍經手作，知落阿誰邊。蓄意多添錢，含情更著綿。今生已過也，結取後生緣。』兵士以詩白於帥，帥進之，玄宗命以詩遍示六宮曰：『有作者勿隱，吾不罪汝。』有一宮人自言萬死，玄宗深憫之，遂以嫁得詩人，仍謂之曰：『我與汝結今身緣，邊人皆感泣。』（出《本事詩》）」。這是唐代中期早些時候（七一三左右）流傳的宮人製寒衣與兵士結良緣的故事。再如，《太平廣記》卷第二百七十一〈張睽（Kui，葵）妻〉云：「會昌中，邊將張睽防戍十有餘年，其妻侯氏，繡迴文作龜形詩，詣闕進上，詩曰：『睽離已是十秋彊，對鏡那堪重理妝。聞雁幾迴修尺素，見霜先為製衣裳。開箱疊練先垂淚，拂杵調砧更斷腸。繡作龜形獻天子，願教征客早還鄉。』敕賜絹三百疋，以彰才美。（出抒情詩）」「會昌」是唐武宗李炎的年號，「會昌中」指唐代後期（八四四左右）流傳的故事。這裡面提到的「見霜先為製衣裳」「開箱疊練先垂淚，拂杵調砧更斷腸」，與孟姜女製寒衣，送寒衣感情上有共同之點。從以上唐代民間故事中流傳的製寒衣的故事裡，不難找出當時婦女為遠征親人製送寒衣共同思想感情的特徵，這些故事的大量流傳，不能不對孟姜女送寒衣故事的形成產生強烈的影響。

並且，唐代詩人中間，也盛行寫這種搗練送衣之類的詩歌，一人唱，萬人和，可以說已形成了一種社會風氣。像大詩人李白就在〈子夜吳歌〉中唱過：「長安一片月，萬戶搗衣聲，秋風吹不盡，總是玉關情。」所謂「萬戶搗衣聲」，說明當時社會上為征人製寒衣的普遍性，詩人才有感而發，這是盛唐時期的情景。初唐的製送征衣的情況更是如此。當時還在內憂外患當中，人民戍邊服勞役情況更多，例如，宋之問〈明河篇〉就寫道：「南陽征人去不歸，誰家今夜擣寒衣。鴛鴦機上疏螢度，烏鵲橋邊一雁飛。」反映了當時擣寒衣的情況，這篇詩是武則天時代的作品，「《紀事》云：武后時，之問求為北門學士，不許，乃作此篇以見意。」（《全唐詩》卷五一，第一冊，頁六二七）這是初唐時期的情景。中唐時期詠唱送寒衣之歌更是如此，最為明顯的例證有王建〈送衣曲〉：「去秋送衣渡黃河，今秋送衣上隴坂。婦人不知道徑處，但問新移軍近遠。……願郎莫看裹屍歸，願妾不死長送衣。」唱出了中唐婦女送寒衣的悲痛。晚唐時期詠唱送寒衣依然故我，皮日休〈卒妻悲〉就唱道：「河湟戍卒去，一半多不回……處處魯人髽，家家杞婦哀。」末句寫出，當時家家戶戶都有著孟姜女送寒衣一樣的悲哀。

綜上所說，通過對敦煌民間曲子詞、唐代民間故事和唐詩中大量擣練送衣型的作品考察，可以明顯看出，孟姜女送寒衣故事在唐代產生，並不是孤立偶然的文學現象。還可以得出結論，孟姜女送寒衣故事的產生決不是從《左傳》、《列女傳》的杞梁故事演變來的，孟姜女美麗的形象直接來源於《詩經》，反映了民間文學的沿襲性特徵。孟姜女故事新形態的要點核心是送寒衣，這是在《詩經》創造的美女孟姜形象基礎上，在唐代民間的再創造、再出新，與杞梁故事除名稱以外，一概無關。顧頡剛先生曾經認為：「孟姜女送寒衣哭長城的故事是由於〈飲馬長城窟行〉、〈築城曲〉、〈擣衣曲〉、〈送衣曲〉等詩歌的醞釀。」（見《現代評論》二周年增刊，顧頡剛《孟姜女故事研究》）在孟姜女故事研究初期這種意見是十分有見地的，但現在看來。第一，我們在上面已例舉了大量例證，說明孟姜女送寒衣的故事，並不僅僅是唐代「詩歌的醞釀」，更重要的是唐代的歷史現實形成的唐代社會風氣，和唐代民間文學（特別是敦煌雲謠集雜曲子和唐代民間故事）的醞釀，唐代文人詩歌的醞釀只是極少作用。第二，孟姜女送寒衣的故事形成初期直接醞釀於「搗練送衣」型的民間詩歌，民間故事和文人詩歌，而與〈飲馬長城窟行〉、〈築城曲〉等並無直接的承襲關係，范喜良（杞梁）造長城，孟姜女哭長城，才是與「長城」型的詩歌有直接聯繫的。

## 第六節　《孟姜女變文》與秦始皇的故事

王重民先生校錄的伯五〇三九《孟姜女變文》（殘卷）⑧，使我們第一次看見了孟姜女送寒衣故事在中古時期敦煌民間流傳的真實面貌，也具有開創性的價值，這種價值是其他轉述性的資料所不可能具有的。

《孟姜女變文》（殘卷），使我們最主要了解到孟姜女送寒衣故事形成於唐代的時候，並

⑧見《敦煌變文集》，頁三三一—三三五，人民文學出版社版。

未直接地抨擊秦始皇，而直接抨擊的是秦朝具體管理築城的貪官們，這異於六首孟姜女詞那種徹底「生生掬腦小秦王」的態度，這是民間文學的變異性，並不奇怪。試看它如何抨擊官吏！

□貴珍重送寒衣，未（委）將何可報得？執別之時言不久，擬如朝暮再還鄉。誰為忽遭槌杵禍，魂銷命盡塞垣亡。當別已後到長城，當作之官相苦剋，命盡便被築城中，遊魂散漫隨荊棘。

這裡明指是「當作之官相苦剋」，即具體掌握築城的官吏，並未說秦王直接指命他們把孟姜女丈夫築入城中。還有這樣的句子：

被秦差充築城卒，辛苦不禁俱役死。鋪屍野外斷知聞，春冬鎮臥黃沙裡。

「秦差」也就是「當作之官」，所謂「被秦差充」，是指被秦朝官吏逼迫來的。出自隋末唐初的古文獻《琱玉集》引《同賢記》上也說：「主典怒其逃走，乃打煞之，並築城內」，這就說明，此時的孟姜女故事，尚未發展到秦王直接加害孟姜女夫妻的地步，因此，所謂秦始皇貪美色娶孟姜女之說，肯定說，不是唐代民間的說法，而是在後世才合璧上去的說法。

也可以認為，《孟姜女變文》提出了一個新階段，即在孟姜女故事與秦始皇貪美色的故事合璧之前，中間還插入一個築城官（即「當作之官」，或「秦差」，或「主典」）害死孟姜女丈夫情節的階段。這樣，《孟姜女變文》提出的便是孟姜女與貪官故事的原始形態。我們現在從民間口頭上搜集到的孟姜女與貪官的故事，便是在《孟姜女變文》中找到了它們的起源的。

孟姜女與貪官的故事情節，在明代演變為孟姜女與蒙恬的故事情節。清康熙年間金陵榮盛堂劇本〈佛說貞烈賢孝孟姜女長城寶卷〉可信是出自明末民間的孟姜女故事，情節頗完整，中間便有蒙恬將軍害死范郎的情節。范郎也和唐代一樣是逃夫，說：「有蒙恬將軍，出一道假旨，帖在頭宮：『若有逃夫，官員吏典不許朝見，打下九宮受罪，合罰循城九九八十一日，方才見主。』卻說范郎打在九宮，又遇陰司三曹，對眾查出，范郎違願背主，依願所行，即著鬼使，把范郎取到枉死城中。」雖然下地獄的情節與變文不同，但貪官害范郎的主要故事結構卻與變文一致，有脈絡可循。

後來，明代流傳的孟姜女與蒙恬故事中，又加入一個新的孟姜女報仇的故事。這就是孟姜女要脫身，便叫蒙恬向秦始皇呈黃袍，實際給蒙恬的包袱裡都是黑袍，秦始皇一見大怒，要殺蒙恬。康熙本〈長城寶卷〉描述說：

君王差令人，拿了這將軍，封住六羅王，抄沒滿家人。

這就給孟姜女報了殺夫之仇。清同治年間（一八六五）忍德館抄本〈長城寶卷〉則有更細緻的描述：

始皇就把包袱解，解開包袱看假真：寫是黃袍來進上，拿著黑袍來哄人。蒙恬聽說抬頭看，一見黑袍唬掉魂。罵聲蒙恬本該死，說黃進黑太欺君。蒙恬殿下頭來叩，好是碎米著雞啄，皇帝提筆刷聖旨，先殺蒙恬滅滿門。

孟姜女為夫報仇的故事，明顯出自江南的寶卷，其基本故事情節是黃袍換黑袍、始皇殺蒙恬的故事。從其流傳的區域來看，康熙本〈長城寶卷〉是在金陵（南京）刻印，故可說明這種故事在南京地區有廣泛而深刻的影響。一九八一年十一月，我帶七八級中文系的大學生們到南京市浦口區的鄉下去採集民間傳說，便搜集到一個孟姜女龍袍換黑袍的故事。

下面便是這一篇故事稿的全文：

## 孟姜女龍袍換黑袍

孟姜女故事是從孟姜女洗澡開始的。孟姜女家裡有一個花園，花園裡有個洗澡池，萬喜良躲抓差，沒地方好去，不知怎麼就跑到花園裡來了。孟姜女正脫了衣裳在洗澡，低頭一看，水裡有一個男人影子，那個人爬在花園裡的樹上呢。孟姜女嚇得澡也不洗了，爬起來披上衣就往房裡跑，回到房裡理好妝對媽媽說：「媽呀，你說要給我找丈夫，你不用找了，我的丈夫就在花園裡頭的樹上呢。」媽媽好奇怪，你怎麼忽然跑出一個丈夫來了？怎麼你的丈夫又在樹上呢？孟姜女說：女子的身體，小時父母可以看，大了丈夫可以看，我的身子給一個男的看到了，他就是我的丈夫了。

孟姜女和萬喜良只在花園裡見了這一面，兩人還沒成親，就被萬喜良舅舅探知，抓他去修長城了。萬喜良的舅舅是個修長城的小頭目，當時說是修長城時要用人墊牆基，人墊到下面，城牆才不會倒，所以朝廷要花一筆錢來買墊的人，萬喜良舅舅貪錢，就把他的親外甥賣掉了，還說他姓萬，一個人能抵得過一萬個人，萬喜良就被墊到牆底下去了。

再說孟姜女在家，出去進來都是一個人，她養蠶抽絲綉龍袍，給她丈夫掙功勞，還給丈夫做了件黑袍，穿著好做勞役。做好以後，就到長城邊去找丈夫了。她把龍袍包在黃包袱裡，黑袍放在黑包袱裡。到了長城，找到了他舅舅，舅舅看見她，說：「外甥不在這裡，他在別的地方修長城，已經死了。」孟姜女也沒有旁的辦法，就哭著打開黃包袱告訴舅舅，說是還綉了龍袍，本想去進寶，給丈夫掙功勞的，救丈夫出去。舅舅一見龍袍，就起了壞心，想自己去進寶，將龍袍貢給朝廷，對孟姜女說：「你是一個女子，有官也不好去做，還不如讓我去進寶，我要是得了大官，連帶你也有好處呢。」孟姜女只好答應了。到了夜裡，孟姜女睡不著，想心事，想想舅舅一臉奸像，兩腮橫肉，一對三角眼，賊頭賊腦，不像是個好東西，就把龍袍和黑袍互換了包袱皮。舅舅不知道，第二天一大早，拿了黃包袱就走，到了午朝門，就敲宮門了。守門的問：「你來幹什麼？」「我來進寶。」「你進什麼寶？」「我進龍袍。」他就進去了。來到朝廷上，皇上又問他：「你來幹什麼？」「我來進寶。」「你進什麼寶？」「我進龍袍。」就把黃包袱獻上去，朝廷打開了一看，根本不是什麼龍袍，是一件老百姓穿的黑袍，皇上生氣了，就殺了舅舅。大砲三聲，人頭落地。

孟姜女聽到頭一聲砲響，就起來了。聽到第二聲砲響，就梳頭洗臉。第三聲砲響過，她知道舅舅已經被殺掉了，就拿了龍袍走了。到了午朝門，守門的問：「你來幹什麼？」「我來進寶。」「你進什麼寶？」「我進龍袍。」「剛才有個進龍袍的給殺了，你怎麼還進啊？」「殺就殺吧，我不怕死。」她也進去了。到了宮裡，皇上又問她：「你來幹什麼？」「我來進寶。」「你進什麼寶？」「我進龍袍。」就把黑包袱獻上去。皇上很奇怪，怎麼殺了一個進龍袍的，倒又來了一個啊？就把包袱打開了。一看，哎呀，好看得不得了，上頭綉的龍鳳都活了，動動的，金光閃閃。皇上穿在身上，很高興，他就對孟姜女說：「你是個女子，封你個官，你也不會做，不如封你個娘娘，好不好？」孟姜女回他說：「不要做娘娘。」皇上說：「封你個正宮娘娘，是最大的了，你不要，你要做什麼呢？」孟姜女說：「要我做也行，只是有一個條件，答應了，我就做娘娘。」「什麼條件呢？」「找到死去的丈夫萬喜良的屍骨，給他金陵玉葬。」就是說用玉棺裝斂，還要葬在皇陵裡。皇上心想，你反正找不到，去就是了。

這麼大一個長城，孟姜女哪裡去找呢？她就走到長城邊上，哭了三天三夜沒起身。第四天來了一個老奶奶，問她哭什麼？孟姜女就頭頭尾尾都告訴她了。老奶奶說：「你起來吧，聽我的話，你扶著這個城牆慢慢地走，邊走邊哭，牆要是倒了，露出了骨子，你就咬破中指，把血滴到骨頭上。要是骨頭把血吃進去了呢，這骨頭就是你丈夫的。」

孟姜女聽了她的話，一頭走，一頭扶著城牆哭，哭倒了四十里城牆，真的露出骨頭來了。孟姜女把手指頭咬破，血馬上就滴進骨頭裡去了，孟姜女知道這就是自己丈夫了。她哭了又哭，想把骨頭帶回去。她先解下羅裙，剛要包屍骨，一想，羅裙是包小孩的，不能包丈夫，她就脫下身上的褂子，包了骨頭，回到朝廷裡。

皇上很奇怪，說：「你這位女子真有本事，我花了這麼大價錢造的城牆，你一哭就哭倒了四十里，真了不得！」所以就真的把萬喜良裝進玉棺，埋進皇陵，還立了一塊玉石碑。孟姜女就對皇上說：「好女不嫁二夫，萬喜良才是我唯一的丈夫。」她說完，就在玉碑上碰死了，和萬喜良做夫妻去了。

採集時間：一九八一年十一月三日

採集地點：南京市江北浦口公社

口述人：胡秀英（女，五十歲）

（黃宏，章文焙參加記錄）

以上這一篇故事記錄稿，無異說明這類故事至今仍在民間流傳。通過孟姜女龍袍換黑袍的故事記錄稿，結合《孟姜女變文》加以研究，使我確信是有一個孟姜女與貪官的重要故事情節存在，它來自唐代敦煌本孟姜女故事，而從明代起衍變為孟姜女黃袍換黑袍的故事。

在《孟姜女變文》中提到的秦代造長城之事，數度加以強調，也很值得注意。例如下列句子：

1.當別以後到長城。

2.不知君在長城夭。

3.大哭即待長城倒。

4.若道人無感，長城何為穨。

5.咬指取血，灑長城以表丹心。

6.賤妾同向長城死。

7.差充兵卒，遠築長城。

如此強調寫長城、唐代民間對長城本身是肯定還是否定?這裡應當提到敦煌寫本中一條重要的新發現的資料，它說明，在唐代的民間，對秦始皇造長城是持完全肯定態度的。伯五〇一九是一篇不知名的殘卷，卷面暗黑，字迹不易辨認，至今原文未能通讀解明處尚多，而且殘缺太甚，只能認出十幾句，試將可以認清的字句加以抄錄如下：

虜庭使盡人馬力，□……秦王遠征查河北，築城本在防胡賊，烽火急，千軍萬眾殯其身，□□父母……，冥賀返磧裡，漢月依依立，諾直山腰……，做押終身，魂埋塞北，說到燕支山裡，胡兒……，風吹金色，食盡人勞，咸食併力，大荒芔(?)莫，顏容顛頽乾枯盡，須臾大命取蒿裡，霜霑三面……強之壼(?)身入葱伍，瘡痂穕(?)俗似魚鱗，被傷元……，闆人糧道徒相搶，白骨無年還素井，語裡□……，惡雲受盡落沙漠，男兒案劍覓封使，流落或……悲啼艱難世。

伯五〇一九殘卷，〈敦煌遺書總目索引〉，標明為「孟姜女變文（卅九行）」，從殘文中可見，它描述了大荒草漠裡築城工的悲慘處境，他們「做押終身，魂埋塞北」，他們「顏容顦顇乾枯盡，須臾大命取蒿裡」，滿身的「瘡痂集束似魚鱗」，就殘文可見其現實主義筆觸已使人驚心動魄。其中還有關鍵性的兩句可以認清的話：「秦王遠征查河北，築城本在防胡賊。」這說明，敦煌寫本中首次提出了秦始皇築城的正義性問題。也就是說，它肯定了秦始皇造長城是正確的。為此緣故，所以「惡雲受盡落沙漠，男兒案劍覓封使」，有人甚至真的願意來參加「築城本在防胡賊」的偉大事業，積極的來「案劍覓封使」，但是，儘管如此，肯定築城的正義性，並不意味著否定徭役的殘酷性，更不意味著孟姜女夫妻也要來自願、主動、積極地「案劍覓封使」，上海新編淮劇《孟姜女》，《解放日報》上已有報導⑨，此劇也是肯定築城正義性的，但是劇作家把孟姜女夫婦塑造成了共產主義英雄，夫妻共同「以血肉之軀共築長城」，喜良搶險犧牲、孟姜女以身殉國、秦始皇安民保國，倒了的長城坍而復合，和伯五〇一九〈孟姜女殘卷〉上歷史生活真實的畫面完全不同，秦王為了築城使「千軍萬眾殯其身」，使千萬百姓「做押終身、魂埋塞北」的悲慘命運沒有了，絲毫不顧及歷史傳說事實

---

⑨見《解放日報》（上海）一九八四、四、十三，第二版。

的本身，硬把歷史加以現代化，似已經重蹈了楊紹萱的復轍⑩。這樣看來，一千多年前敦煌本孟姜女文獻，直至今日還有它可以借鑒之處。唐代人民在創造孟姜女故事時，同時肯定秦始皇造長城，為了不違背歷史真實，也不影響和削弱秦始皇的反對「胡賊」的形象，於是創作出來一個具體管理築城的貪官打殺范郎的情節，與秦始皇無關，不是直接的加害；但著重揭露王朝的暴政，人民悲慘的命運，儘管孟姜女故事在唐代還沒有加入秦始皇其人，不過抨擊其暴政，實際已曲折地否定了他治政的一切功績。譴責秦朝的「無道」。在唐代是一種既成的輿論，貫休詩云：「秦之無道兮四海枯，築長城兮遮北胡……上無父兮中無父，下無子兮孤復孤。」築城雖未被否定，但秦王暴政卻堅決被否定，歷史傳說正是這樣嚴峻地作出了裁判。

秦始皇故事原來是獨立於孟姜女故事之外的一類故事。那就是魏晉以來大量流傳的秦始皇與石山的故事。1.「秦始皇作石橋於海上，欲過海觀日出處，有神人驅石，去不速，被人鞭之，皆流血，今石橋其色猶赤。」（梁・任昉《述異記》卷上）。2.「萊子國海上有石人，長一丈五尺，大十圍。昔秦始皇遣此石人，追勞山不得，遂立於此。」（唐・段成式《酉陽雜俎》前集）。3.「秦始皇作石橋，欲渡海觀日出處。舊說始皇以術召石，石自行，至今皆

⑩參見拙作〈從「反歷史主義」談到《宋景詩》的歷史真實性〉，載《戲劇藝術》一九八一年第三期頁六三—七一。

東首。隱軫似鞭撻瘢，言似馳逐。」（《太平御覽》卷七三地部三八引《齊地記》）。4.「時有神人，能驅石下海，石去不速，神人輒鞭之，至今悉赤。陽城山上石，皆起立東傾，如相隨狀，至今猶爾。」（《三齊要略》）

上述例證說明，和先秦就流傳的獨立於孟姜女故事之外的杞梁故事一樣，在南北朝時代就流傳了一個獨立於孟姜女故事之外的秦始皇與石山的故事，這個故事在後來又演變為秦始皇鞭山故事，一直到明代，秦始皇趕山故事才合璧進入孟姜女送寒衣故事中，上面提到的康熙本〈長城寶卷〉裡提到「上界送下一匹石馬，趕山鐵鞭，賜於始皇，趕了七十二座名山，入在東洋，填了大海。只有太行山未曾趕動，君王封口御山已畢，只見空中千葉寶蓮，萬道毫光，垂雲落地，高叫：『始皇即速歸天，姜女范郎久等多時。』說罷，祥雲消散，不見始皇。」等等。這是明代寶卷的說法，儘管這是一次荒唐的合璧。把始皇與孟姜女范喜良的尖銳對立，改為孟、范兩人宣揚秦始皇「皇朝德政」，這種合璧顯然受到封建剝削階級思想影響，改變了孟姜女形象的本質。但是，孟姜女故事與秦始皇趕山故事卻明顯可見是合璧於明代。唐代《孟姜女變文》起始的秦代造長城說，導致了秦始皇趕山故事與孟姜女故事合璧。至於為什麼秦始皇偏偏看上了孟姜女的美貌而動了淫心，一定要討她為妃子？這是由於古來在民間故事中一直盛傳著秦始皇其人荒淫好色，甚至連女神他也要調戲，以至被神女唾他一臉口水，因而臉上害起瘡來。《太平御覽》卷第七十一地部三十六引辛氏《三秦記》說：「始皇生時，作閣道至驪山八十里，人行橋上，車行橋下，金石柱見存，西有溫水，俗云：始皇與神女戲不以禮，女唾之則生瘡，始皇怖，謝神女；為出溫泉洗除，後人因洗浴。」這樣一個好色之徒，後世故事中盛傳他為了得到孟姜女而為范喜良披麻戴孝而受孟姜女的戲弄，實在是有內在的聯繫的。

## 第七節 《孟姜女變文》與「角束夫骨」的情節

在《孟姜女變文》中還提到一個重要的角束夫骨的情節。伯五〇三九殘卷最後云：

祭之已了，角束夫骨，自將背負。

現在，印證以上故事的記錄稿，可以說明這一情節是有來由的。故事記錄稿中說，夫骨確是由孟姜女親自背回去的，民間傳說中認為，孟姜女負骨而回之前，用羅裙還是用上衣束包著回去，都有一番思想活動，說她：

先解下羅裙，剛要包屍骨，一想，羅裙是包小孩的，不能包丈夫，她就脫了身上的褂子，包了骨頭。

可以說這是《孟姜女變文》中「角束夫骨」情節的發展。「角束夫骨」情節在後世發展得最突出的是一九一七年上海文益書局石印的南詞《繪圖孟姜女萬里尋夫全傳》，這是一本章回體的小說，不知著者，在第十五回中有這樣的一段：「且說孟姜女既有見丈夫屍骨，肌肉全無，白骨慘然，不禁痛的又哭了個死去活來。於是起的身來，到了那磚石之中，把丈夫骸骨拾起一段。心中為難，待用什麼包呢？猛抬頭，見有一人，頭頂衣包，跪在那裡，已經七竅流血而亡。身旁有一把傘，孟姜女仔細一看，正是包偷光偷去的衣包和傘，連忙上前，把衣包取下打開，取出衣服，鋪在六角亭內。撐開傘，遮住日光，一段一段拾取。」（見路工編《孟姜女萬里尋夫集》，頁二〇七，古典文學出版社，一九五一年版）通過以上資料，可見「角束夫骨」情節在整個故事中是一個引人注目的環節。

廣西毛難族的〈孟姜女送衣〉，對於「角束夫骨」情節又有一番藝術的創造，更為特別，故事說：

孟姜女聽說丈夫已經身亡，頓時眼前金花亂射，一陣發黑，昏死過去。眾人搶救，才慢慢甦醒過來，放聲痛哭。大家都勸她返回家鄉，但是她一定要去到長城，把丈夫的骨頭撿回來。不知渡了多少河，翻了多少山，終於來到長城腳下。她沿著長城走，城門一個接著一個，到處都有死人骨頭，哪一堆是范紀良的呢？孟姜女邊哭邊唱：

圍繞長城轉一周，

白骨堆堆叫人愁，

哪一堆是范紀良的骨頭，
請跳進我的衣兜。
唱完，果真有一根骨頭跳進她的衣兜。孟姜女忙解開包袱，用新衣裳把它裹好，緊緊抱在懷裡，慟哭一場：
跋涉千里到長城，
一步一重思念心，
恩愛夫妻何處去？
只見白骨不見人！
……
口述者：譚通漢奶（六十五歲，毛難族）
記錄者：蒙國榮（毛難族）⑪

⑪摘自過偉等編選《毛難族民間故事集》頁一五七─一五八，北京中國民間文藝出版社，一九八四年九月第一版。〈編後記〉並未注明此篇採集情況。但江蘇省民間文學工作者協會一九八二年編印的《初犁集》（上冊）載有過偉同志的論文，其後附錄了這篇〈孟姜女送衣〉，寫明了採集情況，茲錄如下：流傳地區：廣西環江上、中、下南。搜集地點：環江上南松所屯。搜集時間：一九八〇年。

毛難族「角束夫骨」情節有兩點特別，第一，是夫骨自動跳進孟姜女的衣兜，然後孟姜女忙解開包袱，用新衣裳把它裹好。這樣便將這一情節神話化了。第二，穿插進毛難族動人的歌謠。對這一點，在本書的〈前言〉中特別予以說明：

〈孟姜女送衣〉的口述者是一位毛難族的老年女歌手，她口述夾敘夾唱，非常動聽，穿插許多民歌來反映孟姜女的喜怒哀樂，故事裡的孟姜女簡直是一位出色的民歌手，這是因為毛難族是個善歌的民族，毛難婦女富有即興創作的唱歌才能。

毛難族把孟姜女故事歌謠化，體現了他們鮮明的民族特色，「角束夫骨」情節的歌謠化仍然如此。例證說明《孟姜女變文》中「角束夫骨」情節對後世有廣泛影響。

## 第八節 《孟姜女變文》「滴血入骨」的情節

《孟姜女變文》中「滴血入骨」的情節，涉及古代風俗，也是一個重要情節。變文云：「一一捻取自看之，咬指取血從頭試。若是兒夫血入骨，不是杞梁血相離。」變文又說孟姜女「點血即消，登時滲盡」。這種情節和上面記錄稿中的說法，幾乎完全一致。記錄稿中另有老奶奶引路之說，這是後世的說法，是《孟姜女變文》此情節的發展。「血入夫骨」情節亦見《

琱玉集》引《同賢記》：「仲姿乃刺指血以滴白骨，云：『若是杞梁骨者，血可流入！』即瀝血。果至良骸，血往流入。」明清寶卷，全國各地的民歌、故事中，全都談到了，說明《孟姜女變文》這個情節影響的深遠，直至現在，各種民間文學作品對它都作了發揮。清・同治年間（約一八六五）河南洛陽雪苑山房民間小調唱本〈孟姜女哭長城〉這樣唱道：「小姐低頭就有計，滴血認骨有何妨！銀牙一咬中指破，鮮血滾滾往下淌：『那個若是范郎夫，血珠印到骨垛上。那個不是范郎夫，鮮血滾滾淌四方。』頭一個點者范郎夫，血珠浸到骨垛上。小姐心中還不信：『再點幾個有何妨！』一連點夠七八個，血點入骨明晃晃。小姐上前忙抱住，懷抱骨屍哭夫郎。」這是用民間敘事長歌的形式發揮出來的內容，已經有了七、八次反複點血的曲折情節。四川清末刻本（一九〇八）〈孟姜女尋夫〉「血入夫骨」又有不同：「屍首共有千千萬，不知那個是夫君？忙將中指來咬破，滴血浸骨試夫身。一連滴滴五六個，浸得屍骨第七人，忙將屍骨來抱定，□□頂上失三魂。哭得昏死又甦醒，刀割心肝肺皆疼。」一九二〇年間上海槐蔭山房石印唱本〈孟姜女尋夫〉則是這樣唱的：「孟姜看見屍骸骨，幾番哭死又還魂。十指尖尖來咬破，上前滴血驗假真；若是我夫真屍骨，血珠不改半毫分，一點血珠來凝住，抱住骷髏哭個昏。」從上述資料可見，《孟姜女變文》中的「咬指取血」是作為這個情節的核心，千年來在民間流傳幾乎都是一個樣子，不管怎麼發揮，都萬變不離其宗。

「血入夫骨」說來源於東漢末和魏晉南北朝時代的滴血入骨認親的風習。《南史》卷五十

入骨認親的風習。《南史》卷五十三〈豫章王綜傳〉云：王綜係梁武帝第二子，「初，綜母吳淑媛在齊東昏宮，寵在潘、余之亞。及得幸於武帝，七月而生綜，宮中多疑之。」綜「在西州，於別室歲時設席，祠齊氏七廟。又累微行至曲阿拜齊明帝陵。然猶無以自信，聞俗說以生者血瀝死者骨滲，即為父子。綜乃私發齊東昏墓，出其骨，瀝血試之。既有徵矣，在西州生次男月餘日，潛殺；既瘞，夜遣人發取其骨又試之，其酷忍如此。」《梁書・豫章王綜傳》亦云：「豫章王綜，其母吳淑媛，自齊東昏宮得幸於高祖，七月而生綜，恆於別室祀齊氏七廟，又微服至曲阿拜齊明帝陵。然猶無以自信。聞俗說以生者血瀝死者骨滲，即為父子。綜乃私發齊東昏墓，出骨，瀝臂血試之，並殺一男，取其骨試之，皆有驗。自此常懷異志。」以上兩書俱云「俗說」，蓋南北朝時流行此風習無疑。

又《太平廣記》卷一六一〈陳業〉條云：「陳業學文理，業兄渡海傾命，時同依止者五、六十人，骨肉消爛，而不可辨別，業仰皇天誓后土曰：聞親戚者，必有異焉，因割臂流血，以灑骨上，應時飲血，餘皆流去。出《會稽先賢傳》。」按《會稽先賢傳》，《隋書》卷三十三〈經籍二〉和《新唐書》卷五十八〈藝文二〉均云：「謝承撰《會稽先賢傳》七卷」。謝承者，三國・吳山陰人，字偉平，女兄為孫權夫人。由此可見《會稽先賢傳》反映了東漢末的滴血入骨認親的風習。這種風習始於東漢末，而流行於魏晉南北朝時期。

當然，這種滴血入骨認親，也未經醫學驗證，何況認的是父子或兄弟，血統必須一致。「血入夫骨」所述則是不同血統的夫妻之相認。固然是一種不科學的迷信之說，但是此情節顯然受前者影響而衍生，帶有一種民間文學藝術上的象徵手法，以比喻夫妻間感情之深。

「滴血入骨認親」在後代繼續流傳，和孟姜女「血入夫骨」並行不悖。如元．王與《無寃錄．辨親生血屬》條云：「《洗寃錄》驗滴血親法，謂如某甲稱有父母骸骨，認是親生男女，試令就身刺一兩點血，滴骸骨上，是親生則血沁入骨，否則不入。每以無所取證為疑。讀史至豫章王綜云云，則《洗寃》之說有自來矣。」另外，洪頤煊撰《筠軒文鈔》七《宋洗寃集錄跋》引《梁書．豫章王綜傳》後亦有『此書載檢滴骨親』，即其術，足證此書檢驗諸術皆前人所有。」云云。「滴血入骨」俗說的存在決定了孟姜女「血入夫骨」情節的存在。

## 第九節　《孟姜女變文》浪漫主義情節之影響

### 一、「骷髏說話」與「葫蘆生子」

孟姜女故事在民間之所以激動人心，在於它有著豐富多采的浪漫主義情節，它經過兩千多年在中國人民口頭與書面不斷的流傳結果，猶如一塊彩石被磨勵成了一顆絢麗的明珠。

《孟姜女變文》殘卷中魔法手法的運用，是具有開創性的價值的，它標誌著孟姜女傳統系統裡浪漫主義藝術構思的產生和形成，具有思想內容方面的進步性。

這裡首先要提出來「骷髏說話」的情節。這一情節，在我們現在所能見到的孟姜女傳奇、子弟書、鼓詞、宣講、寶卷等一切民間文學作品或文人的作品裡，絕大多數未寫到，個別寫到也極不生動，民歌與民間故事中也未有記載。敦煌寫本中獨一無二的記載。孟姜女與眾骷髏互相問答的場面。

這一浪漫主義情節實在是世所罕見的：

更有數個骷髏，無人搬運，姜女悲啼，向前供問：「如許骷髏，家居何郡？因取夫迴，為君傳信。君若有神，兒當接引。」

骷髏既蒙問事意，已得傳言達故里，
魂靈答應杞梁妻，我等並是名家子。
被秦差充築城卒，辛苦不禁俱役死。
鋪屍野外斷知聞，春冬鎮臥黃沙里。
為報閨中哀怨人，努力招魂存祭祀。
此言為記在心懷，見我耶孃方便說。

……文祭曰：「△年△月△日，□庶羞之奠，敬祭□□行俱備，文通七篇。昔有之日，名振響於家邦，上下無嫌，剛柔得所。起為差充兵卒，遠築長城，吃苦不禁，魂魄皈於蒿里。預若紅花飄落，長無睹萼之暉；延白雪以祠天，豈有還雲之路。嗚呼，賤妾謹饌單盃，疏蘭尊於玉席，增韻饗以金盃。惟魂有神，應時納受。」

孟姜女故事中這節魔法手法的故事情節，表現了孟姜女悲劇的社會性。說明並不是孟姜女一家遭到了這樣的不幸和災難，而是千家萬戶都遭受了孟姜女式的家破人亡的痛苦。「我等並是名家子，被秦差充築城卒，辛苦不禁俱役死」，一個「俱」字，廣泛性突出出來了，這場悲劇不僅波及到當時的窮人，也波及到當時富人的子弟，「名家子」也逃脫不了役死的命運，也避免不了「舖屍野外」和「鎮臥黃沙」的遭遇。這樣的情節和杞良遭受「當作之官相苦剋」、「忽遭槌杵禍，魂銷命盡塞垣亡」的可怕慘死聯繫起來看，毫無問題是揭露了秦朝反動統治階級的殘酷統治，這是人民不堪苦役壓迫喊出的反抗吼聲，在這裡用骷髏還魂說話的藝術形式來加以表現，這也是古代民間故事說唱者藝術天才的反映。

這一藝術的魔法手法的運用，使孟姜女故事現實主義的藝術結構中，又加添了浪漫主義的藝術結構，從而打開了孟姜女故事向浪漫主義繼續發展的廣闊藝術空間，後世浪漫主義的秦始皇趕山魔法故事與孟姜女故事合璧，便是這種浪漫主義的藝術結構流變的必然結局，所以我們說「骷髏說話」情節在孟姜女故事往浪漫主義方向發展上具有開創性的功績。

當然，浪漫主義情節，還不僅表現在秦始皇趕山魔法故事的合璧上，〈長城寶卷〉中與佛教的結合也是一個方面，在民間故事中有著更為廣泛的發展和複雜的表現，我在蘇南與蘇北深入偏遠農村親自聽到的就有不少。現將其重要的「葫蘆生子」的浪漫主義情節列舉如下。

「葫蘆生子」情節是我國南方與北方的民間都流傳的情節。它有著我國古老的神話因素。這一情節基本上可以概括為兩種類型。

1.「縣官斷案」型。下面是它的典型情節：

有一家人家姓孟，小姐名叫孟姜女。孟姜女也並不是孟員外的親生骨肉。多年以前，孟員外隔壁的姜員外栽了一棵葫蘆，這孟、姜兩家是牆隔牆的鄰居，姜家的這棵葫蘆爬過了牆頭，長到孟家的院子裡。夏天，葫蘆開花，結成一只大葫蘆，孟員外非常喜愛，就把它摘了下來。這下姜員外可就不讓了，因為葫蘆是他姜家栽的，孟家憑什麼摘呢？孟員外說自己一沒偷、二沒搶，長在自家的院子裡，為什麼不可以摘呢？本來這孟、姜兩家員外是多年的老朋友了，為了這只葫蘆卻鬧翻了臉，誰也不讓誰。

於是，兩人一起到蘇州府打官司。知府聽完兩人申訴，說：「本府判決你們把這只葫蘆拿回去，剖開來，一家一半。」

姜、孟兩家員外回去後，拿刀將葫蘆剖開，不想葫蘆裡睡著一個血娃娃，進前一看，原來是個女孩子。這一下，兩個員外更不肯相讓了。他們兩家都無兒無女，所以爭著要這個小孩。爭吵不下，準備再去官府打官司。

正在這時，門外有一個游方道士，連聲叫喊，「無量仙愛，善哉善哉。」家僕上前詢問，道士說要見兩家員外，專為孟、姜兩家的糾紛而來。道士被請到大廳裡，兩家員外問：「師父從哪裡來？」道士回答：「蘇州城外青龍庵。」

兩員外說：「道長，若是你平時來，我們理當散布，今天我們兩家有事，還是不要來。」道士忙說：「我是專為調解你們的事來的。」他說這只葫蘆既然是屬於兩家，那麼這個女孩子也就是兩家的女兒，也姓孟，也姓姜，叫做孟姜女吧！兩位員外大喜，對道士千恩萬謝。

兩位員外不知，但道士心中有數，這位孟姜女不是一般人物，而是玉女下界。她本是天上王母娘娘的丫鬟，因為不小心打壞了一只玻璃盞，王母娘娘大怒，罰她下凡，七世夫妻不得團圓，因而才有了與萬喜良成婚的故事。

採集時間：一九八一年十一月三日

採集地點：南京市浦口區三河公社大橋大隊

口述人：魏漢才（男、六十歲）

（盧同奇參加記錄）[12]

從前有兩家人，都是老孤人。一家姓孟，隔壁這家姓姜。兩家只隔一道牆。

---

[12]本書凡是全文抄錄的記錄稿，均是從農村搜集所得而第一次發表者。凡轉錄的記錄稿均作說明。

姜家種了一顆葫蘆籽。長呀長呀，爬過牆，鑽到隔壁孟家牆下的一個壇子裡，結了一個葫蘆。葫蘆跟著壇子長，一長長了個滿，拿不出來了。

姜家說：「這是我家的葫蘆，因為是我家種的。」

孟家說：「咋歸你？長在我家壇子裡就歸我家。」

兩家吵開了。後來說，好吧，那就剖成兩半，咱們一家一半。一剖開，裡面有個小姑娘，可漂亮了，兩家都爭著要。

告到包公那裡，包公斷道：「這叫你種我家結，取兩家姓為名，同屬兩家。」於是，這個小姑娘就成了兩家的了。叫做「孟姜女」。

採集時間：一九八一年十一月三日

採集地點：南京浦口東門鎮

口述人：張銀綉（女，七十歲）

（高國藩記錄）

2.「燕子下蛋」型。下面是它的典型情節：有兩個老太太住在一起，一年春天從南方飛來的小燕子，在她們兩家外堂屋當中大樑上做一個窩，沒過多久下蛋抱出小燕崽了。

有一天忽然刮起大風，窩邊有一隻小燕崽被刮到地上，兩個老姐妹趕緊奔到跟前，把小燕崽拾起來拿到手中，一看，小燕崽兩腿摔斷，疼的吱喳亂叫，掙扎著站不起來。這兩個老姐妹看到這裡，趕緊找了兩根小樹枝，用刀削成兩個小木片，把小木片綁在小燕崽的折腿上，又找來黃瓜籽餵小燕崽，因為黃瓜籽能起到接骨的效果。過了幾天以後，小燕崽真的能站起來走路了。兩個老姐妹看到小燕崽腿傷好了，便把木片取下來，又找了一條紅線綁在小燕崽腿上做記號。

光陰似箭，轉眼到了秋天。小燕到搬家時候了，這一窩小燕都變成大燕子了，一連飛了幾天，那隻拴著紅線的燕子，圍著房子轉圈飛著，像難捨難離的樣子，最後加入大群裡向南飛去過冬。

不知不覺又到了春暖花開時候了，這兩個老姐妹的屋樑上又飛來燕子了，有隻燕子口中叨著東西落到她倆跟前，兩個老姐妹看到腿上拴著紅線，知道是她們救的那隻小燕子飛回來了。小燕子從嘴裡吐出來兩顆葫蘆籽，兩個老姐妹把這兩顆葫蘆籽並排種在屋前園子裡了。等到秋天時候，結了一個大葫蘆，大家最後商量好，把葫蘆鋸成兩半，一家分一塊瓢，於是找來鋸子，兩個老姐妹帶著孩子拉葫蘆開瓢。一連拉了好幾天才把葫蘆頂拉開，葫蘆裡邊發出嬰兒啼哭聲，一會兒，葫蘆自動炸成兩半，裡邊躺著一個赤身的小女孩子，兩家都很喜歡。這個女孩先在孟家待五天，再在姜家待五天。這樣一來二去孩子長大了，會說會笑了，兩個老姐妹商量給這個小孩起個名，就叫孟姜女。

搜集整理：關星五（滿族）

採集地點：遼寧省遼陽縣首山鄉東五村⑬

老孟家老兩口子，跟老姜家隔壁挨著，都沒兒沒女。老孟家老太太正趕上十月天大涼，堂樑上孵的一窩小燕也長大會飛了。老太太對老頭說：

「老頭子，老頭子，你給我掏掏燕窩。」

「掏燕窩幹什麼？」

「你掏個小燕給我，結個紅頭繩在它翅膀窩上，看明年它回來不回來。」

於是掏了一個小燕，繫上紅頭繩，這小燕就飛到南方過冬去了。

到來年三月三，小燕又回來了。老太太問老頭說：「老頭子，老頭子，你把小燕窩掏給我看看，看是不是原來那個？」掏出一看，果然翅膀根還有紅頭繩兒呢。這小燕張嘴就吐出一顆葫蘆籽來了。老太太說：

「這葫蘆籽可不簡單，是從南方叼來的，一定把它種好，準能結個好葫蘆。」

於是就種在牆根底下。長大了，這顆葫蘆就爬過牆頭長到老姜家了。結個大葫蘆，老姜好好照看著它。

⑬本文摘錄自中國民研會上海分會編《孟姜女資料選集》（第二輯故事），頁二二三—二二四，一九八五、三。〈按語〉云：據搜集者來信，滿族人有說此故事是在滿族人中間流傳。

十月天，天冷了，葫蘆長成了。老孟家要到老姜家摘葫蘆，老姜家不讓摘，說是「我家的」。「我不種你有嗎？」「你種的，我管的。」這兩家就打起來了。鄰居調解說：「你們誰也不要打架，一拉兩半，一家一半就是了。」當時就拉開。一拉，葫蘆冒血沫子，這麼拉那兒冒，那麼拉這兒冒，怎麼也冒。不拉了，就掰，一掰一個小姑娘在裡待著哩。誰也要，又打起來了。鄰居又來調解說：

「你們兩家都沒兒沒女，這孩子本姓孟，認老姜的乾媽，這孩子就叫孟姜女吧！」

口述：桂友，六十二歲，原姜女大隊副書記

搜集整理：段寶林

搜集時間：一九八一年八月

搜集地點：山海關望夫石大隊⑭

## 二、孟姜女與蚊蟲

在江浙一帶的〈孟姜女十二月調〉裡，六月是唱蚊蟲的。詞云：「六月荷花熱難當，蚊蟲

⑭本文摘錄自中國民研會上海分會編《孟姜女資料選集》（第二輯故事），頁一—二，一九八五、三。〈按語〉云：據桂支老人講，他父親八歲時，全家由遼寧搬到山海關，這個故事是早先聽老王順說的。

飛來斷寸腸；寧可吃奴千滴血，莫叮奴夫萬喜良。」（見《滬諺外編》）江浙一帶的〈孟姜女四季歌〉中的夏季一段也是如此唱的⑮，與此相似的內容之民間小調在其他省份也有發現：

1.安徽樅陽民歌〈孟姜女〉：「六月叫你要來，酷熱真難當，蚊蟲亂飛咬痛人心腸；蚊子你咬貧女子口血喲，甭咬我的丈夫啊，我的青年郎！」

2.廣西柳州民歌〈孟姜女〉：「七月裡來熱難當，蚊蟲飛來入綉房。寧願叮奴千口血，莫叮奴夫萬杞良。」

3.粵東客家竹板歌〈孟姜女〉：「五月裡來是端陽，蚊子咬人痛心腸，聲聲要吃奴中血，莫咬𠊎夫萬杞良，你要可憐𠊎夫郎。」

4.湖南湘源民間唱詞〈孟姜女尋夫記〉：「六月裡來熱難當，蚊蟲飛來叮胸膛，寧可叮奴千口血，莫叮奴夫萬杞良。」

5.貴州紅星縣〈孟姜女小調〉：「六月裡來暑難當，蚊子飛來咬胸膛，情願將血來餵你，莫咬我夫范希郎。」

以上資料均見中國民研會上海分會一九八五年三月編印的《孟姜女資料選集》（第一輯・

---

⑮見路工《孟姜女萬里尋夫集》。

歌謠）。「寧可吃奴千滴血」的說法，來自我國東南部，南部、西南部，因為這些地區雨水多，夏季多蚊蟲，故有此藝術的構思。在我國北部、東北部、西北部，夏季少蚊蟲，則不見這種說法。這種說法由於表現了孟姜女深摯的無私的愛情而激動人心，感染了民間的男女老少。也許正由於這個緣故，在民間演化出來多種孟姜女與蚊蟲的動人的故事，用浪漫主義的情節，豐富了這個傳說。

1.浙江省德清縣、吳興縣的〈孟姜石〉故事說：孟姜女尋夫來到了莫千山，正當夏秋之交，坐在一塊大青石上，這時千萬的蚊蟲都來叮咬她，但孟姜女自語說：「我夫范杞梁啊！只要我一天尋到了你，只要我再看你一眼，不要說蚊蟲咬，就是死了也心甘情願……」，她的話感動了蚊蟲，蚊蟲們都具有了人性，蚊蟲們都嗚嗚嗡嗡哭了起來，一邊哭一邊說：「造孽啦！造孽啦！」並且把從孟姜女身上吸去的血回吐在孟姜女坐著的石頭上，並且說：「可憐小小孟姜女，孤苦伶仃，萬里尋夫來到此地，大家快回去吧！飛遠點，別來打擾她了！讓她安安穩穩地過一夜吧！」蚊蟲們都輕輕地悄悄地飛走了。從此，孟姜女坐過的「孟姜石」上，就再沒有蚊蟲來了。從那以後，夏秋大熱天的夜晚，只要你找到這塊孟姜石，坐上去涼潤潤的，蚊蟲也不會來叮你了，而孟姜石上的細斑點，據說是蚊蟲回吐出來的孟姜女的血點化的。

講述人：鍾桂妮，整理者之祖母
搜集整理：鍾傳今

流傳地區：浙江省德清縣龍山鄉和吳興縣埭溪鄉交界處剝皮龍山一帶⑯

2.江蘇省常熟縣的〈避蚊珠〉故事說：萬喜良一去長城杳無消息，一晃幾年過去了，孟姜女再也等不住了，她辭別了老父老母，背起包裹就啟程。一路上雞鳴趕路，日落投宿，一直往北方走去。一天，來到一個沒有人烟的地方，投宿在一個破涼亭裡。因為蚊子多，加上思念丈夫，一晚上都睡不著。她想蚊子這麼多，丈夫白天要幹活、夜裡要被蚊蟲叮，就更睡不著覺了，這樣身體怎麼吃得消，想著想著，不知不覺睡著了。她做了一個夢，夢見一個仙人對她說：「我給你一顆避蚊珠，你把它送給你丈夫吧。」說完就不見了。孟姜女一覺醒來，果然面前擺著一顆紅彤彤的珠子。她又看看四周，竟沒有一隻大蚊子了。她高興得不得了，拿著珠子朝天上磕了三個頭，把珠子用手帕包好，放在懷裡，又啟程了。

口述：徐永青（八十六歲）

流傳：江蘇常熟⑰

搜集整理：徐學新

孟姜女與蚊蟲的浪漫主義情節，表現了我國人民對孟姜女的熱愛，因而從各種角度表達這

---

⑯見《民間文學》一九七九年四月號刊載的〈孟姜石〉故事。

⑰見《孟姜女資料選集》（第二輯故事）。

種不讓蚊子叮咬她的善良心願。浙江〈孟姜石〉故事特點在於擬人化，而江蘇〈避蚊珠〉故事特點卻在於擬仙化，這些都是現代民間才加添的新內容。

## 第十節 《孟姜女變文》融合的喪俗之影響

《孟姜女變文》所描述的孟姜女為孤魂野鬼祭祀一段，體現了這個故事重要的民族特色，它描寫的喪俗，也開了後世流傳的孟姜女故事中融合各地民間喪俗的先河。

變文中描寫的古敦煌民間喪俗，首先引人注目的是「哭俗」。親人辭世，哭俗占有重要地位，有的地方在人辭世後，逢更必哭。清代陳慶年《西石城風俗志》云：「諸子諸婦及昆弟之子，夜居柩左右，婦人夜五哭，逢更則哭，俗名『啼更』。」因此哭俗不一定是感情規定而有些是風俗本身的要求。孟姜女在聞喪至揀骨再至祭祀，要哭好幾次，這是古敦煌民間哭俗的反映，分下列各階段：

1.聞喪哭。如孟姜女一聽到范杞梁「命盡便被築城中」，她便「其妻聞之大哭叫，不知君在長城妖（夭）。」

2.哭黃天。這在聞喪哭之後，如：「姜女自雹哭黃天，只恨賢夫亡太早。婦人決列（烈）感山河，大哭即得長城倒。」

哭黃天以後，「哭之以（已）畢」就來「選其夫骨」了，揀骨前又有哭俗。

3.哭道。這在揀骨前進行。如：「姜女哭道何取此，玉貌散在黃沙裡。」

4.大哭。這在揀骨後進行。如：「大哭咽喉聲已閉，雙眼長流淚難止。」大哭後，還要求「三進三退，或悲或恨。」

5.悲啼。揀夫骨後還要求祭祀，祭野鬼，也要先哭，如：「數箇骷髏，無人搬運，姜女悲啼。」

經過五個哭的階段，才開始「文祭」。作為大家閨秀的孟姜女，自然從小受到我國高度傳統文明的熏陶。「文祭」一段，正是體現了這種文明的民族形式。這段文祭，表現了孟姜女具有高深的文化造詣，絕不是一個普通世俗無靈魂的女子。她愛戀的是家邦「上下無嫌，剛柔得所」的和平安樂生活；她憤怒的是許多許多百姓「差完兵卒，遠築長城，吃苦不禁，魂魅皈於蒿裡」悲慘的死去。她哀悼所有可尊敬的生命「紅花」的「飄落」，從此再也看不到這些生命的花蒂（萼）閃爍起的朝暉。「延白雪以祠天，豈有還雲之路。」刻畫了孟姜女善良的心願，她要用白雪般純潔的心胸來向天神禱告，為那些遭受悲慘命運的孤魂野鬼祈禱不應該下地獄，而應當走上「還雲之路」。即讓他們升入天堂。這是唐代人民爭取民在思想的流露，不僅皇帝能升天，百姓也能「還雲」，表明了孟姜女思想深處的民主性的特質，為人民，為孤魂野鬼喊出了要活路、要安樂的呼聲。這篇「文祭」，不僅是祭祀她夫君的，也是祭祀與她談話的眾多的骷髏，也就是說，她不僅哀悼她夫君的亡故，她也極度同情死去的無數人，因此，她要「踈蘭尊於玉席」，踈者，「疏」的異體字，尊者，指酒器，如陸游〈雜感〉詩：「一尊易致葡萄酒」，意為，要在那玉做的席子上放滿了蘭尊，還要「增韻飡以金盃」？意思是說，以金盃祭獻來增加祭祀的氣派，很明確的表現了不止是對她丈夫，而且是對一切受難死去的人以高度崇敬的心情。這篇「文祭」表現了我國古代人對死者特殊祭祀的風俗，也以這種充滿民族特點的形式塑造了一個既文雅又充滿民主思想而對封建統治者具有反抗性的孟姜女形象。

在後世，以孟姜女歌謠中融合的民間喪俗最為顯著。《孟姜女資料選集》（第一輯・歌謠）中收錄了《孟姜女哭七七詞》，據編者後記說：「哭七七，它們分別搜集於江蘇、湖北、湖南、河北、貴州、雲南、四川、安徽、廣西、江西、陝西等地，流傳面還是較廣的。」（頁四六）可見這種七七歌，多半流傳在我國東南部、南部、西南部，少數北方地區。現舉一首為例：

孟姜女忠守七七

一七到來好悲傷，孟姜女忠守孝堂；靈前只見一杯酒，不見我夫用口嘗。二七到來守夫靈，叫夫哭夫不回音；如今我夫歸陰去，再想見夫萬不能。三七到來昏沈沈，哭得你妻也無力；我夫長城歸了陰，丟著你妻獨一人。四七到來跪夫靈，靈牌之前叫夫君；叫聲夫君等一等，等著你妻一路行。五七到來淚流乾，我夫死得好淒慘；陽間不見丈夫面，願到陰間會一場。六七到來夫去遠，丟下奴家好可憐；蒼天拆散鴛鴦鳥，今生不能再團圓。七七到來功成滿，喉嚨哭破淚流乾；回頭辭別二雙親，黃泉路上會夫君。

講唱者：趙連福（六十八歲）

搜集整理者：王連培

流傳地區：四川松潘一帶

先來對資料集中四首七七詞作一研究，各有優缺點。江蘇大豐和海門兩首孟姜女七七詞，與四川、陝西兩首最大不同點，在於江蘇的兩首詞，表現的是還不知道萬喜良死，因此還要到「長城去見親夫郎」，夫郎既未死，何來為夫郎「守七」？這在情理上是說不通的。而且在這兩首詞中，還有祝萬喜良「早日升天奴放心」、「他早升天我放心」句，這種盼望丈夫早死的心情，也使人難以理解。最後還表示要辭別爹娘去送寒衣找丈夫，雖與故事相同，但與「七七詞」無關，特別是與民間做七風俗無關。由此看來，江蘇兩首七七詞其基本藝術意境是不可取的。但也包容有合理因素，海門那首「三七到來日如年，哭聲丈夫呀哭連天；夫妻和逢夢裡見，送上香燭化紙錢。」三七為死者燒紙錢，是民間風俗，與以上引到的四川那首七七詞中的三七段對比，顯然具體生動得多。另外，大豐那首「七七到來實可憐，請了僧人來念經」，也是民間風俗。故應當將以上六句改寫到四川這首詞裡，可能接近原貌。

〈孟姜女哭七七詞〉最主要之點是它表現了孟姜女故事受到的佛教影響。如前所說，孟姜女故事原來是談不上佛教之影響的。佛家說人生原有六道輪迴，在人的死此和生彼之間，有「中陰身」，如童子形，以七日為一期，尋求生緣。如果七日終，便不得生緣，就得再續七日，至七七四十九天為止，必生一處。故在所謂「七七」期間，均有超度、祭奠死者的習俗。《北史・胡國珍傳》云：「又詔自始薨至七七，皆為設千僧齋。」人死後，每隔七日祭祀一次，至七七四十九日為止，稱為「做七」。〈孟姜女哭七七詞〉就是表現這種受佛教影響形成的風俗。例如，一七守孝堂，這由於《洛陽伽藍記》卷二云：「崇真寺比丘惠凝死，一七日還活，經閻羅王檢閱，以錯名放免。」

## 第十一節　幾點不同的結論

我通過對敦煌寫本中孟姜女故事形成的過程及其價值的考察，得出了與顧頡剛先生幾點不同的結論：

第一，孟姜女故事的前身，直接導源於《詩經》的〈桑中〉與〈有女同車〉中提到的美女孟姜的形象，而不是封建貴族夫人杞梁妻的形象，這樣，孟姜女故事並不是發源於春秋戰國時期的齊魯（山東省），而是發源於西周時期的「鄘」地（河南省）及「鄭」地（陝西省）。

而孟姜女哭長城故事的正式形成則是在唐代，發源於「燕」地（甘肅省）。

第二，杞梁故事和孟姜女故事這兩者之間並沒有前後繼承的關係，更確切地說，孟姜女故事並不是脫胎於杞梁故事的，這兩者之間是一種相互影響的關係。孟姜女送寒衣哭長城故事在唐代形成時，受到了杞梁故事中的名字（杞梁妻），情節（崩城、投水）之影響。到了五代，杞梁故事在發展中則又受到孟姜女哭長城之影響，把崩城終於改變成崩長城。這兩者相互影響的關係中，前者影響略大些罷了。

第三，孟姜女故事的核心是孟姜女送寒衣，哭倒長城的情節則是在送寒衣故事形成的基礎上，改造了「崩城」說形成的新內容。孟姜女故事核心——送寒衣在唐代的形成，與杞梁故事沒有關係，是唐代勞動人民的創造。孟姜女送寒衣故事核心的形成，也不只是文人送衣詩影響的結果，主要是決定於唐代歷史的實際情況，既有經濟原因，也有政治原因，同時這受了大量送寒衣民間文學作品和少數文人作品的影響所致。

第四，在秦始皇進入孟姜女故事之前，有一個直接抨擊秦朝管理築城的貪官的故事情節階段，這個階段明顯地反映在《孟姜女變文》中，這個階段的孟姜女與貪官的故事情節，影響深廣，一直到現今勞動人民的口頭上這流傳著這一階段情節變化了的形態，〈黑袍換黃袍〉故事便是其中的一個故事。同時，變文中明確秦代造長城，這為秦始皇鞭山故事在後世加入孟姜女故事匡正了方向，促進了這一重複的新情節的形成。

第五，敦煌寫本中的孟姜女形象，既有深刻地民主性，又有高度地的反抗性，在藝術方面則又具備著突出的民族風俗。我們還不能忽略這個形象的典型性，孟姜女並不只是為了她一人的丈夫去哭長城，她也是為了一切不幸遭受奴役壓迫死去的孤魂野鬼，這就使孟姜女形象的意義深刻化，她的對立面是整個封建統治階級，她代表的是我國古代被剝削被壓迫的人民。

# 第十六章　論敦煌孔子與項託傳說

## 第一節　緒論

敦煌寫本〈孔子項託相問書〉是一篇民間故事賦，這一寫本的發現說明在唐代十分流行這一類型的故事。從主題思想上來看，它要說明的是後生一定能超過先輩，但是，內容是複雜的，並不單純表現這一點。

先來看它是如何敘述這一故事的。故事說，孔夫子東遊，在途中遇到一個只有七歲的小孩子叫項託，十分聰明，孔子一連向他提了十個問題，他不僅對答如流，最後反向孔子提出一個問題，卻難倒了孔子，使孔子發出了「後生可畏」的感嘆。孔子感到失了面子，一個聖賢竟然被一個小兒難倒了，實在丟人，圖窮匕首見，便想法謀殺他，於是先把兩車草寄存在項託的父母處，一去年把不來取走，草被項託父母燒掉和餵了牛羊，孔子卻突然回來索草，他父母就想賠他錢，而且「當時便欲酬倍價，每束黃金三錠強」，但孔子的目的並不是敲詐項託父母的黃金，而是找藉口向項託算帳，就問項託在什麼地方，項託的父母告訴他，項託已經入山遊學去了，孔子就帶了數人乘馬入山去找他，他們到了一棵大樹下，挖開一塊石板，進了一重石門，看見了神話般的境界，有石獅子和石金剛把門，山谷中回響著項託的讀書聲，孔子到處找他，他已化作了石人，孔子嫉妒已極，拔出刀就向石人砍去，石人不語，但流出了汪汪鮮血，項託死前終於講話了：「將兒赤血瓫盛著，擎向泉中七日強。」項託父母將他的血倒在竹根上，竹竿竄上天有百尺長，像一個腰掛寶劍的神王一樣，孔子看見了嚇得心驚膽戰，州縣為項託建廟堂供奉。

以上便是〈孔子項託相問書〉中敘述的故事情節大概。這是一個驚心動魄的故事，中國古人心中的偶像——聖人孔子，居然由於嫉妒後生超過自己，而墮落成了殺人者！故事中貫穿了強烈的反孔和反儒家的思想，當孔子露出了猙獰的面目，「夫子拔刀撩亂斫」，「鐵刀割截血汪汪」，項託永遠死去的時候，不由激起人們對小人物無比的同情。因此，〈孔子項託相問書〉中的孔子形象，從總體看，絕不是一個正面形象，有人認為：「孔子師項託的故事，表明孔子不恥下問，以能者為師的精神。」①並不符合事實，此說應當提出商榷。

但是，這樣一個具有曲折的情節和完整構思的民間傳說故事，卻並不是在它產生之初就已經具備這樣結構的。它經過了漫長的流傳和發展過程，現在首先讓我們對這個系統的故事由來進行一番探索。

## 第二節　孔子與項託故事的由來

這個故事最早見於史籍《戰國策》，它中間有一段寫道：

文信侯欲攻趙……請張唐相燕，欲與燕共伐趙，以廣河間之地。張唐辭曰：「燕者必經於趙，趙人得唐者，受百里之地。」文信侯去而不快。少庶子甘羅曰：「君侯何不快甚也？」文信侯曰：「吾令剛成君蔡澤事燕，三年而燕太子已入質矣。今吾自請張卿相燕，而不肯行。」甘羅曰：「臣行之。」文侯叱去曰：「我行之而不肯，汝安能行之也？」甘羅曰：「夫項櫜生七歲而為孔子師，今臣生十二歲於茲矣！君其試臣，奚以遽言叱也。」

（《戰國策・卷七・秦五》）

《戰國策》是一部不署名的戰國時候游說之士的策謀和言論的彙編，毫無問題西漢末劉向

---

①見王堯〈敦煌藏文寫本手卷研究近況綜述〉，載《中華文史論叢》一九八四年第二輯頁九。

編訂的三十三篇是戰國整個歷史階段諸國真實的史料，那麼項託七歲而為孔子師的傳說，肯定不會是西漢產生的，而應當是在戰國時產生的。《中國人名大辭典》將「項橐」列為「春秋人」（見《辭典》二一六頁），那是因為編者把「項橐」看成是一個歷史上真實的人物，孔子是春秋時的人，於是也推理項橐是春秋時的人，但《論語》中根本未提及項橐為孔子師事，他根本不可能是實有其人，不過是戰國時民間傳說故事中出現的一個著名的機智人物而已。這個故事在戰國產生並不奇怪，《戰國策》所反映的社會背景，概括了戰國時代將近二百年（前四〇三—二二一）的史實，這一個時代在封建社會發展的歷史當中，是一個特定的歷史階段，在政治、經濟、文化等方面，都呈現著空前的異彩，是歷史上最著名的被稱之為「百家爭鳴」的黃金時代，社會上各種矛盾鬥爭趨於激烈，而社會的結構也在起著急遽的變化，策士們在激烈的辯論當中，利用民間故事來說明問題乃是自然而然的事，項託七歲為孔子師的傳說就這樣出現並傳播了，這是從其社會背景來看的。

從具體地點來看，西漢的劉向在編定《戰國策》之後，似乎對於這一傳說故事頗為愛好，在他的《新序》一書中又提到了它，並且加上了新的說法：「齊有閭丘卬年十八，道遮宣王曰：『家貧親老，願得小仕。』宣王曰：『子年尚稚，未可也。』閭丘卬對曰：『不然，昔者顓項行年十二而治天下，秦項橐七歲為聖人師，由此觀之，卬不肖耳，年不稚矣。』」（《新序・雜事第五》）劉向在這裡把項橐說成是戰國時的秦國人，這揭示了此傳說故事產生的區域，應當說，西漢劉向此說是準確的，他是第一個揭示此傳說產生在「秦」地之人。西周末，地方經濟的發展，導致諸侯勢力強盛，周平王東遷，作為宗主的周王朝對諸侯實際上已失去控制，封建割據和兼併戰爭的結果，戰國形勢已形成，形成後，名義上雖是十幾個國家，但實際上則是秦、楚、齊、趙、魏、韓、燕七個大國爭雄的局面。秦國，原來只是一個僻處西方的小國，文化也比較落後，但是自從秦孝公執政以後，勵精圖治，利用商鞅變法，發展了農業，興修了水利，獎勵了軍功，廢除了領主，建立了封建地主政權，「行之十年，秦民大悅」，因此秦國從落後進入先進，從貧窮走到富強，成為七雄之首，並開始兼併山東六國的戰爭。但山東是孔子的故鄉，這裡的意識形態自然是儒家占統治地位，要兼併山東六國，首先需在意識形態上壓倒對方，要在思想精神上取勝，則首先應壓倒它的代表人物——孔子其人，在這種歷史背景下，反孔的民間傳說應運而生矣，於是秦人便造出一個秦國小孩子項託是孔子的老師之故事，這便是在思想精神上取勝的表現。因此，小孩子項託為孔子師的傳說故事正是在秦國兼併山東六國的情態中產生，是秦國在精神上壓倒山東六國的一種象徵，一種代表。

但是，這個系統的民間傳說故事並不會是在農民中產生的。因為戰國七雄在政治舞台上的合縱連橫，明爭暗鬥，需得網羅人才，為自己運籌帷幄，奔走呼號，頻繁外交，因此各國貴族卿相的養士之風盛行、策士們在各國政治方面十分活躍，士為了取得自己個人的功名地位，紛紛依附統治階級，而統治者往往養士「食客三千」，給策士們過著養尊處優的寄生生活，把偌大的經濟負擔轉嫁到農民頭上去，搞得民不聊生、生靈塗炭。因此，秦國項託七歲為孔子師的傳說故事，正是那些傾向於秦國的高才秀士之所為，故此故事產生於士階層才是合乎情理的。考定了來源再看看流傳情況。

項託，先秦《戰國策》寫為「項橐」，西漢司馬遷也寫為「項橐」：「甘羅曰：夫項橐生七歲為孔子師，今臣生十二歲於茲矣，君其試臣，何遽叱乎？」（《史記・樗里子甘茂列傳》）唐・司馬貞《史記索隱》曰：「橐音託，尊其道故云大項橐。」唐・張守節《史記正義》也說：「尊其道德，故曰大。」在「項橐」前加一個「大」字，並不是後世將「夫」誤為「大」，而是古傳說原型的一種反映，因為士階層為了要使小人物項託壓倒大人物孔子，而特地加一個「大」以示勝利。從司馬遷《史記》可見，「項橐」是西漢時的寫法。

到了東漢，則一律改為「項託」了。《淮南子・脩務訓》云：「夫項託七歲為孔子師，孔子有以聽其言也。」《論衡・實知篇》云：「夫項託年七歲教孔子，案七歲未入小學，而教孔子，性自知也。孔子曰：『生而知之上也，學而知之其次也。』夫言生而知之，不言學問，謂若項託之類也。」東漢時將「項橐」改為「項託」，這是此傳說故事流傳性的表現。特別是唯物主義理論家王充的說法應予注意。第一，王充肯定項託的天才，他一貫堅持唯物主義觀點，認為「謠讀古文，甘聞異言，世書俗說，多所不妥，幽居獨處，考論實虛。」但是，他對項託的天才是肯定的，在他看來，項託的「性自知」，聰明過人，是孔子說的「生而知之」，而孔子說的「生而知之」，正是指項託之類神童說的。但王充的謬誤是把項託當作實有其人了，並把他歷史化。第二，王充把東漢時的項託傳說故事加以搜集和論述，對保存這個系統的故事作出了貢獻，如在《論衡・實知篇》中提出一些新情節。1.「項託七歲，其三、四歲時而受納人言矣。」2.「人才早成，亦有晚就，雖未就師，家問室學，人見其幼成早就，稱之過度。云項託七歲，是必十歲；云教孔子，是必孔子問云之。」他說項託在三、四歲就開始學習，「受納人言」，由此作出結論，項託的天才還是後天獲得的結果；他還說項託不是七歲為孔子師，而是十歲，又晚了三年，即是說，從三歲起，學了七、八年才為孔子師的。王充的妙處即在於時刻不忘運用傳說故事的細緻情節來說明他唯物主義見解。於是他一而再、再而三強調項託的天才，〈實知篇〉中還說：「智明早成，項託尹方其是也。」又說：「項託之稱，尹方之譽，顏淵之類也。人才有高下，知物由學，學之乃問，不問自識。」王充主要還是強調項託的「知物由學」的特點。但王充的論述主要貢獻是為我們保存了東漢時項託的傳說故事的大概情況。

但是在寫法上，西漢的「項橐」變為東漢的「項託」，這是名字的第二個字的變化，大約是「橐」字生僻，往往不易辨認，故取其音而用一個較易認的字「託」來加以代替。可是在東漢，還有另一種寫法，這就是「后橐」，這是此名字的第一個字的變化，情況與前者剛好相反。宋・洪適在《隸釋》（二十七卷）一書中收入〈童子逢盛碑〉的碑文，這個碑文敘述神童逢盛特別聰明，十二歲而夭，碑文中用「才亞后橐，當為師楷」來形容逢盛。這塊碑是漢靈帝光和四年（一八一）四月五日所立，可知在東漢也有把「項託」寫為「后橐」者。「項託」為什麼會寫成「后橐」的呢？洪適解釋說：「右逢童之碑篆額，在維州，靈帝光和四年立，童子名盛，年十二而夭，門人孫理等人立此碑，其文云：才亞后橐，當為師楷。甘羅曰：項橐七歲為孔子師。〈董仲舒傳〉，孟康以達巷黨人為項橐。〈趙廣漢傳〉，缿筩之缿，音項。碑以童子當為師楷，故比之項橐，后、缿偏旁相類，缿有項音，故借后為缿，又借缿為項也。」②此說是有道理的，《漢書・趙（廣漢）尹韓表兩王傳第四十六》中確有「缿筩」之說③，蘇林曾注曰：「缿音項，故洪適的后缿偏旁相類」、「借后為缿，借缿為項」說是正確的，所以東漢時有人把項託寫為「后橐」之類，是確鑿無疑的。名稱的多種多樣說明這個故事已經廣泛流傳，並具有了不同的樣式，因此我們在後世看見不同樣式的孔子與項託故事，才並不感到突然，而認為是合情合理之事。

《隸釋》說的維州是今四川理縣，地接吐蕃，為蜀西門戶。后橐為師楷之說，當於東漢時

---

②引自宋・洪適《隸釋》卷十〈童子逢盛碑〉釋文，清乾隆四十一年錢塘汪氏刊本。

③《漢書》七十六卷，頁三二〇〇，中華書局版。

流傳於此地無疑。至於洪適說的「〈董仲舒傳〉，孟東以達巷黨人為項橐」，宋．王應麟《困學紀聞》云：「孟康之說，未知所出，《論語》注疏無之。」（〈卷七．論語〉）董仲舒的陰陽五行化的今文經學，乃是「一種迷信的、繁瑣的、穿鑿附會，很少有學術價值的學問」④。王應麟《困學紀聞》卷七論語條云：「甘羅曰：項橐七歲為孔子師（《戰國策》）。董仲舒對策：此亡異於達巷黨人，不學而自知，孟康注：人、項橐也（〈董仲舒傳〉注）。」⑤由此看來，孟康說是像達巷黨人，確指就是項託，《隸釋》作者洪適徵引過來，斷為「孟康以達巷黨人為項橐」，應當是「以達巷黨人為不學而自知者」方合乎真情，因為班固《漢書．董仲舒傳》曰：「臣聞良玉不琢，資質潤美，不待刻琢，此亡異於達巷黨人不學而自知也。」（卷五十六）可見「達巷黨」本來與項託事沒有一點關係，是三國時魏人孟康硬性附會錯誤之說，注為「人，項橐也」，洪適也跟著孟康誤斷。還是王應麟說得好，「孟康之說，未之所出」，但是卻應肯定孟康是知道「項橐」故事的。

魏晉年間，此故事有一個絕大的發展，《列子．湯問篇》云：「孔子東遊，見兩小兒辯鬥，問其故。一兒曰：『我以日始出時去人近，而日中時遠也。』一兒以日初出遠，而日中時近也。

④范文瀾《中國通史》第二冊，頁一五二，人民出版社，一九七九年版。

⑤《困學紀聞集證合註》，何義門等箋，清嘉慶十八年掃葉山房刊本。

一兒曰：『日初出大如車蓋；乃日中，則如盤盂；此不為遠者小而近者大乎？』一兒曰：『日初出滄滄涼涼；及其日中，如探湯；此不為近而遠者涼乎？』孔子不能決也，兩小兒笑曰：『孰為汝多知乎？』」《漢書・藝文志》著錄《列子》八篇，都是由劉向、劉歆父子整理的，但早已散失，今本《列子》並不是班固著錄的原書，不然為什麼劉向在《新序》中提及項託，而在〈湯問篇〉中只提兩小兒考孔子而不提項託？《列子》成今本這種樣子，當為晚出，馬敘倫《列子偽書考》云：「蓋《列子》晚出而早亡，魏晉以來好事之徒聚斂《管子》、《晏子》、《論語》、《山海經》、《墨子》、《莊子》、《屍佼》、《韓非》、《呂氏春秋》、《韓詩外傳》、《淮南》、《說苑》、《新序》、《新論》之言，附益晚說，假為向序以見重。」《列子》既出於魏晉，兩小兒考孔子的傳說亦當出於魏晉無疑。

這個新故事情節的豐富和完善，具有廣泛影響，從許多古典文獻都引述到〈湯問篇〉的孔子故事這一點來看，它具有顯著的流傳性。自從《列子》一書在魏晉年間問世後，到了唐代就有一批類書引到〈湯問篇〉的這一個故事，例如，像馬總編的《意林》，徐堅等撰的《初學記》，釋道世撰的《法苑珠林》等便競相徵引；到了宋代也仍然如此，以引此故事為樂事，李昉等修撰之《太平御覽》，吳淑撰的《事類賦》，陰時夫撰的《韻府群玉》，還有《四庫全書總目》說的「不著撰人名氏，蓋宋孝宗時人」撰的《錦繡萬花學前集》等書也大量引用；到了明代也仍然見有陳耀文撰的《天中記》在引用它；……以上實例無疑說明了此故事將得到了各時代人的普遍愛好，而且多書引用，雖然大同，也有小異，這些小異均屬於量變的過程，量變的結果便要發生質變，從舊有孔子與小兒故事裡，脫胎出一個新的〈孔子項託相問書〉之故事來。

並且，這個新故事情節的豐富和完善，並不是偶然產生的，魏晉好事之徒在造作此故事時必有所本，我們從東漢唯物主義思想家王充的《論衡》裡看見一個類似的情節。

「儒者或以旦暮日出入為近，日中為遠，其以日出入為近，日中為遠者，見日出入時大，日中時小也。其以日出入為遠，日中時為近者，見日中時溫，日出入時寒也。二論各有是非，故是非曲直未有所定。」（《論衡．說日》）這一情節與〈湯問篇〉中的孔子與小兒故事情節有驚人相似之處，這一有趣的結合表明，魏晉年間人，已經利用了前代人的說法，將故事作了根本改造，他們引用王充說法的原因，我認為是他們找出了儒家在這個問題上的非科學性和它們的矛盾，於是運用以子之矛來攻子之盾，王充說法與孔子小兒故事的合璧，便增強了這個故事的反孔傾向，對儒家思想來說無異也是明顯的非禮之舉。故事中包含的反孔傾向，表明魏晉年間民間的反封建思想的發展，並至少可說明，民間文學中在探索排除孔子這一封建統治者的偶像的可能性，這給敦煌寫本〈孔子項託相問書〉的出現奠定了思想基礎，其情節雖與〈孔子項託相問書〉完全不同，但已為其情節的問答式結構和思想的反孔傾向匡正了方向。

關於王充說的「儒者」的日朝暮遠近的非科學性問題，戴文賽同志曾有一個科學的解釋。

他說：「太陽是在中午離人們近些呢？還是早晨和晚上離人們近些呢？相傳古時孔子曾遇到兩個人爭論這個問題，各有根據。主張中午離人們近些的根據是，中午陽光比早晚熱得多，主張早晚太陽離人們近些的根據是，早晚看到的太陽比中午大得多。孔子對這個爭論不能作出決定，這兩個爭論者的根據，拿現代科學的眼光來看，都是站不住腳的。早晚看到的太陽比中午大，是由於人們的錯覺；中午陽光比早晚熱些，是由於中午陽光直射，陽光在大氣裡走過的路程較短，熱量被吸收較少之故。」（《光明日報・科學副刊》一九五五年八月十五日載：〈中午太陽是否比早晚離我們近〉）戴文作了詳盡科學說明，不再詳錄。總之，日遠近說在當時科學不發達時是無法作出科學解釋的。當時人便用這無法解釋的事情來難倒孔子，創造了魏晉年間的孔子與小兒的故事。

魏晉年間出現《列子》的孔子與小兒故事，絕不會是偶然的或孤立存在的，這是孔子與項託傳說故事在當時民間廣泛流行的標誌，結合古代文獻來考察，魏晉南北朝時代的孔子與項託傳說故事，已具有了下列三個特點：第一，新情節的增加。例如，北齊・顏之推《顏氏家訓・歸心》云：「項橐、顏回短折。」這說明，魏晉南北朝已興起一種新說法，即項託短命夭折。晉・葛洪《抱朴子・內篇・塞難》也說：「而項、楊無春雕之悲矣。」又《抱朴子・外篇・自敘》云：「故項子有含穗之嘆，楊烏有夙折之哀。」另外，《舊唐書・藝文志》載

《宏明集》十四卷，為梁．釋僧佑編，該書正誣論云：「顏、項夙天。」以上魏晉南北朝文獻，一致傳說項託早死。據《四庫全書總目》釋家類云：「僧佑姓俞氏，彭城下邳人，初出家揚都建初寺，武帝時居鍾山定林寺。」晉代葛洪居句容茅山，距建康鍾山頗近，故現在仍在這一帶搜集到孔子與項託故事實事出有因（例見後）。黃瑜《雙槐歲釗》六「先聖大王」云：「保定滿城縣南門有先聖大王祠，神姓項，名託，周末魯人。年八歲，孔子見而奇之，十歲而亡，時人尸而祝之，號小兒神。」黃瑜明代人，此書所記為洪武迄成化中事，故知在明初此傳說已融合進河北省的民間風俗中，故現在仍能在河北省搜集到項託故事，也事出有因。第二，當時的孔子項託故事已從策士們中間流行到平民百姓間。《文選》二〇卷唐代李善注顏延年〈皇太子釋奠會作詩一首〉引文云：「稽康〈高士傳〉：孔子問項橐曰：『居何在？』曰：『萬流屋是也。』注曰：『言與萬物同流匹也。』」項託答話是一句隱語，何謂「萬流屋」？即注說的「與萬物同流」之屋，也就是千萬平民百姓居住的茅屋，住在這種屋中，便具有平民百姓的身份，說的是平民百姓的語言，封建文人們便瞧不起，說「與萬物同流匹，語實鄙弱」⑥。第三，魏晉南北朝關於項託說法頗多，試列舉以下三則資料以觀之：

---

⑥《癸巳類稿，項橐考》（清．俞正燮撰），清道光十三年求益齋刊本。

1.《抱朴子・微旨》云：「愚人復以項橐、伯牛輩謂天地不辨滅否。」

2.「（晉・皇甫謐）《列女傳》趙昂告王異云：忠義立于身，雪君父之大恥，喪元不足為重，況一子哉？夫項託、顏淵，豈復百年，貴義存耳。」（晉陳壽《三國志・楊阜傳》裴松之注引）

3.葛洪《枕中書》：「項儀山為蓬萊，司子與周公，孔子顏淵七十二人，門徒三千俱仙。」《癸巳類稿・項橐考》云：「似橐字，儀山或古有訓傳。」

各家說法紛紜，說明當時項託傳說十分流行，可見《列子》中孔子與小兒回答太陽遠近傳說的故事，並不是偶然產生的。

## 第三節　孔子與子羽故事的影響

從現有的古代文獻來看，〈孔子項託相問書〉的論難故事，直接導源於隋代和唐初的孔子與子羽問難的故事。吐魯番出土文書中的〈孔子與子羽相問〉殘篇，應當引起我們極大的注意，現在只看見其中兩段，茲全文徵引如下：

(一)

〔前缺〕

1.□□對曰：枯樹無枝，特牛無雌，雲山無石，井□□□
2.泥牛無犢，木馬無駒，仙人無婦，玉女夫□□□（旁注：龍朔二年）
3.無裡，小兒無字，有何恠（怪）乎？孔子曰：吾與汝共戲□
4.羽對曰：吾有□□□養，次有兄㛐（嫂），當樂事之。
5.□□□□不得共孔子共戲乎？孔子曰：吾車上
6.□□□□子共汝博來子□對曰：我見天子□□□
7.□□□虛，諸侯好博，□□治，吏人好博，文□□□
8.□□，農夫好博，耕□□好博，□□失之□□□
9.□好博，經書不脩，□□□無□□□□□
10.□□　孔子　曰吾□□□

〔後缺〕

69TAM 134:12,14

(二)

〔前缺〕

1.無無私也，子□□□有私□□□

2.銅錢有私以火□□□私以竹□□□□

3.□誅之人㞐有私鞭□□此□□用私何□

4.□□哉，汝知屋上□□□前生簞床（簟床）上生

5.□□□𤞞（狗）化為狐，門□穿（穿）井，木𤞞同豸（身），𤞞

6.其□□□□，此是何□乎？子羽對曰：屋

7.生竹是屋木□，戶前生簞是薄廉（簾）；牀（床）[上]□

8.蒲是蒲廗（席），雞化為鳩，居近野檡（澤），𤞞（狗）化為□

9.□□近淩，門前穿井，待遇貴客，木𤞞同□

10.□□弩箭，𤞞吠其主，邊有潰（貴）客，母□□

11.□□□□[孔子曰汝]知母為□□□

〔後缺〕

# 69.TAM 134:15,13⑦

⑦引自《吐魯番出土文書》（第五冊），文物出版社，一九八三年四月第一版，六，〈唐寫本孔子與子羽對語雜抄〉，頁九七—九九。

以上二段文書拆自男尸紙鞋。原本直寫，現繁字俗字依舊，釋字用弧號標明。文書中有兩點表明了時代，1.第一段二、三行下淡墨書「龍朔二年」，係公元六六二年。2.第二段第三行第五字為「㫟」，是避唐太宗李世民之諱，據此可知該故事係在隋代至初唐間流傳。其特點是1.從魏晉南北朝孔子與小兒問日的故事，過渡到此故事。子羽是孔子的學生，姓名為澹台滅明，字子羽，春秋時魯國武城（山東費縣）人。面貌很醜，但是品行端正，「行不由徑，非公事不見卿大夫」（《史記・仲尼弟子列傳》）。「孔子聞之，曰：『吾以言取人，失之宰予；以貌取人，失之子羽。』」（《史記・仲尼弟子列傳》）孔子從他的表裡矛盾的特點總結了自己受到的教育，這似是孔子與子羽的傳說故事轉變為孔子與項託的傳說故事的契機。2.對比可見，敦煌寫本〈孔子項託相問書〉故事，直接來源於這個孔子與子羽的傳說故事。

如下幾組對照：

**A組：伯三八八三〈孔子項託相問書〉：**

小兒答曰：「土山無石，井水無魚，空門無關(轝)，轝車無輪，泥牛無犢，木馬無駒，斫刀無環，螢火無煙，仙人無婦，玉女無夫，冬日不足，夏日有餘，弧雄無雌，枯樹無枝，空城無使，小兒無字。」

吐魯番文書〈唐寫本孔子與子羽對語雜抄〉：

子羽對曰：「枯樹無枝，特中無雌，雲山無石，井水無魚，泥牛無犢，木馬無駒，仙人無婦，玉女夫夭，口口無里，小兒無字，有何怪乎？」

B組：伯三八八三〈孔子相託相問書〉：

夫子曰：「善哉：善哉：吾與汝共遊天下，可得已否？」小兒答曰：「吾不遊也，吾有嚴父，當須侍之，吾有慈母，當須養之，吾有兄長，當須順之……」

吐魯番文書〈唐寫本孔子與子羽對語雜抄〉：

孔子曰：「吾與汝共戲。」子羽對曰：「吾有父母，當須瞻養，次有兄嫂，當樂事之。」

C組：伯三八八三〈孔子相託相問書〉：

小兒答曰：「吾不博戲也。天子好博，風雨無期；諸侯好博，國事不治；吏人好博，文案稽遲；農人好博，耕種失時；學生好博，忘讀書詩；小兒好博，笞撻及之。……」

吐魯番文書〈唐寫本孔子與子羽對語雜抄〉：

子羽對曰：「我見天子好博，朝綱廢虛；諸侯好博，國事不治；吏人好博，文案稽遲；農夫好博，種耕失時；學生好博，禮樂失之，小兒好博，經書不脩。……」

D組：伯三八八三〈孔子相託相問書〉：

夫子曰：「善哉！善哉！汝知屋上生松，戶前生葦，床上生蒲，犬吠其主，婦坐使姑，雞化為雉，狗化為狐，是何也？」小兒答曰：「屋上生松者是其椽，戶前生葦者是其箔，床上生蒲者是其席。犬吠其主，為傍有客。婦坐使姑，初來花下也。雞化為雉，在山澤也，狗化為狐，在丘陵也。」

吐魯番文書〈唐寫本孔子與子羽對話雜抄〉：

孔子曰：「善哉！汝知屋上生竹，戶前生簟，床上生蒲，雞化為雉，狗化為狐，門前穿井，木狗同豸（豹），狗吠其主，此是何物乎？」子羽對曰：「屋上生竹是屋椽，戶前生簟是薄簾，床上生蒲是蒲席。雞化為鴙，居近野澤。狗化為狐，□□近涉。門前穿井，待遇貴客。木狗同豹，莫畏弩箭。狗吠其主，邊有貴客。」

以上吐魯番文書中的漏字均根據伯三八八三原文參校。這樣一復原而加以對照，便可清楚看出，前者來自後者，但比後者字數更多些，可知此故事第一階段為孔子與子羽的問難故事。但還不能與孔子項託故事等同，因子羽不是小孩子，而到唐代，項託已經不再被人們認為是實有其人了，被認為是一個虛構的故事，最明顯不過是晚唐皮日休在《皮子文藪》中寫了一篇〈無項託〉，他說：

符朗著《符子》，言項託詆訿夫子之意者，以吾道將不勝於黃老。嗚呼！孔子門，唯稱少。故仲尼曰：「顏氏之子，其殆庶幾乎？」又曰：「賢哉回也！」嘆其道與已促，固不足夫蔽之也。如託之年，與回少遠矣！託之智，與回又遠矣。豈仲尼不稱之於其時耶？夫四科之外，有七十子，七十子外，有三千之徒。其人也有一善，仲尼未嘗不稱之，豈於項氏，獨掩其賢哉？必不然也。嗚呼！項氏之有無，亦如乎莊周稱盜跖，漁父也，墨子之稱墨尿，娟嬋也。豈足然哉！豈足然哉！⑧

符朗是漢末人，「符子，漢末避董卓之威，隱山中著書不出。」⑨《符子》一書雖佚，但從《諸子彙涵》中摘下的〈願足〉與〈鼇形〉兩則內容看來，前者是許由與堯的民間傳說故事，後者是東海鼇與蚔蚊的民間幻想故事，可見符朗當時隱居民間，廣採了當時的民間故事入書，所以他在《符子》中談他聽到的項託故事之感受，是可信的。他認為當時人講述項託問難孔子的故事之目的，是為了說明「吾道將不勝於黃老」，何謂黃老？這黃老並非黃帝之代稱，而是泛指有智慧的少年人，古時認為，「男女三歲已下為黃，十歲已下為小，十七已下為中，十八已下為丁。丁從課役，六十為老」⑩。因此，黃是指年齡小，老則是指智慧高。按照現代的話說，「將不勝於黃老」，即長江後浪推前浪，後輩必能超過先輩。所以皮日休拿項託與傳說中的人物盜跖、漁夫等人類比，未必實有其人。

但是，皮日休也仍然有謬誤，即他認為項託比起孔子的弟子顏回之智又遠矣，既不當他為實有其人，又拿他與歷史上實有其人類比，認為比顏回之智遠矣。項託作為一個民間塑造的

---

⑧見《皮子文藪》，蕭　非、鄭慶篤整理，上海古籍出版社，一九八一年版，頁七〇。

⑨明天啟六年序刊本《諸子彙函・諸子總目註》。

⑩唐・魏徵等撰《隋書》卷二十四〈食貨〉，中華書局版，第三冊，頁六八〇。

神童形象，其機智性是永恆的，也是否定不掉的，還是《顏氏家訓》將項託與顏回並提為準確。皮日休只把項託作為民間傳說故事中像漁夫等人那樣虛構的形象，應當說代表了唐代一般的看法，敦煌寫本〈孔子項託相問書〉的發現，說明這一個民間傳說仍在唐代人民口頭上流傳，比孔子與子羽的故事又前進一步。

綜上所說，孔子與項託的傳說故事，在古代有廣泛、深遠的影響。它在戰國時代產生，經過兩漢、魏晉南北朝，再到隋唐，從公元前五世紀直到公元後十世紀，均有傳承性，可以說，經過了許多細小的量變過程，終於脫胎出了敦煌寫本〈孔子項託相問書〉中完整而神奇的民間傳說故事。

並且，我們在敦煌藏文卷子裡也發現了〈孔子與相託問答書〉，它們是P.T.九九二、P.T.一二八四，和S.T. Ms七二四，三個寫本。說明在唐代，這個故事在也曾在吐蕃族和西藏、青海地區廣泛流傳，但是，吐蕃流傳這個故事，與其說它是反孔思想的發展，不如說它是配合當時吐蕃向唐朝統治腹地的進犯，用以摧毀儒家的精神支柱之借用，不然，吐蕃奴隸主及其統治者，決不會無緣無故便叫許多人來把這個故事譯為藏文。

## 第四節 〈孔子項託相問書〉分析

就敦煌寫本〈孔子項託相問書〉本文來考察，它也可算為唐代的一篇民間長篇敘事詩。它在敦煌文獻中共有十二個寫本⑪，在這十二個寫本中，共有五種題名：

1. 孔子項託一卷（斯〇三九五）。
2. 孔子項託相問答一卷（斯一三九二）。
3. 孔子項託相問書一卷（斯二九四一，伯三八八二）。
4. 孔子共相託一卷（斯五六七四）。
5. 孔子項託相問詩一首（伯三八三三）。

所以，從上述第五種題名看來，在唐代就是在民間也有把它稱為〈孔子項託相問詩〉的，這「詩」字之意思顯而易見是說它是民間敘事詩。

再從這類敦煌寫本的性質來看，它有明顯民歌的特質。它那問答體，具有我國民間歌謠的山歌裡那種一問一答的盤歌體風味。試以吳歌中的對歌為例來作一對比。

---

⑪這十二個寫本是：

斯〇三九五，　斯一三九二，　斯二九四一，　斯五五三〇，
斯五五二九，　斯五六七四，　斯三二五五，　伯三七五四，
伯三八二六，　伯三八三三，　伯三八八二，　伯三八八三。

伯三八八三

夫子問小兒曰：
汝知何山無石？
何水無魚？
何門無關？
何車無輪？
何牛無犢？
何馬無駒？
何刀無環？
何火無烟？
何人無婦？
何女無夫？
何日不足？
何日有餘？
何雄無雌？
何樹無枝？

對照：吳歌對歌

倷唱山歌勿算師傅老先生，
倷阿曉得蘇州到常熟有幾條蕩？
上蕩阿有幾個灣？
下蕩阿有幾個兜？
第幾個兜裡出犀牛？
犀牛頭對啥個州？
腳踏啥個州？
早上啥皇收？
夜裡啥皇收？
啥皇打仔鐵耙鐵勺鈎？
啥皇牽到虎丘山吃仔幾口龍鬚草？
如今龍鬚草何轉頭？
啥裡牽到海灘上吃仔幾口清水？
如今清水在哪裡？
啥皇帝到皇帝後門口？

何城無使？
何人無字？

小兒答曰：
土山無石，
井水無魚，
空門無關，
轝車無輪，
泥牛無犢，
木馬無駒，
斫刀無環，
螢火無烟，
仙人無婦，
玉女無夫，
冬日不足，
夏日有餘，

一角挑坍幾層樓？
撒壞幾個金雞王榫頭？

唱山歌要算我師傅老先生；
蘇州到常熟只有一條蕩，
上蕩三個灣，
下蕩四個兜，
第四個兜裡出犀牛，
犀牛頭對許州，
腳踏徐州，尾巴彎彎到常州，
早上張皇收，
夜裡李皇收，
耙平皇打仔鐵耙鐵勺鈎，
草頭皇牽到虎丘山上吃仔三口龍鬚草，
龍鬚草，如今勿轉頭，
海龍王牽到東海灘上吃仔三口清水，

孤雄無雌，
枯樹無枝，
空城無使，
小兒無字。

（引自《敦煌文集》二三一～二三二頁）

清水，如今勿轉頭，
盤大皇牽到皇帝後門口，
一角挑坍九層樓，
打碎一百四十四個金雞王榫頭。

（引自《吳歌》（油印本），蘇州市文聯民間文學分會編，一九八一年十一月，對歌部分三五—三七頁）

從以上對比可見，現代吳歌中的對歌，其藝術結構還有完全同於唐代民間〈孔子項託相問詩〉的問答體者，這絕不是一種巧合，而是表現了古今民間盤歌的一致性結構，這種對口歌還保留著它的詼諧、幽默和趣味性，保留著民間文學的樸素感，也是古今一致的，所以，我們對於〈孔子項託相問書〉就不僅僅拿它當作民間故事賦來看待，它也可說成是一種特殊的民間敘事歌謠。而在日本也有將它列為古代的小說者，如劉銘恕先生說：「而可奇者，此卷前部孔子所問：何樹無枝？何牛無犢？何馬無駒？何夫無婦？何女無夫？何山無石？何水無魚？何人無家云云一節，似不見於唐宋說部，而獨見於日本古小說《今昔物語集》（見芳賀矢一考證，《今昔物語集卷十·震旦部第九·孔子道行值童子問申語》），亦足見此故事雖不見於漢魏古書，其創說必始於唐代。」⑫由此可見，它在唐代產生後，還作為古小說傳到日本去了。因此這個寫本可作為唐代民間文學中多種文體來看待，它有著比其他敦煌寫本更為突出的重要性，使我們對它不能一般看待，而應對它作詳盡的考察。

敦煌寫本〈孔子項託相問書〉民間笑話的性質也是十分突出的，它也可算為一篇唐代的民間笑話。因為它顯然來源於唐代民間笑話書。從它的情節結構來看，是鬆散的，孔子與項託問答的多種情節可以有所增減，因而它的情節結構可以是不固定的，以上引的「何山無石？」問答，可以是一個民間笑話，而以下這一段「鴻鶴何以能鳴？」問答，同樣也可以是一個獨立的民間笑話，試讀這一段原文：

小兒卻問夫子曰：「鵝鴨何以能浮？鴻鶴何以能鳴？松柏何以冬夏常青？」夫子對曰：「鵝鴨能浮者緣腳足方，鴻鶴能鳴者緣咽項長，松柏冬夏常青〔者〕緣心中強。」小兒答曰：「不然也！蝦蟆能鳴，豈猶咽項長？龜鼈能浮，豈猶腳足方？胡竹冬夏常青，豈猶心中強？」

很明顯，這也是一個具有完整情節的唐代敦煌民間笑話。而且我們在《啟顏錄》一書中，已經發現了它同一個情節的民間笑話，請讀下面這一則民間笑話原文：

⑫見《敦煌遺書總目索引・斯坦因劫經錄》，頁一一七，商務印書館，一九六二年出版。

山東人娶蒲州女，多患癭，其妻項癭甚大。成婚數月，婦家疑婿不慧，婦翁置酒，盛會親戚，欲以試之。問曰：「某郎在山東讀書，應識道理，鴻鶴能鳴何意？」曰：「天使其然。」又曰：「松柏冬青何意？」曰：「天使其然。」又曰：「道邊樹有骨⿰骨出何意？」曰：「天使其然。」婦翁曰：「某郎全不識道理，何因浪住山東？」因以戲之曰：「鴻鶴能鳴者頸項長，松柏冬青者心中強，道邊樹有骨⿰骨出者，車撥傷，豈是天使其然？」婿曰：「請以所聞見奉酬，不知許否？」曰：「可言之。」婿曰：「蝦蟇能鳴，豈是頸項長？竹亦冬青，豈是心中強？夫人項下癭如許大，豈是車撥傷？」婦翁羞愧，無以對之。出《啟顏錄》。

引自《太平廣記》卷二四八〈山東人〉條

這是一個唐代民間的呆女婿故事，它的故事基本結構和以上所引孔子與項託相問「鴻鶴何以能鳴」的故事基本結構是完全一樣的。甚至相同到兩者的句子都到了一字不差的地步，我們絲毫不會懷疑它們之間的傳承性。但是，這兩個故事究竟誰先誰後呢？我認為，《啟顏錄》中的同類故事，也應當是孔子與項託故事母體之一型。《啟顏錄》是隋代至盛唐以前出現的一本民間笑話書，這應當是沒有疑問的。《新唐書・藝文志三》、《唐書・經籍志下》均載「《啟顏錄》十卷，侯白撰」，但不錄時代。明・吳永輯《續百川學海・廣集》載《啟顏錄》署「唐侯白」撰。清順治刊本《說郛》所載《啟顏錄》正文仍署「唐侯白」撰，侯白為唐代人。但斯〇六一〇敦煌寫本《啟顏錄》存〈論難〉、〈辯捷〉、〈昏忘〉、〈潮消〉四篇，〈潮消〉篇中的第十個故事是侯白故事，說他是「隋開皇初，高祖新受禪」那時候的人，侯白又是隋初人了。《太平廣記》卷二五三引《啟顏錄》「侯白」條，有「陳朝嘗令人聘隋」等語，侯白又是六朝末的人了。但宋·陳振孫《直齋書錄解題》卷十一小說家類云：「《啟顏錄》八卷，不知作者，雜記詼諧調笑事，唐志有侯白《啟顏錄》十卷，未必是此書，然亦多有侯白語，但訛謬極多。」故此書作者侯白實際是一個阿凡提式的機智人物，故事中被藝術塑造出的人物，不一定實有其人，而《啟顏錄》則是一本記載隋代至盛唐以前的民間笑話書，斯〇六一〇末題「開元十一年（七二三）捌月五日寫了，劉丘子投二舅」，說明敦煌寫本《啟顏錄》為盛唐以前的作品，多為傳說故事和笑話相結合的形態，把各種詼諧有趣的遺聞展現在我們面前，而這些故事所規定的時代範圍，則都在六朝至初唐這一個特定的時間框框之內，這說明《啟顏錄》中的故事都是六朝、隋、初唐的故事。現在，再回過頭來看看敦煌寫本〈孔子項託相問書〉，已有確鑿證據說明它們是晚唐五代的寫本。

第一、伯三八八二〈孔子項託相問書〉殘卷的後面為〈元清傳〉殘卷。元清為曹議金的外甥，曹議金為取代張議潮的侄孫張承奉統治瓜沙之人，很顯然是十世紀初，經過了唐末農民大起義的失敗，歷史陷入了「五代十國」的大分裂時期。

第二、斯〇三九五〈孔子項託一卷〉中有一個末題「天福八年祭卯歲十一月十日海王寺學郎張囗保記」⑬。

天福八年是公元九四三年，也正當五代十國期間。這些五代寫本無疑說明了它所講的孔子項託故事是晚唐五代時期流傳的故事。比以上《啟顏錄》中呆女婿的笑話故事為晚出，很明顯，「鴻鶴何以能鳴」是脫胎於《啟顏錄》的笑話，由此可見，說敦煌寫本〈孔子項託相問書〉是一篇民間笑話性質的寫本，絕不會是事出無因，而應當說，晚唐五代時的民間，是把此事做為一個有趣味的笑話來談論的。

## 第五節 〈孔子項託相問書〉的特點及其他

考察敦煌寫本〈孔子項託相問書〉還有以下四特點值得我們注意：

**一、思想內容的複雜性**。小兒項託難孔子，寫本提出了十二個重大的情節，它們的順序應當是：

1.作戲。

⑬《敦煌遺書總目索引・斯坦因劫經錄》，頁一一七，同見《敦煌變文集》頁二三六，文字稍有差異。

2.避車。

3.知事。

4.何山無石。

5.共遊。

6.博戲。

7.平卻天下。

8.屋上生松。

9.夫婦是親。

10.鴻鶴何以能鳴。

11.天高幾許。

12.夫子有心煞項託詩。

在以上十二個重大情節中，孔子的思想未必不可取，而項託的思想也未必完全正確。例如，第七項〈平卻天下〉，孔子向項託提出來「平卻天下」的主張，「吾以汝平卻高山，塞卻江海，除卻公卿，棄卻奴婢，天下蕩蕩，豈不平乎？」可是，小兒項託卻答道：「平卻高山，獸無所依；塞卻江海，魚無所歸；除卻公卿，人作是非；棄卻奴婢，君子使誰？」這一情節表露的思想是奇妙的，似能認為孔子在這一情節中扮演的是一個古代革命家的形象，他提出了革命的主張，要打碎現有國家公卿與奴婢等級森嚴的狀態，建立一個天下平等的社會，在這個社會中，沒有公卿奴婢之分，人人平等，這似能認為表現了唐代民間的一種烏托邦的社會理想，孔子竟然是這個烏托邦的締造者。而項託反倒是一個舊有奴隸制的堅決維護者和狂熱的鼓吹者，他竭力反對「除卻公卿」和「棄卻奴婢」，保衛舊秩序到底，由此看來，項託的思想並不是進步的，而是落後的，甚至可以說是反動的，孔子的思想卻恰好相反，是進步的，甚至能說是革命的；項託的形象並不可愛，孔子的形象倒顯得崇高；項託問難孔子，表面上取得了勝利，實際上是蠻不講理和胡說八道，真正是俗話說的：「小兒戲言，不可相信」。

而且，在這十二個重大情節中，項託的輸理之處不止這一處，第九項「夫婦是親」，也可提出一說。孔子向小兒提出「夫婦是親？父母是親？」問題。項託只認為父母是親，而不承認夫婦是親，在項託看來，「人之有婦，如車有輪。車破更造，必得其新；」民國三十六年（一九四七）北京打磨廠寶文堂同記書舖本《新編小兒難孔子》，將這一點敘述得更為詳細而通俗化，說夫婦所以不親，是因為「夫妻如衣服，衣破再縫又得其新」⑭，這一點道出了項託思想的本質，他認為一個人的妻子就好比是衣服一樣，可以愛穿就穿，愛脫就脫；玩膩了可以像車輪壞了再造上一個那樣，似能認為，這是一種古代性自由和性開放的理論，雖然，

⑭亦見《敦煌變文集》附錄二，頁二四二。

儘管可美其名曰反對守寡和反對這一種封建倫理觀念，但是，卻把女子變作了衣服和車輪，變作了只供淫徒發洩獸慾的工具，這一點倒和資本主義社會的性開放有其相同之處，即都把女子作為衣服、作為車輪、作為工具，可以頻繁的更換，因此，項託所維護的性自由與性開放的觀點，便構成了對我國傳統的牢固的一夫一妻制的一種潛在威脅，「婦死」可以「更娶」的觀念雖然是正確的，但項託卻由此滑向另一個極端，卻成了謬誤。總之，以上述分析可見，項託還不僅僅是「可畏」，甚至能認為是「可惡」了。而這一切，均表現了此一寫本思想的複雜性。

**二、故事情節的遞減化**。唐代以後直至現在，孔子與項託的傳說故事一直在民間流傳著，說明敦煌寫本〈孔子項託相問書〉具有深遠的影響。對比所見，這一系統的民間傳說，其故事情節不斷的在加以簡單化，後世的任何一個孔子項託傳說的情節，都沒有〈孔子項託相問書〉那樣的豐富多采和具有那種十足的浪漫主義的藝術美。如，敦煌寫本〈孔子項託相問書〉具有十二個主要情節，可謂九曲十彎，曲折多變。而到明清和民國年間，據王重民先生說：「明本《歷朝故事統宗》卷九有〈小兒論〉一篇，文字尚十同八九。明本《東國雜字》也有這一故事。又解放前，北京打磨廠寶文堂同記書舖，還有鉛印《新編小兒難孔子》在出售，與敦煌本文字猶十同七八。」就是說，故事情節已經逐漸有所減化，已經根本見不到第十二個孔子動刀砍項託石人的情節了。一九八二年十一月，我帶學生到著名的江蘇省句容縣茅山去采風，那裡由於交通不便，地點偏僻，農村還保留著古老的面貌，我們聽到了一些在別處難以聽到的古老的傳說，其中一個老人，就對我和學生敘述了一個孔子項託的傳說故事。這個傳說由於極少聽到而顯得十分寶貴，現將記錄稿全文引述如下：

七歲小兒難孔夫子

孔夫子乘車周遊列國。一天，當子路駕車，走近鄭國的時候，發現路上有一個孩子正在地上划土城玩，於是子路大聲吆喝，叫小孩子讓路。小孩子抬起頭來說：「車子不讓城池，難道叫城池讓車子嗎？」孔夫子在車上聽到這些話，覺得這個孩子很聰明，就叫子路抱小孩上車。

馬車路過一個池塘，有幾隻鴨子正在池塘裡游水。小孩就問：「為什麼鴨子能浮在水面上不會沉下去呢？」孔夫子說：「這是因為鴨子有能浮在水面上的羽毛。」後來，馬車又經過湖邊，湖上有幾隻小船，小孩就指著小船問道：「船沒有羽毛為什麼也會浮在水面上呢？」孔夫子無言以對。

馬車又走到一座山旁，小孩看到山上常青的松樹，就問孔子：「冬天別的樹木都發黃落葉，為什麼松樹卻是青青的呢？」孔夫子說：「這是因為松樹心實飽滿，筋脈貫通，松脂豐實，所以常青。」小孩又問：「竹子中間是空的，也沒有松脂，為什麼冬天都青呢？」孔夫子啞口無言。

這時，天上幾隻鴻雁飛過，鳴聲嘹亮，小孩又問：「大雁為什麼叫得這麼響？」孔夫子說：「大雁的頸子特別長，所以叫得很響。」當馬車走到田間時，有幾隻蛤蟆在叫，小孩又問：「蛤蟆沒有脖子，為什麼也叫得這麼響呢？」孔夫子想了好大一陣子，也沒有回答出來。

這時，天漸漸暗了下來，星星在天上眨著眼睛，小孩又問：「都說你是聖人，那麼你知道天上有多少顆星星呢？」孔夫子說：「我只知道眼前的事，那麼遠的東西我數不清楚。」小孩就又問：「你知道眼前的事，那麼你的眼睫毛有多少根呢？」孔夫子愣了很久，沒有說出話來。

事後，孔夫子深嘆了一口氣，感慨地說：「三人行，必有我師也！」

口述者：趙長龍（七十五歲）

流傳地點：茅山地區

採集時間：一九八二年十一月十八日

參與記錄的同學：徐新華

從上述記錄稿可見，活在我國南方農村口頭上的孔子與項託傳說故事，已經大為簡化了，減到只有五個情節，但其情節基礎仍然與敦煌寫本〈孔子項託相問書〉相合。1.「車子不讓城池，難道叫城池讓車子嗎？」來源於伯三八八三的「只聞車避城，豈聞城避車」的情節。2.「大雁為什麼叫得這麼響？」也來源於伯三八八三「鴻鶴何以能鳴」的情節。3.鴨子能浮在水面上，顯然是伯三八八三「鵝鴨能浮者緣腳足方」情節的衍化。4.「松樹冬天為什麼青青？」

則來源於伯三八八三「松柏何以冬夏常青」的情節。5.至於小兒問孔子「眼睫毛有多少根」，則與明代李廷招考正、丘宗孔增釋《歷朝故事統宗》卷九之〈小兒論〉情節一致，「小兒曰：若論眼前眉毛數得共有幾莖？夫子不答而去。」這是一個明代產生的情節的合璧。可見，除第五個情節，一至四項均與寫本相合。另外，現代民間已淡忘了「項託」的姓名，而賦予「小兒」通稱了。

不僅如此，活在我國北方農村口頭上的孔子與項託傳說故事，也是大為簡化了的。一九八四年三月上海文藝出版社出版了祁連休同志編的《歷代文學藝術家的傳說》（第二集），其中《孔子的傳說》中有一篇〈拜師〉便是孔子與小兒的故事，它所敘述的情節有：1.作戰，2.避車，3.眉毛多少根？4.星星多少顆？5.日晨午的遠近。1.2.4.三情節與敦煌寫本說法一致，3.則同於明代〈小兒論〉，5.則同於《列子》說法，也是淡忘了「項託」姓名，而賦予「小兒」通稱。毫無問題，情節也是大大的簡化了。（〈拜師〉張兆榮講述，張俊青搜集整理，流行河北省農村）

**三、小兒故事的大量流行。**〈孔子項託相問書〉敘述的故事，雖然來源於戰國時候的項橐七歲而為孔子師的傳說，幾經曲折的發展過程，隋代唐初產生了類似的孔子與子羽的傳說，情節與伯三八八三卷前半部問難互相一致，但吐魯番文書中孔子與子羽傳說：一、還不是小兒故事；二、後半部孔子殺人之情節無，因此還不能認為後者是前者的翻版。但是，為什麼會在唐代後期出現這個新的情節曲折複雜的孔子與項託的傳說呢？根據吐魯番文書和《啟顏錄》等資料，可知其情節是由諸多笑話故事合璧而來的，而合璧的主要原因，則由於在孔子與項託傳說情節流行的當時，大量流行著聰明小兒類型的傳說故事，我想，最能說明問題的仍然是《啟顏錄》上的記載。試觀《啟顏錄》上的小兒故事，是那麼多姿多態，意趣橫生。

㈠「隋有三藏法師，父本商胡，法師生於中國，儀容面目，猶作胡人。有小兒姓趙，年十三。法師辯捷過人，忽見此兒欲來論議。眾咸怪笑，小兒精神自若，即就座，大聲語此僧：昔野狐和尚自有經文，未審狐作阿闍黎，出何典語？僧語云：此郎子聲高而身小，何不以聲而補身？兒即應聲報云：法師以弟子聲高而身小，何不以聲而補身？法師眼深而鼻長，何不截鼻而補眼？眾皆驚異，起立大笑。……出《啟顏錄》。」（見《太平廣記》卷二四八，同見斯〇六一〇《啟顏錄》中的〈論難〉）

㈡「晉王絢，彧之子，六歲。外祖何尚之，特加賞異，受《論語》，至郁郁乎文哉。尚之戲曰：可改為耶耶乎文哉？吳蜀之人，呼父為耶。絢捧手對曰：尊者之名，安得為戲，亦可道草翁之風必舅。《論語》云：草上之風必偃。翁即王絢外祖何尚之，舅即尚之子偃也。出《啟顏錄》。」（《太平廣記》卷二四六）

㈢「晉楊修九歲，甚聰慧。孔君平詣其父，不在，楊修時為君平設，有果楊梅，君平以示修：此實君家果。應聲答曰：未聞孔雀是夫子家禽也。出《啟顏錄》。」（《太平廣記》卷

二四五）

㈣「晉孫子荊年少時欲隱，語王武子云：當枕石漱流，誤曰漱石枕流。王曰：流可枕，石可漱乎？子荊曰：所以枕流，欲洗其耳；所以漱石，欲礪其齒。出《啟顏錄》。」（《太平廣記》卷二四五）

以上只是在《啟顏錄》中略舉數例，事實上，在唐代以前的筆記小說中，聰明小兒類型的傳說故事是大量存在的，正是魏晉南北朝至隋唐這個類型傳說的廣泛流傳，導致了孔子項託傳說故事的新情節之加添和它的繼續流傳發展，這絕不是偶然的了。

**四、後世作品的影響吸收**。孔子與項託故事的情節，也為後世傳說故事所吸收，由此可知其對後世傳說之影響。河北省機智人物韓老大故事中，便吸收了孔子與項託的故事情節。在秦玉林、王國新主編的《韓老大與五娘子的故事》一書中，有一篇〈它就是那玩意兒〉故事：

在院子裡，岳父見一群大白鵝，正伸著長長的脖子，「呱呱呱」的亂叫哩！就問三姑爺：

「你知道這鵝為啥叫聲這麼大嗎？」

三姑爺順口答道：「這是因為脖長聲則高嘛！」

「四姑爺，你說呢？」岳父問。

「三姐夫說得對！」四姑爺答。

岳父聽了，很滿意，又問韓老大：「五姑爺，你呢？」

韓老大說：「爸，您管它作啥？它就是那玩意兒嘛！我的兩個姐夫說：脖長聲則高，那蛤蟆沒脖兒，咋叫得那麼聲兒大呀？」

三姐夫和四姐夫沒詞兒了。

幾個人出了院門兒，門前有個水池子，池子裡有一群鴨子在戲水，岳父問：「三姑爺，這鴨子為啥能在水面上漂著啊？」

三姑爺說：「鴨子有輕水毛利水爪嘛！」

「你說呢？四姑爺。」

「三姐夫說了，我就不說啦！」

岳父點了點頭，很滿意，又問五姑爺：「老大，你說呢？」

韓老大說：「爸，您管它呢，它就是那玩意兒！三姐夫和四姐夫說鴨子有輕水毛利水爪，那老蚧沒有毛，咋也能在水上漂呢？」

三姐夫和四姐夫又沒話說了。

（唐山市民間文學三套集成叢書之一，鉛印本，頁二〇三－二〇四，一九八六）

以上兩個情節，1.「脖長聲則高」，來源於〈孔子項託相問書〉「蝦蟆能鳴，豈猶咽項長」的情節。2.鴨子浮於水面，因有輕水毛、利水爪，來源於〈孔子項託相問書〉「龜鼈能浮，豈猶腳足方」的情節。韓老大故事情節，明顯受有孔子與小兒故事之影響。

當然，其影響還不止是傳說故事，也有說唱相聲之類，如中國曲藝研究會編《相聲墊話選集》內收有孫玉奎口述的〈蛤蟆鼓兒〉（相聲墊話）；

甲：蛤蟆？它叫出來的聲音怎那麼大哪？

乙：因為它嘴大脖子粗，叫出聲音就大。

甲：……字紙簍子，嘴巴大，脖子也粗，它怎麼不叫喚哪？

（引自《民間文學作品選》（下）一八五—一八九頁，上海文藝版）

像這樣的情節，正是「蝦蟆能鳴咽項長」情節的衍化。

**五、藏族傳說的廣泛傳播**。孔子與項托的故事也流傳到古代吐蕃族中去了。這是因為吐蕃在古代數次占領敦煌，與當地文化關係密切。在敦煌藏文卷子中發現有三個寫本：一為**P.T.992**，二為**P.T.1284**，三為**S.T.Ms.724**。《青海民族學院學報》一九八一年第二期發表了馮蒸同志的〈敦煌藏文本（孔丘項托項問書）考〉及〈藏文本〈孔子項橐相問書〉〉（漢譯全文），使我們得以知道藏文本的此故事的詳情。雖然法國的蘇遠明（**Michel, Soymie**）在一九五四年《亞洲學報》上發表過〈孔夫子和相托的問答〉一文（**Michel, Soymue: Lentrevuede Confucius et de Hiangte**）[1]。他是從比較文學角度來研究的，但此文由於未翻譯成中文，

[1]見王龍〈敦煌藏文寫本毛卷研究近況綜述〉，載〈中華文史論叢〉1984：4。

以致中國學者一句不知。藏文本〈孔子項托相問書〉據馮蒸的研究是十世紀時的寫本，與五代時抄寫的漢文本幾乎是同一時代。其內容有某些不同點，即它增加了一些新的情節。一、拒盟。原文為：「孔子說：『善哉！善哉！讓我們秘密地講成盟兄弟吧。如果有酒喝的時候，我們要互相宴請，如果有打架的事，我們要彼此幫助。我們一起到處遊逛、然後分手，如何？』孩子說：『喝酒喝長了，便會引起惡劣的名聲，作打架的朋友，相隨而至的怨恨便愈來愈大了。與此那樣，不如遠而避之。』」締結盟兄弟，顯然是吐蕃族的一種風俗。可見這故事傳入吐蕃後，經口頭流傳的結果，與風俗結合而產生了異文。二、殺鳥。原文為：「孔子無言答對，便沒有回答。把車子轉了個方向，又走了三里路。在路上看見一個小孩兒在追趕打殺小鳥。孔子把車拴起來，說道：『你這個小孩，這個小水鳥並不吃五谷，它犯了什麼罪呀！你要把它打死呢？』小孩回答說：『朋友啊，你只知其一不知其二。我聽說，男孩到了十五歲，便替他的父親服兵役。女孩到了十歲，便能替她的母親做飯。生下才八天的鷗鳥，便會把它的父母放在窩裡餵食，用食物報答它母親的恩。這個水鳥從它母親的肚子裡生出來時，和別的生物一點兒不一樣，在把它母親的肺和心吃了以後，才把它母親的背破了生出來。它並不理會它母親的死活，到樹上亂叫去了。我並不是喜歡要吃肉，只不過是要把這個不孝的子孫殺死。』」男孩十五歲替父從軍，女孩十歲為母做飯，是吐蕃風俗，也融合進了藏文本故事中，而且儒家孝的觀念，也隨著此故事流入吐蕃，產生了深入人心的影響。三、懺悔。藏文本的結尾不是孔子殺人，而是懺悔，顯得溫文爾雅；也不是七言詩體，而是散文體。原文為：「孔子字字句句聽得很清楚，他身上的汗像水一樣流下來了。因為他被這個小孩奚落得不輕，把車子轉了過來，又回去了。過了很多年這才替他父母辦了喪事。孔子也得到了一個大孝的名聲。這個化身的小孩兒回答孔子的故事完了。」結尾也強調了孝的觀念。孔子替項托父母辦喪事也是新的情節。由以上三點看來，藏文本把原有的反孔傾向改變成尊孔傾向了，重點在於描述項托的機智，而並不在於抨擊孔子詞窮殺人。

（《甘肅教育學院學報》8b.2.）

## 結語

敦煌寫本〈孔子項託相問書〉上的傳說故事，已經流行了兩千多年漫長的年月了，它今天仍活在人們的口頭上，具有廣泛的影響，生動的展現著民間的一種傳統的進步的觀念：後生一定能超過先生，青出於藍而必能勝於藍。這個傳說故事也是我國民間文學巨大文化寶藏中優秀的成分。

## 附錄：敦煌寫本〈孔子項託相問書〉補校

一九五六年三月，王重民先生曾根據十一個敦煌寫本，校錄出一個〈孔子項託相問書〉的全本，收錄於《敦煌變文集》（上集）中，這個校錄本是個較好的本子。我讀了〈孔子項託相問書〉全部十二個寫本，它們是：

| | | | |
|---|---|---|---|
| 斯〇三九五 | 斯一三九二 | 斯二九四一 | 斯五五三〇 |
| 斯五五二九 | 斯五六七四 | 伯三二五五 | 伯三七五四 |
| 伯三八二六 | 伯三八三三 | 伯三八八二 | 伯三八八三 |

作了逐句逐字的推敲，發現王重民先生校本中，還有許多可以商榷之處，在一些句子中，到底選用哪個字為好，還是可以斟酌的，所以我不揣冒昧，將我認為需要改正和商榷的字之意見，寫在下面，來求教於敦煌學界同仁。

1.王校：「隨擁土作城」，斯二九四一為「遂堆土作城」，「遂」與「堆」，更符合於唐代的口語些，故應採用此二字。

2.王校：「吾聞魚生三日」，斯一九三二、斯二九四一、斯五六七四均作「昔聞」，「昔」更符合兒童身份。

3.王校：「人生三月，知識父母」，斯二九四一、斯五六七四均為「人生三日」，這是一個誇張語氣，更符合兒童性格。

4.王校：「天生自然，何言大小」，斯一三九二為「天生三日」，因前面已有五個「三日」，求其語意的一致，故定為「三日」更為符合原意。

5.王校：「夫子問子兒曰」，斯二九四一為「夫子有問小兒曰」，此「有」不可少，少則顯得孔子對小兒太不客氣。

6.王校：「屋上生松者是其椽，戶前生葦者是其箔，床上生蒲者是其蓆。」斯一三九二、斯五六七四、伯三八三三、伯三七五四均無者字，「者」字不符合口語要求，無「者」字反倒顯得通俗，故以除之為好。

7.王校：「塞卻江海，魚無所歸」，伯三七五四為：「田（填）卻江海，魚無所歸」，海不能「塞」，只能「填」，故以校為「填」字合理。

8.王校：「天子好博，風雨無期」，斯五六七四為「風雨失期」，此「風雨」象徵政治上的風雨，「無」便不準確，以「失」期為符合原意。

9.王校：「涅牛無犢」，伯三二五五為「泥牛無犢」，以「泥」字為通俗，與現代字同。

10.王校：「學生好博，忘讀書詩。」伯三八三三、伯三七五四均為「學生好博，忘讀詩書」。「書詩」詞不順，還是以「詩書」為好，合乎民間口語。

11.王校：「吾不博戲也。」伯三八三三無「吾」，更合乎小孩口氣。

12.王校：「除卻公卿，人作是非。」伯三八三三為「去卻」，通俗些，也合乎小孩口氣。

13.王校：「雞化為雉，在山澤也，狗化為孤，在丘陵也。」伯三七五四、伯三八五五、斯一三九二、斯〇三九五各本「在」字，均為「近」。「近」字合乎常理和原意。

14.王校：「汝知天高幾許？」伯三七五四為「汝知天高幾里？」以「里」為合理，典出敦煌寫本〈孔子備問書〉：「問曰：天高幾許，縱廣幾里？」（伯二五七五、伯三七五六）由於後面「地厚幾丈」的「丈」是量詞，故用「里」（量詞）與之對稱。

15.王校：「風從何來？雨從何起？霜出何邊？露出何處？」伯三七五四為「風從何處來？雨從何處下？霜從何處出？露從何處起？」以「風從何處來」等四句藝術性高、排比句、通俗易懂，以採用此四句為好。

16.王校：「其地厚薄，以天等同。」斯〇三九五為「其地厚薄，以天同等。」「同等」詞順，也合乎民間口語。

17.王校：「以四方云而乃相扶，故與為柱」，斯〇三九五為「故為柱」，少一「與」字，精煉！

18.王校：「方知後生實可畏也」，伯三八三三為「方知小兒實可畏也」，「小兒」更符合通俗口氣。

19.王校：「義手堂前啟孃孃」，斯五六七四、伯三八三三「啟」均為「拜」，斯一三九二、伯三八三三，「孃孃」均為「耶孃」。故以「義手堂前拜耶孃」為適合，因後面有「『耶孃』年老惛迷去」，「項託父母不承忘」，「耶孃」與「父母」同義，語義前後呼應，而「孃孃」只包括「母親」，與故事情節不合。

20.王校：「耶孃年老惛迷去」，斯五六七四為「昏」，伯三七五四為「皆」，以「昏」字為好，比「惛」通俗。

21.王校：「餘者他日餧牛羊」，伯三七五四為「餘者他日飼牛羊」，較合適。

22.王校：「夫子登時卻索革」，伯三八三三為「夫子登來取索革」，「來取」語義通俗易懂，合乎口語。

23.王校：「每束黃金三錠強」，斯五六七四、伯三八三三均為「每束黃金三兩強」，「錠」過於誇張，失真，以「兩」字合乎原意。

24.王校：「夫子當時聞此語」，斯五六七四為「夫子登時聞此語」，「登」更形象化，又合乎唐人口語。

25.王校：「夫子乘馬入山去」，伯三八三三為「夫子其（騎）馬入山去」，故以改為「騎」字更通俗。

26.王校：「葛蕚交腳甚能長」，斯五六七四為「絞腳」，「絞」字更形象化。

27.王校：「登山驀領甚分方」，斯一三九二為「登山驀嶺甚芬芳」，「芬芳」字更正規，「嶺」字比「領」也更正規。

28.王校：「項託殘去猶未盡」，斯一三九二為「項託殘氣猶未盡」。「去」為誤字，「氣」語意正確。

29.王校：「將兒赤血⿰江瓦盛著」，斯五六七四為「將兒赤血瓫盛著」，「瓫」字較通俗，「⿰江瓦」生僻。

30.王校：「鐵刀割截血汪汪」，斯一三九二為「鐵刀斬著血汪汪」，「斬著」較合原意。因前面是「夫子拔刀撩亂斫」，既是拔刀來砍，自然是「斬著」血汪汪，「割截」與原意不合。

31.王校：「擎向家中七日強」，斯五六七四為「擎將家中七日強」，「將」與原意合。「擎將瀉著糞推傍」相稱。

32.王校：「二人登時卻覓勝」，斯五六七四為「二人當時卻覓勝」，「當」字較合原意。

33.王校：「化作石人總不語」，斯一三九二為「變作石人總不語」，以「變」字為通俗，並合乎原意。

綜上所述，王校本一共有三十三處需要重新考慮改校。另外《敦煌遺書總目索引》中，伯三八二六為「〈和戒文〉（背有孔子共項託相問書一節）」，「一節」不確，實則只有一個題目：「孔子共項託相問書一卷」，內容只有四字：「昔者夫子」，並非有一節。以上意見如有不當之處，盼望賜教。

# 第十七章　論敦煌秋胡傳說

## 第一節　緒論

斯〇一三三秋胡故事殘卷，《敦煌變文集》定名為〈秋胡變文〉，向達〈記倫敦所藏的敦煌俗文學〉定名為〈秋胡小說〉①，此兩個擬題均未妥貼。這篇殘卷，通篇散文敘事，不是韵散結合的變文文體，具有敦煌民間話本明顯的特徵，故稱之為「變文」者名不副實；但又不能稱之為「小說」，因唐代當時稱「小說」為「話本」，將「小說」稱之為「小說」，那

①見《新中華雜誌》第五卷第十三號

是現代文化對小說之稱呼，所以對此殘卷的擬題，應當為〈秋胡話本〉或〈秋胡〉方較妥貼。

秋胡戲妻故事在我國已經流傳了兩千年，是敦煌民間文學中著名的民間傳說之一，它至今還流傳在人們的口頭上。敦煌本秋胡故事可以說第一次以民間文學中話本的形式，向我們展示了它詳盡而細緻的內容，顯現了這個傳說的主要故事情節，它的殘缺也未能影響到它重要的文化價值。

說起它的文化價值，由於它源遠流長，它對我國文化有廣泛而深刻的影響，它在流播過程中，融入了我國的民間風俗、傳唱於遙遠鄉村的民間歌謠之中，又搬演在古代城市的雜劇或傳奇的舞台上，家喻戶曉，因此值得我們加以重點深入的研究。本章即對它作出綜合考察。

## 第二節　秋胡戲妻故事的由來

現存最早記載這個傳說故事的古典文獻是公元前西漢的資料。據光緒《嘉祥縣志》卷四載，在武梁祠堂畫像石中，就有「秋胡妻」、「秋胡義姑姉」等字樣出現，說明這個故事在西漢時已廣泛流傳，以致已經融入民間風俗中，在古人墓葬時，也將秋胡妻作為一個堅貞優美精靈的表率帶進死者的棺槨。西漢劉向的《列女傳》首先記載了這個傳說的大概情節：

魯秋潔婦者，魯秋胡子之妻也。既納之五日，去而官於陳，五年乃歸。未至家，見路旁婦人採桑，秋胡子悅之，下車謂曰：「若曝採桑，吾行道遠，願托桑蔭下餐，下齋休焉。」婦人采桑不輟。秋胡子謂曰：「力田不如逢豐年，力桑不如見國卿，願以與夫人。」婦人曰：「嘻！夫採桑力作，紡績織紝，以供衣食，奉二親，養夫子，吾不願金，所願卿無有外意，妾亦無淫佚之志。收子之齋與笥金。」秋胡子遂去。至家奉金遺母。使人喚婦至，乃問採桑者也。秋胡子慙。婦曰：「子束發辭親，往仕，五年乃還，當所悅馳驟揚塵疾至。今也，乃悅路旁婦人，下子之糧，以金予之，是忘母也；忘母不孝。好色淫佚，是汙行也；汙行不義。夫事親不孝，則事君不忠，處家不義，則治官不理，孝義並忘，必不遂矣。妾不忍見子改娶矣，妾亦不嫁。」遂去而東走，投河而死。

這個故事譴責的是有妻的秋胡企圖用金錢和不正當的手段來收買一個美女，表達了漢代民間兩種風俗觀。一、對自己妻子不忠，而想背地裡再去找一個情人，此為汙行不義；二、好色淫佚，用金錢來買美女，也為汙行不義。

值得思考的是，秋胡的醜行既然不對，秋胡妻的思想及其自殺也未必可取，她似乎是以死來抗議秋胡對他的「汙辱」，但是她保持的是怎麼樣的一種尊嚴卻大有值得研究之處。

這一系列問題，本文將逐步的展開深入的探討。

晉代秋胡傳說有新說法的加入。《西京雜記》託名漢代劉歆撰，但隋志不著撰人，唐志稱葛洪撰，實際是晉代人偽託：

> 杜陵秋胡者，能通《尚書》，善為古隸字，為翟公所禮，欲以兄女妻之。或曰：「秋胡已經娶而失禮，妻遂溺死，不可妻也。」馳象曰：「昔魯人秋胡，娶妻三月，而游宦三年，休，還家，其婦採桑於郊，胡至郊而又不識其妻也，見而悅之，乃遺黃金一鎰，妻曰：『妾有夫，游宦不返。幽閨獨處，三年於茲，未有被辱如今日也。』採不顧，胡慚而退。至家，問家人：『妻何在？』曰：『行採桑於郊，未返。』既歸還，乃向所挑之婦也。夫妻並慚。妻赴沂水而死。
>
> 今之秋胡非昔之秋胡。……豈得以昔之秋胡失禮而絕婚今之秋胡哉？」

至少可說明晉代又流行一段秋胡故事續篇，即翟公的兄女準備下嫁秋胡，後由於知道秋胡失禮的醜聞而作罷。「今之秋胡非昔日之秋胡也」，《西京雜記》認為有兩個秋胡，但是，由於秋胡故事是民間傳說，故我認為這是秋胡故事在民間流傳時變異性的表現。因為民間文學往往是集體的、口傳的，便會從這一個地方傳到那一個地方，有人加進一點內容，又有人修改一下形式，在人民口頭上總是在變動著，秋胡故事也正是這種情況，續弦的傳聞正是變動的標誌，所以並非是出於兩個秋胡，而是表現秋胡故事在晉代已流傳到各地而有多種傳聞。《西京雜記》兩處說「胡慚而退」、「夫妻並慚」，似強調秋胡慚愧而為辯解意，結合秋胡續弦傳聞，可見比漢代《列女傳》只是強調秋胡妻投河成「烈女」要開明的多了，因為秋胡既可續弦，意味著秋胡妻也大可不必急著尋死，她盡可諒解他或改嫁罷，像劉蘭芝那樣。

由於在漢魏秋胡傳說有廣泛影響，所以民間樂府歌謠中有專門的〈秋胡行〉曲調。《樂府解題》云：「後人哀而賦之，為〈秋胡行〉。」但第一首〈秋胡行〉的原詞已失而不傳，曹操、曹丕的〈秋胡行〉已和秋胡傳說沒有關係，引人注目的是晉代傅玄寫的〈秋胡行〉：

秋胡納令室，三日官他鄉。皎皎潔婦姿，冷冷守空房。燕婉不終夕，別如參與商。憂來猶四海，易感難可防。人言生日短，愁者苦夜長。百草揚春華，攘腕采柔桑。素手尋繁枝，落葉不盈筐。羅衣翳玉體，回目流采章。君子倦仕歸，車馬如龍驤。精誠馳萬里，既至兩相志。行人悅令顏，情息此樹旁。誘以逢卿喻，遂下黃金裝。烈烈貞女忿，言辭厲秋霜。長驅及居室，奉金升北堂。母立呼婦來，歡情樂未央。秋胡見此婦，惕然懷探湯。負心豈不慚，永誓非所望。清濁必異源，鳧鳳不並翔。引身赴長流，果哉潔婦腸。

彼夫既不淑，此婦亦太剛。

在所有〈秋胡行〉中，傅玄的這首五古最堪注意。他也像《西京雜記》那樣，說秋胡大感慚愧，「惕然懷探湯」，「負心豈不慚」。更重要的是，他對秋胡妻的自殺有微詞，認為「彼夫既不淑，此婦亦太剛」，這也顯然是認為秋胡妻不該死，反映出晉代對故事結局不滿，這種議論自然是代表文人的一種看法。而且，按照傅玄的說法，「君子倦仕歸」，秋胡已經厭倦了做官，他「三日官他鄉」原來就是不怎麼願意的，似乎原來就是個高尚的人。這樣，傅玄用美化秋胡的辭藻，掩蓋了他「誘以逢卿喻，遂下黃金裝」的醜惡品德，他的「中道懷邪」是個偶然之舉。

傅玄還有一首〈秋胡行〉，基本上是四言體。與前五古大同小異：

秋胡子娶婦，三日會行。仕宦既享顯爵，保茲德音。以祿頤親，韞此黃金。覩一好婦，采桑路旁。遂下黃金，誘以逢卿。玉磨逾潔，蘭動彌馨。源流潔清，水無濁波。奈何秋胡，中道懷邪。美此節婦，高行巍峨。哀哉可愍，自投長河。

他在批評秋胡「中道懷邪」的同時，仍堅持秋胡妻「自投長河」的說法。

南朝宋時，顏延之有秋胡詩，此詩頗長，可知南北朝時的說法：

1.椅梧傾高鳳，寒谷待鳴律。影響豈不懷，自遠每相匹。婉彼幽閑女，作嬪君子室。峻節貫秋霜，明豔侔朝日。嘉遠既我從，欣慰自此畢。

2.燕居未及歡，良人顧有違。脫巾千里外，結綬登王畿。戒徒在昧旦，左右來相依。驅車出郊郭，行路正威遲。存為久離別，沒為長不歸。

3.嗟余怨行役，三陟窮晨暮。嚴駕越風寒，解鞍犯霜露。原隰多悲涼，迴飆卷高樹。離獸起荒蹊，驚鳥縱橫去。悲哉游宦子，勞此山川路。

4.超遙行人遠，宛轉年遠徂。良人為此別，日月方向除。孰知寒暑積，僶俛見榮枯。歲暮臨空房，涼風起座隅。寢興日已寒，白露生庭蕪。

5.勤役從歸願，反路遵山河。昔辭秋未素，今也歲載華。蚕月觀時暇，桑野多經過。佳人從所務，窈窕援高柯。傾城誰不顧，弭節停中阿。

6.年往誠思勞，路遠闊音形。雖為五載別，相與昧平生。捨車遵往路，鳧藻馳目成。南金豈不重，聊自意所輕。義心多苦調，密此金玉聲。

7.高節難久淹，朅來空復辭。遲遲前途盡，依依造門基。上堂拜嘉慶，入室問何之。日暮行采歸，物色桑榆時。美人望昏至，慚嘆前相持。

8.有懷誰能已，聊用申苦難。離居殊年載，一別阻河關。春來無時豫，秋至恆早寒。明發動愁心，閨中夜長嘆。慘悽歲方晏，日落游子顏。

9.高張生絕弦，聲急由調起。自昔枉光塵，結言固終始。如何久為別，百行愆諸己。君子失明義，誰與偕沒齒。愧彼行露詩，甘之長川汜。

南北朝時的秋胡故事採取了魏晉年間大致相同的結構。顏延之的秋胡詩為五古，一共可分為九段，一為相匹，二為別離，三為游宦，四為守節，五為桑蠶，六為贈金，七為歸家，八為敘別，九為投川。游宦至歸家的時間與《列女傳》同樣，「雖為五載別，相與昧平生。」顏延之（三八四—四五六），山東臨沂人，可見四、五世紀時在山東省流傳著秋胡故事而被人採入了詩中。所謂「魯」秋胡，魯是指山東，故山東省為秋胡故事的發源地無疑，證以山東省的兗州地區歷來存在著秋胡廟等等的古迹，可見此處曾流傳秋胡故事（說見後）。

無獨有偶，繼南朝宋的顏延之之後，又有一位南朝齊的文學家王融（四六七—四九三）也是山東臨沂人，也寫過〈秋胡妻〉（五古），一共七節，全文如下：

1.日月共為照，松筠俱以貞。佩分甘自遠，結鏡待君明。且協金蘭好，方愉琴瑟情。佳人忽千里，空閨積思生。

2.景落中軒坐，悠悠望城闕。高樹升夕烟，曾樓滿初月。光陰非或異，山川屢難越。輟泣掩鉛姿，搔首亂雲髮。

3.傾魂屬徂火，搖念待方秋。涼氣承宇結，明熠傃階流。三星亦虛映，四屋慘多愁。思君如萱草，一見乃忘憂。

4.杼軸郁不諧，契闊迷新故。朔風欄上發，寒鳥林間度。客遠乏衣裘，歲晏饒霜露。參差興別緒，依遲起離慕。

5.願言如可信，行邁亦云反。睇景不告勞，瞻途寧遽遠。何以淹歸轍，蠶妾事春晚。送目亂前華，馳心迷舊婉。

6.椒佩容有結，振芳歧路隅。黃金徒以賦，白珪終不渝。明心良自皎，安用久踟躕。遄車反粉卷，流目下西虞。

7.披帷惕有望，出門遲所欲。彼美復來儀，慚顏變欣矚。蘭艾隔芳臭，涇渭分清濁。去去夫人子，請殉川之曲。

王融突出的歌頌秋胡妻的堅貞。描寫秋胡走後「佳人忽千里，空閨積思生」，妻子的無限思念，已經到了「恩君如萱草，一見乃忘夏」的程度。當朔風起的時候，她想到的是「客遠乏衣裘」，關心他的冷暖，她縱然是「蠶妾事春晚」，但她還是「馳心迷舊婉」。不過，俗話說：「癡情女子負心漢」，秋胡在調戲她後，她一定要保持「白珪終不渝」的品德，同他「涇渭分清濁」，終於「殉川」了結一切。王融把秋胡妻描寫成純潔的美的品德的化身，頗有其特色。秋胡作為一個反面形象，被釘在歷史的恥辱柱上乃是毫無問題的。

總之，從漢魏南北朝流傳的秋胡故事可見，其故事情節可分為下列各項。

a娶妻。　b游宦。　c歸家。

d桑遇。　e贈金。　f拒誘。

g見母。　h重逢。　i投江。

娶妻後在家的天數有三種說法(1)在家五日（《列女傳》）。(2)在家三月（《西京雜記》）。(3)在家三日（傅玄〈秋胡行〉）。歸家的日期又有三種說法：(1)五年乃歸（《列女傳》）。(2)三年還家（《西京雜記》）。(3)九年還家（敦煌本〈秋胡〉）。

## 第三節　敦煌寫本〈秋胡〉分析

斯一三三三敦煌寫本〈秋胡〉，雖然頭尾殘缺，但對比漢魏間秋胡傳說的九個故事情節，還是可知它原來缺少了的情節，即在前面，它缺少了「娶妻」的情節，而在後面，它又缺少了「投江」的情節，保留的是游宦、歸家、桑遇、贈金、拒誘、見母、重逢一共七個情節。當然，敦煌〈秋胡〉寫本的傳說故事情節，決非漢魏間傳說故事情節之翻版，內容有所增多和豐富，情節也有所加添與變化，在游宦情節前又加添了：一、求母，二、問妻，三、遇仙，四、投魏，五、改嫁，六、求歸，其後的情節才與漢魏間一致，而結尾也可能不是「投江」。由此可見，敦煌〈秋胡〉寫本的故事情節已有了大的變化，藝術結構已頗為完整，已經過唐代敦煌民間藝人的口頭與書面的再創作，衍化成了後世〈秋胡〉戲劇的楷模。

我們從下列若干層次的對比研究中，獲得對這一寫本的新的認識。

第一，外出游宦，必得經過求學的階段，所以〈秋胡〉寫本中有一段入山求仙的情節。「不經旬月，行至勝山，將身即入。此山與諸山亦不同：嶺峻侵霜，傍游日月，岩懸萬仞，藤掛千尋，澗谷紆回，深磎交結，鳥道不通，人蹤寂絕。……秋胡行至林下，見一石堂訖，由羞一尋，是數千年老仙，洞達九經，明解七略，秋胡即謝，便乃祇承三年，得九經通達。」在石堂的仙境裡求學，乃是唐代敦煌民間盛行的一種想法。在伯三八八三〈孔子項託相問書〉中也描述到項託在石堂仙境裡讀書的情景，唱云：

夫子乘馬入山去，登山驀嶺甚芬芳。樹樹每量無百尺，葛蔓交腳甚能長。夫子使人把鍬鑼，墈著地下有石堂：」重門裡石獅子，兩重門外石金剛，入到中門側耳聽，兩伴讀書似雁行。

這種石堂仙境求學讀書的情景，與〈秋胡〉寫本的入石堂之情景互相一致。為什麼會有這樣「石堂」奇妙的幻想？它與敦煌民間眾多的石窟藝術有著千絲萬縷的聯繫，石堂的幻境正是本石窟的藝術幻境而來，因此這種石堂仙境求學的想法，決非無源之水，也決非無緣之木，有石窟的存在才有石堂的意識產生。

另外，秋胡求學的內容，「洞達九經、明解七略」、「披尋三史」、「服得十袟文書，並是《孝經》、《論語》、《尚書》、《左傳》、《公羊》、《穀梁》、《毛詩》、《禮記》、《莊子》、《文選》」等，都是帶有強烈儒家思想色彩的敦煌民間傳統的教科書。敦煌民間教育兒女使用三史九經，《孝經》《論語》等書，乃是鄉學教學固定的內容，已成習慣。如〈韓朋賦〉云：「雖是女人身，明解經書」；〈下女夫詞〉云：「三史明閑，九經為業」；〈舜子變〉云：「舜即歸來書堂裡，先念論語孝經，後讀毛詩禮記。」這些鄉學內容和〈秋胡〉寫本所說的是完全一致的，可見統治秋胡求學思想的乃是儒家觀念，與敦煌傳統的求學風俗觀一致。

如前所說，石堂的幻境正是本石窟的藝術幻境而來，但是敦煌石窟藝術卻主要是佛教的藝術，在〈秋胡〉中卻看不見佛教思想的烙印，這是什麼原因？因為敦煌的石窟藝術幻境也有採取道教幻境而揉合的情況存在，例如莫高窟北魏二四九窟裡的西王母像，她乘坐風車，風車前由三隻青鳥拉著，側面配置以四飛天和山林中奔馳的野獸，十分生動活潑。顯然，這是受了仙話的影響。這三隻青鳥便是《山海經・海內北經》說的：「其南有三青鳥，為西王母取食。」這幅壁畫說明三青鳥不僅為西王母取食，還為她拉車。其所以說它是仙話的反映，因為《淮南子・覽冥訓》云：「羿請不死之藥予西王母。」張衡《靈憲》云：「嫦娥，羿妻也，竊西王母不死藥服之，奔月。」西王母不死藥即長生不老藥，均是道教煉丹仙話之反映，故西王母形象本身是道家樹立起來的，所以敦煌佛教藝術中，也有受道教的影響存在。石堂的幻境也是道教幻境的反映，例如《列仙傳》云：「脩羊公者，魏人，止華陰山石室中，中有石榻，常臥其上，石盡陷穿。」等等。意境與〈秋胡〉、〈孔子項託相問書〉中石堂意境相合，故石堂幻境雖起自石窟藝術幻境，但卻是雜揉了儒道的觀念而產生，即讀的經史是儒家治學觀，而在石堂跟老仙學習都是道家仙話的反映，而與佛教無關。縱觀〈秋胡〉全篇，只見儒家與道家的影響，而實無佛教的痕迹，它之出現在佛教的石窟中，是由於〈秋胡〉寫本中提倡的孝道，可以為佛教提倡的孝道發揮作用，故孝道成為它們結合的紐帶。

第二，男女自動交往，是漢唐以來的民間風習。故秋胡在桑間向美女求愛，按理說，如果秋胡無妻，而美女又無夫，秋胡的求愛就並不會受到譴責，退一步講，即使秋胡有妻而美女不是他的前妻，而別有主，也不會造成悲劇，最多解釋一番了事。〈陌上桑〉中的羅敷便是那種通達大方的少女。「日出東南隅，照我秦氏樓。秦氏有好女，自名為羅敷。羅敷善蠶桑，採桑城南隅。」這和秋胡妻在桑田裡採桑是完全一樣的。羅敷和秋胡妻一樣美麗，羅敷的美是「青絲為籠繫，桂枝為籠鉤，頭上倭墮髻，耳中明月珠。緗綺為下裙，紫綺為上襦。」秋胡妻的美是「容儀婉美，面如白玉，頰帶紅蓮，腰若柳條，細眉段絕。」（斯一三三）前者是描寫女性妝粉的美，後者是描寫女性身態面容膚色的美，描寫角度不同，但都是形容女性的美。羅敷與秋胡妻在桑田顯露的美帶來了同樣的效果。「行者見羅敷，下擔捋髭鬚。少年見羅敷，脫帽著帩頭。耕者忘其犁，鋤者忘其鋤。來歸相怨怒，但坐觀羅敷。使君從南來，五馬立踟躕。」請看，當人們喜歡這位採桑美女時，甚至坐下來盡情地欣賞。因此，秋胡的「暫停住馬，向前上熟看之」，與〈陌上桑〉說的「使君從南來，五馬立踟躕」，「但坐觀羅敷」是一樣的行為，都應當受到肯定。並且，使者與秋胡對桑間美女說了相類似的話，「使君謝羅敷，寧可共載不？」而秋胡則說：「情娘子片時在於外抱，未委娘子賜許以不？」前者「使君」剛問過「羅敷年幾何？」就要把大姑娘用車子載去，金屋藏嬌，後者的秋胡剛看到美女，便預備擁抱求歡，何其相似？不過，秋胡行為是更為出格些。同時，使君同秋胡一樣，遭到了羅敷與秋胡妻同樣的拒絕。對此可見，秋胡寫本中男子自動向女子求愛的行為，來自漢代民間羅敷與使君式的男女自由交往的風習，應當理解成是一種自由交往風俗的傳承。男女自由交往的風習，在唐代更為發展，如元稹《鶯鶯傳》中描寫的張生與鶯鶯初次見面時，就是主動大大方方的問答：「（鶯鶯）不加新飾，垂鬟接黛，雙臉稍紅而已，顏色豔異，光輝動人。張驚，為之禮，因坐鄭旁。……問其年紀，鄭曰：『……生年十七矣。』張生稍以詞導之，不對，終席而罷。」儘管鶯鶯是個最怕羞的少女，也還是羞答答的把年齡親自告訴了初次見面的張拱。唐代進士崔護和他的夫人結婚也還是自由自在互相交往主動結識的結果。據《麗情集》載：「崔護清明日，獨游都城南，見莊居桃花繞宅，叩門求飲，有女子開門，以盂水飲獲，四目注視，屬意甚殷。來歲清明，護復往，則門已扃鎖，因題詩扉上而去。」這首詩便是那首膾炙人口的七絕：「去年今日此門中，人面桃花相映紅；人面不知何處去，桃花依舊笑春風。」這首詩卻導致產生一件杜麗娘式的死而復活的豔事來。《麗情集》又說：「後日（崔護）復往，聞哭聲，一老父曰：『子非崔護耶？我女見此詩絕食而卒。』崔亦感動，詣賓所大呼曰：『護在此』，女遂復生。」《情史》對這段的記載是這樣的：「（崔護復往），（父）持崔大哭。崔亦感動，請入哭之，尚儼然在床。崔舉其首，枕其股，哭而祝曰：『某在斯！某在斯！』須臾復活。父喜，遂以女歸之。」②請看，崔護夫婦自動相識戀愛到結婚，根本不用第三者介紹，也無紅娘搭橋，妙在姑娘的父親也大力支持他倆相戀結婚，比焦仲卿的母親開通得多。儘管這是一個浪漫主義的幻想故事，但與羅敷、《鶯鶯傳》所述

②《情史》卷十。

男女自由交往風俗一脈相傳，據此可見，唐代這樣一種開明的社會，男女自由交往的風俗也更加開明得多。如若還不信，我們還可以舉出大詩人李白用詩記述的許多少男少女自由交往的事情來：

1. 美女渭橋東，春還事蠶作。五馬如飛龍，青絲結金絡。不知誰家子，調笑來相謔。妾本秦羅敷，玉顏豔名都。綠條映素手，採桑向城隅。……（〈陌上桑〉）
2. 吳兒多白晰，好為蕩舟劇。賣眼擲春心，折花調行客。（〈越女詞〉）
3. 若耶溪旁採蓮女，笑隔荷花共人語。……岸上誰家游冶郎，三三五五映垂楊。（〈採蓮曲〉）
4. 五陵年少金市東，銀鞍白馬度春風，落花踏進歸何處，笑入胡姬酒肆中。（〈少年行〉）
5. 何處可為別，長安青綺門，胡姬招素手，延客醉金樽。（〈送裴十八圖南歸嵩山〉）
6. 天門一長嘯，萬里清風來。玉女四五人，飄遙下九垓。含笑引素手，遺我流霞杯。（〈游太山〉，這些「玉女」，指那些織錦的少女。）
7. 駿馬驕行踏落花，垂鞭直拂五雲車。美人一笑褰珠箔，遙指紅樓是妾家。（〈陌上贈美人〉）

從以上李白的七首詩可以證明，唐代男女之間交往是極為自由的，不僅僅有秋胡式的男的追求女的，而且也有女子採取主動的。如「美人一笑褰珠箔，遙指紅樓是妾家」，或「賣眼擲春心，折花調行客」。當然這種自由交往的風習也傳染到敦煌民間，古敦煌民間女子的地位也是頗高的，〈下女夫詞〉中記述的少女就是主動的選擇與訊問情郎。正由於這種自由交往的風習，因此敦煌民間也有完全同情秋胡在桑田追求美女的輿論存在，如斯六二〇八敦煌民間小調〈十二月相思〉中便有「八月中秋秋已闌，日日愁君行路難，妾願秋胡速相見」等句，說明敦煌民間有些少女或少婦，不僅不指責秋胡，反而認為秋胡是個無可厚非的風流青年，「妾願秋胡速相見」，願意同這樣的男子偕老，這個結論和《列女傳》上的秋胡妻非投水死去不可的結局，已是一個根本的轉變了。

從以上詳細的對比研究中，我們可以得出這樣一個結論：在唐代那樣一種男女社會交往公開的情況下，〈秋胡〉寫本的結尾似乎不可能採取秋胡妻投水自殺的情節，而極可能採取「妾願秋胡速相見」的態度。又因為在〈秋胡〉寫本出現前，已有晉代傅玄譴責「此婦亦太剛」，表示了前代人已經不同意《列女傳》上秋胡妻的以身殉封建禮教的結尾，說明「投江」結局已有否定的意圖，故在〈秋胡〉中其結尾改為喜劇結局將不是偶然的；而在〈秋胡〉寫本出現之後，元代石君寶《魯大夫秋胡戲妻》雜劇的結局，正是秋胡與其妻團圓，就恐係導源於敦煌〈秋胡〉寫本喜劇的結尾。

第三，秋胡在桑田裡追求美女既然是當時男女自由交往的風習所造成的。但是，為什麼也有嚴厲譴責他的意思存在呢？這在於〈秋胡〉寫本中塑造的秋胡妻之形象，起碼可以說是一個在當時思想較保守，而且受有儒家封建禮教較深影響的婦女。秋胡母曾勸她改嫁，說：「不可長守空房，任從改嫁他人。」但是秋胡妻堅決不同意，起初她回答的原因頗充滿人情味，她說之所以不能改嫁的原因是：「新婦父母疋配，本擬恭懃阿婆；婆兒游學不來，新婦只合盡形供養，何為重嫁之事，令新婦痛割於心？婆教新婦，不敢違言；於後忽爾兒來，遣妾將何申吐？」她和秋胡不是自由戀愛結的婚，而是「父母疋配」，她不願離婚的原因是為了「供養」婆婆，所以婆婆聽了她的話大為感動，「婆忽聞此語，不覺放聲大哭，泣淚成行，彼此收心。」婆婆的感動自然是由於感謝她具備有傳統的道德——孝敬老人的原因。但是秋胡妻不願離婚的主要原因，在於她思想中牢固的儒家封建觀念：她要做一個「烈女」，她有句代表性的話：「一馬不被兩鞍，單牛豈有雙車並駕？」所以她反對離婚，即使她丈夫早喪，她也要「一馬不被兩鞍」，決心終身做寡婦，一定要殉封建禮教的法規而不改嫁；很明顯，這種思想與唐代男女間開放的交往關係可以說是格格不入，因此，她才把丈夫在桑田中向她求愛的事看得那麼嚴重，因此對他的譴責也就更加厲害，按現在的話來說，便是以「上綱上線」來抨擊他，絲毫沒有「家醜不可外揚」的顧慮，必使他名譽掃地不可見人，並受到朝廷制裁方罷休。而且，如前說，寫本中的秋胡妻所以不會採取自殺投河的結局，還由於她婆婆的制約，因為婆婆的思想看來比她開明得多，早就主張她改嫁，因此出了秋胡戲妻之事，照理來說，她決不會與其媳婦採取同一態度和做法，也會反對她媳婦投河自殺，從而促使她採取原諒秋胡與其團圓的重要因素。

這裡必須提到《列女傳》中規定的秋胡妻最終投河自殺的結局，這種結局在唐代也是頗為盛行的。唐代高適〈秋胡行〉寫的秋胡故事：

妾本邯鄲未嫁時，容華倚翠人未知。一朝結髮從君子，將妾迢迢東路陲。時逢大道無難阻，君方游宦從陳汝。蕙樓獨臥頻度春，彩落辭君幾徂暑。三月垂楊蠶未眠，攜籠結侶南陌邊。道逢行子不相識，贈妾黃金買少年。妾家夫婿輕離久，寸心誓與長相守。願言行路莫多情，送妾貞心在人口。日暮蠶飢相命歸，攜籠端飾來庭闈。勞心苦力終無恨，所冀君恩那可依。聞說行人已歸止，乃是向來贈金子。相看顏色不復言，相顧懷慚有何已。從來自隱無疑背，直為君情也相會。如何咫尺仍有情，況復迢迢千里外。此時顧恩不顧身，念君此日赴河津。莫道向來不得意，故欲留規誡後人。

結局也是投河，而且故事整個地說與《列女傳》情節結構基本一致。這種情節的固定模式是以死的結局成為它的特徵。但是，這種結局是封建糟粕的反映，儘管她「供養」婆婆，而且口頭上說對婆婆將要如何如何照顧，不過，最終事情須集中在一個焦點：無私與自私。她的自投長河，便可說明，她還是自私的想到自己而撇開急需人照顧的老人死去，自殺行為未免太過份了，她的「忠貞」並不是對丈夫愛情的忠貞，而實際是對封建禮教傳統舊觀念的「忠貞」，她的死，也許是為了維護她做人的尊嚴，但是，勿寧說是為了維護封建禮教的「尊嚴」

罷了。《列女傳》中的秋胡妻是按照封建剝削階級的理想塑造成的封建禮教觀念的化身，目的在於套一具枷鎖在廣大婦女頭上，而拿秋胡妻作一個自覺的願意套這種枷鎖的榜樣。〈秋胡〉寫本中正由於不希望秋胡妻自殺而降低秋胡妻這個勞動婦女形象的本質意義，所以才塑造一個開明的婆婆來加以制約，和採取試妻結構（這一點以下再詳加討論），用以抵銷秋胡妻那咄咄逼人的封建統治者的說教和毫不留情的譴責。

秋胡妻的婆婆提出「改嫁」的主張，是否能成為她解放的道路呢？婆婆由於「不可交新婦孤眠獨宿，不可長守空房，任從改嫁他人。」不過在秋胡戲妻以前，對丈夫還有好感，改嫁是秋胡妻不能接受的，但在秋胡戲妻以後，即在秋胡妻識別了她丈夫偽君子的廬山真面目以後，她就有十足的理由提出離婚，或離家出走。十九世紀挪威戲劇家易卜生名著《玩偶之家》中的娜拉，便有相似的經歷。娜拉為了治好她丈夫海爾茂的病，在不得已的情況下，假冒她父親的名義取得一筆貸款，丈夫卻為了自己的名譽地位，反而對娜拉嚴厲地加以抨擊，罵她可惡，以表示自己的「高尚」，後來當娜拉平息了此事，丈夫看到了告發者柯洛克斯太的信，把娜拉簽的假字據還她，並請娜拉原諒他的告發事做的不對，海爾茂感到不會身敗名裂了，於是他對娜拉的態度又突然好了起來，這使娜拉認清了海爾茂品德的偽善，只不過拿她作一個玩物，就決定離家出走。《玩偶之家》揭露了資產階級家庭關係利己主義的本質，歌頌了婦女的解放，正如魯迅〈娜拉走後怎樣〉所說的那樣：「娜拉或者也實在只有兩條路：

不是墮落，就是回來。」資本主義社會不可能使婦女得到真正解放。對資產階級而言，他們仍主張她回家，於是勃格寫過《娜拉回家了》，契尼也寫過《娜拉的歸來》，易卜生就又寫劇本《群鬼》來駁斥這些濫詞，但易卜生終究不可能提出婦女只靠個人力量便能取得解放。對照秋胡戲妻故事進行研究，秋胡妻經過一件事認清秋胡的醜惡和娜拉經過一件事認清海爾茂的醜惡具有同一性，秋胡妻之提出離婚也應當與娜拉的提出離婚具有同一性，敦煌寫本的秋胡戲妻縱然由於其殘缺未得見此情節，但其有意識的戲妻情節，卻已框定了此情節的發展必然提出離婚。石君寶的雜劇《魯大夫秋胡戲妻》中有意識的戲妻情節便也是框定秋胡妻提出離婚的：

　正旦唱：你與我休離紙半張。

秋胡云：你怎麼問我討休書來。

正旦唱：早插個明白狀，也留與旁人做個話兒講，道女慕貞潔，男效才良。

卜兒云：秋胡，你為甚麼這般吵鬧？

秋胡云：母親，梅英不肯認我哩。

正旦云：……將休書來，將休書來。

秋胡云：梅英你差矣。我將著五花官誥，駟馬高車，你便是夫人縣君，怎忍的便索休離了去也。

正旦唱：誰將這五花官誥湯？誰將這霞披金冠望？

請看：秋胡妻一而再、再而三提出斷絕關係，不和娜拉出走同樣的表現了她們性格的倔強和具有強烈的反抗性嗎？敦煌寫本的秋胡妻也描寫了她的倔強和強烈的反抗性，當秋胡「仰賜黃金二兩，亂采一束」時，她嚴辭拒絕：「家中貧薄，寧可受餓而死，豈樂黃金為重？……縱使黃金積到半天，亂采垛似丘山，新婦寧有戀心，可以守貧取死。」這裡表現的勞動婦女貧賤不能移、富貴不能淫的高貴品德，也正是性格倔強和具有強烈反抗性的表現。關於秋胡妻的貧賤不能移、富貴不能淫的性格特徵，古人就曾經看到這一點。例如，明代的張士淪寫過一首〈秋胡行〉，這首詩就是歌頌秋胡妻貧賤不能移、富貴不能淫的性格特徵的。詩云：

古人貧賤容易居，今人貧賤生欷歔。古人富貴不苟有，今人富貴方相守。陋在桑下力田言，國卿為人詎必賢。皎皎潔婦志靡慝，素絲畏染貧夫墨。後來有婦不下機，側目長跪黃金歸。古人今人迺如今，我咏秋胡嗟不已。

張士淪從今昔對比中，感嘆今不如昔。古代節操道德的淪喪，他可能是看不慣男女間反封建的自由婚姻，但是他點出的秋胡妻的貧賤不移、富貴不淫的特點還是正確的。另外，還需提到外國學人對秋胡妻的看法。在我眾多外國學生中，有一個西德女同學叫石郞娜——現在在漢堡大學攻讀碩士學位，我在一九八三年教授她學習了敦煌民間文學課程，並指導她寫了一篇敦煌學習作〈唐代敦煌〈秋胡變文〉與元代石君寶《魯大夫秋胡戲妻》雜劇的對比〉（全文請參見本文附錄一），她在文章裡提出這樣一個見解，她說：「作者描寫她的丈夫是一個壞人，反而把他妻子塑造成很忠實、道德的婦女形象。他以那個妻子描繪婦女的理想，實際上在封建社會婦女又有什麼權利？如果她有這樣的丈夫又有什麼辦法？可惜〈秋胡變文〉末尾殘缺了。但是原本的末尾很可能跟元代的雜劇完全一樣，因為封建社會的婦女到底依靠她的丈夫。作者不僅反映了婦女在封建社會實際上的低的、依靠男人的地位，而且創作出婦女在文學上一個很高、很光榮的地位。」我很欣賞石鄔娜這個頗有見地的看法，將她的習作評為「優」等。她也認為〈秋胡變文〉的末尾很可能跟元代的雜劇完全一樣，還認為秋胡故事中的秋胡妻具有兩重性，實際低而又在文學上高的地位。那麼，高只是文學上的理想，實際必須低——再像娜拉回到廚房中去，因此秋胡寫本最後仍不得不描寫夫妻團圓。退一萬步講，就是秋胡妻真的和娜拉一樣出走了，出路也不外乎淪為娼妓，或改嫁他人，總之不論走哪條路都仍然要遭受到封建禮教的控制和擺脫不掉封建社會中婦女低下的受辱地位。正像石鄔娜說的：「因為封建社會的婦女到底依靠她的丈夫。」但豈止是封建社會的婦女，資本主義社會的婦女，像娜拉不也一樣到底需要依靠她的丈夫嗎？所以，秋胡戲妻或秋胡母提出離婚的問題啟示我們，單依靠個人的反抗終究找不到婦女解放的道路，只有消除階級壓迫，才能徹底砸碎鎖在婦女身上的枷鎖！和掙斷捆在婦女思想上的舊習慣勢力的繩索！這是秋胡寫本思想性的價值所在。

第四，現在再來看一看秋胡的形象。敦煌本秋胡最初要求出去求取功名，「若不乘軒佩印，誓不還故鄉」，這種要求是正當的，無可指摘的，這是當時知識分子唯一可走的使生命有價值的道路，也是敦煌民間行旅風俗觀的一種反映。（參見拙著《敦煌民俗學概論》第十二章第二節〈民間行旅觀念和送別儀式〉）

秋胡的錯誤，如前所說的那樣，本來是對妻子愛情的不忠貞和企圖用金錢來收買愛情，受到古代民間輿論的一致譴責。他不是一個值得肯定的形象，而正相反，是被人們否定的形象。但是，敦煌本的秋胡形象有一個重大的變化，原因在於敦煌寫本中的秋胡形象儘管還是醜惡的，它的情節有了重大的變化，結局也會有所不同，錯誤的程度整個說來已有改變。

敦煌本的秋胡形象最明顯的特點，是採取有意的試妻結構。他在分離了九年回到家鄉的桑園中會見他的貞妻，不是認不得她，而是一眼就認出了她，像薛平貴有意戲弄王寶釧那樣戲弄了自己的貞妻。應當強調指出，他不是認不得她的。例如：

拜王了手，便即登程。至採桑之時，行至本國。乘車即身著紫袍金帶，隨身並將從騎桑中而過，變服前行。其樹拂地婆娑，伏乃枝條掩映，欲覓於人，借問家內消息如何。舉頭忽見貞妻，獨在桑間採葉，形容變改，面不曾妝，蓬鬢長垂，專心採桑。秋胡忽見貞妻，良久瞻相，容儀婉美，面如白玉，頰帶紅蓮，腰若柳條，細眉段絕。暫停住馬，向前上熟看之，只為不認其妻，故贈詩一首。

反覆兩次強調，秋胡一眼便認出了他的貞妻，所以才說「舉頭忽見貞妻」，「秋胡忽見貞妻」，如果不認他的貞妻，就應當改為「舉頭忽見美女」、「秋胡忽見美女了」。「只為不認其妻」的意思，聯繫上下文來看，應當是「只當作不認識他的妻子」之意。可見敦煌本的秋胡故事是採取有意試妻的情節的，這是採取大團圓結局的關鍵性改變。由於採取有意試妻的誤會性的情節，所以才加速使貞妻對秋胡諒解，最後與他重歸於好。石君寶《魯大夫秋胡戲妻》雜劇與敦煌本秋胡戲妻極為相似，為了強調秋胡是有意戲妻，便描寫他有意識的走進自己的桑園，「秋胡換便衣上云：兀的不是我家桑園，這桑樹都長成了也。我近前去，這桑園的門怎麼開著，我試看咱，一個好女人也。」在自己家桑園裡的女人，不言而喻，自然是自己的妻。這與敦煌本秋胡入家園時「舉頭忽見貞妻，獨在桑間採葉」情況同樣。所以元雜劇的秋胡戲妻故事也採取大團圓結局似脫胎於敦煌本的秋胡戲妻故事，而京劇薛平貴戲王寶釧的〈武家坡〉，也顯然是受敦煌本秋胡戲妻故事的影響而產生。

採取誤會性的試妻情節，實際上便肯定了秋胡妻的不必自殺，完成了從悲劇的秋胡戲妻故事到喜劇的秋胡戲妻故事的根本轉變。秋胡故事在敦煌本中有意戲妻，自然是導源於我在上面詳細引證到唐代開放的男女自動交往的民間風習。這是為秋胡的可以原諒製造原因，可與〈武家坡〉中薛平貴戲王寶釧作比較。秋胡戲妻與薛平貴戲妻有相似之處。唐代薛平貴從軍出征，陷於西涼，十八年後歸家，遇妻王寶釧於武家坡前。當時薛平貴的面貌已經大變樣，王寶釧見面不識其夫，這和秋胡遇妻的情形是同樣的。薛謊稱自己是平貴軍中的同僚，平貴曾借己錢，而以王寶釧來作抵押，所以即刻便對王寶釧作了一番試探，王寶釧當時大為驚恐，逃回寒窰，平貴緊追不放，趕至後告之真情，並詳敘別後經歷，王寶釧乃認其夫，於是最後夫妻大團圓。〈武家坡〉中的薛平貴戲妻都沒有造成自殺的悲劇，敦煌本中秋胡戲妻為什麼就一定會造成自殺的悲劇呢？它們的性質是同樣的，都是先知道對方是自己的妻子後，來一番試妻，而且，還有一點相似，就是秋胡在游宦發迹以後，已是「拜為左相，賜戶三千，錦綺綾羅，更賚十萬，歌彈美女，隨意簡（遣）將。」同樣，薛平貴也已娶了西涼國王的代戰公主也未引起與王三姐感情的破裂，最後代戰公主從魏武的手中救出薛平貴，薛平貴登上天子的寶座，可能王三姐在當皇后的時候，還會感謝代戰公主呢！整個《薛八出》塑造的平貴的形象都是一個忠義的化身，與敦煌本中秋胡的形象簡直就是一對雙胞胎，由於都是試妻，便都會得到夫人的諒解，這一點還不明明白白嗎？敦煌本中的秋胡也似乎是一個忠義的化身，可是由於寫本殘缺而無從知道了；另外秋胡妻那些譴責秋胡的話，如說：「兒若於（母）慈孝，天恩賜金，交將歸舍，扳娘哺乳之恩。今即未及見母，桑間已贈於人，所以於國不忠，於家不孝。」這是她在誤會沒有解開之前的譴責之詞，誤會一經解開，這些按封建禮教說的譴責之詞，都會自動冰釋了。

所以，敦煌本秋胡戲妻故事顯然導致兩種系統戲劇產生，一為雜劇《魯大夫秋胡戲妻》——

〈桑園會〉系統，二為〈武家坡〉系統。不應當認為唐代以後的秋胡是狀元負心式的代表。《烈女傳》、《西京雜記》等，那些完全採取悲劇結構的秋胡故事與狀元負心式的故事有某些相似之處，但在唐代以後採取喜劇結構的秋胡故事便與狀元負心式的故事不同了。南戲《張協狀元》、《越貞女》、《王魁》和元雜劇《琵琶記》等這一類狀元負心戲，應當說，它們的故事結構和敦煌本與元雜劇秋胡儘妻故事完全不同，看不出兩者間有什麼淵源關係。最後還應強調指出，敦煌本中秋胡儘管採取有意試妻，但也未能改變他形象的醜惡，秋胡形象的醜態，是這個傳說故事的核心內容，形象本質的固定化，是民間長久的意志的反映，喜劇是渺小人物的反映，秋胡便是這樣一個小丑。

第五，不可忽視敦煌本秋胡故事強調描述秋胡妻在桑田進行採桑葉勞動的特點。這是秋胡故事從漢代流傳以來第一次形象的展示她勞動婦女的本質特徵。1.它描寫了唐代婦女有種桑、養蠶、織綢的全套技術和本領，如說秋胡妻「桑蠶織絡，以事阿婆」。而且她們勞動重又收入低，一人勞作只能養活一人。2.它描寫了唐時培植桑樹，強調枝條的柔長，所謂「其樹拂地婆娑，伏乃枝條掩映，欲覓於人。」這是通過描寫桑樹來烘托秋胡妻的勤勞，以及讚揚她培植桑樹的成功。3.它描寫了桑蠶勞動都是婦女幹的活。因此秋胡「至採桑之時，行至本國」，只是「舉頭忽見貞妻，獨在桑間採葉。」4.它又描寫了婦女採桑所用的工具，如說：「玉面映紅妝，金鈎弊採桑」，她們使用特殊金屬鈎子來勾桑枝。5.它更引述了唐代敦煌民間關於採桑的諺語：「採桑不如見少年，力田不如豐年。」這條諺語表明了以上第一條相關的內容，即婦女的桑蠶活收入低，生活苦，採桑不如嫁人，暗喻了桑婦的辛酸。總之，敦煌本秋胡故事緊扣住當時民間養蠶植桑的風俗，生動地勾畫了她植桑養蠶勞動的特色。這是塑造優美的秋胡妻形象的極為重要的藝術內容。

不可低估它帶給後世有關秋胡文藝作品的描摹秋胡妻桑蠶勞動的影響，敦煌本秋胡故事這個頭一開，我們得以看見元代石君寶《魯大夫秋胡戲妻》也較成功地塑造了秋胡妻作為一個勞動的「摘蠶繅絲莊家婦」的形象。正如正旦唱的：「我是個採桑養蠶婦女，休猜做鋤田送飯村姑。」每天主要生活內容便是「放下我這採桑籃，我揀著這鮮桑樹，只見那濃蔭冉冉，翠錦叹模糊。」桑蠶勞動也成為作者描繪的重點。

強調秋胡妻的桑蠶勞動特點，在民間詩歌中也有著明顯的反應。我們在清代張文華，官櫂年纂修的《嘉祥縣志》裡（光緒三十四年刊本），讀到他們鈎沉的兩首民間無名氏的詩歌，現引述如下。

採桑行

採桑採桑復採桑，妾身不逐春風忙。
高堂阿姑發如霜，夫婿蹉跎天一方。
妾身不文亦不武，如何朝夕供甘旨。

年年辛苦把蠶桑，夜夜勤勞向機杼。
明朝又向桑間行，猗猗桑葉如雲屯。
南枝採盡北枝好，忽聞寶馬嬌嘶聲。
寶馬嬌嘶何處客，玉勒金鞍壯行色。
南來下馬氣如虹，笑談便把黃金擲。
妾視黃金輕若無，黃金雖好非妾圖。
問君既是遠行人，君家寧無採桑婦？
行客聞言慷慨悲，據鞍上馬行復顧。
回首夕陽驚天晚，一筐兩筐桑葉滿。
阿姑歡喜出門迎，聲聲報道秋郎返。
妾心還喜還自疑，驚憶桑林過客時。
入門堂上一相見，已是棄金輕薄兒。
問君棄金何如此？棄妾棄金復棄母。
棄妾寧為不義夫，棄母安能成孝子。
義夫孝子君不為，妾身休與長相隨。
門前流水清如玉，妾身願江葬魚腹。

但期萬古與千秋，江水長流妾心足。

這首民間詩歌流行在清代山東省的嘉祥縣內，很有特色的是，它把採桑勞動是作為秋胡故事的核心提出來的，這實是敦煌本秋胡故事的描述肇其端倪，描繪異曲同工。

秋胡婦

與君結髮為夫婦，君去宦游宛邱下。
恩情五日別五年，燈火寒窗幾長夜。
鶯聲春老蠶事忙，攜筐亭午採園桑。
黃金戲妾誰家郎，妾心肯逐春風忙。
葉未盈筐忙忙採，阿姑忽報還夫婿。
歸家一見起驚猜，面目葉金輕薄輩。
君心無妾妾有夫，君心無母妾有姑。
有夫無妾妾不恨，有姑無母君何如。
洋洋河水中有魚，憤然棄姑殞其軀。
但愧世間夫婦如秋胡。

這首山東民間詩歌，也是以採桑為重點來歌咏秋胡故事的。從以上實例可見，自敦煌本秋胡故事將秋胡妻及其桑蠶勞動作為重點來描繪以來，後代不論文人作品或民間文學都以此為重點，因此它絕不是偶然的藝術形象。它至少可以說明：第一，民間肯定的秋胡妻，不是一個四體不勤、五穀不分的貴族婦人，而是一個勞動婦女，她為廣大勞動婦女的榜樣。勤勞、賢慧、孝順，體現了我國勞動婦女的傳統美德。第二，我國自古以來是一個農業國，也是一個絲綢出口的國家，秋胡的故事之所以會走上古代絲綢之路的古道，在絲綢之路上的重鎮——敦煌流傳，正是它桑蠶絡錦的有關內容，成為它們聯絡的紐帶。第三，它也說明，我國民間勞動婦女自古以來在家庭中都起著半邊天的作用，成為家庭中的支柱。在宋代以後，儘管宋明理學的發展，壓低了封建社會裡婦女的地位，但在民間一個個家庭實體上，特別在勞動人民中，婦女的地位未必都低，民間愛歌唱秋胡妻，便是地位高的一種象徵。

## 第四節　秋胡故事流傳的區域

秋胡相傳是戰國時期的魯國人，所以各種秋胡異文都強調這個「魯」字。

1. 斯一三三〈秋胡戲妻〉殘卷有「臣即生魯邑」「見魯國賢臣」等句。
2. 元雜劇題名便是《魯大夫秋胡戲妻》。
3. 劉向《列女傳》云：「魯秋潔婦者，魯秋胡子之妻也。」

4.《西京雜記》云：「魯人秋胡」，而且又是「赴沂水（在山東）而死。」

所以，秋胡故事產生在魯國（山東）地區應當是沒有問題的。具體來說，這類故事起源於山東省的兗州地區，十六世紀時山東省有下列說法：「秋胡廟，在嘉祥縣南五十里平山上，元至元八年（一三四二）重修，胡之妻邵氏貞烈為神，凡宗族祈雨，稱曰邵姑姑，無不感應。」（明・嘉靖《山東通志》卷十八〈兗州祠祀〉）十八世紀時山東有類似傳聞：「秋胡廟，在嘉祥縣南五十里平山上，其來已久，至元八年（一三四二）主薄夏清因禱雨有應重修，俗傳秋胡妻邵氏為神，山下居民邵姓者自稱秋胡妻族，廟中所祀秋胡之妻，非秋胡也。」（《康熙山東通志》卷二十〈兗州寺廟〉）在光緒的《嘉祥縣志》上有著更為詳盡的記載，關於秋胡及其妻子，有著下列兩種古迹存在：

1.秋胡廟，縣志卷一〈方輿〉云：「秋胡墓在平山下，按秋胡無行，墓何足重，但傳說已久，姑存之。」

2.秋胡廟，縣志卷一〈方輿〉云：「秋胡廟在平山頂，內設秋胡及胡妻邵氏之像，創建無考，按唐王勃有詩，則廟由來久矣。相傳邵氏以貞烈為神，祈雨輒應，山下戊戌鄉居民多邵氏族裔，至元間濟寧教授趙思祖因禱雨有應，為之立石作記略云：『丹青炫耀，像貌儼然，王者祠前，松柏青葱，花卉爭妍，西枕洛河，北跨萁山。』歲旱邵氏裔率田畯，荷蓑笠往祈，歸途即雨，亦呼邵姑姑廟。乾隆間知縣倭什布辨其非言，載藝文（參見附錄二）。」

嘉祥縣既有「秋胡墓」又有「秋胡廟」，廟中夫妻兩人的像都有，據王勃詩，廟大約建於唐代以前，王勃的詩名為〈平山廟〉，是一首五言律詩，詩云：

一路平山廟，恍憐潔婦人。守節惟勤紝，存貞豈汙金。煌煌雲下月，皎皎水中冰。浪泊千金體，香留萬古名。

可見廟建立的目的，是人民對秋胡妻純良品德的紀念與學習。在元代兩人的像還「丹青炫耀，像貌儼然。」而秋胡妻已從一個淚人兒變作雨神邵姑姑了。這些例證都說明秋胡故事最初產生在山東魯國地區。其所以變為雨神，是由於民間有一種風俗觀：「陰陽和而後雨澤降」，是夫婦和睦的象徵。最堪痛恨者，乾隆時知縣倭什布為了反迷信而毀廟，破壞了這個古蹟（見附錄二）。

但是，敦煌本秋胡戲妻殘卷云：

(1)秋胡「辭先生出山……卻投魏國。」
(2)秋胡「生魯邑，長在魏川。」
(3)「陳王得表，喜悅非常。」
(4)「秋胡自到魏國。」
(5)「陳王聞得此言，泣淚集會群臣。」

為什麼秋胡到魏國去，不稱魏王而稱為「陳王」？實際上，此「魏」、「陳」是指同一個地區，即中原地區的河南省。具體來說，是指古代河南省的陳州府地區，據道光《扶溝縣志》卷三〈疆域志〉云：「扶溝古豫州域，春秋屬鄭；戰國屬魏；秦屬三川郡；魏屬陳留國；唐武德四年，于縣置北陳州。」據此可見，敦煌本秋胡戲妻殘卷說秋胡學成後去魏國投陳王，實指河南陳州府，扶溝地區屬陳州府，因此在戰國時屬魏，東漢至唐武德均稱為陳。如陳留郡、陳留國、陳州等，此縣志解釋扶溝何以屬魏云：「扶溝鄭地，鄭為韓滅，何以屬魏？案：《史記》韓哀侯二年滅鄭，因徙都鄭，自指新鄭，而言扶溝，乃鄭南鄙且近大梁，故入于魏耳。」它又解釋此地後來何以又叫「陳國」？云：「肅宗章和二年，改淮陽為陳國，以封西平王羨，孝和末元十二年，思王鈞有罪，削屬陳留郡。」（均見道光《扶溝縣志》卷三）「章和」是高昌麴堅年號，自公元五三一至五四八之時，可見敦煌本秋胡戲妻殘卷將魏、陳同稱，這種叫法的混亂，說明似在章和二年（五三二）西涼時代將魏地改為陳國之時，也說明敦煌本秋胡故事大約是在六世紀上半期從河南省流傳到敦煌地區去的。在河南省的陳州府地區流傳著一系列有關秋胡妻的古蹟，說明秋胡戲妻故事曾在這裡廣泛流傳，請看下述事實：

1. 清、阿思哈修《續河南通志》卷二十〈輿地志古迹條〉云：「秋胡台，在陳州府城東南六十里，俗傳秋胡仕陳時居此。秋胡，魯人，故名台曰：魯台。」
2. 《陳州府志》卷十〈古迹〉云：「秋胡廟，（扶溝縣）東十里，今廢。」
3. 《淮寧縣志》卷十一〈古迹〉云：「秋胡台，在（淮寧縣）東南六十里，俗傳秋胡仕陳時居此，秋胡魯人，故又名魯台。」又云：「魯台三冢，在魯台集東北。」明代於大猷〈秋胡台〉詩云：「書生義薄作金夫，慚對韓憑二鳥呼。縱使台荒零落盡，至今芳草怨秋胡。」（卷二五〈集文〉）

4.道光《鹿邑縣志》卷十一云：「《一統志》曰：魯秋胡妻墓在鹿邑，按府志云：魯秋胡妻墓，古《輿地記》俱載鹿邑，而舊府志及呂士鵕縣志俱失載。第王給事《嘉靖志》稱縣西南四十里羅邱集有高冢，世傳為秋胡妻墓云，又名羅氏堌堆。嘗考秋胡魯人，納扶溝羅氏女為妻，五日而官於陳，五年乃歸，以金誘妻，妻不忍見死。……秋胡官於陳，則鹿邑實遊宦往來之所，其妻貞烈，國人哀之，即修此冢，人依聚之，遂成集鎮耶。今墓四面羅姓者，自元至今，丁口甚盛，元乃羅之先世葬此，而好事者誤傳以為秋胡耶，是皆不可考也，姑存之。」

河南省的扶溝縣、淮寧縣、鹿邑縣，古代均屬陳州府，均有秋胡和他妻子的古蹟存在。(1)秋胡台，又稱魯台，是秋胡仕陳時居住的地方。(2)魯秋胡妻墓，是埋葬這個著名烈婦的地方。(3)秋胡廟，即秋胡妻廟，是祭祀她的地方。(4)據光緒《扶溝縣志》卷十四載：「陳州有採桑園。」是秋胡妻摘桑葉的地方。其古蹟包括以上四個方面。

另外，從元代起，在河南省，秋胡故事與羅敷故事交織在一起了。如鹿邑的秋胡妻墓又叫羅敷墓，「今墓四面羅姓者，自元至今，丁口甚盛。」這兩個故事基本情節相似而形成交叉，故云秋胡妻姓羅，或姓秦，均是兩故事合璧的表現，也是河南省秋胡故事的特徵。道光《扶溝縣志》卷四〈建置〉云：「羅敷廟在蔡河南岸。屠又良按，《鹿邑志》以秋胡娶扶溝羅氏女。舊志謂，秋胡妻姓秦氏，應改為秦夫人祠。」《陳州府志》卷十〈古迹〉云：「羅夫人廟，在蔡河南岸。」光緒《扶溝縣志》卷四〈寺觀〉云：「羅敷廟，在城東二十里，蔡河南岸聶樓。」羅敷廟又叫羅夫人祠，光緒《扶溝縣志》卷十六〈志餘〉云：「羅敷廟又云羅夫人祠。」從以上記載可見秋胡與羅敷傳說最初交織的地區是在河南扶溝縣。有一種說法，云羅敷廟已建有千年了，如光緒《扶溝縣志》卷十四載邑令屠又良〈秦羅敷廟〉詩云：「古廟千年尚到今，殘碑未許鮮痕侵。紅顏不受桑間贈，羞殺衣冠莫夜金。」詩間所寫桑間贈金事，是秋胡戲妻的情節，照此說來，秋胡與羅敷兩個故事的合璧也更早，已有千年之久了。此志又載清人王應佩〈羅敷廟二首〉詩云：

1. 傳說秋胡薄倖郎，卻金貞婦有幽光。
到今孤影臨河水，更遺清風上陌桑。

2. 荒園疑家漫爭揚①，此地相傳是故鄉②。
總是人心懷孝烈，芳踪到處說羅娘。

①原注：陳州有採桑園，鹿邑有羅敷家。

②原注：相傳扶溝羅氏女。

照此說來，河南陳州才是秋胡妻的故鄉，這裡有她的桑園和墓，這自然是民間傳說的變異性。

並且，在現在的河南省農村，也仍然有秋胡的民間傳說在流傳。據一九八二年十二月中國民間文藝研究會河南分會編的《河南民間文學》第五輯載的民間故事〈秋胡戲妻〉（田維國搜集整理），敘述的內容基本與史籍地方志相合。秋胡妻姓名為邵梅英，據《山東通志》載，山東嘉祥縣傳說的秋胡妻就叫「邵姑姑」。又說秋胡在陳國當了大官，淮陽縣當時屬於陳國管轄。淮陽縣即淮寧縣，這裡有「秋胡望魯台」和「淮陽魯台集」，此古蹟均見《淮寧縣志》。又說山東有個秋胡廟，此廟《山東省志》確有記載。最後說秋胡妻投河自盡，也見於地方志，在山東是投沂水，在河南是投蔡河。可見在民間故事裡秋胡戲妻的故事完全採取悲劇的結構，秋胡是反面形象，而秋胡妻則是封建烈女。以上的河南民間故事，使我們看見了至今仍活在人民口頭的秋胡故事，基本模式與《列女傳》一致，而故事情節又受到了元雜劇的說法之影響，如妻名與秋胡的贈詩都一樣，也許元雜劇正是根據河南的秋胡故事影響改編的也未可知，全文移錄於後供參考。（見附錄三）

總之，從秋胡古蹟分布於山東與河南兩省可見，古代秋胡傳說故事產生與最初廣泛流傳的核心地區是在我國的中部地區，不言而喻。後來這個傳說是在全國都已流傳開了。各地的古蹟存在，說明秋胡民間傳說對中國民俗影響的深遠。首先，它是民間尊重婦女人格風俗觀的反映，婦女人格的不可辱，充分體現了民間認可婦女具有自己的尊嚴和地位，所以民間給秋胡妻造墓，也塑造她的像，供在廟宇中。其次，古武梁祠裡發現秋胡名字，說明這種傳說已對我國喪葬風俗產生影響。再次，從河南有秋胡採桑地來看，它又促進了婦女們勞動風習的形成。再四，山東嘉祥縣求雨，拜秋胡妻，則形成了民間求雨祭祀的儀式。其五，譴責調戲婦女的行為，也形成了民間進步的道德觀念。從以上五個方面對風習的影響看來，秋胡民間傳說的影響顯然已突破了民間文學或文學的範疇，而對我國文化發展和良好民風的形成也發揮了作用。儘管這個傳說故事具有封建性，但也未能抑制了它那強烈的精神力量。

## 附錄一　唐代敦煌〈秋胡變文〉與元代石君寶《魯大夫秋胡戲妻》雜劇的對比

聯邦德國　石鄔娜

一、形式的區別

二、〈秋胡〉的內容

1. 情節

2. 婦女在社會上和文學上的地位

一、就形式來說。目前這兩篇基本區別是體裁不同。元代的是雜劇，唐代的是〈秋胡變文〉。對唐代的這篇變文，它的體裁之從屬關係問題還有不同意見。有的人說從擬定的題目可以看出來是變文，但是，既然幾乎全篇都用散文敘寫，顯然以講說為主，故事敘述，人物答話，因此可以說〈秋胡〉是一篇話本小說。

唐代〈秋胡〉前後殘缺了，我們讀到的只有十段。十段都以散文為主，除了第八段開頭一首五言六句詩以外沒有韻文。人物對話的部分可以看出很強的說話的影響。

〈秋胡〉敘述手法也帶著話本藝術特點。情節非常真切又典型，主要是人物描寫的手法新。人物較少，一共只有三人，每個人物的特點都描寫得很細膩。人物描寫跟內容是分不開的，關於這點，在第二部分再提。既然話本是給人民講的，敘述的目的就是吸引人家，因此語言的選擇特別注意給聽眾深刻的印象，運用形象、悅耳的語言，其中比較恰當的例子，比如秋胡妻子聽到秋胡要離開家的描寫：「愁眉不畫，頓改容儀。蓬鬢長垂，眼中泣淚。」還有第八段裡秋胡妻子講她的痛苦日子和心裡的話語：「新婦夫婿遊學，經今九載，消息不通，音信隔絕。阿婆年老，獨坐堂中，新婦寧可冬中忍寒，夏中忍熱，桑蠶織絡，以事阿婆。一馬不被兩鞍，單牛豈有雙車駕？家中貧薄，寧可守餓而死，豈樂黃金為重？」她的忠誠、貞潔，給聽眾留下了深刻的印象。

元代石君寶的《魯大夫秋胡戲妻》雜劇分為四折。雜劇與話本最明顯的形式區別是雜劇裡講話、唱詩交替，話本反而沒有唱的部分。這一雜劇的情節也很活潑、典型，只有四折，可以說嚴格保持著雜劇的秩序。雜劇的唱詞無例外的都是「正旦」唱的，因此突出了女主角。說白一般來說與口語比較近，唱詞則古文的影響比較大。

雜劇裡人物比話本多，它的目的是在觀眾之前表演的，並不是只給人民講講的。

二、〈秋胡〉的內容。

1.既然元代雜劇裡的人物比話本的多，情節也受不同的人物安排的影響。比如元代雜劇裡秋胡離開家並不是他自己的決定，而是官府決定，派個軍人來說服他去當兵。話本裡沒有這個軍人，而是秋胡自己決定要離家到外面去學習的。另外元代雜劇裡還有「正旦」的父母、媒婆，在第一折裡他們跟秋胡母親的對話，反映了封建社會的階級差別，又反映出婦女在社會上的地位。比如，「正旦」與秋胡的母親，便出身於不同的階級，「正旦」受過教育，「從小攻書寫字」，但秋胡母親不識字。我們也可以看出元代社會的結婚習慣：一般說來，兩個不同階級出身的人也不結婚，比如媒婆就對秋胡妻說：「你當初只該揀取一個財主，好吃好穿，一生受用，似秋老娘家這等窮苦艱難，你嫁他怎的？」意思是說她跟一個地位比她低的人結婚。

不論雜劇還是話本，都能看出階級的嚴格的限制。比如說秋胡為了提高他在社會上的地位而努力，也許是官府指派，也許是理想自願，他必須離開家去學習或當兵，我們看到秋胡是一種代表，一般人沒有辦法離開家，只有不管家裡人怎麼過日子，為了超出他們本來的階級，他們還是要離開家。

2.婦女在社會上和文學上的地位。一個很有意思的事實，就是〈秋胡〉的內容是歷史上幾次不同的體裁所用的。其中有漢代劉向的《列女傳》、晉代的《西京雜記》、唐代敦煌的話本、元代石君寶的《魯大夫秋胡戲妻》雜劇等。還有民間的故事也講這個題目。怎麼這樣吸引人呢？一個原因就是〈秋胡〉的作者用對比的手法把兩個人物，就是說秋胡和他的妻子塑造成兩個典型形象。秋胡是一個很有進取精神的，追求功名的人，為了提高他在社會上的地位，他要離開母親和妻子，努力擴大他的知識，深入哲學與文學的研究，他的目的是當官。母親和妻子雖為他的計畫很不高興，但是見於是他的願望，她們到底同意了。讀者看到這一段感到三個人物的行為都有道理。讀者都能理解，跟他們的思想完全合拍。然後，秋胡和他妻子之間的區別越來越大。秋胡這個人物越來越變成一個反面的人物，而同時他的妻子反倒變成一個十分正面的人物。讀者一面讚賞妻子的犧牲精神、忠心，她對母親的幫助，一面批評秋胡的無責任性，他不忠誠，不照顧妻子，也不照顧母親，秋胡無論什麼行為都與他妻子的行為對立，與她完全相反。作者以這樣的對比手法敘述了一個很典型又很真切的故事情節，因為典型情節的故事特別能吸引人們。

但是，這個對比手法還有另外一個作用。正是這樣，兩個人物一對比，秋胡的妻子得到了顯著的地位。作者描寫她的丈夫是一個壞人，反而把他的妻子塑造成很忠實、道德的婦女形象。他以那個妻子描繪婦女的理想。實際上在封建社會婦女又有什麼權利？如果她有這樣的丈夫又有什麼辦法?可惜〈秋胡變文〉末尾殘缺了。但是原來的末尾很可能跟元代雜劇完全一樣,因為封建社會的婦女到底依靠她的丈夫。作者不僅反映了婦女在封建社會實際上低的、依靠男人的地位,而且創作出婦女在文學上一個很高、很光榮的地位。作者描寫男的人物在平常反而使他有一點愚蠢、笨拙的樣子。那麼作者一面反映婦女實際上低的地位,一面又在文學上給她一個高的地位,這個矛盾是很有意思的,它不僅是在中國文學史上存在的現象。

這個現象在德國文學史上也是存在的,例如說在中世紀的《宮廷戀歌》中。中世紀的德國文學還在封建騎士文化時代。詩人從一個宮廷到另外一個宮廷遊著,在每個宮廷度幾個星期或幾個月。在宮廷的時候他為主人的妻子寫詩。這首詩裡他歌頌這個貴族婦女的美,他的優美動作,讚賞她的高尚思想、嫵媚的性格,甚至表白她對這個女子的感情。這種詩對一個貴族婦女,而且對她的丈夫都很有社會的意義。因此,詩人的地位也比較高。不過這樣的詩不僅為貴族婦女寫的,而且也有為平民女子寫的,有的詩也很有名的,比如說瓦爾特・封・得爾・弗格爾外德寫的。雖然貴族與平民女子的境況不一樣,但是她們在社會上的地位都跟男人不平等、都依靠男人,都要適應封建制度的要求。不過她們在文學上都被尊重,都有一個很高的地位,和唐代秋胡妻子的情況一樣。這個矛盾應當如何理解?要回答就很複雜。如果說表現婦女最好應該這樣,那樣,這只是作者為表現理想所確定的標準,這又太簡單了。另外一個因素可能是作者以婦女的形象來使他的理想人格化,卻客觀提高了女子地位。

一九八三年元月

## 附錄二　辯秋胡廟說

乾隆間嘉祥縣邑令　倭什布

魯秋胡廟不知所自始，明・濟寧趙教授記云：其像若王者，人曰是魯秋胡廟也。又謂胡妻，邵氏之族，居於鄉。凡歲旱，邵之後裔率田畯，禱於廟，毋不應時雨，故咸謂呼邵姑廟云。噫！何其言之謬也。邵氏守正不移，克明大義，以其夫不孝無義，忿激沈淵，可謂烈也。彼秋胡者，居乏鄉曲之譽，仕無業足紀，何所見而祀之哉，且夫夫婦和而後家道成，陰陽和而後雨澤降，彼夫婦乖戾至此，可謂凶矣。如日祀邵則男其像，而女其祀，若或有知，亦必不歆，而謂聿著靈應能致雲雨，有是理呼。草野愚氓既不足以知，此士君子復附會其說，良可嘆也。今將毀厥像，正厥名以昭勸懲，而相沿已久僉謂祈雨有驗，苟起而更張之，得毋疑其不可聞。嘗思之凡一介之士，苟存心利世於人，必有所濟，意此上下千古，必有聰明正直歿為神明憑附焉。以惠濟斯民，若請易其額，曰顯應以閔雨而順民願，不亦可乎。夫能興山川之雲，沛及時之澤以穀我士女，則廟而祀之，宜也。或旱魃為虐，禱祀不靈，徒假木偶之衣冠，而反導民以邪僻之行，則毅然毀之，斯為快舉。尚何不可之有哉。或有以並祀為言者及，按《金鄉邑志》，彼處邵亦有祠峕，祀則享合，祀則有風雷之變，未識果若是否。

## 附錄三　河南民間故事〈秋胡戲妻〉

田維周　搜集整理

春秋時代，周天子分封諸侯，形成封建割據，建立了很多小國家。淮陽縣當時屬於陳國管轄，山東省嘉祥縣當時歸魯國管轄。

那時嘉祥縣有個名叫秋胡的魯國人，這人很聰明，自幼讀了不少書，很有才華。只是因為父親早亡，撇下孤兒寡母，家境十分貧寒。秋胡十八歲那年娶了個媳婦，名叫邵梅芖，長得很漂亮。小倆口十分恩愛，老母親喜歡得合不攏嘴。

誰知好境不長，剛剛過了洞房花燭之夜，官府就下令逼著秋胡去邊關從軍，真是禍從天降。母子三人哭哭啼啼，難分難捨。

秋胡安慰妻子：「娘子，官府叫去不能不去，我走後，你在家裡好好侍奉母親，等我得了一官半職，就回來看你。」

梅芖點點頭，難過得連一句話也說不出。

光陰似箭，日月如梭。秋胡到邊關從軍，轉眼已經十年。因為他文武雙全，多次立功，後來在陳國當上了大官。

秋胡做了官，更加思念家鄉，想念母親和妻子，每當想起從軍分手時的情景，就好像看到了老母親那雙顫抖的手；好像看到了新婚妻子那滿含淚水的雙眼，心情總是不能平靜。他飯吃不香，覺睡不安。但是，官職在身，路途遙遠，乾急不能相見。後來他親自監工，讓民夫築起了一座又高又大的土台，每當想起家鄉，想起母親和妻子時，就登上高台，面對魯國的方向，凝神瞭望。後來人們把這個土台叫做秋胡「望魯台」。這台就在現在淮陽魯台集。

陳王得知秋胡家有老母少妻，賜給許多金銀，命他還鄉探親。秋胡心花怒放，即刻備馬，晝夜不停，不一日來到了家鄉。

秋胡十年沒進家，看到一切都感到新鮮。村前綠油油的大桑園，記得從軍時剛剛栽上，現在已經長大成林，那一層層肥大桑葉，隨風飄動，發出「沙沙沙」的聲音。

秋胡騎在馬上東瞅西望，觀看著風景，欣賞著家鄉的變化。忽然看見桑林內有個長得非常漂亮的女子，手裡提著竹籃正在採桑葉。那好看的臉蛋，苗條的身材，細白的手指掐著一片片綠葉一上一下的擺動。秋胡簡直看直了眼珠，一股邪念從心裡直衝腦門。他急忙從馬上跳下來，幾步闖進了桑園。

那女子原來正是秋胡的妻子邵梅芵。自從秋胡從軍以後，梅芵每天雞不叫就起身，熬半夜才挨床。手不停腳不住地燒飯砍柴，縫補漿洗，採桑餵蠶，侍奉婆婆。不知受了多少勞累，吃了多少苦頭，流了多少眼淚，眼睜睜盼著秋胡早日回來，夫妻團圓。可誰知一夜夫妻，十年久別，夫妻猛然相見，彼此卻不認得了。

梅英正採著桑葉，突然見一個男人來到眼前，嚇了一跳，低下頭問道：「你是何人？闖進桑園幹啥？」

秋胡也不答言，開口唸了四句詩：誰家二八女，提籃來採桑，玉手摘綠葉，風吹滿園香。

梅英一聽，頓時滿面通紅，指著秋胡道：「你身穿官服，必然知書明禮，人模人樣怎說出這種話來，快快出去！」

秋胡哪顧這些，嬉皮笑臉地看著梅英說：「這裡無人，你近前來，我與你做個女婿。」說著就伸手去拉梅英。

梅英猛地推了他一個趔趄，罵道：「你個好不曉事的賊人匹夫，青天白日之下，竟敢調戲良家民女，成何體統！」

秋胡收住腳，說道：「娘子，俗說話：種田不如見少年，採桑不如嫁官員。陳王賜予我很多金銀財寶，要我奉養老母親的，如今全部歸你，你就隨順我了吧。」說著，又要動手。

梅英急忙閃到一邊，罵道：「我辛勤耕種，是為了侍奉婆婆，俺人雖窮志不短。你依仗著有權有勢，胡作非為，做出這種傷風敗俗的醜事，必遭千刀萬剮五雷轟！」

秋胡惱羞成怒，袖子一挽，凶狠地說：「小娘子若再不肯，我如今一不做二不休……」

梅英把腰一叉：「你敢挨挨我，今天我就和你拚了！」秋胡正要下毒手，忽聽見路上有人說話，他怕梅英喊叫，只得匆匆走出桑園，跨馬而去。

秋胡來到家中，母親見兒子衣錦還鄉，不知是喜是悲，又哭又笑，拉著秋胡的手說：「兒啊，你一去十年，也不給俺捎個書信，若不是你那孝順的媳婦，娘的骨頭早就漚爛啦！」

梅英一聽說秋胡衣錦還鄉，滿心歡喜，慌忙跑進家中，兩人一碰面，全愣住了。梅英如同五雷轟頂，霎時氣得臉色灰白，沒想到桑園的歹徒竟是自己日夜思念的丈夫。

秋胡更沒想到桑園調戲的竟是自己的妻子，悔恨不及，張口結舌說不出話來。

梅英淚流滿面，指著秋胡狠狠罵道：「好你個秋胡，家有高堂老母，你反倒拿著金銀，任意揮霍，這是對母不孝；家有妻室，你在外面調戲良家民女，這是對妻不義。你在官府享榮華富貴，怎不想想俺在家吃糠咽菜，受盡了淒涼辛苦，等你盼你，你……你卻做出這樣丟人的事來……」梅英痛哭失聲跑出了家門，不願再和這個不孝不義的人做夫妻，心一橫，投河自盡了。

後人為了紀念邵梅英的純正節烈，在她的家鄉建了一座秋胡廟，所以，眾人皆知，淮陽有個望魯台，山東有個秋胡廟。

錄自《河南民間文學》（第五輯）頁一三四—一三七，

一九八二年十二月中國民間文藝研究會河南分會編

# 第十八章　論敦煌王昭君傳說

## 第一節　緒論

敦煌本王昭君故事，是敦煌民間文學中的一顆明珠，它在王昭君故事演變過程中有著重要的轉變作用，具有很高的研究價值，也是我國民間文學史上一份寶貴的文獻。

有關王昭君的傳說，在我國流傳很廣。雖然很早已見於正史的記載，但是現在人們所知道的王昭君故事卻與正史出入很大，無疑，原因應該歸之於民間傳說和戲劇等形式之影響。當敦煌石室遺書被發現以後，我們在其中又看到了中古時代人們親筆書寫的王昭君故事，敦煌王昭君故事除詩歌形式以外，是用一種特殊文體形式記載下來的，這就是變文。

有關王昭君的敦煌遺書共有四卷：1.伯二五五三〈王昭君變文〉①；2.伯二五五五、伯二六七三、伯四九四四等三個寫本同是〈王昭君（安雅詞）〉②；3.伯二七四八〈王昭君怨諸詞人連句〉③；4.斯〇五五五〈昭君怨〉④。這些遺書披露以後，從五四以來，已見有十四篇文章探討有關敦煌王昭君故事，它們是：

(1)容肇祖〈唐寫本明妃傳殘卷跋〉，載《民俗周刊》二十七—二十八期合刊，一九二八年十月。

(2)劉萬章〈關於王昭君傳說〉，載《民俗周刊》三十五期，一九二八年十一月。

(3)魏應麟〈「關於王昭君傳說」的答案〉，載《民俗周刊》四十四期，一九二九年十二月。

(4)張長弓〈王昭君〉，載《嶺南學報》二卷二期，一九三二年。

---

①見《敦煌變文集》，頁九八—一〇八，北京人民出版社，一九五七年版，啟功校錄。

②見柴劍虹〈敦煌唐人詩文選集殘卷（伯二五五五）補錄〉，載於《文學遺產》一九八三年第四期。

③見王重民輯錄、劉修業整理〈《補全唐詩》拾遺〉，載於《中華文史論叢》一九八一年第四輯，頁一七五，上海古籍出版社出版。

④見潘重規〈補全唐詩新校〉，載於《華岡文科學報》第十三期，頁一八八，台灣中國文化大學印行，一九八一年六月出版。

(5)張壽林〈王昭君故事演變的點點滴滴〉，載《文學年報》第一期，一九三二年。

(6)黃紊秀〈王昭君故事的演變〉，載《民俗周刊》一二二期（王昭君專號），一九三三年五月。

(7)容肇祖〈青冢志跋〉，同上。

(8)彭國棟〈王昭君〉，載《藝文掌故叢談》，台北，一九五五。

(9)王古魯〈和戎記簡介〉，載《明代徽調戲曲散齣輯佚》，上海，一九五六年。

(10)根本誠〈王昭君變文成立年代考〉，載《東洋文學研究》（早稻田），九（一九六一年）。

(11)**P. Demieville, "quelques traits de moeurs barbares dans une chantefable chinoise des T.ang", *Acta Orientalia* 15（1962）**。

(12)川口久雄〈敦煌變文と我ガ、国における王昭君說話〉，《金澤大學法文學部論集》（文學篇）十一（一九六三）。

(13)李則芳〈王昭君與毛延壽〉，載《文史雜考》，台北，一九七九年。

(14)杜志學、楊安弢〈敦煌變文中的王昭君〉，載《陽關》（甘肅酒泉）一九八四年第三期。

總觀以上這些論文，尚無任何一篇就所有的敦煌本王昭君詩歌與變文作總體研究者，這不能說不是一個缺陷，任二北先生在《唐聲詩》（下編）中也提到：「敦煌文獻內尚多關於王昭君歌曲者，有待研討。」（見上海古籍出版社，頁一九二）有鑒於此，為彌補此缺陷，本章即沿敦煌文獻進行綜合之研究。

## 第二節　王昭君故事的由來

要了解〈王昭君變文〉之價值，需首先弄清這個故事的由來。王昭君的故事原出於漢代，《漢書・元帝本紀》與《漢書・匈奴列傳》中，均有記載。《漢書・元帝本紀》云：「虖韓邪單于不忘恩德，鄉慕禮儀，復修朝賀之禮，願保塞傳之無窮，邊垂長無兵革之事，其改元為竟寧，賜單于待詔掖庭王檣字昭君為閼氏。」《漢書・匈奴列傳》亦云：「竟寧元年（前三十三），單于復入朝，禮賜如初，加衣服、錦、帛、絮，皆倍於黃龍（前四十九）時。單于自信，願婿漢氏以自親。元帝以後宮良家子王嬙字昭君賜單于。單于歡喜。……王昭君，號寧胡閼氏，生一男伊屠智牙師，為右日逐王。呼韓邪立二十八年，建始二年（前三十一）死。……〔大閼氏長子〕雕陶莫皋立，……復妻王昭君，生二女。」這是關於王昭君的最早記載。在班固的記載中她只是一個普通的宮女，即「後宮良家子」，有幸成為勾通漢匈兩族和平友好的使者，單于稱昭君為「寧胡閼氏」，是「國以安寧」意⑤，於漢朝也是「千秋萬

⑤見《漢書・匈奴傳》顏師古注：「（寧胡閼氏）言胡得之，國以安寧也。」

歲」、「長禾未央」意⑥，這是歷史的結論。但是這件歷史史實，漸漸從宮廷流傳於民間，故事的內容也日益豐富起來。在范曄《後漢書．南匈奴傳》中云：「昭君字嬙，南郡人也。初，元帝時，以良家子選入掖庭。時呼韓邪來朝，帝敕以宮女五人賜之。昭君入宮數歲，不得見御，積悲怨，乃請掖庭令求行。呼韓邪臨辭大會，帝召五女以示之。昭君豐容靚飾，光照漢宮，顧景徘徊，竦動左右。帝見大驚，意欲留之，而難於失信，遂與匈奴。生二子。及呼韓邪死，其前閼氏子代立，欲妻之，昭君上書求歸，成帝敕令從胡俗，遂復為后單于閼氏焉。」在這裡，范曄提出昭君去漢是「入宮數歲,不得見御」，在悲怨中自願「求行」的。而且增加了另一個情節：元帝見昭君後生憐愛之心，而又不能失信於朝，終於把她給了胡人；並說昭君後嫁前夫之子前，還求歸，而成帝令其從胡俗。顯然，東漢時比西漢的故事要曲折、豐富了。

在東漢，雖然王昭君故事從總的結構上來說，仍然維持史書「皇帝選嫁」之舊框框，未有新人物出現，但是此故事已流傳到民間，而發生變化，似為可信的。《舊唐書．樂志》云：「〈明君〉，漢曲也。元帝時，匈奴單于入朝，詔以王嬙配之，即昭君也。……漢人憐其遠

---

⑥見《文物參考資料》一九五五年第十期載，一九五四年內蒙古包頭市召灣漢墓中出土西漢後期的陶片瓦當殘片，上有「單于和親」、「千秋萬歲」、「長樂未央」等字樣。

嫁，為作此歌。」這裡所指的漢曲，也就是民間歌謠。查清人沈德潛所編的一部唐以前的歷代詩歌選集《古詩源》便收入一首漢曲，所謂王昭君作的〈怨詩〉，注為：「此將入匈奴時所作」：

秋木萋萋，其葉萎黃。有鳥處山，集於芭桑。養育毛羽，形容生光。既得升云，上游曲房。離宮絕曠，身體摧藏。志念抑沉，不得頡頏。雖得委食，心有徊徨。我獨伊何，來往變常。翩翩之燕，遠集西羌。高山峨峨，河水泱泱。父兮母兮，道里悠長。嗚呼哀哉，憂心惻傷。

沈德潛注云：「若明訴入胡之苦，不特說不盡，說出亦淺也。呼父呼母，聲淚俱絕。下視石季倫擬作，瑣屑不足道矣。」⑦此詩視為石崇作自然是無根據，確係「瑣屑不足道」，不過，視為昭君所作亦無根據。此詩是四言歌謠，原出東漢蔡邕《琴操》。觀《琴操》所敘王昭君故事，雖在「皇帝選嫁」舊框框裡，情節已經有所變化。(1)她不再是「後宮良家子」，而是「齊國王襄女」，(2)是其父獻「進於孝元帝」。(3)皇帝傳令選嫁宮女給單于，她「越席而前」，自願前往。(4)她下嫁的單于死後，不願遷就胡俗，再成為前妻長子之妻，「乃吞藥死」。(5)昭君在匈奴，心思鄉土，乃作〈怨曠思惟歌〉，即以上沈德潛所引的王昭君〈怨詩〉。以上

---

⑦見清・沈德潛《古詩源》，頁五一，中華書局版，一九八〇年三月。

五點改變證明王昭君事已由歷史衍化為民間傳說，《琴操》所記乃文人整理之王昭君民間傳說的表現。而其〈怨曠思惟歌〉，運用比興，具有民歌獨特風韻，當出於東漢之民間，係蔡邕搜集整理而成，絕不似文人之偽作。《琴操》，偽書乎?此說不可信也。蔡邕知樂，古來有名，史書稱他「邕少博學，好辭章，精音律，善鼓琴」，《後漢書》本傳說他著有《敘樂》。《世說新語》和唐初的《文選》李善注，還有唐代類書《藝文類聚》等，都言他著有《琴操》，出唐初的《隋書·經籍志》卻言「《琴操》三卷晉廣陵相孔衍撰」，而《琴操鈔》二卷，《琴操鈔》一卷均未著撰人。但現存《琴操》確為兩卷，上卷收歌詩五、操十二，引九；下卷收雜歌二十一章，而其傳說全係魏晉前東漢的故事，恐非後人之偽作，而孔衍《琴操三卷》者，疑即孔衍取蔡邕《敘樂》改名，故蔡邕著《琴操》當無疑問。總之，在漢末王昭君故事已開始流傳民間，衍為傳說與歌謠，但情節改動並不大。

至魏晉南北朝時，王昭君故事已有絕大之改變。

1.石崇有〈王明君詞〉一首：「我本漢家子，將適單于庭。辭決未及終，前驅已抗旌。仆御涕流離，轅馬悲且鳴。哀鬱傷五內，泣淚溼朱纓。行行日已遠，遂造匈奴城。延我於穹廬，加我閼氏名。殊類非所安，雖貴非所榮。父子見陵辱，對之慚且驚。殺身良不易，默默以苟生。苟生亦何聊，積思常憤盈。願假飛鴻翼，乘之以遐征。飛鴻不我顧，佇立以屏營。昔為匣中玉，今為糞上英。朝華不足歡，甘與秋草並。傳語後世人，遠嫁難為情。」石崇（二四九—

三〇〇），青州（山東益都）人。他的王昭君詩是魏晉南北朝較早見到的，與東漢的王昭君故事又有了不同：⑴定名。由於避晉文帝司馬昭之諱，將王昭君改成了王明君，故石崇〈王昭君詞序〉云：「王明君者，本是王昭君，以觸文帝諱改焉。」並簡稱明君。⑵流傳。蔡邕是陳留（河南開封）人，故他搜集的第一首〈怨曠思惟歌〉恐即在河南，河南是王昭君民歌發源地。蔡邕於公元一九二年逝世，與石崇相距時間很短，稍後就已從河南流傳到相鄰的省份山東了。關於王昭君故事之流傳，最初仍在河南當無疑問，東漢之後至魏，據後魏楊衒之《洛陽伽藍記》卷三云魏高陽王雍之「美人徐月華善彈箜篌，能為明妃出塞之歌，聞者莫不動容」。當時仍在河南流傳，至晉才流傳到山東。但是石崇〈明君詞〉內容並無創新，沿襲了兩漢舊說。它所渲染的「哀鬱」、「泣淚」之悲，沿襲於《琴操》的〈怨曠思惟歌〉，「嗚呼哀哉，憂心惻傷」。它所渲染的「屈辱」，所說「父子見凌辱，對之慚且驚」，也是沿襲《琴操》昭君不將就「胡禮」，父死妻其子，「乃吞藥死」，《琴操》所渲染之羞恥感比〈明君詞〉更盛。要說對後世昭君文學作品起所謂「屈辱」作用的「關鍵性」作品是〈昭君詞〉的話，不如說是《琴操》則更為準確。

2.王昭君故事最大的轉變，在於〈明君詞〉之後「畫圖」說或曰「丹青說」的產生。清人陸燿《切問齋集．王明君辭序》云：「自梁王叔英妻劉氏詩曰：『丹青失舊儀，玉匣成秋草。』由是陳後主則曰：『圖形漢宮裡，遙聘單于庭。』隋薛道衡則曰：『不蒙女史進，更無畫師情。』沿至唐人，遂為典實。梁以前初無此說。」近人沿襲此說，張壽林〈王昭君故事演變之點點滴滴〉也說：「從古代許多文學家的創作中，我們可以知道在蕭梁以前，凡提到這故事的，都沒有說畫圖的事。」但畫圖說起於梁朝似與實情不符。南朝宋劉義慶《世說新語・賢媛第十九》云：「漢元帝宮人既多，乃令畫工圖之，欲有呼者，輒披圖召之。其中常者，皆行貨賂。王明君姿容甚麗，志不苟求，工遂毀為其狀。後匈奴來和，求美女於漢帝，帝以明君充行。既召，見而惜之，但名字已去，不欲中改，於是遂行。」所以畫圖說在南朝宋就已經流傳，並不是在它以後的梁代。當然，在梁代是十分盛行的。⑴梁王淑英妻劉氏〈昭君怨〉云「一生竟何定，萬事最難保。丹青失舊儀，玉匣成秋草。」⑵梁范靖妻沈氏〈昭君嘆〉：「早信丹青巧，重貨洛陽師。千金買蟬鬢，百萬寫蛾眉。」⑶梁簡文帝〈明君詞〉：「玉豔光瑤質，金鈿婉黛紅。一去蒲萄觀，長別披香宮。秋簷照漢月，愁帳入胡風。妙工偏見詆，無由情恨通。」⑷梁施榮華〈王昭君〉：「垂羅下椒閣，舉袖拂胡塵。唧唧撫心嘆，蛾眉誤殺人。」⑸陳後主〈昭君怨〉：「圖形漢宮裡，遙聘單于庭。」

以上說明王昭君故事的畫圖誤人說，在六朝宋陳之間盛行。女子也寫詩埋怨丹青誤，或為畫圖說的王昭君故事產生於民女或宮女中之必然。也說明當時畫圖一說不僅在宮中也在民間盛傳。

這是中古時代，在人類尚未發明照片時，在這種特殊的非科學的情況下產生的悲劇。其時由畫工給人們畫像以存真容，畫工們就能左右人像的美醜，再進而他們便發明了以畫像的美醜來發財致富的訣竅，誰在背地裡賄賂的錢多，便給誰家女子畫得美些，皇帝據畫像選妃子，便可「一人進宮，全族升天」；誰在背地裡賄賂的錢少，或像王昭君那樣，自恃生得美不買畫工們的賬，不賄賂，於是便給她畫得醜些，以致被選進宮還被打入了冷宮。這樣便產生了王昭君美女變醜女引出的戲劇性的矛盾衝突，導致了悲劇。這也是中古社會賄賂成風的反映。但是畫圖說卻本於《西京雜記》之說。

《西京雜記》詳述的這一故事是：「元帝後宮既多，不得常見，乃使畫工圖形，按圖召幸之。諸宮人皆賂畫工，多者十萬，少者亦不減五萬。獨王嬙不肯，遂不得見。匈奴入朝，求美人為閼氏，於是上案圖，以昭君行。及去，召見，貌為後宮第一，善應對，舉止閑雅。帝悔之，而名籍已定。帝重信於外國，故不復更人。乃窮案其事，畫工皆棄市，籍其家，資皆巨萬。畫工有杜陵毛延壽，為人形，醜好老少，必得其真。安陵陳敞，新豐劉白、龔寬，並工為牛馬飛鳥衆勢，人形好醜，不逮延壽。下杜陽望，亦善畫，尤善布色。樊育亦善布色。同日棄市。京師畫工，於是差稀。」⑧《西京雜記》是一部雜載西漢故事傳聞的筆記小說。今傳之六卷本之末有東晉葛洪的跋，他說他家曾藏有劉歆所作的《漢書》一百卷，班固所撰《漢書》全取於此，而他從班固所不取的兩萬字中創出二卷，起名《西京雜記》。查《隋書

⑧見漢魏叢書本《西京雜記》卷二。

》未著撰人，新舊《唐書》都題為葛洪撰，唐段成式《酉陽雜俎》則有此書為「吳均語」之論，宋晁公武《郡齋讀書志》也說此書「或以為吳均依託為之」。魯迅《中國小說史略》指出：「所謂吳均語者，恐指文句而言，非謂《西京雜記》也。梁武帝敕殷芸撰《小說》，皆鈔撮故書，已引《西京雜記》甚多，則梁初已流行世間，因以葛洪所造為近是。」據以上諸說可以確定，《西京雜記》產生於東晉南北朝時代，不必拘泥於東晉或梁代。那麼《西京雜記》中的王昭君故事之重要性，在於裡面出現了一群新的人物——畫工毛延壽、陳敞、劉白、龔寬、樊育等。由於他們的作偽手段，使王昭君的美未被皇帝及時發現，未得寵幸，以至於被嫁於匈奴。當然，當時並未確定就是毛延壽畫昭君像，但是畫工的出現卻使王昭君出塞由主動變成了被動，這就為後世的作者在描述王昭君的作品中將其描寫成是一個抑鬱、悲切的女子形象奠定了藝術衝突的基礎。這可以說是第一次大的轉變，是從歷史上的王昭君變成為文學作品中的王昭君，它使後世的作者在塑造王昭君藝術形象時找到了新的角度和契機。

3.南北朝詩歌，多半在渲染昭君之悲，選擇「憐其遠嫁」的主題。其藝術結構，一為寄託歸思於雁。宋．鮑照〈王昭君〉云：「既事轉蓬遠，心隨雁路絕。」北周無名氏〈王昭君〉云：「寄信秦樓下，因書秋雁歸。」在西北，沙荒草野，茫茫無人，唯雁群最能寄託歸思，結構與生態環境有關。二為突出昭君之鏡。北周庾信〈昭君怨〉云：「鏡失菱花影，釵除卻月梁。」梁．王紀〈明君詞〉云：「誰堪覽明鏡，持許照紅妝。」少女容顏易變，唯明鏡最能體現美貌，結構與風俗用物有關。三為描繪昭君之淚。北周・庾信〈昭君怨〉云：「圍腰無一尺，垂淚有千行。」沈約〈昭君怨〉云：「銜涕試南望，關山郁嵯峨。」陳・張正見〈昭君怨〉云：「淚染上春衣，憂變華年髮。」北周・庾信〈明君詞〉云：「片片紅顏落，雙雙淚眼生。」既言悲，便寫淚，從多種角度渲染。

總觀王昭君故事在魏晉南北朝中間之變化，最突出特點是關心昭君命運之人增多，流傳的範圍更加廣泛了。

短促的隋代，王昭君故事皆沿襲六朝的悲曲。隋・何妥〈明君詞〉：「昔聞別鶴弄，己自軫離情。今來昭君曲，還悲秋草并。」並結合東晉六朝的畫圖說進行藝術構思。薛道衡〈明君詞〉：「我本良家子，充選入椒庭。不蒙女史進，更無畫師情。蛾眉非本質，蟬鬢改真形。專猶妾命薄，誤使君恩輕。啼落渭橋路，嘆別長安城。今夜寒草宿，明朝轉蓬征。」其他別無更新的藝術開拓。標題仍維持晉代「明君詞」之特徵。

應當提到的是，唐代的王昭君詩歌的藝術結構，往往沿襲於六朝王昭君詩歌的模式。一為寄托歸思於雁。盧照鄰〈王昭君〉：「願逐三秋雁，年年一度歸。」令狐楚〈王昭君〉：「魏闕蒼龍遠，蕭園赤雁哀。」二為突出昭君之鏡。駱賓王〈王昭君〉：「妝鏡菱花暗，愁眉柳葉嚬。」董思恭〈王昭君〉：「斟酌紅顏盡，何勞鏡裡看。」顧朝陽〈王昭君〉：「莫將鉛粉匣，不用鏡花光。」三為描繪昭君之淚。梁獻〈王昭君〉：「淚點關山月，衣銷邊塞塵。」

上官儀〈王昭君〉：「緘書待史還，淚盡白雲天。」李白〈王昭君〉：「昭君拂玉鞍，上馬啼紅頰。」王偃〈昭君怨〉：「一雙淚滴黃河水，應得東流入漢家。」張文琮〈昭君怨〉：「玉痕垂淚粉，羅袂拂胡塵。」陳昭〈昭君怨〉：「跨鞍今永訣，垂淚別親賓。」以上三點均與六朝一致。

就敦煌本王昭君故事看來，也與六朝的昭君詩歌有某些傳承作用。斯〇五五五〈昭君怨〉沿襲了六朝托思於雁的結構。特別是在〈王昭君變文〉中，也像六朝昭君詩歌那樣，渲染了昭君之淚，但變文之寫淚，像：「莫恠（怪）適下頻下淚，都為殘雲度嶺西。」「昭軍一度登千山，千迴下淚，慈母只今何在？君王不見追來。」是與思鄉戀國結合在一起，故渲染了淚，卻未使人有消沉絕望之感。

以上便是王昭君故事流傳的來龍去脈。王昭君故事漫長的流變史說明它具有強烈的民族團結之意識。

## 第三節　敦煌王昭君故事新篇章

敦煌石室發現了王昭君故事，翻開了此故事研究的新篇章。一共有四個卷子。

## 一、斯〇五五五〈昭君怨〉

原文為：「萬（里）胡風急，三秋（辭）漢初。唯望南去雁，不肯為傳書。」

這首詩是台灣潘重規教授審訂本。詩的內容仍保留著六朝昭君詩寄托歸思於雁的結構。由這首詩的出現可推斷敦煌最早流傳王昭君故事是在隋末唐初時。潘老考出此詩為東方虬所作，東方虬，據《全唐詩》卷一百〈簡介〉云：「東方虬，則天時為左史，嘗云百年後可與西門豹作對，陳子昂〈寄東方左史修竹篇書〉，稱其〈孤桐篇〉骨氣端翔，音韻頓挫，不圖正始之音，復覩於茲，今失傳，存詩四首。」可見他和陳子昂同為隋代至初唐之人，而敦煌傳播他的〈昭君怨〉恐即在隋末唐初之時。從東方虬收於《全唐詩》和《樂府詩集》另外三首〈昭君怨〉來看，初唐的氣慨也頗為明顯。三首同為五言絕句：

1.漢道初全盛，朝廷足武臣。何須薄命妾，辛苦遠和親。

2.掩涕辭丹鳳，銜悲向白龍。單于浪驚喜，無復舊時容。

3.胡地無花草，春來不似春，自然衣帶緩，非是為腰身。

石崇由於生於西晉亂世，他在〈王昭君詞序〉中對昭君出塞的整個歷史形勢的認識是：「匈奴盛，請婚於漢元帝以後宮良家子昭君配焉。」即認為當時匈奴強盛，昭君不得不出塞和親。東方虬由於生活於「貞觀之治」的盛世，初唐盛氣時刻熏染所致，他對昭君出塞的整個歷史形勢的認識，與石崇相比較，已是完全顛倒過來了。他說：「漢道初全盛，朝廷足武臣」。意思是當時漢朝強盛，何須去和親？當然，東方虬當時還無法認識到王昭君出塞肩負著加強漢匈友好關係的這一重大使命。但是，他對昭君出塞整個歷史形勢的認識，無異是正確的，與石崇的觀點形成了強烈的對照，一個是「漢道盛」，一個則是「匈奴盛」。據《漢書》記載，昭君是元帝竟寧元年去和親的，當時漢朝與匈奴之間力量的對比，已與漢朝初期大為不同了。漢初由於國力弱，不得不以和親忍讓來爭取和平安息的局面，至武帝國力強盛，便對匈奴入侵加以強硬的反擊，使匈奴連吃敗仗，到了武帝的末期，匈奴更弱，據《漢書・匈奴傳》云：「匈奴孕重墮殰，疲極，苦之，自單于以下常有和親計。」又云：「匈奴大虛弱，諸國羈屬者皆瓦解，攻盗不能理。」可見，當時的匈奴根本無法與漢朝相對抗了，才於漢宣帝甘露三年，呼韓邪單于親自來朝拜漢帝，與漢聯合，「常願謁見天子，……今郅支已伏誅，願入朝見。」（《漢書・匈奴傳》）這才引出公元前三十三年（竟寧元年）昭君出塞，單于「願婿漢以自親」的局面來。由此可見東方虬當時的認識是正確的，而石崇的認識卻是錯誤的。

## 二、伯二五五五〈王昭君安雅詞〉

原文為：

(1)自君信丹青，曠妾在掖亭。悔不隨眾依，將金買幃屏。

(2)唯明在視遠，唯聰在聽德。奈何萬乘君，而為一夫惑。
(3)所君近天關，咫尺見天顏。聲盡不聞叫，力微安可攀？
(4)囗京中使入，忽道君王喚。拂畫欲妝梳，催入亦無算。
(5)君王見妾來，臣展畫圖開。知妾枉如此，動容凡幾回：
(6)「朕已富宮室，美人看未畢。故勒就丹青，所其榛聲實。
(7)披圖閱宮女，汝獨負儔侶。單于頻漢婚，倏忽誤相許。
(8)今日見蛾眉，身價在畫師。故我不明察，小人能面欺。
(9)掖亭連大內，尚敢相矇昧。有怨不得申，況在朝廷外。
(10)往者不可追，來者安可思？郁陶胡餘心，顏後有忸怩：
(11)「所談不容易，天子言無戲。豈緣賤妾情，遂逐邊蕃意。
(12)二八進王宮，三十和遠戎。雖非兒女願，亦是丈夫雄。
(13)脂粉總留著，管弦不將去。彼為悅己容，妾非賞心處！」
(14)來者請行行，前駈以抗旌。琵琶馬上曲，楊柳塞垣情。
(15)抱鞍啼未已，舉馬弦相喜。故息不告勞，為國豈辭死！
(16)太白食旄頭，中黃沒戍樓。胡馬不南牧，漢兵無北憂。
(17)預計難終始，妾心豈期此。生願匹鴛鴦，死得同螻蟻。

(18)一朝來塞門，心存口不論。為埋青塚骨，時向紫亭魂。

(19)綿綿思遠道，宿昔令人老。寄謝輸金人，玉顏長自保。

以上詩採取柴劍虹校錄本。據任二北先生說：「〈王昭君安雅〉乃五言四句古風十九首，託昭君自述，非歌辭。」（《唐聲詩》下編）又云：「『安雅』體名不詳。」任先生將此詩定為五言四句十九首，並云「託昭君自述」，所言極是。但說此詩「非歌辭」、「安雅體名不詳」，卻可商榷。我認為這是一首五言四句十九段的歌詞，因為它注有「安雅」二字。所謂「安雅」，「安」是「安國」地名之簡稱，「雅」是「雅樂」，樂類的簡稱。安國是古西域城國，敦煌是西域之門戶，距安國不遠，安國樂為胡聲之一，歷來著名於世。隋初有七部樂，隋煬帝時增為九部樂中，都有「安國樂」（見《隋書》）；唐貞觀十六年（六四二）增為十部樂，也有「安國樂」（見《新唐書・禮樂志》）。要問為什麼「雅樂」中要採用西域安國的胡聲？因為這是六朝雅樂的特點，顏之推就曾說過：「今太常雅樂，並用胡聲」，故隋唐雅樂因之。由此可見，這種安雅體採取的是五言四句多段反復的體式，其曲調則是安國胡聲雅樂的曲調。現在，安雅體的曲調已失而不存，在敦煌寫卷中只留下這一首〈王昭君安雅〉之歌詞。

從這首詩有三個寫本，可見其具有民間文學的流傳性，故它是一首民間歌詩，採用的是西域安國雅樂的曲調。這首詩以畫圖說為其藝術構思的核心。第一部分，從第一段到第五段。

寫漢皇與昭君相見之難的過程。重點是譴責漢皇由於既不「視遠」，又不「聽德」，遂為「一夫惑」，等到見昭君時，「動容凡幾回」，已太晚了。第二部分，從第六段到第十三段，前半段是寫漢皇對昭君的一段談話，重點是借漢皇自責之言，來暴露其看中昭君，只因愛其美，所以「往者不可追，來者安可思」之追戀，不過是虛偽做態。第二部分後半段，從第十一段到第十三段，寫昭君對漢皇的一段談話，重點是表示自己要去完成「和遠戎」的歷史使命，在漢宮中十四年之久，正如《後漢書・南匈奴傳》所說：由於「不得見御，積悲怨」而自願請行。第三部分，從第十四段到第十九段，主要是寫昭君出塞的動人場面，贊揚昭君「為國」精神，「故息不告勞，為國豈辭死」，歌頌她為「胡馬不南牧，漢兵無北憂」而出塞，還寫出她去匈奴已有「生願匹鴛鴦，死得同螻蟻」的追求與決心，最後寫出她「思遠道」懷念故國的心情。此詩以寫昭君自願請行、追求幸福，為國捐軀而顯得別具一格。

再就這首詩產生的時代而言，我認為似在初唐之時。詩內有「二八進王宮」句，二八佳齡婚配是初唐的婚俗觀，因為唐太宗規定，男年二十，女年十五以上才能「申以婚婿，令其好合。」（見《唐會要》卷八三）而到玄宗時代，開元廿一年（七三四）下詔說：「女年十三以上聽婚嫁。」「二八進王宮」便不符合唐玄宗的規定。皇帝選妃子，歷來受到婚俗的約束，「二八進王宮」既明顯與初唐婚齡一致，故此安雅詞，恐係初唐產生，也可說它是唐代前期出現的民間詩歌。

## 三、伯二七四八〈王昭君怨諸詞人連句〉

原文為：

掖庭嬌幸在蛾眉，爭用黃金寫艷姿。始言恩寵由君意，誰謂容顏信畫師。微軀一自入深宮，春華幾度落秋風。君恩不惜便（更）衣處，妾貌應殊畫壁中。問道和親將我敞（放），選貌披圖遍宮掖。圖中容貌既不如，選后君王空悔惜。始知王意本相親，自恨丹青每誤身。昔是宮中薄命妾，今成塞外斷腸人。九重恩愛應長謝，萬里關山愁遠嫁。飛來北地不勝春，月照南庭空度夜。夜中含涕獨嬋娟，遙念君邊與朔邊。毳幕不同羅帳日，氈裘非復錦衾年。長安高闕三千里，一望能令一心死。秋來懷抱既不堪，況復南飛雁聲起。

這一首〈王昭君怨〉題目中便說「諸詞人連句」，表明它是集體創作，在流傳中消逝了作者的姓名，所以它既具有集體性也具有流傳性，也是一首民間詩歌。全詩的主旨也是怨恨誤人的「丹青」，開始就提出「爭用黃金寫艷姿」，也寫到「圖中容貌既不如，選后君王空悔惜」，最後寫昭君出塞。與前首安雅詞藝術結構是完全一致的。

這首詩主要一點是：強調王昭君與皇帝之間的恩愛，也就是說突出一個「愛」字。這一點可以說是很明白的，它是這樣說的：「始知王意本相親」，「九重恩愛應長謝」，前一句說皇帝「本」與她「相親」的，後一句說「九重」宮殿裡皇帝對她的「恩愛」她要「長謝」。再請讀以下句子：「始言恩寵由君意」、「君恩不惜更衣處」、「選后君王空悔惜」、「遙念君邊與朔邊」，實際就是強調兩人的恩愛，像「恩寵」楊貴妃那樣「恩寵」王昭君。

## 四、伯二五五三〈王昭君變文〉

原文見《敦煌變文集》。

1.流傳的時代。變文中有：「故知生有地，死有處，可惜明妃，奄從風燭，八百餘年，墳今上（尚）在。」據《漢書・匈奴傳》云昭君出塞是在竟寧元年（前三十三），又據安雅詞云：「二八進王宮，三十和遠戎。」證明昭君竟寧元年出塞時已三十歲，那她出生時是在元康三年（前六十三），到唐玄宗開元二十五年（七三七），正好是文中說的「八百餘年」，時在盛唐。

同時變文又云：「以契丹為東界，吐蕃作西鄰……南臨大漢。」按以契丹為東界，當是《新唐書》卷二百一十五所記，太宗時正當「突利可汗主契丹」之時。此變文中有五次提到突厥：

(1)夫突厥法用，貴杜（壯）賤老，憎女愛男。
(2)傳聞突厥本同戚，每喚昭君作貴妃。
(3)假使邊庭突厥寵，終舊不及漢王憐。
(4)突厥今朝發使忙。
(5)嗟呼，別翠之寶帳，長居突厥之穹廬。

這樣多次的提突厥，它是突厥尚存在或被消滅未久，在人們記憶中尚未消逝之標誌。突厥是在唐太宗時被消滅的。《新唐書》卷二百一十五下云：「太宗身勤兵，顯責而陰間之，戎始內阻。不三年，縛頡利獻北闕下，霆掃風除，其國遂墟。」故突厥是在初唐被征服的。史家說：「突厥是大國，突厥被滅，唐在邊境外諸族中建立起無上的聲威，四方諸族紛紛來降附。六三〇年，四方君長到官門前請唐太宗稱天可汗。」⑨變文中如此強調突厥的原因，正是反映了這個寫本產生的時代，是在初唐之時。結合以上兩點分析，證明這個寫本流傳的時代是在初唐至盛唐之時，總之是在唐代的上半期。

2.產生的地域。似在敦煌與酒泉一帶。變文說：「（酒）泉路遠穿龍勒，石堡雲山接雁門。」又有「春色何時度酒泉」句。又有「黑山壯氣，擾攘匈奴」；《肅州志》云：「黑山，在鎮夷東北二十里，一名紫塞，與合黎山相接，土石多黑，望之黯然。」⑩又有「直為金河夜蒙進」，《肅州志》云：「金河，五代晉高居海《使于闐記》云：『甘州西五百里至肅州渡金河，西百里出天門關，又西百里出玉門關是也。』」⑪這樣多的地名與敦煌一帶相吻合，說明此變文產生於敦煌之酒泉一帶。

---

⑨見范文瀾《中國通史》（三），頁三四七，人民出版社，一九七九年版。

⑩⑪俱見《重修肅州新誌》頁四六、頁三三四、頁六〇四。一九八四年甘肅酒泉博物館翻印。

3.內容的要點。〈王昭君變文〉有以下幾個要點：

一為「明妃」說。變文又稱昭君為「明妃」，例如：

(1)單于見明妃不樂。

(2)知策明妃，皆來慶賀。

(3)明妃既策立。

(4)頻多借問，明妃遂作遺言。

(5)從昨夜已來，明妃漸困。

(6)乃哭明妃處若為陳說。

(7)可惜明妃，奄從風燭，八百餘年。

(8)今嘆明妃奄逝殂。

(9)紆至蕃漢界頭，遂見明妃之塚。

證明對昭君的稱呼，從兩晉南北朝的「明君」說，至唐代已過渡到「明妃」說了，唐代以後也稱「明妃」了。如唐代李白〈王昭君〉：「明妃西嫁無來日」；杜甫〈咏懷古迹〉：「生長明妃尚有村」；宋代王安石有〈明妃曲〉；元代徐履方也有〈明妃曲〉；明代唐龍有〈明妃篇并引〉；清初王夫之有〈明妃曲〉，郭漱玉有〈咏明妃〉，郭潤玉有〈明妃〉，實例證明「明妃」說在初唐的流行，影響深遠，以後宋元明清各代均採用了。

二為「畫圖」說。變文前段已經殘缺無可知，但是「畫圖」說在變文中則肯定是有的，因為文中有「良由畫匠，捉妾陵持」，「丹青寫刑（形），遠稼（嫁）使匈奴拜首」的話，所以我們有理由推斷，所缺前段可能有對畫工的具體描寫。「畫圖」說在敦煌民間可以說有強烈的反響，前面安雅詞、連句詩中都以此為主要結構，而在唐代詩人中也被大肆渲染著，試讀以下各詩：

(1)崔國輔〈王昭君〉：「何時得見漢朝使，為妾傳書斬畫師。」

(2)梁獻〈王昭君〉：「圖畫失天真，容華坐誤人。」

(3)郭元振〈王昭君〉：「容顏日憔悴，有甚畫圖時。」

(4)劉長卿〈王昭君〉：「自矜妖艷色，不顧丹青人。」

(5)李白〈昭君怨〉：「生乏黃金枉圖畫，死留青塚使人嗟。」

(6)皎然〈昭君怨〉：「黃金不買漢宮貌，青塚空埋胡地魂。」

(7)白居易〈王昭君〉：「漢使卻回憑寄語，黃金何日贖娥眉。」

三為「恩愛」說。與安雅詞、連句詩強調恩愛相對照，變文中也一再強調漢王的恩情，例如：「昔日還承漢帝恩」、「終歸不及漢王憐」、「臨時請報漢王知」、「君王不見追來」、「萬里飛書奏漢王」。昭君入胡後思念漢地與漢王的情節大大豐富了，幾乎所有篇幅都在寫昭君對故土與君王的思念，並在胡地憂鬱而死，又加上哀帝遣使來弔昭君這樣的藝術想像，使故事更加悽惋動人，這裡昭君的感情是恩情、愛情、鄉情三者的結合體。

四、變文的結構。〈王昭君變文〉主要分為三段。第一段，寫王昭君到了匈奴後，蕃王百般求其歡心，因為前半段缺得太多，所以她到達匈奴的經過沒有寫出，而她總是鬱鬱不樂，思念漢地。無窮無盡的草原，怎如城郭林立的中原？滿處的牙帳，怎能和長安的高樓深宇相比？單于令人奏樂以娛昭君，但是她身在曹營心在漢，卻更引起了她的懷鄉愁，昭君終日過著以淚洗面的生活，思念家，也思念著漢王。第二段，寫單于見昭君終日不樂，傳令陪她去出獵，好給她消愁解悶，但她「一度登山，千回淚下。慈母只今何在，君王不見追來。」遂一病不起，更加羸弱，終於不救而死，死前叮囑單于要報與漢王知道。單于把她隆重的埋葬了：「一百里鋪氍毹毛毯，踏上而行；五百里鋪金銀胡瓶，下腳無處。單于親降，部落皆來。傾國成儀，乃葬昭君。」送葬時鋪了百里地毯與金銀胡瓶，是當時蕃人喪俗；墳也修得很高，云「墳高數尺號青塚」。第三段，寫漢帝發使和蕃，遂差漢使楊少征來弔昭君，並以祭詞作結。但是楊少征何許人也？《漢書》未見此人傳說，恐係藝術虛構之人物。整個〈王昭君變文〉以昭君為軸心，但以漢王為線索展開其藝術情節。可見，敦煌本的王昭君故事，綜合了以往民間的與文人的王昭君故事中的某些合理的因素，變為一個哀惋悽慘的故事，一幕動人的悲劇。

綜上所說，敦煌本王昭君故事，不論是詩歌或是變文，都有在初唐或唐代前期產生與流傳的迹象。在當時敦煌人的心中，王昭君入胡之處正是在敦煌與酒泉一帶。

同時，敦煌本王昭君故事強調了昭君與皇帝之間的恩情甚至愛情，強調到昭君表示對漢王一定要到「九重恩愛應長謝」，大有楊貴妃「在天願為比翼鳥，在地願為連理枝」之感。這是對文學境界新的開拓，對後世王昭君作品影響深廣。本文在第四節還要加以討論。

## 第四節 共同點及其他

敦煌本王昭君故事由於內容比較複雜，尚牽涉到諸多問題，像愛國、命運、風情、《漢宮秋》、毛延壽、王昭軍等，現分以下兩組內容予以探討。

敦煌本王昭君故事除了刻畫愛情的糾葛（即恩愛說）有著極重要的共同點以外，還具有以下三個共同點：

第一，突出愛國的情操。這在敦煌本王昭君變文和詩歌中均有反映，伯二五五五〈王昭君〉描寫王昭君去匈奴時的思想活動云：「抱鞍啼未已，牽馬弦相喜，故息不告勞，為國豈辭死！」她去匈奴是「為國」捐軀，是為了使「胡馬不南牧，漢兵無北憂」，即她的下嫁異族，是為了國家社稷之穩定，百姓父老之安樂。伯二七四八〈王昭君怨諸詞人連句〉則從她無限懷念祖國來渲染她的愛國情操：「長安高闕三千里，一望能令一心死。」伯二五五三〈王昭君變文〉在抒寫了昭君的離愁別恨和悲苦哀思之同時，又寫了她縱然憔悴致死，始終保持著高尚的愛國情操，祖國的山水時刻裝在她的心中：「烟脂山上愁今日，紅粉樓前念昔年，八水三川如掌內，大道青樓若眼前。」她祝福故土春色滿園：「風光日色何處度，春色何時度酒泉？」她願做一隻紅鶴，翱翔在祖國的萬里藍天：「一朝願妾為紅鶴，萬里高飛入紫烟。」總之，敦煌本王昭君故事，已經和魏晉南北朝時的王昭君故事，又有了不同，即重點深化了王昭君愛國主義的思想感情，這一深化十分重要，它為後世王昭君文藝作品開闢了廣闊的藝術空間，將使王昭君形象提高到永恆美好進步的高度。

第二，表現悲慘的命運。敦煌本王昭君變文與詩歌，通過塑造美貌善良的王昭君形象，反映出封建社會中婦女的悲慘的命運。伯二七四八說她：「始言恩寵由君意，誰謂容顏信畫師。」「昔是宮中薄命妾，今成塞外斷腸人。」伯二五五五說她：「奈何萬乘君，而為一夫惑！所君近天關，咫尺見天顏。聲盡不聞叫，力微安可攀？」伯二五五三也說她：「良由畫匠，捉妾陵持，遂使望斷黃沙，悲連紫塞」，總之，這種命運具有一般性，封建社會中的美女，她們只能由人擺布，任人宰割，縱然貴為王妃，也難以改變這種不幸的命運，只能落得「可惜未央宮裡女，嫁來胡地碎紅妝」的結果。

第三，描寫塞外的風情。敦煌本王昭君變文與詩歌，關於邊地社會風俗和塞外自然景物的描寫也是真實而動人的。〈王昭君安雅詞〉寫出了「琵琶馬上曲，楊柳塞原情。」而〈王昭君變文〉中將奏樂、出獵、發喪、棺葬等情節，寫得何等壯觀，真實地反映了少數民族的生活習慣，是研究少數民族史的寶貴資料。如寫塞外景色，是「既至牙帳，更無城郭，空有山川。地僻多風，黃羊野馬，日見千群萬群」；寫生活風習，是「不蠶而衣，不田而食。既無穀麥，噉肉充糧。少有絲麻，織毛為服」；寫出獵，是「單于傳告報諸蕃，各自排兵向北山，左邊盡著黃金甲，右件芬雪似錦團。黃羊野馬捻枹撥，鹿鹿從頭吃箭川」，氣魄何等之大！寫奏樂，是「管絃馬上橫彈，即會途間常奏。」寫突厥人的喪俗：「單于脫卻天子之服，還著庶人之裳，披髮臨喪，魁渠並至。曉夜不離喪側，部落豈敢東西。」由上可見，它對中古突厥社會風俗作了多方面的描繪。

總而言之，敦煌的王昭君故事比起南北朝以前的王昭君故事，是有了更大的發展了，發展即在於以上分析的四個主要方面：刻畫了愛情的糾葛，突出了愛國的情操，表現了悲慘的命運，描寫了塞外的風情。就王昭君故事來說，這可以說是第二次大的轉變。不管是王昭君變文或是敦煌王昭君詩歌，它們內容均有眾多一致性，在多方面開拓了王昭君故事的藝術天地！為後世作者塑造王昭君形象也找到了新的角度和創造的契機，敦煌本王昭君故事在流變中起了重要的轉變作用，以後的元雜劇中王昭君故事越來越曲折離奇，與敦煌本王昭君故事有著千絲萬縷的聯繫，而〈王昭君變文〉，就成為了從《西京雜記》王昭君故事，演變到元代馬致遠的雜劇《漢宮秋》之重要連鎖。此外還有三點需注意：

1.馬致遠《漢宮秋》的藝術情節與敦煌本王昭君故事有主要相合處，似不能認為它們是沒有關係的。《漢宮秋》其所以大膽地改變了《漢書》中記載的史實，主要寫漢元帝和王昭君的愛情，他們受到毛延壽的破壞，他是個「為人鵰心鴈爪，傲事欺大壓小，全憑諂佞奸貪」（楔子）之人，在番王韓單于「大勢南侵」以武力逼索之下，賣國奸臣毛延壽居然將美人圖獻與他，使他點名要昭君娘娘和番，王昭君只有無可奈何地出塞和番去了。但是，王昭君最終並沒有進入匈奴，而是在黑江邊自沉江水而死。《漢宮秋》全篇大部分篇幅寫昭君與漢皇的愛情，這正好與敦煌本王昭君故事一致，似為這個悲劇產生的依據，尋找到的新的成因。同時《漢宮秋》進行的大膽地創新，是其愛國性。王昭君在戲裡有段加白：「今擁兵來索，待不去，又怕江山有失，沒奈何將妾身出塞和番。」⑫她一再強調去和番是「為國家大計」。可見昭君在《漢宮秋》中已成為西施式的愛國女子。她出塞和番雖非自願，但是基於理性的考慮，也並非不願意。她的愛國形象體現最明顯的是她並未到達胡地，而是自殺在自己的疆土上，劇作家著重歌頌的是王昭君這樣一個以民族利益為重的愛國主義者的藝術形象，這已被完全藝術化的王昭君，又是一個本質的飛躍，但這是敦煌本王昭君故事匡定的愛國的模式，

⑫明·臧晉叔編《元曲選》㈠，馬致遠《漢宮秋雜劇》頁一——一三，中華書局，一九七九年八月版。

馬致遠加上新的發展，在維護民族利益上加以突破。

由此，我們可以看出來一點，從《西京雜記》到《漢宮秋》，王昭君的形象有著兩次大的轉變，一次是在魏晉南北朝，一次是在唐代。聯結這種轉變的樞紐，便是敦煌本王昭君故事之系統，元雜劇的發展是受了它的影響。《漢宮秋》以後，王昭君的藝術形象又有了某些變動，明代陳與郊的雜劇《昭君出塞》中的王昭君形象，依然是《西京雜記》的那個一脉相傳的內容，突破不大。至於當代戲劇家曹禺的話劇《王昭君》中的為了民族和好而自願和番的昭君形象，雖然帶有鮮明的時代性，但也不能不說是受了〈王昭君變文〉「民族和好」的某種影響。這一點我們在下面還要討論。

2.無論是《西京雜記》或敦煌的王昭君詩歌與變文，都未有明確指出畫昭君像的就是毛延壽其人。最先發出這個疑問的是清代的顧炎武與焦循。顧炎武在其《日知錄》卷二十五云：「據此（指《西京雜記》）則畫工之圖後宮，乃平日而非匈奴求美人時；且毛延壽特眾中之一人；又其得罪，以受賂，而不獨以昭君也。後來詩人謂匈奴求美人乃使畫工圖形，而又但指毛延壽一人，且沒其受賂事，失之矣。」⑬焦循在其《劇說》卷五亦云：「《西京雜記》有誅畫工事……王嬙自恃容貌，不肯與工人，乃醜圖之。工人不專指毛延壽，所誅畫工，延

⑬見顧炎武《日知錄》（三十二卷），清乾隆癸丑年刊本。

壽而外，又有安陵陳敞，新豐劉白、龔寬，下杜陽望、樊育，同日棄市。東籬則歸咎毛延壽一人。」⑭其實馬致遠歸咎於毛延壽必有民間傳說之依據。真正將毛延壽落實畫昭君像之時間，並不是在元代，其結合之時也在唐代，李商隱〈王昭君〉云：「毛延壽畫欲通神，忍為黃金不為人。馬上琵琶行萬里，漢宮長有隔生春。」李商隱生卒於公元八一三至八五八年，故知毛延壽畫昭君像之合璧的時間是在九世紀初。敦煌本〈王昭君變文〉據容肇祖先生意見是：「到宣宗大中十一年（八五七）便有八百九十年。這文大約是這時期的作品。」⑮大中十一年（八五七）正是李商隱死前一年，敦煌本王昭君故事詩歌與變文何以不明指畫工就是毛延壽呢？這只能說明敦煌詩歌變文之昭君故事是吸收的是初盛唐時期的故事，其時毛延壽尚未合璧進王昭君畫像之具體事件。此事亦反證了敦煌本王昭君故事主要是在唐代前期廣泛傳播的，與唐代前期統治者由於國力不足，不能控制邊患，而往往對「胡」族採取懷柔政策有關。

3. 敦煌本〈王昭君變文〉中數次將王昭君寫成王昭軍。例如：

(1)「遂拜昭軍為烟脂皇后」。

(2)「用昭軍作中心，萬里攢軍」。

---

⑭見《中國古典戲曲論著集成》(八)載《劇說》卷五，頁一九〇，中國戲劇版。

⑮見《民俗周刊》二十七—二十八期合刊，一九二八年十月（上海書局影印本）。

(3)「昭軍一度登千山，千迴下淚」。
(4)「乃葬昭軍處若為陳說」。
(5)「校料昭軍亦未平」。
(6)「祭漢公主王昭軍之靈」。
(7)「不稼（嫁）昭軍，紫塞難為運策定」。

伯二五五三寫卷一律將昭君寫為昭軍，凡七見，這就不一定是誤書。據容肇祖〈青冢志跋〉云：「從前王應榆先生旅行新疆，在庫車地方見過『昭軍之墓』。」⑯據此「昭軍」之寫法，似為唐代西域對她名字的約定成俗的寫法，當是民間依據其傳說自由的轉變。這樣看來，西域的王昭軍，還不能硬性將她糾正為王昭君。

## 第五節　從民間故事談到《雙鳳奇緣》

明清之際，出現了一部奇書，這就是《雙鳳奇緣》（昭君傳）八十回本章回體之小說。這

⑯見《民俗周刊》一一一期（王昭君專號），載容肇祖〈青冢志跋〉一文（上海書局影印本）。

部書與民間文學有著不解之緣，有著千絲萬縷之連繫。

還是得從敦煌本談起。以上已分析了敦煌本王昭君故事有強調漢王與昭君之間的恩愛的一面，對後世的傳說與作品，也具有開創性的價值。一九八七年六月上旬至七月上旬，我曾帶領南京大學中文系八四級學生到王昭君故鄉——湖北省神農架、興山、秭歸一帶採風，發現一個漢王與昭君恩愛的傳說，十分令人玩味。見下：

## 王昭君的故事

漢朝有個皇帝，是漢高祖劉邦的第三代子孫。他繼位以後，憑著自己的才幹，把國家治理的又富又強，臣民們都稱讚他是位古今少有的明君。但是這位漢皇也有一件心事，他的西宮裡少一位娘娘，大臣們知道皇帝的心事，替他到全國各地去物色了很多美女，可是皇帝總不滿意。

這一天晚上皇帝睡覺，作了個夢，夢見自己在御花園裡散步，花園裡明月高照，景色像畫，他走著，聽見遠處傳來一陣動聽的琴聲，皇帝心想，誰晚上在我御花園裡彈琴呢？順著琴聲過去一看，只見一株槐樹下坐著一個美女在彈琴，皇帝被她的美貌迷住了，走上前去問：「你是哪個宮裡的宮女呀，我怎麼沒見過你吶？」美女答道：「小女子並不是宮女，家住在很遠的地方。」皇帝看著她，忍不住動了心，便動手調戲她，美女一下子站起來，正色道：「小女子是良家婦女，皇帝要是真喜歡我，要明媒正娶才合禮呀！」皇帝見她不凡，不禁肅然起敬，心裡更喜歡她了，便問：「告訴我你姓什麼？家住何處？我派大臣娶你來作西宮娘娘。」

女子答：「奴家姓王，住岳州府，父親是知府。」

皇帝從夢中醒來，心裡掛著這件事，早上上殿就把作的夢告訴了群臣，說：「我要娶這個女子作西宮娘娘，哪位大臣到岳州跑一趟呀？」旁邊宰相毛延壽覺得這是個美差，連忙上前稟告：「臣願往。」皇帝就讓毛延壽拿著聘禮去岳州。

姓王的女子名昭君，年方十六，父親王知府為官清正，百姓都叫他王青天。毛延壽拿著皇帝聘禮來到衙門，把皇帝要娶昭君作西宮娘娘一事對他說了，又說：「這真是天降的美事呀！老夫一路辛苦，不知你打算送多少銀子酬謝我。」王知府說：「下官一向為官清廉，兩袖清風，望毛宰相多多包涵。」毛延壽一聽又羞又恨，心說我一定讓王昭君作不成西宮娘娘。

毛延壽帶著昭君回到京城長安，叫畫匠給昭君畫了張像，自己偷偷地在畫像的眼睛下添了一點，叫作「滴淚痣」，按照漢代風俗，女子有滴淚痣，誰娶了就得家破人亡，男的有滴淚痣就得傾家敗子。毛延壽把畫像呈給皇帝，皇帝一看，果真與夢中的女子一模一樣，只是眼睛下有顆滴淚痣。心說：這滴淚痣男生喪妻，女生傷夫，朕要娶了她作娘娘，回家就得動刀兵，這可了不得，就讓毛延壽把昭君送回岳州，毛延壽心裡有鬼，怕這樣一來走了風聲，就找了一個冷宮，把王昭君軟禁起來。

這一天漢王元配皇后林娘娘，晚上帶著宮女們在宮裡漫步賞月，無意之中路經冷宮，聽到冷宮裡飄出的幽怨的琴聲，像在傾訴說不盡的悽苦，皇后很奇怪，叫宮女把彈琴的人找來。

宮女領著昭君出見皇后，林皇后見她生的十分美麗，令人生憐，就問：「你是誰？有什麼苦處？為什麼半夜在這裡彈琴？」昭君回答：「奴家姓王名昭君，岳州知府之女，應天子之召來到長安，不想被毛宰相關進冷宮，上不見天子，下不見父母，孤身一人，枯度歲月，所以彈琴訴苦，不想被娘娘聽見，望娘娘寬恕。」林皇后聽罷吃了一驚，當時就把昭君領進宮裡。

第二天一早，林皇后帶著昭君去見漢天子，皇帝見她與夢中女子一模一樣，眼瞠上也沒有滴淚痣，忙問是怎麼回事？林皇后把昭君的話說了一遍，皇帝聽罷大怒，馬上派兵去捉拿毛延壽。毛延壽早上就聽到風聲，知道自己犯了欺君大罪，慌忙逃到匈奴國去了。

漢皇就封昭君為西宮娘娘，對她十分寵幸，兩人非常恩愛，昭君憑著自己的才華幫助漢皇整理朝政，選拔賢良，叫皇帝愛護百姓，把國家治理好了，全國上下都稱贊她的賢良。

不料奸臣毛延壽逃到匈奴國，一直未受重用，就把攜帶的昭君畫像拿出來，取悅匈奴王。匈奴王一見動了心，得知昭君現是漢王西宮娘娘，馬上興兵來奪。

消息傳到長安，漢王很生氣，就要調兵和匈奴開戰。昭君得知以後，考慮再三，對漢皇說：「真要打仗，遭殃的是百姓，國家犯不著為妾身動刀兵，不如就送妾去匈奴，免除戰禍。」漢皇一開始堅決不答應，昭君曉以大義，去意已決，最後無奈，只好忍痛和昭君分別。臨行前昭君再三叫漢皇不要以她為念，好好管理國家，漢皇含淚答應。

昭君到了匈奴，匈奴王一見頓生敬意，不敢對她非禮，生活了很長時間，也沒讓匈奴王近身，匈奴王也沒來強迫她。昭君偶然得知匈奴有條河流向長安城，就投水自盡，讓河水把屍體帶回長安，長安的臣民都很悲傷，漢皇給昭君修了個很大的陵墓。

漢天子日夜思念昭君，一天晚上作了一個夢，夢見昭君對他說：「莫為妾身熬壞了身體，我的墳上生了一種草，大大的葉子，把葉子摘下曬乾，君臣百姓閒暇之時，點燃了吸幾口，一定會很愉快。」說完了就不見了，皇帝醒來，親自跑到昭君墓上採來這種草，如法炮製，果然和夢中昭君說的一點不差，就下旨讓全國百姓都種這種草，以便在大家閒暇的時候，吸兩口就想到美麗賢良的西宮娘娘，這種草就是後來的旱菸。

採集時間：一九八七年六月二十八日
採集地點：湖北省神農架松柏
口述人：黃傳士，男，六十歲
（任小文參加記錄整理）

松柏王昭君故事突出的特徵是強調昭君與漢皇的恩愛。昭君心中只裝著漢皇，她的出塞是為了息刀兵，為黎民百姓，是愛國主義精神的反映，正像敦煌本〈王昭君安雅〉所唱：「故息不告勞，為國豈辭死！」在這篇故事裡，昭君真的作到了敦煌詩中寫的「始知王意本相親」、「九重恩愛應長謝」，她用她的為國之死，來長謝了漢皇對她的封為西宮娘娘的恩愛。很顯然，這是敦煌本王昭君故事在後世的演變。

這個神農架王昭君故事，至少是產生於明末的。考王昭君傳說中漢皇作夢生子娶妃的情節，在明代即已發現。例如，明・詹詹外史評輯的《情史》卷十三〈情感類〉「昭君條」云：

漢武帝幸平陽公主家，置酒作樂。衛子夫為謳者，善歌，能造曲。每歌挑上，上喜動，起更衣，子夫因侍尚女軒中，遂得幸。帝見其美髮，悅之，納於宮中。時宮女數千，皆以次幸。子夫新入，在籍末，歲餘不得見。上擇宮人不中用者出之，子夫因涕泣請出。上曰：「吾夜夢子夫中庭生梓樹數株，豈非天意乎？」是夕幸之，竟立為后，生戾太子。子夫之請出，與昭君之求行一也。而徒以髮美，遂得正位中宮，昭君於是薄命矣⑰。

衛子夫故事與昭君故事本無涉，但至少是在明末兩者卻比附在一起了，於是便衍化出來一個漢皇夢中見昭君，夢後娶昭君的情節來。夢遇昭君的情節以及上述故事的主要結構，均產生於明末清初。考此神農架王昭君故事之情節，諸多均與明末清初出現的章回小說《雙鳳奇緣》相合。概括說來有下列十二個情節一致。

一、漢皇夢見昭君情節一致。《雙鳳奇緣》說：「漢天子也於此夜睡在龍床，夢見芍藥階前，太湖石畔，有一美貌女子……姓王名嬙」（第一回）。

二、派毛延壽接昭君情節一致。《雙鳳奇緣》說，漢天子找人去尋昭君，「班內閃出奸相

⑰見明・詹詹外史評輯《情史》卷十三，上冊，頁三四一，瀋陽春風文藝出版社，一九八六年七月版。

毛延壽，道：『臣願往越州走遭。』漢王大喜」（第一回）。

三、毛延壽嫌王知府不送厚禮情節一致。《雙鳳奇緣》說，「毛奸相暗恨王知府不知進退，送我薄禮，只消在此生一妙計，另選美人」（第三回）。

四、毛延壽在畫像上點滴淚痣情節一致。《雙鳳奇緣》說，毛延壽「叫左右取筆硯過來，就在昭君每張圖畫眼下點了芝麻一點黑痣，此乃是傷夫滴淚痣」（第三回）。

五、毛延壽將昭君打入冷宮情節一致。《雙鳳奇緣》說：「昭君進了冷宮，見那四壁淒涼，舉目無親，罵一聲：奸賊，奴與你何冤何仇……」（第六回）。

六、林后救昭君出冷宮情節一致。《雙鳳奇緣》說：「話說林后回奏漢王：妾今晚在宮無事，但見月明如畫，動了玩月之心，無心走到那冷宮門口，忽聽裡面有一抱怨裙釵……昭女是貧家之女」（第十四回）。

七、昭君被漢帝封為西宮情節一致。《雙鳳奇緣》說：「話說昭君被糾纏不過，只得共進羅帳，解帶寬衣，同赴陽台。次日漢王登殿，下詔冊立王氏昭君為西宮，一眾文武稱賀不提」（第十八回）。

八、毛延壽逃番邦獻圖情節一致。《雙鳳奇緣》說：「（毛延壽對衛律說）得見番王，說我漢相毛某到此投誠，若果番王將我收用，並有人圖獻上番王」（第十八回）。

九、番王出兵來取昭君情節一致。《雙鳳奇緣》說：「且言番王，又見吳鑾出師已久，未見攻破雁門，取得昭君，心中十分大怒」（第三十二回）。

十、昭君保江山去和番情節一致。《雙鳳奇緣》第四十五回：「保江山苦捨昭君，和番邦哭別天子」，整回情節與以上故事吻合。

十一、昭君跳河自盡情節一致。《雙鳳奇緣》說：「話說昭君要全他的貞節，趁著在浮橋上面，假意拈香，叫眾人退後，不及防備，向波中一跳，隨浪浮沉去了」（第六十一回）。

十二、昭君屍體飄回長安情節一致。《雙鳳奇緣》說：「一聲旨下，滿朝文武隨駕出朝。到了皇城外河邊，漢王向前一看，果見水面漂來一屍首，百花蓋面，群鳥飛繞」（第六十四回）⑱。

有以上十二個情節兩者相同。當然也有不同處，《雙鳳奇緣》中還有若干情節：1.穿仙衣，番王不能近昭君。2.番王接受昭君建議，殺掉毛延壽。3.昭君妹——賽昭君嫁漢王。4.昭君成仙女升天。5.漢王征服番王，以上諸情節均為神農架傳說所沒有。由上可見，以上傳說極有可能是從《雙鳳奇緣》演變而來，其產生時間應當是在明末清初。

此小說本身似應看作是一種民間文學作品，是長篇民間傳說。其理由為：1.它有流傳性。

---

⑱見「明末清初小說選刊」《雙鳳奇緣》，雪樵主人撰，沈悅苓校點，瀋陽春風文藝出版社，一九八七年六月版，文中引文均見此書。

不僅在口頭，也有在書面。孫楷第《中國通俗小說書目》卷二「明清講史部」舉出《雙鳳奇緣》就有嘉慶、道光、光緒諸刊本⑲。2.它有變異性。柳存仁《倫敦所見中國小說書目提要》，舉出英國藏《殘本昭君傳》與其他刻本有不同處⑳，《雙鳳奇緣》又名即《昭君傳》。3.它有無名性。由於有眾多人加工修改，結果只用了假名「雪樵主人梓定」，所以孫楷第、柳存仁都標名為「作者無名氏」。

既如此，敦煌本王昭君與《雙鳳奇緣》在民間息息相通。《雙鳳奇緣》不僅在恩愛說、毛延壽兩點上，從敦煌與唐代而來，就是王昭君成仙上，也是緣於唐代的說法，例如，《情史》卷二十〈情鬼類・昭后〉，轉述了唐代牛僧孺《周秦行記》的故事，說牛僧孺見到王昭君，「柔肌穩身，貌舒態逸，光彩射遠近」，是從空中「五色雲」中下來的等等，《雙鳳奇緣》將昭君仙化是唐代傳說的衍化。

## 第六節　深遠的影響

---

⑲見《中國通俗小說書目》頁三四，人民文學出版社，一九八二年版。
⑳見《倫敦所見中國小說書目提要》，頁八三—八四，書目文獻出版社，一九八二年版。

敦煌本王昭君故事對後世王昭君傳說和文藝作品有深廣的影響。除以上論述到的愛國性、恩愛性的影響以外，還有以下幾點：

第一、團結說。「民族團結與和好」，是敦煌本王昭君故事所強調的主題思想。〈王昭君安雅〉強調的是「和遠戎」。〈王昭君變文〉與以往文學作品的最重要的不同點，也就在於它突出了民族友好的主題，傳播了王昭君是民族友好使者的新的觀念。「民族團結與和好」，是貫穿於〈王昭君變文〉現存的三段之中的主要思想，儘管它渲染了昭君之愛與悲，命運之悽慘，但是王昭君是時刻把民族的友好、人民的安危，放在她的個人痛苦之上的。她勸單于不要「獨樂一身，苦他萬姓」，才促成「百姓知單于意，單于識百姓心」之結果。變文突出描寫了昭君時刻以民族團結為重，「入國隨國，入鄉隨鄉，到蕃稟（里）還立蕃家之名，榮拜號作烟脂貴氏」。昭君臨終前對單于談了心裡話：「妾嫁來沙漠，經冬向日時，和明以合調，翼以當威儀。」說明她和親的目的是為了求得民族的「和」與「合」。距離現在一千多年前的唐代說唱文學作者，能有這樣的民族和好及團結的覺悟，並用它來刻劃昭君民族友好使者之形象，是極為難能可貴的。自然，民族的友好是雙方面的，變文又以濃郁的團結之情，描寫了單于對昭君的敬重，昭君來到，單于馬上「唯獨一箭，號令（全）軍……皆來慶賀」；昭君由於思鄉而痛苦，「單于見他不樂，又傳一箭，告報諸蕃，非時出獵，圍遶烟脂山，用昭軍作中心，萬里攢軍，千兵逐獸。」單于如此做法，也是為了取得昭君的歡心，也是實質上是以民族友好為重；這一點從厚葬昭君表露得特別明顯，「醞五百瓮酒，煞十萬口羊」，「飲食盈川，人倫若海」，又鋪一百里毛毯，踏上而行，「單于親降，部落皆來。傾國成儀，乃葬昭軍」，單于為昭君舉行國葬的目的，也是為了表達漢匈友好之願望。最後漢使來弔唁，楊少征杖節在昭君墓邊宣讀漢哀帝之祭詞，贊曰：「捧荷和國之殊功，金骨埋於萬里。」仍然是以民族友好之「和國」終結了全篇。從以上的分析裡不難發現，〈王昭君變文〉的主題思想，是歌頌了王昭君為民族的團結和友好作出的貢獻，也讚美了王昭君出塞和親具有的以民族團結為重的崇高精神和遠見卓識，唱出了古代各族人民團結友好的心聲。我們可以作出這樣的結論：〈王昭君變文〉民族團結友好的主題思想是有典型意義的，因為它比在它以前和以後出現的古代文學有關昭君的作品之格調都高，所以我認為當代戲劇家曹禺的名作《王昭君》，它所強調的民族友好團結的主題思想，實乃與〈王昭君變文〉一脈相傳的，說明它具有的深遠影響。

第二、琵琶說。王昭君乘馬彈琵琶出塞，來源於石崇的一個推測，晉代石崇的〈明君詞序〉中說：「昔公主嫁烏孫，令琵琶馬上作樂，以慰其道路之思。其送明君，亦必爾也。」僅是推測，還未將昭君彈琵琶寫入詩中，故晉代傅玄〈琵琶賦〉也不提昭君彈琵琶。大量傳頌昭君抱琵琶出塞並寫入詩中，則是唐代詩人之創造。劉長卿〈王昭君〉云：「琵琶絃中苦調多，蕭蕭羌笛聲相和。」李商隱〈王昭君〉云：「馬上琵琶行萬里，漢宮長有隔生春。」董思恭〈王昭君〉云：「琵琶馬上彈，行路曲中難。」唐代詩人創造王昭君抱琵琶出塞之形象又恐係受初唐民間說法之影響，如敦煌本王昭君故事即如是說。出初唐之〈王昭君變文〉提到「管弦馬上橫彈，即會途間常奏。」這即是指琵琶。敦煌本〈王昭君安雅詞〉也云：「琵琶馬上曲，楊柳塞轅情。」故唐詩人恐係受此啟發而創造昭君彈琵琶之形象。對後世有廣泛影響。宋代歐陽修〈明妃曲和王介甫〉云：「推手為琵卻手琶，胡人共聽亦咨嗟。玉顏流落死天涯，琵琶卻傳來漢家。」說昭君雖死但卻將西域琵琶傳入我國。元代武林隱〈雙調・析挂令・昭君〉云：「哀哀怨怨一曲琵琶。」元代馬致遠《漢宮秋》亦云：「嫱不得幸，後於宮中彈琵琶，帝聞召見，遂獲大寵。」明代陳玉陽《昭君出塞》雜劇亦云：「可憐一曲琵琶上，寫盡關山九重腸。」在唐人詩文的影響下，王昭君在後世演變為琵琶演奏家、傳播家，甚至還衍化有「琵琶橋」的古蹟，《輿地勝志》云：「琵琶橋在秭歸縣，昭君選入漢宮時，曾鼓琵琶少憩於此。」這是昭君入宮前彈琵琶之新說。

第三、青冢說。六朝前的歷史書從未提出昭君墓或青冢說之問題。首倡青冢說來自民間，是從《琴操》開始，言昭君死，「胡中多白草，而此冢青。」但當時此傳說並未發展，至唐代才流傳，而且是在民間流傳的敦煌本王昭君故事中加以發展，伯二五五五〈王昭君安雅〉云：「為埋青塚骨，時向紫亭魂。」伯二五五三〈王昭君變文〉中更是多為渲染：「墳高數尺號青塚，還道軍人為立名。」又說：「漢使……行至蕃漢界頭，遂見明妃之塚。青塚寂遼

（寥），多經歲月。……望其青塚，宣哀帝之命」，還說：「空留一塚齊天地，岸兀青山萬載孤。」可見以上青冢說是唐代民間又作了新的創造。詩人們遂多演唱：

李白〈王昭君〉：「生乏黃金枉圖畫，死留青冢使人嗟。」

杜甫〈詠懷古迹〉：「一去紫台連朔漠，獨留青冢向黃昏。」

皎然〈王昭君〉：「黃金不買漢宮貌，青冢空埋胡地魂。」

這樣便把昭君墓詩意化了，而且不僅青冢說是唐代民間新的創造，連昭君墓首見之記載，也是在唐代，杜佑《通典》卷一七九〈單于府〉下便說內蒙古金河縣有「昭君墓」。大約就在唐宋之間還流傳著昭君墓為什麼叫「青冢」的民間傳說，《方輿紀要》云：「塞草皆白，惟此冢獨青，故名。」宋人樂史《太平寰宇記》卷三八〈振武下〉亦云，墓上草色常青，故曰「青冢」。這座昭君墓現在仍在內蒙古呼和浩特市南九公里大黑河南岸的沖積平原上。如今當地流傳有青冢傳說，民間說昭君墓一日三變，有所謂「晨如峰，午如鐘，酉如𡒄」之說，說昭君墓早晨像座山峰，中午像個大鐘，傍晚就像一個腳高，頭散開的很美觀的菌類植物——雞坒。總之，青冢說離不開昭君墓上常綠的青草，從此代代詩人咏昭君墓上的青草，宋代黃文雷〈昭君行〉云：「誰似青冢年年青」，明代徐袍〈昭君歌〉云：「至今冢上青草多」，清代郭秉慧〈昭君〉云：「宿草青青沒斷碑」（均見清胡鳳丹《青冢志》）。以上均沿襲唐代盛傳的昭君青冢傳說，發展轉變所致。

綜上所說，敦煌本王昭君故事對後世文學是有廣泛影響的，以上所舉，只是其中較具體的三點，此外，在戲劇舞台上，在詩歌小說創作上，在民間傳說和民間說唱文學上，王昭君的和平友好的形象，在中國人民中都有著不可磨滅的價值，並在生活中永存。

一九七九年九月——一九八八年十月完稿於南京大學中文系

# 後記

這本書終於要出版了，我感到由衷的欣慰。特別是由於我的老同學王保珍教授的幫助，使它能夠在台灣出版，使我在欣慰之外，更覺得無限的親切與溫暖。

這本書構思在一九七九年。當時我離開了養豬棚，從農村回到城市，並且考進了南京大學（即原來的中央大學）做老師，在中文系任教民間文學。從一九八〇年開始講授民間文學課時，我已經寫好一個較詳細的《敦煌民間文學》教學大綱，以後邊講邊擴大範圍，講到整個中國民間文學概況。講到一九八四年，乾脆分為兩門課，一門是《中國民間文學》，另一門是《敦煌俗文學》，而這本書就是為後一門課寫的。

一九八二年終於在《南京大學學報》發表了本書的〈敦煌講經文〉一章。以後邊講邊寫成專論。通過兩種渠道去發表，第一是在書刊上去發表，計有：《文史》、《文學遺產》、《敦煌研究》、《敦煌學輯刊》、《民間文學》、《社會科學》、《關隴文學論叢》、《陽關

》、《甘肅教育學院學報》、《絲路論壇》、《固原師專學報》、《許昌師專學報》、《南京大學學報》、《敦煌學論集》、《一九八三年全國敦煌學術討論會文集》、《俗文學論》、《明清小說研究》、《中外民間詩律》、《古代文學問題討論舉要》等等；第二是著文參加了大陸歷屆的敦煌學術討論會，最早的一次是一九八二年夏在蘭州、敦煌兩地召開的敦煌文學研究座談會，以後，一九八三年在蘭州、一九八四年在杭州、一九八五年在新疆、一九八六年在甘肅酒泉、一九八八年在北京，每次我都寫好專論去參加的。這樣，本書先化整為零，全部內容都發表過，先聽取了國內外學者的意見，後又聽取了這二十來個書刊編輯先生的意見。大家提出的寶貴意見，對於這本書的修改完成有很大的幫助。這近四十萬字經過了九年才陸續刊完，終於在一九八八年十二月，改定好每一章，完成了這部書稿。所以，對於我來說，這部專著的完成是不易的。

既然認定敦煌遺書中的文學資料，主要是民間文學，那麼，就應當對照後世乃至現在仍流傳於民眾之中的民間文學加以對照，以探討其傳承性，證明它的確是民間文學。作到這一點就必須進行「田野作業」，到鄉下去搜集民間文學作品。近十年來，從一九七八級學生開始直到如今，我帶領歷屆大學生和留學生，到大江南北採風。在湖北神農架原始森林之邊，我們聽到了王昭君的故事；在古老的道教發源地——江蘇句容的茅山，我們聽到了和敦煌《百歲篇》同樣結構的《百歲篇》、和敦煌《孔子項託相問書》中一脈相傳的孔子與小兒故事；

在蘇北古瓜州渡，我們聽到了罕見的唐太宗入冥故事；在浦口古老的東門鎮，我們聽到了從未聽說的孟姜女黑袍換黃袍的故事……等等。通過調查和研究，使我明確認識到，敦煌民間文學是整個中國民間文學中重要的組成部分。從其承傳來看，如果把民間文學比喻成一條無盡的長河，那麼它正是這條長河的上游。因此我執意認為，應當從新的民間文學角度，開拓敦煌遺書中文學資料的研究領域，敦煌學不能總在字斟句酌上兜圈子，縱然這是十分必須的，但我們研究起來應當不斷的變換角度與層次。

這本書能夠在台灣出版，除了得力於我的老同學王保珍教授幫助之外，更難得的是能夠獲得雖未曾見面而景仰已久的曾永義教授的鼓勵與協助，推薦付印，兩位並分別賜序使本書增色，特此一併誌謝。

**高國藩**一九八九年七月十二日

序於南京苦舟齋寓所

· A81037 ·
83.04.1528

# 敦煌民間文學

中華民國八十三年四月初版
定價：新臺幣480元

著　　者　高　國　藩
發 行 人　劉　國　瑞

出 版 者　聯經出版事業公司
臺北市忠孝東路四段555號
電　　話：3620137 · 7627429
郵撥電話：6 4 1 8 6 6 2
郵政劃撥帳戶第0100559-3號
印刷者　世和印製企業有限公司

行政院新聞局出版事業登記證局版臺業字第0130號

ISBN　957-08-1183-8(平裝)

國立中央圖書館出版品預行編目資料

敦煌民間文學／高國藩著. --初版. --臺北
市：聯經, 民83
面；　公分
ISBN　957-08-1183-8(平裝)

Ⅰ.民間文學-中國　Ⅱ.敦煌學

858　83002535